SIDNEY SHELDON

Schatten der Macht

Die Pflicht zu schweigen

Schatten der Macht

Die junge Amerikanerin Catherine Alexander verlor bei einem Unfall ihr Gedächtnis. In einem griechischen Kloster hat sie Zuflucht gefunden. Eines Tages taucht Constantin Demiris bei ihr auf, ein Multimillionär, Kunstsammler und Verehrer des weiblichen Geschlechts. Er hilft der schönen jungen Frau, ein neues Leben zu beginnen, macht ihr teure Geschenke und vermittelt ihr schließlich einen Job in London. Catherine, die sich von dem charmanten Fremden angezogen fühlt, ist von seiner Großzügigkeit überrascht. Doch sie ahnt nichts von den Schatten im Leben des mächtigen Mannes. Er ist von der Treulosigkeit seiner Geliebten, die ein Verhältnis mit Catherines Ehemann hatte, bis ins Innerste verletzt worden. Aus blinder Rachsucht begann er daher ein teuflisches Komplott aus Intrigen, Mord und Erpressungen, dessen letztes unschuldiges Opfer Catherine Alexander werden soll.

Die Pflicht zu schweigen

San Francisco. Dr. Paige Taylor, eine junge Ärztin, wird wegen Sterbehilfe für einen krebskranken Patienten vor Gericht gestellt. Und – sie gesteht. Der Staatsanwalt vermutet in ihr eine gewissenlose Mörderin. Doch Paige liebt ihren Beruf und tut alles für das Wohl der Patienten – trotz der untragbaren Zustände, die an ihrem Arbeitsplatz im Embracadero County Hospital herrschen. Als auch die Aussagen ihres Vorgesetzten gegen sie sprechen, fordert der Staatsanwalt die Todesstrafe …

Autor

Sidney Sheldon hat unzählige Leser auf der ganzen Welt mit seinen Romanen, Theaterstücken und Drehbüchern unterhalten. Vielfach preisgekrönt, u. a. mit einem »Oscar«, erreichte er mit seinen Romanen jedes Mal Spitzenplätze auf der New-York-Times-Bestsellerliste. Er ist der am häufigsten übersetzte Autor der Welt, womit er sogar einen Eintrag im »Guinness Buch der Rekorde« erzielte. Sidney Sheldon lebt in Los Angeles und Palm Springs.

Von Sidney Sheldon ist bei Blanvalet bereits erschienen

Zeit der Vergeltung (35235) · Das dritte Gesicht (35496) · Das nackte Gesicht (35732) · Wen die Götter strafen (35781) · Die Mühlen Gottes (35882) · Das Erbe (35997) · Der Zorn der Götter (geb. Ausgabe, 0197)

Sidney Sheldon

Schatten der Macht

Die Pflicht zu schweigen

Zwei Romane in einem Band

Aus dem Englischen von
Wulf Bergner bzw. Gerhard Beckmann

blanvalet

Die Originalausgabe von »Schatten der Macht« erschien
unter dem Titel »Memories of Midnight«,
die von »Die Pflicht zu schweigen«
unter dem Titel »Nothing Lasts Forever«,
beide bei William Morrow and Company, Inc., New York.

Umwelthinweis:
Alle bedruckten Materialien dieses Taschenbuches
sind chlorfrei und umweltschonend.

Der Blanvalet Verlag ist ein Unternehmen
der Verlagsgruppe Random House.

1. Auflage
Taschenbuchausgabe September 2005

Umschlaggestaltung: Design Team München
Umschlagfoto: Zefa/Benson
Druck: GGP Media GmbH, Pößneck
Verlagsnummer: 36288
UH · Herstellung: Heidrun Nawrot
Printed in Germany
ISBN 3-442-36288-1
www.blanvalet-verlag.de

Schatten der Macht

Für Alexandra
mit Liebe

Sing mir keine Lieder von des Tages Helligkeit,
Denn die Sonne ist der Liebenden Feind;
Sing mir statt dessen von Dunkel und Schatten
Und von Erinnerungen an Mitternacht.

Sappho

Prolog

KOWLOON, MAI 1949

»Das Ganze muß wie ein Unfall aussehen. Können Sie das arrangieren?«

Das war eine Beleidigung. Der andere fühlte Zorn in sich aufsteigen. Das war eine Frage, die man einem von der Straße aufgelesenen Streuner stellte. Er war versucht, eine sarkastische Antwort zu geben: *O ja, das traue ich mir zu! Hätten Sie gern einen Unfall in ihrer Wohnung? Ich kann dafür sorgen, daß sie sich bei einem Treppensturz das Genick bricht.* Die Tänzerin in Marseille. *Sie könnte sich auch betrinken und in ihrer Badewanne ertrinken.* Die Millionenerbin in Gstaad. *Sie könnte an einer Überdosis Heroin sterben.* Damit hatte er schon drei beseitigt. *Oder sie könnte mit einer brennenden Zigarette im Bett einschlafen.* Der schwedische Kriminalbeamte im Pariser Hotel Capitol. *Oder wäre Ihnen vielleicht etwas im Freien lieber? Ich könnte einen Verkehrsunfall, einen Flugzeugabsturz oder ein Verschwinden auf See arrangieren.*

Er sagte jedoch nichts von alledem, denn in Wahrheit hatte er Angst vor dem Mann, der ihm gegenübersaß. Er hatte zu viele beängstigende Geschichten über ihn gehört – und allen Grund, sie für wahr zu halten.

Deshalb sagte er nur: »Ja, Sir, ich kann einen Unfall arrangieren. Niemand wird jemals wissen, was wirklich passiert ist.« Noch während er das sagte, fiel ihm ein: *Er weiß, daß ich es wissen werde.* Er wartete.

Sie befanden sich im ersten Stock eines Gebäudes in der Festungsstadt Kowloon, die 1840 von Chinesen zum Schutz vor den britischen Barbaren errichtet worden war. Die Befestigungen hatten den Zweiten Weltkrieg nicht überstanden, aber es gab andere »Mauern«, die Fremde fernhielten: Mörderbanden, Drogensüchtige und Sexualverbrecher, die über das Labyrinth aus engen, verwinkelten Gassen und dunklen, unbeleuchteten Treppen herrschten. Touristen wurde von einem Besuch abgeraten, und selbst die Polizei wagte sich nicht über die äußere Tung Tau Tsuen Street hinweg in die Innenstadt hinein.

Von draußen hörte er Straßenlärm und die für die Einwohner Kowloons typische schrille Sprachenvielfalt.

Der Mann studierte ihn mit kaltem Basiliskenblick. »Gut«, entschied er dann, »ich überlasse es Ihnen, wie Sie es anstellen wollen.«

»Ja, Sir. Hält sich die Betreffende hier in Kowloon auf?«

»In London. Ihr Name ist Catherine. Catherine Alexander.«

Eine Limousine, der ein weiteres Fahrzeug mit zwei bewaffneten Leibwächtern folgte, brachte den Mann zum Blue House in der Lascar Row im Stadtteil Tsim Sha Tsui. Das Blue House stand nur speziellen Gästen offen. Spitzenpolitiker verkehrten dort ebenso wie Filmstars und Aufsichtsratsvorsitzende. Die Direktion war stolz auf ihre absolute Diskretion. Vor einem halben Dutzend Jahren hatte eines der dort arbeitenden Mädchen einem Reporter von ihren Kunden erzählt und war am nächsten Morgen mit abgeschnittener Zunge im Aberdeen Harbor treibend aufgefunden worden. Im Blue House war alles käuflich: Jungfrauen, Knaben, Lesbierinnen, die sich ohne die »Jadestengel« von Männern befriedigten, und Tiere. Soviel er wußte, war es das einzige Etablissement, in dem die aus dem 10. Jahrhundert stammende Kunst des Ischinpo noch praktiziert wurde. Das Blue House war eine Schatzkammer verbotener Lüste.

Diesmal hatte der Mann sich die Zwillinge bestellt. Die beiden waren ein exquisites Paar mit bildhübschen Gesichtern, unglaublichen Körpern und keinerlei Hemmungen. Er dachte an seinen letzten Besuch im Blue House ... an den Metallhocker mit ausgeschnittenem Sitz, ihre sanft liebkosenden Hände und Zungen, die große Wanne mit parfümiertem Wasser, das auf den Marmorboden überschwappte, und ihre heißen Lippen, die seinen Leib plünderten. Und er spürte eine beginnende Erektion.

»Wir sind da, Sir.«

Drei Stunden später, als er mit ihnen fertig war, lehnte der Mann sich befriedigt und zufrieden in die Polster seiner Limousine zurück, um sich in die Mody Road im Stadtviertel Tsim Sha Tsui fahren zu lassen. Hinter den Fenstern des Wagens glitzerten die Lichter der Großstadt, die niemals schlief. Die Chinesen hatten sie *Gaulung* – neun Drachen – genannt, und er stellte sich vor, wie diese auf den Bergen über der Stadt lauerten, um sich herabzustürzen und die Schwachen und Leichtsinnigen zu vernichten. Er war weder schwach noch leichtsinnig.

Sie erreichten die Mody Road.

Der taoistische Priester, der ihn erwartete, sah wie eine Gestalt aus einem alten Farbholzschnitt aus: ein ehrwürdiger Greis mit langem, ziemlich schütterem Bart und einer wallenden, schon etwas verblichenen Robe.

»*Jou Sahn.*«

»*Jou Sahn.*«

»*Gei Do Chin?*«

»*Yat-Chin.*«

»*Jou.*«

Der Priester schloß die Augen zu einem stummen Gebet und begann, die *Tschim* – eine Holzschale mit numerierten Gebetsstäbchen – zu schütteln. Dann fiel ein Stäbchen heraus, und das

Schütteln hörte auf. Der taoistische Priester zog schweigend eine Tabelle zu Rate, bevor er sich an seinen Besucher wandte. Er sprach ein stockendes Englisch. »Götter sagen, du bald von gefährliche Feind befreit.«

Der Mann empfand jäh aufwallende Freude. Er war zu intelligent, um nicht zu wissen, daß diese uralte Wahrsagekunst nur auf Aberglauben basierte. Und er war zu intelligent, um sie zu ignorieren. Außerdem gab es ein weiteres gutes Omen: Heute war Konstantinstag, sein Geburtstag.

»Die Götter haben dich mit gutem *Fung shui* gesegnet.«

»Do jeh.«

»Hou wah.«

Fünf Minuten später saß er wieder in der Limousine und war zum Kai Tak, dem Airport von Kowloon, unterwegs, wo sein Privatflugzeug bereitstand, um ihn nach Athen zurückzubringen.

1

IOANNINA, GRIECHENLAND – JULI 1948

Jede Nacht erwachte sie schreiend aus dem gleichen Traum. Sie befand sich bei heulendem Sturm mitten auf einem See, und ein Mann und eine Frau drückten ihren Kopf ins eiskalte Wasser, um sie zu ertränken. Jedesmal schreckte sie nach Atem ringend, mit jagendem Puls und in Schweiß gebadet hoch.

Sie hatte keine Ahnung, wer sie war, und konnte sich an nichts erinnern. Sie sprach Englisch – aber sie wußte nicht, woher sie stammte oder wie sie nach Griechenland in das kleine Karmeliterinnenkloster gekommen war, in dem sie Zuflucht gefunden hatte.

Allmählich stellten sich quälend flüchtige Erinnerungen ein: vage, schemenhafte Bilder, die aufblitzten und ebensoschnell wieder verschwanden, ohne sich festhalten und genauer betrachten zu lassen. Sie kamen stets ohne Vorankündigung, überrumpelten sie förmlich und ließen sie verwirrt zurück.

Zu Anfang hatte sie viele Fragen gestellt. Die Karmeliterinnen waren freundlich und verständnisvoll, aber sie gehörten einem Schweigeorden an, und allein Mutter Theresa, die greise, gebrechliche Oberin, durfte mit ihr sprechen.

»Wissen Sie, wer ich bin?«

»Nein, mein Kind«, antwortete Mutter Theresa.

»Wie bin ich hierhergekommen?«

»Am Fuß dieser Berge liegt das Dorf Ioannina. Letztes Jahr sind Sie während eines Sturms mit einem kleinen Boot unten auf dem See gewesen. Das Boot ist gesunken, aber durch die Gnade Gottes haben zwei unserer Schwestern Sie gesehen und gerettet. Sie haben Sie hierhergebracht.«

»Aber... wo war ich vorher?«

»Es tut mir leid, mein Kind. Das weiß ich nicht.«

Damit konnte sie sich nicht zufriedengeben. »Hat denn niemand nach mir gefragt? Hat niemand versucht, mich zu finden.«

Mutter Theresa schüttelte den Kopf. »Niemand.«

Sie war so frustriert, daß sie am liebsten geschrien hätte. Aber sie ließ nicht locker. »Die Zeitungen... Sie müssen über mein Verschwinden berichtet haben.«

»Wie Sie wissen, ist uns jeglicher Kontakt mit der Außenwelt untersagt. Wir müssen uns dem Willen Gottes fügen, mein Kind. Wir müssen ihm für seine Gnade danken, dafür, daß Sie noch leben.«

Und das war alles gewesen, was sie herausbekommen hatte. Anfangs war sie zu krank gewesen, um sich Sorgen wegen ihrer ungeklärten Vergangenheit zu machen, aber im Laufe der Monate war sie genesen und wieder zu Kräften gekommen.

Als sie sich stark genug fühlte, verbrachte sie ihre Tage damit, in dem strahlenden Licht, das die Landschaft leuchten ließ, und der nach Wein und Zitronen duftenden sanften Brise den üppig blühenden Klostergarten zu pflegen.

Die Atmosphäre, in der sie lebte, war heiter und gelassen, und doch fand sie keine Ruhe. *Ich habe mich verirrt,* dachte sie, *aber niemanden kümmert es. Weshalb nicht? Habe ich etwas Böses getan? Wer bin ich? Wer bin ich? Wer bin ich?*

Wieder stiegen Bilder aus ihrem Unterbewußtsein auf. Eines Morgens sah sie sich beim Aufwachen plötzlich in einem Zimmer, in dem ein nackter Mann sie auszog. Nur ein Traum? Oder etwas, das in der Vergangenheit wirklich geschehen war? Wer war dieser Mann? Jemand, mit dem sie verheiratet war? Hatte sie einen Ehemann? Sie trug keinen Ehering. Tatsächlich besaß sie nichts außer der schwarzen Ordenstracht einer Karmelitin, die

Mutter Theresa ihr gegeben hatte, und eine Brosche: einen kleinen goldenen Vogel mit Rubinen als Augen und ausgebreiteten Schwingen.

Sie war eine namenlose Unbekannte, eine Fremde, die unter Fremden lebte. Hier gab es niemanden, der ihr helfen konnte – keinen Psychiater, der ihr hätte sagen können, daß ihre Psyche ein so schweres Trauma erlitten hatte, daß sie nur bei Verstand bleiben konnte, indem sie die Schrecken der Vergangenheit verdrängte.

Und die Bilder folgten rascher und immer rascher aufeinander, als habe ihr Gedächtnis sich plötzlich in ein gigantisches Puzzle verwandelt, von dem hier und da einzelne Teile zusammenpaßten. Einmal sah sie sich in einem riesigen Atelier voller Soldaten, in dem offenbar ein Film gedreht wurde. *Bin ich Schauspielerin gewesen?* Nein, sie schien für irgend etwas verantwortlich zu sein. *Aber wofür?*

Ein Soldat überreichte ihr einen Blumenstrauß. *Den müssen Sie selbst bezahlen*, sagte er lachend.

Zwei Nächte später träumte sie wieder von diesem Mann. Sie verabschiedete sich auf einem Flughafen von ihm – und wachte schluchzend auf, weil sie ihn verloren hatte.

Danach fand sie keinen Frieden mehr. Dies waren keine bloßen Träume, sondern Bruchstücke ihres Lebens, ihrer Vergangenheit. *Ich muß herausfinden, wer ich gewesen bin. Wer ich bin.*

Und eines Nachts gab ihr Unterbewußtsein ganz unerwartet, ohne die geringste Vorwarnung, einen Namen preis. *Catherine. Ich heiße Catherine Alexander.*

2

Obwohl das Imperium, das Constantin Demiris aufgebaut hatte, auf keiner Landkarte eingetragen war, herrschte er über ein Reich, das größer und mächtiger war als viele Staaten. Er gehörte zu den reichsten Männern der Welt, und sein Einfluß war unermeßlich groß. Er besaß weder Titel noch bekleidete er ein offizielles Amt, doch er kaufte und verkaufte regelmäßig Botschafter, Kardinäle, Ministerpräsidenten und Staatsoberhäupter. Demiris hatte seine Tentakel überallhin ausgestreckt und entschied mit über das Wohl und Weh Dutzender von Staaten.

Constantin Demiris war eine charismatische Gestalt: hochintelligent, von imposanter Statur, relativ groß, breitschultrig und muskelbepackt. Sein Gesicht mit dem dunklen Teint beherrschten eine kräftige griechische Nase und pechschwarze Augen. Er sah wie ein Habicht aus, ein Raubvogel. Wenn er wollte, konnte er unwiderstehlich charmant sein. Er beherrschte acht Sprachen und war ein glänzender Erzähler. Er besaß eine der bedeutendsten Kunstsammlungen der Welt, mehrere Privatflugzeuge und ein Dutzend Luxusapartments, Villen und Schlösser in aller Herren Länder. Er war ein Kenner und Genießer schöner Dinge und schöner Frauen. Als Liebhaber schien er für jede Überraschung gut zu sein, und seine Liebesaffären waren so farbig wie seine finanziellen Abenteuer.

Constantin Demiris war stolz darauf, ein Patriot zu sein. Vor seiner Villa in Kolonaki und auf seiner Privatinsel Psara war stets die blau-weiße griechische Fahne aufgezogen – aber er zahlte keine Steuern. Demiris fühlte sich in keiner Weise verpflichtet, sich an die für gewöhnliche Sterbliche geltenden Gesetze zu halten. In seinen Adern floß *Ichor* – das Blut der Götter.

Fast alle Menschen, auf die Demiris traf, wollten etwas von ihm: Kapital für ein geschäftliches Projekt, eine Spende für wohltätige

Zwecke oder einfach nur die Macht, die ihnen seine Freundschaft verleihen würde. Demiris machte sich einen Spaß daraus herauszubekommen, was diese Leute wirklich wollten – meistens etwas ganz anderes, als sie vorgaben. Sein analytischer Verstand mißtraute jedem äußeren Anschein, so daß er nichts glaubte, was ihm erzählt wurde, und keinem Menschen traute. Journalisten, die aus seinem Leben berichteten, bekamen nur den liebenswürdigen Charme eines kultivierten Mannes von Welt zu sehen. Sie hatten keinen Grund, hinter dieser Fassade den Killer, den Instinkt des Raubtiers zu vermuten.

Er war ein unbarmherziger Mann, der eine Kränkung niemals vergaß. Bei den alten Griechen war das Wort *Dikeossini*, Gerechtigkeit, oft gleichbedeutend mit *Ekdikissis*, Rache, gewesen, und Demiris war von beiden besessen. Nie vergaß er eine Beleidigung, die er jemals erlitten hatte, und wer das Unglück hatte, sich seine Feindschaft zuzuziehen, mußte dafür hundertfach büßen. Doch der Betroffene merkte es nicht gleich, denn Constantin Demiris machte seine Rache zu einem Spiel, bei dem er geduldig und voller Genuß komplizierte Fallen konstruierte und raffinierte Netze wob, in denen sich seine Feinde verfingen und zugrunde gingen.

Er studierte seine Opfer sorgfältig, analysierte ihre Persönlichkeit und wog ihre Stärken und Schwächen ab.

Auf einer Abendgesellschaft hatte Demiris einmal zufällig mitbekommen, wie ein Filmproduzent ihn als »diesen schmierigen Griechen« bezeichnete. Demiris wartete geduldig. Zwei Jahre später nahm der Produzent für eine Großproduktion, die er mit eigenen Mitteln drehte, eine weltbekannte Filmschauspielerin unter Vertrag. Demiris wartete, bis der Film zur Hälfte fertig war, dann brachte er die Hauptdarstellerin mit seinem beträchtlichen Charme dazu, die Dreharbeiten abzubrechen, um ihm auf seiner Jacht Gesellschaft zu leisten.

»Das werden unsere Flitterwochen«, versprach Demiris ihr.

Sie bekam die Flitterwochen, aber nicht die Hochzeit. Der Film konnte nicht zu Ende gedreht werden, und der Produzent mußte schließlich Konkurs anmelden.

Es gab einige Figuren in Demiris' Spiel, mit denen er noch alte Rechnungen zu begleichen hatte, aber er hatte es damit nicht eilig. Er genoß die Vorfreude, die Planung und die Ausführung. Heutzutage machte er sich keine Feinde mehr, weil niemand es sich leisten konnte, sein Feind zu sein, deshalb waren seine Opfer ausschließlich Menschen, die früher seine Wege gekreuzt hatten.

Aber Constantin Demiris' Sinn für *Dikeossini* war ambivalent. So wie er niemals eine Kränkung vergaß, so vergaß er auch nie einen Gefallen. Ein armer Fischer, der ihn als Jungen einmal für kurze Zeit bei sich aufgenommen hatte, fand sich als Eigner einer Fischfangflotte wieder. Eine Prostituierte, die den jungen Mann zum Abendessen eingeladen hatte, als er zu arm gewesen war, um sie zu bezahlen, erbte auf geheimnisvolle Weise ein Miethaus, ohne jemals zu erfahren, wer ihr Wohltäter gewesen war.

Demiris war als Sohn eines Hafenarbeiters in Piräus auf die Welt gekommen. Er hatte 14 Brüder und Schwestern, für die es daheim nie genug zu essen gab.

Schon in frühester Jugend bewies Constantin Demiris seine geradezu unheimliche Geschäftstüchtigkeit. Das mit Gelegenheitsarbeiten nach der Schule verdiente Geld hielt er so eisern zusammen, daß er schon als Sechzehnjähriger mit einem älteren Partner einen Imbißstand im Hafen aufmachen konnte. Das Geschäft florierte, aber sein Partner brachte ihn durch Betrug um seinen Anteil. Demiris brauchte zehn Jahre, um den Mann zu vernichten. Der Junge brannte förmlich vor Ehrgeiz. Oft lag er nachts wach und starrte mit leuchtenden Augen in die Dunkelheit. *Ich werde reich sein. Ich werde berühmt sein. Eines Tages wird jeder meinen Namen kennen.* Das war das einzige Wiegenlied, bei dem er Schlaf fand. Er hatte keine Ahnung, wie es dazu kommen würde. Er wußte nur, daß es geschehen würde.

Als Constantin Demiris an seinem 17. Geburtstag auf einen Zeitungsartikel über die Ölfelder Saudi-Arabiens stieß, hatte er das Gefühl, ihm würde sich plötzlich ein Zaubertor in die Zukunft öffnen.

»Ich gehe nach Saudi-Arabien«, erklärte er seinem Vater. »Ich werde auf den Ölfeldern arbeiten.«

»*Stasou!* Was verstehst du schon von Ölfeldern?«

»Nichts, Vater. Aber ich werde es lernen.«

Einen Monat später war Constantin Demiris unterwegs nach Saudi-Arabien.

Bei der Trans-Continental Oil Corporation war es üblich, daß ausländische Angestellte einen Zweijahresvertrag unterschrieben, aber das störte Demiris nicht weiter. Er hatte die Absicht, in Saudi-Arabien zu bleiben, bis er sein Glück gemacht hatte. Er hatte sich wundervolle Abenteuer aus 1001 Nacht und ein geheimnisvolles Märchenland mit exotischen Schönheiten und aus der Erde sprudelndem schwarzen Gold vorgestellt. Die Wirklichkeit war ein Schock.

Frühmorgens an einem Sommertag kam Demiris in Fadhili an, einem trostlosen Camp mitten in der Wüste, dessen häßliche Steingebäude von *Barastis* umgeben waren. In diesen kleinen Hütten aus Ästen und Zweigen hausten rund tausend einfache Arbeiter, die meisten von ihnen Saudis. Die wenigen Frauen, die über die staubigen Straßen schlurften, waren tief verschleiert.

Demiris betrat das Gebäude, in dem J. J. McIntyre, der Personalchef, sein Büro hatte.

McIntyre hob den Kopf, als der junge Mann hereinkam. »So, Sie sind von der Zentrale angestellt worden, was?«

»Ja, Sir.«

»Schon mal auf Ölfeldern gearbeitet, Sohn?«

Demiris war sekundenlang versucht zu lügen. »Nein, Sir.«

McIntyre grinste. »Hier wird's Ihnen gefallen! Eine Million Meilen von jeglicher Zivilisation entfernt, schlechtes Essen, keine Frauen, die Sie anfassen dürfen, ohne den Pimmel abgeschnitten zu kriegen, und Abend für Abend diese gottverdammte Langeweile. Aber die Bezahlung ist gut, was?«

»Ich bin hier, um zu lernen«, sagte Demiris ernsthaft.

»Ach wirklich? Dann erzähle ich Ihnen am besten, was Sie als erstes lernen müssen. Sie sind jetzt in einem islamischen Land. Das bedeutet absolutes Alkoholverbot. Wer beim Stehlen erwischt wird, kriegt die rechte Hand abgehackt. Beim zweiten Mal die linke. Beim dritten Mal einen Fuß. Mörder werden geköpft.«

»Ich habe nicht vor, jemanden zu ermorden.«

»Warten Sie's ab«, grunzte McIntyre. »Sie sind eben erst angekommen.«

Im Lager herrschte ein babylonisches Sprachgewirr, weil die Arbeiter und Angestellten aus aller Herren Länder sich ihrer Muttersprache bedienten. Mit seinem guten Ohr für Sprachen war Demiris bald in der Lage, ihren Unterhaltungen zu folgen. Die Männer bauten Straßen durch die Wüste, errichteten Unterkünfte, stellten Generatoren auf, verlegten Telefonkabel, richteten Werkstätten ein, Wasserleitungen und Drainagen und erfüllten Hunderte von weiteren Aufgaben. Sie schufteten bei Temperaturen von über 40° C im Schatten und litten unter Fliegen, Moskitos, Sandstürmen, Fieber und Ruhr. Selbst hier in der Wüste gab es eine gesellschaftliche Hierarchie. Ganz oben standen die Männer, die nach Öl suchten, und unten waren die Bauarbeiter zu finden, die »Holzköpfe« hießen, und das als »Glanzhosen« bezeichnete Büropersonal.

Fast alle Männer, die mit der eigentlichen Ölsuche zu tun hatten

– die Geologen, Vermesser, Ingenieure und Petrolchemiker –, waren Amerikaner, denn der neue Gestängebohrer war in den Vereinigten Staaten entwickelt worden, und die Amerikaner beherrschten seine Handhabung am besten. Constantin Demiris bemühte sich sehr um ihre Freundschaft.

Der junge Mann verbrachte möglichst viel Zeit in Gesellschaft der Bohrleute und bestürmte sie unermüdlich mit Fragen. Die so gewonnenen Informationen sog er auf wie der heiße Wüstensand das Wasser.

«Wird der Bohrmeißel nicht stumpf, wenn er ständig arbeitet?«

»Natürlich. Dann müssen wir das gottverdammte Bohrgestänge raufziehen, unten einen neuen Bohrmeißel dranschrauben und das Gestänge wieder runterlassen. Willst du auch mal Driller werden?«

»Nein, Sir. Ich werde Ölquellen besitzen.«

»Glückwunsch. Kann ich jetzt weiterarbeiten?«

»Entschuldigung, woher wissen Sie, *wo* Sie bohren müssen?«

»Wir haben viele Geologen – Steinschnüffler –, die unterirdische Schichten vermessen und Gesteinsproben analysieren. Danach sind die Seilwürger an der Reihe, um . . .«

»Entschuldigung, was ist ein Seilwürger?«

»Ein Driller. Sobald sie . . .«

Constantin Demiris arbeitete vom frühen Morgen bis Sonnenuntergang, transportierte Bohrtürme durch die glutheiße Wüste, säuberte Bohrausrüstungen und lenkte Lastwagen an aus felsigen Hügeln austretenden Flammenzungen vorbei. Diese Flammen brannten Tag und Nacht und fackelten die austretenden giftigen Gase ab.

J. J. McIntyre hatte Demiris die Wahrheit gesagt. Das Essen war schlecht, die Unterkünfte waren elend, und abends gab es keinerlei

Unterhaltung. Noch schlimmer war, daß Demiris das Gefühl hatte, alle Poren seines Körpers wären mit Sandkörnern verstopft. Die Wüste lebte, und niemand konnte ihr entrinnen. Der Sand drang in die Hütte, durch seine Kleidung und in seinen Körper, bis er glaubte zu verzweifeln. Aber es sollte alles noch schlimmer kommen.

Der *Schamal* brach los. Einen Monat lang heulten Tag für Tag Sandstürme mit einer Intensität über das Lager hinweg, die einen Mann zum Wahnsinn treiben konnte.

Demiris starrte durch einen Türspalt seines *Barasti* in die wirbelnden Sandschwaden hinaus. »Sollen wir etwa dort draußen arbeiten?«

»Da hast du verdammt recht, Charlie-Boy! Du bist hier nicht auf Kur!«

Überall um sie herum wurde Öl entdeckt. Aus Abu Hadriya, aber auch aus Quatif und Haradh meldete man neue Funde, und die Arbeiter mußten Überstunden machen.

Zu den Neuankömmlingen im Lager gehörten ein englischer Geologe und seine Frau. Henry Potter war Ende Sechzig und seine Frau Sybil Anfang Dreißig. In jeder anderen Umgebung hätte Sybil Potter als durchschnittlich aussehende, übergewichtige Frau mit hoher, schriller Stimme gegolten. Aber in Fadhili war sie eine atemberaubende Schönheit. Da Henry Potter ständig unterwegs war, um neue Öllagerstätten zu erkunden, blieb seine Frau viel allein.

Der junge Demiris wurde ihr zugeteilt, um ihr beim Einzug zu helfen und die Eingewöhnung zu erleichtern.

»Dies ist das elendste Nest, das ich in meinem Leben gesehen habe«, jammerte Sybil Potter schrill. »Henry schleppt mich ständig in schreckliche Gegenden wie diese hier. Ich weiß überhaupt nicht, warum ich das immer wieder mitmache.«

»Ihr Mann leistet sehr wichtige Arbeit«, erklärte Demiris ihr.

Sie betrachtete den attraktiven jungen Mann abschätzend. »Mein Mann leistet nicht auf allen Gebieten das, was er leisten sollte. Verstehst du, was ich meine?«

Demiris verstand nur allzugut. »Nein, Ma'am.«

»Wie heißt du?«

»Demiris, Ma'am. Constantin Demiris.«

»Wie nennen deine Freunde dich?«

»Costa.«

»Nun, Costa, ich glaube, wir werden sehr gute Freunde werden. Jedenfalls haben wir nichts mit diesen Bimbos gemeinsam, nicht wahr?«

»Bimbos?«

»Du weißt schon – mit diesen Ausländern.«

»Ich muß weiterarbeiten«, sagte Demiris.

In den Wochen darauf erfand Sybil Potter ständig Gründe, um den jungen Mann zu sich zu rufen.

»Henry ist seit heute morgen unterwegs«, erklärte sie ihm. »Wieder zu seiner blöden Bohrerei.« Sie fügte kokett hinzu: »Er sollte mehr zu Hause bohren.«

Demiris wußte nicht, was er sagen sollte. In der Firmenhierarchie war der Geologe ein sehr wichtiger Mann, und Demiris hatte nicht die Absicht, sich mit seiner Frau einzulassen und dadurch seinen Job zu gefährden. Ohne es begründen zu können, wußte er bestimmt, daß dieser Job der Schlüssel zu allem war, was er sich erträumt hatte. Die Zukunft gehörte dem Öl, und Demiris war entschlossen, daran teilzuhaben.

Eines Nachts ließ Sybil Potter ihn aus dem Bett holen. Demiris betrat die Siedlung, in der sie wohnte, und klopfte an die Tür ihres kleinen Hauses.

»Herein!« Sybil trug ein hauchdünnes Nachthemd, das unglücklicherweise nichts verbarg.

»Ich ... Sie haben nach mir geschickt, Ma'am?«

»Ja, komm herein, Costa. Diese Nachttischlampe scheint defekt zu sein.«

Demiris trat mit abgewandtem Blick an den Nachttisch und griff nach der Lampe, um sie zu begutachten. »Die Glühbirne ist locker, darum ...« Er spürte, wie ihr Leib sich gegen seinen Rücken drängte und ihre Hände über seinen Körper glitten. »Mrs. Potter ...«

Sie küßte ihn heißhungrig und drückte ihn aufs Bett. Von diesem Augenblick an verlor er endgültig die Kontrolle über den Gang der Dinge.

Seine Sachen lagen auf dem Fußboden, und er stieß in sie hinein, und sie kreischte vor Lust. »So ist's richtig! Ja, so! Mein Gott, wie lange hab' ich das entbehren müssen!«

Zuletzt stöhnte sie auf, und ein Zittern durchlief ihren Körper. »Oh, Darling, ich liebe dich!«

Demiris war kurz davor, in Panik zu geraten. *Was hast du getan? Wenn Potter das rauskriegt, bist du erledigt!*

Sybil Potter kicherte, als habe sie seine Gedanken erraten. »Das bleibt unser kleines Geheimnis, nicht wahr, Darling?«

Ihr kleines Geheimnis existierte noch einige Monate weiter. Demiris konnte ihr nicht aus dem Weg gehen, und da ihr Mann jeweils für einige Tage unterwegs war, gab es keine Ausrede, die ihn davor hätte bewahren können, mit ihr ins Bett gehen zu müssen. Erschwerend kam hinzu, daß Sybil Potter sich sinnlos in ihn verliebt hatte.

»Du bist viel zu gut, um hier zu arbeiten, Darling«, erklärte sie ihm. »Du und ich, wir gehen nach England zurück.«

»Meine Heimat ist Griechenland.«

»Jetzt nicht mehr.« Sie streichelte seinen schlanken, sehnigen Körper. »Du kommst mit mir nach Hause. Ich laß mich von Henry scheiden, und wir heiraten.«

Demiris wurde von panikartiger Angst erfaßt. »Sybil, ich .... ich habe kein Geld. Ich ...«

Sie ließ ihre Lippen über seine Brust wandern. »Das ist kein Problem. Ich weiß, wie du zu Geld kommen kannst, Sweetheart.«

»Wie denn?«

Sie setzte sich im Bett auf. »Gestern abend hat Henry mir erzählt, daß er gerade ein neues großes Ölvorkommen entdeckt hat. Darauf versteht er sich wirklich, weißt du. Jedenfalls war er ganz aufgeregt! Bevor er wieder losfuhr, hat er seinen Bericht geschrieben und mich gebeten, ihn morgen dem Kurier mitzugeben. Ich habe ihn hier. Willst du ihn lesen?«

Demiris spürte sein Herz rascher schlagen. »Ja. Ich ... ich würde ihn gern lesen.« Er beobachtete, wie sie aufstand und zu dem verkratzten Tischchen unter dem Fenster hinüberwatschelte. Sie griff nach einem großen braunen Umschlag und kam damit ins Bett zurück.

»Mach ihn auf!«

Demiris zögerte nur einen Augenblick. Er riß den Umschlag auf und zog Potters fünf Seiten langen Bericht heraus. Nachdem er ihn rasch überflogen hatte, las er ihn nochmals Wort für Wort.

»Sind diese Informationen was wert?«

Sind diese Informationen was wert? Dieser Bericht betraf ein neues Ölfeld, das wahrscheinlich zu den ergiebigsten aller bisher entdeckten Felder gehören würde.

Demiris schluckte trocken. »Ja. Sie ... sie könnten wertvoll sein.«

»Da hast du's!« meinte Sybil zufrieden. »Jetzt haben wir Geld.«

Er seufzte. »So einfach ist es leider nicht.«

»Warum nicht?«

Demiris erklärte es ihr. »Damit ist nur jemandem geholfen, der es sich leisten kann, Optionen auf das Land über den Öllagerstätten zu kaufen. Und die kosten viel Geld, sehr viel Geld.« Er hatte knapp 300 Dollar auf seinem Bankkonto.

»Oh, deswegen brauchst du dir keine Sorgen zu machen. Henry hat Geld. Ich schreibe dir einen Scheck. Genügen fünftausend Dollar?«

Constantin Demiris wollte seinen Ohren nicht trauen. »Ja. Ich... ich weiß nicht, was ich sagen soll.«

»Es ist für uns, Darling. Für unsere Zukunft.«

Er setzte sich im Bett auf und überlegte angestrengt. »Sybil, glaubst du, daß du diesen Bericht noch ein bis zwei Tage hierbehalten kannst?«

»Natürlich. Ich lasse ihn bis Freitag liegen. Reicht das, Darling?«

Er nickte langsam. »Das müßte reichen.«

Mit den 5000 Dollar von Sybil – *Nein, das ist kein Geschenk, sondern ein Darlehen,* sagte er sich – sicherte sich Constantin Demiris die Optionen auf das Land über den vermuteten Lagerstätten. Als dann einige Monate später die ersten Ölquellen zu sprudeln begannen, war er über Nacht zum Millionär geworden.

Er zahlte Sybil Potter ihre 5000 Dollar zurück, schickte ihr ein neues Nachthemd und kehrte nach Griechenland heim.

Sie sah ihn nie wieder.

3

Eine Theorie besagt, daß in der Natur niemals etwas verlorengeht – daß jeder jemals erzeugte Ton, jedes jemals gesprochene Wort noch irgendwo in Raum und Zeit existieren und möglicherweise eines Tages zurückgeholt werden können.

Wer hätte vor der Erfindung des Radios geglaubt, sagen die Verfechter dieser Theorie, *daß die Atmosphäre um uns herum voller Musik und Nachrichten und Stimmen aus aller Welt ist?*

Eines Tages werden wir in die Vergangenheit zurückreisen und alles hören können: Lincolns Gettysburger Ansprache, die Stimme Shakespeares, die Bergpredigt ...

Catherine Alexander hörte Stimmen aus ihrer Vergangenheit – aber sie waren undeutlich und bruchstückhaft und verwirrten sie nur noch mehr ...

»Weißt du, daß du eine ganz besondere Frau bist, Cathy? Ich habe es auf den ersten Blick gemerkt ...«

»Es ist aus, ich liebe eine andere. Ich lasse mich scheiden ...«

»Ich weiß, wie gemein ich zu dir gewesen bin. Ich will alles wiedergutmachen ...«

»Er hat versucht, mich umzubringen ...«

»Wer hat versucht, Sie umzubringen?«

»Mein Mann!«

Die Stimmen wollten nicht verstummen. Sie waren eine Qual. Ihre Vergangenheit wurde zu einem Kaleidoskop aus wechselnden Bildern, die durch ihren Kopf huschten.

Das Kloster, das ihr ein wunderbar friedvoller Zufluchtsort hätte sein sollen, war plötzlich zu einem Gefängnis geworden. *Ich gehöre nicht hierher. Aber wohin gehöre ich?* Sie wußte es nicht.

Im Kloster gab es keinen Spiegel, aber in einem Teich im Garten spiegelte sich der Himmel. Catherine hatte ihn bisher bewußt gemieden, weil sie sich davor fürchtete, was er ihr zeigen würde. Aber an diesem Morgen ging sie zum Teich, kniete langsam nieder und betrachtete ihr Spiegelbild.

Die glatte Wasserfläche zeigte ihr eine höchst attraktive Frau mit schwarzem Haar, sonnengebräuntem Teint, ebenmäßigen Zügen und ernsten grauen Augen, die todtraurig wirkten – aber das konnte auch ein Trick des Wassers sein. Sie sah volle, zum Lächeln bereite Lippen und die leichte Stupsnase einer schönen Frau von Anfang Dreißig – einer Frau ohne Vergangenheit und ohne Zukunft, einer Frau ohne Gedächtnis. *Ich brauche jemanden, der mir hilft,* dachte Catherine verzweifelt, *jemanden, mit dem ich reden kann.* Sie betrat Mutter Theresas Arbeitszimmer.

»Ehrwürdige Mutter ...«

»Ja, mein Kind?«

»Ich ... möchte mich von einem Arzt behandeln lassen. Von jemandem, der mir helfen kann, zu mir selbst zurückzufinden.«

Die Oberin bedachte sie mit einem langen Blick. »Setzen Sie sich.«

Catherine nahm auf dem Holzstuhl vor dem alten, verschrammten Schreibtisch Platz.

»Gott ist Ihr Arzt, meine Liebe«, stellte Mutter Theresa ruhig fest. »Er wird Sie beizeiten erfahren lassen, was Sie wissen sollen. Außerdem darf kein Fremder unser Kloster betreten.«

Catherine fiel plötzlich etwas ein ... eine vage Erinnerung an einen Mann, der im Klostergarten mit ihr sprach, ihr irgend etwas gab ... Aber das Bild verschwand so rasch, wie es gekommen war.

»Ich gehöre nicht hierher.«

»Wohin gehören Sie dann?«

Genau das war das Problem. »Das weiß ich nicht. Ich suche irgend etwas. Verzeihen Sie, Ehrwürdige Mutter, aber ich weiß, daß ich es hier nicht finden werde.«

Mutter Theresa beobachtete sie mit nachdenklicher Miene. »Ich verstehe. Wohin würden Sie von hier aus gehen?«

»Auch das weiß ich nicht.«

»Lassen Sie mich darüber nachdenken, mein Kind. Wir sprechen bald wieder darüber.«

»Danke, Ehrwürdige Mutter.«

Nachdem Catherine gegangen war, saß Mutter Theresa lange an ihrem Schreibtisch und starrte ins Leere. Sie hatte eine sehr schwere Entscheidung zu treffen. Zuletzt griff sie nach einem

Briefbogen, schraubte ihren Füllfederhalter auf und begann zu schreiben.

»Sehr geehrter Herr«, schrieb sie, »hier ist eine Veränderung eingetreten, auf die ich Sie aufmerksam machen möchte. Unsere gemeinsame Freundin hat mir erklärt, daß sie das Kloster zu verlassen wünscht. Teilen Sie mir bitte mit, was ich tun soll.«

Er las den kurzen Brief einmal, lehnte sich in seinen Sessel zurück und dachte über die Konsequenzen dieser Mitteilung nach. *Catherine Alexander will also von den Toten auferstehen! Wie schade. Ich werde sie beseitigen lassen müssen. Aber vorsichtig, sehr vorsichtig.*

Der erste Schritt würde der sein, sie aus dem Kloster zu holen. Constantin Demiris fand, daß es an der Zeit war, Mutter Theresa einen Besuch abzustatten.

Am nächsten Morgen ließ Demiris sich von seinem Chauffeur nach Ioannina fahren. Auf der Fahrt über Land dachte er an Catherine Alexander. Er erinnerte sich daran, wie schön sie gewesen war, als er sie kennengelernt hatte. Eine fröhliche, intelligente und geistreiche Frau, die sich auf ihr zukünftiges Leben in Griechenland gefreut hatte. *Sie hat alles gehabt,* dachte Demiris, *und dann haben die Götter sich an ihr gerächt.* Catherine war mit einem seiner Piloten verheiratet gewesen, und die Ehe mit ihm war zur Hölle auf Erden geworden. Catherine war fast über Nacht um zehn Jahre gealtert und zu einer schwammigen, aufgedunsenen Alkoholikerin geworden. Demiris seufzte. *Schade um sie!*

»Es ist mir sehr unangenehm, Sie damit belästigen zu müssen«, entschuldigte die Oberin sich, »aber das Kind weiß nicht, wohin es gehen soll, und ...«

»Sie haben völlig richtig gehandelt«, versicherte Constantin Demiris ihr. »Hat sie denn gar keine Erinnerung an ihre Vergangenheit?«

Mutter Theresa schüttelte den Kopf. »Nein. Die Ärmste...« Sie trat ans Fenster und blickte in den Klostergarten hinaus, in dem mehrere Nonnen arbeiteten. »Sie ist dort draußen.«

Demiris stand auf, kam ans Fenster und sah ebenfalls hinaus. Die drei Nonnen kehrten ihnen den Rücken zu. Er wartete. Dann drehte sich die mittlere um, so daß er ihr Gesicht sehen konnte. Sie war so schön, daß es ihm fast den Atem verschlug. Wo war die schwammige, aufgedunsene Alkoholikerin geblieben?

»Sie ist die in der Mitte«, sagte Mutter Theresa.

Constantin Demiris nickte wortlos.

»Was soll ich mit ihr anfangen?«

Vorsichtig. »Lassen Sie mich darüber nachdenken«, antwortete Demiris. »Ich benachrichtige Sie dann.«

Constantin Demiris mußte eine Entscheidung treffen. Catherine Alexanders Aussehen hatte ihn überrascht. Sie hatte sich völlig verwandelt. *Kein Mensch würde sie wiedererkennen.* Der Plan, der ihm jetzt einfiel, war so teuflisch simpel, daß er beinahe laut aufgelacht hätte.

Noch am selben Abend schrieb er Mutter Theresa einen kurzen Brief.

Ein Wunder! dachte Catherine. *Ein wahrgewordener Traum.* Nach dem Morgengebet war Mutter Theresa in ihre winzige Zelle gekommen.

»Ich habe Ihnen etwas mitzuteilen, mein Kind.«

»Ja, Ehrwürdige Mutter?«

Die Oberin wählte ihre Worte mit Bedacht. »Ich habe eine gute Nachricht für Sie. Ich habe einem Freund des Klosters von Ihnen berichtet, und er will Ihnen helfen.«

Catherine fühlte ihr Herz jagen. »Mir helfen... wie?«

»Das wird er Ihnen selbst erklären. Aber er ist ein sehr freundlicher und großzügiger Mann. Sie werden uns bald verlassen.«

Ihre Worte bewirkten, daß Catherine urplötzlich ein kalter Schauer über den Rücken lief. Sie würde in eine fremde Welt hinausgehen, an die sie sich nicht einmal erinnern konnte ... *Und wer ist mein Wohltäter?*

Aber von Mutter Theresa erfuhr sie nichts weiter als: »Er ist ein sehr fürsorglicher Mann. Sie sollten ihm dankbar sein. Sein Wagen holt Sie am Montagmorgen ab.«

In den beiden folgenden Nächten fand Catherine Alexander kaum Schlaf. Die Vorstellung, das Kloster verlassen und in die unbekannte Welt hinausgehen zu müssen, war plötzlich erschreckend. Sie fühlte sich nackt und schutzlos. *Vielleicht ist es besser, wenn ich nicht weiß, wer ich bin. Bitte, lieber Gott, gib auf mich acht.*

Am Montagmorgen stand die Limousine schon um sieben Uhr vor dem Klostertor. Catherine hatte die ganze Nacht wach gelegen und an die vor ihr liegende unbekannte Zukunft gedacht.

Mutter Theresa begleitete sie bis zum in die Welt hinausführenden Tor.

»Wir werden für Sie beten, mein Kind. Und denken Sie daran, daß wir immer Platz für Sie haben, falls Sie zurückkommen möchten.«

»Danke, ehrwürdige Mutter. Ich werde daran denken.«

Aber in ihrem Innersten wußte Catherine, daß sie nie zurückkommen würde.

Die lange Fahrt von Ioannina nach Athen weckte in Catherine die widersprüchlichsten Empfindungen. Obwohl es herrlich aufregend war, außerhalb der Klostermauern zu sein, wirkte die Außenwelt irgendwie bedrohlich. *Werde ich erfahren, was in meiner Vergangenheit Schreckliches passiert ist? Hat es irgendwas mit meinem immer wiederkehrenden Traum zu tun, in dem jemand versucht, mich zu ertränken?*

Am frühen Nachmittag fuhren sie durch größere Dörfer, erreichten die Außenbezirke von Athen und befanden sich wenig später im Gewirr der Millionenstadt. Catherine erschien alles fremd und unwirklich – und dennoch merkwürdig vertraut. *Hier bin ich schon einmal gewesen!* dachte sie aufgeregt.

Der Chauffeur fuhr nach Osten weiter, und eine Viertelstunde später erreichten sie einen riesigen Landsitz hoch auf einem Hügel. Sie fuhren an einem Pförtnerhäuschen vorbei durch ein hohes schmiedeeisernes Tor, folgten einer von majestätischen Zypressen gesäumten langen Auffahrt und hielten dann vor einer weitläufigen weißen Villa im mediterranen Stil, die von einem halben Dutzend herrlicher Statuen flankiert war.

Der Chauffeur riß Catherine den Schlag auf, und sie stieg aus. Vor dem Portal wartete ein Mann.

»*Kalimera.*« Das »Guten Tag« kam wie von selbst von Catherines Lippen.

»*Kalimera.*«

»Sind Sie... sind Sie der Mann, der mich hierher eingeladen hat?«

»Nein, Miss, ich bin der Butler. Mr. Demiris erwartet Sie in der Bibliothek.«

Demiris. Den Namen habe ich noch nie gehört. Weshalb will er mir helfen?

Catherine Alexander folgte dem Butler durch eine Rotunde, deren riesige Glaskuppel von Marmorsäulen getragen wurde. Auch der Fußboden bestand aus weißem italienischen Marmor.

Das große Wohnzimmer war eine Wohnhalle mit hoher Balkendecke und zu Sitzgruppen zusammengestellten, bequem niedrigen Ledersofas und -sesseln. Ein übergroßes Gemälde – ein dunkel dräuender Goya – nahm eine ganze Wand ein. Catherines Begleiter blieb vor der Tür zur Bibliothek stehen.

»Mr. Demiris erwartet Sie drinnen.«

Die Wände der Bibliothek verschwanden hinter mit Gold abgesetzten weißen Bücherschränken, in denen lange Reihen kostbarer Lederbände mit goldgeprägten Buchrücken standen. Hinter dem riesigen Schreibtisch am Fenster saß ein Mann. Er hob den Kopf, als Catherine hereinkam, und stand auf. Er beobachtete ihre Miene, ohne darin das geringste Zeichen von Erkennen zu finden.

»Willkommen! Ich bin Constantin Demiris. Wie ist Ihr Name?« Er stellte diese Frage eher beiläufig. *Ob sie sich an ihren Namen erinnerte?*

»Catherine Alexander.«

Demiris ließ keine Reaktion erkennen. »Willkommen, Miss Alexander. Nehmen Sie bitte Platz.« Er setzte sich ihr gegenüber auf eine schwarze Ledercouch. Aus der Nähe war Catherine noch attraktiver. *Eine herrliche Frau. Sogar in dieser schwarzen Kutte... Eine Schande, etwas so Schönes zu vernichten. Wenigstens wird sie glücklich sterben.*

»Es... ist sehr freundlich von Ihnen, mich zu empfangen«, begann Catherine zögernd. »Ich weiß allerdings nicht, weshalb Sie...«

Er lächelte freundlich. »Das ist schnell erklärt. Ich gehe Mutter Theresa von Zeit zu Zeit ein bißchen zur Hand. Das Kloster ist sehr arm, und ich tue, was ich kann. Als sie mir von Ihnen geschrieben und mich gebeten hat, Ihnen zu helfen, habe ich geantwortet, daß ich es gern versuchen würde.«

»Das ist sehr...« Sie machte eine Pause, weil sie nicht recht weiterwußte. »Hat Mutter Theresa Ihnen gesagt, daß ich... daß ich das Gedächtnis verloren habe?«

»Ja, das hat sie erwähnt.« Er machte eine Pause, bevor er wie beiläufig fragte: »Woran erinnern Sie sich noch?«

»Ich weiß meinen Namen – aber nicht, woher ich komme oder wer ich wirklich bin.« Sie fügte hoffnungsvoll hinzu: »Vielleicht finde ich hier in Athen jemanden, der mich kennt.«

Constantin Demiris mußte sich beherrschen, um sich nichts anmerken zu lassen. Gerade *das* mußte unbedingt verhindert werden! »Das ist natürlich möglich«, sagte er bedächtig. »Warum unterhalten wir uns nicht morgen früh ausführlicher darüber? Jetzt muß ich leider zu einer Besprechung. Ich habe veranlaßt, daß hier im Haus eine Gästesuite für Sie hergerichtet wurde. Sie werden sich darin wohl fühlen, hoffe ich.«

»Ich... ich weiß wirklich nicht, wie ich Ihnen für alles danken soll.«

Er winkte ab. »Das brauchen Sie nicht. Hier werden Sie gut betreut. Fühlen Sie sich bitte wie zu Hause.«

»Danke, Mr....«

»Meine Freunde nennen mich Costa.«

Die Hausdame führte Catherine in eine in sanften Pastelltönen gehaltene phantastische Gästesuite mit einem übergroßen Himmelbett, weißen Ledersofas und -sesseln, kostbaren alten Möbeln, chinesischen Vasenlampen und impressionistischen Gemälden. Meergrüne Lamellenjalousien hielten allzu grelles Sonnenlicht ab. Ein Blick aus dem Fenster zeigte Catherine in der Ferne einen Streifen des Saronischen Golfs.

»Mr. Demiris hat veranlaßt, daß Ihnen eine Kleiderkollektion vorgelegt wird«, sagte die Hausdame. »Sie möchten sich bitte aussuchen, was Ihnen gefällt.«

Catherine wurde zum ersten Mal bewußt, daß sie noch immer die Ordenstracht aus dem Kloster trug.

»Danke.« Sie sank auf das weiche Bett und kam sich vor wie in einem Traum. *Wer ist dieser Unbekannte – und weshalb ist er so freundlich zu mir?*

Eine Stunde später hielt ein mit Kleiderkisten vollgepackter Lieferwagen vor dem Haus. Eine Directrice wurde in Catherines Suite geführt.

»Ich bin Madame Dimas. Mal sehen, womit wir arbeiten müssen. Würden Sie sich bitte ausziehen?«

»Ich ... Verzeihung?«

»Ziehen Sie sich bitte aus. Solange Sie Ordenstracht tragen, kann ich Ihre Figur nicht beurteilen.«

Wie lange war es schon her, daß sie sich einem anderen Menschen nackt gezeigt hatte? Catherine zog sich langsam und verlegen aus. Als sie dann nackt vor der Directrice stand, musterte Madame Dimas sie mit geübtem Blick. Sie war beeindruckt.

»Sie haben eine ausgezeichnete Figur. Ich glaube, daß wir Sie sehr gut werden bedienen können.«

Zwei ihrer Assistentinnen schleppten Kisten voller Kleider, Unterwäsche, Blusen, Röcke und Schuhe herein.

»Suchen Sie sich aus, was Ihnen gefällt«, forderte Madame Dimas Catherine auf. »Danach probieren wir die Sachen an.«

»Ich ... ich kann mir diese teuren Sachen nicht leisten!« protestierte Catherine. »Ich habe kein Geld.«

Die Directrice lachte. »Geld dürfte kein Problem sein. Die Rechnung geht an Mr. Demiris.«

Warum tut er das für mich?

Die feinen Stoffe erinnerten sie vage an Sachen, die sie früher getragen haben mußte. Es waren Seiden-, Tweed- und Baumwollgewebe in ausgesuchten Farben.

Die drei Frauen arbeiteten so rasch und geschickt, daß Catherine nach zwei Stunden Besitzerin eines halben Dutzends eleganter Garnituren war. Ein überwältigendes Gefühl! Sie saß da und wußte nicht, was sie mit sich anfangen sollte.

Jetzt bin ich todschick – und weiß nicht, wohin. Doch, es *gab* ein Ziel – sie konnte in die Stadt fahren. Der Schlüssel zu allem, was ihr zugestoßen war, lag in Athen. Davon war sie überzeugt. Sie stand abrupt auf. *Komm, Fremde, vielleicht kriegen wir raus, wer du bist.*

Als Catherine die große Eingangshalle durchquerte, trat der Butler auf sie zu. »Kann ich Ihnen behilflich sein, Miss?«

»Ja. Ich . . . ich möchte in die Stadt fahren. Würden Sie mir bitte ein Taxi rufen?«

»Das wird nicht nötig sein, Miss. Unsere Limousinen stehen zu Ihrer Verfügung. Ich lasse einen Fahrer für Sie kommen.«

Catherine zögerte. »Danke.« *Ob Mr. Demiris böse ist, wenn ich in die Stadt fahre? Er hat nicht gesagt, daß ich's nicht tun soll.*

Wenige Minuten später saß sie im Fond einer Daimler-Limousine und war in Richtung Stadtmitte unterwegs.

Das bunte, lärmende Treiben in den belebten Straßen und die Denkmäler und Ruinen, die draußen in eindrucksvoller Folge vorbeizogen, machten Catherine zunächst fast benommen.

Der Chauffeur zeigte nach vorn und sagte stolz: »Das ist der Parthenon, Miss, oben auf der Akropolis.«

Catherine starrte zu dem so vertrauten weißen Marmortempel hinauf. »Der jungfräulichen Athene, der Göttin der Weisheit, geweiht«, hörte sie sich sagen.

Der Fahrer lächelte anerkennend. »Interessieren Sie sich für griechische Geschichte, Miss?«

Tränen der Enttäuschung ließen die Akropolis vor Catherines Blick verschwimmen. »Ich weiß es nicht«, flüsterte sie. »Ich weiß es nicht.«

Sie fuhren an einer weiteren Ruine vorbei. »Dies ist das Odeion des Herodes Atticus. Wie Sie sehen, steht ein Teil der Mauern noch. Es hat einst über fünftausend Plätze gehabt.«

»Sechstausendzweihundertsiebenundfünfzig«, sagte Catherine leise.

Überall zwischen den zeitlosen Ruinen ragten Hotels und Bürogebäude auf – eine exotische Mischung aus Vergangenheit und Gegenwart. In der Innenstadt fuhr die Limousine an einem großen Park mit einem glitzernden Springbrunnen in seiner Mitte vorbei. Dutzende von Tischen mit blauen Sonnenschirmen über grünen und orangeroten Schirmständern säumten den Park.

Das habe ich alles schon einmal gesehen, dachte Catherine, deren Hände klamm wurden. *Und ich bin glücklich gewesen.*

In fast jedem Häuserblock gab es Straßencafés, und an den Straßenecken verkauften Männer frisch aus dem Meer geholte Schwämme. Überall priesen Blumenhändler, deren Stände ein buntes Blütenmeer waren, stimmgewaltig ihre Ware an.

Die Limousine hatte den Syntagmaplatz erreicht.

Als sie an einem Hotel an einer Ecke des Platzes vorbeikamen, rief Catherine plötzlich: »Bitte halten Sie an!«

Sie konnte vor Aufregung kaum atmen. *Dieses Hotel kenne ich. Hier habe ich schon gewohnt.*

Ihre Stimme zitterte, als sie weitersprach. »Ich möchte hier aussteigen. Könnten Sie mich in . . . zwei Stunden abholen?«

»Natürlich, Miss.« Der Chauffeur beeilte sich, ihr die Tür zu öffnen, und Catherine stieg in die heiße Sommerluft aus. Sie fühlte, wie ihr die Beine zitterten. »Alles in Ordnung, Miss?« Sie konnte nicht antworten; sie hatte das Gefühl, am Rande eines Abgrunds zu stehen, dicht davor zu sein, in unbekannte, schreckliche Tiefen zu stürzen.

Catherine bewegte sich durch das ungewohnte Gedränge und staunte über die durch die Straßen hastenden Menschenmassen, deren Stimmen sich in einer lauten Kakophonie über sie ergossen. Nach der Einsamkeit und der Stille des Klosters erschien ihr alles unwirklich. Sie schlenderte zur Plaka, der Athener Altstadt, mit ihren verwinkelten Gassen, kleinen alten Häusern, Cafés und weißverputzten größeren Gebäuden. Irgendein Instinkt, den sie nicht verstand, aber auch nicht zu unterdrücken versuchte, wies ihr den Weg. Sie kam an einer Taverne vorbei, von deren Dachterrasse aus man die Stadt überblicken konnte, und blieb stehen, um sie anzustarren.

An diesem Tisch habe ich schon einmal gesessen. Jemand hat mir eine griechische Speisekarte in die Hand gedrückt. Wir sind zu dritt gewesen.

Was möchtest du essen? haben sie gefragt.

Bestellt ihr bitte für mich? Ich habe Angst, ich könnte den Wirt bestellen.

Sie haben gelacht. Aber wer sind »sie« gewesen?

Ein Kellner näherte sich ihr. »*Boro na sas?*«

»*Ojchi, efcharisto.*«

Kann ich Ihnen helfen? Nein, danke.

Woher habe ich das gewußt? Bin ich eine Griechin?

Catherine hastete weiter und hatte jetzt das Gefühl, von irgend jemanden geführt zu werden. Sie schien genau zu wissen, wohin sie gehen mußte.

Alles erschien ihr vertraut und doch wieder nicht. *Großer Gott,* dachte sie, *ich werde verrückt! Ich habe Halluzinationen.* Sie kam an einem Café Treflinkas vorbei, das vage Erinnerungen in ihr wachrief. Irgend etwas hatte sich dort ereignet, irgend etwas Wichtiges. Aber sie wußte nicht, was es gewesen war.

Sie ging durch die belebten Gassen weiter und bog an der Voukourestiou nach links ab. Auch an die eleganten Geschäfte in dieser Straße erinnerte sie sich. *Hier habe ich früher oft eingekauft.*

Als sie die Straße überqueren wollte, kam eine blaue Limousine um die Ecke geschossen und verfehlte sie nur um Haaresbreite.

Sie erinnerte sich an eine Stimme, die ihr erklärte: *Hier scheinen alle so zu fahren. Den Übergang zum Auto haben wir Griechen noch nicht geschafft. Im Herzen sind wir Eselstreiber geblieben. Wollen Sie uns Griechen verstehen lernen, müssen Sie statt Reiseführern die alten Tragödien lesen. Wir sind von großartigen Leidenschaften, starken Eifersüchten und tiefer Trauer erfüllt und haben noch nicht gelernt, sie mit zivilisiertem Benehmen zu kaschieren.*

Wer hat das zu mir gesagt?

Ein Mann, der ihr eilig entgegenkam, starrte sie an. Er ging langsamer, und seine Miene schien zu besagen, daß er sie wiedererkannte. Er war groß und schwarzhaarig, und Catherine glaubte zu wissen, daß sie ihn noch nie gesehen hatte. Und trotzdem . . .

»Hallo.« Der Mann schien sich über diese Begegnung sehr zu freuen.

»Hallo.« Catherine holte tief Luft. »Kennen Sie mich?«

Er nickte grinsend. »Natürlich kenne ich Sie.«

Catherine Alexander fühlte ihr Herz jagen. Endlich würde sie die Wahrheit erfahren! Aber wie konnte sie auf einer belebten Straße einen Unbekannten fragen: »Wer bin ich?«

»Können . . . können wir irgendwo miteinander reden?« schlug sie vor.

»Ja, das sollten wir.«

Catherine war dicht davor, in Panik zu geraten. Das Rätsel ihrer Identität sollte nun endlich gelöst werden. Trotzdem hatte sie schreckliche Angst. *Was ist, wenn ich die Wahrheit besser nicht hören sollte? Wenn ich irgendwas Schreckliches getan habe?*

Der Mann führte sie zur nächsten Taverne. »Ich freue mich sehr, Sie getroffen zu haben«, versicherte er ihr.

Catherine schluckte trocken. »Ja, ich auch.«

Ein Kellner wies ihnen einen Tisch an.

»Was möchten Sie trinken?« fragte der Mann.

Sie schüttelte den Kopf. »Danke, nichts.«

Es gab so viele Fragen! *Wo soll ich nur anfangen?*

»Sie sind sehr schön«, sagte der Mann. »Unsere Begegnung ist ein Wink des Schicksals, finden Sie nicht auch?«

»Ja.« Vor Aufregung zitterte sie beinahe. Sie holte tief Luft. »Ich . . . Wo haben wir uns kennengelernt?«

Er winkte grinsend ab. »Ist das wichtig, *Manarimou*? In Paris, in Rom, beim Rennen, auf einer Party.« Er griff über den Tisch hinweg nach ihrer Hand. »Du bist hübscher als alle, die ich je hier gesehen habe. Was kostet es bei dir?«

Catherine starrte ihn an. Sie verstand nicht gleich, was er meinte, aber dann sprang sie entsetzt auf.

»He, was hast du plötzlich? Ich zahle, was du ...«

Catherine wandte sich abrupt um, verließ fluchtartig das Lokal und hastete die Straße entlang. Erst nach der nächsten Ecke ging sie wieder langsamer. In ihren Augen standen Tränen der Erniedrigung.

Dann kam sie an einer Taverne vorbei, in deren Fenster ein Schild mit der Aufschrift MADAME PIRIS – WAHRSAGERIN hing. Catherine blieb wie angewurzelt stehen. *Ich kenne Madame Piris. Hier bin ich schon einmal gewesen.* Sie hatte wieder Herzklopfen, weil sie spürte, daß hinter diesem dunklen Torbogen der Anfang vom Ende ihres Lebensmysteriums lag. Sie öffnete die Tür und trat ein. Ihre Augen brauchten einige Sekunden, um sich an das Halbdunkel des höhlenartigen Raums zu gewöhnen. Die Einrichtung bestand aus einer vertraut wirkenden Eckbar und einem Dutzend Tische mit hochlehnigen Stühlen. Ein Kellner kam auf sie zu und sprach sie auf Griechisch an.

»*Kalimera.*«

»*Kalimera. Pu ine* Madame Piris?«

»Madame Piris?«

Sie nickte wortlos.

Der Kellner deutete auf einen freien Tisch in einer Ecke des Lokals, und Catherine nahm daran Platz. Alles war genau so, wie sie es in Erinnerung hatte.

Eine ganz in Schwarz gekleidete Griechin, deren hageres Gesicht nur noch aus Ecken und Kanten zu bestehen schien, kam an den Tisch geschlurft.

»Was kann ich ...?« Sie brachte ihren Satz nicht zu Ende,

sondern starrte Catherine mit weit aufgerissenen Augen an. »Ich habe Sie schon einmal gesehen, aber Ihr Gesicht...« Sie holte erschrocken tief Luft. »Sie sind zurückgekommen!«

»Sie wissen, wer ich bin?« fragte Catherine gespannt.

Aus dem Blick der Greisin sprach blankes Entsetzen. »Nein! Sie sind tot! Gehen Sie! Gehen Sie fort!«

Catherine stieß einen leisen Klagelaut aus und glaubte zu spüren, wie ihre Nackenhaare sich sträubten. »Bitte... Ich möchte nur...«

»Gehen Sie, Mrs. Douglas!«

»Ich muß wissen, wer...«

Die Greisin schlug ein Kreuz, wandte sich ab und schlurfte eilends davon.

Catherine blieb einen Augenblick zitternd sitzen, bevor sie sich aufraffte und hastig das Lokal verließ. Die Stimme in ihrem Kopf folgte ihr auf die Straße. *Mrs. Douglas!*

Und dann war es, als öffne sich eine Schleuse. Vor ihrem inneren Auge standen plötzlich Dutzende von grell beleuchteten Szenen: eine unkontrollierbare Folge bunter Kaleidoskopbilder.

Ich bin Mrs. Catherine Douglas, und mein Mann heißt Larry. Ein gutaussehender Mann. Ich sehe deutlich sein Gesicht. Ich habe ihn bis zum Wahnsinn geliebt, aber irgendwas ist schiefgegangen. Irgendwas...

Das nächste Bild zeigte ihr, wie sie Selbstmord zu begehen versuchte und in einem Krankenhaus aufwachte.

Catherine blieb stehen, weil sie Angst hatte, ihre Beine könnten versagen, ließ aber zu, daß weitere Bilder ihr Inneres überfluteten.

Ich habe viel getrunken, weil ich Larry verloren habe. Aber dann kehrt er zu mir zurück. Wir sitzen im Café Treflinkas, und Larry sagt: Ich weiß, wie gemein ich zu dir war. Ich will alles wiedergutmachen, Cathy. Ich liebe dich. Ich habe niemals eine andere wirklich geliebt. Du mußt mir noch eine Chance geben. Wie würde dir eine zweite Hochzeitsreise gefallen, Cathy? Ich kenne einen hübschen kleinen Ort, in den wir fahren könnten. Er liegt bei Ioannina ...

Die jetzt vor ihrem inneren Auge erscheinenden Bilder waren grauenerregend.

Larry und ich sind auf einem Gipfel, um den düstere Nebelschwaden ziehen, und er kommt mit ausgestreckten Armen auf mich zu, um mich in die Tiefe zu stoßen. In diesem Augenblick kommen Touristen vorbei. Ich bin gerettet.

Und danach die Höhlen.

Ich habe gehört, daß es hier in der Nähe berühmte Höhlen gibt. Alle Hochzeitsreisenden besuchen sie.

Wir fahren zu den Höhlen, und Larry überläßt mich in den Tiefen des weitverzweigten Labyrinths meinem Schicksal.

Catherine hielt sich die Ohren zu, als könnte sie dadurch die schrecklichen Erinnerungen bannen, die sie bedrängten.

Man rettet mich, und ich werde ins Hotel zurückgebracht. Ein Arzt gibt mir ein Beruhigungsmittel. Aber ich wache mitten in der Nacht auf und muß mitanhören, wie Larry und seine Geliebte auf dem Balkon meine Ermordung planen.

... niemand wird jemals ...

Ich habe dir gesagt, daß ich dafür sorgen werde, daß ...

... ist unrecht gewesen. Du kannst nichts ...

... gleich jetzt, solange sie schläft.

Ich laufe bei diesem schrecklichen Sturm fort. Sie verfolgen mich ... Ich flüchte mich in ein Ruderboot, das mit dem Wind auf den sturmgepeitschten See hinaustreibt. Und das Boot sinkt tiefer und tiefer ...

Catherine versagten die Beine, und sie ließ sich auf die Bank einer Bushaltestelle sinken. *Die Alpträume sind also wahr gewesen. Mein Ehemann und seine Geliebte haben versucht, mich zu ermorden.*

Sie dachte wieder an den Unbekannten, der sie kurz nach ihrer Rettung im Kloster aufgesucht hatte. Er hatte ihr eine kostbar gearbeitete Brosche in Form eines goldenen Vogels mit flugbereit ausgebreiteten Schwingen gegeben. *Jetzt tut Ihnen niemand mehr etwas. Die bösen Leute sind tot.* Sie konnte sein Gesicht noch immer nicht deutlich erkennen.

Catherines Kopf begann zu schmerzen.

Nach einer langen Zeit stand sie auf und ging langsam zu der Stelle, wo der Chauffeur sie abholen und zu Constantin Demiris zurückbringen sollte. Bei ihm würde sie in Sicherheit sein.

4

»Warum haben Sie sie aus dem Haus gelassen?« fragte Constantin Demiris scharf.

»Ich bitte um Verzeihung, Sir«, antwortete sein englischer Butler. »Sie haben nicht gesagt, daß ihr Wegfahren unerwünscht ist, deshalb . . .«

Demiris zwang sich dazu, unbekümmert zu wirken. »Schon gut. Sie kommt bestimmt bald zurück.«

»Kann ich noch etwas für Sie tun, Sir?«

»Nein.«

Als der Butler gegangen war, trat Demiris an ein Fenster und starrte in den makellos gepflegten Garten hinaus. Catherine Alexander durfte nicht in Athen gesehen werden. Jemand konnte sie erkennen. *Jammerschade, daß ich's mir nicht leisten kann, sie am Leben zu lassen. Aber zuerst kommt meine Rache! Sie bleibt am Leben, bis ich mich gerächt habe. Ich werde mich mit ihr vergnügen. Ich schicke sie irgendwohin, wo niemand sie kennt. London wäre sicher. Dort könnten wir sie im Auge behalten. Sie bekommt eine Stellung in meinem Londoner Büro.*

Als Catherine eine Stunde später zurückkam, spürte Constantin Demiris augenblicklich die Wandlung, die in ihr vorgegangen war. Als sei ein dunkler Vorhang aufgezogen worden, war Catherine plötzlich zum Leben erwacht. Sie trug ein attraktives weißes Seidenkostüm mit weißer Bluse, und Demiris staunte, wie vorteilhaft sie sich verändert hatte. *Kanoni*, dachte er. *Sexy*.

»Mr. Demiris...«

»Costa.«

»Ich... ich weiß jetzt, wer ich bin und... und was passiert ist.«

Seine Miene blieb ausdruckslos. »Tatsächlich? Nehmen Sie Platz, meine Liebe, und erzählen Sie mir davon.«

Catherine war zu aufgeregt, um sitzen zu bleiben. Sie ging mit hektischen Bewegungen auf dem Teppich hin und her, während ein Wortschwall aus ihr hervorbrach. »Mein Mann und seine... seine Geliebte – Noelle – haben versucht, mich zu ermorden.« Sie machte eine Pause und sah besorgt zu ihm hinüber. »Klingt das verrückt? Ich... ich weiß es nicht. Vielleicht ist es verrückt.«

»Erzählen Sie weiter, meine Liebe«, forderte er sie beschwichtigend auf.

»Einige Schwestern aus dem Kloster haben mich gerettet... Mein Mann hat bei Ihnen gearbeitet, nicht wahr?« stieß Catherine hervor.

Demiris zögerte, während er seine Antwort sorgfältig abwog. »Ja.« *Wieviel soll ich ihr erzählen?* »Er war einer meiner Piloten. Deshalb habe ich mich gewissermaßen für Sie verantwortlich gefühlt. Das ist nur...«

Sie baute sich vor ihm auf. »Dann haben Sie also gewußt, wer ich bin. Warum haben Sie mir das nicht schon heute nachmittag gesagt?«

»Ich fürchtete, Sie könnten einen Schock erleiden«, antwortete Demiris gelassen. »Ich hielt es für besser, Sie diese Entdeckungen selbst machen zu lassen.«

»Wissen Sie, was aus meinem Mann und seiner... der Frau geworden ist? Wo sind die beiden?«

Demiris hielt Catherines Blick stand. »Sie sind hingerichtet worden.«

Er sah, wie sie leichenblaß wurde. Sie stieß einen leisen Schrei aus und sank kraftlos in einen Sessel.

»Ich... Das ist doch...«

»Sie sind zum Tode verurteilt und hingerichtet worden, Catherine.«

»Aber warum?«

Vorsicht! Gefahr! »Weil die beiden versucht haben, Sie zu ermorden.«

Catherine runzelte die Stirn. »Das verstehe ich nicht. Wie können sie hingerichtet worden sein? Ich lebe noch...«

Demiris unterbrach sie. »Catherine, die griechischen Gesetze sind sehr streng. Und Urteile werden hierzulande rasch vollstreckt. Den beiden ist in einer öffentlichen Verhandlung der Prozeß gemacht worden. Mehrere Zeugen haben ausgesagt, daß Ihr Mann und Noelle Page versucht haben, Sie zu ermorden. Darauf hat man sie für schuldig befunden und zum Tode verurteilt.«

»Unglaublich!« Catherine saß wie vor den Kopf geschlagen da. »Verurteilt und gleich anschließend...«

Constantin Demiris ging zu ihr hinüber und legte ihr eine Hand auf die Schulter. »Sie dürfen nicht ständig über Vergangenes nachgrübeln. Die beiden haben versucht, Ihnen etwas anzutun, und sie haben dafür gebüßt.« Er schlug einen aufmunternden Ton an. »Wir sollten über Ihre Zukunft sprechen, finde ich. Haben Sie schon Pläne?«

Sie hörte nicht, was er sagte. *Larry!* dachte sie. *Dein Gesicht, dein fröhliches Lachen, deine Arme, deine Stimme...*

»Catherine...«

Sie hob den Kopf. »Pardon?«

»Haben Sie sich schon Gedanken über Ihre Zukunft gemacht?«

»Nein, ich... ich weiß noch nicht, was ich tun werde. Ich nehme an, daß ich in Athen bleibe...«

»Nein«, sagte Demiris nachdrücklich, »das wäre keine gute Idee. Hier würden zu viele unangenehme Erinnerungen wachgerufen. Ich schlage vor, daß Sie Griechenland verlassen.«

»Aber wohin sollte ich gehen?«

»Darüber habe ich bereits nachgedacht«, erklärte Demiris ihr. »Ich habe ein Büro in London. Sie haben früher bei einem gewissen William Fraser in Washington gearbeitet. Wissen Sie das noch?«

»William...?« Plötzlich erinnerte sie sich. Diese Zeit hatte zu der glücklichsten ihres Lebens gehört.

»Sie sind seine Assistentin für Verwaltungsaufgaben gewesen, nicht wahr?«

»Ja, ich...«

»In dieser Position könnten Sie in London für mich arbeiten.«

Catherine zögerte. »Ich weiß nicht recht. Ich möchte nicht, daß Sie mich für undankbar halten, aber...«

»Ich verstehe! Ich weiß, daß alles ein bißchen zu schnell zu gehen scheint«, sagte Demiris mitfühlend. »Sie brauchen Zeit, um über Ihre Zukunft nachdenken zu können. Was halten Sie davon, ungestört in Ihrer Suite zu Abend zu essen und unser Gespräch morgen fortzusetzen?«

Der Vorschlag, sie solle allein in ihrer Suite essen, war ein brillanter Einfall in letzter Sekunde. Catherine durfte unter keinen Umständen seiner Frau hier im Haus über den Weg laufen.

»Sie sind sehr rücksichtsvoll«, sagte Catherine. »Und so großzügig. Die Kleider...«

Er tätschelte ihre Hand und hielt sie eine Zehntelsekunde länger als unbedingt nötig in seiner. »Es war mir ein Vergnügen, meine Liebe.«

Catherine saß in ihrer Suite und beobachtete das farbenprächtige Schauspiel der über dem blauen Ägäischen Meer untergehenden Sonne. *Es hat keinen Zweck, die Vergangenheit noch mal durchleben zu wollen. Ich muß jetzt an die Zukunft denken. Ich sollte Gott für Constantin Demiris danken.* Er war ihr Rettungsanker. Ohne ihn hätte sie nicht gewußt, wohin sie sich wenden sollte. Und er hatte ihr einen Job in London angeboten. *Ob ich das Angebot annehmen soll?* Sie schrak hoch, als jemand an die Tür klopfte. »Ihr Abendessen, Miss.«

Noch lange nachdem Catherine gegangen war, saß Constantin Demiris in der Bibliothek und dachte über ihr Gespräch nach. *Noelle.* Ein einziges Mal in seinem Leben hatte Demiris sich gestattet, die Kontrolle über seine Gefühle zu verlieren. Er hatte sich in Noelle Page verliebt, und sie war seine Geliebte geworden. Eine Frau wie sie hatte er noch nie getroffen. Sie verstand etwas von Kunst, von Musik, aber auch von geschäftlichen Dingen und wurde ihm bald unentbehrlich.

Nichts an Noelle überraschte ihn, und alles an ihr überraschte ihn. Demiris war von ihr besessen. Sie war die schönste, die sinnlichste Frau, die er je gekannt hatte. Noelle hatte auf ihre Filmkarriere verzichtet, um an seiner Seite leben zu können. In Demiris hatte sie bis dahin unbekannte Gefühle geweckt. Sie war seine Freundin, seine Geliebte, seine Vertraute. Er hatte Noelle rückhaltlos vertraut – und sie hatte ihn mit Larry Douglas betrogen. Und diesen Fehler hatte Noelle mit dem Leben bezahlt.

Constantin Demiris hatte durchgesetzt, daß er die Hingerichtete auf dem Friedhof seiner Privatinsel Psara im Ägäischen Meer bestatten lassen durfte. Diese schöne, sensible Geste war allgemein bewundert worden. Tatsächlich hatte sich Demiris um die Bestattung nur bemüht, um das exquisite Vergnügen haben zu können, auf dem Grab der Schlampe herumzutrampeln. Auf dem Nachttisch in seinem Schlafzimmer stand ein gerahmtes Photo, das die lächelnd zu ihm aufblickende Noelle in ihrer ganzen Schönheit zeigte – für immer wie eingefroren lächelnd.

Noch jetzt – über ein Jahr später – war Demiris außerstande, nicht an sie zu denken. Sie glich einer offenen Wunde in seiner Seite, die kein Arzt jemals würde heilen können.

Warum, Noelle, warum? Ich habe dir alles gegeben. Ich habe dich geliebt, du Hure. Ich habe dich geliebt. Ich liebe dich.

Auch Larry Douglas ging ihm nicht aus dem Sinn. Auch er hatte seinen Verrat mit dem Leben gebüßt. Aber das genügte Demiris nicht. Er wollte auf andere, auf endgültige Weise Rache nehmen. Er würde sich mit Douglas' Frau vergnügen, wie Douglas sich mit Noelle vergnügt hatte. *Danach werde ich Catherine ihrem Mann ins Totenreich nachfolgen lassen.*

»Costa ...«

Die Stimme seiner Frau.

Melina kam in die Bibliothek.

Mit Melina Lambrou hatte Demiris eine attraktive Frau aus einer einheimischen Familie alten Adels geheiratet. Melina war groß, bewegte sich mit königlicher Anmut und strahlte angeborene Würde aus.

»Costa, wer ist die Frau, die ich in der Eingangshalle gesehen habe?« Ihre Stimme klang scharf.

Die Frage kam unerwartet. »Was? Oh ... Sie ist die Freundin eines Geschäftsfreundes«, behauptete Demiris. »Sie soll in London für mich arbeiten.«

»Ich habe sie nur flüchtig gesehen. Aber sie erinnert mich an jemanden.«

»Tatsächlich?«

»Ja.« Melina zögerte kurz. »Sie erinnert mich an die Frau des amerikanischen Piloten, der früher für dich gearbeitet hat. Aber das ist unmöglich. Die beiden haben sie ja ermordet.«

»Richtig«, stimmte Constantin Demiris zu. »Die beiden haben sie ermordet.«

Er starrte Melina nach, als sie den Raum verließ. Er würde sich vorsehen müssen. Melina war nicht dumm. *Ich hätte sie nie heiraten sollen. Das war ein großer Fehler...*

Vor einem Jahrzehnt hatte die Hochzeit zwischen Melina Lambrou und Constantin Demiris in Geschäfts- und Gesellschaftskreisen zwischen Athen, der Riviera und Newport, R.I., hohe Wellen geschlagen. Die eigentliche Sensation aber war die Tatsache gewesen, daß die Braut noch vier Wochen vorher die Verlobte eines anderen gewesen war.

Als Kind hatte Melina Lambrou ihre Familie durch ihre Eigenwilligkeit oft zur Verzweiflung gebracht. Mit zehn Jahren wollte sie Seemann werden. Der Chauffeur der Familie entdeckte sie im Hafen, wo sie an Bord eines Schiffes zu gelangen versuchte, und brachte sie in Schimpf und Schande heim. Mit zwölf Jahren versuchte sie, mit einem Wanderzirkus durchzubrennen.

Mit siebzehn hatte Melina sich in ihr Schicksal ergeben: Sie war schön, unermeßlich reich und die Tochter von Michael Lambrou. Die Regenbogenpresse schrieb gern über die Märchengestalt Melina, die mit Prinzen und Prinzessinnen gespielt hatte und trotzdem völlig unverdorben geblieben war. Sie und ihr acht Jahre älterer einziger Bruder Spyros hingen sehr aneinander. Nachdem ihre Eltern kurz nach Melinas dreizehnten Geburtstag bei einem Schiffsunglück umgekommen waren, vertrat Spyros die Vaterstelle bei seiner jüngeren Schwester.

Spyros gab sich sehr beschützend – zu beschützend, wie Melina meinte. Etwa ab ihrem achtzehnten Geburtstag begutachtete er Melinas Verehrer noch mißtrauischer. Er zog Erkundigungen über alle ein, die um ihre Hand anhielten, aber keiner der Ehekandidaten war ihm gut genug.

»Du mußt vorsichtig sein«, warnte er Melina unablässig. »Für jeden Mitgiftjäger der Welt bist du ein lohnendes Objekt. Du bist jung und reich und schön – und du trägst einen berühmten Namen.«

»Bravo, mein lieber Bruder! Das wird mir ein großer Trost sein, wenn ich mit achtzig als alte Jungfer sterbe.«

»Keine Angst, Melina, der richtige Mann stellt sich eines Tages von selbst ein.«

Er hieß Graf Vasilis Manos, war ein reicher Geschäftsmann, Mitte Vierzig und stammte aus einer alten, sehr angesehenen einheimischen Familie. Der Graf hatte sich Hals über Kopf in die schöne junge Melina verliebt. Bereits wenige Wochen nach dem Kennenlernen machte er ihr einen Heiratsantrag.

»Der ideale Mann für dich!« meinte Spyros zufrieden. »Manos steht mit beiden Füßen fest auf dem Boden – und er ist verrückt nach dir.«

Melina war erheblich weniger begeistert. »Er ist so langweilig, Spyros. Wenn wir zusammen sind, redet er bloß vom Geschäft. Ich wollte, er wäre etwas ... etwas romantischer.«

»Zu einer guten Ehe gehört mehr als nur Romantik«, sagte ihr Bruder nachdrücklich. »Du brauchst einen soliden, verläßlichen Ehemann, der dich auf Händen trägt.«

Zuletzt ließ Melina sich dazu überreden, Graf Manos' Antrag anzunehmen.

Der Graf war begeistert. »Du hast mich zum glücklichsten Mann der Welt gemacht!« behauptete er. »Ich habe gerade eine neue Firma gegründet. Ich werde sie Melina International nennen.«

Melina wäre ein Dutzend Rosen lieber gewesen.

Der Hochzeitstermin wurde festgelegt, über 1000 Einladungen wurden verschickt, und die Vorbereitungen liefen auf Hochtouren.

Dann trat Constantin Demiris in Melina Lambrous Leben.

Die beiden lernten sich auf einer der vielen Verlobungspartys kennen, die für die Jungverlobten gegeben wurden.

Die Gastgeberin machte sie miteinander bekannt. »Constantin Demiris . . . Melina Lambrou.«

Demiris starrte sie aus schwarzen Augen durchdringend an. »Wie lange dürfen Sie noch bleiben?«

»Wie bitte?«

»Sie sind doch gewiß vom Himmel auf die Erde entsandt worden, um uns Sterbliche zu lehren, was Schönheit ist.«

Melina lachte. »Sie wissen zu schmeicheln, Mr. Demiris.«

Er schüttelte den Kopf. »Sie sind über Schmeichelei erhaben. Ich wüßte keine Worte, die Ihnen gerecht würden.«

Dann kam Graf Manos auf die beiden zu und unterbrach das Gespräch.

An diesem Abend dachte Melina Lambrou vor dem Einschlafen an Demiris. Sie hatte natürlich schon von ihm gehört. Er war ein steinreicher Witwer, der in dem Ruf stand, ein rücksichtsloser Geschäftemacher und zwanghafter Schürzenjäger zu sein. *Ich bin froh, daß ich nichts mit ihm zu schaffen habe!*

Die Götter lachten.

Am Morgen nach der Party kam Melinas Butler ins Frühstückszimmer. »Miss Lambrou, für Sie ist ein Päckchen abgegeben worden. Herr Demiris' Chauffeur hat es gebracht.«

»Bringen Sie es mir bitte.«

Constantin Demiris bildet sich also ein, mich mit seinem Reichtum beeindrucken zu können. Nun, da steht ihm eine Enttäuschung bevor! Was er auch geschickt hat – ein kostbares Schmuckstück oder eine unbezahlbare Antiquität –, er bekommt es sofort wieder zurück.

Das Geschenk war klein, rechteckig und geschmackvoll verpackt. Melina öffnete es neugierig. Auf der beigelegten Visitenkarte stand lediglich: *Ich dachte, dies würde Ihnen gefallen. Constantin.*

Es handelte sich um ein kostbar in Leder gebundenes Exemplar von *Toda Raba* ihres Lieblingsschriftstellers Nikolas Kasantzakis. Woher hatte er das gewußt?

Sie bedankte sich mit einigen höflichen Zeilen und dachte: *Das war's dann.*

Am nächsten Morgen wurde ein weiteres Päckchen abgegeben. Es enthielt eine Schallplatte mit Werken ihres Lieblingskomponisten Delius. Auf der Visitenkarte stand: *Vielleicht ist das die richtige Musik, um* Toda Raba *zu lesen? Constantin.*

Von diesem Tag an wurde jeden Morgen ein Geschenk für Melina abgegeben. Blumen, Parfüms, Schallplatten und Bücher, die sie liebte. Constantin Demiris hatte sich die Mühe gemacht, ihre Vorlieben herauszubekommen, und Melina fühlte sich durch seine Aufmerksamkeit unwillkürlich geschmeichelt.

Als Melina anrief, um sich bei Demiris zu bedanken, antwortete er: »Nichts, was ich Ihnen schenken könnte, wäre Ihnen jemals angemessen.«

Zu wie vielen Frauen hat er das schon gesagt?

»Essen Sie mit mir zu Mittag, Melina?«

Sie wollte bereits ablehnen, aber dann dachte sie: *Warum soll ich nicht annehmen? Er ist sehr aufmerksam gewesen.*

»Gut, meinetwegen.«

Als sie Graf Manos erzählte, daß sie mit Constantin Demiris zum Essen gehen würde, erhob dieser Einspruch.

»Wozu, meine Liebe? Mit diesem schrecklichen Mann hast du nichts gemein. Weshalb willst du dich mit ihm treffen?«

»Vasilis, er hat mir jeden Tag kleine Aufmerksamkeiten geschickt. Ich werde ihm erklären, daß das aufhören muß.« Noch während Melina das sagte, dachte sie: *Das hätte ich auch telefonisch erledigen können.*

Constantin Demiris hatte einen Tisch in dem beliebten Restaurant Flocas in der Panepistimioustraße reservieren lassen und wartete dort auf Melina.

Er stand auf, als sie hereinkam. »Wie schön, daß Sie gekommen sind. Ich hatte solche Angst, daß Sie sich die Sache anders überlegen würden.«

»Ich halte immer Wort.«

Demiris sah ihr in die Augen. »Und ich halte meines«, erklärte er ihr ernsthaft. »Ich werde Sie heiraten.«

Melina schüttelte halb belustigt, halb verärgert den Kopf. »Herr Demiris, ich bin mit einem anderen Mann verlobt.«

»Manos? Er ist nicht der richtige Mann für Sie.«

»Ach, tatsächlich? Und warum nicht?«

»Ich habe ein paar Erkundigungen über ihn eingezogen. In seiner Familie gab es Fälle von erblichem Schwachsinn, er ist ein Bluter, er steht in Belgien wegen einer Sexualstraftat im Fahndungsregister, und er spielt miserabel Tennis.«

Melina mußte unwillkürlich lachen. »Und Sie?«

»Ich spiele nicht Tennis.«

»Aha! Und deshalb soll ich Sie heiraten?«

»Nein. Sie werden mich heiraten, weil ich Sie zur glücklichsten Frau auf Erden machen werde.«

»Herr Demiris ...«

Er bedeckte ihre Hand mit seiner. »Costa.«

Melina entzog ihm ihre Hand. »Herr Demiris, ich bin heute hergekommen, um Ihnen zu sagen, daß Sie mir keine Geschenke mehr schicken sollen. Ich habe nicht die Absicht, Sie wiederzusehen.«

Er betrachtete sie sekundenlang. »Sie sind bestimmt keine grausame Frau.«

»Das hoffe ich nicht.«

Demiris lächelte. »Gut! Dann wollen Sie mir sicher nicht das Herz brechen.«

»Ich bezweifle, daß Ihr Herz so leicht bricht. Sie verfügen da über eine beachtliche Reputation.«

»Ah, die stammt aus einer Zeit, bevor ich Sie gekannt habe. Ich habe schon lange von Ihnen geträumt.«

Melina lachte.

»Doch, das ist mein Ernst. Als sehr junger Mann habe ich Zeitungsmeldungen über die Familie Lambrou verschlungen. Sie ist sehr reich gewesen – und wir sehr arm. Wir haben von der Hand in den Mund gelebt. Mein Vater war Hafenarbeiter in Piräus. Ich habe vierzehn Geschwister, und wir haben uns alles, was wir haben wollten, hart erkämpfen müssen.«

Melina war unwillkürlich gerührt. »Aber jetzt sind Sie reich.«

»Ja. Nicht so reich, wie ich noch sein werde.«

»Was hat Sie reich gemacht?«

»Hunger. Ich bin immer hungrig gewesen. Ich bin's noch immer.«

Sie las in seinem Blick, daß er die Wahrheit sagte. »Wie sind Sie... Wie haben Sie den Durchbruch geschafft?«

»Interessiert Sie das wirklich?«

»Ja, das interessiert mich wirklich«, bestätigte Melina.

»Als Siebzehnjähriger habe ich begonnen, bei einer kleinen Ölgesellschaft im Nahen Osten zu arbeiten. Eines Abends bin ich mit einem bei einer großen Ölgesellschaft beschäftigten älteren Geologen zum Essen gegangen. Ich habe Steak bestellt, und er wollte nur eine Suppe. Als ich ihn gefragt habe, warum er kein Steak bestelle, hat er mir erklärt, er könne es nicht essen, weil er eigentlich ein Gebiß brauche, das er sich aber nicht leisten könne. Ich habe ihm fünfzig Dollar geschenkt, damit er sich ein Gebiß machen lassen konnte.

Vier Wochen später hat er mich spät nachts angerufen, um mir mitzuteilen, daß er gerade auf ein neues Ölvorkommen gestoßen sei. Seinem Arbeitgeber hatte er seine Entdeckung noch nicht gemeldet. Am nächsten Morgen habe ich jeden Cent zusammengekratzt, den ich mir borgen konnte, und bis zum Abend Optionen auf große Flächen in diesem Gebiet gekauft. Es hat sich dann als eine der größten Erdöllagerstätten der Welt erwiesen.«

Melina hing fasziniert an seinen Lippen.

»Damit hat alles angefangen. Für den Transport meines Öls habe ich Tanker gebraucht, deshalb habe ich mir eine Flotte zugelegt. Wenig später eine Ölraffinerie. Danach eine Fluggesellschaft.« Er zuckte mit den Schultern. »Und so ist es weitergegangen.«

Erst lange nach ihrer Hochzeit sollte Melina herausbekommen, daß die Geschichte mit dem Steak ein Märchen war.

Melina Lambrou hatte nicht die Absicht gehabt, Constantin Demiris wiederzusehen. Durch sorgfältig arrangierte »Zufälle« verstand er es jedoch, ihr wieder und wieder auf Partys, im Theater oder auf Wohltätigkeitsveranstaltungen zu begegnen. Und sie spürte jedesmal seine überwältigende Anziehungskraft. Neben ihm wirkte Vasilis Manos langweilig – so ungern sie sich das auch eingestand.

Melina Lambrou liebte flämische Maler, und als Breughels *Jäger im Schnee* versteigert wurde, schickte Demiris ihr das Bild als Geschenk, bevor sie es selbst erwerben konnte.

Sie fand es beeindruckend, wie gut er ihre Vorlieben kannte. »Ein so teures Geschenk kann ich von Ihnen nicht annehmen!« protestierte sie.

»Ah, das ist kein Geschenk. Sie müssen dafür bezahlen. Gehen Sie heute abend mit mir essen.«

Und sie nahm seine Einladung schließlich an. Dieser Mann war unwiderstehlich.

Eine Woche später löste Melina ihre Verlobung mit Graf Manos.

Ihr Bruder war wie vor den Kopf geschlagen, als sie ihm von der aufgelösten Verlobung berichtete.

»Um Himmels willen, warum?« fragte Spyros. »*Warum?*«

»Weil ich Constantin Demiris heiraten werde.«

Er war entsetzt. »Bist du übergeschnappt? Demiris kannst du nicht heiraten. Der Kerl ist ein Ungeheuer! Mit ihm wirst du nur unglücklich. Er...«

»Nein, du täuschst dich in ihm, Spyros. Er ist wunderbar. Und wir lieben uns. Wir haben...«

»*Du* bist verliebt!« knurrte Spyros. »Ich weiß nicht, worauf er es abgesehen hat, aber mit Liebe hat das nichts zu tun. Kennst du seinen Ruf als Weiberheld? Er ist...«

»Alles Dinge, die längst vergangen sind, Spyros. Ich werde ihn heiraten.«

Und es gelang ihm nicht, seiner Schwester diese Ehe auszureden.

Einen Monat später wurden Melina Lambrou und Constantin Demiris getraut.

Anfangs schienen sie eine perfekte Ehe zu führen. Constantin war amüsant und aufmerksam. Er war ein aufregender und leidenschaftlicher Liebhaber, und er überraschte Melina ständig mit großzügigen Geschenken und luxuriösen Fernreisen.

In der ersten Nacht ihrer Flitterwochen sagte er: »Meine erste Frau konnte keine Kinder bekommen. Jetzt werden wir viele Söhne haben.«

»Keine Töchter?« neckte Melina ihn.

»Wenn du es wünschst. Aber zuerst einen Sohn.«

Constantin war außer sich vor Freude, als Melina ihm eines Tages mitteilte, daß sie schwanger sei.

»Er wird mein Imperium erben!« rief er glücklich aus.

Im dritten Monat hatte Melina eine Fehlgeburt. Constantin Demiris befand sich damals auf einer Auslandsreise. Als er zurückkam und hörte, was geschehen war, reagierte er wie ein Wahnsinniger.

»Was hast du gemacht?« brüllte er. »Wie hat das passieren können?«

»Costa, ich...«

»Du hast nicht aufgepaßt!«

»Nein, ich schwöre dir, daß ich...«

Er holte tief Luft. »Gut, was passiert ist, ist passiert. Wir werden einen anderen Sohn haben.«

»Ich... ich kann nicht.« Sie wich seinem Blick aus.

»Was soll das heißen?«

»Sie haben mich operieren müssen. Ich kann kein Kind mehr bekommen.«

Er stand wie versteinert vor ihr; dann wandte er sich ab und stakste wortlos hinaus.

Von diesem Augenblick an war Melinas Eheleben die Hölle auf Erden. Constantin Demiris verhielt sich, als habe sie seinen Sohn absichtlich umgebracht. Er ignorierte Melina und begann mit anderen Frauen auszugehen.

Das hätte Melina vielleicht noch ertragen, aber was ihre Demütigung um so schmerzvoller machte, war das Vergnügen, das er darin fand, seine Affären in aller Öffentlichkeit zu haben: ungenierte Liebschaften mit Filmstars, Opernsängerinnen und den Frauen einiger seiner Freunde; er nahm seine Geliebten mit nach Psara, seiner Privatinsel bei Chios, lud sie zu Kreuzfahrten auf seine Jacht ein und erschien mit ihnen auf Gesellschaften. Die Regenbogenpresse berichtete freudig über Constantin Demiris' romantische Abenteuer.

Sie waren zu einer Dinnerparty im Hause eines prominenten Bankiers eingeladen.

»Melina und Sie müssen kommen«, hatte der Bankier gesagt.

»Ich habe einen neuen Koch, der die chinesische Küche perfekt beherrscht.«

Die Gästeliste enthielt zahlreiche große Namen. Am Tisch war eine faszinierende Kollektion von Künstlern, Politikern und Industriellen versammelt. Das Essen war wirklich ausgezeichnet. Der Koch servierte Haifischflossensuppe, fritierte Hummerkrabbenbällchen, Lammfleisch mit Frühlingszwiebeln, Pekingente, süßsaure Schweinerippchen, Kantonnudeln und ein Dutzend weitere Gerichte.

Melina saß am Kopfende des Tisches neben dem Gastgeber; der Platz ihres Mannes war am unteren Ende neben der Gastgeberin. Rechts neben ihm saß eine hübsche junge Filmschauspielerin. Demiris konzentrierte sich ausschließlich auf sie und ignorierte alle übrigen Anwesenden. Melina bekam Bruchstücke ihrer Unterhaltung mit.

». . . zu einer Kreuzfahrt auf meiner Jacht ein, sobald Ihre Dreharbeiten beendet sind. Das wird ein herrlicher Urlaub für Sie! Wir fahren die dalmatinische Küste entlang . . .«

Melina versuchte wegzuhören, aber es war unmöglich. Demiris schien absichtlich laut zu sprechen. »Sie waren noch nie auf Psara, nicht wahr? Eine hübsche kleine Insel – und ganz einsam. Es wird Ihnen dort gefallen.« Melina hätte sich am liebsten unter dem Tisch verkrochen. Aber das Schlimmste kam erst noch.

Nachdem sie die süßsauren Schweinerippchen genossen hatten, verteilten die Diener Fingerschalen.

»Heute brauchen Sie keine«, sagte Demiris, als der jungen Schauspielerin eine Fingerschale hingestellt wurde. Dann hob er lächelnd ihre Hände an seine Lippen und leckte ihr einen Finger nach dem anderen ab. Die übrigen Gäste sahen peinlich berührt weg.

Melina stand hastig auf und wandte sich an den Gastgeber. »Wenn Sie mich bitte entschuldigen wollen, ich . . . ich habe Kopfschmerzen.«

Die Gäste beobachteten, wie sie aus dem Saal flüchtete.

Demiris kam weder in dieser noch in der folgenden Nacht nach Hause.

Spyros erbleichte vor Wut, als er von dieser Kränkung hörte. »Ein Wort von dir genügt«, polterte er, »und ich bring' den Hundesohn um!«

»Er kann nichts dafür«, verteidigte Melina ihren Mann. »Das ist eben seine Natur.«

»Seine Natur? Der Kerl ist ein Vieh! Er gehört hinter Gitter. Warum läßt du dich nicht von ihm scheiden?«

Diese Frage hatte Melina Demiris sich in der Stille langer, einsamer Nächte schon oft gestellt. Und die Antwort war stets dieselbe: »Weil ich ihn liebe.«

Um halb sechs in der Früh wurde Catherine von einer Zofe geweckt.

»Guten Morgen, Miss...«

Catherine schlug die Augen auf und sah sich verwirrt um. Statt in ihrer winzigen Klosterzelle befand sie sich in einem luxuriösen Schlafzimmer in... Dann kamen die Erinnerungen plötzlich zurück. *Die Fahrt nach Athen... Sie sind Catherine Douglas... Die beiden sind hingerichtet worden...*

»Miss...«

»Ja?«

»Mr. Demiris läßt fragen, ob Sie ihm die Freude machen würden, mit ihm auf der Terrasse zu frühstücken.«

Catherine starrte das Mädchen verschlafen an. Sie war so durcheinander gewesen, daß sie erst gegen vier Uhr hatte einschlafen können.

»Danke. Sagen Sie Mr. Demiris, daß ich gleich komme.«

Eine Viertelstunde später führte der Butler Catherine auf eine riesige Terrasse mit Meeresblick. Die niedrige Steinbalustrade erhob sich etwa fünf Meter über dem parkähnlichen Garten der Villa. Constantin Demiris erwartete sie am gedeckten Tisch. Er begutachtete Catherine, als sie auf ihn zukam. Sie hatte etwas aufregend Frisches an sich. Er würde sie erobern, besitzen, zu seinem Eigentum machen. Er stellte sich vor, wie sie nackt in seinem Bett lag und ihm half, Noelle und Larry nochmals zu bestrafen. Dann stand er auf.

»Guten Morgen. Verzeihen Sie, daß ich Sie so früh habe wekken lassen, aber ich muß in ein paar Minuten ins Büro fahren und wollte vorher noch ein paar Worte mit Ihnen reden können.«

»Ja, natürlich«, sagte Catherine.

Sie setzte sich ihm gegenüber an den großen Marmortisch. Die eben aufgehende Sonne ließ das Meer wie mit Juwelen übersät glitzern.

»Was möchten Sie essen?«

Sie schüttelte den Kopf. »Danke, nichts, ich bin nicht hungrig.«

»Aber eine Tasse Kaffee?«

»Ja, bitte.«

Der Butler servierte ihr dampfenden Kaffee in einer Daliktasse.

»Nun, Catherine«, begann Demiris, »haben Sie über unser gestriges Gespräch nachgedacht?«

Catherine hatte die ganze Nacht lang an nichts anderes gedacht. In Athen hielt sie nichts mehr, und sie hätte nicht gewußt, wohin sie sich wenden sollte. *Ins Kloster gehe ich nicht zurück,* hatte sie sich geschworen. Das Angebot, in London für Constantin Demiris zu arbeiten, klang verlockend. *Es klingt sogar aufregend. Es könnte der Beginn eines neuen Lebens sein.*

»Ja«, sagte Catherine, »das habe ich.«

»Und?«

»Ich ... ich möchte es versuchen, glaube ich.«

Constantin Demiris gelang es, seine Erleichterung zu verbergen. »Das freut mich. Kennen Sie London?«

»Nein. Oder ich ... kann mich nicht daran erinnern.« *Warum weiß ich das nicht bestimmt?* Sie hatte noch immer so viele gräßliche Erinnerungslücken. *Wie viele solcher Überraschungen stehen mir wohl noch bevor?*

»London gehört zu den wenigen noch zivilisierten Städten dieser Welt. Sie werden es bestimmt liebgewinnen.«

Catherine zögerte. »Mr. Demiris, warum geben Sie sich soviel Mühe mit mir?«

»Vielleicht fühle ich mich in gewisser Weise für Sie verantwortlich.« Er machte eine Pause. »Ich habe Ihren Mann damals Noelle Page vorgestellt.«

»Ah«, sagte Catherine langsam. *Noelle Page.* Allein dieser Name ließ sie frösteln. Die beiden waren füreinander gestorben. *Larry muß sie sehr geliebt haben.*

Catherine zwang sich dazu, die eine Frage zu stellen, die sie die ganze Nacht gequält hatte. »Wie ... wie sind sie hingerichtet worden?«

Demiris antwortete nicht gleich. »Durch Erschießen«, sagte er dann.

»Oh.« Sie glaubte am eigenen Leib zu spüren, wie die Kugeln Larrys Körper durchschlugen, wie sie den Mann zerfetzten, den sie einst so sehr geliebt hatte. Sie bedauerte, diese Frage gestellt zu haben.

»Ich möchte Ihnen einen guten Rat geben. Denken Sie nicht mehr an die Vergangenheit. Die Erinnerung kann nur schmerzen. Sie müssen das alles hinter sich lassen.«

»Ja, Sie haben recht«, stimmte Catherine zögernd zu. »Ich werde es versuchen.«

»Gut. Eines meiner Flugzeuge fliegt heute morgen zufällig nach

London, Catherine. Könnten Sie in eineinhalb Stunden reisefertig sein?«

Catherine dachte an ihre vielen Reisen mit Larry – an die aufregenden Vorbereitungen, das Packen, die Vorfreude.

Diesmal würde sie unbegleitet reisen, wenig packen müssen und kaum Vorbereitungen nötig haben. »Ja, bis dahin kann ich fertig sein.«

»Ausgezeichnet. Übrigens, noch etwas«, fuhr Demiris scheinbar beiläufig fort. »Nachdem Sie jetzt Ihr Gedächtnis wiedergefunden haben ... Gibt es vielleicht jemanden, mit dem Sie sich in Verbindung setzen möchten – jemanden aus Ihrer Vergangenheit, dem Sie gern mitteilen möchten, daß mit Ihnen alles in Ordnung ist?«

Catherine fiel sofort der Name Bill Fraser ein. Bill war der einzige, an den sie sich aus ihrer Vergangenheit erinnerte. Aber sie wußte, daß sie noch nicht stark genug war für ein Wiedersehen mit ihm. *Sobald ich mich eingewöhnt habe. Sobald ich wieder arbeite, werde ich mich bei ihm melden.*

Constantin Demiris beobachtete sie, wartete auf ihre Antwort.

»Nein«, sagte Catherine schließlich. »Es gibt niemanden.«

Sie konnte nicht ahnen, daß sie William Fraser damit gerade das Leben gerettet hatte.

»Hier, ich habe Ihnen einen Reisepaß auf Ihren Namen ausstellen lassen.« Demiris gab ihr einen Umschlag. »Das Geld ist ein Gehaltsvorschuß. Wegen einer Wohnung in London brauchen Sie sich keine Sorgen zu machen. Der Firma gehören dort mehrere Apartments. Sie können eins davon beziehen.«

Catherine war überwältigt. »Sie sind zu großzügig!«

Er griff nach ihrer Hand. »Sie werden sehen, daß ich ...« Demiris brachte den Satz nicht so zu Ende, wie er es vorgehabt hatte. *Du mußt vorsichtig mit ihr umgehen. Nichts überstürzen. Du darfst sie nicht verschrecken.* »... daß ich ein sehr guter Freund sein kann.«

»Sie *sind* ein sehr guter Freund.«

Demiris lächelte. *Abwarten!*

Zwei Stunden später half Constantin Demiris Catherine beim Einsteigen in den Fond des Rolls-Royce, der sie zum Flughafen bringen würde.

»Genießen Sie London«, sagte er zum Abschied. »Ich lasse gelegentlich von mir hören.«

Fünf Minuten nach der Abfahrt des Wagens telefonierte Demiris mit London. »Sie ist unterwegs.«

5

Das Flugzeug sollte um neun Uhr vom Athener Flughafen Hellenikon starten. Zu Catherines Überraschung war sie der einzige Fluggast an Bord der Hawker Siddeley. Der Flugkapitän, ein freundlicher Grieche namens Pantelis, den sie auf Mitte Vierzig schätzte, überzeugte sich selbst davon, daß Catherine bequem saß und angeschnallt war.

»Wir starten in wenigen Minuten«, teilte er ihr dabei mit.

»Danke.«

Während sie ihm nachsah, als er ins Cockpit zu seinem Kopiloten zurückging, begann ihr Herz plötzlich zu jagen. *Das ist Larrys ehemaliges Flugzeug! Hat vor mir schon Noelle Page auf diesem Platz gesessen?* Catherine fürchtete, ohnmächtig zu werden. Die Kabinenwände schienen näher zu rücken und sie erdrücken zu wollen. Sie schloß die Augen und holte tief Luft. *Das ist jetzt alles vorbei. Demiris hat recht. Niemand kann die Vergangenheit mehr ändern.*

Sie hörte die Motoren lauter dröhnen und öffnete die Augen. Das Flugzeug rollte an, beschleunigte, hob ab und nahm Kurs nach

Nordwesten – in Richtung London. *Wie oft ist Larry diese Route geflogen? Larry.* Das Gefühlschaos, das sein Name in ihr weckte, ließ sie erbeben. *Und die Erinnerungen. Die wundervollen, die schrecklichen Erinnerungen …*

Es war der Sommer 1940, das Jahr vor dem Kriegseintritt Amerikas. Aus Chicago war Catherine Alexander frisch von der dortigen Northwestern University nach Washington, D.C., gekommen, um sich einen ersten Job zu suchen.

Ihre Mitmieterin hatte ihr erzählt: »Im Außenministerium ist ein Job als Sekretärin bei William Fraser frei. Das ist der für Öffentlichkeitsarbeit verantwortliche große Boß. Ich hab' erst gestern abend davon erfahren. Wenn du dich gleich vorstellst, müßtest du den anderen Girls zuvorkommen.«

Catherine war sofort ins Ministerium gefahren – aber in Frasers Vorzimmer drängte sich bereits fast ein Dutzend Bewerberinnen! *Ich habe keine Chance*, dachte Catherine resigniert. Dann öffnete sich die Tür des Chefbüros, und William Fraser erschien auf der Schwelle. Er war ein großer, gutaussehender Mann mit lockigem, an den Schläfen leicht ergrautem blondem Haar, leuchtendblauen Augen und markantem, energisch wirkendem Kinn.

»Ich brauche ein Exemplar von *Life* – eine Nummer, die vor drei bis vier Wochen erschienen ist«, sagte er zu seiner Vorzimmerdame. »Die mit einem Bild Stalins auf dem Titel.«

»Ich bestelle sie Ihnen, Mr. Fraser«, antwortete die Sekretärin.

»Sally, ich habe Senator Borah am Apparat. Ich möchte ihm einen Absatz aus dieser Ausgabe vorlesen. Sie haben zwei Minuten Zeit, ein Exemplar für mich aufzutreiben.« Fraser verschwand in seinem Büro und schloß die Tür hinter sich.

Die Bewerberinnen sahen einander an und zuckten die Achseln.

Catherine stand da und überlegte angestrengt. Dann machte sie auf dem Absatz kehrt und lief hinaus. Hinter sich hörte sie eine der Frauen sagen: »Gut, wieder eine weniger!«

Nach drei Minuten kam Catherine mit der gewünschten Ausgabe der Zeitschrift *Life* ins Vorzimmer zurück. Sie legte sie der Sekretärin auf den Schreibtisch. Zehn Minuten später saß sie in William Frasers Arbeitszimmer.

»Sally hat mir erzählt, daß Sie das *Life*-Heft besorgt haben.«

»Ja, Sir.«

»Sie haben dieses drei Wochen alte Exemplar doch nicht zufällig in der Handtasche gehabt?«

»Nein, Sir.«

»Wo haben Sie es so schnell aufgetrieben?«

»Ich bin zum Friseur runtergefahren. Bei Ärzten und Friseuren liegen immer alte Zeitschriften aus.«

»Sind Sie auf allen Gebieten so clever?«

»Nein, Sir.«

»Das wird sich zeigen«, meinte William Fraser. »Sie sind eingestellt.«

Catherine fand es aufregend, für Fraser zu arbeiten. Er war ein charmanter, wohlhabender Junggeselle, der ganz Washington zu kennen schien. Die *Time* hatte ihn zum »begehrenswertesten Junggesellen des Jahres« erkoren.

Ein halbes Jahr nachdem sie die Stellung bei William Fraser angetreten hatte, verliebten sie sich ineinander.

In seinem Schlafzimmer sagte Catherine: »Ich muß dir was sagen. Ich bin noch Jungfrau.«

Fraser schüttelte verwundert den Kopf. »Unglaublich! Wie bin ich bloß an die einzige Jungfrau Washingtons geraten?«

Eines Tages sagte William Fraser zu Catherine: »Unsere Abteilung soll die Herstellung eines bei MGM in Hollywood gedrehten Ausbildungsfilms für das Army Air Corps überwachen. Ich möchte, daß du dich um den Film kümmerst, solange ich in London bin.«

»Ich? Bill, ich kann nicht mal einen Film in eine Box einlegen! Was verstehe ich von Ausbildungsfilmen?«

Fraser grinste. »Ungefähr soviel wie alle anderen. Mach dir keine Sorgen, den Film dreht ein Regisseur. Er heißt Allan Benjamin. Die Army hat vor, die Rollen mit Schauspielern zu besetzen.«

»Mit Schauspielern? Wozu?«

»Vermutlich glaubt sie, Soldaten seien als Soldaten nicht überzeugend genug.«

»Das sieht der Army ähnlich!«

So flog Catherine nach Hollywood, um die Herstellung dieses Films zu überwachen.

Im Hintergrund des Filmateliers drängten sich Statisten – die meisten in schlechtsitzenden Armyuniformen.

»Verzeihen Sie bitte«, sagte Catherine zu einem Vorbeigehenden. »Ist Mr. Allan Benjamin da?«

»Der kleine Korporal?« Er deutete nach rechts. »Dort drüben.«

Catherine drehte sich um und sah einen schmächtigen kleinen Mann in ausgebeulter Uniform mit Korporalsstreifen. Er kreischte einen Mann an, der Generalssterne auf der Uniform trug.

»Was der Castingchef gesagt hat, ist mir egal! Ich stehe bis zum Arsch in Generälen. Ich brauche Unteroffiziere.« Er warf verzweifelt die Hände hoch. »Jeder will Häuptling sein und keiner Indianer!«

»Entschuldigen Sie«, unterbrach Catherine ihn, »ich bin Catherine Alexander und soll...«

»Gott sei Dank!« rief der kleine Mann aus. »Der Laden gehört Ihnen! Ich weiß überhaupt nicht, was ich hier soll. Ich hab' in Dearborn als Redakteur einer Möbelfachzeitschrift dreieinhalbtausend Dollar im Jahr verdient. Dann bin ich zur Nachrichtentruppe eingezogen und als Drehbuchautor für Ausbildungsfilme abkommandiert worden. Was versteh' ich vom Produzieren oder Regieführen? Der Laden gehört Ihnen!« Er machte kehrt, ließ Catherine stehen und hastete in Richtung Ausgang davon.

Ein schlanker Grauhaariger in einem Pullover kam amüsiert lächelnd auf sie zu. »Brauchen Sie vielleicht Hilfe?«

»Ich brauche ein Wunder«, antwortete Catherine. »Ich bin hier verantwortlich und habe keine Ahnung, was ich tun muß.«

Er nickte grinsend. »Willkommen in Hollywood! Ich bin Tom O'Brien, der Regieassistent.«

»Trauen Sie sich zu, hier Regie zu führen?«

O'Briens Mundwinkel zuckten. »Ich könnt' es versuchen. Ich habe sechs Filme mit Willie Wyler gedreht. Die Sache ist gar nicht so verfahren, wie sie aussieht. Eigentlich fehlt's nur an der Organisation. Das Drehbuch liegt vor, die Sets sind festgelegt.«

Catherine sah sich im Atelier um. Die meisten Uniformen saßen miserabel. »Wirklich schlimm sehen nur fünf oder sechs aus. Mal sehen, ob wir nicht ein paar bessere finden.«

O'Brien nickte zustimmend. »Gute Idee.«

Catherine ging mit ihm zu den Statisten hinüber. Der Gesprächslärm in dem riesigen Atelier war ohrenbetäubend.

»Haltet mal 'nen Augenblick die Klappe, Jungs! Das hier ist Miss Alexander. Sie übernimmt jetzt die Leitung.«

»Stellt euch nebeneinander auf, damit wir euch richtig in Augenschein nehmen können«, verlangte Catherine.

O'Brien ließ die Statisten in reichlich krummer Linie antreten. Irgendwo hinter sich hörte Catherine lachende Stimmen und drehte sich aufgebracht danach um. Einer der Uniformierten stand in einer Ecke, als ginge ihn das Ganze nichts an, und flirtete mit einigen Mädchen, die an seinen Lippen hingen und bei jedem Satz kicherten. Sein Gehabe irritierte Catherine.

»Verzeihung, wären Sie so freundlich, bei uns mitzumachen?«

Der Uniformierte drehte sich um und fragte gedehnt: »Meinen Sie mich?«

»Ja. Wir möchten endlich weitermachen.«

Er sah ungewöhnlich gut aus: hochgewachsen, drahtig, mit blauschwarzem Haar und feurigen dunklen Augen. Seine Uniform saß wie angegossen. Auf den Schulterstücken trug er die Rangabzeichen eines Captains, und seine linke Brust zierte eine breite bunte Ordensschnalle. Catherine starrte die Orden an. »Diese Auszeichnungen . . .«

»Eindrucksvoll genug, Boß?« Seine tiefe Stimme klang frech und belustigt.

»Nehmen Sie sie ab!«

»Wozu? Ich dachte, sie würden diesem Film ein bißchen Farbe geben.«

»Sie haben nur eine Kleinigkeit vergessen. Amerika befindet sich noch nicht im Krieg. Folglich müssen Sie diese Orden beim Trödler erstanden haben.«

»Da haben Sie recht«, gab er verlegen zu. »Daran hab' ich nicht gedacht. Gut, ich nehme ein paar davon ab.«

»Sie nehmen gefälligst *alle* ab!« fauchte Catherine.

Als Catherine nach den Dreharbeiten des Vormittags in der Kantine beim Mittagessen saß, kam er an ihren Tisch. »Hallo. Wie war ich heute morgen? Überzeugend genug?«

Seine arrogante Art brachte sie auf. »Sie stolzieren wohl gern in Uniform und mit Orden behängt herum, was? Haben Sie schon mal daran gedacht, sich freiwillig zum Militärdienst zu melden?«

Er machte ein entsetztes Gesicht. »Um auf mich schießen zu lassen? Das ist was für Schwachköpfe.«

Catherine wäre am liebsten explodiert. »Ich finde Sie widerwärtig!«

»Warum?«

»Wenn Sie das nicht selbst begreifen, kann ich's Ihnen nicht erklären.«

»Wollen Sie es nicht wenigstens versuchen? Heute abend bei Ihnen beim Essen. Können Sie kochen?«

»Sie brauchen heute nachmittag nicht mehr zu kommen«, erklärte Catherine ihm aufgebracht. »Wir schicken Ihnen einen Gagenscheck für heute vormittag. Wie heißen Sie?«

»Larry. Larry Douglas.«

Catherine ärgerte sich über diese Auseinandersetzung mit dem arroganten jungen Schauspieler und war entschlossen, nicht mehr an ihn zu denken. Aber aus irgendeinem Grund fiel es ihr schwer, ihn zu vergessen.

Nach ihrer Rückkehr nach Washington sagte William Fraser: »Du hast mir sehr gefehlt, Catherine. Ich habe viel über uns nachgedacht. Liebst du mich?«

»Sogar sehr, Bill.«

»Ich liebe dich auch. Gehen wir heute abend aus und feiern unser Wiedersehen?«

Catherine wußte, daß dies der Abend war, an dem er um ihre Hand anhalten würde.

Sie gingen in den exklusiven Jefferson Club. Während des Essens kam Larry Douglas herein – noch immer in der Uniform des Army Air Corps mit breiter Ordensschnalle. Catherine beobachtete ungläubig, wie er an ihren Tisch trat und nicht sie, sondern Fraser begrüßte.

»Cathy, darf ich dir Captain Lawrence Douglas vorstellen«, sagte Bill Fraser. »Larry, das ist Miss Alexander ... Catherine. Larry ist als Chef einer amerikanischen Jagdstaffel in der Royal Air Force geflogen. Er gehört zu unseren wahren Helden. Um seine Erfahrungen an unsere Jungs weiterzugeben, übernimmt er jetzt hier ein Jagdgeschwader.«

Catherine hatte das Gefühl, im Boden versinken zu müssen ...

Am nächsten Tag rief Larry Douglas sie mehrmals im Büro an. Catherine ließ sich verleugnen. Als sie nach Dienstschluß aus dem Ministerium kam, wartete er draußen auf sie. Er hatte alle Orden abgelegt und trug die Rangabzeichen eines einfachen Leutnants.

»Besser?« fragte er, während er sich lächelnd vor ihr aufbaute.

Catherine starrte ihn an. »Ist das Tragen falscher Rangabzeichen nicht ein Verstoß gegen die Dienstvorschriften?«

»Keine Ahnung. Ich dachte, für solche Dinge wären Sie zuständig.«

Sie sah ihm in die Augen und wußte, daß sie verloren war.

»Was wollen Sie von mir?«

»Alles. Ich will dich.«

Sie fuhren in seine Wohnung und liebten sich dort. Für Catherine war es ein himmlisches Erlebnis, das sie nicht einmal im Traum für möglich gehalten hatte: eine phantastische Vereinigung, die das Zimmer und das Universum erbeben ließ – bis es zur Explosion kam, der eine schwindelerregende Ekstase, eine unglaubliche Reise durch die Welt der Gefühle, Ankunft und Abschied, Ende und Beginn zugleich folgten. Catherine lag erschöpft und benommen da, hielt Larry an sich gedrückt, wollte ihn nie mehr loslassen und wünschte sich, dieses Gefühl würde ewig anhalten.

Fünf Stunden später heirateten sie in Maryland.

Auf ihrem Flug nach London, wo sie ein neues Leben beginnen würde, sinnierte Catherine: *Wir sind so glücklich gewesen! Was ist bloß schiefgegangen? Romantische Filme und Liebeslieder haben uns dazu verleitet, an Happy-Ends und Ritter in schimmernder Rüstung und an immerwährende Liebe zu glauben. Wir haben wirklich geglaubt, daß James Stewart und Donna Reed* A Wonderful Life *geführt haben; wir haben gewußt, daß Clark Gable und Claudette Colbert nach* It Happened One Night *für immer zusammenbleiben würden; wir haben Tränen vergossen, als Frederick March für* The Best Years of Our Lives *zu Myrna Loy zurückgekehrt ist; wir waren überzeugt, daß Joan Fontaine als* Rebecca *ihr Glück in den Armen von Lawrence Olivier gefunden hatte.*

Alles Lügen, nichts als Lügen! Auch die Lieder! I'll Be Loving You, Always. *Wie messen Männer den Begriff »immer«? Mit einer Eieruhr?* How Deep Is The Ocean? *Was hat Irving Berlin sich dabei vorgestellt? Zwanzig Zentimeter? Einen halben Meter? Und...* Forever And A Day. *Ich verlasse dich. Ich reiche die Scheidung ein.* Some Enchanted Evening. *Komm, wir machen morgen eine Tour zu den Höhlen von Soulion!* You And The Night And The Music. *Ich habe gehört, daß es hier in der Nähe berühmte Höhlen gibt.* For Sentimental Reasons. *Niemand wird jemals... gleich jetzt, solange sie schläft.* Be My Love.

Wir haben die Filme gesehen, wir haben die Songs gehört, wir haben uns eingebildet, dies sei das wirkliche Leben. Ich habe Larry so bedingungslos vertraut, werde ich jemals wieder einem anderen Mann vertrauen? Was habe ich getan, daß er mich ermorden wollte?

»Miss Alexander...«

Catherine fuhr zusammen und blickte verwirrt auf.

Flugkapitän Pantelis stand über sie gebeugt. »Wir sind gelandet. Willkommen in London!«

Am Flughafen wartete eine Limousine auf sie. »Mein Name ist Alfred, Miss Alexander«, stellte sich der Chauffeur vor. »Ich werde mich sofort um Ihr Gepäck kümmern. Möchten Sie dann gleich in Ihre Wohnung fahren?«

Meine Wohnung! »Ja, bitte.«

Catherine ließ sich in die Polster zurücksinken. Unglaublich! Constantin Demiris hatte ihr sein eigenes Flugzeug zur Verfügung gestellt und auch für eine Wohnung gesorgt. Entweder war er der großzügigste Mann der Welt oder... Oder was? *Nein, er ist der großzügigste Mann der Welt. Ich muß eine Möglichkeit finden, ihm meine Dankbarkeit angemessen zu beweisen.*

In der Elizabeth Street am Eaton Square erwartete Catherine eine Luxuswohnung. Sie bestand aus einer großen Diele, einem elegant möblierten Salon mit einem Kristallüster, einer getäfelten Bibliothek, einer Küche mit vollen Vorratsschränken, einem Schlafzimmer, zwei Gästezimmern und Zimmern für das Personal.

An der Wohnungstür wurde Catherine von einer Frau Anfang Vierzig in einem schwarzen Kleid empfangen. »Guten Tag, Miss Alexander. Ich bin Anna, Ihre Haushälterin.«

Natürlich. Meine Haushälterin. Catherine war allmählich durch nichts mehr zu verblüffen. »Guten Tag, Anna.«

Der Chauffeur brachte ihre Koffer herauf und stellte sie ins Schlafzimmer. »Die Limousine steht zu Ihrer Verfügung«, erklärte er Catherine. »Sie brauchen Anna nur zu sagen, wann Sie ins Büro fahren wollen. Ich hole Sie dann ab.«

Die Limousine steht zu meiner Verfügung. Natürlich. »Danke, Alfred.«

»Ich packe Ihre Koffer aus«, sagte Anna. »Sollten Sie irgend etwas wünschen, brauchen Sie es mir nur zu sagen.«

»Danke, mir fällt wirklich nichts ein«, antwortete Catherine wahrheitsgemäß.

Während Anna die Koffer auspackte, machte Catherine langsam einen Rundgang durch die Wohnung. Dann ging sie ins Schlafzimmer, betrachtete die schönen Kleider, die Demiris ihr gekauft hatte, und dachte: *Alles ist wie ein wunderbarer Traum.* Sie hatte das Gefühl, etwas ganz und gar Irreales zu erleben. Noch vor 48 Stunden hatte sie in einem Klostergarten Rosen gegossen; jetzt führte sie das Leben einer Herzogin. Sie fragte sich, wie ihr Job aussehen würde. *Ich werde mich anstrengen. Ich will ihn nicht enttäuschen. Er ist so wundervoll gewesen.* Sie war plötzlich müde und streckte sich auf dem weichen, bequemen Bett aus. *Nur eine Minute lang ausruhen.* Sie schloß die Augen.

Ich ertrinke ... Ich schreie. Hilfe! Larry schwimmt auf mich zu, und als er mich erreicht, drückt er mich unter Wasser. Und ich bin in einer stockfinsteren Höhle, und die Fledermäuse stoßen auf mich herab, zerzausen mein Haar und streifen mit klammen Flügeln mein Gesicht ...

Catherine schrak hoch und setzte sich zitternd auf.

Sie atmete tief durch, bis ihre Erregung abgeklungen war. *Das muß aufhören!* nahm sie sich vor. *Das liegt alles hinter dir. Laß die Vergangenheit ruhen. Du mußt für die Gegenwart leben. Hier tut dir niemand was. Niemand! Jetzt nicht mehr.*

Die Haushälterin hatte vor Catherines Schlafzimmertür auf ihre Schreie gehorcht. Sie wartete noch einen Augenblick. Als dann Stille herrschte, ging sie in die Diele, nahm den Telefonhörer ab und wählte Constantin Demiris' Nummer in Athen.

Die Hellenic Trade Corporation hatte ihre Büros in der Nähe des Piccadilly Circus in der 217 Bond Street in einem ehemaligen Regierungsgebäude, das schon vor Jahrzehnten in ein Bürogebäude umgebaut worden war. Die elegant gestaltete Fassade des alten Gebäudes war ein architektonisches Meisterwerk.

Als Catherine dort ankam, erwartete das Büropersonal sie bereits. Sie wurde schon am Eingang von einem halben Dutzend Männer und Frauen begrüßt.

»Willkommen, Miss Alexander. Ich bin Evelyn Kaye. Das ist Carl ... Tucker ... Matthew ... Jennie ...«

Die Namen und Gesichter verschwammen.

»Guten Tag. Ich freue mich auf gute Zusammenarbeit mit Ihnen allen.«

»Ihr Büro steht für Sie bereit. Kommen Sie, ich zeige es Ihnen.«

»Danke.«

Der Eingangsbereich war mit einem Chesterfield-Sofa, zwei Gainesborough-Sesseln und einem großen Gobelin geschmackvoll eingerichtet. Die beiden Frauen gingen den mit Teppichboden ausgelegten Korridor entlang und kamen an einem Konferenzraum mit dunkler Wandtäfelung, Lederstühlen und einem auf Hochglanz polierten langen Tisch vorbei.

Catherine wurde in ein attraktives Büro mit alten, bequemen Möbeln und einer Ledercouch geführt.

»So, das ist Ihr Reich.«

»Wundervoll«, murmelte sie.

Auf dem Schreibtisch standen frische Blumen.

»Von Mr. Demiris.«

Er ist so aufmerksam.

Evelyn Kaye, die Catherine hergeführt hatte, war eine untersetzte Frau mittleren Alters mit freundlichem Gesicht und umgänglichem Wesen. »Sie werden ein paar Tage brauchen, um sich einzugewöhnen, aber unsere Arbeit ist im Grunde genommen recht einfach. Wir sind eines der Nervenzentren des Demiris-Imperiums. Wir koordinieren die Berichte der ausländischen Tochtergesellschaften und leiten sie an die Zentrale in Athen weiter. Ich bin die Geschäftsführerin. Sie werden meine Assistentin sein.«

»Oh.« *Ich bin also die Assistentin der Geschäftsführerin.* Catherine hatte keine Ahnung, was von ihr erwartet wurde. Sie war in eine Märchenwelt versetzt worden: Privatflugzeuge, Limousinen, eine Luxuswohnung mit Hauspersonal...

»Wim Vandeen ist unser mathematisches Genie. Er führt alle Konten und erstellt die Jahresabschlüsse. Sein Verstand arbeitet schneller als die meisten Rechenmaschinen. Kommen Sie, wir gehen in sein Büro, damit Sie ihn gleich kennenlernen.«

Sie gingen zum letzten Büro am Ende des Korridors. Evelyn öffnete die Tür, ohne anzuklopfen.

»Wim, das ist meine neue Assistentin.«

Catherine trat über die Schwelle und blieb dann verlegen stehen. Wim Vandeen schien Anfang Dreißig zu sein, ein hagerer Mann mit fliehendem Kinn und nicht sonderlich intelligentem Gesichtsausdruck. Er starrte seine Schuhspitzen an.

»Wim? Wim! Das ist Catherine Alexander.«

Er sah auf. »Der eigentliche Name Katharinas der Ersten war Marta Skawronska – eine 1684 geborene litauische Bauerntochter, die 1703 Mätresse Peters des Großen wurde; 1712 heiratete er sie, 1725 ließ er sie zur Kaiserin von Rußland krönen. Katharina die Zweite war die 1729 geborene Tochter eines preußischen Fürsten; heiratete 1745 Großfürst Peter Fjodorowitsch, der 1762 Zar Peter der Dritte wurde, und wurde im selben Jahr als seine Nachfolgerin gekrönt, nachdem sie ihn hatte stürzen und ermorden lassen. Unter ihrer Herrschaft kam es zu drei Teilungen Polens, zwei Kriegen gegen die Türkei und einem Krieg gegen Schweden ...« Diese monoton vorgetragenen Fakten sprudelten nur so aus ihm heraus.

Catherine hatte ihm verblüfft zugehört.

»Das ... das ist sehr interessant«, murmelte sie schließlich.

Wim Vandeen sah zu Boden.

»Wim ist schüchtern, wenn er mit jemandem bekannt gemacht wird«, erklärte Evelyn ihr.

Schüchtern? dachte Catherine. *Der Mann ist unheimlich. Und der soll ein Genie sein? Was für ein Job ist das hier bloß?*

In Athen, in seinem Büro in der Agiou Geronda, ließ Constantin Demiris sich vom Chauffeur Alfred aus London telefonisch Bericht erstatten.

»Ich habe Miss Alexander vom Flughafen aus direkt in ihre Wohnung gefahren, Mr. Demiris. Wie von Ihnen angeordnet, habe ich sie gefragt, ob sie sonst irgendwohin gebracht zu werden wünsche, aber sie hat verneint.«

»Sie hat also keinen Kontakt zu irgendwem aufgenommen?«

»Nein, Sir. Es sei denn, sie hat von der Wohnung aus telefoniert, Sir.«

Diese Möglichkeit machte Demiris keine Sorgen. Die Haushälterin Anna würde ihm ebenfalls Bericht erstatten. Er legte zufrieden den Hörer auf. Catherine stellte also keine unmittelbare Gefahr für ihn dar, und er würde dafür sorgen, daß sie ständig überwacht wurde. Sie stand ganz allein auf der Welt. Der einzige, an den sie sich hilfesuchend wenden konnte, war ihr Wohltäter Constantin Demiris. *Ich muß bald eine Londonreise einplanen*, überlegte er sich freudig. *Sehr bald.*

Catherine Alexander fand ihre neue Stellung interessant. Aus Constantin Demiris' weltumspannendem Reich gingen täglich Berichte ein: Produktionsziffern eines Stahlwerks in Indiana, Ergebnisse der Betriebsprüfung einer Autofabrik in Italien, Abrechnungen eines Pressekonzerns in Australien, einer Goldmine, einer Versicherungsgesellschaft. Catherine stellte die Daten übersichtlich zusammen und gab sie sofort an Wim Vandeen weiter. Wim überflog sie, wobei sein eigenartig begabtes Gehirn auf Hochtouren arbeitete, und errechnete fast augenblicklich, wieviel Prozent Gewinn oder Verlust diese Zahlen für die Hellenic Trade Corporation bedeuteten.

Catherine machte es Spaß, ihre neuen Kollegen besser kennenzulernen. Die Schönheit des alten Gebäudes, in dem sie arbeitete, begeisterte sie jeden Tag aufs neue.

Als sie das Evelyn Kaye in Wims Gegenwart erzählte, sagte dieser: »Dieses Gebäude ist 1721 von Sir Christopher Wren als königliches Zollhaus erbaut worden. Nach dem großen Feuer von London hat Christopher Wren fünfzig Kirchen wieder aufgebaut. Seine berühmtesten Kirchen sind St. Paul's, St. Michael's und St. Bride's. Seine bekanntesten Profanbauten sind die Royal Exchange und das Burlington House. Er ist 1723 gestorben und liegt in St. Paul's begraben. Dieses Haus ist 1907 zu einem Bürogebäude umgebaut worden. Sein Keller hat während der deutschen Luftangriffe im Zweiten Weltkrieg als öffentlicher Schutzbunker gedient.«

Der noch existierende Luftschutzraum war ein großes bombensicheres Kellergeschoß, das durch eine schwere Stahltür vom übrigen Keller abgetrennt war. Catherine warf einen Blick in den Raum und dachte an die tapferen britischen Männer, Frauen und Kinder, die hier vor dem Bombenhagel von Hitlers Luftwaffe Schutz gefunden hatten.

Der eigentliche Keller war riesig und erstreckte sich unter dem ganzen Gebäude. Hier unten standen ein großer Heizkessel und ein Dutzend Schaltschränke der Telefonanlagen der Firmen in diesem Gebäude. Der alte Heizkessel hatte seine Mucken. Catherine hatte schon mehrmals Wartungstechniker in den Keller begleitet, damit sie sich den Kessel ansehen konnten. Jeder von ihnen werkelte daran herum, behauptete, jetzt funktioniere er wieder, und ging.

»Er sieht so gefährlich aus«, meinte Catherine. »Kann er vielleicht mal explodieren?«

»Nein, Miss, natürlich nicht! Sehen Sie das Sicherheitsventil hier? Sollte der Kessel jemals zu heiß werden, kann der Überdruck durch das Ventil ausgeglichen werden, und alles ist wieder in Butter. Kein Problem, Miss.«

War der Arbeitstag dann zu Ende, gab es London zu entdecken. London ... ein Füllhorn wunderbarer Konzerte, Ballettabende und Theatervorstellungen. Es gab interessante alte Buchhandlungen wie Foyles oder Hatchards, Dutzende von Museen, kleine Antiquitätengeschäfte und Restaurants. Catherine besuchte die Lithographiewerkstätten im Cecil Court, kaufte bei Harrods, Fortnum & Mason und Marks & Spencer ein und trank sonntags Tee im Savoy.

Gelegentlich kamen ihr wieder die alten Bilder und Erinnerungen. So vieles erinnerte sie an Larry. Eine Stimme... eine Redensart... ein Rasierwasser... ein Lied. *Nein. Die Vergangenheit ist abgeschlossen. Nur die Zukunft zählt noch.* Sie wurde mit jedem Tag stärker.

Catherine freundete sich mit Evelyn Kaye an, und die beiden gingen gelegentlich miteinander aus. An einem Sonntag besuchten sie den Kunstmarkt am Themseufer. Dutzende von jungen und alten Malern zeigten hier ihre Bilder, die keine Galerie ausstellen wollte. Die meisten Gemälde waren schrecklich. Trotzdem kaufte Catherine aus Mitleid eines.

»Und wo willst du's aufhängen?« fragte Evelyn entgeistert.

»Im Heizraum«, sagte Catherine.

Auf ihren Streifzügen durch London sahen sie auch Pflastermaler, die mit Farbkreisen Gemälde auf den Gehsteig zauberten. Manche dieser Arbeiten waren erstaunlich gut. Passanten blieben stehen, um sie zu bewundern und den Künstlern ein paar Münzen in die aufgestellten Blechdosen zu werfen. Eines Nachmittags sah Catherine auf dem Rückweg vom Lunch einem älteren Mann zu, der an einer wundervollen Landschaft arbeitete. Als er gerade fertig wurde, begann es zu regnen, und der Alte stand da und sah zu, wie sein Bild weggewaschen wurde. *Fast wie mein bisheriges Leben,* dachte Catherine.

Evelyn Kaye nahm Catherine zum Shepherd's Market mit. »Ein interessanter Platz. Er wird dir gefallen.«

Die Szenerie war jedenfalls farbig. Es gab dort das über 300 Jahre alte Restaurant Tiddy Dols, einen Zeitungskiosk, ein Lebensmittelgeschäft, einen Frisiersalon, eine Bäckerei, mehrere Antiquitätengeschäfte und hübsche zwei- bis dreigeschossige Stadthäuser.

Die Namensschilder an einigen der Briefkästen waren merkwürdig. Auf einem stand *Helen* und darunter *Französisch-Unterricht*, auf einem anderen *Rosie* und darunter *Griechisch-Lektionen*.

»Ist das hier eine Art Sprachenschule?« fragte Catherine.

Evelyn lachte laut. »In gewisser Beziehung schon. Aber die Kenntnisse, die diese Mädchen vermitteln, stehen in keiner Schule auf dem Lehrplan.«

Evelyn lachte noch lauter, als Catherine errötete.

Catherine war viel allein, aber sie führte ein zu aktives Leben, um sich einsam zu fühlen. Sie stürzte sich in ihr neues Leben, als versuche sie, all die kostbaren Augenblicke nachzuholen, um die sie gebracht worden war. Und sie weigerte sich bewußt, sich Sorgen um ihre Vergangenheit oder Zukunft zu machen. Sie besuchte Windsor Castle, Canterbury mit seiner schönen Kathedrale und Hampton Court. An Wochenenden fuhr sie aufs Land und übernachtete in originellen kleinen Gasthöfen. Sie machte weite Spaziergänge und aß mittags in ländlichen Pubs, über denen noch die Atmosphäre früherer Jahrhunderte zu liegen schien.

Ich lebe! dachte sie. *Niemand wird als glücklicher Mensch geboren. Jeder ist seines Glückes Schmied. Ich kann für mich sorgen. Ich bin jung und gesund und habe wundervolle Erlebnisse vor mir.*

Am Montag würde sie ins Büro zurückkehren. Zurück zu Evelyn und den Mädchen und zu Wim Vandeen.

Wim Vandeen war ihr ein Rätsel.

Catherine hatte noch nie einen Menschen wie ihn kennengelernt. Die Hellenic Trade Corporation hatte 20 Angestellte, und Wim Vandeen kannte von jedem einzelnen das Monatsgehalt, die Abzüge und die Sozialversicherungsnummer. Obwohl alle Geschäftsvorgänge verbucht wurden, speicherte Wim sämtliche

Zahlen im Kopf. Er kannte den Cash Flow jeder Abteilung und wußte die Vergleichszahlen für jeden Vormonat – und das über die fünf Jahre hinweg, die er bei der Firma arbeitete.

In Wim Vandeens Gedächtnis war alles gespeichert, was er jemals gesehen, gehört oder gelesen hatte. Sein Wissensfundus war geradezu unglaublich. Die harmloseste Frage zu irgendeinem Thema konnte eine Informationsflut auslösen – und doch war er ein ungeselliger Mensch.

Catherine diskutierte mit Evelyn über ihn. »Wim verstehe ich einfach nicht.«

»Wim ist ein Exzentriker«, erklärte Evelyn ihr. »Du mußt ihn einfach so nehmen, wie er ist. Ihn interessieren nur Zahlen. Aus Menschen macht er sich nichts, glaub' ich.«

»Hat er denn Freunde?«

»Nein.«

»Geht er jemals aus? Ich meine – geht er mit Frauen aus?«

»Nein.«

Catherine hatte das Gefühl, Wim sei isoliert und einsam, und empfand eine gewisse Verwandtschaft zu ihm.

Wims enzyklopädisches Wissen verblüffte Catherine immer wieder. Eines Morgens kam sie mit Ohrenschmerzen ins Büro.

»Bei diesem Wetter werden sie bloß schlimmer«, sagte Wim barsch. »An Ihrer Stelle würd' ich zum Ohrenarzt gehen.«

»Danke, Wim. Ich ...«

»Das menschliche Ohr besteht aus drei Abschnitten: äußeres Ohr, Mittelohr und inneres Ohr. Zum äußeren Ohr gehören die Ohrmuschel und der durchs Trommelfell vom Mittelohr getrennte äußere Gehörgang. Das Mittelohr besteht aus der Paukenhöhle mit Hammer, Amboß und Steigbügel. Das ovale und das Schneckenfenster führen zum inneren Ohr, dem Labyrinth, das die Bogengänge und die Schnecke mit dem Cortischen Organ umfaßt. Die Ohrtrompete verbindet die Paukenhöhle mit der Rachenhöhle.« Sprach's und ließ sie stehen.

Einige Tage später gingen Evelyn und Catherine mit Wim zum Lunch in den Pub Ram's Head. Im Hinterzimmer spielten die Stammgäste Darts.

»Interessieren Sie sich für Sport, Wim?« fragte Catherine. »Haben Sie sich schon mal ein Baseballspiel angesehen?«

»Baseball«, sagte Wim prompt. »Ein Baseball hat dreiundzwanzig Komma fünf Zentimeter Umfang. Er besteht aus einem mit Garn umsponnenen Hartgummikern und ist mit weißem Leder überzogen. Der Schläger wird im allgemeinen aus Eschenholz hergestellt und hat bei nicht mehr als hundertsechs Zentimeter Länge einen maximalen Durchmesser von nicht mehr als sieben Zentimetern.«

Die Theorie beherrscht er, dachte Catherine, *aber hat er je gespürt, wie aufregend es ist, etwas selbst zu tun?*

»Haben Sie jemals irgendeinen Sport *ausgeübt*? Vielleicht Basketball?«

»Basketball wird auf Holz- oder Betonboden gespielt. Der Ball besteht aus einer kugelförmigen Lederhülle mit fünfundsiebzig bis achtzig Zentimeter Umfang, in der eine Gummiblase mit null Komma neun Bar Innendruck steckt. Der Ball wiegt sechshundert bis sechshundertfünfzig Gramm. Dieses Spiel ist 1891 von James Naismith erfunden worden.«

Damit war Catherines Frage beantwortet.

Gelegentlich konnte Wim einen in der Öffentlichkeit auch in Verlegenheit bringen. An einem Sonntag fuhren Evelyn und Catherine mit ihm nach Maidenhead an der Themse, wo sie mittags im Compleat Angler einkehrten. Der Kellner kam an ihren Tisch und sagte: »Heute haben wir frische Miesmuscheln.«

Catherine wandte sich an Wim. »Mögen Sie Miesmuscheln?«

Er legte sofort los. »Mytilus edulis, die gemeine oder eßbare

Miesmuschel, mit länglicher, fast keilförmiger Schale und bis acht Zentimeter Länge, meist einfarbig violettblau oder violett gestreift auf hellerem Grund, kommt in fast allen Meeren rings um Europa vor.«

Der Kellner starrte ihn an. »Möchten Sie welche bestellen, Sir?«

»Ich mag keine Muscheln«, knurrte er.

Catherine verstand sich gut mit allen Leuten, mit denen sie zusammenarbeitete, aber Wim bedeutete ihr besonders viel. Er war staunenswert intelligent, aber zugleich auch schüchtern und offenbar sehr einsam.

»Gibt's denn keine Möglichkeit für Wim, ein normales Leben zu führen?« fragte Catherine eines Tages Evelyn. »Sich zu verlieben und zu heiraten?«

Evelyn seufzte. »Ich hab' dir gesagt, wo's bei ihm fehlt. Er kennt keine Gefühle. Er ist zu keiner Bindung fähig.«

Aber das konnte Catherine nicht glauben. In seinem Blick hatte sie schon mehrmals Interesse ... Zuneigung ... Lachen ... aufblitzen sehen. Sie wollte Wim helfen, ihn aus seinem Schneckenhaus locken. Oder hatte sie sich das alles nur eingebildet?

Eines Tages kam eine Einladung zu einem Wohltätigkeitsball im Savoy.

Catherine ging damit in Wims Büro. »Wim, können Sie tanzen?«

Er starrte sie an. »Beim Foxtrott besteht die rhythmische Einheit aus eineinhalb Takten im Viervierteltakt. Der Mann beginnt den Grundschritt mit dem linken Fuß und macht zwei Schritte vorwärts. Die Frau beginnt mit dem rechten Fuß und macht zwei Schritte rückwärts. Nach diesen beiden langsamen Schritten folgt ein rascher Schritt rechtwinklig zu den langsamen Schritten. Um zu dippen, tritt der Mann mit dem linken Fuß vor, gibt im Knie nach – langsam – und bringt dann den rechten Fuß nach vorn – langsam. Danach tritt er mit dem linken Fuß nach links – schnell – und zieht den rechten Fuß an den linken heran – schnell.«

Catherine stand da und wußte nicht, was sie sagen sollte. *Er weiß alle Worte, aber er versteht ihre Bedeutung nicht.*

Constantin Demiris rief spätabends an, als Catherine gerade ins Bett gehen wollte.

»Costa«, meldete er sich. »Ich störe doch nicht?«

»Nein, natürlich nicht.« Sie freute sich, seine Stimme zu hören. Sie hätte gern öfter mit ihm gesprochen, ihn um Rat gebeten. Schließlich war er der einzige Mensch auf der Welt, der ihre Vergangenheit wirklich kannte. Er erschien ihr wie ein alter Freund.

»Ich habe in den letzten Tagen oft an Sie gedacht, Catherine. Ich mache mir Sorgen, ob Sie in London nicht zu einsam sind. Schließlich kennen Sie dort fast niemand.«

»Ich fühle mich manchmal ein bißchen einsam«, gab Catherine zu. »Aber ich komme schon zurecht. Ich denke oft an Ihren Rat, die Vergangenheit zu vergessen und nur für die Zukunft zu leben.«

»Richtig! Und weil wir gerade bei der Zukunft sind: Ich bin morgen in London. Wollen Sie abends mit mir zum Essen gehen?«

»Sehr gern«, antwortete Catherine sofort. Sie freute sich schon jetzt darauf. Endlich würde sie Gelegenheit haben, Costa zu sagen, wie dankbar sie ihm war.

Constantin Demiris lächelte in sich hinein, als er den Hörer auflegte. *Die Jagd hat begonnen.*

Sie dinierten im Ritz. Der Speisesaal war elegant, das Essen köstlich. Aber Catherine war zu aufgeregt, um auf etwas anderes als den Mann zu achten, der ihr gegenübersaß. Sie hatte ihm so viel zu erzählen!

»Die Leute im Büro sind alle sehr nett zu mir«, berichtete

Catherine. »Und Wims Gedächtnis verblüfft mich immer wieder. Ich habe noch nie einen Menschen gesehen, der ...«

Aber Demiris hörte kaum zu. Er beobachtete sie und dachte, wie schön sie war – und wie verletzlich. *Ich darf nichts überstürzen. Nein, ich umgarne sie langsam, um den Sieg dann um so mehr auszukosten. Das ist meine Rache an dir, Noelle, an dir und an deinem Liebhaber.*

»Sind Sie länger in London?« fragte Catherine gerade.

»Nur zwei oder drei Tage. Ich bin geschäftlich hier.« Das stimmte, aber er wußte recht gut, daß er seine Geschäfte am Telefon hätte abwickeln können. Nein, er war nach London geflogen, um seine Kampagne zu beginnen, Catherine enger an sich zu binden, sie emotional von sich abhängig zu machen. Jetzt beugte er sich vor. »Catherine, habe ich Ihnen schon einmal erzählt, wie ich als junger Mann auf den saudiarabischen Ölfeldern gearbeitet habe?«

Auch am nächsten Abend ging Demiris wieder mit Catherine zum Essen aus.

»Evelyn hat mir erzählt, wie hervorragend Sie im Büro arbeiten. Ich werde Ihr Gehalt erhöhen.«

»Sie sind bisher schon so großzügig gewesen!« wandte Catherine ein. »Ich ...«

Demiris sah ihr in die Augen. »Sie ahnen nicht, wie großzügig ich sein kann.«

Catherine fand die Situation peinlich. *Er ist nur freundlich. Du darfst das nicht überbewerten.*

Am Tag darauf flog Demiris wieder ab. »Hätten Sie Lust, mich zum Flughafen zu begleiten, Catherine?«

»Ja.«

Sie fand Costa interessant, beinahe faszinierend. Er war amüsant und intelligent, und seine Aufmerksamkeit schmeichelte ihr.

Am Flughafen küßte Demiris sie leicht auf die Wange. »Ich bin froh, daß wir ein bißchen Zeit füreinander gehabt haben, Catherine.«

»Ich auch. Danke, Costa.«

Von der Besucherterrasse aus sah sie sein Flugzeug abheben. *Er ist ein ganz besonderer Mensch. Er wird mir fehlen.*

6

Die scheinbar enge Freundschaft zwischen Constantin Demiris und seinem Schwager Spyros Lambrou hatte alle Außenstehenden schon immer verwundert.

Spyros Lambrou war fast so reich und mächtig wie Demiris. Constantin Demiris war Eigner der größten Tankerflotte der Welt; Lambrou gehörte die zweitgrößte. Demiris kontrollierte einen Zeitungskonzern und besaß Fluggesellschaften, Ölfelder, Stahlwerke und Goldminen; Lambrou gehörten Versicherungsgesellschaften, Banken, Immobilien und ein Chemiewerk. Sie schienen freundschaftlich miteinander zu konkurrieren.

»Ist es nicht wunderbar«, fragten die Leute, »daß zwei der mächtigsten Männer der Welt so gute Freunde sind?«

In Wirklichkeit waren die beiden unversöhnliche Rivalen, die einander verachteten. Als Spyros Lambrou sich eine Dreißigmeterjacht kaufte, orderte Constantin Demiris sofort eine Fünfzigmeterjacht mit 13 Mann Besatzung, vier GM-Dieselmotoren, zwei Motorbooten und einem mit Süßwasser gefüllten Swimming-pool.

Als Spyros Lambrous Flotte mit seinem zwölften Tanker die Grenze von 200 000 BRT überschritt, vergrößerte Constantin Demiris seine eigene Flotte auf 23 Tanker mit 650 000 BRT Gesamttonnage. Als Lambrou sich einen Rennstall zulegte, kaufte Demiris sich einen noch größeren, ließ seine Pferde gegen die seines Schwagers laufen und blieb fast immer Sieger.

Die beiden Männer begegneten sich häufig, denn sie waren in Wohltätigkeitsorganisationen engagiert, gehörten zahlreichen Aufsichtsräten an und nahmen gelegentlich an Familientreffen teil.

Vom Temperament her waren sie einander genau entgegengesetzt. Während Demiris sich aus eigener Kraft aus der Gosse hochgearbeitet hatte, war Lambrou adeliger Herkunft. Er war ein schlanker, eleganter, stets untadelig gekleideter Mann von etwas angestaubter Höflichkeit. Die Familie Lambrou konnte ihre Abstammung auf den Wittelsbacher Prinzen zurückführen, der Griechenland als Otto I. regiert hatte.

In den Wirren der Balkankriege hatte eine kleine Gruppe von Industriellen, Grundstücksmaklern und Reedern gewaltige Vermögen angehäuft. Lambrous Vater hatte dazugehört, und Spyros hatte sein Imperium geerbt.

Spyros Lambrou war ein abergläubischer Mann. Er wußte seine glückhaften Lebensumstände zu schätzen und war ängstlich bedacht, die Götter nicht gegen sich aufzubringen. Von Zeit zu Zeit suchte er Wahrsagerinnen auf, um ihren Rat einzuholen. Er war intelligent genug, um Schwindlerinnen zu durchschauen, aber es gab eine Wahrsagerin, deren Voraussagen mit unheimlicher Genauigkeit eintrafen. Sie hatte die Fehlgeburt seiner Schwester Melina, das Scheitern ihrer Ehe und Dutzende von später eingetretenen Ereignissen richtig vorausgesagt. Sie lebte in Athen.

Sie hieß Madame Piris.

Spyros Lambrou und Constantin Demiris taten schon seit vielen Jahren so, als seien sie gute Freunde. Aber beide waren entschlossen, den anderen zu vernichten. Demiris aus seinem Überlebensinstinkt heraus; Lambrou wegen der empörend schlechten Behandlung Melinas durch seinen Schwager.

Constantin Demiris hatte es sich zur Gewohnheit gemacht, jeden Morgen um Punkt sechs Uhr in seinem Büro in der Agiou Geronda zu sein. Bis die Konkurrenz zu arbeiten begann, hatte Demiris schon mehrere Stunden mit seinen Vertretern in einem Dutzend Staaten telefoniert.

Demiris' Privatbüro war spektakulär. Riesige Fenster gaben die Aussicht auf das zu seinen Füßen liegende Athen frei. Der Fußboden war aus schwarzem Granit, die Möbel aus Stahl, Glas und Leder. An den Wänden hingen Meisterwerke von Léger und Braque und ein halbes Dutzend Picassos. Demiris thronte hinter einem Schreibtisch in einem hochlehnigen Ledersessel. Auf der Schreibtischplatte lag die in Kristall gefaßte Totenmaske Alexanders des Großen. Die Inschrift darunter lautete: *Alexandros. Beschützer des Menschen.*

An diesem Morgen klingelte das Telefon, als Constantin Demiris sein Arbeitszimmer betrat. Die Nummer dieses Anschlusses kannte nicht mehr als ein halbes Dutzend Leute.

Demiris nahm den Hörer ab. »*Oriste?*«

»*Kalimera.*« Der Anrufer war Nikos Veritos, Spyros Lambrous Privatsekretär. Seine Stimme klang nervös.

»Bitte entschuldigen Sie die Störung, Herr Demiris. Aber Sie wollten, daß ich Sie anrufe, wenn ich etwas erfahre, das Ihnen . . .«

»Ja. Was gibt's also?«

»Herr Lambrou beabsichtigt, die amerikanische Firma Aurora International zu kaufen. Sie ist an der New Yorker Börse notiert. Herr Lambrou hat einen Freund im Vorstand, der ihm erzählt hat, daß die Firma einen Großauftrag zum Bau von Bombern erhalten wird. Diese Information muß natürlich streng vertraulich bleiben. Sobald das Geschäft bekanntgegeben wird, dürfte der Kurs der Aurora-Aktien stark...«

»Die Börse interessiert mich nicht!« knurrte Demiris mißgelaunt. »Belästigen Sie mich nicht wieder mit solchen Bagatellen, haben Sie mich verstanden?«

»Verzeihung, Herr Demiris. Ich dachte...«

Aber Demiris hatte bereits aufgelegt.

Um acht Uhr, als sein Assistent Jannis Charis das Büro betrat, sah Demiris von seinem Schreibtisch auf. »An der New Yorker Börse ist eine Firma Aurora International notiert. Lassen Sie in allen unseren Zeitungen veröffentlichen, daß gegen ihren Vorstand wegen Betrugs ermittelt wird. Die Story soll ausgewalzt werden, bis der Kurs der Aurora-Aktien einbricht. Dann kaufen Sie mir eine Mehrheitsbeteiligung zusammen.«

»Wird sofort erledigt. Sonst noch was?«

»Sobald ich die Aktienmehrheit besitze, lassen Sie bekanntgeben, die Gerüchte seien unbegründet gewesen. Und sorgen Sie dafür, daß die New Yorker Börsenaufsicht erfährt, daß Spyros Lambrou seine Beteiligung aufgrund von inoffiziellen Informationen erworben hat.«

Jannis Charis zögerte. »Herr Demiris, in den Vereinigten Staaten ist das strafbar.«

Constantin Demiris lächelte. »Ich weiß.«

Keine zwei Kilometer weit entfernt arbeitete Spyros in seinem Büro am Syntagmaplatz. Sein mit französischen und italienischen Antiquitäten eingerichtetes Arbeitszimmer war Ausdruck seines guten Geschmacks. Drei der Wände verschwanden unter Gemälden französischer Impressionisten; die vierte Wand war belgischen Malern, von van Rysselberghe bis de Smet, vorbehalten. Auf dem Messingschild am Eingang stand *Lambrou & Partner*, aber es hatte niemals Partner gegeben.

Spyros Lambrou hätte glücklich sein müssen. Er war reich, hatte Erfolg und erfreute sich bester Gesundheit. Aber solange Constantin Demiris lebte, konnte er nicht wirklich glücklich sein. In seinen Augen war sein Schwager ein *Polymichanos*, ein trickreicher Mann, ein Gauner ohne Moral. Er hatte Demiris schon immer gehaßt, weil er Melina schlecht behandelte, aber die erbitterte Rivalität der beiden hatte ihre eigenen schrecklichen Gründe.

Begonnen hatte alles vor einigen Jahren mit einem Mittagessen, zu dem Spyros Lambrou seine Schwester eingeladen hatte. Sie hatte ihn noch nie so aufgeregt erlebt.

»Melina, weißt du eigentlich, daß die Welt jeden Tag soviel Erdöl verbraucht, wie die Natur in tausend Jahren hervorgebracht hat?«

»Nein, Spyros.«

»In Zukunft wird der Erdölverbrauch noch gewaltig ansteigen, und es gibt nicht genügend Tanker, um diese Mengen zu transportieren.«

»Hast du vor, welche bauen zu lassen?«

Ihr Bruder nickte. »Aber keine gewöhnlichen Tanker. Ich lasse die erste Flotte von Großtankern bauen. Sie werden doppelt so groß sein wie die bisher eingesetzten Schiffe.« Seine Begeisterung war unüberhörbar. »Ich habe alles monatelang durchgerechnet. Paß auf! Der Rohöltransport vom Persischen Golf zur amerikanischen Ostküste kostet drei Dollar pro Barrel. Durch den Einsatz von Großtankern würden die Kosten auf eineinviertel Dollar pro Barrel sinken. Hast du eine Vorstellung davon, was das bedeuten würde?«

»Spyros – woher willst du das Geld für eine neue Tankerflotte nehmen?«

Ihr Bruder lächelte. »Das ist das Beste an meinem Plan! Sie kostet mich keinen Cent.«

»Unmöglich!«

Er beugte sich vor. »Ich reise nächsten Monat nach Amerika, um mit den Bossen der großen Ölgesellschaften zu sprechen. Mit diesen Tankern kann ich ihr Öl um die Hälfte billiger transportieren, als sie es selbst können.«

»Aber... aber du hast keine Großtanker.«

Sein Lächeln wurde zu einem Grinsen. »Nein, aber wenn ich die Ölgesellschaften dazu bringe, langfristige Charterverträge mit mir abzuschließen, leihen die Banken mir das Geld für den Tankerbau. Na, was hältst du davon?«

»Ich halte dich für ein Genie. Ein brillanter Plan!«

Melina Demiris fand den Plan ihres Bruders so aufregend, daß sie Constantin beim Abendessen davon erzählte.

»Ist seine Idee nicht großartig?« fragte Melina, nachdem sie ihm die Einzelheiten erläutert hatte.

Constantin Demiris schwieg einen Augenblick. »Dein Bruder ist ein Träumer. Das würde nie funktionieren.«

Melina starrte ihn überrascht an. »Warum nicht, Costa?«

»Weil es ein hirnrissiger Plan ist. Erstens wird die Nachfrage nach Erdöl nicht so steil ansteigen, wie er annimmt, so daß seine imaginären Tanker leer fahren werden. Zweitens denken die Ölgesellschaften nicht im Traum daran, ihr kostbares Rohöl einer Phantomflotte anzuvertrauen, die noch gar nicht existiert. Und drittens werden alle Banker, die er aufsuchen will, ihn gnadenlos abblitzen lassen.«

Melina verzog enttäuscht das Gesicht. »Spyros war so begeistert.. Willst du nicht mal mit ihm darüber reden?«

Demiris schüttelte den Kopf. »Laß ihm seinen Traum, Melina. Am besten erzählst du ihm nicht mal, daß wir darüber gesprochen haben.«

»Wie du meinst, Costa.«

Am nächsten Morgen flog Constantin Demiris in aller Frühe in die Vereinigten Staaten, um über Großtanker zu verhandeln. Wie er wußte, wurden die Erdölreserven außerhalb der USA und des Ostblocks von den »Sieben Schwestern« kontrolliert: Standard Oil of New Jersey, Standard Oil of California, Gulf Oil, Texas Company, Socony-Vacuum, Royal Dutch-Shell und Anglo-Iranian. Und er wußte, daß die anderen nachziehen würden, wenn es ihm gelang, nur eine von ihnen zu überzeugen.

Constantin Demiris' erster Besuch galt der Zentrale der Standard Oil of New Jersey. Er hatte einen Termin bei Owen Curtiss, einem der Vizepräsidenten.

»Was kann ich für Sie tun, Mr. Demiris?«

»Ich möchte Sie mit einem Projekt bekannt machen, das Ihrer Gesellschaft große finanzielle Vorteile bringen könnte.«

»Ja, das haben Sie am Telefon bereits angedeutet.« Curtiss warf einen Blick auf seine Armbanduhr. »Ich habe in wenigen Minuten einen Termin. Machen Sie es also kurz.«

»Ich werde es sehr kurz machen. Im Augenblick kostet Sie der Rohöltransport vom Persischen Golf zur amerikanischen Ostküste drei Dollar pro Barrel.«

»Das ist richtig.«

»Was würden Sie sagen, wenn ich Ihnen garantieren könnte, daß ich Ihr Rohöl für eineinviertel Dollar pro Barrel transportiere?«

Curtiss lächelte gönnerhaft. »Wie wollen Sie dieses Wunder fertigbringen?«

»Indem ich eine Flotte von Großtankern bauen lasse«, antwortete Demiris ruhig. »Jeder Tanker faßt die doppelte Menge wie die bisher üblichen. Damit kann ich Ihr Rohöl so schnell transportieren, wie Sie es aus dem Boden pumpen.«

Curtiss betrachtete ihn mit nachdenklicher Miene. »Und woher wollen Sie eine Großtankerflotte nehmen?«

»Die lasse ich bauen.«

»Tut mir leid, aber wir sind nicht an Beteiligungen interessiert, die...«

Demiris unterbrach ihn. »Es würde Sie keinen Cent kosten! Ich möchte nur einen langfristigen Vertrag für den Transport Ihres Öls zur Hälfte des Preises, den Sie im Augenblick zahlen müssen. Die Finanzierung werden Banken übernehmen.«

Ein langes, bedeutungsschweres Schweigen folgte. Dann räusperte Owen Curtiss sich. »Ich glaube, wir fahren mal nach oben, damit unser Präsident Sie kennenlernt.«

Damit war der Anfang gemacht. Auch die übrigen Ölgesellschaften zeigten sich bereit, Constantin Demiris' neue Großtanker zu chartern. Als Spyros Lambrou mitbekam, was dort geschah, war es bereits zu spät. Er flog nach Amerika und konnte noch mit einigen unabhängigen Ölgesellschaften Charterverträge für seine Großtanker abschließen, aber Demiris hatte bereits abgesahnt.

»Er ist dein Mann«, wütete Spyros, »aber ich schwöre dir, Melina, daß ich ihm das eines Tages heimzahle!«

Melina war bei dem Gedanken daran, wie ihr Bruder reingelegt worden war, ganz elend zumute. Sie hatte das Gefühl, ihn verraten zu haben.

Aber als sie Constantin Vorwürfe machte, zuckte der nur die Achseln. »Ich bin nicht zu ihnen gegangen, Melina. Sie sind zu mir gekommen. Wie hätte ich sie abweisen können?«

Und damit war die Diskussion beendet.

Nikos Veritos, Lambrous Assistent, betrat das Büro seines Chefs. Veritos arbeitete nun schon fünfzehn Jahre bei Spyros Lambrou. Er war kompetent, aber phantasielos, ein Mann ohne Zukunft, grau und gesichtslos. Die Rivalität zwischen den beiden Schwagern bot Veritos eine seiner Überzeugung nach goldene Gelegenheit. Er setzte darauf, daß Constantin Demiris siegen würde, hinterbrachte ihm gelegentlich vertrauliche Informationen und hoffte, später dafür belohnt zu werden.

Veritos blieb vor Lambrous Schreibtisch stehen. »Verzeihung, Herr Lambrou, draußen wartet ein Mr. Anthony Rizzoli, der Sie sprechen möchte.«

Sein Chef seufzte. »Bringen wir's also hinter uns! Schicken Sie ihn rein.«

Anthony Rizzoli war ein Mittvierziger mit schwarzem Haar, einer schmalen Adlernase und tiefliegenden braunen Augen. Er bewegte sich mit der Leichtfüßigkeit eines trainierten Boxers. Zu einem teuren cremeweißen Maßanzug trug er ein gelbes Seidenhemd und weiche Slipper. Obwohl er höflich und zurückhaltend auftrat, hatte er etwas Verschlagenes an sich.

»Freut mich, Sie kennenzulernen, Mr. Lambrou.«

»Nehmen Sie Platz, Mr. Rizzoli. Was kann ich für Sie tun?«

»Nun, wie ich Mr. Veritos schon erklärt habe, möchte ich einen Ihrer Frachter chartern. Ich habe eine Maschinenfabrik in Marseille und will einige Schwermaschinen in die Vereinigten Staaten verschiffen. Falls wir uns einig werden, können Sie in Zukunft mit lukrativen Folgeaufträgen rechnen.«

Spyros Lambrou lehnte sich in seinen Sessel zurück und betrachtete den vor ihm Sitzenden. *Widerwärtig.* »Ist das alles, was Sie zu verschiffen beabsichtigen, Mr. Rizzoli?« erkundigte er sich.

Tony Rizzoli runzelte die Stirn. »Wie meinen Sie das? Tut mir leid, ich verstehe Sie nicht.«

»Doch, Sie verstehen mich recht gut«, antwortete Lambrou. »Ihnen stehen meine Schiffe nicht zur Verfügung.«

»Warum nicht? Wovon reden Sie überhaupt?«

»Von Drogen, Mr. Rizzoli. Sie sind Drogenhändler.«

Rizzoli kniff die Augen zusammen. »Unsinn! Sie werden doch nicht auf Gerüchte hereinfallen.«

Lambrous Informationen basierten jedoch keineswegs nur auf Gerüchten, denn er hatte den Mann sorgfältig überprüfen lassen.

Tony Rizzoli gehörte zur Mafia und galt als einer der erfolgreichsten Drogenhändler Europas, aber in der Branche hieß es, Rizzoli habe Schwierigkeiten, neue Lieferungen zu arrangieren. Das war der Grund, warum er mit Lambrou unbedingt ins Geschäft kommen wollte.

»Ich fürchte, Sie werden sich einen anderen Reeder suchen müssen.«

Tony Rizzoli saß da, starrte Lambrou mit kaltem Blick an und nickte zuletzt. »Okay.« Er zog seine Visitenkarte aus der Jackentasche und warf sie auf den Schreibtisch. »Sollten Sie sich die Sache doch noch anders überlegen, erreichen Sie mich unter dieser Adresse.« Er stand auf und ging.

Spyros Lambrou griff nach der Karte. Unter den beiden Zeilen *ANTHONY RIZZOLI* und *Export – Import* las er Anschrift und Telefonnummer eines Athener Hotels.

Nikos Veritos hatte das Gespräch mit großen Augen verfolgt. Als Tony Rizzoli die Tür hinter sich geschlossen hatte, fragte er: »Ist er wirklich ein ...?«

»Ja. Rizzoli handelt mit Heroin. Überließen wir ihm jemals eines unserer Schiffe, würden wir riskieren, daß der Staat unsere gesamte Flotte beschlagnahmt.«

Tony Rizzoli verließ Lambrous Arbeitszimmer vor Wut kochend. *Dieser Scheißgrieche hat mich behandelt wie einen Bauernlümmel von der Straße. Und woher hat er von dem Deal gewußt? Die Lieferung bringt mindestens zehn Millionen Dollar. Aber wie mache ich das mit dem Transport nach New York? Ich werd' in Sizilien anrufen und noch etwas mehr Zeit rausschinden.*

Tony Rizzoli war noch kein Deal durch die Lappen gegangen, und er würde es auch diesmal schaffen. Er hielt sich für den geborenen Sieger.

In New York war Rizzoli in Hell's Kitchen aufgewachsen, einem Stadtteil an der Westseite von Manhattan, zwischen 8th Avenue und Hudson River, im Norden und Süden von der 23rd und 59th Street begrenzt. Hell's Kitchen war eine Stadt in der Stadt, eine waffenstarrende Enklave; seine Straßen wurden von Banden beherrscht; Mordaufträge wurden für 100 Dollar Kopfgeld übernommen; durfte das Opfer zuvor mißhandelt werden, gab es sogar Rabatt.

Die Bewohner von Hell's Kitchen hausten in verfallenen und verwahrlosten Mietskasernen, in denen es von Läusen, Ratten und Wanzen nur so wimmelte. Den Mangel an hygienischen Einrichtungen glichen die Kids des Viertels auf ihre Weise aus: Sie sprangen nackt von den Docks in den Hudson River – in Eintracht mit den ungeklärten Abwässern von Hell's Kitchen. Ihre Spielplätze waren die Straßen, die Docks, die Flachdächer der Mietskasernen, zu Müllbergen verkommene unbebaute Grundstücke und – im Sommer – der einer Kloake gleichende North River. Und über allem lag der beißende Geruch von Armut.

In dieser Umgebung war Tony Rizzoli aufgewachsen.

Rizzolis Erinnerungen an seine Kindheit reichten bis zu jenem Tag zurück, an dem zwei Jungen ihn niedergeschlagen und ihm das Milchgeld gestohlen hatten. Damals war er vier Jahre alt gewesen. Ältere und größere Jungen stellten eine ständige Bedrohung dar. Der Schulweg war ein Niemandsland und die Schule selbst ein Schlachtfeld. Mit 15 hatte Rizzoli eisenharte Muskeln und wußte seine Fäuste zu gebrauchen. Er boxte gern, und da er kaum einen Gegner zu fürchten hatte, verschaffte ihm das ein gewisses Gefühl der Überlegenheit. Seine Freunde und er veranstalteten Boxkämpfe im Stillman's Gym.

Manche Gangsterbosse kamen gelegentlich vorbei, um zu beobachten, wie die ihnen gehörenden Berufsboxer trainierten. Frank

Costello erschien ein- bis zweimal im Monat, meistens mit Joe Adonis und Lucky Luciano im Schlepptau. Sie hatten Spaß an den Boxkämpfen der Jugendlichen und begannen schließlich sogar Wetten abzuschließen. Der Dauersieger Tony Rizzoli wurde rasch zum Favoriten der Gangster.

Beim Umziehen bekam Rizzoli eines Tages ein Gespräch zwischen Frank Costello und Lucky Luciano im Umkleideraum mit. »Der Junge ist 'ne Goldmine«, sagte Luciano. »Ich hab' letzte Woche auf ihn gesetzt und fünf Riesen gewonnen.«

»Hast du vor, beim Kampf gegen Lou Domenic auf ihn zu setzen?«

»Klar. Und diesmal gleich zehn Riesen.«

Da Tony die Bedeutung dieses Gesprächs nicht so richtig klar war, ging er zu seinem älteren Bruder Gino und erzählte ihm davon.

»Jesus!« rief sein Bruder aus. »Die Jungs setzen 'ne Menge Geld auf dich!«

»Aber warum? Ich bin doch kein Profi.«

Gino überlegte kurz. »Du hast noch keinen Kampf verloren, oder, Tony?«

»Richtig.«

»Wahrscheinlich haben sie anfangs nur aus Spaß gewettet, aber als sie gesehen haben, was du kannst, sind sie groß eingestiegen.«

Der Jüngere zuckte mit den Schultern. »Und wennschon! Mir kann's egal sein.«

Gino legte ihm eine Hand auf den Arm. »Damit ist 'ne Menge Geld zu machen«, sagte er beschwörend. »Für beide von uns. Hör mir mal zu, Kleiner...«

Der Kampf gegen Lou Domenic fand an einem Freitagnachmittag im Stillman's Gym statt, und die Big Boys waren fast vollzählig versammelt: Frank Costello, Joe Adonis, Albert Anastasia, Lucky Luciano und Meyer Lansky. Sie hatten Spaß daran, die Kids boxen zu sehen, aber noch mehr Spaß verschaffte ihnen die Tatsache, daß sie eine Möglichkeit entdeckt hatten, mit ihnen Geld zu verdienen.

Lou Domenic war 17 – ein Jahr älter als Tony und drei Kilo schwerer. Aber er hatte Tony Rizzolis technischen Fähigkeiten und seinem Killerinstinkt nicht viel entgegenzusetzen.

Der Kampf ging über fünf Runden. Die ersten drei Runden entschied Tony mühelos für sich, und die Gangster zählten bereits ihr Geld.

»Der Junge wird noch mal Weltmeister!« rief Lucky Luciano begeistert aus. »Wieviel hast du auf ihn gesetzt?«

»Zehn Riesen«, antwortete Frank Costello. »Die beste Quote ist fünfzehn zu eins gewesen. Der Junge hat 'nen guten Ruf.«

Und dann geschah plötzlich das Unerwartete. Zur Hälfte der fünften Runde schickte Lou Domenic seinen Gegner mit einem Uppercut zu Boden. Der Ringrichter begann zu zählen... sehr langsam, während er die mit versteinerten Mienen dasitzenden Zuschauer ängstlich im Auge behielt.

»Steh auf, du kleines Miststück!« kreischte Joe Adonis. »Steh auf und mach weiter!«

Der Ringrichter zählte langsam weiter und kam selbst bei diesem Tempo schließlich bis zehn. Tony Rizzoli lag noch immer bewußtlos auf der Matte.

»Dieser Hurensohn! Ein *einziger* Zufallstreffer!«

Die Männer begannen, ihre Verluste zusammenzurechnen. Sie hatten eine Menge Geld verloren. Gino Rizzoli schleppte seinen Bruder in den Umkleideraum. Tony hielt die Augen fest geschlossen, denn er fürchtete, man könnte merken, daß er bei Bewußtsein war, und ihm etwas Schreckliches antun.

Tony wagte erst aufzuatmen, als er sicher zu Hause angelangt war.

»Wir haben's geschafft!« rief sein Bruder aufgeregt. »Hast du 'ne Ahnung, wieviel Geld wir verdient haben? Fast tausend Dollar, Mann!«

»Das versteh' ich nicht. Ich...«

»Ich hab' bei ihren eigenen Shylocks Geld aufgenommen, um auf Domenic zu wetten, und 'ne Quote von eins zu fünfzehn gekriegt. Wir sind reich!«

»Sind sie jetzt nicht sauer?« fragte Tony.

Gino winkte grinsend ab. »Das kriegen sie nie raus!«

Als Tony Rizzoli am nächsten Tag aus der Schule kam, wartete eine lange schwarze Limousine am Straßenrand. Im Fond saß Lucky Luciano. Er winkte den Jungen zu sich heran. »Steig ein.«

Tonys Herz begann zu jagen. »Ich kann nicht, Mr. Luciano, ich muß...«

»Steig ein!«

Er gehorchte. »Fahr um den Block«, wies Lucky Luciano seinen Fahrer an.

Gott sei Dank fährt er nicht mit mir weg, um mich irgendwo umzulegen!

Luciano wandte sich an den Jungen. »Du hast Fallobst gespielt«, stellte er nüchtern fest.

Tony wurde rot. »Nein, Sir. Ich...«

»Erzähl mir keinen Scheiß! Wieviel hast du mit dem Kampf verdient?«

»Nichts, Mr. Luciano. Ich...«

»Ich frage dich noch mal: Wieviel hat dir deine Show eingebracht?«

Der Junge zögerte. »'nen Tausender.«

Lucky Luciano lachte. »Ein besseres Taschengeld! Aber für 'nen... wie alt bist du?«

»Fast sechzehn.«

»Für 'nen Sechzehnjährigen ist das gar nicht so schlecht. Dir ist hoffentlich klar, daß du meine Freunde und mich 'ne Menge Geld gekostet hast.«

»Das tut mir leid. Ich...«

»Schon gut. Du bist ein cleverer Junge. Du hast Zukunft.«

»Danke, Mr. Luciano.«

»Was du mir erzählt hast, bleibt unter uns, Tony. Du weißt, was man mit Leuten wie dir sonst macht? Aber ich möchte, daß du am Montag zu mir kommst. Wir sollten uns einmal darüber unterhalten, wie du in Zukunft für mich arbeitest.«

In der Woche danach arbeitete Tony Rizzoli bereits für Lucky Luciano. Er begann mit illegaler Zahlenlotterie auf der Straße und wurde dann Geldeintreiber. Da er begabt und clever war, arbeitete er sich stetig hoch, bis er zuletzt Lucianos rechte Hand war.

Als Lucky Luciano dann verhaftet, verurteilt und ins Gefängnis gesteckt wurde, blieb Tony Rizzoli bei Lucianos Organisation.

Die »Familien« betrieben Glücksspiel, Geldverleih zu Wucherzinsen, Prostitution und alles andere, womit sich illegale Gewinne erzielen ließen. Rauschgifthandel wurde im allgemeinen abgelehnt, aber da einige Mitglieder darauf bestanden, sich damit zu befassen, gestatteten die Familien ihnen widerstrebend, sich als Dealer selbständig zu machen.

Der Gedanke an dieses Geschäft setzte sich bei Tony Rizzoli fest. Soviel er bisher gesehen hatte, waren die Drogenhändler völlig desorganisiert. *Bei denen gibt's viel zuviel Leerlauf. Mit dem richtigen Kopf und ordentlich Muskeln dahinter...*

Er traf seine Entscheidung.

Tony Rizzoli war kein Mann, der sich blindlings in ein Abenteuer stürzte. Er begann damit, daß er alles schluckte, was er an Informationen über Heroin auftreiben konnte.

Heroin wurde rasch zum König der Rauschgifte. Kokain oder Marihuana machten »high«, aber Heroin rief die totale Euphorie hervor – keine Schmerzen, keine Probleme, keine Sorgen.

Die Türkei gehörte zu den größten Anbauern von Mohn, aus

dem sich Heroin gewinnen ließ.

Die Familie unterhielt Verbindungen dorthin, und Tony wandte sich an Pete Lucca, einen der führenden Köpfe.

»Ich steige ins Drogengeschäft ein«, sagte Rizzoli. »Aber alles, was ich tue, wird auch der Familie zugute kommen. Das wollte ich dir nur noch mal sagen.«

»Du bist ein guter Junge gewesen, Tony.«

»Ich möchte mich in der Türkei umsehen. Kannst du das arrangieren?«

Der Alte zögerte. »Gut, ich melde dich an. Aber diese Leute sind nicht wie wir, Tony. Sie sind unzivilisiert. Wenn sie dir nicht trauen, legen sie dich um.«

»Keine Angst, ich bin vorsichtig.«

»Komm gesund wieder.«

Zwei Wochen später trat Tony Rizzoli seine Reise in die Türkei an.

Er reiste nach Izmir, Afyon und Eskisehir, wo Mohn angebaut wurde, und stieß anfangs überall auf tiefstes Mißtrauen. Er war ein Fremder, und Fremde waren nirgendwo willkommen.

»Wir können groß miteinander ins Geschäft kommen«, sagte Rizzoli. »Ich würde mir gern mal die Mohnfelder ansehen.«

Ein Schulterzucken. »Von Mohnfeldern wissen wir nichts. Sie vergeuden hier bloß Ihre Zeit. Fahren Sie heim.«

Aber Rizzoli ließ nicht locker. Er setzte durch, daß ein halbes Dutzend Telefongespräche geführt und verschlüsselte Kabelbotschaften ausgetauscht wurden. Zuletzt sollte er in Kilis nahe der türkisch-syrischen Grenze die Mohnernte auf den Plantagen des Großgrundbesitzers Carella beobachten dürfen.

»Ich verstehe es nicht«, sagte Rizzoli. »Wie macht man Heroin aus 'ner gottverdammten Blume?«

Ein Chemiker in einem weißen Kittel erklärte es ihm. »Das erfordert mehrere Schritte, Mr. Rizzoli. Heroin wird aus Morphium gewonnen, das durch die Behandlung von Opium mit Essigsäure entsteht. Der Rohstoff Opium wird aus *Papaver somniferum*, dem Schlafmohn, gewonnen und verdankt seinen Namen dem griechischen Wort *Opos*, Saft.«

»Schon kapiert.«

Zur Erntezeit wurde Rizzoli dann auf Carellas Gut eingeladen. Jedes Mitglied von Carellas Familie besaß ein sichelförmiges Messer, mit dem die Pflanzen sorgfältig angeschnitten wurden. »Die reifen Mohnkapseln müssen binnen vierundzwanzig Stunden abgeerntet werden«, erklärte Carella ihm, »sonst ist die Ernte verloren.«

Die insgesamt neun Familienangehörigen arbeiteten wie besessen, um die Ernte rechtzeitig unter Dach und Fach zu bringen. Die Luft war geschwängert von betäubenden Dämpfen.

Rizzoli fühlte sich benommen. »Vorsicht!« warnte Carella ihn. »Bleiben Sie wach! Wer sich ins Mohnfeld legt, steht nie mehr auf.«

Während der 24stündigen Ernteperiode wurden die Türen und Fenster des Gutshauses fest geschlossen gehalten.

Nachdem die Mohnkapseln abgeerntet waren, beobachtete Rizzoli in einem »Labor« in den Hügeln, wie aus dem geronnenen Mohnsaft erst Morphinbase und dann Heroin gewonnen wurde.

»Das war's also, wie?«

Carella schüttelte den Kopf. »Nein, mein Freund. Das war erst der Anfang. Die Heroinproduktion ist der leichteste Teil. Jetzt geht's darum, die Ware zu transportieren, ohne erwischt zu werden.«

Tony Rizzolis Erregung wuchs. Genau hier würde er mit seiner Erfahrung ansetzen. Bisher war dieses Geschäft von Amateuren betrieben worden. Jetzt würde er ihnen zeigen, wie ein Profi arbeitete ...

»Wie transportieren Sie das Zeug?«

»Da gibt's viele Möglichkeiten. Auto, Lastwagen, Bus, Eisenbahn, Maultiere, Kamele...«

»Kamele?«

»Früher haben wir Heroin in verlöteten Büchsen im Magen von Kamelen geschmuggelt – bis die Grenzer angefangen haben, Metalldetektoren zu benutzen. Deshalb sind wir zu Gummibeuteln übergegangen. Am Ziel werden die Kamele dann geschlachtet. Leider kann's passieren, daß diese Beutel im Kamelmagen platzen und die Tiere nur noch über die Grenze torkeln. Dann wissen die Grenzer natürlich auch, was läuft.«

»Welche Routen benutzen Sie?«

»Meistens schicken wir die Ware über Haleb und Beirut nach Marseille. Oder sie gelangt aus Istanbul über Griechenland nach Sizilien und von dort aus über den Atlantik. Weniger wichtige Routen führen über Korsika und Marokko.«

»Ich weiß Ihre Unterstützung sehr zu schätzen«, sagte Rizzoli. »Sie können sich darauf verlassen, daß ich den Jungs davon erzähle. Aber ich möchte Sie noch um einen weiteren Gefallen bitten.«

»Ja?«

»Ich möchte den nächsten Transport begleiten.«

Daraufhin folgte eine lange Pause. »Es könnte gefährlich werden.«

»Das riskiere ich.«

Am nächsten Nachmittag lernte Tony Rizzoli einen hünenhaften Banditen mit imposantem Schnurrbart und gewaltigen Muskelpaketen kennen. »Das ist Mustafa aus Afyon. Auf Türkisch heißt *Afyon* Opium. Mustafa ist einer unserer geschicktesten Schmuggler.«

»Man muß schon geschickt sein«, sagte Mustafa bescheiden. »Es gibt viele Gefahren.«

Tony Rizzoli grinste. »Aber das Risiko lohnt sich, was?«

»Sie sprechen von Geld«, stellte Mustafa würdevoll fest, »aber für uns ist Opium mehr als ein geldbringendes Erzeugnis. Der weiße Mohnsaft ist ein Geschenk Allahs, ein wahres Elixier, das in kleinen Mengen als Heilmittel wirkt. Innerlich oder äußerlich angewandt, kuriert er alltägliche Beschwerden – Magenverstimmung, Erkältung, Fieber, Schmerzen, Verstauchungen. Aber er ist mit Vorsicht zu gebrauchen. Nimmt man zu große Mengen, betäubt er nicht nur die Sinne, sondern raubt einem auch die Manneskraft, und in der Türkei wird ein Mann durch nichts so sicher seiner Ehre beraubt wie durch Impotenz.«

»Wenn Sie meinen.«

Zwei Stunden nach Sonnenuntergang brachen sie von Afyon auf. Aus dem Dunkel der mondlosen Nacht tauchten Bauern mit mehreren Maultieren auf, um sich mit Mustafa zu treffen. Ihre kräftigen Tiere waren mit insgesamt 700 Kilogramm Opium beladen. Süßlicher, an nasses Heu erinnernder Opiumgeruch umgab die Männer. Begleitet wurden die Mulitreiber von einem weiteren Dutzend Bauern, die den Opiumtransport unterwegs sichern sollten. Jeder dieser Bauern war mit einem Gewehr bewaffnet.

»Heutzutage müssen wir vorsichtig sein«, erklärte Mustafa Rizzoli. »Interpol und die hiesige Polizei fahnden nach uns. In der guten alten Zeit hat unsere Arbeit mehr Spaß gemacht. Manchmal haben wir das Opium in einem schwarzverhängten Sarg durch Dörfer und Städte transportiert. Es war ein herzerwärmender Anblick, wenn Männer den Hut abnahmen und Polizisten den ›Leichenzug‹ respektvoll grüßten.«

Die Provinz Afyon liegt in der Mitte des östlichen Drittels der Türkei, am Fuß der Sultanberge auf einer einsamen, weit von allen Großstädten des Landes entfernten Hochebene.

»Für unsere Arbeit ist dieses Gebiet besonders gut geeignet«, erklärte Mustafa. »Hier sind wir nur schwer zu finden.«

Die Maultierkarawane zog langsam durch das karge Bergland und erreichte kurz nach Mitternacht die türkisch-syrische Grenze. Dort wurden die Schmuggler von einer schwarzgekleideten Frau erwartet. Sie führte ein mit einem harmlosen Sack Mehl beladenes Pferd, an dessen Sattelhorn ein dünnes Hanfseil befestigt war. Das fast hundert Meter lange Seil hing hinter dem Pferd herab, ohne jemals den Boden zu berühren. Ein Ende war am Sattel festgeknotet, und den Rest des Seils hielten Mustafa und die Männer hinter ihm in den Händen.

Sie schlichen tiefgebückt weiter, umklammerten mit einer Hand das Leitseil und hielten mit der anderen einen Jutesack Opium auf ihrer Schulter fest. Jeder Sack wog fünfunddreißig Kilo. Die Frau und ihr Pferd durchquerten das mit Tellerminen gesicherte Grenzgebiet durch eine Gasse, die am Vortag durch eine über die Grenze getriebene kleine Schafherde geschaffen worden war. Fiel das Seil zu Boden, waren Mustafa und seine Männer gewarnt, daß vor ihnen eine Grenzpatrouille aufgetaucht war. Wurde die Frau dann abgeführt, war der Weg für die Schmuggler frei.

Nachdem die Kolonne das verminte, von Patrouillen kontrollierte Grenzgebiet durchquert hatte, marschierte sie durch die fünf Kilometer breite Pufferzone und erreichte den vereinbarten Treffpunkt, wo sie von syrischen Schmugglern empfangen wurde. Die Männer warfen ihre Last ab und nahmen dankbar eine Flasche Raki entgegen, die sie herumgehen ließen. Rizzoli beobachtete, wie die Ware geprüft, gewogen und auf zehn schmutzige syrische Esel verladen wurde. Damit war ihre Arbeit getan.

Okay, dachte Rizzoli, *jetzt wollen wir mal sehen, wie die Jungs in Thailand arbeiten.*

Tony Rizzolis nächstes Ziel war Bangkok. Nachdem er sich legitimiert hatte, durfte er auf einem thailändischen Fischerboot mitfahren, dessen Fracht aus Opium in Plastikbeuteln bestand, die man in alten Ölfässern mit angeschweißten Ringen verstaut hatte. Vor der Einfahrt nach Hongkong warfen die Boote diese Fässer dann in ordentlicher Reihe ins seichte Wasser, aus dem einheimische Fischer sie mit Greifhaken mühelos bergen konnten.

Nicht übel, dachte Rizzoli. *Aber es muß eine bessere Methode geben.*

Die Erzeuger sprachen vom Heroin als »H« oder »Horse«, aber für Tony Rizzoli war es reines Gold. Die Gewinne waren atemberaubend hoch. Für zehn Kilo Rohopium erhielten die Mohnbauern 350 Dollar, aber der weiterverarbeitete Stoff brachte in New York im Straßenverkauf 250 000 Dollar.

Ein Kinderspiel! dachte Rizzoli. *Carella hat recht gehabt – man darf sich bloß nicht erwischen lassen.*

So war es zu Anfang gewesen, aber jetzt war das Geschäft schwieriger geworden. Erst kürzlich hatte Interpol der Bekämpfung des Drogenhandels absolute Priorität eingeräumt. Alle auch nur im geringsten verdächtig wirkenden Schiffe, die aus den bekannten Schmuggelhäfen ausliefen, wurden von der Polizei durchsucht.

Das war der Grund, warum Rizzoli Spyros Lambrou aufgesucht hatte. Dessen Flotte war so renommiert, daß keine Durchsuchung zu befürchten gewesen wäre. Aber der Schweinehund hatte ihn abgewiesen. *Ich finde eine andere Möglichkeit*, dachte Rizzoli. *Aber ich muß sie verdammt schnell finden.*

»Catherine ... störe ich etwa?«

Es war kurz vor Mitternacht. »Nein, Costa. Es ist schön, deine Stimme zu hören.«

»Bei dir alles in Ordnung?«

»Ja – und das verdanke ich dir. Die Arbeit macht mir großen Spaß.«

»Wunderbar. Hör zu, ich komme in zwei, drei Wochen wieder

nach London. Ich freue mich darauf, dich wiederzusehen.« *Vorsichtig. Nichts überstürzen.* »Ich möchte mit dir über einige Leute in der Firma sprechen.«

»Gern.«

»Schön, dann bis bald. Gute Nacht, Catherine.«

»Gute Nacht, Costa.«

Diesmal rief sie ihn an. »Costa... ich weiß gar nicht, was ich sagen soll. Das Medaillon ist wunderschön. Aber ich habe ein schlechtes Gewissen, wenn du mir...«

»Es ist ein kleines Dankeschön, Catherine. Evelyn erzählt mir immer wieder, wie gut du dich eingearbeitet hast. Ich wollte dir nur meine Anerkennung ausdrücken.«

Wie einfach alles ist! dachte Demiris. Komplimente und kleine Geschenke. Später dann: Meine Frau und ich sind dabei, uns zu trennen.

Danach das »Ich-bin-so-einsam«-Stadium.

Zuletzt vage angedeutete Heiratsabsichten und eine Einladung auf seine Jacht und seine Privatinsel. Die Masche funktionierte immer. *Aber diesmal ist es besonders aufregend, weil die Sache anders enden wird...*

Er rief Napoleon Chotas an. Der Rechtsanwalt war erfreut, von ihm zu hören. »Wir haben uns eine Ewigkeit nicht mehr gesehen, Costa. Bei dir alles in Ordnung?«

»Ja, danke. Hör zu, du mußt mir einen Gefallen tun.«

»Selbstverständlich.«

»Noelle Page hat eine kleine Villa in Rafina gehört. Ich möchte, daß du sie als Strohmann für mich kaufst.«

»Wird erledigt. Ich beauftrage einen Kollegen aus meiner Kanzlei damit, sie...«

»Ich möchte, daß du die Sache selbst in die Hand nimmst.«

Der Anwalt antwortete nicht gleich. »Gut, wie du willst. Ich kümmere mich persönlich darum.«

»Danke.«

Napoleon Chotas saß da und starrte das Telefon an. Diese Villa war das Liebesnest gewesen, in dem Noelle Page und Larry Douglas sich getroffen hatten. *Was hat Constantin Demiris damit vor?*

7

Das große Gerichtsgebäude Arsakion in der Athener Innenstadt ist ein weitläufiger grauer Steinbau, der einen ganzen Block zwischen Universitäts- und Stadionstraße einnimmt. Von seinen über 30 Gerichtssälen sind nur drei für Strafprozesse reserviert: die Säle 21, 30 und 33.

Wegen des zu erwartenden Publikumsandrangs fand der Mordprozeß gegen Anastasia Savalas in Saal 33 statt. Die Zuschauerplätze in diesem größten Verhandlungssaal wurden durch zwei Meter breite Gänge in drei Blöcke unterteilt, die je neun Sitze pro Reihe aufwiesen. Der erhöhte Richtertisch mit den hochlehnigen Sesseln der drei Richter wurde vom Saal durch eine fast mannshohe, mahagoniverkleidete Zwischenwand separiert.

Vor dem Richtertisch befand sich der Zeugenstand, ein Podium mit festinstalliertem Lesepult, und an der Längswand des Saals stand die Geschworenenbank, auf der jetzt die zehn Geschworenen Platz genommen hatten. Vor der Anklagebank hatte die Verteidigung ihren Tisch, während der Staatsanwalt den Geschworenen gegenüber an der linken Wand saß.

Der Glanzpunkt dieses an sich schon sensationellen Mordprozesses war die Tatsache, daß Napoleon Chotas, einer der berühmtesten Strafverteidiger der Welt, die Verteidigung übernommen hatte. Chotas, der auf Mordfälle spezialisiert war, konnte auf spektakuläre Erfolge zurückblicken. Sein Anwaltshonorar sollte angeblich siebenstellige Summen betragen. Napoleon Chotas war ein kleiner, zerstreuter, ausgemergelt wirkender Mann mit großen traurigen Bernhardineraugen in einem zerfurchten Gesicht. Er kleidete sich nachlässig; seine ganze Erscheinung wirkte wenig vertrauenerweckend. Aber hinter seiner scheinbar zerstreuten Art steckte ein brillanter, scharfsinniger Verstand.

Die Presse hatte eifrig darüber spekuliert, weshalb Napoleon Chotas die Verteidigung der Angeklagten übernommen hatte. Da ein Freispruch unmöglich zu erreichen war, wurden bereits Wetten darauf abgeschlossen, daß dieser Prozeß mit Chotas' erster Niederlage vor Gericht enden würde.

Staatsanwalt Peter Demonides fürchtete seinen alten, gerissenen Kontrahenten Chotas – obwohl er sich das nie eingestehen würde. Aber diesmal glaubte er, keinen Grund zur Sorge zu haben. Falls es jemals einen Mordprozeß gegeben hatte, der mit einem Schuldspruch enden *mußte,* so war es dieses Verfahren gegen Anastasia Savalas.

Die Tatsachen waren eindeutig: Anastasia Savalas war die schöne junge Frau eines reichen, fast dreißig Jahre älteren Mannes gewesen. Sie hatte eine Affäre mit ihrem jungen Chauffeur Joseph Pappas gehabt, und ihr Mann hatte ihr nach Zeugenaussagen mit Scheidung und Enterbung gedroht. Am Tatabend hatte sie das Hauspersonal weggeschickt und das Essen selbst zubereitet. Giorgios Savalas, der erkältet gewesen war, hatte bei Tisch einen Hustenanfall erlitten. Seine Frau hatte ihm seine Hustenmilch gebracht. Savalas hatte einen Löffel davon genommen und war tot umgefallen.

Es war eindeutig Mord gewesen.

An diesem Vormittag war der Saal 33 überfüllt. Anastasia Savalas, die in einem schlichten schwarzen Kostüm auf der Anklagebank saß, trug keinen Schmuck und nur ein sehr dezentes Make-up. Sie war atemberaubend schön.

Zu Prozeßbeginn wandte Staatsanwalt Peter Demonides sich an die Geschworenen.

»Meine Damen und Herren Geschworenen, wie Sie wissen, dauern Strafverfahren wegen Mordes manchmal drei bis vier Monate. Aber ich bin sicher, daß Sie sich diesmal nicht auf eine so lange Verfahrensdauer einrichten müssen. Sobald die Tatsachen auf dem Tisch liegen, werden Sie mir zustimmen, daß nur ein Schuldspruch im Sinne der Anklage denkbar ist. Wir werden beweisen, daß die Angeklagte ihren Ehegatten vorsätzlich ermordet hat, weil er ihr nach der Entdeckung ihrer Affäre mit dem Chauffeur der Familie mit Scheidung gedroht hat. Wir werden nachweisen, daß die Angeklagte ein Motiv und die Möglichkeit und Mittel zur Durchführung ihres eiskalten Mordplans gehabt hat. Ich danke Ihnen.« Er nahm wieder Platz.

Der vorsitzende Richter wandte sich an Chotas. »Herr Verteidiger, sind Sie bereit, Ihre Eröffnung vorzutragen?«

Napoleon Chotas stand langsam auf. »Ich bin bereit, Hohes Gericht! Meine Damen und Herren Geschworenen!« Er schlurfte unsicher zur Geschworenenbank hinüber, blinzelte die Frauen und Männer an, und als er sprach, schien er fast ein Selbstgespräch zu führen.

»In den langen Jahren meiner Berufspraxis habe ich die Erfahrung gemacht, daß kein Mensch seinen schlechten Charakter verbergen kann. Er kommt unweigerlich zum Vorschein. Ein Dichter hat einmal gesagt, die Augen seien die Fenster der Seele. Ich glaube, daß er recht hatte. Ich möchte, daß Sie in die Augen der Angeklagten blicken, meine Damen und Herren, und Sie werden sehen, daß sie niemals imstande gewesen sein kann, einen Mord zu begehen.«

Napoleon Chotas blieb kurz stehen, als überlege er, was er noch sagen könnte; dann schlurfte er an seinen Platz zurück.

In Peter Demonides wallte jähes Triumphgefühl auf. *Großer Gott, das ist die schwächste Eröffnung, die ich je gehört habe! Der Alte hat seine Zähne verloren.*

»Herr Staatsanwalt, sind Sie bereit, Ihre erste Zeugin aufzurufen?«

»Ja, Hohes Gericht. Ich rufe Rosa Lykourgos in den Zeugenstand.«

In der ersten Zuschauerreihe stand eine stämmige Mittvierzigerin auf, marschierte resolut zum Zeugenstand und ließ sich vereidigen.

»Frau Lykourgos, was sind Sie von Beruf?«

»Haushälterin bei...« Ihre Stimme versagte fast. »Ich bin Haushälterin bei Herrn Savalas *gewesen.*«

»Bei Herrn Giorgios Savalas?«

»Ja, Herr Staatsanwalt.«

»Würden Sie uns bitte sagen, wie lange Sie bei ihm angestellt waren?«

»Fünfundzwanzig Jahre.«

»Oh, das ist aber lange! Haben Sie Ihren Arbeitgeber geschätzt?«

»Er war ein Heiliger.«

»Haben Sie auch schon während seiner ersten Ehe für Herrn Savalas gearbeitet?«

»Gewiß. Ich habe mit ihm am Grab gestanden, als seine erste Frau beigesetzt wurde.«

»Könnte man sagen, daß die beiden gut miteinander ausgekommen sind?«

»Sie haben sich wahnsinnig geliebt.«

Peter Demonides sah zu Napoleon Chotas hinüber und wartete auf seinen Einspruch gegen diese Frage. Aber Chotas blieb wie abwesend sitzen.

Der Staatsanwalt fuhr fort. »Und Sie blieben seine Haushälterin, als Herr Savalas in zweiter Ehe Anastasia Savalas heiratete?«

»Allerdings!« Sie spuckte das Wort förmlich aus.

»Würden Sie diese Ehe als glücklich bezeichnen?« Er sah wieder zu Napoleon Chotas, der auch diesmal keine Reaktion zeigte.

»Glücklich? Nein, bestimmt nicht! Sie waren wie Hund und Katz.«

»Haben Sie ihre Auseinandersetzungen miterlebt?«

»Nun, das war nicht zu vermeiden. Man hat sie im ganzen Haus gehört – und das Haus ist groß!«

»Vermute ich richtig, daß mit Worten, nicht mit Schlägen gestritten wurde? Herr Savalas hat seine Frau doch wohl nie geschlagen?«

»Doch, Hiebe hat's auch gesetzt. Aber andersrum wird ein Schuh draus: Die Madame hat *ihn* geschlagen! Herr Savalas war eben nicht mehr der Jüngste und schon recht klapprig.«

»Sie haben selbst gesehen, wie Frau Savalas ihren Mann geschlagen hat?«

»Mehr als einmal.« Die Zeugin sah dabei zu Anastasia Savalas hinüber, und aus ihrer Stimme sprach grimmige Zufriedenheit.

»Frau Lykourgos, wer vom Hauspersonal ist in der bewußten Nacht, in der Herr Savalas starb, im Haus gewesen?«

»Keiner von uns.«

Peter Demonides spielte den Überraschten. »Soll das heißen, daß in einem Ihrer Schilderung nach so großen Haus kein Personal anwesend war? Hat Herr Savalas denn keinen Koch, kein Dienstmädchen, keinen Butler beschäftigt?«

»Doch, die haben wir alle gehabt. Aber die Madame hat allen freigegeben und uns weggeschickt. Sie wollte das Abendessen für ihren Mann selbst kochen. Das sollten die zweiten Flitterwochen werden.« Bei diesem Satz schnaubte die Zeugin verächtlich.

»Frau Savalas hat also dafür gesorgt, daß keine Zeugen im Haus waren?«

Diesmal sah der Richter zu Napoleon Chotas hinüber, weil er seinen Einwand erwartete. Aber der Verteidiger starrte weiter gedankenverloren vor sich hin.

Der Richter wandte sich an Demonides. »Vermeiden Sie bitte Suggestivfragen, Herr Staatsanwalt.«

»Ich bitte um Verzeihung, Hohes Gericht. Ich werde die Frage anders formulieren.«

Demonides trat näher an Rosa Lykourgos heran. »Festzustellen bleibt also, daß Frau Savalas an einem Abend, an dem normalerweise ein Teil des Personals im Haus gewesen wäre, alle Leute weggeschickt hat, um mit ihrem Mann allein sein zu können?«

»Ganz recht. Und der Ärmste war schrecklich erkältet.«

»Hat Frau Savalas oft für ihren Mann gekocht?«

Die Zeugin schniefte verächtlich. »Die? Garantiert nicht! Sie hat im Haus nie auch nur einen Finger krumm gemacht.«

Und Napoleon Chotas blieb so gelassen sitzen, als sei er der letzte, der etwas mit dem Prozeß zu tun hätte.

»Ich danke Ihnen für Ihre Aussage, Frau Lykourgos.«

Peter Demonides hatte Mühe, seine Zufriedenheit zu verbergen, als er sich jetzt an Chotas wandte. Die Aussage der resoluten Haushälterin hatte die Geschworenen merklich beeindruckt. Sie warfen der Angeklagten mißbilligende Blicke zu. *Mal sehen, wie der Alte dagegen ankommt.* »Ihre Zeugin, Herr Verteidiger.«

Napoleon Chotas hob den Kopf. »Was? Danke, keine Fragen.«

Der Richter sah ihn erstaunt an. »Herr Verteidiger... Sie wollen die Zeugin nicht ins Kreuzverhör nehmen?«

Chotas stand auf. »Nein, Hohes Gericht. Sie macht einen grundehrlichen Eindruck.« Er nahm wieder Platz.

Peter Demonides wollte seinen Ohren nicht trauen. *Großer Gott*, dachte er, *der Alte kämpft nicht einmal. Er ist wirklich erledigt.*

Der Richter wandte sich an den Staatsanwalt. »Sie können Ihren nächsten Zeugen aufrufen.«

»Ich rufe Joseph Pappas in den Zeugenstand.«

Ein großer, gutaussehender, schwarzhaariger junger Mann, der ebenfalls in der ersten Reihe gesessen hatte, stand auf und trat vor.

»Herr Pappas«, begann Peter Demonides nach der Vereidigung, »was sind Sie von Beruf?«

»Ich bin Chauffeur.«

»Sind Sie im Augenblick irgendwo angestellt?«

»Nein.«

»Aber Sie sind bis vor kurzem angestellt gewesen. Genauer gesagt bis zum Tode von Giorgios Savalas.«

»Ja, das stimmt.«

»Wie lange waren Sie Chauffeur der Familie Savalas?«

»Etwas über ein Jahr.«

»War das eine angenehme Stellung?«

Joseph Pappas sah hilfesuchend zu Chotas hinüber, als erwarte er seinen Einspruch. Aber der Verteidiger schwieg.

»War das eine angenehme Stellung, Herr Pappas?«

»Es war in Ordnung, schätze ich.«

»Hat man Sie gut entlohnt?«

»Ja.«

»Ist die Stellung dann nicht mehr als in Ordnung gewesen? Ich meine, haben Sie nicht auch Extravergünstigungen genossen? Sind Sie nicht regelmäßig mit Frau Savalas ins Bett gegangen?«

Pappas warf dem Verteidiger einen flehenden Blick zu. Aber die erhoffte Hilfe blieb aus.

»Ich ... ja, das dürfte stimmen.«

»Das *dürfte* stimmen?« fragte Peter Demonides mit ätzendem Sarkasmus. »Sie stehen unter Eid! Haben Sie eine Affäre mit ihr gehabt oder nicht?«

Pappas wand sich vor Verlegenheit. »Wir haben was miteinander gehabt«, gab er zu.

»Obwohl Sie für ihren Mann arbeiteten – obwohl Sie ein großzügiges Gehalt bezogen und unter seinem Dach lebten?«

»Ja, das stimmt.«

»Es hat Sie nicht gestört, sich regelmäßig von Herrn Savalas entlohnen zu lassen, während Sie eine Affäre mit seiner Frau hatten?«

»Es war nicht bloß 'ne Affäre.«

Peter Demonides hatte den Köder listig ausgelegt. »Es war nicht bloß 'ne Affäre? Was meinen Sie damit? Das müssen Sie uns näher erklären.«

»Ich meine... Anastasia und ich wollten heiraten.«

Aus dem Publikum war ein überraschtes Murmeln zu hören. Die Geschworenen starrten die Angeklagte an.

»War die Sache mit der Heirat Ihre Idee oder die von Frau Savalas?«

»Nun, wir wollten's beide.«

»Von wem kam der Vorschlag?«

»Zuerst von ihr, glaub' ich.« Er sah zu Anastasia Savalas hinüber, die seinen Blick gelassen erwiderte.

»Ehrlich gesagt, das verstehe ich nicht, Herr Pappas. Wie hätten Sie sie heiraten können? Frau Savalas hatte doch schon einen Mann, nicht wahr? Wollten Sie warten, bis er an Altersschwäche gestorben war? Oder sollte er passenderweise bei einem Unfall umkommen? Woran genau haben Sie gedacht?«

Die Fragen waren so provokativ, daß der Staatsanwalt und die drei Richter zu Napoleon Chotas hinübersahen, weil sie erwarteten, er würde umgehend aufspringen und mit Stentorstimme Einspruch erheben. Aber Chotas war damit beschäftigt, etwas auf seinen Notizblock zu kritzeln, ohne auf die Vorgänge vor seiner Nase zu achten. Auch Anastasia Savalas wirkte jetzt allmählich besorgt.

Demonides faßte nach, um seinen Vorteil auszunutzen. »Sie haben meine Frage noch nicht beantwortet, Herr Pappas.«

Wieder wand der Zeuge sich vor Verlegenheit. »Genau weiß ich's selbst nicht.«

Peter Demonides' Worte klangen wie Peitschenhiebe. »Dann will ich's Ihnen *genau* sagen! Frau Savalas wollte ihren Mann ermorden, weil er ihr im Weg stand. Sie wußte, daß er sie enterben wollte, daß sie nach seinem Tod mittellos dastehen würde. Sie ...«

»Einspruch!« rief nicht Napoleon Chotas, sondern der vorsitzende Richter. »Sie dürfen den Zeugen nicht dazu verleiten, Vermutungen anzustellen.« Er blickte zu Chotas hinüber, dessen Schweigen ihm unerklärlich war. Der Alte saß mit halbgeschlossenen Augen hinter seinem Tisch.

»Ich bitte um Verzeihung, Hohes Gericht.« Aber Demonides wußte, daß seine Argumentation gewirkt hatte. Er wandte sich an Chotas. »Ihr Zeuge, Herr Verteidiger.«

Napoleon Chotas erhob sich. »Danke, Herr Staatsanwalt. Keine Fragen.«

Die drei Richter wechselten verwunderte Blicke. »Herr Verteidiger«, fragte der vorsitzende Richter, »sind Sie sich darüber im klaren, daß dies Ihre einzige Gelegenheit ist, diesen Zeugen ins Kreuzverhör zu nehmen?«

Napoleon Chotas blinzelte. »Gewiß, Hohes Gericht.«

»Und Sie wollen ihm trotz seiner Ihre Mandantin belastenden Aussage keine Fragen stellen?«

Napoleon Chotas machte eine vage abwehrende Handbewegung. »Nein, Hohes Gericht.«

Der Richter seufzte. »Gut, wie Sie wollen. Herr Staatsanwalt, Sie können Ihren nächsten Zeugen aufrufen.«

Der nächste Zeuge war Michail Haritonides, ein fülliger Mann Anfang Sechzig.

Nachdem er vereidigt worden war, fragte der Staatsanwalt: »Herr Haritonides, was sind Sie von Beruf?«

»Ich bin Direktor eines Hotels.«

»Wie heißt Ihr Hotel?«

»Hotel Argos.«

»Und wo befindet sich dieses Hotel?«

»Auf Korfu.«

»Herr Haritonides, können Sie uns sagen, ob von den hier Anwesenden schon mal jemand bei Ihnen übernachtet hat?«

Der Hoteldirektor sah sich um. »Ja«, antwortete er dann. »Sie und er.«

»Ich bitte zu Protokoll zu nehmen, daß der Zeuge auf Anastasia Savalas und Joseph Pappas gezeigt hat.« Peter Demonides setzte die Vernehmung fort. »Haben diese beiden öfter in Ihrem Hotel übernachtet?«

»O ja! Sie sind mindestens ein halbes Dutzend Mal bei uns gewesen.«

»Und die beiden haben jeweils ein Doppelzimmer genommen?«

»Ganz recht. Sie sind im allgemeinen übers Wochenende geblieben.«

»Danke, Herr Haritonides.« Er nickte Napoleon Chotas zu. »Ihr Zeuge, Herr Verteidiger.«

»Danke, keine Fragen.«

Die drei Richter steckten die Köpfe zusammen und flüsterten kurz miteinander. Dann sah der vorsitzende Richter zu Napoleon Chotas hinüber. »Sie wollen also auch diesem Zeugen keine Fragen stellen, Herr Verteidiger?« erkundigte er sich nachdrücklich.

»Nein, Hohes Gericht. Ich glaube seiner Aussage. Das Hotel ist wirklich hübsch. Ich habe selbst schon dort übernachtet.«

Der Richter starrte Napoleon Chotas nachdenklich an, bevor er Demonides zunickte. »Herr Staatsanwalt, Sie können Ihren nächsten Zeugen aufrufen.«

»Ich rufe Doktor Vasilis Frangescos in den Zeugenstand.«

Ein schlanker, distinguiert wirkender Mann erhob sich, trat vor und wurde vereidigt.

»Doktor Frangescos, was sind Sie von Beruf?«

»Ich bin praktischer Arzt.«

»Also Arzt für Allgemeinmedizin?«

»So kann man es auch sagen, ja.«

»Wie lange praktizieren Sie schon, Doktor?«

»Fast dreißig Jahre.«

»Doktor Frangescos, war Giorgios Savalas bei Ihnen in Behandlung?«

»Ja, ich war sein Hausarzt.«

»Und wie lange?«

»Etwas über zehn Jahre.«

»Haben Sie Herrn Savalas wegen einer bestimmten Krankheit behandelt?«

»Nun, als er zum ersten Mal in meine Praxis kam, litt er unter zu hohem Blutdruck.«

»Und Sie haben ihn dagegen behandelt?«

»Ja.«

»Aber er ist auch danach Ihr Patient geblieben?«

»Ja, natürlich. Er kam zu mir, wenn er Bronchitis oder eine Magenverstimmung hatte – im allgemeinen nichts Ernstes.«

»Wann haben Sie Herrn Savalas zum letzten Mal gesehen?«

»Im Dezember vergangenen Jahres.«

»Also kurz vor seinem Tod?«

»Ganz recht.«

»Kam er in Ihre Praxis, Doktor?«

»Nein, ich habe ihn in seinem Haus aufgesucht.«

»Machen Sie immer Hausbesuche?«

»Nein, im allgemeinen nicht.«

»Aber in diesem Fall haben Sie eine Ausnahme gemacht?«

»Ja.«

»Weshalb?«

Der Arzt zögerte. »Nun, in seinem Zustand konnte er nicht in meine Praxis kommen.«

»In welchem Zustand befand er sich?«

»Er hatte Blutergüsse, eine Rippenprellung und eine leichte Gehirnerschütterung.«

»Ein Unfall?«

Dr. Frangescos zögerte erneut. »Nein. Er hat mir erzählt, seine Frau hätte ihn geschlagen.«

Im Saal wurde erschrockenes Gemurmel laut.

»Herr Verteidiger«, fragte der Richter irritiert, »wollen Sie nicht Einspruch dagegen erheben, daß Informationen, die der Zeuge nur aus zweiter Hand bezogen hat, ins Protokoll aufgenommen werden?«

Napoleon Chotas sah auf. »Oh, ja, danke, Hohes Gericht«, erwiderte er gelassen. »Ja, ich erhebe Einspruch.«

Aber der Schaden war natürlich nicht wiedergutzumachen. Die Geschworenen starrten die Angeklagte jetzt mit unverhüllter Feindseligkeit an.

»Danke, Doktor Frangescos. Keine weiteren Fragen.« Peter Demonides wandte sich an Chotas und sagte selbstgefällig: »Ihr Zeuge, Herr Verteidiger.«

»Keine Fragen.«

Danach folgte ein steter Strom weiterer Zeugen: ein Dienstmädchen, das mehrmals beobachtet hatte, wie Anastasia Savalas im Zimmer des Chauffeurs verschwunden war... der Butler, der gehört hatte, wie Giorgios Savalas seiner Frau gedroht hatte, er würde sich scheiden lassen und sein Testament ändern... Nachbarn, die wider Willen Ohrenzeugen der lautstarken Auseinandersetzungen des Ehepaars Savalas geworden waren...

Und Napoleon Chotas hatte noch immer keine Fragen an die Belastungszeugen.

Die Schlinge um Anastasias Hals zog sich immer enger zusammen.

Peter Demonides fühlte sich bereits als sicherer Sieger. Vor seinem inneren Auge erschienen die Schlagzeilen der Morgenzeitungen. Dieses Verfahren würde als einer der kürzesten Mordprozesse in die Rechtsgeschichte eingehen. *Möglicherweise ist es schon heute zu Ende,* dachte er. *Der große Napoleon Chotas ist ein geschlagener Mann.*

»Ich rufe Niko Mentakis in den Zeugenstand.«

Mentakis war ein hagerer, ernster junger Mann, der langsam und methodisch sprach.

»Herr Mentakis, was sind Sie von Beruf?«

»Ich arbeite in einer Gärtnerei mit Baumschule.«

»Ah, dann sind Sie also Fachmann, was Anbau und Aufzucht von Pflanzen betrifft?«

»Richtig, Herr Staatsanwalt. Und mein Beruf ist zugleich mein Hobby.«

»Und zu Ihren Aufgaben gehört es wohl auch, dafür zu sorgen, daß die für den Verkauf bestimmten Pflanzen gesund sind?«

»Aber ja! Wir kümmern uns sehr gut um sie. Kranke Pflanzen könnten wir unseren Kunden nicht anbieten. Die meisten von ihnen sind Stammkunden.«

»Damit meinen Sie Kunden, die häufig wiederkommen?«

»Genau«, bestätigte der junge Mann stolz. »Wir führen nur Spitzenqualität.«

»Sagen Sie, Herr Mentakis, ist Frau Savalas eine alte Kundin gewesen?«

»Ja, natürlich. Frau Savalas liebt Pflanzen.«

»Herr Staatsanwalt«, sagte der Richter ungeduldig, »das Gericht hält die Richtung, in die Ihre Fragen gehen, für wenig relevant. Würden Sie bitte zur Sache kommen oder . . .«

»Wenn ich fortfahren darf, Hohes Gericht, wird sich bald zeigen, daß die Aussage dieses Zeugen für das Verfahren sehr wichtig ist.«

Der Richter blickte zu Napoleon Chotas hinüber. »Herr Verteidiger, haben Sie etwas gegen die bisher gestellten Fragen einzuwenden?«

Napoleon Chotas sah blinzelnd auf. »Was? Nein, Hohes Gericht.«

Der vorsitzende Richter starrte ihn frustriert an, bevor er sich wieder an Peter Demonides wandte. »Gut, Sie können fortfahren.«

»Herr Mentakis, ist Frau Savalas an einem Dezembertag zu Ihnen gekommen und hat Ihnen erzählt, sie hätte Schwierigkeiten mit einigen ihrer Pflanzen?«

»Ja, das stimmt.«

»Hat sie nicht sogar gesagt, eine Insektenplage hätte ihre Pflanzen heimgesucht?«

»Richtig, das hat sie gesagt.«

»Und hat sie nicht irgendein Mittel gegen diese Schädlinge verlangt?«

»Ja, das hat sie getan.«

»Sagen Sie uns bitte, was Sie ihr gegeben haben?«

»Ich habe ihr etwas Antimon verkauft.«

»Und sagen Sie uns bitte, was genau Antimon ist?«

»Es ist ein Gift, wie Arsen.«

Ein verhaltener Aufschrei ging durch den Saal.

Der Richter schwang seine Glocke. »Ruhe im Saal! Ruhe, sonst lasse ich den Saal räumen!« Er nickte Peter Demonides zu. »Sie können die Vernehmung fortsetzen.«

»Sie haben ihr also eine gewisse Menge Antimon verkauft.«

»Das habe ich.«

»Würden Sie Antimon als ein tödliches Gift bezeichnen? Sie haben es mit Arsen verglichen.«

»Mit vollem Recht. Es ist hochgiftig.«

»Und Sie haben diesen Verkauf wie gesetzlich vorgeschrieben in Ihr Giftbuch eingetragen?«

»Selbstverständlich.«

»Haben Sie dieses Giftbuch heute mitgebracht, Herr Mentakis?«

»Ja, Herr Staatsanwalt.« Er übergab Demonides ein gebundenes Journal.

Der Staatsanwalt legte es auf den Tisch des Protokollführers. »Hohes Gericht, ich beantrage, das Giftbuch als Beweisstück A zu den Akten zu nehmen.« Er wandte sich wieder an den Zeugen. »Danke, ich habe keine weiteren Fragen.« Dann sah er erwartungsvoll zu Napoleon Chotas hinüber.

Der Verteidiger blickte auf und schüttelte den Kopf. »Keine Fragen.«

Peter Demonides holte tief Luft. Nun war es Zeit, die Bombe platzen zu lassen. »Meine Herren Richter, ich darf Ihnen Beweisstück B vorführen.« Er nickte einem der an den Ausgängen stehenden Gerichtsdiener zu. »Bringen Sie's jetzt bitte herein.«

Der Gerichtsdiener hastete hinaus und kam wenig später mit einer Flasche Hustensaft auf einem Tablett zurück. Aus der Flasche fehlte etwa ein Drittel. Die Zuhörer beobachteten gespannt, wie der Gerichtsdiener sie dem Staatsanwalt übergab. Peter Demonides stellte sie auf den Tisch vor die Geschworenen.

»Meine Damen und Herren Geschworenen, dies ist die Waffe, mit der Giorgios Savalas ermordet wurde. Dies ist der Hustensaft, den Anastasia Savalas ihm am Abend seines Todes einflößte. Er ist mit Antimon versetzt. Wie Sie sehen, fehlt ein Teil, der Teil, den ihr Mann geschluckt hat – um zwanzig Minuten später daran zu sterben!«

Napoleon Chotas stand auf. »Einspruch, Euer Ehren«, sagte er gelassen. »Der Staatsanwalt kann nicht wissen, ob der Verstorbene seinen Hustensaft gerade aus dieser Flasche bekommen hat.«

Und Peter Demonides ließ die Falle zuschnappen. »Bei allem Respekt vor meinem gelehrten Herrn Kollegen... Die Angeklagte leugnet nicht, ihrem Mann am Abend seines Todes während eines Hustenanfalls dieses Mittel gegeben zu haben. Es ist am Tatort beschlagnahmt und von der Polizei verwahrt worden, bis der Gerichtsdiener es vorhin hereingebracht hat. Die gerichtsmedizinische Untersuchung hat ergeben, daß Giorgios Savalas an Antimonvergiftung gestorben ist. Und dieser Hustensaft ist mit

Antimon versetzt.« Er starrte Napoleon Chotas herausfordernd an.

Napoleon Chotas schüttelte deprimiert den Kopf. »Dann ist wohl kein Zweifel mehr möglich.«

»Nicht der geringste!« bestätigte Demonides triumphierend. »Hohes Gericht, damit ist die Beweisaufnahme der Staatsanwaltschaft abgeschlossen.«

Napoleon Chotas blieb eine halbe Minute unbeweglich stehen. Dann schlurfte er langsam nach vorn. Vor der Geschworenenbank kratzte er sich den Kopf, als überlege er angestrengt, was er sagen solle. Als er schließlich begann, sprach er stockend und nach Worten suchend.

»Wahrscheinlich haben einige von Ihnen sich gefragt, warum ich keinen der Zeugen ins Kreuzverhör genommen habe. Nun, um ganz ehrlich zu sein, ich habe mir gedacht, daß Herr Demonides diese Aufgabe so tadellos erfüllt, daß ich auf weitere Fragen verzichten kann.«

Der alte Narr nimmt mein Plädoyer vorweg, dachte Peter Demonides freudig überrascht.

Napoleon Chotas drehte sich kurz um, warf einen nachdenklichen Blick auf die Hustensaftflasche und wandte sich dann wieder an die Geschworenen.

»Alle Zeugen haben sehr aufrichtig gewirkt. Aber sie haben eigentlich nichts bewiesen, stimmt's? Ich meine ...« Er zuckte mit den Schultern. »Wenn Sie zusammenfassen, was diese Zeugen ausgesagt haben, kommt eines heraus: Eine hübsche junge Frau ist mit einem alten Mann verheiratet, der sie vermutlich nicht mehr befriedigen konnte.« Er nickte zu Joseph Pappas hinüber. »Deshalb hat sie sich einen jungen Mann gesucht, der es konnte.

Aber das haben wir alle bereits aus der Regenbogenpresse gewußt, nicht wahr? Die Affäre der beiden ist kein Geheimnis gewesen. Die ganze Welt hat davon gewußt. Sämtliche Klatschmagazine haben ausführlich darüber berichtet. Sie und ich, meine

Damen und Herren Geschworenen, mißbilligen vielleicht ihr Verhalten, aber Anastasia Savalas ist hier nicht wegen Ehebruchs angeklagt. Sie steht nicht vor Gericht, weil sie den normalen sexuellen Bedürfnissen einer jungen Frau nachgegeben hat. Nein, die gegen sie erhobene Anklage lautet auf Mord.«

Er drehte sich erneut zu der Flasche um, als fasziniere sie ihn geradezu.

Der Alte soll ruhig weiterschwatzen, dachte Peter Demonides. Er sah kurz zur Wanduhr auf, die 11.55 Uhr anzeigte. Der Richter unterbrach die Verhandlung stets pünktlich um 12 Uhr. *Der alte Narr wird sein Plädoyer nicht mehr beenden können.* Er war nicht mal clever genug, um damit bis nach der Mittagspause zu warten. *Warum habe ich ihn bloß jemals gefürchtet?* fragte Demonides sich.

Napoleon Chotas palaverte weiter.

»Sehen wir uns die Beweise mal gemeinsam an, ja? Frau Savalas hat feststellen müssen, daß einige ihrer Pflanzen von Schädlingen befallen waren, und wollte sie natürlich retten. Deshalb ist sie zu Herrn Mentakis gegangen, den sie als Fachmann kannte und der ihr geraten hat, Antimon zu verwenden. Also hat sie seinen Rat befolgt. Nennen Sie das Mord? *Ich* bestimmt nicht!

Und dann haben wir die Aussage der Haushälterin, Frau Savalas habe alles Personal weggeschickt, um wie in den Flitterwochen für ihren Mann kochen und allein mit ihm essen zu können. Wenn Sie mich fragen, so ist die Haushälterin selbst ein bißchen in Herrn Savalas verliebt gewesen. Man arbeitet nicht fünfundzwanzig Jahre für einen Mann, ohne ziemlich viel für ihn zu empfinden. Sie hat Anastasia Savalas nicht leiden können. Haben Sie das nicht aus ihrem Tonfall rausgehört?«

Chotas hüstelte leicht und räusperte sich danach.

»Nehmen wir einmal an, die Angeklagte hat ihren Mann im Grunde ihres Herzens aufrichtig geliebt und sich verzweifelt bemüht, ihre Ehe zu retten. Wie beweist eine Frau einem Mann ihre

Liebe? Nun, am einfachsten wohl dadurch, daß sie für ihn kocht. Ist das nicht eine Form der Liebe? Ich glaube schon.« Er drehte sich erneut nach dem Hustensaft um. »Oder auch indem sie ihn versorgt, wenn er ihrer Hilfe bedarf – in gesunden wie in kranken Tagen?«

Die Wanduhr stand auf 11.59 Uhr.

»Meine Damen und Herren Geschworenen, bei Prozeßbeginn habe ich Sie aufgefordert, das Gesicht dieser Frau zu betrachten. Das ist nicht das Gesicht einer Mörderin. Das sind nicht die Augen eines Killers.«

Peter Demonides beobachtete die Geschworenen, während sie die Angeklagte anstarrten. Solch offene Feindseligkeit hatte er noch nie erlebt. Die hatte er in der Tasche.

»Das Gesetz spricht eine eindeutige Sprache, meine Damen und Herren Geschworenen. Wie das Hohe Gericht Sie später noch belehren wird, dürfen Sie einen Schuldspruch nur dann fällen, wenn Sie von der Schuld der Angeklagten völlig überzeugt sind. Restlos.«

Während Napoleon Chotas sprach, hustete er etwas lauter und zog sein Taschentuch, um sich die Lippen abzutupfen. Er trat an den Tisch, auf dem die Hustensaftflasche vor den Geschworenen stand.

»Wenn man sich's recht überlegt, hat der Staatsanwalt eigentlich gar nichts bewiesen, stimmt's? Außer daß dies die Flasche ist, aus der Frau Savalas ihrem Mann Hustensaft gegeben hat. In Wirklichkeit steht die Anklage auf tönernen Füßen.« Als Chotas diesen Satz zu Ende brachte, bekam er einen Hustenanfall. Er griff instinktiv nach der Medizinflasche, setzte sie an die Lippen und nahm einen großen Schluck daraus. Alle starrten ihn wie hypnotisiert an, bevor ein Stöhnen durch den Saal ging.

Der Aufruhr war unbeschreiblich.

»Herr Chotas...«, begann der vorsitzende Richter besorgt, nachdem er sich mühsam Gehör verschafft hatte.

Napoleon Chotas nahm noch einen Schluck. »Hohes Gericht, die Anklage ist eine Verhöhnung jeglichen Gerechtigkeitsempfindens. Giorgios Savalas ist nicht durch diese Frau zu Tode gekommen. Das Plädoyer der Verteidigung ist beendet.«

Der Minutenzeiger der Wanduhr sprang auf 12 Uhr. Ein Gerichtsdiener trat an den Richtertisch und flüsterte dem Richter etwas zu.

Der Richter schwang seine Glocke. »Ruhe im Saal! Ich unterbreche die Verhandlung. Die Geschworenen ziehen sich zurück, um über ihre Entscheidung zu beraten. Die Verhandlung wird um vierzehn Uhr fortgesetzt.«

Peter Demonides stand wie gelähmt da. Irgend jemand mußte die Flaschen vertauscht haben! Nein, das war unmöglich. Das Beweisstück hatte in einer bewachten Asservatenkammer gestanden. Konnte der Pathologe sich so geirrt haben? Demonides drehte sich um, weil sein Beisitzer ihn ansprach; als er wieder nach Napoleon Chotas ausschaute, war der Verteidiger verschwunden.

Als die Verhandlung um 14 Uhr wiederaufgenommen wurde, kamen die Geschworenen langsam in den Saal und nahmen ihre Plätze ein. Einzig Napoleon Chotas fehlte noch.

Das Miststück ist tot, dachte Peter Demonides.

Doch noch während er das dachte, betrat Napoleon Chotas gesund und munter den Saal. Alle drehten sich nach ihm um und starrten ihn an, bis er seinen Platz erreicht hatte.

»Meine Damen und Herren Geschworenen, sind Sie zu einem Urteilsspruch gelangt?« fragte der Richter.

Der Geschworenensprecher stand auf. »Ja, Hohes Gericht. Die Angeklagte ist nicht schuldig.«

Die Zuhörer klatschten spontan Beifall.

Peter Demonides spürte, wie er aschfahl wurde. *Der Schweinehund hat mich wieder reingelegt!* Er blickte auf und sah, daß Napoleon Chotas ihn grinsend beobachtete.

8

Die Anwaltskanzlei Tritsis & Tritsis war zweifellos die angesehenste Kanzlei in ganz Griechenland. Ihre Gründer lebten längst im Ruhestand, und Napoleon Chotas war ihr Nachfolger als Hauptgesellschafter. Obwohl er einige Juniorpartner aufgenommen hatte, blieb Chotas weiterhin das Aushängeschild der Firma.

Wann immer einem Betuchten eine Anklage wegen Mordes drohte, landete er unweigerlich bei Napoleon Chotas. Seine Erfolgsbilanz war phänomenal. In den langen Jahren seiner Tätigkeit als Strafverteidiger hatte er einen Prozeß nach dem anderen gewonnen. Erst vor kurzem hatte das Verfahren gegen Anastasia Savalas weltweit Schlagzeilen gemacht. Chotas hatte eine Mandantin verteidigt, gegen die sämtliche Indizien sprachen, und einen spektakulären Sieg errungen. Dabei hatte er persönlich sehr viel riskiert – aber er war sich darüber im klaren gewesen, daß er den Kopf seiner Mandantin nur so würde retten können.

Chotas lächelte in sich hinein, als er sich an die Gesichter der Geschworenen erinnerte, als er einen großen Schluck von dem vergifteten Hustensaft genommen hatte. Er hatte sein Plädoyer zeitlich sorgfältig so gelegt, daß er um Punkt 12 Uhr unterbrochen werden würde. Darauf war es entscheidend angekommen. *Wäre das Gericht von seinem bisherigen Modus abgegangen, die Verhandlung mittags zu unterbrechen...* Ihn schauderte bei dem Gedanken daran, was dann hätte passieren können.

Auch so hatte sich unerwartet ein Zwischenfall ereignet, der ihn beinahe das Leben gekostet hätte. Als Chotas nach der Unterbrechung den Korridor entlanggehastet war, hatte eine Gruppe von Reportern ihm den Weg verstellt.

»Herr Chotas, woher haben Sie gewußt, daß der Hustensaft nicht vergiftet gewesen ist...?«

»Wissen Sie eine Erklärung dafür, wie...?«

»Glauben Sie, daß jemand die Flasche vertauscht hat...?«

»Hat Anastasia Savalas...?«

»Bitte, meine Herren! Tut mir leid, aber auch ich muß gelegentlich einem dringenden Bedürfnis nachkommen. Ich beantworte Ihre Fragen gern später.«

Er hastete zur Herrentoilette am Ende des Korridors weiter. An der Klinke hing ein Schild: AUSSER BETRIEB.

»Da werden Sie sich 'ne andere suchen müssen«, rief einer der Reporter.

Napoleon Chotas grinste. »So lange kann ich nicht warten, fürchte ich.« Er stieß die Tür auf, verschwand in der Toilette und schloß hinter sich ab.

Drinnen wartete bereits das Medizinerteam. »Ich hab' mir schon Sorgen um Sie gemacht«, beschwerte sich der Arzt. »Antimon wirkt verdammt schnell.« Er knurrte seinen Assistenten an: »Machen Sie die Magenpumpe fertig!«

Dann wandte er sich wieder an Chotas. »Legen Sie sich auf den Boden. Das wird eine unangenehme Sache, fürchte ich.«

»Wenn ich die Alternative bedenke«, grinste Napoleon Chotas, »macht mir das überhaupt nichts aus.«

Napoleon Chotas' Honorar dafür, daß er Anastasia Savalas das Leben gerettet hatte, betrug eine Million Dollar, die auf einem Schweizer Bankkonto einbezahlt wurden. Chotas besaß eine palastartige Villa in Kolonaki – einem der besten Wohnviertel Athens –, ein Landhaus auf Korfu und ein Apartment in der Pariser Avenue Foch.

Insgesamt gesehen hatte Napoleon Chotas allen Grund, mit dem Leben zufrieden zu sein. Lediglich eine Wolke verdunkelte seinen Horizont.

Der Mann hieß Frederick Stavros und war der neueste Sozius in der Anwaltsfirma Tritsis & Tritsis. Die anderen Partner beschwerten sich ständig über ihn.

»Er ist zweitklassig, Napoleon. In einer Kanzlei wie dieser hat er nichts verloren ...«

»Stavros hat meinen Fall beinahe vermurkst. Der Mann ist ein Idiot ...«

»Hast du gehört, wie Stavros sich gestern vor Gericht benommen hat? Der Richter hätte ihn beinahe rausgeworfen ...«

»Verdammt noch mal, warum schmeißt du diesen Stavros nicht raus? Er ist hier nur das fünfte Rad am Wagen. Wir brauchen ihn nicht, und er schadet unserem Ruf.«

Darüber war Napoleon Chotas sich nur allzusehr im klaren. Und er war beinahe versucht, mit der Wahrheit herauszuplatzen. *Ich kann ihn nicht rausschmeißen!* Aber er sagte lediglich: »Gebt Stavros eine Chance. Er macht sich noch, ihr werdet schon sehen.«

Und das war alles, was seine Partner aus ihm herausbrachten.

Ein Philosoph hat einmal gesagt: »Sei vorsichtig mit dem, was du dir wünschst – du könntest es bekommen.«

Frederick Stavros, Sozius in der Anwaltsfirma Tritsis & Tritsis, hatte seinen Wunsch erfüllt bekommen und war seither einer der unglücklichsten Menschen der Welt. Er litt unter Schlaflosigkeit, hatte keinen Appetit mehr und magerte beängstigend ab.

»Du mußt zum Arzt gehen, Frederick«, drängte seine Frau. »Du siehst schrecklich aus.«

»Nein, ich ... das würde nichts nützen.«

Er wußte, daß er an etwas litt, das kein Arzt hätte kurieren können. Sein schlechtes Gewissen brachte ihn um.

Frederick Stavros war ein ernsthafter junger Mann, fleißig, ehrgeizig und idealistisch. Er hatte jahrelang eine schäbige Kanzlei im Athener Armenviertel Monastiraki gehabt, für mittellose Mandanten gekämpft und oft auf sein Honorar verzichtet. Als er dann Napoleon Chotas begegnet war, hatte sein Leben sich über Nacht verändert.

Im Jahr zuvor hatte Stavros Larry Douglas verteidigt, der mit

Noelle Page wegen gemeinschaftlichen Mordes an Douglas' Frau Catherine vor Gericht gestanden hatte. Der reiche Constantin Demiris hatte Napoleon Chotas mit der Verteidigung seiner Geliebten beauftragt. Stavros war von Anfang an nur allzugern bereit gewesen, Chotas die Führung zu überlassen. Er erstarrte geradezu in Ehrfurcht vor seinem brillanten Kollegen.

»Du solltest Chotas in Aktion erleben«, pflegte er zu seiner Frau zu sagen. »Der Mann ist unglaublich! Ich wollte, ich könnte eines Tages in seine Kanzlei eintreten.«

Als der Prozeß sich seinem Ende näherte, war eine überraschende Wende eingetreten. Napoleon Chotas hatte Noelle Page, Larry Douglas und Frederick Stavros lächelnd in einem kleinen Konferenzraum um sich versammelt.

»Ich komme eben aus einer Besprechung mit den Richtern«, hatte er ihnen erklärt. »Falls die Angeklagten sich schuldig bekennen, wird Mr. Douglas des Landes verwiesen und darf nie mehr nach Griechenland zurückkehren. Noelle wird zu fünf Jahren Haft verurteilt, von denen sie aber nach Abschluß des Revisionsverfahrens nur etwa sechs Monate absitzen muß.«

Noelle Page und Larry Douglas waren sofort bereit gewesen, sich schuldig zu bekennen. Als die Angeklagten und ihre Verteidiger dann vor dem Richtertisch gestanden hatten, um das Urteil zu hören, hatte der vorsitzende Richter gesagt: »In Fällen, in denen ein Mord nicht eindeutig nachgewiesen werden konnte, haben griechische Gerichte noch nie auf die Todesstrafe erkannt. Deshalb sind wir offen gesagt erstaunt gewesen, als die Angeklagten, die bisher geleugnet hatten, sich nun schuldig bekannt haben. Somit bleibt uns keine andere Möglichkeit, als die Angeklagten Noelle Page und Lawrence Douglas zum Tode durch Erschießen zu verurteilen. Das Urteil ist binnen dreißig Tagen zu vollstrecken.«

In diesem Augenblick hatte Stavros erkannt, daß Napoleon Chotas sie alle hereingelegt hatte. Eine Absprache mit den Richtern hatte es nie gegeben. Constantin Demiris hatte Chotas nicht damit beauftragt, Noelle Page zu verteidigen, sondern dafür zu sorgen, daß sie verurteilt wurde. Das war seine Rache an der Frau, die ihn betrogen hatte. Und Stavros war ahnungslos an diesem kaltblütigen Komplott beteiligt worden.

Das darfst du nicht zulassen! hatte der junge Anwalt gedacht. *Du mußt zum Richter gehen und ihm mitteilen, was Chotas getan hat. Das Urteil muß aufgehoben werden!*

Und dann war Napoleon Chotas zu ihm gekommen und hatte gesagt: »Darf ich Sie morgen mittag zum Essen einladen, falls Sie Zeit haben, Frederick? Ich möchte, daß Sie meine Partner kennenlernen ...«

Vier Wochen später war Frederick Stavros mit eigenem großen Büro und sehr großzügigem Gehalt Sozius der angesehenen Kanzlei Tritsis & Tritsis. Er hatte seine Seele dem Teufel verkauft.

Aber seine tiefen Schuldgefühle ließen sich nicht abschütteln, und er war inzwischen zu der Erkenntnis gekommen, daß er sich nicht länger an diese schreckliche Abmachung halten konnte. *So kann's nicht weitergehen. Ich bin ein Mörder,* sagte er sich.

Dann faßte er einen Entschluß.

Eines Morgens erschien er in aller Frühe in Napoleon Chotas' Arbeitszimmer. »Leon, ich ...«

»Mein Gott, Mann, Sie sehen ja furchtbar aus!« stellte Chotas fest. »Wollen Sie nicht ein paar Tage Urlaub machen, Frederick? Das täte Ihnen bestimmt gut.«

Aber Stavros wußte, daß sein Problem damit nicht zu lösen war. »Leon, ich bin Ihnen sehr dankbar für alles, was Sie für mich getan haben, aber ich ... ich kann nicht hierbleiben.«

Chotas starrte ihn überrascht an. »Wie meinen Sie das? Sie haben sich doch gut eingewöhnt.«

»Nein. Ich ... ich werde aufgerieben.«

»Aufgerieben? Ich verstehe nicht, was Ihnen so zusetzt.«

Frederick Stavros wollte seinen Ohren nicht trauen. »Was Sie... was *wir* Noelle Page und Larry Douglas angetan haben. Haben Sie... denn gar keine Gewissensbisse?«

Chotas kniff die Augen zusammen. *Vorsichtig.* »Frederick, manchmal muß man der Gerechtigkeit auf verschlungenen Pfaden zum Sieg verhelfen.« Napoleon Chotas lächelte. »Glauben Sie mir, wir haben uns nichts vorzuwerfen. Die beiden sind schuldig gewesen.«

»*Wir* haben sie in den Tod geschickt. Wir haben sie reingelegt. Damit kann ich nicht länger leben. Tut mir leid, aber ich kündige hiermit. Ich bleibe nur noch bis zum Monatsende.«

»Ich nehme Ihre Kündigung nicht an«, stellte Chotas nachdrücklich fest. »Warum tun Sie nicht, was ich vorgeschlagen habe? Machen Sie ein paar Tage Urlaub, damit...«

»Nein! Mit dem, was ich weiß, könnte ich hier nie glücklich werden. Tut mir leid, Leon.«

Chotas musterte ihn mit kaltem Blick. »Ist Ihnen überhaupt klar, was Sie tun? Sie werfen eine brillante Karriere einfach weg... Ihr ganzes Leben.«

»Nein, ich rette mein Leben.«

»Ihr Entschluß steht also fest?«

»Ja. Tut mir wirklich leid, Leon. Sie brauchen sich keine Sorgen zu machen, ich werde niemals davon sprechen, was... was passiert ist.« Er machte kehrt und verließ den Raum.

Napoleon Chotas blieb lange gedankenverloren hinter seinem Schreibtisch sitzen. Dann traf er eine Entscheidung. Er griff nach dem Telefonhörer und wählte eine Nummer. »Richten Sie Herrn Demiris bitte aus, daß ich ihn heute nachmittag aufsuchen werde. Es handelt sich um eine dringende Sache.«

Am selben Tag um 16 Uhr saß Napoleon Chotas in Constantin Demiris' Büro.

»Wo brennt's denn, Leon?« fragte Demiris.

»Vorerst brennt noch nichts«, antwortete Chotas bedächtig, »aber ich wollte dir mitteilen, daß Frederick Stavros heute morgen bei mir gewesen ist. Er hat beschlossen, aus der Kanzlei auszuscheiden.«

»Stavros? Der Larry Douglas verteidigt hat? Und?«

»Er scheint Gewissensbisse zu haben.«

Längeres Schweigen.

»Oh, ich verstehe.«

»Er hat versprochen, nicht darüber zu reden, was ... wie es zur Verurteilung gekommen ist.«

»Glaubst du ihm?«

»Ja. Ich habe Vertrauen zu ihm, Costa.«

Constantin Demiris lächelte. »Gut, dann haben wir nichts zu befürchten, stimmt's?«

Napoleon Chotas stand erleichtert auf. »Vermutlich nicht. Trotzdem wollte ich dich auf dem laufenden halten.«

»Du hast ganz richtig gehandelt. Hast du nächste Woche mal Zeit, zum Abendessen zu mir zu kommen?«

»Natürlich.«

»Ich rufe dich an, damit wir was vereinbaren können.«

»Danke, Costa.«

Am späten Freitagnachmittag herrschte unter den hohen Gewölben der riesigen Kapnikarea-Kirche in der Athener Innenstadt feierliche Stille. In einer Ecke neben dem Hauptaltar kniete Frederick Stavros vor Pater Konstantinou. Der Geistliche verhüllte den Kopf des Beichtwilligen mit einem Tuch.

»Ich habe gesündigt, Pater. Für mich gibt's keine Vergebung mehr.«

»Der große Fehler des Menschen liegt darin, mein Sohn, daß er sich nur für einen Menschen hält. Wie hast du gesündigt?«

»Ich bin ein Mörder.«

»Du hast ein Menschenleben auf dem Gewissen?«

»Nicht nur eines, Pater. Ich weiß nicht, wie ich für meine Tat büßen soll.«

»Gott weiß Rat, mein Sohn. Wir werden ihn fragen.«

»Ich bin durch Eitelkeit und Geldgier vom rechten Weg abgekommen. Das ist vor einem Jahr gewesen. Ich hatte einen wegen Mordes angeklagten Mann zu verteidigen. Er wäre vermutlich wegen Mangels an Beweisen freigesprochen worden. Aber dann hat Napoleon Chotas ...«

Als Frederick Stavros eine halbe Stunde später aus der Kirche trat, fühlte er sich wie neu geboren. Er hatte das Gefühl, ihm sei eine erdrückend schwere Last von den Schultern genommen worden. Er hatte dem Geistlichen alles anvertraut und empfand nun zum ersten Mal seit jenem Schreckenstag wieder Zuversicht.

Ich fange ein ganz neues Leben an. Ich ziehe in eine andere Stadt und fange von vorn an. Ich muß es schaffen, mein Verbrechen irgendwie zu sühnen. Herr, ich danke dir, daß du mir noch eine Chance geben willst.

Inzwischen war es dunkel geworden, und der Platz zwischen Kirche und Ermoustraße war fast menschenleer. Als Stavros die Straßenecke erreichte, sprang die Fußgängerampel auf Grün um, und er wollte die Fahrbahn überqueren. Als er die Straßenmitte erreicht hatte, fuhr eine schwarze Limousine bergab und röhrte mit aufgeblendeten Scheinwerfern wie ein durchgehendes mechanisches Monstrum auf ihn zu. Stavros blieb wie vor Entsetzen gelähmt stehen. Für einen Sprung zur Seite war es bereits zu spät. Das Röhren wurde donnernd laut, und Stavros fühlte, wie sein Körper zerquetscht wurde und seine Muskeln und Knochen nachgaben. Nach einem Augenblick grausamster Schmerzen wurde es dunkel um ihn.

Napoleon Chotas war Frühaufsteher. Er genoß dieses ungestörte Alleinsein, bevor er sich den Anforderungen des Tages zu stellen hatte. Er frühstückte stets allein und las dabei die Morgenzeitungen. An diesem Morgen enthielten sie mehrere interessante Meldungen.

Ministerpräsident Themistikles Sophoulis, der mit einer Fünfparteienkoalition regierte, hatte ein neues Kabinett gebildet. *Ich muß ihm ein Glückwunschschreiben schicken.* Aus China wurde gemeldet, kommunistische Truppen hätten das Nordufer des Jangtsekiang erreicht. Harry Truman und Alban Barkley waren in ihre Ämter als Präsident und Vizepräsident der Vereinigten Staaten eingeführt worden.

Napoleon Chotas blätterte um. Eine Meldung auf Seite zwei ließ ihm fast das Blut in den Adern gerinnen.

> Frederick Stavros, einer der Partner der bekannten Anwaltsfirma Tritsis & Tritsis, ist gestern abend beim Verlassen der Kapnikarea-Kirche von einem Auto überfahren und tödlich verletzt worden. Berichten von Unfallzeugen zufolge soll es sich bei dem Wagen, dessen Fahrer mit Vollgas geflüchtet ist, um eine schwarze Limousine ohne Kennzeichen gehandelt haben.
> Frederick Stavros hat zu den Hauptpersonen des sensationellen Mordprozesses gegen Noelle Page und Larry Douglas gehört. Er hat Douglas verteidigt und ist...

Napoleon Chotas las nicht weiter. Er saß wie erstarrt am Tisch und hatte sein Frühstück längst vergessen. Ein Unfall. *War das wirklich ein Unfall gewesen?* Constantin Demiris hatte ihm versichert, es gebe nichts zu befürchten. Aber zu viele Leute hatten den Fehler gemacht, Demiris' Worte für bare Münze zu nehmen.

Chotas griff zum Telefonhörer und wählte Constantin Demiris' Nummer. Eine Sekretärin stellte das Gespräch durch.

»Hast du die Morgenzeitungen schon gelesen?« fragte Chotas.

»Nein, noch nicht. Warum?«

»Frederick Stavros ist tot.«

»*Was?*« Demiris' Ausruf klang ehrlich überrascht. »Wie ist das passiert?«

»Frederick ist gestern abend von einem Kerl, der Fahrerflucht verübt hat, überfahren worden.«

»Großer Gott! Das tut mir leid, Leon. Haben sie den flüchtigen Fahrer schon geschnappt?«

»Nein, noch nicht.«

»Vielleicht kann ich bei der Polizei ein bißchen Druck machen. Heutzutage ist man nirgends mehr seines Lebens sicher. Wie wär's übrigens mit Donnerstag zum Abendessen?«

»Einverstanden.«

»Gut, abgemacht.«

Napoleon Chotas verstand sich darauf, zwischen den Zeilen zu lesen. *Constantin Demiris ist ehrlich überrascht gewesen. Er hat nichts mit Stavros' Tod zu schaffen.*

Am Tag darauf fuhr Napoleon Chotas morgens in die Tiefgarage des Bürogebäudes, in dem sich seine Kanzlei befand, und stellte seinen Wagen ab. Als er zum Aufzug ging, tauchte ein junger Mann aus den Schatten auf.

»Haben Sie mal Feuer für mich?«

Bei Chotas schrillten sofort sämtliche Alarmglocken. Was hatte ein Unbekannter hier in der Tiefgarage zu suchen?

»Natürlich.« Chotas holte ohne zu zögern aus und schlug dem jungen Mann seine Aktentasche ins Gesicht.

Der Unbekannte stieß einen gellenden Schmerzensschrei aus. »Dreckskerl!« Aus seiner Jackentasche zog er eine Pistole mit Schalldämpfer.

»He, was geht hier vor?« rief eine Stimme. Der uniformierte Parkwächter kam auf sie zugerannt.

Der junge Mann zögerte kurz, steckte seine Waffe weg, lief die Einfahrtsrampe hinauf und verschwand.

Im nächsten Augenblick war der Parkwächter heran. »Alles in Ordnung, Herr Chotas?«

»Äh... ja.« Napoleon Chotas merkte, daß er keuchend atmete. »Danke, mir fehlt nichts.«

»Was hat der Kerl vorgehabt?«

»Schwer zu sagen«, antwortete Napoleon Chotas langsam.

Es könnte ein Zufall gewesen sein, sagte Chotas sich, als er an seinem Schreibtisch saß. *Möglicherweise hat der Mann mich nur berauben wollen. Aber ein Straßenräuber benutzt keine Pistole mit Schalldämpfer. Nein, er wollte mich erschießen.* Und Constantin Demiris hätte die Nachricht von seinem Tod mit ebenso gespieltem Entsetzen aufgenommen wie die von Frederick Stavros' tödlichem Unfall.

Das hätte ich wissen müssen! dachte Napoleon Chotas. *Demiris ist kein Mann, der unnötige Risiken eingeht. Er kann es sich nicht leisten, Mitwisser zu haben. Nun, jetzt steht ihm eine Überraschung bevor.*

Aus der Gegensprechanlage auf seinem Schreibtisch kam die Stimme seiner Sekretärin: »Herr Chotas, in einer halben Stunde müssen Sie zur Verhandlung.«

Heute sollte Chotas sein Plädoyer zugunsten eines Serienmörders halten, aber er war zu mitgenommen, um vor Gericht aufzutreten. »Rufen Sie den vorsitzenden Richter an und entschuldigen Sie mich wegen Krankheit. Einer der Partner soll mich vertreten. Und noch was – heute keine Anrufe, keine Besucher.«

Er holte ein Tonbandgerät aus einem Wandschrank, stellte es auf den Schreibtisch und blieb nachdenklich davor sitzen. Dann begann er zu sprechen.

Am frühen Nachmittag erschien Napoleon Chotas mit einem versiegelten braunen Umschlag unter dem Arm im Büro des Staatsanwalts Peter Demonides, dessen Vorzimmerdame ihn sofort erkannte.

»Guten Tag, Herr Chotas. Was kann ich für Sie tun?«

»Ich möchte Herrn Demonides sprechen.«

»Er ist in einer Besprechung. Haben Sie einen Termin?«

»Nein. Sagen Sie ihm bitte, daß ich hier bin – und daß es sich um eine dringende Sache handelt.«

»Ja, natürlich.«

Eine Viertelstunde später wurde Napoleon Chotas ins Büro des Staatsanwalts gebeten.

»Sieh da«, sagte Peter Demonides, »der Prophet kommt zum Berg! Was kann ich für Sie tun? Vermute ich richtig, daß Sie mir im Fall Kleanthes einen Handel vorschlagen wollen?«

»Nein. Ich bin in einer persönlichen Angelegenheit hier, Peter.«

»Nehmen Sie Platz, Leon.«

Als die beiden Männer saßen, fuhr Chotas fort: »Ich möchte diesen Umschlag bei Ihnen hinterlegen. Er ist versiegelt und darf nur geöffnet werden, falls ich tödlich verunglücken sollte.«

Peter Demonides musterte ihn neugierig. »Rechnen Sie denn mit dieser Möglichkeit?«

»Möglich ist alles.«

»Aha. Einer Ihrer undankbaren Klienten?«

»Die Person tut nichts zur Sache. Sie sind der einzige, zu dem ich Vertrauen habe. Können Sie den Umschlag sicher verwahren?«

»Selbstverständlich.« Demonides beugte sich vor. »Sie sehen aus, als hätten Sie Angst.«

»Das habe ich auch.«

»Wollen Sie, daß wir etwas für Sie tun? Ich könnte veranlassen, daß Sie unter Polizeischutz gestellt werden.«

Chotas tippte auf den Umschlag. »Dies ist der einzige Schutz, den ich brauche.«

»Gut, wenn Sie sich Ihrer Sache sicher sind...«

»Das bin ich.« Chotas stand auf und streckte die Hand aus. »*Efcharisto,* Peter. Ich kann Ihnen gar nicht sagen, wie dankbar ich Ihnen bin.«

Peter Demonides lächelte. »*Parakalo,* Leon. Jetzt schulden Sie mir einen Gefallen...«

Eine Stunde später betrat ein uniformierter Bote Constantin Demiris' Vorzimmer im Gebäude der Hellenic Trade Corporation. Er wandte sich an die Chefsekretärin.

»Ich habe ein Paket für Herrn Demiris.«

»Das können Sie mir geben. Ich werde den Empfang quittieren.«

»Ich habe den Auftrag, es nur Herrn Demiris persönlich zu übergeben.«

»Tut mir leid, ich darf ihn jetzt nicht stören. Von wem ist das Paket denn?«

»Napoleon Chotas.«

»Und Sie können es nicht einfach dalassen?«

»Nein, das darf ich nicht.«

»Gut, ich frage mal nach, ob Herr Demiris es entgegennehmen will.«

Sie drückte auf die Sprechtaste ihrer Gegensprechanlage. »Entschuldigen Sie, Herr Demiris, hier ist ein Bote mit einem Paket von Herrn Chotas.«

Aus dem Lautsprecher drang die Stimme ihres Chefs. »Bringen Sie es herein, Irene.«

»Der Bote sagt, daß er Anweisung hat, es Ihnen nur persönlich zu übergeben.«

Demiris antwortete nicht gleich. »Gut, kommen Sie mit ihm rein.«

Irene und der Bote betraten sein Arbeitszimmer.

»Sind Sie Constantin Demiris?«

»Ja.«

»Unterschreiben Sie bitte hier.«

Demiris unterschrieb die vorbereitete Empfangsbestätigung. Der Bote stellte einen großen Karton auf seinen Schreibtisch. »Danke, Herr Demiris.«

Constantin Demiris wartete, bis seine Sekretärin und der Bote den Raum verlassen hatten. Er betrachtete den Karton sekundenlang nachdenklich, bevor er ihn öffnete. Sein Inhalt bestand aus einem Tonbandgerät mit abspielbereit eingelegtem Band. Demiris drückte neugierig auf den Startknopf.

Napoleon Chotas' Stimme erfüllte den Raum. »Mein lieber Costa, alles wäre viel einfacher gewesen, wenn du geglaubt hättest, daß Frederick Stavros nicht die Absicht gehabt hat, unser kleines Geheimnis zu verraten. Noch bedauerlicher finde ich, daß du nicht geglaubt hast, daß ich diese unselige Geschichte für mich behalten würde. Ich habe allen Grund zu der Annahme, daß du den armen Stavros hast ermorden lassen – und daß nun ich an die Reihe kommen soll. Da mein Leben mir so kostbar ist wie dir deines, muß ich mich, bei allem Respekt, weigern, dein nächstes Opfer abzugeben ... Vorsichtshalber habe ich alle Einzelheiten unserer Rollen, die du und ich im Verfahren gegen Noelle Page und Larry Douglas gespielt haben, schriftlich festgehalten und in einem versiegelten Umschlag bei der Staatsanwaltschaft hinterlegt. Dieser Umschlag wird nur geöffnet, falls ich tödlich verunglücke. Du siehst also, mein Freund, wie sehr es jetzt in deinem Interesse liegt, daß ich gesund und munter bleibe.« Die Aufnahme war zu Ende.

Constantin Demiris saß da und starrte ins Leere.

Als Napoleon Chotas an diesem Nachmittag in seine Kanzlei zurückkam, war die Angst von ihm abgefallen. Constantin Demiris war gefährlich, aber keineswegs dumm. Er würde es nicht wagen, jemanden beseitigen zu lassen, wenn er dadurch selbst in Gefahr geriet. *Er hat angegriffen*, dachte Chotas, *und ich habe ihn mattgesetzt*. Er lächelte vor sich hin. *Zum Abendessen am Donnerstag werde ich mich anderswo einladen lassen müssen.*

In den nächsten Tagen war Napoleon Chotas damit beschäftigt, sich auf einen neuen Mordprozeß vorzubereiten – diesmal gegen eine Ehefrau, die die beiden Geliebten ihres Mannes erschossen hatte. Chotas stand wie gewohnt früh auf und arbeitete bis in die Nacht hinein, um seine Taktik für die Kreuzverhöre festzulegen. Sein Instinkt sagte ihm, daß er trotz der scheinbar hoffnungslosen Ausgangslage auch diesmal siegen würde.

Am Donnerstagabend arbeitete er bis nach Mitternacht in der Kanzlei, fuhr dann nach Hause und erreichte seine Villa gegen ein Uhr.

Sein Butler empfing ihn an der Tür. »Soll ich Ihnen noch etwas bringen, Herr Chotas? Falls Sie hungrig sind, kann ich Ihnen *Mezedes* bringen oder ...«

»Danke, ich brauche nichts. Sie können zu Bett gehen.«

Napoleon Chotas ging in sein Schlafzimmer hinauf. Er lag noch eine ganze Weile wach, weil er über den bevorstehenden Prozeß nachdachte, und schlief erst kurz vor zwei Uhr ein. Dann begann er zu träumen.

Er war bei Gericht und befragte einen Zeugen, der plötzlich begann, sich die Kleider vom Leib zu reißen.

»Warum tun Sie das?« fragte Chotas.

»Weil ich verbrenne!«

Ein Blick in den überfüllten Saal zeigte Chotas, daß die Zuhörer sich ebenfalls auszogen.

Chotas wandte sich an den Richter. »Herr Vorsitzender, ich muß dagegen protestieren, daß ...«

Auch der Richter war dabei, seine Robe auszuziehen. »Hier drinnen ist's zu heiß«, sagte er.

Hier ist's heiß. Und ... laut.

Napoleon Chotas öffnete die Augen. An der Schlafzimmertür loderten Flammen empor, und der Raum war bereits völlig verqualmt.

Chotas setzte sich auf. Er war augenblicklich hellwach.

Das Haus brennt. Warum hat der Brandmelder nicht funktioniert?

Die Tür begann wegen der starken Hitze nachzugeben. Chotas stand auf und torkelte würgend und hustend ans Fenster. Er versuchte es zu öffnen, aber der Rahmen war so verzogen, daß das Fenster klemmte. Der Qualm wurde immer dichter, und Chotas rang nach Luft. Er sah sich verzweifelt nach einem Fluchtweg um.

Von der Zimmerdecke fielen glühende Holzstücke herab. Die Wand zum Bad fiel zusammen, und lange Flammenzungen leckten nach ihm. Chotas begann zu schreien. Sein Haar und sein Schlafanzug brannten. Er warf sich mit aller Kraft gegen das Fenster und krachte durch die zersplitternde Scheibe. Sein wie eine Fackel brennender Körper schlug fünf Meter tiefer auf der Terrasse auf.

Sehr früh am nächsten Morgen wurde Staatsanwalt Peter Demonides von einem Dienstmädchen in Constantin Demiris' Bibliothek geführt.

»*Kalimera*, Peter«, sagte Demiris. »Danke, daß Sie gekommen sind. Haben Sie ihn mitgebracht?«

»Ja, Herr Demiris.« Er gab ihm den versiegelten Umschlag, den Napoleon Chotas bei ihm hinterlegt hatte. »Ich dachte, Sie würden ihn vielleicht lieber hier aufbewahren.«

»Das nenne ich aufmerksam, Peter. Darf ich Sie zum Frühstück einladen?«

»*Efcharisto*, sehr freundlich von Ihnen, Herr Demiris.«

»Costa. Nennen Sie mich Costa. Sie sind mir schon vor einiger Zeit aufgefallen, Peter. Ich glaube, daß Sie eine große Zukunft vor sich haben. Ich würde Ihnen gern eine passende Stellung innerhalb meines Unternehmens anbieten. Wären Sie daran interessiert?«

Peter Demonides lächelte. »Ja, Costa. Daran wäre ich sehr interessiert.«

»Gut! Ich schlage vor, daß wir uns beim Frühstück darüber unterhalten.«

9

Catherine rief Constantin Demiris mindestens einmal in der Woche von London aus an, und ihre Gespräche verliefen immer nach dem gleichen Muster. Er schickte ihr laufend Geschenke, und wenn sie protestierte, versicherte er ihr, das seien nur kleine Zeichen seiner Anerkennung. »Evelyn hat mir erzählt, wie glänzend du die Sache mit Baxter hingekriegt hast.«

Oder: »Ich habe von Evelyn gehört, daß deine Idee uns eine Menge Frachtkosten einspart.«

Tatsächlich war Catherine stolz darauf, wie gut sie sich eingearbeitet hatte. Im Büro hatte sie bereits einiges entdeckt, was verbesserungsfähig war. Ihre früheren Fertigkeiten waren wieder da, und sie wußte, daß der Bürobetrieb ihretwegen weit effizienter lief als zuvor.

»Ich bin sehr stolz auf dich«, erklärte Constantin Demiris ihr.

Und Catherine wurde es warm ums Herz. Er war ein so wundervoller, so besorgter Mann.

Bald ist es soweit, daß du deinen Plan verwirklichen kannst. Da Stavros und Chotas nun beseitigt waren, blieb Catherine das einzige Verbindungsglied zwischen ihm und dem Mordprozeß gegen Larry Douglas und seine Geliebte. Von daher drohte ihm nur wenig Gefahr, aber wie schon Napoleon Chotas am eigenen Leib erfahren mußte, war Demiris kein Mann, der irgend etwas dem Zufall überließ. *Wirklich schade,* dachte er jetzt, *daß sie zum Schweigen gebracht werden muß. Sie ist so schön! Aber zuerst lernt sie die Villa in Rafina kennen.*

Demiris hatte die Villa gekauft. Er würde Catherine dorthin mitnehmen und sie lieben, wie Larry Douglas Noelle geliebt hatte. Danach …

Von Zeit zu Zeit wurde Catherine an die Vergangenheit erinnert. Als sie in der Londoner *Times* las, daß Frederick Stavros und Napoleon Chotas umgekommen waren, hätten diese Namen ihr nichts gesagt, wenn nicht erwähnt worden wäre, daß sie Larry Douglas und Noelle Page verteidigt hatten.

In dieser Nacht hatte sie wieder den Traum.

Eines Morgens las Catherine eine Zeitungsmeldung, die ihr einen gelinden Schock versetzte:

> William Fraser, Sonderbeauftragter des amerikanischen Präsidenten Harry Truman, ist zu Gesprächen mit der britischen Regierung über ein neues Handelsabkommen in London eingetroffen.

Catherine ließ die Zeitung mit dem Gefühl sinken, lächerlich empfindlich zu sein. *William Fraser.* Er hatte eine solch wichtige Rolle in ihrem Leben gespielt. *Was wäre aus mir geworden, wenn ich ihn damals nicht verlassen hätte …*

Catherine saß mit Tränen in den Augen hinter ihrem Schreibtisch und starrte die Zeitungsmeldung an. William Fraser gehörte zu den liebsten Menschen, die sie je gekannt hatte. Allein die Erinnerung an ihn bewirkte, daß sie sich warm und geliebt fühlte. Und jetzt war er hier in London! *Ich muß ihn wiedersehen*, dachte sie. Wie aus der Notiz hervorging, wohnte er im Claridge's.

Ihre Finger zitterten, als sie die Nummer des Hotels wählte. Sie hatte das Gefühl, ihre Vergangenheit sei dabei, zur Gegenwart zu werden. Außerdem freute sie sich schon jetzt auf ein Wiedersehen mit Fraser. *Was wird er sagen, wenn er meine Stimme hört? Wenn er mich wiedersieht?*

»Claridge's, guten Morgen«, sagte eine Telefonistin.

Sie holte tief Luft. »Mr. Fraser, bitte.«

»Entschuldigung, Ma'am. Haben Sie Mr. oder *Mrs.* Fraser gesagt?«

Catherine fühlte sich wie vor den Kopf geschlagen. *Wie unglaublich dumm von dir! Warum bist du nicht selbst darauf gekommen? Natürlich ist er inzwischen verheiratet.*

»Ma'am . . .«

»Ich . . . Danke, schon gut.« Sie legte langsam auf.

Dafür ist es jetzt zu spät. Das ist vorbei. Costa hat recht. Es ist besser, die Vergangenheit ruhen zu lassen.

Einsamkeit kann lähmend wirken und allen Unternehmungsgeist ersticken. Jeder braucht irgendeinen Menschen, mit dem er Freud und Leid teilen kann. Catherine lebte in einer von Fremden bevölkerten Welt, beobachtete das Glück anderer Paare und hatte das Echo des Lachens von Liebenden im Ohr. Aber sie weigerte sich, Selbstmitleid zu empfinden.

Ich bin nicht die einzige alleinstehende Frau! Ich lebe! Ich lebe!

In London brauchte man sich nie zu langweilen. Die Kinos zeigten eine große Auswahl amerikanischer Filme, die Catherine sich gern ansah. Sie ging in *The Razor's Edge* und *Anna And The King of Siam. Gentleman's Agreement* war ein beunruhigender Film, und Cary Grant war wundervoll in *The Bachelor And The Bobby Soxer.*

Catherine besuchte Konzerte in der Royal Albert Hall und Ballettabende bei Sadler's Wells. Sie ging ins Old Vic, um Sir Laurence Olivier in *Richard III.* zu sehen, und fuhr nach Stratford-on-Avon, um Anthony Quayle in *Macbeth* zu erleben.

Die Pubs, die sie besuchte, wählte sie wegen ihrer originellen Namen aus: *Ye Old Cheshire Cheese, Falstaff* und *Goat In Boots.* Aber es machte keinen Spaß, allein auszugehen.

Und dann begegnete ihr Kirk Reynolds.

Im Büro kam eines Tages ein großer, gutaussehender Mann auf Catherine zu und sagte: »Ich bin Kirk Reynolds. Wo haben Sie gesteckt?«

»Wie bitte?«

»Ich habe schon immer auf Sie gewartet.«

So fing alles an.

Kirk Reynolds war ein amerikanischer Anwalt, der für Constantin Demiris internationale Firmenfusionen vorbereitete. Er war Anfang Vierzig, ernsthaft, intelligent und ritterlich.

»Weißt du, was mir an ihm am besten gefällt?« sagte Catherine, als sie mit Evelyn über Kirk Reynolds sprach. »Daß er mir das Gefühl gibt, eine Frau zu sein. Dieses Gefühl habe ich schon lange nicht mehr gehabt.«

»Hmmm, ich weiß nicht recht«, wandte Evelyn ein. »An deiner Stelle wäre ich lieber vorsichtig. Ich würde nichts überstürzen.«

»Keine Angst, das tue ich nicht«, versprach Catherine ihr.

Kirk Reynolds lud Catherine zu einer Juristentour durch London ein. Sie besuchten den auch als »Old Bailey« bekannten Central Criminal Court, den Obersten Gerichtshof für Strafsachen, auf dessen Korridoren ihnen würdevolle Anwälte mit Perücken und Talaren begegneten. Hier hatte sich bis 1902 das im 13. Jahrhundert erbaute Newgate Prison befunden. Vor dem ehemaligen Gefängnis wurde die Straße breiter, um sich dann unerwartet wieder zu verengen.

»Merkwürdig«, meinte Catherine. »Wozu ist die Straße damals so angelegt worden?«

»Um Platz für Zuschauer zu bieten. Hier haben früher öffentliche Hinrichtungen stattgefunden.«

Catherine fuhr zusammen. *Hätte ich das nur nicht gefragt.*

Eines Abends fuhr Kirk Reynolds mit Catherine zu den East India Docks an der Themse.

»Noch vor einigen Jahren sind Polizisten hier nur Doppelstreife gegangen«, erklärte Reynolds ihr. »Dieses Gebiet ist ein richtiges Verbrecherviertel gewesen.«

Es wirkte noch immer düster und bedrohlich – nach Catherines Meinung sogar gefährlich.

Sie aßen im Prospect of Whitby, einem der ältesten englischen Pubs, auf einer Terrasse über der Themse zu Abend und beobachteten die flußaufwärts fahrenden Schleppkähne und die in Gegenrichtung auslaufenden Hochseeschiffe.

An einem anderen Abend gingen sie in das traditionsreiche Lokal Eagle in der City Road.

»Ich wette, daß du als Kind ein Lied gesungen hast, in dem dieses Lokal vorkam«, behauptete Kirk.

Catherine starrte ihn an. »Ich soll davon gesungen haben? Ich hab' nicht mal gewußt, daß es dieses Lokal gibt!«

»Doch, das hast du. Das Eagle kommt in einem alten Kinderlied vor.«

»In welchem?«

»Früher hat es in der City Road viele Schneidereien gegeben, und wenn ein Schneider zum Wochenende hin kein Geld mehr hatte, hat er sein Bügeleisen – auch *Weasel* genannt – bis zum Zahltag versetzt. Und darüber hat dann jemand ein Kinderlied geschrieben:

Up and down the City Road
In and out the Eagle
That's the way the money goes
Pop goes the weasel.«

Catherine lachte. »Woher weißt du das bloß schon wieder?«

»Anwälte müssen alles wissen. Aber etwas anderes weiß ich nicht. Kannst du skifahren?«

»Leider nicht. Warum...?«

Er wurde plötzlich ernst. »Ich mache Skiurlaub in Sankt Moritz. Dort gibt es erstklassige Skilehrer. Kommst du mit, Catherine?«

Diese Frage traf sie völlig unvorbereitet.

Kirk wartete auf eine Antwort.

»Ich... ich weiß nicht, Kirk.«

»Versprichst du mir, darüber nachzudenken?«

»Ja.« Catherine hatte Mühe, ihr Zittern zu verbergen. Sie erinnerte sich daran, wie erregend es gewesen war, von Larry geliebt zu werden, und fragte sich, ob sie so was jemals wieder würde empfinden können. »Ich denke darüber nach.«

Catherine schlug Kirk vor, Wim Vandeen zum Abendessen einzuladen.

Sie holten Wim zu Hause ab und gingen mit ihm ins The Ivy. Er sah Kirk Reynolds den ganzen Abend lang nicht an, sondern schien sich in sein Schneckenhaus zurückgezogen zu haben. Kirk warf Catherine einen fragenden Blick zu. *Red mit ihm*, forderten ihre Lippen ihn tonlos auf. Kirk nickte und wandte sich an Wim.

»Gefällt Ihnen London, Wim?«

»Es ist in Ordnung.«

»Haben Sie eine Lieblingsstadt?«

»Nein.«

»Gefällt Ihnen Ihr Job?«

»Er ist in Ordnung.«

Kirk sah kopfschüttelnd zu Catherine hinüber und hob die Achseln.

Bitte! sagten ihre Lippen tonlos.

Kirk seufzte und wandte sich nochmals an Wim. »Am Sonntag spiele ich Golf, Wim. Sind Sie zufällig auch Golfer?«

Wim leierte herunter: »Beim Golf heißen die Eisen Driving Iron Midiron Mid Mashie Mashie Iron Mashie Spade, Mashie Mashie Niblick, Niblick, Shorter Niblick und Putter. Die Hölzer sind Driver Brassie Spoon und Baffy.«

Kirk Reynolds blinzelte. »Dann spielen Sie wohl ziemlich gut?«

»Wim hat noch nie Golf gespielt«, erklärte Catherine ihm. »Aber er... er hat ein erstaunliches Gedächtnis. Und er ist ein Mathematikgenie.«

Kirk Reynolds hatte genug. Er hatte sich auf einen Abend mit Catherine gefreut – und sie hatte diesen Schwachkopf anschleppen müssen!

Er rang sich ein Lächeln ab. »Tatsächlich?« Er wandte sich an Wim und fragte scheinbar harmlos: »Wissen Sie zufällig, wieviel zwei hoch neunundfünfzig ist?«

Wim saß eine halbe Minute lang schweigend da und studierte die Tischdecke, und als Kirk ihn eben ansprechen wollte, sagte er monoton: »Fünf-sieben-sechs-vier-sechs-null-sieben-fünf-zwei-drei-null-drei-vier-zwei-vier-acht-acht.«

»Jesus!« rief Kirk aus. »Ist das richtig?«

»Yeah«, knurrte Wim, »das ist richtig.«

Catherine wandte sich an ihn. »Wim, können Sie die sechste Wurzel aus... zwei-vier-eins-drei-sieben-fünf-acht-fünf ziehen?« Sie hatte diese Zahl willkürlich gewählt.

Beide beobachteten Wim, der mit ausdrucksloser Miene dasaß. Fünfundzwanzig Sekunden später sagte er: »Siebzehn; als Rest bleibt sechzehn.«

»Das kann ich nicht glauben!« rief Kirk aus.

»Es stimmt aber«, versicherte Catherine ihm.

Kirk starrte Wim an. »Wie haben Sie das geschafft?«

Wim zuckte mit den Schultern.

»Wim braucht keine halbe Minute, um zwei vierstellige Zahlen miteinander zu multiplizieren«, sagte Catherine, »und nur wenige Minuten, um fünfzig Telefonnummern auswendigzulernen. Sobald er sie sich eingeprägt hat, vergißt er sie nie mehr.«

Kirk Reynolds betrachtete Wim Vandeen ehrlich verblüfft. »Einen Mann wie Sie könnte ich in meinem Büro gut brauchen«, erklärte er ihm.

»Ich hab' schon einen Job«, knurrte Wim.

»Du denkst über Sankt Moritz nach, ja?« fragte Kirk Reynolds, als er Catherine an diesem Abend zu Hause absetzte.

»Ja, natürlich.« *Weshalb kann ich nicht einfach ja sagen?*

Spätabends rief Constantin Demiris aus Athen an. Catherine war versucht, ihm von Kirk Reynolds zu erzählen, aber im letzten Moment entschied sie anders.

10

Pater Konstantinou war betroffen. Seitdem er die Meldung über Fredrick Stavros' Unfalltod und die vergebliche Fahndung nach dem flüchtigen Fahrer gelesen hatte, ließ die Erinnerung ihn nicht mehr los. Seit der Priesterweihe hatte der Geistliche Tausende von Beichten abgenommen, aber Stavros' dramatisches Geständnis und sein anschließender Tod hatten einen unauslöschlichen Eindruck hinterlassen.

»He, was hast du heute?«

Pater Konstantinou wandte sich dem schönen jungen Mann zu, der nackt neben ihm im Bett lag. »Nichts, Liebster.«

»Mach' ich dich nicht glücklich?«

»Das weißt du doch, Giorgios.«

»Was hast du dann? Du tust so, als wär' ich gar nicht da, verdammt noch mal!«

»Du sollst nicht fluchen.«

»Mir gefällt's aber nicht, ignoriert zu werden.«

»Tut mir leid, Schatz. Ich bin nur traurig, weil ein Gemeindemitglied bei einem Verkehrsunfall umgekommen ist.«

»Irgendwann ist jeder fällig, stimmt's?«

»Ja, natürlich. Aber dieser Mann ist sehr unglücklich gewesen.«

»Warum denn?«

»Er hat ein schlimmes Geheimnis mit sich herumgeschleppt, das er zuletzt nicht mehr hat tragen können.«

»Was für ein Geheimnis?«

Pater Konstantinou streichelte den Schenkel des Jungen. »Du weißt, daß ich darüber nicht reden darf. Das fällt unter das Beichtgeheimnis.«

»Ich dachte, wir hätten keine Geheimnisse voreinander.«

»Richtig, Giorgios, aber...«

»*Gamoto!* Keine Geheimnisse heißt keine Geheimnisse. Außerdem hast du gesagt, daß der Kerl tot ist. Was kann's ihm da noch schaden, was du erzählst?«

»Wahrscheinlich hast du recht, aber...«

Giorgios Lato umschlang seinen Bettpartner und flüsterte ihm ins Ohr: »Ich bin neugierig.«

»Du kitzelst mich.«

Lato begann Pater Konstantinou zu streicheln.

»Oh... nicht aufhören...«

»Dann erzähl's mir!«

»Gut, wenn du unbedingt willst. Dem Ärmsten kann es ja wirklich nicht mehr schaden...«

Giorgios Lato hatte sich von ganz unten heraufgearbeitet. Er war in den Slums von Athen aufgewachsen und hatte mit zwölf Jahren begonnen, auf den Strich zu gehen. Anfangs war er auf der Straße unterwegs gewesen und hatte sich gelegentlich ein paar Drachmen damit verdient, daß er Betrunkene in finsteren Winkeln und Touristen in ihren Hotelzimmern bediente. Er war ein schwarzgelockter Adonis mit dem Körper eines Modellathleten.

»Du bist ein *Poulaki,* Giorgios«, erklärte ein Zuhälter ihm, als er 16 Jahre alt war. »Du verschleuderst dein einziges Kapital. Ich kann dir Kunden besorgen, die viel besser zahlen.«

Und er hatte Wort gehalten. Von diesem Augenblick an bediente Giorgios Lato nur noch reiche Männer, die ihn großzügig entlohnten.

Latos ganzes Leben veränderte sich, als er Nikos Veritos, den Assistenten des Großunternehmers Lambrou, kennenlernte.

»Ich liebe dich«, erklärte Nikos Veritos dem Jungen. »Ich will, daß die Rumhurerei aufhört. Du gehörst jetzt mir.«

»Klar, Niko. Ich liebe dich auch.«

Veritos überhäufte den Jungen mit Geschenken. Er kaufte ihm Kleidungsstücke, zahlte die Wohnungsmiete und gab ihm Taschengeld. Aber er machte sich Sorgen darüber, was Lato tagsüber unbeaufsichtigt trieb.

Veritos löste dieses Problem, indem er dem Jungen eines Tages erklärte: »Ich habe dir einen Job in meiner Firma besorgt.«

»Scheiße, damit du mich ständig im Auge behalten kannst, was? Hör zu, das ...«

»Nein, nein, darum geht's nicht, Süßer. Ich hab' dich nur gern in meiner Nähe.«

Nach anfänglichen Protesten hatte Giorgios Lato schließlich doch nachgegeben. Zu seiner Überraschung gefiel ihm die Arbeit ganz gut. Er arbeitete in der Poststelle und erledigte Botengänge, die ihm Gelegenheit gaben, bei dankbaren Kunden wie Pater Konstantinou etwas Geld dazuzuverdienen.

Als Giorgios Lato an diesem Nachmittag das Bett des Geistlichen verließ, befanden sich seine Gedanken in wildem Aufruhr. Pater Konstantinou hatte ihm Erstaunliches anvertraut, und Lato überlegte sofort, wie es sich zu Geld machen ließ. Er hätte damit zu Nikos Veritos gehen können, aber er wollte höher hinaus. *Damit gehst du am besten gleich zum Chef,* sagte Lato sich. *Nur dort gibt's das wirklich große Geld.*

Am nächsten Morgen kam Lato in Spyros Lambrous Vorzimmer.

Die Chefsekretärin blickte auf. »Oh, kommt die Post heute schon so früh, Giorgios?«

Lato schüttelte den Kopf. »Nein, ich möchte Herrn Lambrou sprechen.«

Die Sekretärin lächelte. »Tatsächlich? Was hast du mit ihm zu besprechen? Willst du ihm ein Geschäft vorschlagen?« fragte sie scherzend.

»Nein, darum geht's nicht«, sagte Lato ernsthaft. »Meine Mutter liegt im Sterben, und ich... ich muß heim zu ihr. Ich wollte Herrn Lambrou nur dafür danken, daß er mich bei sich beschäftigt hat. Das würde nur eine Minute dauern, aber wenn er keine Zeit hat...« Er wandte sich ab und schien gehen zu wollen.

»Warte! Er hat bestimmt kurz Zeit für dich.«

Zehn Minuten später stand Lato in Spyros Lambrous Arbeitszimmer. Er hatte es noch nie gesehen und fand den Luxus überwältigend.

»Tut mir aufrichtig leid, daß Ihre Mutter im Sterben liegt, junger Mann. Eine kleine Beihilfe wird Ihnen sicher...«

»Danke, Herr Lambrou. Aber ich bin eigentlich wegen einer ganz anderen Sache hier.«

Lambrou starrte ihn stirnrunzelnd an. »Was soll das heißen?«

»Herr Lambrou, ich besitze wichtige Informationen, die für Sie sehr wertvoll sein dürften.«

Lambrous Miene wurde noch skeptischer. »Ach, wirklich? Tut mir leid, ich bin sehr beschäftigt und...«

»Sie betreffen Constantin Demiris.« Die Worte sprudelten nur so aus ihm hervor. »Ich habe einen guten Freund, der Pater ist. Er hat einem Mann, der gleich danach unters Auto gekommen ist, die Beichte abgenommen, und dieser Mann hat ihm von Demiris erzählt. Demiris hat was Schreckliches getan, für das er eingesperrt werden könnte. Aber wenn Sie das nicht interessiert...«

Spyros Lambrou war plötzlich sehr interessiert. »Nehmen Sie doch Platz... wie war noch gleich Ihr Name?«

»Lato, Giorgios Lato.«

»Gut, Lato, am besten fangen Sie ganz von vorn an...«

In Melina und Constantin Demiris' Ehe kriselte es seit Jahren, aber bis vor kurzem war es nie zu Gewalttätigkeiten gekommen.

Angefangen hatten sie während einer erbitterten Auseinandersetzung wegen einer Affäre, die Constantin mit Melinas bester Freundin hatte.

»Du machst jede Frau zur Nutte!« kreischte Melina. »Was du anfaßt, wird zu Dreck!«

»*Skase!* Halt's Maul!«

»Dazu kannst du mich nicht zwingen«, antwortete sie trotzig. »Die ganze Stadt soll erfahren, was für ein *Pousti* du bist. Mein Bruder hat recht gehabt – du bist ein Ungeheuer!«

Constantin hob die Hand und schlug Melina ins Gesicht, daß es klatschte. Sie lief weinend hinaus.

Eine Woche später bekamen sie wieder Streit, und Constantin schlug sie erneut. Melina packte ihre Koffer und flog nach Attikos, auf die Privatinsel ihres Bruders. Dort blieb sie eine Woche lang, allein und elend. Sie sehnte sich nach ihrem Mann und begann, sich Entschuldigungen für sein Verhalten zurechtzulegen.

Es ist alles meine Schuld. Ich hätte Costa nicht so zusetzen dürfen. Er hat mich nicht wirklich schlagen wollen. Er hat nur die Beherrschung verloren und nicht mehr gewußt, was er tut. Und wenn ich ihm gleichgültig wäre, hätte er mich nicht geschlagen ...

Trotzdem wußte Melina, daß das letztlich nur Ausreden waren, weil sie den Gedanken an eine Scheidung nicht ertragen konnte. Am Sonntag darauf kehrte sie nach Hause zurück.

Demiris war in der Bibliothek.

Er sah auf, als Melina hereinkam. »Du hast also beschlossen, wieder heimzukommen?«

»Dies ist mein Haus, Costa. Du bist mein Mann, und ich liebe dich. Aber ich warne dich: Faßt du mich noch mal an, bring' ich dich um!«

Auf seltsame Weise schienen die beiden sich nach diesem Vorfall wieder besser zu vertragen. Constantin achtete längere Zeit sorgsam darauf, Melina gegenüber nicht die Beherrschung zu verlieren. Er hatte weiterhin Affären, und seine Frau war zu stolz, um ihn zu bitten, damit aufzuhören. *Eines schönen Tages wird er alle seine Flittchen satt haben und erkennen, daß er nur mich braucht.*

An einem Samstagabend zog Constantin Demiris gerade seine Smokingjacke an, als Melina in sein Schlafzimmer trat.

»Wohin gehst du?«

»Ich habe eine Verabredung.«

»Hast du vergessen, daß wir heute abend bei Spyros eingeladen sind?«

»Nein, das habe ich nicht vergessen. Aber diese Sache ist wichtiger.«

Melina funkelte ihn an. »Ich weiß genau, was dich aus dem Haus treibt – deine *Poulakia!* Und du gehst zu einer deiner Nutten, um dich abzureagieren.«

»Du solltest auf deine Ausdrucksweise achten. Du keifst wie ein Fischweib, Melina.« Demiris betrachtete sich im Spiegel.

Das lasse ich nicht zu! Was er ihr antat, war schlimm genug, aber daß er nun auch noch bewußt ihren Bruder brüskieren wollte, schlug dem Faß den Boden aus. Sie fühlte den unbezähmbaren Drang, ihn irgendwie zu verletzen. »Heute abend sollten wir eigentlich beide zu Hause bleiben«, sagte Melina.

»Ach ja?« erkundigte er sich gleichmütig. »Und wieso das?«

»Weißt du nicht, welcher Tag heute ist?« fragte sie höhnisch.

»Nein.«

»Heute jährt sich der Tag, an dem ich deinen Sohn getötet habe, Costa. Ich habe ihn abtreiben lassen.«

Er stand stocksteif da, und sie sah, wie seine Pupillen sich verdunkelten.

»Außerdem habe ich mich sterilisieren lassen, um nie mehr ein Kind von dir bekommen zu müssen«, log sie.

Jetzt drehte er völlig durch. »*Skase!*« Und er schlug sie ins Gesicht, schlug immer wieder zu.

Melina flüchtete kreischend aus dem Zimmer und rannte, von Constantin verfolgt, den Flur entlang.

Oben an der Treppe holte er sie ein.

»Dafür bring' ich dich um!« brüllte er. Als er wieder zuschlug, verlor Melina das Gleichgewicht, stürzte und fiel die lange Treppe hinunter.

Unten blieb sie vor Schmerzen wimmernd liegen. »Mein Gott, hilf mir doch! Ich hab' mir was gebrochen.«

Demiris starrte sie von der obersten Stufe aus mit kaltem Blick an.

»Ich lasse eines der Mädchen einen Arzt rufen. Ich möchte nicht zu spät zu meiner Verabredung kommen.«

Der Anruf kam kurz vor dem Abendessen.

»Herr Lambrou? Hier ist Doktor Metaxis. Ihre Schwester hat mich gebeten, Sie zu verständigen. Sie liegt hier in meiner Privatklinik. Sie hat leider einen Unfall gehabt ...«

In Melinas Zimmer trat Spyros Lambrou an das Bett seiner Schwester und starrte sie bestürzt an. Melina hatte einen gebrochenen Arm, eine Gehirnerschütterung und ein durch Schwellungen und Blutergüsse entstelltes Gesicht.

Spyros Lambrou sagte nur ein einziges Wort: »Demiris.« Seine Stimme zitterte vor Wut.

Melinas Augen füllten sich mit Tränen. »Er hat's nicht so gemeint«, flüsterte sie.

»Dafür vernichte ich ihn! Das schwöre ich dir bei meinem Leben!« Spyros Lambrou war noch nie so außer sich gewesen.

Der Gedanke daran, was Constantin Demiris Melina antat, war Spyros Lambrou unerträglich. Es mußte irgendeine Möglichkeit geben, ihm das Handwerk zu legen – aber wie? Er wußte nicht, was er tun sollte. Er brauchte einen guten Rat. Wie so oft in der Vergangenheit beschloß Lambrou, Madame Piris zu konsultieren. Vielleicht konnte sie ihm irgendwie helfen.

Meine Freunde würden mich auslachen, wenn sie wüßten, daß ich zu einer Wahrsagerin gehe, dachte Lambrou auf dem Weg zu ihr. Tatsache war jedoch, daß Madame Piris in der Vergangenheit mehrmals erstaunliche Dinge vorausgesagt hatte, die prompt eingetroffen waren. *Sie muß mir auch diesmal helfen.*

Sie saßen an einem Tisch in einer dunklen Ecke der schwachbeleuchteten Taverne. Madame Piris schien seit ihrer letzten Begegnung sehr gealtert zu sein. Ihre dunklen Augen blickten ihn unverwandt an.

»Ich brauche Hilfe, Madame Piris«, sagte Lambrou.

Sie nickte schweigend.

Womit soll ich anfangen? »Es geht um einen Mordprozeß, der vor ungefähr eineinhalb Jahren stattgefunden hat. Eine Frau namens Catherine Douglas war...«

Die Wahrsagerin schloß die Augen. »Nein!« ächzte sie.

Spyros Lambrou starrte sie erstaunt an. »Sie war ermordet worden – von ihrem Mann und...«

Madame Piris erhob sich schwankend. »Nein! Die Sterne haben mir gesagt, daß sie sterben würde!«

Lambrou war verwirrt. »Sie *ist* tot«, sagte er. »Ihr Mann und seine Geliebte haben sie...«

»Sie lebt!«

Er schüttelte energisch den Kopf. »Ausgeschlossen!«

»Sie ist hier gewesen. Sie hat mich vor etwa einem Vierteljahr aufgesucht. Sie ist in einem Kloster untergebracht gewesen.«

Plötzlich paßte alles zusammen. Wie Lambrou wußte, unterstützte Demiris das Kloster in Ioannina – der Stadt, in der Catherine Douglas ermordet worden sein sollte. *Sie ist in einem Kloster untergebracht gewesen.* Auch was Giorgios Lato ihm mitgeteilt hatte, war eine Bestätigung dafür. Demiris hatte zwei Unschuldige als Mörder in den Tod geschickt, während Catherine Douglas – in Wirklichkeit gesund und munter – von den Nonnen versteckt worden war.

Und Lambrou wußte, mit welchem Werkzeug er Constantin Demiris vernichten würde.

Tony Rizzoli.

11

Tony Rizzolis Probleme vervielfältigten sich. Was nur schiefgehen konnte, ging schief. Gewiß war es nicht seine Schuld, daß alles so gekommen war, aber er wußte, daß die Familie ihn dafür verantwortlich machen würde. Sie hielt nichts von faulen Ausreden.

Um so frustrierender wurde alles durch die Tatsache, daß der erste Teil des Unternehmens wunderbar geklappt hatte. Er hatte die Drogensendung aus Kolumbien problemlos nach Athen geschmuggelt und dort vorläufig in einem Lagerhaus untergebracht. Dann hatte er einen Flugbegleiter angeworben, der den Stoff beim nächsten Flug nach New York mitnehmen sollte. Und dann – keine 24 Stunden vor dem Abflug – war der Idiot wegen Trunkenheit am Steuer festgenommen und von seiner Fluggesellschaft fristlos entlassen worden.

Daraufhin hatte Tony Rizzoli auf einen Alternativplan zurückgegriffen. Er hatte ein »Maultier« gefunden – in diesem Fall die 70jährige Amerikanerin Sara Murchinson, die ihre in Athen lebende Tochter besucht hatte. Sie würde einen Koffer nach New York mitnehmen, ohne zu ahnen, was sie darin transportierte.

»Er enthält ein paar Andenken, die ich meiner Mutter versprochen habe«, behauptete Tony Rizzoli, »und weil Sie so nett sind, ihn mitzunehmen, beteilige ich mich an Ihren Flugkosten.«

»Oh, das ist nicht nötig!« protestierte Sara Murchinson. »Ich bin froh, Ihnen diesen Gefallen tun zu können. Ich wohne gar nicht weit von Ihrer Mutter entfernt. Ich freue mich schon darauf, ihre Bekanntschaft zu machen.«

»Und ich bin sicher, daß sie sich freuen wird, Sie kennenzulernen«, antwortete er einschmeichelnd. »Leider ist sie ziemlich krank. Aber irgend jemand ist bestimmt da, um Ihnen den Koffer abzunehmen.«

Sie ist die Idealbesetzung für diesen Auftrag – eine liebe, durch und durch amerikanische Großmutter. Bei ihr werden die Zollbeamten höchstens vermuten, daß sie Stricknadeln schmuggelt.

Sara Murchinson wollte am nächsten Morgen nach New York zurückfliegen.

»Ich hole Sie ab und fahre Sie zum Flughafen.«

»Oh, das ist lieb von Ihnen! Sie sind ein wirklich zuvorkommender junger Mann. Ihre Mutter ist sicher sehr stolz auf Sie.«

»Ja. Wir haben ein sehr enges Verhältnis zueinander.«

Tony Rizzolis Mutter war bereits zehn Jahre tot.

Als Rizzoli am nächsten Morgen sein Hotel verlassen wollte, um das Drogenpaket aus dem Lagerhaus zu holen, klingelte das Zimmertelefon.

»Mr. Rizzoli?« fragte ein Unbekannter.

»Ja?«

»Hier ist Doktor Patsaka von der Notaufnahme im K.A.T. Wir haben hier eine Mrs. Sara Murchinson eingeliefert bekommen. Sie ist nachts gestürzt und hat sich den Oberschenkelhals gebrochen. Sie hat mich gebeten, Sie anzurufen und Ihnen zu sagen, wie leid es ihr tut, daß sie...«

»*Merda!*« Tony Rizzoli knallte den Hörer auf die Gabel. *Das ist jetzt schon die zweite Pleite. Wie soll ich so schnell ein anderes Maultier finden?*

Rizzoli wußte, daß er vorsichtig sein mußte. In der Szene munkelte man, ein erfahrener amerikanischer Rauschgiftfahnder sei nach Athen gekommen, um mit den hiesigen Behörden zusammenzuarbeiten. Alle Verkehrswege sollten überwacht, Schiffe und Flugzeuge routinemäßig durchsucht werden.

Und als ob das alles nicht schon genug wäre, gab es ein weiteres Problem. Einer seiner Spitzel – ein krimineller Drogensüchtiger – hatte ihn gewarnt, daß die Polizei damit beginne, Lagerhäuser nach Rauschgift und anderer Schmuggelware zu durchsuchen. Der Druck nahm stetig zu. Es wurde Zeit, die Familie über die Lage aufzuklären.

Tony Rizzoli verließ das Hotel und schlenderte die Patissioustraße hinunter zum Fernmeldeamt.

Er wußte nicht, ob sein Hoteltelefon abgehört wurde, aber er wollte kein Risiko eingehen.

Das Gebäude Patissioustraße 85 war ein großer Sandsteinbau, dessen Giebel von einer Säulenreihe getragen wurde. Rizzoli betrat die Eingangshalle und sah sich um. Die Wände verschwanden hinter zwei Dutzend numerierten Telefonkabinen. In Regalen standen Telefonbücher aus aller Welt. Ein Schalter in der Raummitte war mit vier Beamtinnen besetzt, die Gesprächsanmeldungen entgegennahmen.

Auch Tony Rizzoli stellte sich an. »Guten Morgen«, sagte er, als er an der Reihe war.

»Sie wünschen?«

»Ich möchte ein Auslandsgespräch anmelden.«

»Das kann bis zu einer halben Stunde dauern.«

»Kein Problem.«

»Land und Teilnehmernummer?«

Tony Rizzoli zögerte. »Hier.« Er legte der Beamtin einen Zettel hin. »Ich habe Ihnen alles aufgeschrieben. Ich möchte ein R-Gespräch anmelden.«

»Ihr Name?«

»Brown, Tom Brown.«

»Gut, Mr. Brown. Sie werden aufgerufen, wenn Ihr Gespräch da ist.«

»Danke.«

Er ging zu einer der Wartebänke hinüber und nahm Platz.

Ich könnte versuchen, das Paket in einem Auto zu verstecken, und einen Fahrer anheuern, der es über die Grenze bringt. Aber das wäre zu riskant; die Kontrollen an den Grenzübergängen sind verschärft worden. Vielleicht gelingt's mir, ein weiteres ...

»Mr. Brown ... Mr. Tom Brown ...« Der Name wurde zweimal wiederholt, bevor Rizzoli begriff, daß er damit gemeint war. Er sprang auf und hastete an den Schalter.

»Der Teilnehmer nimmt das Gespräch an. Kabine sieben.«

»Danke. Kann ich übrigens den Zettel zurückhaben, den ich Ihnen gegeben habe? Ich brauche die Nummer noch.«

»Natürlich.« Sie gab ihm den Zettel zurück.

Tony Rizzoli betrat die Kabine und schloß die Tür hinter sich.

»Hallo.«

»Tony? Bist du's?«

»Yeah. Wie geht's, Pete?«

»Wir machen uns ehrlich gesagt ein bißchen Sorgen, Tony. Die Jungs haben damit gerechnet, daß das Paket längst unterwegs sein würde.«

»Hier hat's Schwierigkeiten gegeben.«

»Ist das Paket inzwischen abgeschickt?«

»Nein, es ist noch hier.«

Am anderen Ende entstand eine Pause. »Wir möchten nicht, daß damit etwas passiert, Tony.«

»Da könnt ihr ganz unbesorgt sein. Ich muß nur eine andere Möglichkeit finden, es auf den Weg zu bringen. Hier wimmelt's nur so von gottverdammten Narcs.«

»Wir reden von zehn Millionen Dollar, Tony.«

»Das weiß ich. Keine Angst, ich laß mir was einfallen.«

»Das solltest du tun, Tony. Dir was einfallen lassen.«

Die Verbindung wurde unterbrochen.

Ein Mann in grauem Anzug beobachtete, wie Tony Rizzoli sich in Richtung Ausgang bewegte. Er trat auf die Schalterbeamtin zu.

»*Singnomi.* Sehen Sie den Mann, der da eben hinausgeht?«

Die Frau sah auf. »*Malista?*«

»Ich möchte wissen, welche Nummer er angerufen hat.«

»Tut mir leid, das darf ich Ihnen nicht sagen.«

Der Mann griff in seine Gesäßtasche, zog seine Brieftasche heraus, klappte sie auf und wies eine goldene Plakette vor. »Kriminalpolizei. Inspektor Tinou.«

Ihre Miene wurde etwas weniger abweisend. »Oh! Er hat mir einen Zettel mit der Rufnummer gegeben und ihn dann wieder mitgenommen.«

»Aber Sie haben die Nummer in Ihre Liste eingetragen?«

»O ja, das tun wir immer.«

»Geben Sie mir bitte die Nummer.«

»Natürlich.«

Sie schrieb sie auf einen Zettel, den sie Tinou hinschob. Der Leutnant betrachtete die Rufnummer nachdenklich. Ländervorwahlnummer 0039, Ortskennzahl 91. *Italien. Sizilien. Palermo.*

»Vielen Dank. Wissen Sie zufällig noch, welchen Namen der Mann angegeben hat?«

»Ja. Brown. Tom Brown.«

Das Telefongespräch hatte Tony Rizzoli so nervös gemacht, daß er eine Toilette aufsuchen mußte. *Dieser verdammte Pete Lucca!* Vor sich am Kolonakiplatz sah er ein Schild: *Apochoritirion.* Männer wie Frauen gingen hinein, um dieselben Toiletten zu benutzen. *Und diese Griechen glauben wirklich, sie seien zivilisiert,* dachte Rizzoli. *Widerlich.*

In einer Villa auf den Hügeln über Palermo saßen vier Männer um einen Konferenztisch.

»Der Stoff müßte längst unterwegs sein, Pete«, beschwerte sich einer von ihnen. »Wo liegt das Problem?«

»Das weiß ich selbst nicht genau. Vielleicht bei Tony Rizzoli.«

»Mit Tony hat's bisher nie Schwierigkeiten gegeben.«

»Stimmt – aber manchmal werden Leute geldgierig. Ich bin dafür, daß wir jemanden nach Athen schicken, der nach dem Rechten sieht.«

»Wirklich schade. Ich hab' Tony immer gut leiden können.«

Im Athener Polizeipräsidium in der Stadionstraße 10 fand eine Besprechung statt. Die Teilnehmer waren Polizeipräsident Livreri Dmitri, Inspektor Tinou und ein Amerikaner: Lieutenant Walt Kelly, ein Beamter der Zollfahndung des amerikanischen Finanzministeriums.

»Wir haben von einem geplanten großen Drogenschmuggel erfahren«, sagte Kelly eben. »Der Stoff soll von Athen aus weitertransportiert werden. Der Hauptakteur dürfte Tony Rizzoli sein.«

Inspektor Tinou äußerte sich nicht dazu. Die griechische Polizei hatte es nicht gern, wenn ausländische Kollegen sich einzumischen versuchten. Vor allem Amerikaner waren unbeliebt. *Sie sind immer so verdammt von sich selbst überzeugt!*

Der Polizeipräsident ergriff das Wort. »Unsere Ermittlungen laufen bereits, Lieutenant. Tony Rizzoli hat vor kurzem nach Palermo telefoniert. Wir sind dabei, seinen Gesprächspartner zu ermitteln. Sobald wir seinen Namen haben, wissen wir, für wen Rizzoli arbeitet.«

Das Telefon auf seinem Schreibtisch klingelte. Dmitri und der Inspektor wechselten einen Blick.

Tinou nahm den Hörer ab. »Haben Sie den Namen?« Er hörte einen Augenblick mit ausdrucksloser Miene zu. Dann legte er langsam auf.

»Na?«

»Sie haben den Anschluß ermittelt.«

»Und?«

»Eine öffentliche Telefonzelle mitten in der Stadt.«

»*Gamoto!*«

»Unser Mr. Rizzoli ist sehr ... *ine gata.*«

»Ich verstehe kein Griechisch«, sagte Walt Kelly ungeduldig.

»Entschuldigung, Lieutenant. Er ist verdammt gerissen.«

»Ich möchte, daß Sie seine Überwachung verstärken«, verlangte Kelly.

Diese Arroganz! Dmitri wandte sich an den Inspektor. »Die Beweislage reicht nicht aus, um mehr Leute auf ihn anzusetzen. Sehe ich das richtig?«

»Ganz recht. Wir haben lediglich einen unbestätigten Verdacht.«

Der Polizeipräsident blickte zu Walt Kelly hinüber. »Tut mir leid, aber ich habe nicht genug Leute, um jeden beschatten lassen zu können, der ein Dealer sein könnte.«

»Aber Rizzoli ...«

»Ich versichere Ihnen, daß wir unsere eigenen Quellen haben, Mr. Kelly. Sollten wir weitere Informationen erhalten, wissen wir, wo Sie zu erreichen sind.«

Walt Kelly starrte ihn frustriert an. »Warten Sie lieber nicht zu lange«, sagte er. »Sonst ist das Schiff abgefahren.«

Die Villa in Rafina stand bereit. Der Immobilienmakler hatte zu Constantin Demiris gesagt: »Ich weiß, daß Sie sie möbliert gekauft haben, aber falls Sie einige der Räume neu einrichten lassen wollen...«

»Nein. Alles soll genauso bleiben, wie es ist.«

Genau wie damals, als seine untreue Noelle und ihr Liebhaber Larry ihn betrogen hatten. Er ging durchs Wohnzimmer. *Haben sie sich hier auf dem Teppich geliebt? Im Musikzimmer? In der Küche?* Demiris betrat das Schlafzimmer. In der Ecke stand ein riesiges Bett. *Ihr* Bett, auf dem Douglas Noelles nackten Leib liebkost, auf dem er gestohlen hatte, was Demiris gehörte. Douglas hatte seinen Verrat gebüßt – und würde ihn nochmals büßen.

Demiris starrte das Bett an. *Hier liebe ich Catherine zuerst. Dann in den übrigen Räumen. In einem nach dem anderen.* Er rief Catherine aus der Villa an.

»Hallo.«

»Ich hab' gerade an dich gedacht.«

Tony Rizzoli bekam unerwarteten Besuch aus Sizilien. Als die beiden Männer ohne anzuklopfen in sein Hotelzimmer traten, witterte er sofort Schwierigkeiten. Alfredo Mancuso war groß. Gino Laveri war größer.

Mancuso kam ohne Umschweife zur Sache. »Pete Lucca schickt uns.«

Rizzoli versuchte, cool zu bleiben. »Großartig! Willkommen in Athen. Was kann ich für euch tun, Jungs?«

»Du kannst dir diesen Scheiß sparen, Rizzoli«, antwortete Mancuso. »Pete will wissen, was für 'n Spielchen du spielst.«

»Spielchen? Wovon redet ihr überhaupt? Ich hab' ihm doch erklärt, daß ich ein kleines Problem habe.«

»Darum sind wir hier. Um dir bei der Lösung zu helfen.«

»Augenblick, Jungs!« protestierte Rizzoli. »Das Paket ist hier sicher verbunkert. Sobald ich...«

»Pete will's aber nicht verbunkert haben. Er hat 'ne Menge Geld darin investiert.« Laveri stemmte seine Pranke gegen Rizzolis Brust und stieß ihn rückwärts in einen Sessel. »Ich will's dir erklären, Rizzoli. Wäre dieser Stoff schon wie geplant in New York auf der Straße, könnte Pete das Geld nehmen, es waschen lassen und wieder neu investieren. Verstehst du, was ich meine?«

Wahrscheinlich würde ich mit den beiden Gorillas fertig werden, dachte Rizzoli. Aber er wußte, daß er nicht gegen sie kämpfen würde; er würde gegen Pete Lucca antreten.

»Klar versteh' ich, was du meinst«, sagte er beschwichtigend. »Aber das Geschäft ist viel schwieriger geworden. Die Bullen hier passen verdammt auf und haben sich jetzt sogar mit 'nem Drogenfahnder aus Washington eingedeckt. Ich habe einen Plan...«

»Pete hat auch einen«, unterbrach Laveri ihn. »Weißt du, was er vorhat? Er läßt dir ausrichten, daß er von dir kassieren will, falls der Stoff nicht bis nächste Woche unterwegs ist.«

»He, soviel Geld hab' ich doch nicht!« protestierte Rizzoli. »Ich...«

»Das glaubt Pete auch. Deshalb sind wir hier, um dich auf andere Weise dafür zahlen zu lassen.«

Tony Rizzoli holte tief Luft. »Okay. Ihr könnt ihm sagen, daß alles unter Kontrolle ist.«

»Klar doch. Aber wir bleiben trotzdem hier. Du hast eine Woche Zeit.«

Für Tony Rizzoli war es Ehrensache, nie vor Mittag Alkohol zu trinken, aber als die beiden gegangen waren, öffnete er eine Flasche Scotch und nahm zwei große Schlucke. Er spürte, wie der Whiskey ihn wärmte, aber auch das nützte nichts. *Mir ist nicht mehr zu helfen. Wie kann der Alte sich plötzlich gegen mich stellen? Ich war praktisch sein Sohn – und jetzt soll ich in einer Woche einen Ausweg aus dieser Scheiße finden. Ich brauche schnellstens ein Maultier. Im Spielkasino vielleicht. Dort finde ich am ehesten eins.*

Gegen 22 Uhr abends fuhr Tony Rizzoli nach Loutraki, dem beliebten Spielkasino 75 Kilometer westlich von Athen. Er machte einen Rundgang durch den riesigen Saal, in dem ein reges Treiben herrschte, und beobachtete den Spielbetrieb. Am Roulettetisch gab es immer Verlierer, die bereit waren, für Geld alles zu tun, nur um weiterspielen zu können. Je verzweifelter der Spieler war, desto leichter war er zu kriegen. Rizzoli entdeckte sein Opfer fast augenblicklich: ein schmächtiger, grauhaariger kleiner Mann Anfang Fünfzig, der sich ständig mit einem Taschentuch die Stirn abtupfte. Je mehr er verlor, desto stärker schwitzte er.

Rizzoli beobachtete ihn interessiert. Solche Symptome sah er nicht zum ersten Mal. Dies war der klassische Fall eines zwanghaften Spielers, der mehr verlor, als er sich eigentlich leisten konnte.

Als der Mann seine Jetons verspielt hatte, wandte er sich an den Croupier: »Ich... ich möchte für weitere fünfzig Jetons unterschreiben.«

Der Croupier sah fragend zum Saalchef hinüber.

»Geben Sie sie ihm. Aber das sind die letzten.«

Tony Rizzoli fragte sich, wie hoch seine Schulden bereits sein mochten. Er nahm neben ihm Platz und kaufte einen Stapel Jetons. Roulette war ein Spiel für Dumme, aber Rizzoli verstand es, die Chancen zu nützen, und sein Jetonstapel wuchs stetig, während der kleine Mann weiter verlor. Der Verlierer wechselte verzweifelt zwischen Finale, kleiner Serie und Orphelins hin und her. *Von Roulette hat der Kerl keinen blassen Schimmer,* dachte Rizzoli.

Dann strich der Rechen des Croupiers seine letzten Jetons ein. Der kleine Mann saß wie erstarrt da.

Dann blickte er hoffnungsvoll zu dem Croupier auf. »Könnte ich ...?«

Der Croupier schüttelte den Kopf. »Tut mir leid.«

Der kleine Mann stand seufzend auf.

Rizzoli erhob sich mit ihm. »Schade«, sagte er mitfühlend. »Ich habe mehr Glück gehabt. Kommen Sie, ich lade Sie zu einem Drink ein.«

Der andere blinzelte. Seine Stimme zitterte. »Sehr freundlich von Ihnen, Sir.«

Das ist dein Maultier! Der Mann brauchte Geld und würde sich vermutlich auf die Chance stürzen, für 100 Dollar und ein Flugtikket ein harmloses Paket nach New York zu bringen.

»Mein Name ist Tony Rizzoli.«

»Viktor Korontzis.«

Rizzoli führte Korontzis an die Bar. »Was trinken Sie?«

»Ich ... ich habe leider kein Geld mehr.«

Tony Rizzoli winkte großzügig ab. »Sie sind mein Gast.«

»Danke, dann trinke ich einen Retsina.«

Rizzoli wandte sich an den Ober. »Und einen Chivas Regal mit Eis.«

»Sind Sie als Tourist hier?« fragte Korontzis höflich.

»Ja«, antwortete Rizzoli, »ich mache hier Urlaub. Ein wundervolles Land.«

Korontzis zuckte mit den Schultern. »Schon möglich.«

»Gefällt's Ihnen hier nicht?«

»Oh, unser Land ist schön, das stimmt. Aber es ist so verdammt teuer geworden. Ich meine, alles wird von Tag zu Tag teurer. Wer kein Millionär ist, hat Mühe, Essen auf den Tisch zu bringen – vor allem ein Familienvater mit vier Kindern.« Seine Stimme klang verbittert.

Der ideale Mann! »Was sind Sie von Beruf, Viktor?« erkundigte Rizzoli sich beiläufig.

»Ich bin Kurator in der Athener Staatlichen Sammlung.«

»Wirklich? Und was tut ein Kurator?«

Jetzt sprach etwas Stolz aus Korontzis' Stimme. »Ich bin für die Altertümer zuständig, die in Griechenland ausgegraben werden.« Er trank einen Schluck aus seinem Glas. »Na ja, nicht für alle, versteht sich. Es gibt schließlich noch andere Museen wie das Akropolismuseum oder das Archäologische Nationalmuseum. Aber unser Museum besitzt die wertvollsten Artefakte.«

Tony Rizzoli horchte auf. »Wie wertvoll?«

Viktor Korontzis hob die Achseln. »Die meisten Stücke sind unbezahlbar. Natürlich ist die Ausfuhr von Altertümern gesetzlich verboten. Aber bei uns im Museum gibt's einen kleinen Laden, der Kopien verkauft.«

Rizzolis Verstand arbeitete auf Hochtouren. »Tatsächlich? Wie gut sind diese Kopien?«

»Oh, die sind ausgezeichnet. Nur ein Fachmann könnte sie vom Original unterscheiden.«

»Kommen Sie, trinken wir noch einen«, forderte Rizzoli den kleinen Mann auf.

»Danke. Das ist wirklich sehr freundlich von Ihnen. Aber ich kann mich leider nicht revanchieren.«

Rizzoli winkte lächelnd ab. »Schon gut, Viktor. Übrigens, Sie *können* mir einen Gefallen tun. Ich möchte mir Ihr Museum ansehen. Was Sie davon erzählt haben, klingt faszinierend.«

»Oh, das ist es wirklich!« versicherte Korontzis ihm nachdrücklich. »Es gehört zu den interessantesten Museen der Welt. Ich führe Sie gern einmal durch. Wann hätten Sie denn Zeit?«

»Wie wär's mit morgen vormittag?«

Tony Rizzoli hatte das Gefühl, auf etwas weit Gewinnbringenderes gestoßen zu sein als ein Maultier.

Die Athener Staatliche Sammlung befindet sich unweit des Syntagma-Platzes im Herzen der Stadt. Das Museumsgebäude ist ein prächtiger Bau im Stil eines antiken Tempels mit vier ionischen Säulen, die einen mit vier Statuen geschmückten Giebel tragen, über dem die griechische Fahne weht.

In seinem Inneren sind in weitläufigen Marmorsälen Altertümer aus verschiedenen Perioden der griechischen Geschichte ausgestellt. Alle Räume stehen voller Vitrinen mit kostbarsten Artefakten: Schmuck und Trinkgefäße aus Gold, reichverzierte Schwerter und prunkvolle Opfergefäße. In einer Vitrine liegen vier goldene Grabmasken; eine andere enthält Fragmente uralter Statuen.

Viktor Korontzis führte Tony Rizzoli persönlich. Der Kurator blieb vor einer Vitrine stehen, in der die Statue einer Göttin mit einem Kranz aus Mohnblumen im Haar stand. »Das ist die Mohngöttin«, erklärte er Rizzoli mit gedämpfter Stimme. »Der Kranz symbolisiert ihre Funktion als Bringerin von Schlaf, Träumen, Erleuchtung und Tod.«

»Wieviel ist sie wert?«

Korontzis lachte. »Wenn sie zu verkaufen wäre? Viele Millionen.«

»Tatsächlich?«

Den kleinen Kurator erfüllte offensichtlicher Stolz, während er den Rundgang fortsetzte und auf seine unbezahlbaren Schätze aufmerksam machte. »Dies ist ein Kuroshaupt, um vierzehnhundert vor Christus ... dies ist das Haupt der Athene mit einem korinthischen Helm, um vierzehnhundertfünfzig vor Christus ... und dies ist ein wirkliches Prachtstück. Eine goldene Maske eines Achäers aus dem Königsgrab der Akropolis von Mykene, sechzehntes Jahrhundert vor Christus. Vermutlich stellt sie Agamemnon dar.«

»Was Sie nicht sagen!«

Er führte Tony Rizzoli zu einer weiteren Vitrine mit einer herrlichen Amphore.

»Dies ist mein liebstes Stück«, bekannte Korontzis strahlend. »Ich weiß, daß man als Vater kein Kind vorziehen sollte, aber ich kann nicht dagegen an. Diese Amphore...«

»Sie sieht wie 'ne Vase aus, find' ich.«

»Äh... ja. Diese Vase ist bei den Ausgrabungen in Knossos im Thronsaal entdeckt worden. Wie Sie sehen, zeigen die Darstellungsfragmente das Einfangen eines Stiers mit einem Netz. Im Altertum wurden Opfertiere mit Netzen gefangen, damit ihr geweihtes Blut nicht vorzeitig vergossen wurde, was...«

»Wieviel ist sie wert?« unterbrach Rizzoli ihn.

»Schätzungsweise zehn Millionen Dollar.«

Der Amerikaner runzelte die Stirn. *»Dafür?«*

»Allerdings! Sie stammt schließlich aus der frühminoischen Periode um dreitausend vor Christus.«

Rizzoli sah sich im Saal um, in dem Dutzende von Vitrinen standen.

»Ist alles dieses Zeug so wertvoll?«

»Nein, nein – nur die wirklichen Altertümer. Sie geben uns Aufschluß über das Leben der alten Zivilisationen und sind natürlich unersetzlich. Kommen Sie, ich möchte Ihnen noch etwas zeigen.«

Tony folgte Korontzis in den nächsten Saal. Dort blieben sie vor einer Eckvitrine stehen.

Viktor Korontzis zeigte auf eine Vase. »Sie gehört zu unseren größten Schätzen: eines der frühesten Beispiele für den Symbolismus phonetischer Zeichen. Dieser Kreis mit dem Kreuz ist die Figur des Ka, eines der frühesten Schriftzeichen, mit dem der Mensch den Kosmos symbolisiert hat. Es gibt insgesamt nur...«

Das ist doch scheißegal! »Wieviel ist sie wert?«

Der kleine Mann seufzte. »Das Lösegeld eines Königs.«

Als Tony Rizzoli an diesem Vormittag das Museumsgebäude verließ, gingen ihm Zahlen durch den Kopf, die seine kühnsten Träume überstiegen. Durch einen phantastischen Glückszufall war er auf eine Goldmine gestoßen. Er hatte ein Maultier gesucht – und statt dessen den Schlüssel zu einer wahren Schatzkammer gefunden.

Die Gewinne aus dem Heroingeschäft mußten durch sechs geteilt werden. Niemand war dämlich genug zu versuchen, die Familie reinzulegen – aber diese Sache mit den Altertümern war etwas völlig anderes. Gelang es ihm, so etwas aus Griechenland hinauszuschmuggeln, war das ein Nebenerwerb, dessen Gewinne allein ihm gehörten. Rizzoli hatte allen Grund, in Hochstimmung zu sein. *Jetzt muß ich mir nur noch überlegen, wie ich den Fisch ködere. Die Suche nach einem Maultier hat Zeit bis später.*

An diesem Abend lud Tony Rizzoli seinen neuen Freund in den etwas anrüchigen Nachtclub Mostroph Athena ein, dessen attraktive Hostessen nach der Show zur Unterhaltung der Gäste zur Verfügung standen.

»Was halten Sie davon, wenn wir zwei Miezen mitnehmen und uns ein bißchen amüsieren?« schlug Rizzoli vor.

»Ich müßte heim zu meiner Familie«, wandte Korontzis ein. »Außerdem kann ich mir so was leider nicht leisten.«

»He, Sie sind mein Gast! Ich kriege großzügige Spesen. Kostet mich keinen Cent.«

Rizzoli sorgte dafür, daß eines der Mädchen Korontzis mit auf ihr Zimmer nahm.

»Kommen Sie denn nicht mit?« fragte der kleine Mann.

»Ich hab' noch was zu erledigen«, behauptete Tony. »Fahren Sie ruhig voraus. Alles ist schon geregelt.«

Am nächsten Morgen erschien Tony Rizzoli wieder im Museum, in dessen Sälen sich Touristen drängten, um die antiken Schätze zu bewundern.

Korontzis führte den Amerikaner in sein Büro. Er errötete tatsächlich. »Ich... ich weiß gar nicht, wie ich Ihnen für letzte Nacht danken soll, Tony. Sie... es ist wunderbar gewesen!«

Tony Rizzoli winkte lächelnd ab. »Wozu hat man schließlich Freunde, Viktor.«

»Aber ich kann mich doch nicht revanchieren!«

»Das erwarte ich auch nicht«, erklärte Rizzoli ihm ernsthaft. »Sie gefallen mir. Ich bin gern mit Ihnen zusammen. Übrigens findet heute in einem der Hotels eine kleine Pokerpartie statt. Ich spiele mit. Hätten Sie vielleicht auch Interesse?«

»Danke. Ich würd' gern mitmachen, aber...« Er zuckte mit den Schultern. »Ich lass' lieber die Finger davon.«

»Seien Sie kein Spielverderber! Vergessen Sie Ihre Geldsorgen. Ich schieße Ihnen den Einsatz vor.«

Korontzis schüttelte den Kopf. »Sie sind schon zu großzügig zu mir gewesen. Sollte ich verlieren, könnte ich Ihnen das Geld nicht zurückzahlen.«

Tony Rizzoli grinste. »Wer redet denn von verlieren? Das Ganze ist 'ne abgekartete Sache.«

»Abgekartete Sache? Ich... das verstehe ich nicht, fürchte ich.«

»Mein Freund Otto Dalton hat diesen Abend organisiert und hält die Bank«, erklärte Rizzoli ihm ruhig. »In Athen gibt's ein paar reiche amerikanische Touristen, die gern pokern, und Otto und ich wollen bei ihnen absahnen.«

Korontzis starrte ihn mit großen Augen an. »Absahnen? Soll das heißen, daß Sie... daß Sie betrügen wollen?« Er fuhr sich mit der Zungenspitze über die Lippen. »So was hab' ich noch nie gemacht.«

Rizzoli nickte mitfühlend. »Okay, ich verstehe. Falls Sie Gewissensbisse haben, sollten Sie die Finger davon lassen. Ich hab' mir nur gedacht, daß Sie dabei ohne viel Mühe zwei- bis dreitausend Dollar kassieren könnten.«

Viktor Korontzis riß die Augen noch weiter auf. »Zwei- bis dreitausend *Dollar*?«

»Klar doch. Mindestens.«

Der kleine Mann fuhr sich erneut mit der Zungenspitze über die Lippen. »Ich... ich... ist das nicht gefährlich?«

Tony Rizzoli lachte. »Wenn's das wäre, wär' ich nicht dabei, stimmt's? Die Sache ist ein Kinderspiel. Als ›Künstler‹ ist Otto unerreicht. Er gibt Ihnen jede beliebige Karte von oben, von unten oder aus der Mitte. Obwohl er schon seit Jahren so arbeitet, ist er noch nie erwischt worden.«

Korontzis saß da und starrte den Amerikaner an.

»Wieviel... wieviel würde ich brauchen, um mitspielen zu können?«

»Ungefähr fünfhundert Dollar. Aber ich mache Ihnen einen Vorschlag. Die Sache ist so einfach, daß ich Ihnen die fünfhundert leihe, und falls Sie das Geld doch verlieren, brauchen Sie's nicht mal zurückzuzahlen.«

»Das ist sehr großzügig von Ihnen, Tony. Warum... warum tun Sie das für mich?«

»Ganz einfach«, antwortete Rizzoli im Brustton tiefster Überzeugung. »Wenn ich einen anständigen, fleißigen Mann wie Sie sehe, dessen verantwortliche Stellung als Kurator in einem der wichtigsten Museen der Welt vom Staat nicht mal soweit gewürdigt wird, daß er ein ordentliches Gehalt kriegt, und der Mühe hat, seine Familie zu ernähren – nun, das geht mir ehrlich gesagt gegen den Strich, Viktor. Wie lange liegt Ihre letzte Gehaltserhöhung schon zurück?«

»Hier... hier gibt's keine Gehaltserhöhungen.«

»Da haben wir's! Hören Sie mir mal gut zu. Sie haben die Wahl, Viktor. Sie können sich heute abend von mir einen kleinen Gefallen tun lassen, damit Sie ein paar tausend Dollar verdienen und für 'ne ganze Weile besser leben können. Oder Sie können bis ans Ende Ihrer Tage weiter von der Hand in den Mund leben.«

»Ich... ich weiß nicht recht, Tony. Ich bin kein Mensch, der...«

Tony Rizzoli stand auf. »Gut, ich verstehe. Ich bin wahrscheinlich in ein, zwei Jahren wieder in Athen – vielleicht können wir uns dann mal zusammensetzen. Hat mich gefreut, Ihre Bekanntschaft zu machen, Viktor.« Er ging zur Tür.

Korontzis traf seine Entscheidung. »Warten Sie doch! Ich... ich möchte heute abend mitkommen.«

Er hatte angebissen. »He, das ist großartig!« sagte Tony Rizzoli. »Ich freue mich wirklich, Ihnen ein bißchen helfen zu können.«

Viktor Korontzis zögerte. »Verzeihen Sie, aber ich möchte sichergehen, daß ich Sie richtig verstanden habe. Sie haben gesagt, daß ich die fünfhundert Dollar nicht zurückzuzahlen brauche, falls ich sie verliere?«

»Stimmt!« bestätigte Rizzoli. »Aber Sie können gar nicht verlieren. Dafür sorgt mein Freund Otto.«

»Und wo soll gespielt werden?«

»Zimmer vierhundertdreißig im Hotel Metropol. Um zweiundzwanzig Uhr. Sagen Sie Ihrer Frau, daß Sie Überstunden machen müssen.«

12

Außer Tony Rizzoli und Viktor Korontzis waren vier Männer in dem Hotelzimmer.

»Ich möchte Sie mit meinem Freund Otto Dalton bekannt machen«, sagte Rizzoli. »Viktor Korontzis.«

Die beiden Männer schüttelten sich die Hand.

Rizzoli musterte die anderen drei. »Diese Gentlemen kenne ich noch nicht, glaub' ich.«

Otto Dalton übernahm die Vorstellung.

»Perry Breslauer aus Detroit ... Marvin Seymour aus Houston ... Sal Prizzi aus New York.«

Viktor Korontzis nickte ihnen wortlos zu, weil er seiner Stimme nicht traute.

Otto Dalton war ein hagerer, liebenswürdiger Sechziger mit silbergrauen Haaren. Perry Breslauer war einige Jahre jünger, aber sein verkniffenes Gesicht wies tiefe Falten auf. Marvin Seymour war ein dicker, freundlicher, bebrillter Mittfünfziger. Sal Prizzi war ein Baum von einem Mann, ein muskelbepackter Hüne mit riesigen Pranken. Er hatte kleine, böse Augen, und sein Gesicht war durch Messernarben entstellt.

Tony Rizzoli hatte Korontzis vor dem Spiel über die Beteiligten informiert. *Die drei Typen haben massenhaft Geld. Sie können sich hohe Verluste leisten. Seymour gehört eine Versicherungsgesellschaft, Breslauer ist ein großer Autohändler mit Filialen in ganz Amerika, und Prizzi steht an der Spitze einer großen Gewerkschaft.*

Otto Dalton ergriff das Wort. »Können wir anfangen, Gentlemen? Die weißen Chips kosten fünf Dollar, die blauen zehn, die roten fünfundzwanzig und die schwarzen fünfzig. Wie viele darf ich Ihnen geben?«

Korontzis legte die 500 Dollar, die Tony Rizzoli ihm geliehen hatte, vor sich auf den Tisch. *Nein, nicht geliehen – geschenkt.* Der kleine Mann sah zu Rizzoli hinüber und lächelte. *Was für ein wundervoller Freund er ist!*

Die anderen Männer zogen dicke Geldscheinrollen aus ihren Taschen.

Korontzis hatte plötzlich wieder Bedenken. Was war, wenn irgendwas schiefging und er die 500 Dollar verspielte? Aber er schob diesen Gedanken mit einem Schulterzucken beiseite. Sein Freund Tony würde dafür sorgen, daß das nicht passierte. Und wenn er *gewann* ... Korontzis empfand ein Gefühl jäher Euphorie.

Das Spiel begann.

Der Bankhalter sagte an, was gespielt wurde. Bei zuerst noch niedrigen Einsätzen gab es Stud Poker mit fünf Karten, Stud Poker mit sieben Karten, Draw Poker und High-Low.

Zu Anfang waren die Gewinne und Verluste gleichmäßig verteilt, aber dann wendete sich das Blatt allmählich.

Viktor Korontzis und Tony Rizzoli schienen nichts falsch machen zu können. Hatten sie mäßige Karten, hatten die anderen schlechte. Hatten die anderen gute Karten, hatten Korontzis und Rizzoli bessere.

Viktor Korontzis wagte kaum, seinem Glück zu trauen. Als der Abend zu Ende ging, hatte er fast 2000 Dollar gewonnen. Das reinste Wunder!

»Ihr habt verdammt Glück gehabt, Jungs«, knurrte Seymour.

»Allerdings!« stimmte Breslauer zu. »Gebt ihr uns morgen abend Revanche?«

»Ich rufe euch an«, versprach Rizzoli ihnen.

»Ich kann's nicht glauben!« rief Korontzis aus, als die anderen gegangen waren. »Zweitausend Dollar!«

Tony Rizzoli lachte. »Das ist noch gar nichts. Ich hab' dir doch gesagt, daß Otto einer der besten ›Künstler‹ in der Branche ist. Diese Jungs brennen darauf, morgen ihr Geld zurückzugewinnen. Machst du wieder mit?«

»Darauf kannst du wetten!« Korontzis grinste breit. »Ich hab' eben einen Scherz gemacht, glaub' ich.«

Am nächsten Abend gewann Viktor Korontzis mehr als 3000 Dollar.

»Phantastisch!« erklärte er Rizzoli. »Aber schöpfen die denn keinen Verdacht?«

»Natürlich nicht. Ich gehe jede Wette ein, daß sie morgen vorschlagen werden, die Einsätze zu erhöhen. Sie bilden sich ein, sie könnten ihr Geld zurückgewinnen. Bist du wieder dabei?«

»Klar, Tony, ich bin dabei.«

»Wißt ihr, bisher sind wir die großen Verlierer«, meinte Sal Prizzi, als das Spiel beginnen sollte. »Wie wär's, wenn wir die Einsätze erhöhen würden?«

Tony Rizzoli blinzelte Korontzis zu.

»Von mir aus gern«, antwortete Rizzoli. »Wie sieht's mit euch aus, Jungs?«

Alle nickten zustimmend.

Otto Dalton stapelte Chips vor sich auf. »Die weißen Chips sind fünfzig Dollar, die blauen hundert, die roten fünfhundert, die schwarzen tausend.«

Viktor Korontzis sah unbehaglich zu Rizzoli hinüber. Mit so hohen Einsätzen hatte er nicht gerechnet.

Der Amerikaner nickte ihm beruhigend zu.

Das Spiel begann.

Es ging wie gewohnt weiter. Viktor Korontzis' Hände schienen Zauberkräfte zu besitzen. Seine Karten waren unweigerlich besser als die der anderen. Auch Tony Rizzoli gewann – allerdings etwas weniger.

»Scheißkarten!« knurrte Prizzi. »Ich will neue!«

Otto Dalton riß bereitwillig die Zellophanhülle eines neuen Spiels auf.

Korontzis blickte zu Tony Rizzoli hinüber und lächelte. Er wußte, daß ihr Glück sie auch mit neuen Karten nicht verlassen würde.

Um Mitternacht ließen sie sich Sandwiches heraufschicken. Die Spieler machten eine Viertelstunde Pause.

Tony Rizzoli nahm Korontzis beiseite. »Ich habe Otto gesagt, daß er sie ein bißchen schmieren soll«, erklärte er ihm flüsternd.

»Das verstehe ich nicht.«

»Er soll sie ein paarmal gewinnen lassen. Wenn sie dauernd verlieren, haben sie keine Lust mehr und hören auf. Und wenn sie dann glauben, heiß zu sein, erhöhen wir den Einsatz noch mal und kassieren richtig ab.«

Viktor Korontzis zögerte. »Ich habe schon soviel gewonnen, Tony. Sollten wir nicht aufhören, solange wir...?«

Tony Rizzoli sah ihm in die Augen und fragte: »Viktor, wie würd's dir gefallen, heute nacht mit fünfzigtausend Dollar in der Tasche von hier wegzugehen?«

Als das Spiel fortgesetzt wurde, begannen Breslauer, Prizzi und Seymour zu gewinnen. Korontzis hatte weiter gute Karten, aber die der anderen waren besser.

Otto Dalton ist ein Genie, dachte Korontzis. Obwohl er ihm beim Geben scharf auf die Finger sah, hatte er bisher keine Unregelmäßigkeiten entdecken können.

Als das Spiel weiterging, verlor Viktor Korontzis stetig. Trotzdem machte er sich keine Sorgen. In ein paar Minuten, wenn sie die anderen genug – wie war doch gleich der Fachausdruck? – *geschmiert* hatten, würden er und Dalton und Rizzoli zum großen Schlag ausholen.

Sal Prizzi lachte hämisch. »Ihr Burschen scheint ein bißchen abgekühlt zu sein, was?«

Tony Rizzoli nickte bedauernd. »Sieht so aus, was?« Er warf Korontzis einen verschwörerischen Blick zu.

»Na ja, keiner kann ewig gewinnen«, meinte Marvin Seymour.

Perry Breslauer meldete sich zu Wort. »Was haltet ihr davon, wenn wir den Einsatz noch mal erhöhen, damit wir 'ne echte Chance haben, unser Geld zurückzugewinnen?«

Tony Rizzoli gab vor, über seinen Vorschlag nachzudenken. »Ich weiß nicht recht«, sagte er zögernd. Er wandte sich an Viktor Korontzis. »Was hältst du davon, Viktor?«

Wie würd's dir gefallen, heute nacht mit fünfzigtausend Dollar in der Tasche von hier wegzugehen? Davon könnte ich mir ein Haus und ein neues Auto kaufen. Ich könnte mit der Familie in Urlaub fahren ... Korontzis zitterte beinahe vor Aufregung. Er rang sich ein Lächeln ab. »Warum nicht?«

»Okay«, entschied Sal Prizzi. »Wir spielen um die Einsätze auf dem Tisch – ohne Limit!«

Sie spielten Draw Poker mit fünf Karten. Die Karten wurden gegeben.

»Ich fange an«, sagte Perry Breslauer. »Ich eröffne mit fünftausend Dollar.«

Viktor Korontzis hatte zwei Damen auf der Hand. Er zog drei Karten und erhielt eine weitere Dame.

Tony Rizzoli begutachtete sein Blatt und sagte: »Noch tausend.«

Marvin Seymour studierte seine Karten. »Ich gehe mit – und erhöhe um zweitausend.«

Otto Dalton warf seine Karten hin. »Da kann ich nicht mithalten.«

»Ich gehe mit«, entschied Sal Prizzi.

Den Pot gewann Marvin Seymour mit einem Straight.

Beim nächsten Mal erhielt Korontzis eine Acht, eine Neun, eine Zehn und den Herzbuben. Noch eine Karte, dann hatte er einen Straight Flush!

»Ich setze tausend Dollar«, verkündete Dalton.

»Ich gehe mit und erhöhe um tausend.«

»Und ich erhöhe um weitere tausend«, sagte Sal Prizzi.

Nun war Korontzis an der Reihe. Er glaubte zu wissen, daß ein Straight Flush alles schlagen würde, was die anderen hatten. Dazu brauchte er nur noch eine Karte.

»Ich will sehen, was ihr habt.« Er zog eine Karte und ließ sie vor sich liegen, weil er nicht wagte, sie aufzudecken.

Breslauer legte seine Karten hin. »Ein Viererpaar und ein Zehnerpaar.«

Prizzi zeigte sein Blatt vor. »Drei Siebener.«

Alle sahen jetzt zu Korontzis hinüber. Er holte tief Luft und nahm die Karte auf, die er gezogen hatte. Sie war schwarz. »Geplatzt«, sagte er angewidert und warf seine Karten auf den Tisch.

Die Einsätze wurden immer höher.

Der Stapel Chips von Viktor Korontzis war fast völlig zusammengeschmolzen. Der kleine Mann blickte sorgenvoll zu Tony Rizzoli hinüber.

Rizzoli lächelte beschwichtigend, als wollte er sagen: *Kein Grund zur Sorge!*

Die nächste Runde wurde mit Rizzolis Einsatz eröffnet.

Die Karten wurden gegeben.

»Ich eröffne mit tausend Dollar.«

Perry Breslauer: »Ich erhöhe um tausend.«

Marvin Seymour: »Und ich um zweitausend.«

Sal Prizzi: »Wißt ihr was, Jungs? Ich glaube, daß ihr nur blufft. Ich erhöhe noch mal um fünf.«

Viktor Korontzis hatte sich sein Blatt noch nicht angesehen. *Wann hört das verdammte Schmieren endlich auf?*

»Viktor?«

Korontzis griff langsam nach seinem Blatt und fächerte die Karten nacheinander auf. Ein As, noch ein As, ein drittes As, ein König und ein Zehner. Sein Puls begann zu jagen.

»Spielen Sie mit?«

Er lächelte in sich hinein. *Ab sofort wird nicht mehr geschmiert!* Er würde einen weiteren König bekommen, damit er ein Full House hatte. Er legte den Zehner ab und bemühte sich, ganz ruhig zu sprechen. »Ich geh' mit. Bitte eine Karte.«

»Ich nehme zwei«, sagte Otto Dalton. Er betrachtete sein Blatt. »Ich erhöhe um tausend.«

Tony Rizzoli schüttelte den Kopf. »Da kann ich nicht mithalten.« Er warf seine Karten hin.

»Ich gehe mit«, sagte Prizzi, »und erhöhe um fünf.«

Marvin Seymour warf seine Karten hin. »Ich bin draußen.«

Jetzt mußte die Entscheidung zwischen Viktor Korontzis und Sal Prizzi fallen.

»Wollen Sie mein Blatt sehen?« fragte Prizzi. »Das kostet Sie weitere fünftausend.«

Viktor Korontzis betrachtete seine Chips. Er hatte nur noch 5000 Dollar. *Aber wenn ich diesmal gewinne ...* Er starrte sein Blatt erneut an. Es war unschlagbar. Korontzis schob seine Chips in die Tischmitte und zog eine Karte – einen Fünfer. Aber er hatte noch immer die drei Asse. Er deckte seine Karten auf. »Drei Asse.«

Prizzi breitete sein Blatt aus. »Vier Zweier.«

Korontzis sah benommen zu, wie Prizzi die gewonnenen Chips einstrich. Er hatte irgendwie das Gefühl, seinen Freund Tony im Stich gelassen zu haben. *Hätte ich nur durchgehalten, bis wir wieder gewonnen hätten ...*

Diesmal gab Prizzi. »Stud mit sieben Karten«, kündigte er an. »Wir beginnen mit tausend Dollar.«

Viktor Korontzis sah hilflos zu Tony Rizzoli hinüber. »Ich habe kein ...«

»Schon in Ordnung«, beruhigte Rizzoli ihn. Er wandte sich an seine Landsleute. »Hört zu, Jungs, Viktor ist heute nicht mehr dazugekommen, genügend Geld abzuheben, aber ich garantiere euch, daß er kreditwürdig ist. Ich schlage vor, daß wir ihm Kredit geben und nach Spielende abrechnen.«

»Augenblick!« sagte Prizzi. »Mann, wir sind kein gottverdammtes Finanzierungsbüro! Wir kennen Viktor Korontzis überhaupt nicht. Woher sollen wir also wissen, daß er zahlt?«

»Ich gebe Ihnen mein Wort darauf«, versicherte Tony Rizzoli ihm. »Otto kann sich für mich verbürgen.«

Otto Dalton meldete sich zu Wort. »Wenn Tony sagt, daß Mister Korontzis in Ordnung ist, ist er in Ordnung.«

Sal Prizzi zuckte mit den Schultern. »Okay, von mir aus kann er weiterspielen.«

»Einverstanden«, sagte Perry Breslauer, und Marvin Seymour nickte zustimmend.

Otto Dalton wandte sich an Viktor Korontzis. »Wieviel wollen Sie?«

»Geben Sie ihm zehntausend«, verlangte Tony Rizzoli.

Korontzis sah überrascht zu ihm hinüber. Zehntausend Dollar waren mehr, als er in zwei Jahren verdiente. Aber Rizzoli wußte natürlich genau, was er tat.

Viktor Korontzis schluckte trocken. »Äh... zehntausend, bitte.«

Wenig später hatte Korontzis wieder einen Stapel Chips vor sich.

In dieser Nacht waren die Karten Viktor Korontzis feindlich gesonnen. Bei steigenden Einsätzen schwanden seine Chips rasch dahin. Auch Tony Rizzoli verlor stetig.

Um zwei Uhr legten sie eine Pause ein. Korontzis zog Tony Rizzoli mit sich in eine Ecke.

»So kann's nicht weitergehen!« flüsterte Korontzis in panischer Angst. »Mein Gott, weißt du, wieviel Geld ich schon schuldig bin?«

»Mach dir keine Sorgen, Viktor. Ich habe auch schon viel verloren. Aber ich habe Otto das Zeichen gegeben. Jetzt geht's andersrum lang, und wir kassieren richtig ab.«

Sie nahmen wieder ihre Plätze ein.

»Geben Sie meinem Freund noch mal fünfundzwanzigtausend«, verlangte Tony Rizzoli.

Marvin Seymour runzelte die Stirn. »Wissen Sie bestimmt, daß er weiterspielen will?«

Rizzoli wandte sich an Viktor Korontzis. »Die Entscheidung liegt bei dir.«

Korontzis zögerte noch. *Ich habe Otto das Zeichen gegeben. Jetzt geht's andersrum lang.* »Ich mache weiter.«

»Okay.«

Nun waren wieder 25 000 Dollar in Chips vor Korontzis aufgestapelt. Er betrachtete sie und hatte plötzlich das Gefühl, jetzt würde nichts mehr schiefgehen.

Diesmal gab Otto Dalton. »Gentlemen, wir spielen Stud mit fünf Karten. Der Einsatz beträgt tausend Dollar.«

Die Spieler schoben ihre Chips in die Tischmitte.

Dalton gab jedem fünf Karten. Korontzis ließ seine unberührt liegen. *Ich warte noch,* dachte er. *Das bringt Glück.*

»Ich höre«, sagte Otto Dalton.

Marvin Seymour, der rechts neben ihm saß, studierte sein Blatt einen Augenblick lang. »Ich steige aus.« Er warf seine Karten auf den Tisch.

Dann war Sal Prizzi an der Reihe. »Ich gehe mit und erhöhe um tausend.« Er schob den Einsatz in die Tischmitte.

Tony Rizzoli betrachtete seine Karten und hob die Achseln. »Ich steige aus.« Auch er warf sein Blatt auf den Tisch.

Perry Breslauer grinste, während er seine Karten begutachtete. »Ich gehe mit und erhöhe noch mal um fünftausend.«

Jetzt würde Korontzis 6000 Dollar setzen müssen, um im Spiel bleiben zu können. Er griff langsam nach seinen Karten, fächerte sie auf und wollte seinen Augen kaum trauen. Er hielt einen Straight Flush in der Hand: Fünfer, Sechser, Siebener, Achter und Neuner in Herz. Ein perfektes Blatt! Tony hatte also recht behalten. *Gott sei Dank!* Korontzis bemühte sich, keine Aufregung zu zeigen. »Ich gehe mit und erhöhe um weitere fünftausend.« Dies war das Blatt, das ihn zum reichen Mann machen würde.

Dalton warf seine Karten auf den Tisch. »Nichts für mich. Ich steige aus.«

»Jetzt bin ich an der Reihe«, sagte Sal Prizzi. »Ich glaube, daß Sie bluffen, Freundchen. Ich gehe mit und erhöhe um weitere fünf.«

Viktor Korontzis spürte, wie sein Herz jagte. Er hielt das Blatt seines Lebens in der Hand. Und vor ihm lag der höchste Einsatz dieses Abends.

Perry Breslauer studierte seine Karten. »Ich gehe mit und erhöhe noch mal um fünf, Jungs.«

Nun war wieder Viktor Korontzis dran. Er holte tief Luft. »Ich gehe mit und erhöhe um fünf.« Er zitterte beinahe vor Erregung und mußte sich beherrschen, um nicht nach den Chips zu greifen und sie an sich zu raffen.

Perry Breslauer breitete mit triumphierendem Grinsen seine Karten aus. »Drei Könige.«

Ich habe gewonnen! dachte Viktor Korontzis. »Tut mir leid, das reicht nicht«, sagte er lächelnd. »Ein Straight Flush.« Er legte sein Blatt ab und wollte die Chips einstreichen.

»Halt!« Sal Prizzi ließ langsam seine Karten sinken. »Royal Flush. Zehner bis As in Karo.«

Viktor Korontzis wurde leichenblaß. Ihm war schlecht, und sein Puls begann zu flattern.

»Jesus!« rief Tony Rizzoli aus. »Zwei gottverdammte Flushes?« Er sah zu Korontzis hinüber. »Tut mir leid für dich, Viktor. Ich ... ich weiß gar nicht, was ich sagen soll.«

»Ich glaube, das war's für heute, Gentlemen«, stellte Otto Dalton fest. Nachdem er kurz auf seinem Zettel gerechnet hatte, wandte er sich an Viktor Korontzis. »Sie sind fünfundsechzigtausend Dollar schuldig.«

Korontzis starrte Tony Rizzoli benommen an. Rizzoli zuckte hilflos mit den Schultern. Viktor Korontzis zog ein Taschentuch heraus und tupfte sich die Stirn ab.

»Wie wollen Sie das zahlen?« fragte Dalton. »Bar oder mit Scheck?«

»Ich nehme keine Schecks«, stellte Prizzi fest. Er starrte Korontzis durchdringend an. »Ich nehme nur Bargeld.«

»Ich ... ich ...« Die Worte wollten nicht heraus. Er merkte, daß er zitterte. »Ich ... ich habe nicht soviel ...«

Sal Prizzi machte ein finsteres Gesicht. »*Was* haben Sie nicht?«

»Augenblick!« warf Tony Rizzoli ein. »Viktor will nur sagen, daß er's nicht *bei sich* hat. Ich habe Ihnen doch gesagt, daß er kreditwürdig ist.«

»Das bringt mir nichts, Rizzoli. Ich will Bares sehen, kapiert?«

»Keine Angst, Sie kriegen Ihr Geld«, versicherte Tony Rizzoli ihm. »Sie kriegen es spätestens in ein paar Tagen.«

Sal Prizzi sprang auf. »Wollen Sie mich verscheißern? Ich bin kein Kreditbüro. Ich will das Geld spätestens morgen.«

»Okay, Sie kriegen es morgen von ihm.«

Viktor Korontzis hatte das Gefühl, in einem schrecklichen Alptraum gefangen zu sein, aus dem es keinen Ausweg gab. Er saß wie gelähmt da und nahm kaum wahr, daß die anderen gingen. Zuletzt war er mit Tony Rizzoli allein.

Korontzis war völlig benommen. »Soviel Geld kann ich niemals auftreiben«, ächzte er. »Niemals!«

Rizzoli legte ihm eine Hand auf die Schulter. »Ich weiß gar nicht, was ich sagen soll, Viktor. Ich habe keine Ahnung, was schiefgegangen ist. Wahrscheinlich habe ich heute nacht nicht weniger als du verloren.«

Viktor Korontzis wischte sich Tränen aus den Augen. »Aber ... aber du kannst's dir leisten, Tony. Ich ... ich kann's nicht. Ich muß ihnen erklären, daß ich nicht zahlen kann.«

»An deiner Stelle würd' ich mir das gut überlegen, Viktor«, sagte der Amerikaner. »Sal Prizzi ist Boß der Hafenarbeitergewerkschaft an der Ostküste. Wie man hört, sind das verdammt rauhe Burschen.«

»Ich kann aber nichts dagegen machen. Wenn ich das Geld nicht habe, hab' ich's nicht. Was können sie mir schon tun?«

»Das will ich dir erklären«, antwortete Rizzoli ernsthaft. »Er kann seine Jungs losschicken, damit sie dir beide Kniescheiben zerschießen. Dann kannst du nie mehr gehen. Er kann sie losschicken, damit sie dir Säure in die Augen schütten. Dann kannst du nie mehr sehen. Und während du diese gräßlichen Schmerzen hast, überlegt er sich, ob er dich so weiterleben oder ermorden lassen will.«

Viktor Korontzis, der kreidebleich geworden war, starrte ihn an. »Soll . . . soll das ein Scherz sein?«

»Ich wollt', es wär' einer. Dabei ist alles meine Schuld, Viktor. Ich hätte niemals zulassen dürfen, daß du mit einem Kerl wie Prizzi pokerst. Der Mann ist ein Killer.«

»O mein Gott! Was soll ich bloß tun?«

»Hast du irgendeine Möglichkeit, das Geld aufzutreiben?«

Korontzis begann hysterisch zu lachen. »Tony, ich . . . ich kann doch kaum meine Familie ernähren.«

»Okay, dann kann ich dir nur raten, aus Athen zu verschwinden, Viktor. Am besten sogar aus Griechenland. Du mußt dich irgendwo verstecken, wo Prizzi dich nicht findet.«

»Das kann ich nicht!« jammerte Viktor Korontzis. »Ich habe eine Frau und vier Kinder.« Er starrte Tony Rizzoli vorwurfsvoll an. »Du hast gesagt, das Ganze sei ein Deal, bei dem wir nicht verlieren könnten. Du hast mir versichert, wir . . .«

»Ja, ich weiß. Und es tut mir aufrichtig leid. Bisher hat es immer geklappt. Für diese Pleite gibt's nur eine Erklärung: Sal Prizzi muß betrogen haben.«

Korontzis atmete hoffnungsvoll auf. »Gut, wenn er betrogen hat, brauche ich nicht zu zahlen.«

»So einfach ist die Sache leider nicht, Viktor«, erklärte Rizzoli ihm geduldig. »Wenn du ihm vorwirfst, betrogen zu haben, bringt er dich um, und wenn du nicht zahlst, bringt er dich auch um.«

»O mein Gott!« ächzte Korontzis. »Ich bin ein toter Mann.«

»Viktor, es tut mir so leid. Hast du wirklich keine Möglichkeit, das Geld irgendwo aufzutreiben?«

»Das würde hundert Leben dauern. Tausend Leben. Mein Haus ist mit Hypotheken belastet. Woher sollte ich ...?«

»Augenblick, Viktor, mir ist was eingefallen! Hast du mir nicht erzählt, daß die meisten Ausstellungsstücke eures Museums sehr kostbar sind?«

»Ja, aber was hat das mit meinen ...?«

»Laß mich ausreden. Du hast gesagt, die Kopien seien so gut wie die Originale.«

»Das sind sie natürlich nicht. Jeder Fachmann könnte sie sofort ...«

»Halt! Langsam, Viktor. Was wäre, wenn eines eurer kostbaren Stücke durch eine Kopie ersetzt würde? Ich meine, als ich im Museum war, habe ich dort ganze Touristenhorden gesehen. Würde denen der Unterschied auffallen?«

»Nein, aber ... Ich ... ich weiß, worauf du hinauswillst. Nein, das könnte ich niemals!«

»Ich verstehe, Viktor«, sagte der Amerikaner beruhigend. »Ich hab' nur gedacht, das Museum könnte vielleicht ein einziges kleines Ausstellungsstück entbehren. Ihr habt doch so viele ...«

Viktor Korontzis schüttelte den Kopf. »Ich bin seit fast zwanzig Jahren der Kurator dieses Museums. An so was mag ich nicht mal denken!«

»Entschuldige, ich hätte es nicht vorschlagen dürfen. Ich bin nur darauf gekommen, weil es dir das Leben retten könnte.« Rizzoli stand auf und reckte sich. »Hmmm, schon verdammt spät. Deine Frau wird sich fragen, wo du so lange bleibst.«

Viktor Korontzis starrte ihn an. »Es könnte mir das Leben retten? Wie denn?«

»Ganz einfach. Würdest du eine dieser Antiquitäten ...«

»Altertümer.«

»Würdest du eines dieser Altertümer aus dem Museum mitnehmen und mir übergeben, könnte ich's im Ausland für dich verkaufen und Sal Prizzi auszahlen. Ich glaube, daß ich ihn dazu überreden könnte, bis dahin stillzuhalten. Und du brauchtest dir keine Sorgen mehr zu machen. Du weißt selbst, was ich damit riskieren würde, denn wer mit Altertümern im Gepäck erwischt wird . . . Aber ich biete es dir an, weil ich das Gefühl habe, dir etwas schuldig zu sein. Schließlich ist's meine Schuld, daß du jetzt in der Klemme sitzt.«

»Du bist ein guter Freund«, sagte Viktor Korontzis. »Aber ich kann und darf dir keine Vorwürfe machen. Ich hätte nicht mitzuspielen brauchen. Du hast mir nur einen Gefallen tun wollen.«

»Richtig! Ich wollte, die Sache wäre anders ausgegangen. Und jetzt brauchen wir beide etwas Schlaf. Wir sprechen morgen weiter. Gute Nacht, Viktor.«

»Gute Nacht, Tony.«

Der Anruf erreichte den kleinen Mann früh am nächsten Morgen im Museum. »Korontzis?«

»Ja?«

»Hier ist Sal Prizzi.«

»Guten Morgen, Mr. Prizzi.«

»Ich rufe wegen dieser Kleinigkeit von fünfundsechzigtausend Dollar an. Wann kann ich das Geld abholen?«

Viktor Korontzis brach der Schweiß aus. »Ich . . . ich habe es gerade nicht zur Hand, Mr. Prizzi.«

Am anderen Ende herrschte zunächst bedrohliches Schweigen. »Verdammt noch mal, was für 'n Spiel versuchen Sie mit mir zu spielen?«

»Glauben Sie mir, ich spiele kein Spiel. Ich . . .«

»Dann will ich das Scheißgeld. Kapiert?«

»Ja, Sir.«

»Wann macht Ihr Museum dicht?«

»Um . . . um achtzehn Uhr.«

»Okay, ich komme abends vorbei. Sehen Sie zu, daß Sie das Geld haben, sonst schlag' ich Ihnen die Fresse ein. Und danach geht's erst *richtig* los!«

Der Amerikaner legte auf.

Viktor Korontzis blieb kreidebleich am Telefon sitzen. Am liebsten hätte er sich irgendwo verkrochen. Aber wo? Seine tiefe Verzweiflung riß ihn in einen Strudel aus »wäre« und »hätte«: *Wäre ich an diesem Abend bloß nicht ins Spielkasino gegangen; hätte ich Tony Rizzoli bloß niemals kennengelernt; hätte ich bloß gehalten, was ich meiner Frau versprochen habe – nie mehr zu spielen.* Er schüttelte den Kopf, um wieder klar denken zu können. *Ich muß etwas unternehmen – sofort!*

In diesem Augenblick betrat Tony Rizzoli sein Büro. »Guten Morgen, Viktor.«

Es war 18.30 Uhr. Das Museum war seit einer halben Stunde geschlossen und das Personal längst nach Hause gegangen. Viktor Korontzis und Tony Rizzoli beobachteten den Haupteingang.

Korontzis wurde immer nervöser. »Was ist, wenn er nein sagt? Was ist, wenn er sein Geld noch heute abend will?«

»Ich komm' schon mit ihm zurecht«, sagte Tony Rizzoli beruhigend. »Laß mich nur machen.«

»Was ist, wenn er überhaupt nicht kommt? Was ist, wenn er einfach nur ... du weißt schon ... einen Killer schickt, der mich umlegen soll? Traust du ihm das zu?«

»Das tut er nicht, solange er eine Chance sieht, zu seinem Geld zu kommen«, versicherte Rizzoli ihm.

Gegen 19 Uhr erschien Sal Prizzi endlich.

Korontzis hastete zur Tür und sperrte auf. »Guten Abend«, sagte er.

Der Amerikaner starrte Rizzoli an. »Was zum Teufel haben *Sie* hier verloren?« Er wandte sich an Viktor Korontzis. »Diese Sache geht nur uns beide an.«

»Immer mit der Ruhe«, forderte Rizzoli ihn auf. »Ich bin hier, um zu helfen.«

»Ich brauche Ihre Hilfe nicht.« Prizzi funkelte Korontzis an. »Wo ist mein Geld?«

»Ich ... ich hab's nicht. Aber ...«

Der Riese packte ihn an den Schultern und schüttelte ihn kräftig durch. »Hör mal zu, du kleiner Waschlappen. Ich kriege mein Geld noch heute abend, sonst wirst du an meine Hunde verfüttert. Kapiert?«

»He, bloß keine Aufregung!« mischte sich Tony Rizzoli ein. »Keine Angst, Sie kriegen Ihr Geld.«

Prizzi ging auf ihn los. »Ich hab' Ihnen gesagt, daß Sie sich da raushalten sollen! Diese Sache geht Sie nichts an.«

»Ich mache sie zu der meinen. Ich bin Viktors Freund. Viktor hat das Geld im Augenblick nicht in bar, aber er kann es für Sie beschaffen.«

»Hat er das Geld, oder hat er's nicht?«

»Ja und nein«, antwortete Tony Rizzoli.

»Was soll das heißen, verdammt noch mal?«

Rizzolis Handbewegung umfaßte den hinter ihnen liegenden Ausstellungsraum. »Das Geld ist dort.«

Sal Prizzi sah sich um. »Wo?«

»In diesen Vitrinen. Sie sind voller Antiquitäten ...«

»Altertümer«, sagte Korontzis automatisch.

»... die ein Vermögen wert sind. Ich rede von Millionen.«

»Yeah?« Der andere kniff die Augen zusammen. »Was nützen sie mir, wenn sie in einem Museum eingesperrt sind? Ich will Bares!«

»Sie kriegen Ihr Geld«, beschwichtigte Rizzoli ihn. »Sogar das Doppelte von dem, was mein Freund Ihnen schuldet. Sie müssen nur etwas Geduld haben, das ist alles. Viktor ist keiner, der sich vor dem Bezahlen drückt. Er braucht nur etwas mehr Zeit. Ich kann Ihnen genau sagen, was er vorhat: Viktor schmuggelt ein

Stück von diesen Antiquitäten ... diesen Altertümern aus dem Museum und läßt es verkaufen. Sobald er das Geld hat, bezahlt er seine Spielschulden.«

Prizzi schüttelte den Kopf. »Das gefällt mir nicht. Von dem alten Krempel versteh' ich nichts.«

»Das brauchen Sie auch nicht. Auf diesem Gebiet ist Viktor ein weltweit anerkannter Experte.« Rizzoli trat an eine der Vitrinen und deutete auf einen Marmorkopf. »Wieviel dürfte so was schätzungsweise bringen, Viktor?«

Viktor Korontzis schluckte trocken. »Das ist die Göttin Hygeia aus dem vierzehnten Jahrhundert vor Christus. Für diesen Kopf würde ein reicher Sammler sicher ohne zu zögern zwei bis drei Millionen Dollar zahlen.«

Rizzoli nickte seinem Landsmann zu. »Da haben Sie's! Verstehen Sie jetzt, was ich meine?«

Sal Prizzi runzelte die Stirn. »Ich weiß nicht recht. Wie lange würd' ich auf mein Geld warten müssen?«

»Sie kriegen den doppelten Betrag innerhalb eines Monats.«

Prizzi überlegte kurz und nickte dann. »Gut, aber wenn ich einen Monat warten muß, will ich mehr – sagen wir hunderttausend extra.«

Tony Rizzoli sah zu Viktor Korontzis hinüber.

Der kleine Mann nickte eifrig.

»Okay«, bestätigte Rizzoli. »Der Handel gilt.«

Sal Prizzi baute sich vor Korontzis auf. »Ich gebe Ihnen dreißig Tage Zeit. Habe ich das Geld bis dahin nicht, mache ich Hackfleisch aus Ihnen. Haben Sie das verstanden?«

Korontzis schluckte wieder. »Ja, Sir.«

»Denken Sie daran ... dreißig Tage.« Er starrte Tony Rizzoli mißmutig an. »Sie kann ich nicht leiden, damit Sie's genau wissen.«

Die beiden starrten ihm nach, als er kehrtmachte und hinausstapfte.

Korontzis sank auf einen Stuhl und tupfte sich mit seinem Taschentuch die Stirn ab.

»O mein Gott!« ächzte er. »Ich dachte, er bringt mich um... Glaubst du, daß wir das Geld binnen eines Monats beschaffen können?«

»Klar«, versicherte Tony Rizzoli ihm. »Du brauchst nur eines dieser Stücke aus der Vitrine zu holen und durch eine Kopie zu ersetzen.«

»Aber wie willst du's außer Landes schaffen? Falls du dabei erwischt wirst, droht dir Gefängnis.«

»Ja, ich weiß«, bestätigte Rizzoli unbeirrbar. »Aber das muß ich eben riskieren. Das bin ich dir schuldig, Viktor.«

Eine Stunde später saßen Tony Rizzoli, Perry Breslauer, Otto Dalton, Sal Prizzi und Marvin Seymour vor ihren Drinks in Daltons Hotelzimmer.

»Ein Kinderspiel!« prahlte Tony Rizzoli. »Der Bastard hat sich fast in die Hose gemacht.«

Sal Prizzi grinste. »Ich hab' ihm Angst eingejagt, was?«

»Du hast *mir* Angst eingejagt«, sagte Rizzoli. »Du hättest 'n gottverdammter Schauspieler werden sollen.«

»Wie geht's jetzt weiter?« fragte Marvin Seymour.

»Er bringt mir eins seiner Altertümer«, antwortete Tony Rizzoli. »Ich finde eine Möglichkeit, es aus dem Land zu schmuggeln und zu verkaufen. Dann kriegt jeder von euch seinen Anteil.«

»Wunderbar!« sagte Perry Breslauer. »Besser kann's nicht laufen.«

Als ob man 'ne eigene Goldmine hätte, dachte Rizzoli. *Hat Korontzis einmal damit angefangen, hab' ich ihn an der Angel. Nach dem ersten Mal muß er weitermachen. Ich laß ihn das ganze gottverdammte Museum ausräumen.*

»Wie willst du das Zeug aus Griechenland rausbringen?« erkundigte sich Marvin Seymour.

»Ich find' einen Weg«, sagte Tony Rizzoli. »Keine Angst, ich find' einen.«

Das mußte er. Und so schnell wie möglich. Alfredo Mancuso und Gino Laveri waren immer noch in Athen.

13

Im Polizeipräsidium in der Stadionstraße fand eine dringende Besprechung statt. Im Konferenzraum anwesend waren Polizeipräsident Dmitri, Inspektor Tinou, Inspektor Nikolino, Walt Kelly, der amerikanische Rauschgiftfahnder, und ein halbes Dutzend Kriminalbeamte. Die Atmosphäre unterschied sich auffällig von der bei der ersten Besprechung.

»Wir haben jetzt Grund zu der Annahme, daß Ihre Informationen zutreffen, Mr. Kelly«, sagte Inspektor Nikolino eben. »Aus einschlägigen Kreisen ist zu erfahren, daß Tony Rizzoli versucht, eine sehr große Sendung Heroin außer Landes zu bringen. Wir sind schon dabei, die als Versteck in Frage kommenden Lagerhäuser zu durchsuchen.«

»Lassen Sie Rizzoli jetzt beschatten?«

»Wir haben die Zahl der zur Überwachung eingesetzten Männer heute morgen erhöht«, antwortete der Polizeipräsident.

Walt Kelly seufzte. »Hoffentlich noch rechtzeitig.«

Inspektor Nikolino hatte zwei seiner Teams aus Kriminalbeamten auf Rizzoli angesetzt, den Amerikaner aber unterschätzt. Tony Rizzoli merkte schon nachmittags, daß er beschattet wurde. Verließ er sein kleines Hotel, folgte ihm jemand, und bei seiner Rückkehr lungerte stets jemand im Hintergrund herum. Die Beschatter waren echte Profis, was Rizzoli schmeichelte, weil es ein Beweis ihres Respekts war.

Er mußte jetzt nicht nur eine Möglichkeit finden, das Heroin weiterzutransportieren, sondern auch ein unbezahlbares antikes Stück außer Landes zu schmuggeln. *Alfredo Mancuso und Gino Laveri sitzen mir im Nacken, und die Bullen lassen mich keine Sekunde mehr aus den Augen. Ich muß die Sache schnellstens regeln.*

Der einzige Mann, der ihm im Augenblick einfiel, war Ivo Bruggi, ein kleiner Schiffseigner in Rom. Mit ihm hatte Rizzoli schon früher krumme Geschäfte gemacht. Bruggi war kein idealer Partner, aber immerhin besser als gar keiner.

Rizzoli war sich sicher, daß das Telefon in seinem Hotelzimmer abgehört wurde. *Ich muß dafür sorgen, daß ich im Hotel angerufen werden kann.* Er saß lange einfach da und dachte darüber nach. Zuletzt stand er auf, verließ sein Zimmer und klopfte an die Tür gegenüber. Ein älterer, mürrisch wirkender Mann machte ihm auf.

»Yeah?«

Rizzoli lächelte sein charmantestes Lächeln. »Verzeihung«, sagte er. »Tut mir leid, daß ich Sie störe. Ich bin Ihr Nachbar von gegenüber. Darf ich kurz reinkommen und etwas mit Ihnen besprechen?«

Der Mann betrachtete ihn mißtrauisch. »Zeigen Sie mir, wie Sie Ihre Zimmertür aufsperren.«

Tony Rizzoli lächelte erneut. »Aber gern.« Er überquerte den Flur, zog seinen Schlüssel heraus und sperrte die Zimmertür auf.

Der Mann nickte. »Okay, kommen Sie rein.«

Rizzoli zog seine Tür ins Schloß und betrat das Zimmer gegenüber.

»Was wollen Sie?«

»Es geht um eine private Sache, mit der ich Sie wirklich nur ungern belästige, aber ... Ich bin dabei, mich scheiden zu lassen, und meine Frau läßt mich überwachen.« Er schüttelte angewidert den Kopf. »Sie hat sogar das Telefon in meinem Zimmer anzapfen lassen.«

»Weiber!« knurrte sein Nachbar. »Der Teufel soll sie alle holen! Ich hab' mich letztes Jahr scheiden lassen. Das hätt' ich schon vor zehn Jahren tun sollen.«

»Tatsächlich? Nun, ich wollte Sie fragen, ob Sie mir erlauben würden, ein paar Freunden Ihre Zimmernummer anzugeben, damit sie mich hier anrufen können. Ich verspreche Ihnen, daß nicht viele Anrufe kommen werden.«

Der Mann begann den Kopf zu schütteln. »Hören Sie, wie käme ich dazu ...«

Tony Rizzoli zog einen Hundertdollarschein aus der Tasche. »Das ist für Ihre Mühe.«

Der andere fuhr sich mit der Zungenspitze über die Lippen. »Oh. Na ja, klar«, sagte er. »Warum nicht? Ich freue mich, einem Leidensgefährten einen Gefallen tun zu können.«

»Sehr liebenswürdig von Ihnen. Sollte ein Anruf für mich kommen, brauchen Sie nur an meine Tür zu klopfen. Ich bin eigentlich immer da.«

»Wird gemacht.«

Früh am nächsten Morgen betrat Rizzoli eine Telefonzelle auf der Straße, um Ivo Bruggi anzurufen. Er wählte den Ländercode 0039 für Italien und danach die Ziffer 6 für Rom.

»*Vorrei parlare a Signor Bruggi.*«

»*Non c'è.*«

»*Quando ritornerà?*«

»*Non lo so.*«

»*Per favore, vuol dirgli, che ha telefonato il Signor Rizzoli?*«

Rizzoli gab die Telefonnummer seines Hotels und die Zimmernummer seines Nachbarn durch, legte auf und ging in sein Hotelzimmer zurück. Er haßte dieses Zimmer. Irgend jemand hatte ihm erzählt, das griechische Wort für Hotel sei *Xenodochion,* was

»Fremdenbehälter« bedeute. *Eigentlich hat es beschissene Ähnlichkeit mit 'nem Gefängnis,* dachte Tony Rizzoli. Die Möbel waren häßlich: ein altes grünes Sofa, zwei verkratzte niedrige Lampentische, ein kleiner Schreibtisch mit Stuhl und Tischlampe und ein von Torquemada entworfenes Bett.

Rizzoli verbrachte die beiden nächsten Tage in seinem Zimmer, wartete darauf, daß sein Nachbar an die Tür klopfte, und ließ sich alle Mahlzeiten aufs Zimmer bringen. Aber der erhoffte Anruf blieb aus. *Wo steckt Ivo Bruggi, verdammt noch mal?*

Das Detektivteam erstattete Inspektor Nikolino und Walt Kelly Bericht. »Rizzoli hat sich in seinem Hotel verkrochen. Er hat sein Zimmer seit achtundvierzig Stunden nicht mehr verlassen.«

»Wißt ihr bestimmt, daß er noch dort ist?«

»Ganz bestimmt. Das Zimmermädchen und der Zimmerkellner, der ihm das Essen bringt, sehen ihn morgens und abends.«

»Wie steht's mit Telefongesprächen?«

»Er telefoniert nicht. Was sollen wir jetzt tun?«

»Bleibt weiter am Ball. Irgendwann muß er aus seinem Loch kriechen. Und überzeugt euch davon, daß die Telefonüberwachung klappt.«

Am nächsten Tag klingelte Rizzolis Telefon. *Scheiße!* Wozu hatte er diesem Idioten Bruggi eigens die Zimmernummer seines Nachbarn gegeben? Als Tony Rizzoli den Hörer abnahm, war er sich darüber im klaren, daß er sehr vorsichtig sein mußte.

»Ja?«

»Spreche ich mit Tony Rizzoli?« fragte eine Stimme.

Das war nicht Ivo Bruggi. »Wer sind Sie?«

»Sie haben mich neulich aufgesucht, um mir ein Geschäft vorzuschlagen, Mr. Rizzoli. Ich habe es abgelehnt. Aber ich glaube, wir sollten noch mal darüber sprechen.«

Tony Rizzoli triumphierte innerlich. *Spyros Lambrou! Der*

Bastard hat sich die Sache also doch noch mal überlegt. Rizzoli konnte sein Glück kaum fassen. *Damit sind meine Probleme auf einen Schlag gelöst. Ich kann das Heroin gemeinsam mit dem Museumsstück wegschaffen.*

»Yeah. Klar, wir können gern darüber reden. Wann wär's Ihnen denn recht?«

»Könnten wir uns heute nachmittag treffen?«

Aha, er ist ganz scharf auf einen Deal! Diese gottverdammten Reichen sind doch alle gleich. Sie können den Hals nicht voll kriegen. »Von mir aus. Wo?«

»Vielleicht in meinem Büro?«

»Okay, ich komme.« Tony Rizzoli war in Hochstimmung, als er den Hörer auflegte.

Von der Hotelhalle aus erstattete ein frustrierter Kriminalbeamter seinem Vorgesetzten Bericht. »Eben ist Rizzoli angerufen worden. Er will sich mit dem Anrufer in dessen Büro treffen, aber der Mann hat keinen Namen genannt, und wir können nicht feststellen, woher der Anruf kam.«

»Bleiben Sie dran, wenn er das Hotel verläßt. Melden Sie mir, wohin er fährt.«

»Wird gemacht, Inspektor.«

Zehn Minuten später kroch Tony Rizzoli aus einem Kellerfenster, das auf eine Gasse hinter dem Hotel hinausführte. Um ganz sicherzugehen, daß er nicht beschattet wurde, wechselte er auf der Fahrt zu Spyros Lambrou zweimal das Taxi.

An dem Tag, an dem Spyros Lambrou Melina in der Klinik besucht hatte, hatte er sich geschworen, seine Schwester zu rächen. Ihm war jedoch keine Strafe eingefallen, die schrecklich genug für Constantin Demiris gewesen wäre. Aber der Besuch Giorgios Latos und die erstaunliche Mitteilung, die Madame Piris ihm gemacht hatte, hatten ihm eine Waffe in die Hand gegeben, mit der er seinen Schwager vernichten würde.

»Herr Lambrou, ein Mr. Anthony Rizzoli möchte Sie sprechen«, meldete seine Sekretärin. »Er hat keinen Termin bei Ihnen, und ich habe ihm gesagt, daß Sie...«

»Schicken Sie ihn herein.«

»Sofort, Herr Lambrou.«

Spyros Lambrou sah dem Amerikaner entgegen, der selbstbewußt lächelnd sein Arbeitszimmer betrat.

»Ich danke Ihnen, daß Sie gekommen sind, Mr. Rizzoli.«

Tony Rizzoli grinste. »Ist mir ein Vergnügen. Sie wollen also doch mit mir ins Geschäft kommen, was?«

»Nein.«

Rizzolis Lächeln verschwand. »Was haben Sie gesagt?«

»Ich habe nein gesagt. Ich habe nicht die Absicht, mit Ihnen Geschäfte zu machen.«

Tony Rizzoli starrte ihn verblüfft an. »Warum haben Sie mich dann angerufen, verdammt noch mal? Sie haben behauptet, Sie hätten mir ein Geschäft vorzuschlagen, und...«

»Das stimmt auch. Wie würde es Ihnen gefallen, Constantin Demiris' Flotte zu Ihrer Verfügung zu haben?«

Rizzoli ließ sich in einen Sessel sinken. »Constantin Demiris? Was soll das heißen? Der würde niemals...«

»Doch, ich kann Ihnen versichern, daß es Mr. Demiris ein Vergnügen sein wird, alle Ihre Wünsche zu erfüllen.«

»Weshalb? Was hat er davon?«

»Nichts.«

»Das verstehe ich nicht. Warum sollte Demiris sich auf so was einlassen?«

»Freut mich, daß Sie das gefragt haben.« Lambrou drückte auf eine Taste seiner Gegensprechanlage. »Bringen Sie uns bitte Kaffee.« Er sah zu Tony Rizzoli hinüber. »Wie trinken Sie Ihren?«

»Äh... schwarz, kein Zucker.«

»Schwarz und ohne Zucker für Mr. Rizzoli.«

Nachdem die Sekretärin den Kaffee serviert hatte und wieder

hinausgegangen war, sagte Spyros Lambrou: »Ich möchte Ihnen eine kleine Geschichte erzählen, Mr. Rizzoli.«

Tony Rizzoli beobachtete ihn mißtrauisch. »Also los!«

»Constantin Demiris ist mit meiner Schwester verheiratet. Vor einigen Jahren hatte er sich eine Geliebte genommen – Noelle Page.«

»Die Schauspielerin, wie?«

»Ja. Sie hat ihn dann mit einem gewissen Larry Douglas betrogen. Dieser Mann und Noelle Page wurden wenig später wegen Mordes an Mrs. Douglas, die sich nicht scheiden lassen wollte, angeklagt. Constantin Demiris hatte den prominenten Anwalt Napoleon Chotas mit Noelles Verteidigung beauftragt.«

»Ich kann mich erinnern, etwas über diesen Prozeß gelesen zu haben.«

»Bestimmte Dinge haben damals nicht in den Zeitungen gestanden. Mein lieber Schwager hat nämlich keineswegs die Absicht gehabt, seiner treulosen Geliebten das Leben zu retten. Er hat Napoleon Chotas mit ihrer Verteidigung beauftragt, um sicherzustellen, daß Noelle verurteilt werden würde. Gegen Prozeßende hat Chotas den Angeklagten mitgeteilt, die Richter seien bereit, ein Schuldgeständnis mit einer Verurteilung zu einer glimpflichen Haftstrafe zu honorieren. Die beiden haben sich schuldig bekannt – und sind dann zum Tode verurteilt und hingerichtet worden.«

»Vielleicht hat dieser Chotas tatsächlich geglaubt ...«

»Lassen Sie mich bitte ausreden. Die Leiche von Catherine Douglas ist nie gefunden worden. Deshalb nicht, Mr. Rizzoli, weil sie lebt. Constantin Demiris hatte sie damals an einem geheimgehaltenen Ort versteckt.«

Tony Rizzoli starrte ihn an. »Augenblick! Demiris hat *gewußt*, daß sie am Leben war, und zugelassen, daß seine Geliebte und ihr Freund wegen Mordes an ihr hingerichtet wurden?«

»Ganz recht. Ich bin kein Jurist, aber meiner Überzeugung nach würde mein Schwager für etliche Jährchen hinter Gitter wandern, wenn diese Sache rauskäme. Bestenfalls wäre er gesellschaftlich und geschäftlich völlig ruiniert.«

Tony Rizzoli saß da und dachte über das Gehörte nach. Ein Punkt war ihm noch immer unklar. »Warum haben Sie mir das eigentlich alles erzählt, Mr. Lambrou?«

Spyros Lambrou lächelte versonnen. »Weil ich meinem Schwager einen Gefallen schuldig bin. Ich möchte, daß Sie ihn aufsuchen. Ich habe das sichere Gefühl, daß es ihm ein Vergnügen sein wird, Ihnen seine Schiffe zur Verfügung zu stellen.«

14

In seinem Innern tobten Stürme, über die er keine Kontrolle hatte: ein eisiges Sturmtief ohne warme Erinnerungen, die es hätten aufhellen können.

Die Stürme hatten vor Jahresfrist mit seinem Racheakt gegen Noelle eingesetzt. Er hatte geglaubt, sie würden sich allmählich legen, so wie er geglaubt hatte, mit seiner Vergangenheit endgültig abgeschlossen zu haben. Dann war Catherine Alexander unerwartet wieder in sein Leben getreten. Ihretwegen hatte er Frederick Stavros und Napoleon Chotas beseitigen lassen müssen. Die beiden hatten ein tödliches Spiel gegen ihn gewagt, und er hatte gewonnen.

Was ihn aber wirklich überraschte, war die Erkenntnis, wie sehr er das Risiko, die Gefahr genossen hatte. Geschäftliche Erfolge waren faszinierend, aber sie verblaßten gegenüber diesem Spiel um Leben und Tod. *Ich bin ein Mörder. Nein – kein Mörder, ein Scharfrichter.* Dieses Eingeständnis war wahrhaft erregend.

Constantin Demiris erhielt jede Woche einen Bericht über Catherine Alexanders Aktivitäten. Bisher schien alles wunderbar zu klappen. Catherines gesellschaftliche Kontakte beschränkten sich auf Leute, mit denen sie zusammenarbeitete. Wie Evelyn berichtete, ging Catherine gelegentlich mit Kirk Reynolds aus. Aber da auch Reynolds für Demiris arbeitete, war das kein Problem.

Das arme Kind muß verzweifelt sein. Kirk Reynolds war langweilig. Sein einziges Gesprächsthema war die Juristerei. Um so besser – je verzweifelter Catherine sich nach Gesellschaft sehnte, desto leichter würde er das kriegen, was er wollte. *Eigentlich müßte ich mich bei Reynolds bedanken.*

Catherine, die regelmäßig mit Kirk Reynolds ausging, fühlte sich mehr und mehr zu ihm hingezogen. Er war keine Schönheit, aber durchaus attraktiv. *Von schönen Männern habe ich seit Larry genug,* sagte Catherine sich nüchtern. *Die alte Redensart stimmt einfach: Gut ist, was guttut.* Kirk Reynolds war rücksichtsvoll und zuverlässig. *Er ist jemand, auf den ich zählen kann,* dachte Catherine. *Ich fühle kein großes Feuer, aber das werde ich wohl nie mehr erleben. Dafür hat Larry gesorgt. Ich bin jetzt reif genug, um mich mit einem Mann zu begnügen, den ich achte, der mich als Gefährtin achtet, mit dem ich ein schönes, vernünftiges Leben teilen kann, ohne befürchten zu müssen, von Gipfeln gestürzt oder in dunklen Höhlen begraben zu werden.*

Sie gingen ins Theater, um *The Lady's Not For Burning* von Christopher Fry zu sehen, und sahen an einem anderen Abend *September Tide* von Gertrude Lawrence. Sie tanzten in Nachtclubs. Alle Kapellen schienen das Thema aus »Der dritte Mann« und »La vie en rose« zu spielen.

»Nächste Woche fliege ich nach Sankt Moritz«, sagte Kirk Reynolds zu Catherine. »Hast du über meine Einladung nachgedacht?«

Catherine hatte sehr viel darüber nachgedacht. Sie war sich sicher, daß Kirk sie liebte. *Und ich habe ihn auch lieb. Aber lieben und liebhaben sind verschiedene Dinge, oder? Oder bin ich nur eine unverbesserliche Romantikerin? Wen suche ich eigentlich? Etwa einen zweiten Larry? Einen Mann, der stürmisch um mich wirbt – und sich dann in eine andere Frau verliebt und mich umzubringen versucht? Kirk wäre ein wundervoller Ehemann. Weshalb zögere ich also noch?*

An diesem Abend aßen Catherine und Kirk im Mirabelle's, und beim Dessert sagte Kirk: »Catherine, ich liebe dich, falls du's noch nicht gemerkt haben solltest. Ich möchte dich heiraten.«

Jähe Panik erfaßte sie. »Kirk...« Sie wußte im Augenblick nicht, was sie sagen sollte. *Meine nächsten Worte werden mein Leben verändern. Es wäre so einfach, ja zu sagen. Was hindert mich daran? Angst vor der Vergangenheit? Werde ich mein Leben lang immer nur Angst haben? Das darf ich nicht zulassen.*

»Cathy...«

»Hör zu, Kirk... wollten wir nicht miteinander nach Sankt Moritz fahren?«

Kirk Reynolds strahlte. »Heißt das, daß...?«

»Warten wir's ab. Wenn du mich auf Skiern siehst, wirst du dir deinen Antrag wahrscheinlich noch einmal überlegen wollen.«

Er lachte. »Nichts auf der Welt könnte mich davon abhalten, dich heiraten zu wollen. Du machst mich sehr glücklich. Wir fahren am fünften November – am Guy Fawkes Day.«

»Was für ein Tag ist das?«

»Ein historischer Gedenktag. König Jakob der Erste war wegen seiner streng antikatholischen Politik so verhaßt, daß eine Gruppe prominenter Katholiken ihn stürzen wollte. Ein Soldat namens Guy Fawkes wurde aus Spanien nach England geholt, um ihn an die Spitze der Verschwörung zu stellen. Er hat dann veranlaßt, daß im Keller des Oberhauses in sechsunddreißig Fässern insgesamt eine Tonne Schießpulver versteckt wurde.

Aber am Morgen des Tages, an dem das Oberhaus in die Luft

gejagt werden sollte, hat einer der Verschwörer seine Komplizen verraten, und alle wurden verhaftet. Guy Fawkes hat auch unter der Folter geschwiegen und wurde wie alle seine Mitverschwörer hingerichtet. Der Tag der Aufdeckung der Verschwörung wird in England mit Freudenfeuern und Feuerwerken gefeiert, und durch die Straßen werden Guy-Fawkes-Puppen getragen.«

Catherine schüttelte den Kopf. »Ein ziemlich gruseliger Gedenktag, finde ich.«

Kirk lächelte ihr zu und sagte ruhig: »Ich verspreche dir, daß unser Urlaub alles andere als gruselig sein wird.«

»Mr. Demiris?«

»Ja.«

»Catherine Alexander ist heute morgen nach Sankt Moritz geflogen.«

Am anderen Ende entstand eine Pause. »Sankt Moritz?«

»Ja, Sir.«

»Reist sie allein?«

»Nein, Sir. Sie fliegt mit Kirk Reynolds.«

Diesmal dauerte die Pause länger. »Danke, Evelyn.«

Kirk Reynolds! Unmöglich! Was mochte sie bloß an ihm finden? *Ich habe zu lange gewartet. Ich hätte rascher eingreifen müssen. Gegen diese Entwicklung muß ich etwas unternehmen. Ich kann nicht zulassen, daß...*

Die Gegensprechanlage summte. »Herr Demiris, ein Mr. Anthony Rizzoli möchte Sie sprechen«, meldete seine Sekretärin. »Er hat keinen Termin bei Ihnen, und ich habe ihm gesagt, daß Sie...«

»Warum stören Sie mich dann?« knurrte Demiris und stellte die Anlage ab.

Im nächsten Augenblick summte sie wieder. »Entschuldigung, aber Mr. Rizzoli sagt, er habe Ihnen eine Nachricht von Herrn Lambrou zu überbringen. Sie sei äußerst wichtig, sagt er.«

Eine Nachricht? Merkwürdig. Warum konnte sein Schwager sie ihm nicht selbst überbringen? »Er soll reinkommen.«

»Sofort, Herr Demiris.«

Der Amerikaner wurde in Constantin Demiris' Arbeitszimmer geführt. Er sah sich darin um und lächelte anerkennend. Dieser Raum war noch luxuriöser als Lambrous Büro. »Nett von Ihnen, mich zu empfangen, Mr. Demiris.«

»Ich habe genau zwei Minuten Zeit für Sie.«

»Spyros schickt mich. Er glaubt, daß wir einiges miteinander zu besprechen haben.«

»Wirklich? Und was hätten wir zu besprechen?«

»Haben Sie was dagegen, wenn ich mich setze?«

»Ich glaube nicht, daß Sie so lange bleiben werden.«

Tony Rizzoli ließ sich in den Sessel vor dem Schreibtisch fallen. »Ich besitze eine Fabrik, Mr. Demiris, deren Erzeugnisse ich in alle Welt versende.«

»Aha. Und dazu wollen Sie eines meiner Schiffe chartern.«

»Genau.«

»Weshalb hat Spyros Sie zu mir geschickt? Warum chartern Sie nicht eines seiner Schiffe? Ich weiß zufällig, daß er für zwei keine Aufträge hat.«

Tony Rizzoli zuckte mit den Schultern. »Vermutlich gefällt ihm nicht, was ich versende.«

»Das verstehe ich nicht. Was versenden Sie denn?«

»Drogen«, antwortete Tony Rizzoli gelassen. »Heroin.«

Constantin Demiris starrte ihn ungläubig an. »Und Sie bilden sich ein, ich...? Verschwinden Sie, bevor ich die Polizei rufe!«

Tony Rizzoli nickte zum Telefon hinüber. »Rufen Sie sie ruhig an.«

Er beobachtete, wie Demiris nach dem Hörer griff. »Ich habe ihr auch einiges zu erzählen«, fügte er dann hinzu. »Ich möchte die Wahrheit über das Verfahren gegen Noelle Page und Larry Douglas ans Tageslicht bringen.«

Constantin Demiris erstarrte. »Wovon reden Sie überhaupt?«

»Ich rede von zwei Leuten, die wegen Mordes an einer Frau, die noch lebt, hingerichtet wurden.«

Demiris war leichenblaß geworden.

»Halten Sie's für möglich, daß die Polizei sich für diese Story interessieren würde, Mr. Demiris? Oder sonst vielleicht die Presse, was? Sehen Sie die Schlagzeilen nicht auch schon vor sich? Darf ich Sie übrigens Costa nennen? Spyros hat mir erzählt, daß alle Ihre Freunde Sie Costa nennen, und ich bin davon überzeugt, daß wir sehr gute Freunde werden. Und wissen Sie, warum? Weil gute Freunde einander nicht verpetzen. Ihr kleines Glanzstück bleibt unter uns, nicht wahr?«

Constantin Demiris saß wie erstarrt da. Als er sprach, war seine Stimme heiser. »Was wollen Sie von mir?«

»Das habe ich Ihnen bereits erzählt. Ich möchte eines Ihrer Schiffe chartern – und da wir so gute Freunde sind, werden Sie doch bestimmt dafür nichts kassieren wollen, nicht wahr? Wir tun uns einfach gegenseitig einen Gefallen.«

Demiris holte tief Luft. »Hören Sie, darauf kann ich mich unmöglich einlassen. Wenn herauskäme, daß mit meinem Wissen auf einem meiner Schiffe Rauschgift geschmuggelt wurde, könnte meine gesamte Flotte beschlagnahmt werden.«

»Es wird nicht rauskommen. In meiner Branche macht man keine Reklame. Unser Geschäft wird äußerst diskret abgewickelt.«

Constantin Demiris' Miene verhärtete sich. »Sie machen einen großen Fehler, Mister. Sie können mich nicht erpressen. Wissen Sie, wer ich bin?«

»Yeah – Sie sind mein neuer Partner. Wir werden noch lange zusammenarbeiten, mein lieber Costa, denn falls Sie nein sagen, gehe ich sofort zur Polizei und den Zeitungen und erzähle die ganze Story. Und dann geht's mit Ihrem Ruf und Ihrem Imperium den Bach runter!«

Danach folgte eine lange, schmerzliche Stille.

»Wie ... wie hat mein Schwager das herausbekommen?«

Tony Rizzoli grinste. »Das spielt keine Rolle. Wichtig ist nur, daß ich Ihre Eier in der Hand habe. Wenn ich zudrücke, sind Sie ein Eunuch. Danach singen Sie für den Rest Ihres Lebens Sopran – und das hinter Gittern.« Rizzoli sah auf seine Uhr. »Ach, du liebe Güte, meine zwei Minuten sind vorbei!« Er stand auf. »Sie haben sechzig Sekunden Zeit für die Entscheidung, ob ich diesen Raum als Ihr Partner verlasse – oder einfach gehe.«

Constantin Demiris schien plötzlich um zehn Jahre gealtert. Sein Gesicht war aschfahl. Er machte sich keine Illusionen, was passieren würde, wenn die Wahrheit über den Mordprozeß herauskam. Die Presse würde ihn in Stücke reißen. Er würde als Ungeheuer, als Mörder hingestellt werden. Im schlimmsten Fall würde die Polizei sogar Ermittlungen aufnehmen, um zu klären, wie Stavros und Chotas zu Tode gekommen waren.

»Ihre sechzig Sekunden sind vorbei.«

Demiris nickte langsam. »Einverstanden«, flüsterte er heiser, »einverstanden.«

Tony Rizzoli grinste auf ihn herab. »Sie sind clever.«

Constantin Demiris erhob sich langsam. »Das lasse ich Ihnen einmal durchgehen«, sagte er. »Ich will nicht wissen, wie und wann Sie's tun. Einer Ihrer Leute kann auf einem meiner Schiffe anheuern. Mehr haben Sie von mir nicht zu erwarten.«

»Abgemacht.« *Vielleicht bist du doch nicht so clever. Nach der ersten Ladung Heroin hab' ich dich an der Angel, Baby. Und du kommst nie mehr davon los.* Laut wiederholte er: »Klar, abgemacht.«

Auf der Rückfahrt ins Hotel befand Tony Rizzoli sich in Hochstimmung. *Volltreffer! Die Bullen würden nicht mal im Traum auf die Idee kommen, Demiris' Flotte zu durchsuchen. Jesus, in Zukunft kann ich jedes seiner Schiffe beladen, das aus Piräus ausläuft. Die Scheinchen werden nur so heranflattern! Heroin und Antiquitäten ... Entschuldigung, Viktor* – er lachte laut los – *Altertümer.*

In der Stadionstraße betrat Tony Rizzoli eine Telefonzelle und führte zwei Gespräche. Als erstes rief er Pete Lucca in Palermo an.

»Du kannst deine beiden Gorillas zurückpfeifen, Pete, und sie wieder in den Zoo stecken, wo sie hingehören. Dein Stoff ist so gut wie unterwegs. Diesmal kommt er per Schiff.«

»Weißt du bestimmt, daß die Ladung sicher ist?«

Tony Rizzoli lachte. »So sicher wie in der Bank von England. Ich erzähl' dir davon, wenn wir uns wiedersehen. Und ich hab' eine gute Nachricht für dich: In Zukunft können wir jede Woche eine Sendung auf den Weg bringen.«

»Das ist wundervoll, Tony. Ich hab' immer gewußt, daß auf dich Verlaß ist. Ich hab' dir immer vertraut.«

Einen Dreck hast du, du Schweinehund!

Dann rief er Spyros Lambrou an. »Die Sache hat geklappt. Ihr Schwager und ich sind in Zukunft Partner.«

»Meinen Glückwunsch! Ich bin entzückt, das zu hören, Mr. Rizzoli.«

Spyros Lambrou lächelte, als er den Hörer auflegte. *Auch die Rauschgiftfahnder werden entzückt sein.*

Constantin Demiris blieb bis nach Mitternacht in seinem Büro am Schreibtisch sitzen und dachte über sein neues Problem nach. Er hatte sich an Noelle Page gerächt, aber nun schien sie aus dem Grab aufzuerstehen, um ihn zu quälen. Er griff in eine Schublade seines Schreibtischs und nahm ein gerahmtes Photo Noelles heraus. *Hallo, du Schlampe.* Gott, wie schön sie war! *Du bildest dir also ein, mich vernichten zu können? Nun, warten wir's ab. Wir werden ja sehen.*

15

St. Moritz war ein Traum. Es gab Hunderte von Pistenkilometern, Langlaufloipen, Wanderpfade, Bob- und Rodelbahnen, im Sommer Poloturniere und Dutzende von weiteren Aktivitäten. Die Lage des kleinen Engadiner Ortes in 1850 Meter Höhe an einem eisbedeckten Bergsee auf der Alpensüdseite zwischen Piz Nair und Piz San Gian begeisterte Catherine auf den ersten Blick.

Kirk Reynolds und sie wohnten im mehrstöckigen Hotel Palace. In der Hotelhalle wimmelte es von Touristen aus aller Herren Länder.

»Wir haben reserviert. Mr. und Mrs. Reynolds«, sagte Kirk Reynolds zu dem Herrn am Empfang, und Catherine sah verlegen weg. *Ich hätte einen Ehering anstecken sollen.* Sie hatte das Gefühl, von allen anderen Gästen angestarrt zu werden.

»Bitte, Mr. Reynolds. Suite zweihundertfünfzehn.« Nachdem sie sich eingetragen hatten, gab der Portier den Schlüssel einem Pagen, der freundlich sagte: »Wenn Sie bitte mitkommen wollen.«

Sie wurden in eine schlicht, aber sehr hübsch eingerichtete Suite mit spektakulärem Alpenblick aus allen Fenstern geleitet.

Sobald der Page gegangen war, nahm Kirk Reynolds Catherine in die Arme. »Ich kann dir nicht sagen, wie glücklich du mich machst, Darling.«

»Ich hoffe, daß es mir gelingt«, antwortete Catherine. »Ich bin ... Es ist schon lange her, Kirk.«

»Mach dir keine Sorgen. Ich dränge dich nicht.«

Er ist so lieb. Aber was würde er denken, wenn ich ihm von meiner Vergangenheit erzählte ... Sie hatte ihm nie von Larry, dem Mordprozeß oder all ihren anderen schrecklichen Erlebnissen erzählt. Sie wünschte sich nichts mehr, als Kirk nahe sein, sich ihm anvertrauen zu können, aber irgend etwas hinderte sie daran.

»Am besten packe ich erst mal aus«, sagte Catherine.

Während sie langsam – viel zu langsam – ihre Kleider aus dem Koffer nahm, wurde ihr plötzlich klar, daß sie Zeit zu gewinnen versuchte und Angst hatte, den letzten Bügel in den Schrank zu hängen, weil sie das fürchtete, was danach kommen würde.

Aus dem anderen Zimmer kam Kirks Stimme: »Catherine ...«

O mein Gott, jetzt sagt er gleich: »Komm, zieh dich aus, wir gehen ins Bett.« Catherine schluckte trocken und fragte mit gepreßter Stimme: »Ja?«

»Was hältst du von einem Spaziergang durchs Dorf?«

Catherine wurden vor Erleichterung die Knie weich. »Eine wunderbare Idee!« stimmte sie begeistert zu. *Was ist bloß in mich gefahren? Ich bin mit einem attraktiven Mann, der mich liebt, in einer der herrlichsten Landschaften der Welt – und trotzdem gerate ich in Panik ...*

Reynolds, der hereingekommen war, betrachtete sie forschend. »Fühlst du dich nicht wohl?«

»Doch, doch«, versicherte Catherine ihm lächelnd. »Sogar sehr.«

»Du siehst aus, als ob du Sorgen hättest.«

»Nein, ich ... ich hab' nur ... ans Skifahren gedacht. Es soll nicht ganz ungefährlich sein.«

Reynolds lächelte beruhigend. »Keine Angst, für Anfänger gibt's genug flache Hänge. Komm, wir gehen.«

Sie zogen Pullover und Anoraks an und traten in die frische, klare Winterluft hinaus.

Catherine atmete tief ein. »Oh, hier ist es herrlich, Kirk. Sankt Moritz gefällt mir.«

»Dabei hast du noch gar nichts gesehen«, meinte er grinsend. »Im Sommer ist Sankt Moritz doppelt so schön.«

Ob er im Sommer noch mit mir ausgehen wird? Oder werde ich ihn schrecklich enttäuschen? Warum kann ich bloß nicht aufhören, mir Sorgen zu machen?

St. Moritz war bezaubernd; ein mittelalterlicher Ort mit reizvollen Läden, Chalets und Restaurants vor dem Hintergrund der majestätischen Alpen.

Sie machten einen Einkaufsbummel, und Catherine kaufte Geschenke für Evelyn und Wim, bevor sie in einem kleinen Café ein Fondue aßen. Danach mietete Kirk Reynolds einen von einem Braunen gezogenen Schlitten, und sie fuhren auf verschneiten Wegen in die Hügel hinauf, wo der Schnee unter den Schlittenkufen knirschte.

»Gefällt es dir?« fragte Kirk Reynolds.

»O ja!« Catherine sah zu ihm hinüber und dachte: *Ich werde dich glücklich machen. Heute nacht. Ja, heute nacht. Ich werde dich heute nacht glücklich machen.*

Abends aßen sie im Hotel im Stübli, einem Restaurant mit der Atmosphäre eines alten Landgasthofs.

»Dieser Raum stammt aus dem Jahre 1480«, sagte Kirk.

»Dann bestellen wir lieber kein Brot.«

»Was?«

»Nur ein Scherz. Sorry.«

Larry hat meine Scherze immer verstanden. Warum denke ich an ihn? Weil ich nicht an heute nacht denken will. Ich komme mir wie Marie-Antoinette auf dem Weg zur Guillotine vor. Als Dessert nehme ich lieber keinen Kuchen.

Das Essen war vorzüglich, aber Catherine war zu nervös, um es zu genießen. Als sie fertig waren, sagte Reynolds: »Gehen wir gleich nach oben? Du hast morgen früh deinen ersten Privatskikurs.«

»Klar. Wunderbar. Klar.«

Auf dem Weg in ihre Suite merkte Catherine, daß sie Herzklopfen hatte. *Er sagt bestimmt: Komm, wir gehen gleich ins Bett. Und warum auch nicht? Schließlich bin ich deswegen hier, nicht wahr? Ich kann nicht so tun, als sei ich zum Skilaufen hergekommen.*

Oben schloß Reynolds die Tür auf und machte überall Licht. Sie betraten das Schlafzimmer, und Catherine starrte das große französische Bett an. Es schien den ganzen Raum auszufüllen.

Kirk beobachtete sie. »Catherine... macht dir irgendwas Sorgen?«

»Was?« Ein hohles kleines Lachen. »Natürlich nicht! Ich... ich bin nur...«

»Nur was?«

Sie lächelte strahlend. »Nichts. Alles in Ordnung.«

»Gut. Komm, wir ziehen uns aus und gehen ins Bett.«

Ich hab' gewußt, daß er genau das sagen würde! Aber hat er es wirklich aussprechen müssen? Wir hätten es doch einfach tun können. Diese ausdrückliche Aufforderung ist so... so taktlos.

»Was hast du gesagt?«

Catherine hatte nicht gemerkt, daß sie Selbstgespräche führte. »Nichts.«

»Willst du dich nicht ausziehen, Darling?«

Will ich das? Wie lange ist es her, daß ich mit einem Mann geschlafen habe? Über ein Jahr. Und ich bin mit ihm verheiratet gewesen.

»Cathy...?«

»Ja.« *Ich werde mich ausziehen, und ich werde mit dir ins Bett gehen, und ich werde dich enttäuschen. Ich liebe dich nicht, Kirk. Ich kann nicht mit dir schlafen.*

»Kirk...«

Er drehte sich halb entkleidet nach ihr um. »Ja?«

»Kirk, ich... Verzeih mir. Du wirst enttäuscht sein, aber ich... ich kann nicht. Es tut mir schrecklich leid. Du wirst jetzt denken, ich sei...«

Sie sah seine enttäuschte Miene. Er rang sich ein Lächeln ab. »Cathy, ich habe dir versprochen, geduldig zu sein. Wenn du noch Zeit brauchst, habe ich Verständnis dafür. Wir können trotzdem einen herrlichen Urlaub verleben.«

Catherine küßte ihn dankbar auf die Wange. »Wie lieb von dir, Kirk. Ich komme mir so lächerlich vor. Ich weiß selbst nicht, was ich habe.«

»Du hast gar nichts«, versicherte er ihr. »Ich weiß, was in dir vorgeht.«

Sie umarmte ihn. »Danke! Du bist ein Schatz.«

»Fürs erste«, seufzte Kirk, »schlafe ich auf der Couch im Wohnzimmer.«

»Nein, das tust du nicht«, widersprach Catherine. »Da ich für dieses blöde Problem verantwortlich bin, muß ich wenigstens dafür sorgen, daß du's bequem hast. *Ich* schlafe auf der Couch, und *du* kriegst das Bett.«

»Kommt gar nicht in Frage!«

Catherine lag hellwach im Bett und dachte über Kirk Reynolds nach. *Werde ich jemals wieder imstande sein, mit einem Mann zu schlafen? Oder hat Larry mich dazu unfähig zurückgelassen? Vielleicht ist es ihm gewissermaßen doch gelungen, mich zu ermorden.* Zuletzt schlief sie doch ein.

Mitten in der Nacht wurde Kirk Reynolds durch Schreie aufgeweckt. Er setzte sich auf der Couch auf, und als die Schreie anhielten, hastete er ins Schlafzimmer hinüber.

Catherine warf sich mit geschlossenen Augen im Bett herum. »Nein!« schrie sie gellend. »Nein! Nein! Laßt mich los!«

Reynolds kniete nieder, nahm sie in die Arme und drückte sie an sich. »Pssst!« sagte er. »Jetzt ist alles wieder gut. Alles ist wieder gut.«

Heftiges Schluchzen ließ Catherines Körper erbeben. Kirk hielt sie in den Armen, bis sie sich beruhigt hatte.

»Sie ... sie haben versucht, mich zu ertränken.«

»Es war nur ein Traum«, sagte er beruhigend. »Du hast schlecht geträumt.«

Catherine öffnete die Augen und setzte sich auf. Sie zitterte noch immer. »Nein, es war kein Traum. Es ist wirklich passiert. Sie haben versucht, mich umzubringen.«

Kirk sah sie prüfend an. »Wer hat versucht, dich umzubringen?«

»Mein... mein Mann und seine Geliebte.«

Er schüttelte den Kopf. »Catherine, du hattest einen Alptraum und...«

»Nein, nein, es ist die Wahrheit! Die beiden wollten mich ermorden und sind dafür hingerichtet worden.«

Kirk machte ein ungläubiges Gesicht. »Catherine...«

»Ich hab' dir bisher nichts davon erzählt, weil... weil es für mich schmerzlich ist, darüber zu reden.«

Plötzlich wurde ihm klar, daß es ihr ernst war. »Wie ist das passiert?«

»Ich wollte mich nicht von Larry scheiden lassen, und er... er hat eine andere Frau geliebt, und die beiden haben beschlossen, mich zu ermorden.«

Kirk hörte jetzt aufmerksam zu. »Wann war das?«

»Vor etwas über einem Jahr.«

»Was ist aus den beiden geworden?«

»Sie sind... sie sind in Griechenland hingerichtet worden.«

Er hob eine Hand. »Augenblick! Sie sind hingerichtet worden, weil sie *versucht* haben, dich zu ermorden?«

»Ja.«

»Ich bin kein Fachmann für griechisches Strafrecht«, sagte Reynolds, »aber ich möchte wetten, daß es auch dort keine Todesstrafe für einen *versuchten* Mord gibt. Da muß irgend etwas schiefgegangen sein. Ich kenne einen Staatsanwalt in Athen. Den rufe ich gleich morgen früh an, um diese Sache aufzuklären. Er heißt Peter Demonides.«

Catherine schlief noch, als Kirk Reynolds erwachte. Er zog sich leise an und ging ins Schlafzimmer hinüber. Dort blieb er vor dem Bett stehen und blickte auf Catherine herab. *Ich liebe sie so sehr. Ich muß rauskriegen, was wirklich passiert ist, und die Schatten von ihrer Seele nehmen.*

Kirk ging in die Hotelhalle hinunter und meldete ein Gespräch nach Athen an. »Bitte mit Voranmeldung, Fräulein. Ich möchte mit Peter Demonides persönlich sprechen.«

Eine halbe Stunde später war das Gespräch da.

»Mr. Demonides? Hier ist Kirk Reynolds. Ich weiß nicht, ob Sie sich an mich erinnern, aber ...«

»Natürlich! Sie arbeiten für Constantin Demiris.«

»Richtig.«

»Was kann ich für Sie tun, Mr. Reynolds?«

»Entschuldigen Sie die Störung, aber mich beschäftigt etwas ... Es betrifft einen ganz bestimmten Aspekt des griechischen Strafrechts.«

»Von Strafrecht verstehe ich ein bißchen«, antwortete Demonides jovial. »Und ich helfe Ihnen gern weiter.«

»Gibt es im griechischen Strafrecht irgendeine Bestimmung, die eine Hinrichtung wegen versuchten Mordes zuläßt?«

Am anderen Ende herrschte langes Schweigen. »Darf ich fragen, weshalb Sie sich dafür interessieren?«

»Ich bin mit einer Frau namens Catherine Alexander zusammen. Sie scheint zu glauben, ihr Ehemann und seine Geliebte seien wegen Mordversuchs an ihr hingerichtet worden. Aber das klingt nicht logisch. Verstehen Sie, was ich meine?«

»Ja, ich verstehe, was Sie meinen«, antwortete Demonides nachdenklich. »Wo sind Sie im Augenblick, Mr. Reynolds?«

»Im Palace in Sankt Moritz.«

»Ich überprufe diese Sache und rufe Sie dann zurück.«

»Dafür wäre ich Ihnen sehr dankbar. Ehrlich gesagt, ich glaube,

Miss Alexander bildet sich alles nur ein, und ich möchte Klarheit schaffen, um diese Belastung von ihr zu nehmen.«

»Ja, ich verstehe. Sie hören von mir, das verspreche ich Ihnen.«

Die Luft war frisch und klar, und die Schönheit der Landschaft ließ Catherine die Gespenster der vergangenen Nacht vergessen.

Die beiden frühstückten im Dorf, und als sie fertig waren, schlug Reynolds vor: »Komm, wir gehen zum Hang hinüber und machen ein Skihäschen aus dir.« Er ging mit Catherine zum Übungshang und meldete sie zum Skikurs an.

Catherine schnallte die Skier an und richtete sich auf. Sie sah auf ihre Füße hinunter. »Wie komisch! Hätte Gott gewollt, daß wir so aussehen, wären unsere Väter Bäume gewesen.«

»Wie bitte?«

»Ach nichts, Kirk.«

Der Skilehrer lächelte. »Keine Angst, Miss Alexander, damit kommen Sie bald zurecht. Wir schulen auf der Corviglia. Das ist das ideale Übungsgebiet.«

»Du wirst überrascht sein, wie schnell du die Anfangsgründe beherrschst«, versicherte Reynolds Catherine.

Er blickte zu einer Piste in der Ferne hinüber und wandte sich an den Skilehrer. »Ich versuch's heute mal mit der Fuorcla Grischa, glaube ich.«

»Klingt köstlich«, warf Catherine ein. »Ich möchte meine gegrillt.«

Kein Lächeln. »Das ist eine Skipiste, Darling.«

»Oh.« Catherine versuchte nicht, ihm zu erklären, daß das ein Scherz gewesen war. *Das darf ich bei ihm nicht mehr machen.*

»Die Grischa ist ziemlich steil«, sagte der Skilehrer. »An Ihrer Stelle würde ich zum Aufwärmen erst die Standard Marguns von der Corviglia fahren, Mr. Reynolds.«

»Gute Idee. Das mache ich. Catherine, treffen wir uns zum Mittagessen im Hotel?«

»Einverstanden.«

Reynolds winkte ihr zu und ging davon.

»Amüsier dich gut!« rief Catherine ihm nach. »Und vergiß nicht zu schreiben.«

»Gut«, sagte der Skilehrer, »dann wollen wir mal anfangen.«

Zu Catherines Überraschung machte ihr der Skikurs Spaß. Anfangs war sie noch nervös. Sie kam sich unbeholfen vor, als sie an der Seite des Lehrers einen sanft geneigten Hang hinaufstapfte.

»Leicht nach vorn beugen und die Skispitzen belasten. Die Skier parallel führen.«

»Das müssen Sie *denen* sagen. Die machen, was sie wollen«, behauptete Catherine.

»Sie stellen sich schon ganz geschickt an. Jetzt machen wir eine kleine Abfahrt. Skier parallel, leichte Vorlage, etwas abstoßen – und schon geht's los!«

Sie stürzte.

»Und gleich noch mal. Das war nicht schlecht.«

Catherine stürzte wieder. Und ein drittes Mal. Dann wurde sie allmählich sicherer. Sie kam sich vor, als wären ihr Flügel gewachsen. Sie genoß das erregende Gefühl, einen ganzen Hang hinunterzugleiten, als fliege sie, während der Schnee unter ihren Skiern knirschte und der Fahrtwind ihre Wangen rötete.

»Herrlich!« rief Catherine aus. »Kein Wunder, daß so viele verrückt aufs Skifahren sind. Wie bald können wir auf die große Abfahrt?«

Der Skilehrer lachte. »Heute bleiben wir noch hier. Zu den Olympischen Spielen können Sie dann morgen.«

Insgesamt war es ein wundervoller Vormittag.

Als Kirk Reynolds vom Skifahren zurückkehrte, erwartete Catherine ihn im Grill Room. Er hatte rote Wangen und wirkte gutgelaunt, als er an den Tisch trat und Platz nahm.

»Na?« fragte er. »Wie hat's dir gefallen?«

»Großartig! Ich hab' mir nichts Wichtiges gebrochen. Ich bin gar nicht oft hingefallen. Und weißt du was?« fragte sie stolz. »Am Schluß bin ich schon den ganzen Hang runtergefahren, ohne ein einziges Mal zu stürzen!«

Reynolds lächelte. »Wunderbar.« Er wollte ihr von seinem Anruf bei Peter Demonides erzählen, unterließ es dann aber doch. Er wollte nicht, daß Catherine sich wieder aufregte.

Nach dem Mittagessen machten sie einen längeren Bummel durchs verschneite St. Moritz. Catherine fühlte sich allmählich müde.

»Ich gehe auf unser Zimmer, glaub' ich«, sagte sie. »Vielleicht mache ich ein Nickerchen.«

»Gute Idee. Wenn man die Bergluft nicht gewöhnt ist, macht sie leicht müde.«

»Was hast du vor, Kirk?«

Er sah zu einem entfernten Berg hinüber. »Ich werd's mal mit der Grischa versuchen. Die bin ich noch nie gefahren. Sie ist eine Herausforderung.«

»Weil sie da ist, meinst du?«

»Wie bitte?«

»Nichts. Sie sieht gefährlich aus.«

Reynolds nickte. »Deswegen ist sie eine Herausforderung.«

Catherine ergriff seine Hand. »Kirk, das mit letzter Nacht tut mir leid. Ich ... ich will versuchen, dich nicht wieder zu enttäuschen.«

»Mach dir deswegen keine Sorgen. Geh nach oben und leg dich ein bißchen hin.«

»Ja, das tue ich.«

Sie sah ihm nach, als er davonging, und dachte: *Ein wundervoller Mann. Was findet er bloß an einer dummen Gans wie mir?*

Catherine schlief den ganzen Nachmittag durch, und diesmal blieben die Träume aus. Als sie aufwachte, war es schon fast 18 Uhr. Kirk würde bald zurückkommen.

Während sie badete und sich anzog, dachte sie an den vor ihr liegenden Abend. *Nein, nicht der Abend,* gestand sie sich ein, *die Nacht. Er hat eine Wiedergutmachung verdient.*

Sie trat ans Fenster und sah hinaus. Draußen war es schon fast dunkel. *Kirk muß das Skifahren heute wirklich Spaß machen,* dachte Catherine. Sie sah zu einer der großen Skipisten hinüber. *Ist das die Grischa? Ob ich mich jemals auf solche Abfahrten wagen werde?*

Um 19 Uhr war Kirk Reynolds noch immer nicht zurück. Die Dämmerung war tiefer Dunkelheit gewichen. *Nachts kann er nicht mehr unterwegs sein,* dachte Catherine. *Ich möchte wetten, daß er bei einem Drink unten in der Bar sitzt.*

Als sie eben zur Tür gehen wollte, klingelte das Telefon.

Sie lächelte. *Aha, ich hab' recht gehabt! Er ruft an, um zu fragen, ob ich nicht auch runterkommen will.*

Catherine nahm den Hörer ab und fragte lachend: »Na, bist du auch Sherpas begegnet?«

»Mrs. Reynolds?« fragte eine unbekannte Männerstimme.

Sie wollte schon nein sagen, aber dann fiel ihr ein, wie Kirk sie ins Gästebuch eingetragen hatte. »Ja, hier ist Mrs. Reynolds.«

»Tut mir leid, aber ich muß Ihnen eine traurige Nachricht mitteilen. Ihr Mann hat einen Skiunfall gehabt.«

»Um Himmels willen! Ist er... hat er einen schlimmen Unfall gehabt?«

»Ja, leider.«

»Ich komme sofort hin. Wo...?«

»Es tut mir leid, es Ihnen sagen zu müssen, aber er... er ist tot, Mrs. Reynolds. Er ist von der Lagalb abgefahren und hat sich das Genick gebrochen.«

16

Tony Rizzoli beobachtete, wie sie nackt aus dem Bad kam, und dachte: *Warum haben griechische Frauen bloß so dicke Hintern?*

Sie schlüpfte zu ihm ins Bett, umarmte ihn und flüsterte: »Ich bin so froh, daß du mich ausgewählt hast, mein *Poulaki.* Du hast mir auf den ersten Blick gefallen.«

Tony Rizzoli mußte sich beherrschen, um nicht laut zu lachen. Die Schlampe hatte sich zu viele Filmschnulzen angesehen.

»Klar«, sagte er. »So ist's mir auch gegangen, Baby.«

Er hatte Helena im The New Yorker aufgegabelt – einem schäbigen Nachtclub in der Kallaristraße, in dem sie als Sängerin auftrat. Sie war das, was die Griechen verächtlich als *Gkabliara skila,* läufige Hündin, bezeichnen. Keine der im Club arbeitenden Frauen hatte Talent – zumindest nicht in der Kehle –, aber alle waren bereit, für Geld mitzugehen. Mit dunklen Augen, sinnlichen Lippen und ausladenden Körperteilen war Helena einigermaßen attraktiv. Sie war vierundzwanzig, für seinen Geschmack etwas zu alt, aber er kannte in Athen sonst keine Ladies und konnte es sich nicht leisten, wählerisch zu sein.

»Gefall' ich dir?« fragte Helena schelmisch.

»Yeah, ich bin *pazzo* nach dir.«

Er begann ihre Brüste zu streicheln, fühlte die Brustspitzen hart werden und drückte mit Daumen und Zeigefinger kräftig zu.

»Runter mit dem Kopf, Baby.«

Sie schüttelte den Kopf. »Das mach' ich nicht.«

Rizzoli starrte sie an. »Wirklich nicht?«

Brutal zog er sie an den Haaren nach unten.

Helena schrie auf. »Dreckskerl!«

Der Amerikaner schlug ihr brutal ins Gesicht. »Keinen Ton mehr, sonst brech' ich dir das Genick!«

Rizzoli drückte ihren Kopf zwischen seine Beine. »Da ist er, Baby. Mach ihn glücklich.«

»Laß mich los!« wimmerte sie. »Du tust mir weh.«

Rizzoli packte ihr Haar fester. »He, du bist verrückt nach mir, stimmt's?«

Als er ihr Haar losließ, sah sie mit zornfunkelnden Augen zu ihm auf.

»Du kannst dich...«

Sein Gesichtsausdruck ließ sie verstummen. Der Kerl hatte etwas Beängstigendes an sich. Warum hatte sie das nicht früher gemerkt?

»Wir brauchen uns nicht zu streiten«, sagte sie besänftigend. »Du und ich...«

Seine Finger krallten sich in ihren Nacken. »Ich bezahl' dich nicht, damit du Konversation machst.« Seine Faust krachte gegen ihren Wangenknochen. »Halt's Maul und mach dich an die Arbeit.«

»Natürlich, Sweetheart«, wimmerte Helena. »Natürlich.«

Tony Rizzoli war unersättlich, und als er endlich von ihr abließ, blieb Helena erschöpft neben ihm liegen, bis sie bestimmt wußte, daß er schlief. Dann stand sie leise auf und zog sich an. Rizzoli hatte noch nicht gezahlt. Normalerweise hätte sie das Geld – plus einem großzügigen Trinkgeld – aus seiner Brieftasche genommen. Aber instinktiv wußte sie, daß es besser war, diesmal ohne Geld zu verschwinden.

Eine Stunde später schrak Tony Rizzoli hoch, weil jemand gegen die Zimmertür hämmerte. Er setzte sich auf und bemühte sich, seine Armbanduhr zu erkennen. Es war 4.05 Uhr. Er sah sich um. Die Frau war verschwunden.

»Wer ist da?« rief er.

»Ihr Nachbar.« Die Stimme klang ärgerlich. »Ein Anruf für Sie.«

Rizzoli rieb sich die Stirn. »Gut, ich komme.«

Er schlüpfte in seinen Bademantel und trat an den Sessel, über dem seine Hose lag. Ein Blick in seine Brieftasche zeigte ihm, daß noch alles Geld da war. *Ganz so blöd war die Schlampe also doch nicht.* Er zog einen Hundertdollarschein heraus, ging zur Zimmertür und öffnete sie.

Sein Nachbar stand in Bademantel und Pantoffeln auf dem Flur. »Wissen Sie, wie spät es ist?« fragte er empört. »Dabei haben Sie mir versprochen, daß ...«

Rizzoli gab ihm den Hunderter. »Tut mir schrecklich leid«, entschuldigte er sich. »Aber ich mach's kurz, darauf können Sie sich verlassen.«

Der Mann schluckte. Seine Empörung war verflogen. »Schon gut, Mister. Muß wohl was Wichtiges sein, wenn man dafür um vier Uhr aus dem Bett geklingelt wird.«

Der Amerikaner betrat das Zimmer gegenüber und griff nach dem Telefonhörer. »Rizzoli.«

»Mr. Rizzoli, Sie haben ein Problem«, sagte eine Stimme.

»Wer sind Sie?«

»Spyros Lambrou hat mich gebeten, Sie anzurufen.«

»Oh.« Er war schlagartig hellwach. »Wo liegt das Problem?«

»Es betrifft Constantin Demiris.«

»Was ist mit ihm?«

»Einer seiner Tanker, die *Thele,* ist aus Marseille ausgelaufen.«

»Und?«

»Wie wir erfahren haben, hat Mr. Demiris das Schiff nach Piräus beordert. Es soll am Sonntagmorgen hier anlegen und abends wieder auslaufen. Constantin Demiris hat vor, bei Auslaufen an Bord zu sein.«

»*Was?*«

»Er will durchbrennen.«

»Aber er und ich haben eine ...«

»Mr. Lambrou läßt Ihnen ausrichten, daß Demiris in Amerika

untertauchen will, bis er eine Möglichkeit gefunden hat, Sie zu beseitigen.«

Dieser hinterhältige Bastard! »Ich verstehe. Übermitteln Sie Mr. Lambrou meinen Dank. Ich danke ihm sehr herzlich.«

»Es ist ihm ein Vergnügen gewesen.«

Tony Rizzoli legte den Hörer auf.

»Alles in Ordnung, Mr. Rizzoli?«

»Was? O ja, natürlich. Alles bestens.« Und das stimmte sogar.

Je länger Rizzoli über den Anruf nachdachte, desto zufriedener war er. Er hatte erreicht, daß Constantin Demiris versuchte, vor ihm zu fliehen. In diesem Zustand würde er wesentlich leichter zu beeinflussen sein. *Sonntag*. Er hatte zwei Tage Zeit, um sich einen Plan auszudenken.

Tony Rizzoli wußte, daß er vorsichtig sein mußte. Er wurde auf Schritt und Tritt überwacht. *Dämliche Keystone Cops,* dachte Rizzoli verächtlich. *Wenn's soweit ist, häng' ich sie irgendwo ab.*

Kurz nach neun Uhr betrat Rizzoli eine Telefonzelle in der Kifisiasstraße und rief Viktor Korontzis im Museum an.

Im reflektierenden Glas sah Tony Rizzoli einen Mann, der vorgab, sich für ein Schaufenster zu interessieren, und einen weiteren, der auf der anderen Straßenseite mit einem Blumenverkäufer schwatzte. Es war offensichtlich, daß sie ihn beschatteten. *Viel Spaß dabei!* dachte der Amerikaner.

»Korontzis.«

»Viktor? Hier ist Tony.«

»Ist irgendwas passiert?« Aus der Stimme des kleinen Mannes sprach jähe Angst.

»Nein«, beschwichtigte Rizzoli ihn, »alles in bester Ordnung. Viktor, du kennst doch die hübsche Vase mit den roten Figuren drauf?«

»Die Ka-Amphore?«

»Yeah. Die bringst du heute abend mit.«

Am anderen Ende entstand eine lange Pause. »Heute abend? Ich ... ich weiß nicht recht, Tony.« Korontzis' Stimme zitterte. »Wenn irgendwas schiefgeht ...«

»Okay, Kumpel, reden wir nicht mehr davon. Ich hab' bloß versucht, dir 'nen Gefallen zu tun. Du sagst Prizzi einfach, daß du das Geld nicht hast, und läßt ihn mit dir anstellen, was er ...«

»Nein, Tony! Augenblick! Ich ... ich ...« Wieder eine Pause. »Geht in Ordnung.«

»Weißt du bestimmt, daß die Sache in Ordnung geht, Viktor? Falls du's doch nicht tun willst, brauchst du's nur zu sagen, und ich reise in die Staaten zurück, wo ich keine solche Probleme habe. Ich bin nicht scharf auf solche Schwierigkeiten, verstehst du? Ich kann ...«

»Nein, ich weiß zu schätzen, was du für mich tust, Tony. Wirklich! Heute abend ist in Ordnung.«

»Okay, dann bleibt's dabei. Wenn dein Museum heute abend schließt, brauchst du die Vase nur durch eine Kopie zu ersetzen.«

»Das Bewachungspersonal kontrolliert alle Taschen, die mit hinausgenommen werden.«

»Na und? Sind das vielleicht Kunstexperten?«

»Nein, natürlich nicht, aber ...«

»Hör zu, Viktor, ich sage dir, was du zu tun hast. Du läßt dir für die *gekaufte* Kopie eine Rechnung geben und legst sie zu dem Original in die Tragtüte. Hast du verstanden?«

»Ja. Ich ... ich habe verstanden. Wo treffen wir uns?«

»Wir treffen uns überhaupt nicht. Du verläßt das Museum um Viertel nach sechs. Draußen wartet ein Taxi, in das du mit deiner Tüte steigst. Du läßt dich zum Hotel Grande Bretagne fahren. Dort weist du den Taxifahrer an, auf dich zu warten, und läßt die Tüte im Wagen liegen. Du gehst in die Hotelbar und genehmigst dir einen Drink. Dann fährst du wie jeden Abend nach Hause.«

»Aber die Tüte ...«

»Keine Angst, die kommt in gute Hände.«

Viktor Korontzis stand der Angstschweiß auf der Stirn. »So was hab' ich noch nie gemacht, Tony. Ich hab' noch nie etwas gestohlen. Ich bin mein Leben lang...«

»Ja, ich weiß«, sagte Rizzoli beschwichtigend. »Ich natürlich auch nicht. Denk daran, Viktor, daß ich das ganze Risiko auf mich nehme, ohne das geringste davon zu haben.«

Korontzis' Stimme zitterte. »Du bist ein wahrer Freund, Tony. Der beste, den ich je gehabt habe.« Er nahm seinen ganzen Mut zusammen, um eine Frage zu stellen: »Weißt du schon ungefähr, wann ich das Geld bekomme?«

»Sehr bald«, versicherte Tony Rizzoli ihm. »Sobald die Sache geklappt hat, bist du alle Sorgen los.« *Und ich auch,* dachte Rizzoli triumphierend. *Und zwar für immer.*

An diesem Nachmittag hatten wieder Kreuzfahrtschiffe in Piräus angelegt, so daß das Museum voller Touristen war. Sonst hatte Viktor Korontzis seinen Spaß daran, sie zu beobachten und Vermutungen über ihr Leben anzustellen. Briten und Amerikaner stellten das größte Kontingent von Besuchern aus Dutzenden von Ländern. Aber heute war Korontzis zu nervös und ängstlich, um sich für sie zu interessieren.

Er sah zu den beiden Ständen hinüber, an denen Kopien von Ausstellungsstücken des Museums verkauft wurden. Sie waren von Touristen umlagert, und die beiden Verkäuferinnen hatten Mühe, den Ansturm zu bewältigen.

Vielleicht sind sie bald ausverkauft, dachte er hoffnungsvoll, *und ich kann Rizzolis Plan nicht in die Tat umsetzen.* Aber er wußte, daß das eine unrealistische Hoffnung war, denn im Keller des Museums lagerten noch Hunderte von Kopien.

Die Vase, die er auf Tonys Vorschlag stehlen sollte, gehörte zu den größten Schätzen des Museums. Sie stammte aus der Zeit um 1500 vor Christus; eine Amphore mit roten mythologischen Figuren auf schwarzem Untergrund. Viktor Korontzis hatte sie zum letzten Mal vor über einem Jahrzehnt in den Händen gehalten, als er sie ehrfürchtig in die Vitrine gestellt hatte, in der man sie für ewig in Sicherheit glaubte. *Und jetzt stehle ich sie,* dachte er unglücklich. *Gott sei mir gnädig.*

Korontzis brachte den ganzen Nachmittag wie benommen hinter seinem Schreibtisch zu. Er fürchtete den Augenblick, in dem er zum Dieb werden würde. *Ich bring's nicht fertig. Es muß irgendeine andere Lösung geben. Aber welche?* Er sah keine Möglichkeit, soviel Geld aufzutreiben. Und er glaubte, Sal Prizzis Stimme zu hören. *Ich kriege mein Geld noch heute abend, sonst wirst du an meine Hunde verfüttert. Kapiert?* Der Mann war ein Killer. Nein, ihm blieb nichts anderes übrig.

Erst kurz vor 18 Uhr tauchte Viktor Korontzis wieder aus seinem Büro auf. Die beiden Frauen, die Kopien von Museumsstücken verkauften, hatten gerade begonnen, die Tageseinnahmen abzurechnen.

»*Signomi!*« rief Korontzis. »Einer meiner Freunde hat heute Geburtstag. Ich dachte, ich könnte ihm etwas aus dem Museum schenken.« Er trat an den Stand und gab vor, die ausgestellten Amphoren, Kelche, Bücher und Karten zu betrachten. Zuletzt deutete er auf eine Kopie der roten Amphore. »Die da würde ihm gefallen, denk' ich.«

»Die gefällt ihm bestimmt«, sagte die Verkäuferin und nahm die Amphore aus dem Schaukasten.

»Geben Sie mir bitte eine Quittung mit.«

»Sofort, Herr Korontzis. Soll ich sie Ihnen als Geschenk einpakken?«

»Nein, das ist nicht notwendig«, wehrte er hastig ab. »Sie können sie einfach in eine Tüte stecken.«

Er beobachtete, wie sie die Kopie in eine Tüte steckte und die Quittung dazulegte. »Danke.«

»Hoffentlich hat Ihr Freund Spaß daran.«

»Oh, da bin ich sicher.« Er nahm mit zitternden Händen die Tüte entgegen und ging in sein Büro zurück.

Dann sperrte er die Tür ab, nahm die Amphorenkopie aus der Tragtüte und stellte sie auf seinen Schreibtisch. *Es ist noch nicht zu spät*, dachte er. *Noch habe ich nichts Strafbares getan.* In seiner quälenden Unentschlossenheit gingen ihm die wirresten Gedanken durch den Kopf.

Ich könnte Frau und Kinder im Stich lassen und mich ins Ausland absetzen. Ich könnte Selbstmord verüben. Ich könnte zur Polizei gehen und anzeigen, daß ich bedroht werde. Aber wenn die Wahrheit rauskommt, bin ich ruiniert.

Nein, es gab keinen Ausweg. Er wußte, daß Prizzi ihn umbringen würde, wenn er seine Spielschulden nicht bezahlte. *Gott sei Dank habe ich meinen Freund Tony. Ohne ihn wäre ich ein toter Mann.*

Korontzis sah auf seine Uhr. Höchste Zeit! Er stand auf, merkte, daß seine Knie zitterten, atmete tief durch und versuchte, ruhiger zu werden. Seine Hände waren schweißnaß. Er wischte sie an seinem Hemd ab. Dann steckte er die Kopie in die Tragtüte zurück und sperrte die Tür auf. Der Wachmann am Eingang hatte Dienst, bis das Museum um 18 Uhr schloß. Sein Kollege vom Nachtdienst, der die Runde durch alle Säle machte, mußte um diese Zeit in einem der hinteren Räume sein.

Als Korontzis sein Büro verließ, wäre er beinahe mit dem Nachtwächter zusammengeprallt. Er zuckte schuldbewußt zusammen.

»Entschuldigung, Herr Korontzis. Ich hab' nicht gewußt, daß Sie noch da sind.«

»Ja. Ich . . . ich wollte gerade gehen.«

»Wissen Sie«, sagte der Nachtwächter bewundernd, »ich beneide Sie oft.«

Wenn der wüßte! »Tatsächlich? Warum denn?«

»Sie wissen soviel über all diese schönen Dinge. Ich mache meine Runde und schaue mir die Sachen an, ohne viel davon zu verstehen. Dabei sind das kostbare Stücke, Teile unserer Geschichte, nicht wahr? Vielleicht könnten Sie mich gelegentlich mal durch die Sammlung führen. Ich wüßte wirklich gern ...«

Warum hält der alte Trottel nicht endlich die Klappe. »Ja, natürlich. Irgendwann. Ich führe sie gern einmal.« Über die Schulter des Mannes hinweg sah Korontzis die Vitrine mit der kostbaren Amphore. Er mußte den Nachtwächter irgendwie loswerden.

»Ich ... Hören Sie, mit der Alarmanlage an den Kellerfenstern scheint irgendwas nicht in Ordnung zu sein. Würden Sie die bitte überprüfen?«

»Wird gemacht. Soviel ich gelesen habe, stammen einige unserer Stücke aus dem ...«

»Würden Sie sie bitte gleich überprüfen? Ich möchte nicht gehen, bevor ich weiß, daß alles in Ordnung ist.«

»Sofort, Herr Korontzis. Bin gleich wieder da!«

Viktor Korontzis blieb stehen und sah dem zur Kellertreppe gehenden Nachtwächter nach. Sobald der Mann verschwunden war, hastete er zu der Vitrine mit der roten Amphore. Während er einen Schlüssel aus der Tasche zog, dachte er: *Ich tu's wirklich! Ich bin dabei, sie zu stehlen.*

Der Schlüssel glitt ihm aus den Fingern und fiel klirrend zu Boden. *Ist das ein Omen? Versucht Gott mir irgend etwas zu sagen?* Sein Hemd war schweißnaß. Er bückte sich, hob den Schlüssel auf und starrte dabei die Amphore an. Ein wahres Prachtstück! Vor Urzeiten hatten seine Vorfahren sie mit liebevoller Sorgfalt hergestellt. Der Nachtwächter hatte recht: Sie war ein unersetzliches Stück griechischer Geschichte.

Korontzis schloß kurz die Augen und bemühte sich, sein Zittern zu unterdrücken. Dann überzeugte er sich durch einen raschen Blick, daß er nicht beobachtet wurde, sperrte die Vitrine auf und nahm die Amphore vorsichtig heraus. Als nächstes holte er die Kopie aus der Tragtüte und stellte sie in die Vitrine.

Korontzis richtete sich auf und betrachtete die Amphore. Obwohl sie eine sehr gute Kopie war, schien sie für ihn *Fälschung* zu rufen. Der Schwindel war unverkennbar. *Aber nur für mich,* dachte Korontzis, *und ein paar weitere Fachleute.* Außer ihnen würde kein Mensch etwas merken. Und niemand hatte einen Grund, die Amphore genauer zu untersuchen. Korontzis sperrte die Vitrine ab und legte die echte Amphore in die Tragtüte mit der quittierten Rechnung.

Dann zog er sein Taschentuch heraus und wischte sich Gesicht und Hände ab. Geschafft! Er sah auf seine Armbanduhr. 18.11 Uhr. Er mußte sich beeilen. Als er zum Ausgang unterwegs war, sah er den Nachtwächter auf sich zukommen.

»Die Alarmanlage scheint völlig in Ordnung zu sein, Herr Korontzis, und ...«

»Gut«, sagte Korontzis. »Wir können nicht vorsichtig genug sein, stimmt's?«

Der Mann nickte lächelnd. »Da haben Sie recht. Gehen Sie jetzt?«

»Ja. Gute Nacht.«

»Gute Nacht.«

Der Wachmann, der tagsüber Dienst hatte, stand noch am Ausgang und schien eben gehen zu wollen. Er grinste, als er die Tragtüte sah. »Die muß ich kontrollieren. Das haben Sie selbst angeordnet.«

»Selbstverständlich«, sagte Korontzis rasch. Er gab ihm seine Tragtüte.

Der Wachmann warf einen Blick hinein, holte die Amphore heraus und sah die Quittung.

»Ein Geschenk für einen Freund«, erklärte Korontzis ihm. »Er ist Ingenieur.« *Wozu hast du das gesagt? Was kümmert den das? Benimm dich gefälligst natürlich!*

»Hübsch.« Der Wachmann warf die Amphore in die Tragtüte zurück, und Korontzis fürchtete einen schrecklichen Augenblick lang, sie würde zersplittern.

Viktor Korontzis drückte die Tragtüte an seine Brust. »*Kalispera.*«

Der Wachmann hielt ihm die Tür auf. »*Kalispera.*«

Korontzis mußte gegen eine plötzliche Übelkeit ankämpfen und trat schweratmend in die kühle Abendluft hinaus. Er hielt gewissermaßen Millionen von Dollar in der Hand, aber daran dachte er in diesem Augenblick nicht. Er wußte nur, daß er sein Vaterland verriet, daß er seinem geliebten Griechenland ein Stück Geschichte stahl, um es irgendeinem gesichtslosen Ausländer zu verkaufen.

Er ging langsam die Treppe hinunter. Wie Tony Rizzoli ihm versprochen hatte, wartete vor dem Museum ein Taxi. Korontzis schleppte sich zu dem Wagen und stieg ein. »Hotel Grande Bretagne«, sagte er.

Er sackte auf dem Rücksitz zusammen, erschöpft und zerschlagen, als läge ein schrecklicher Kampf hinter ihm. Aber hatte er gewonnen oder verloren?

Als das Taxi vor dem Hotel Grande Bretagne hielt, wies er den Fahrer an: »Warten Sie bitte hier.« Nach einem letzten Blick auf die Tragtüte mit dem kostbaren Inhalt auf dem Rücksitz stieg er aus und verschwand rasch im Hotel. Hinter dem Eingang drehte er sich um und sah nach draußen. Ein Unbekannter stieg in das Taxi. Im nächsten Augenblick fuhr es rasch davon.

Geschafft! dachte Korontzis. *Aber so was werde ich in meinem Leben nie wieder tun! Der Alptraum ist vorbei.*

Am Sonntagnachmittag gegen 15 Uhr verließ Tony Rizzoli sein Hotel und schlenderte in Richtung Omoniaplatz. Zu einer rotkarierten Jacke trug er eine grüne Hose und ein rotes Barett. Zwei Kriminalbeamte beschatteten ihn. »Die Klamotten muß er aus einem Zirkus haben«, meinte der eine.

In der Metaxastraße hielt Rizzoli ein Taxi an. Der Kriminalbeamte sprach in sein Handfunkgerät. »Der Verdächtige ist in ein Taxi gestiegen.«

»Wir sehen ihn«, antwortete eine Stimme. »Wir bleiben dran. Geht ins Hotel zurück.«

»Wird gemacht.«

Eine neutrale graue Limousine folgte dem nach Süden am Monastirakiplatz vorbeifahrenden Taxi in diskretem Abstand. Der Kriminalbeamte neben dem Fahrer griff nach dem Handmikrofon.

»Zentrale, hier Wagen vier. Der Verdächtige sitzt in einem Taxi, das die Philhellionstraße entlangfährt ... Augenblick, eben ist es in die Petastraße abgebogen. Er scheint zur Plaka zu wollen. Dort hängt er uns möglicherweise ab. Könnten Sie ihn dann zu Fuß weiterverfolgen lassen?«

»Einen Moment, Wagen vier.« Eine halbe Minute später meldete die Stimme sich erneut. »Wagen vier, ein weiteres Team ist unterwegs. Falls er in der Plaka aussteigt, folgt man ihm zu Fuß.«

»*Kala*. Der Verdächtige trägt eine rotkarierte Jacke, eine grüne Hose und ein rotes Barett. Er ist kaum zu übersehen. Augenblick! Das Taxi hält. Er steigt in der Plaka aus.«

»Verstanden. Wir übernehmen. Sie können zum Hotel zurückfahren. Ende.«

In der Plaka beobachteten zwei Kriminalbeamte, wie der Mann aus dem Taxi ausstieg.

»Wo hat der sich bloß so ausstaffiert?« meinte einer der beiden.

Sie setzten sich in Bewegung und begannen, ihm durch das belebte Labyrinth der Athener Altstadt zu folgen. Etwa eine Stunde lang schlenderte er scheinbar ziellos durch die Gassen – an Bars, Tavernen, Andenkenläden und kleinen Galerien vorbei. Er folgte der Anafiotikastraße und interessierte sich dann für einen Flohmarkt, auf dem Schwerter, Dolche, Musketen, Kochtöpfe, Kerzenleuchter, Öllampen und Ferngläser feilgeboten wurden.

»Was hat er eigentlich vor, verdammt noch mal?«

»Anscheinend macht er bloß einen Stadtbummel. Halt, wohin will er jetzt?«

Die beiden folgten ihm, als er in die Gerontastraße abbog und das Restaurant Xynou betrat. Sie blieben in einiger Entfernung vom Eingang stehen und sahen zu, wie er bestellte.

Die beiden Beamten begannen sich allmählich zu langweilen. »Hoffentlich kommt er bald wieder raus. Ich möchte heim und ein Nickerchen machen.«

»Bleib lieber wach! Falls er uns abhängt, tritt Nikolino uns gewaltig in den Hintern.«

»Wie soll er das können? Der Kerl ist doch auffällig wie 'n Leuchtturm.«

Der andere Kriminalbeamte starrte seinen Kollegen an.

»Was? Was hast du eben gesagt?«

»Ich hab' gesagt, daß er...«

»Schon gut!« Seine Stimme klang plötzlich nervös. »Hast du dir eigentlich mal sein Gesicht angesehen?«

»Nein.«

»Ich auch nicht. *Toublo!* Los, komm!«

Inspektor Nikolino kochte vor Wut. »Ich hatte drei Teams auf Rizzoli angesetzt. Wie hat er euch da abhängen können?«

»Er hat uns reingelegt, Inspektor. Die Kollegen haben beobachtet, wie er in ein Taxi gestiegen ist, und...«

»Und sie haben das Taxi aus den Augen verloren?«

»Nein, sie sind drangeblieben. Wir haben gesehen, wie er ausgestiegen ist. Oder ein Mann, den wir wegen seiner wilden Aufmachung für ihn gehalten haben. Rizzoli hatte einen zweiten Mann im Taxi versteckt, und die beiden haben unterwegs ihre Sachen getauscht. Darum haben wir den falschen Mann beschattet.«

»Und Rizzoli ist mit dem Taxi weggefahren?«

»Ja, leider.«

»Habt ihr euch die Nummer aufgeschrieben?«

»Äh, nein, Inspektor. Das... das haben wir für überflüssig gehalten.«

»Wer ist der Mann, den ihr für Rizzoli gehalten habt?«

»Ein Page aus seinem Hotel. Der Amerikaner hat ihm weisgemacht, er wolle jemandem einen Streich spielen. Für diesen Gefallen hat er ihm hundert Dollar gegeben. Mehr weiß der junge Mann auch nicht.«

Inspektor Nikolino holte tief Luft. »Und ihr wißt vermutlich nicht, wo Mr. Rizzoli im Augenblick steckt?«

»Nein, Inspektor. Leider nicht.«

Griechenland hat sieben große Häfen: Saloniki, Patras, Wolos, Igumenitsa, Kawala, Iraklion und Piräus.

Piräus liegt zehn Kilometer südwestlich der Athener Innenstadt und ist nicht nur einer der Haupthäfen Griechenlands, sondern auch einer der wichtigsten Häfen Europas. Der ganze Komplex besteht aus vier Häfen, von denen drei Jachten und Fähr- und Passagierschiffe aufnehmen. Herakles, der vierte Hafen, ist für Frachter reserviert, die direkt vom Kai aus be- und entladen werden.

Die *Thele* lag in Herakles vor Anker. Der bewegungslos im dunklen Hafen liegende große Tanker erinnerte an ein riesenhaftes, nur scheinbar ruhendes Ungeheuer.

Tony Rizzoli, der von vier Männern begleitet wurde, fuhr die Pier entlang. Er blickte zu dem riesigen Schiff auf und dachte: *Okay, der Tanker ist also da. Mal sehen, ob Demiris an Bord ist.*

Er wandte sich an seine Begleiter. »Zwei von euch warten hier. Die beiden anderen kommen mit. Sorgt dafür, daß keiner von Bord geht.«

»Wird gemacht.«

Rizzoli und die beiden Männer stiegen die Gangway hinauf. Oben kam ihnen ein Bootsmann entgegen. »Zu wem möchten Sie?« fragte er auf englisch.

»Wir möchten Mr. Demiris sprechen.«

»Mr. Demiris ist in seiner Kabine. Erwartet er Sie?«

Der Tip war also richtig! Tony Rizzoli lächelte. »Yeah, er erwartet uns. Wann läuft das Schiff aus?«

»Um Mitternacht. Kommen Sie, ich zeige Ihnen den Weg.«

»Danke, sehr freundlich von Ihnen.«

Sie folgten dem Bootsmann übers Deck bis zu einem Niedergang. Unten gingen sie einen schmalen Korridor mit etwa einem halben Dutzend Kabinentüren entlang.

Vor der letzten Tür blieb der Bootsmann stehen und wollte anklopfen. Aber Tony Rizzoli schob ihn beiseite. »Danke, wir melden uns selbst an.« Er stieß die Tür auf und trat über die hohe Schwelle.

Die Kabine war größer, als Rizzoli erwartet hatte. Ihre Einrichtung bestand aus einem Bett, einer Couch, einem kleinen Schreibtisch und zwei Sesseln. Hinter dem Schreibtisch saß Constantin Demiris.

Demiris hob den Kopf, erkannte Rizzoli und stand so hastig auf, daß er beinahe den Stuhl umgeworfen hätte. Er war blaß geworden. »Was ... was tun Sie hier?« Seine Stimme war kaum mehr als ein Flüstern.

»Meine Freunde und ich sind hier, um Ihnen einen kleinen Abschiedsbesuch zu machen, Costa.«

»Woher haben Sie gewußt, daß ich ...? Ich meine, ich ... ich habe Sie nicht erwartet.«

»Davon bin ich überzeugt«, sagte Tony Rizzoli. Er drehte sich nach dem Bootsmann um. »Danke, Kumpel.«

Der Bootsmann ging.

Rizzoli wandte sich erneut an Demiris. »Wollten Sie etwa verreisen, ohne sich von Ihrem Partner zu verabschieden?«

»Nein, natürlich nicht«, beteuerte Demiris rasch. »Ich ... ich bin nur an Bord gekommen, um ein paar Dinge zu überprüfen. Das Schiff läuft morgen früh aus.« Seine Hände zitterten dabei.

Tony Rizzoli trat näher an ihn heran. Als er sprach, war seine Stimme gefährlich leise. »Mein lieber Costa, Sie haben einen großen Fehler gemacht. Es hat keinen Zweck, weglaufen zu wollen, weil's für Sie keinen Ort gibt, wo Sie hinkönnen. Sie und ich haben eine Vereinbarung getroffen, stimmt's? Wissen Sie, was mit Leuten passiert, die Vereinbarungen nicht einhalten? Die sterben scheußlich – ganz scheußlich.«

Demiris schluckte trocken. »Ich ... ich möchte allein mit Ihnen reden.«

Rizzoli nickte seinen Männern zu. »Okay, ihr wartet draußen.«

Als die beiden gegangen waren, ließ Tony Rizzoli sich in einen Sessel fallen. »Ich bin sehr enttäuscht von Ihnen, Costa.«

»Ich kann diese Vereinbarung nicht einhalten«, sagte Constantin Demiris. »Aber ich biete Ihnen Geld – mehr Geld, als Sie sich jemals erträumt haben.«

»Und was erwarten Sie dafür?«

»Daß Sie von Bord gehen und mich in Zukunft in Ruhe lassen.« Demiris' Stimme klang verzweifelt. »Rizzoli, Sie dürfen mir das nicht antun. Ich sehe kommen, daß meine Flotte beschlagnahmt wird. Dann bin ich ruiniert. Bitte! Ich gebe Ihnen alles, was Sie wollen.«

Tony Rizzoli grinste. »Ich habe alles, was ich will. Wie viele Tanker gehören Ihnen? Zwanzig? Dreißig? Wir werden sie alle fleißig einsetzen – Sie und ich. Sie brauchen bloß dafür zu sorgen, daß sie ein paar Häfen mehr anlaufen.«

»Sie ... Sie wissen gar nicht, was Sie mir damit antun.«

»He, darüber hätten Sie nachdenken sollen, bevor Sie versucht haben, mich reinzulegen.« Tony Rizzoli stand auf. »Bevor wir auslaufen, reden Sie mit dem Kapitän. Machen Sie ihm klar, daß wir einen kleinen Halt vor der Küste Floridas einlegen werden.«

Demiris zögerte. »Einverstanden. Wenn Sie morgen früh zurückkommen ...«

Tony Rizzoli lachte. »Ich bleibe an Bord, Costa. Das Versteckspiel ist zu Ende. Sie wollten heimlich um Mitternacht auslaufen. In Ordnung – aber nicht ohne mich, verstanden? Wir bringen eine Ladung Heroin an Bord, und damit die Reise sich richtig lohnt, nehmen wir noch eine Kostbarkeit aus einem Athener Museum mit. Und Sie werden mir helfen, sie in die Vereinigten Staaten zu schmuggeln. Das ist die Strafe für Ihren Versuch, mich aufs Kreuz zu legen.«

Demiris war sichtlich benommen. »Ich ... gibt's denn gar nichts«, fragte er bittend, »was ich tun könnte, damit ...?«

Tony Rizzoli schlug ihm auf die Schulter. »Kopf hoch! Ich verspreche Ihnen, daß es Ihnen Spaß machen wird, mein Partner zu sein.«

Rizzoli ging zur Kabinentür und öffnete sie. »Okay, bringt das Zeug an Bord«, wies er seine Männer an.

»Wo sollen wir's hintun?«

Auf jedem Schiff gab es Hunderte von möglichen Verstecken, aber Rizzoli hielt es für unnötig, ein besonders gutes zu suchen. Constantin Demiris' Flotte war über jeden Verdacht erhaben.

»Steckt das Zeug in einen Kartoffelsack«, sagte er. »Kennzeichnet den Sack und stellt ihn ganz hinten in den Kühlraum. Die Vase bringt ihr Mr. Demiris, damit er persönlich auf sie aufpassen kann.« Aus Rizzolis Blick sprach Verachtung, als er sich jetzt an Demiris wandte. »Oder macht Ihnen das Schwierigkeiten?«

Constantin Demiris versuchte zu sprechen, aber er brachte kein Wort heraus.

»Okay, Jungs«, sagte Tony Rizzoli. »An die Arbeit!«

Als die beiden gegangen waren, ließ Rizzoli sich wieder in den Sessel fallen. »Hübsche Kabine. Aber Sie dürfen sie behalten, Costa. Meine Jungs und ich suchen uns selbst eine Unterkunft.«

»Danke«, sagte Demiris niedergeschlagen. »Danke.«

Gegen Mitternacht legte der große Tanker vom Kai ab und wurde von zwei Schleppern aus dem Hafenbecken gezogen. Das Heroin war an Bord versteckt, und die Amphore hatte Constantin Demiris in seiner Kabine.

Tony Rizzoli nahm einen seiner Männer beiseite. »Hör zu, du gehst in den Funkraum und demolierst die Geräte. Ich will nicht, daß Demiris irgendwelche Nachrichten sendet.«

Constantin Demiris war ein gebrochener Mann, aber Rizzoli wollte trotzdem nichts riskieren.

Bis zum Augenblick des Ablegens hatte Tony Rizzoli befürchtet, irgend etwas könnte schiefgehen, denn die Ereignisse der letzten Tage hatten seine kühnsten Träume übertroffen. Constantin Demiris, einer der reichsten und mächtigsten Männer der Welt, war sein Partner. *Partner? Unsinn!* dachte Rizzoli. *Ich hab' den Hundesohn in der Tasche. Seine ganze gottverdammte Flotte gehört mir. Ich kann soviel Stoff transportieren, wie die Jungs liefern können. Sollen die anderen Kerls sich den Kopf darüber zerbrechen, wie sie ihre Ware in die Staaten schmuggeln. Ich hab's geschafft! Und dazu die Sachen aus dem Museum ... 'ne regelrechte Goldmine – und sie gehört mir ganz allein. Was die Familie nicht weiß, macht sie nicht heiß.*

Beim Einschlafen träumte Tony Rizzoli von einer goldenen Flotte und weißen Palästen und Schönheiten, die ihm zu Diensten waren.

Am nächsten Morgen erschien Rizzoli mit seinen Männern in der Offiziersmesse der *Thele*. Mehrere Offiziere saßen beim Frühstück. Der Steward trat an ihren Tisch. »Guten Morgen.«

»Wo ist Mr. Demiris?« fragte Rizzoli. »Frühstückt er heute nicht?«

»Er ist in seiner Kabine, Mr. Rizzoli. Ich soll Ihnen und Ihren Freunden alles bringen, was Sie wünschen.«

»Sehr aufmerksam von ihm.« Tony Rizzoli lächelte. »Bringen Sie mir Kaffee, Orangensaft und Rührei mit Schinken. Wie steht's mit euch, Jungs?«

»Klingt gut.«

Nachdem sie bestellt hatten, erklärte Rizzoli ihnen: »Von euch verlange ich größte Zurückhaltung, Jungs. Laßt eure Kanonen möglichst wenig sehen. Seid nett und höflich. Denkt daran, daß wir Mr. Demiris' Gäste sind.«

Constantin Demiris erschien an diesem Tag auch nicht zum Mittagessen. Und auch beim Abendessen ließ er sich nicht blicken.

Tony Rizzoli suchte ihn auf, um mit ihm zu reden.

Demiris stand in seiner Kabine und starrte aus einem Bullauge. Er war blaß und fahrig.

»Sie müssen essen, damit Sie bei Kräften bleiben, Partner«, sagte Rizzoli. »Ich will nicht, daß Sie krank werden. Wir haben noch 'ne Menge vor. Ich hab' den Steward angewiesen, Ihnen ein Abendessen zu bringen.«

Demiris holte tief Luft. »Ich kann ... Gut, meinetwegen. Bitte gehen Sie jetzt.«

Rizzoli grinste nur. »Klar doch. Und versuchen Sie auch ein bißchen zu schlafen. Sie sehen schrecklich aus.«

Am nächsten Morgen ging Rizzoli zum Kapitän.

»Tony Rizzoli«, stellte er sich vor. »Ich bin als Gast von Mr. Demiris an Bord.«

»Ah, ja richtig. Mr. Demiris hat mir Ihren Besuch angekündigt. Er hat auch mögliche Kursänderungen erwähnt ...«

»So ist es. Sie werden noch genaue Anweisungen bekommen. Wann erreichen wir Florida?«

»In ungefähr zwanzig Tagen, Mr. Rizzoli.«

»Gut, dann bis später.«

Tony Rizzoli verließ die Brücke und machte einen Rundgang

durch das Schiff – durch *sein* Schiff. Die ganze gottverdammte Flotte gehörte ihm. Die Welt gehörte ihm. Rizzoli empfand eine nie gekannte Euphorie.

Die Seereise war angenehm, und Tony Rizzoli schaute gelegentlich bei Constantin Demiris vorbei.

»An Bord fehlen ein paar Weiber«, behauptete Rizzoli bei einem dieser Besuche. »Aber ihr Griechen braucht keine Weiber, was?«

Demiris ließ sich nicht provozieren.

Die Tage verstrichen langsam, aber jede Stunde brachte Tony Rizzoli der Erfüllung seines Traums näher. Fieberhafte Ungeduld erfaßte ihn. Eine Woche verging, dann noch eine, und schließlich näherten sie sich dem nordamerikanischen Kontinent.

Am Samstag abend stand Tony Rizzoli an der Reling und sah aufs Meer hinaus, als am Horizont ein Gewitter aufzog.

Der Erste Offizier trat auf ihn zu. »Wir bekommen schweres Wetter, Mr. Rizzoli. Hoffentlich sind Sie ausreichend seefest.«

Rizzoli zuckte mit den Schultern. »Mich stört so leicht nichts.«

Der Seegang wurde höher. Das Schiff begann in die Wellentäler einzutauchen, aus denen es sich schlingernd und stampfend wieder hervorarbeitete.

Tony Rizzoli merkte, daß ihm übel wurde. *Okay, dann bin ich eben nicht seefest,* dachte er. *Was macht das schon?* Schließlich gehörte ihm die Welt. Er zog sich früh in seine Kabine zurück und legte sich in seine Koje.

Wieder träumte er. Diesmal nicht von goldenen Schiffen, weißen Palästen oder nackten Schönheiten; es waren Alpträume. Irgendwo tobte ein Krieg, und er glaubte, Kanonendonner zu hören. Eine Detonation ließ ihn hochschrecken.

Rizzoli setzte sich auf. Die Kabine schwankte tatsächlich. Das

Schiff mußte ins Zentrum des gottverdammten Sturms geraten sein. Dann hörte er draußen im Gang hastig vorbeipolternde Schritte. Zum Teufel, was ging hier vor?

Tony Rizzoli sprang aus der Koje und riß die Kabinentür auf. In diesem Augenblick bekam das Schiff so starke Schlagseite, daß er fast das Gleichgewicht verlor.

»He, was ist passiert?« rief er einem der vorbeihastenden Männer zu.

»Explosion! Das Schiff brennt! Wir sinken! Sehen Sie zu, daß Sie an Deck kommen!«

»*Wir sinken...?*« Rizzoli wollte seinen Ohren nicht trauen. Bisher war alles so glattgegangen. *Es spielt keine Rolle,* dachte er. *Ich kann's mir leisten, diese Ladung zu verlieren. Es wird noch viele andere geben. Aber ich muß Demiris retten. Er ist der Schlüssel zu allem. Wir müssen einen Notruf senden.* Und dann fiel ihm ein, daß er Anweisung gegeben hatte, die Funkanlage zu zerstören.

Der Amerikaner hatte Mühe, auf den Beinen zu bleiben, als er sich zum nächsten Aufgang vorarbeitete und an Deck kletterte. Zu seiner Überraschung sah er, daß der Sturm abgeflaut war. Ein voller Mond beleuchtete die Szenerie. Dann erschütterten zwei weitere Explosionen das Schiff, das nun rasch übers Heck zu sinken begann. Matrosen versuchten, die Rettungsboote auszusetzen, aber es war zu spät. Die See um den Tanker herum war mit einem brennenden Ölteppich bedeckt. Wo war Constantin Demiris?

Und dann hörte Rizzoli es. Es war ein fremdartiges Knattern, das den Lärm von Explosionen und Flammen übertönte. Er hob den Kopf. Zehn Meter über ihm schwebte ein Hubschrauber.

Wir sind gerettet! dachte Tony Rizzoli jubelnd. Er winkte dem Piloten hysterisch zu.

Hinter dem Kabinenfenster des Hubschraubers erschien ein Gesicht. Rizzoli brauchte einen Augenblick, um Constantin Demiris zu erkennen. Er lächelte und hielt mit einer Hand die kostbare Amphore hoch.

Tony Rizzoli starrte ihn an, während sein Gehirn versuchte, das Gesehene zu verarbeiten. Wo hatte Constantin Demiris mitten in der Nacht einen Hubschrauber aufgetrieben, um...?

Und dann wußte er plötzlich, was geschehen war, und wurde leichenblaß. Constantin Demiris hatte niemals die Absicht gehabt, mit ihm ins Geschäft zu kommen. Der Hundesohn hatte alles von Anfang an so geplant! Der Anruf, der ihn vor Demiris' Flucht gewarnt hatte, war nicht im Auftrag von Spyros Lambrou gekommen. Demiris hatte ihn anrufen lassen! Demiris hatte ihm eine Falle gestellt, um ihn an Bord zu locken, und er war bereitwillig hineingetappt...

Der Tanker begann schneller zu sinken, und Rizzoli spürte das kalte Meerwasser um seine Füße, dann um seine Knie schwappen. Dieser Hurensohn wollte sie alle hier eiskalt absaufen lassen, um sämtliche Spuren zu verwischen.

Tony Rizzoli starrte den Hubschrauber an und brüllte verzweifelt: »Nehmen Sie mich mit! Sie kriegen von mir, was Sie wollen!« Der Wind verwehte seine Worte.

Das letzte, was Tony Rizzoli sah, bevor die *Thele* endgültig im Meer versank und seine Augen sich mit brennendem Salzwasser füllten, war der in Richtung Mond davonfliegende Hubschrauber.

17

Catherine stand immer noch unter Schock. Sie saß in ihrer Hotelsuite auf der Couch und hörte zu, wie Wachtmeister Hans Bergmann, der Führer der Rettungsmannschaft, ihr berichtete, daß Kirk Reynolds tot war. Bergmanns Stimme floß in Wellen über sie hinweg; sie verstand kaum, was er sagte. Das Ungeheuerliche hatte ihr alle Kraft geraubt.

Alle Menschen um mich herum sterben, dachte sie verzweifelt. *Larry ist tot – und jetzt auch Kirk.* Und Noelle Page, Napoleon Chotas, Frederick Stavros. Ein Alptraum ohne Ende.

Wachtmeister Bergmanns Stimme drang vage durch den Nebel ihrer Verzweiflung. »Mrs. Reynolds ... Mrs. Reynolds ...«

Sie hob den Kopf. »Ich bin nicht Mrs. Reynolds«, sagte sie müde. »Ich bin Catherine Alexander. Kirk und ich waren ... wir waren befreundet.«

»Ich verstehe.«

Catherine holte tief Luft. »Wie ... wie hat das passieren können? Kirk war ein so guter Skifahrer.«

»Ja, ich weiß. Er ist oft nach Sankt Moritz gekommen.« Er schüttelte den Kopf. »Ehrlich gesagt, der Unfall ist auch mir ein Rätsel, Miss Alexander. Wir haben den Toten auf der wegen Lawinengefahr gesperrten Lagalb-Abfahrt gefunden. Der Wind muß das Warnschild umgeblasen haben. Ich kann Ihnen nur mein Beileid aussprechen.«

Beileid. Was für ein schwaches, was für ein dummes Wort.

»Können wir bei den Überführungsformalitäten mit Ihrer Hilfe rechnen, Miss Alexander?«

Der Tod war also nicht das Ende. Nein, es gab *Formalitäten* zu erledigen. Überführung, Grabstätte, Sarg, Blumen und Kränze – und die Verwandtschaft, die benachrichtigt werden mußte. Catherine hätte am liebsten laut geschrien.

»Miss Alexander?«

Catherine sah auf. »Ich verständige seine Angehörigen.«

Die Rückkehr nach London war eine Trauerreise. Catherine war voller Hoffnung mit Kirk in die Berge gekommen, sie hatte geglaubt, dies könnte vielleicht ein Neuanfang sein, die Tür zu einem neuen Leben.

Kirk war so geduldig, so rücksichtsvoll gewesen. *Ich hätte mit ihm schlafen sollen,* dachte Catherine. *Aber hätte das letzten Endes eine Rolle gespielt? Hätte das irgendwas geändert? Ein Fluch liegt auf mir. Ich vernichte jeden, der mit mir in Berührung kommt.*

In London war Catherine zu deprimiert, um gleich ins Büro zu gehen. Sie blieb in ihrer Wohnung und weigerte sich, Besuch zu empfangen oder mit irgend jemandem zu sprechen. Anna, die Haushälterin, kochte für sie und brachte die Mahlzeiten in Catherines Zimmer, aber die Tabletts kamen stets unberührt zurück.

»Sie *müssen* etwas essen, Miss Alexander.«

Aber Catherine wurde schon bei dem Gedanken an Essen übel.

Am nächsten Tag ging es Catherine noch schlechter. Sie hatte das Gefühl, um ihre Brust lägen Eisenbänder. Sie bekam kaum noch Luft.

So kann ich nicht weitermachen! dachte Catherine. *Ich muß etwas unternehmen.*

Sie sprach mit Evelyn Kaye darüber.

»Ich habe Schuld an allem, was passiert ist.«

»Das ist Unsinn, Catherine.«

»Ja, ich weiß – aber ich kann nicht dagegen an. Ich fühle mich verantwortlich. Ich brauche jemanden, bei dem ich mich aussprechen kann. Ich habe schon daran gedacht, zu einem Psychiater zu gehen ...«

»Ich weiß einen ganz ausgezeichneten«, versicherte Evelyn ihr. »Wim geht übrigens gelegentlich zu ihm. Er heißt Alan Hamilton. Ich habe eine Freundin, die selbstmordgefährdet war und von Doktor Hamilton völlig geheilt wurde. Möchtest du zu ihm?«

Was ist, wenn er mir erklärt, daß ich verrückt bin? Was ist, wenn ich's bin? »Gut, von mir aus«, sagte Catherine widerstrebend.

»Ich versuche, einen Termin für dich zu bekommen. Er ist sehr beschäftigt.«

»Danke, Evelyn, das ist nett von dir.«

Catherine ging in Wims Büro. *Er sollte erfahren, was Kirk zugestoßen ist,* dachte sie.

»Wim – erinnern Sie sich an Kirk Reynolds? Er ist vor ein paar Tagen beim Skifahren tödlich verunglückt.«

»Oh? Westminster null-vier-sieben-eins-eins.«

Catherine starrte ihn an. »Wie bitte?« Und dann wurde ihr plötzlich klar, daß er Kirks Telefonnummer heruntergeleiert hatte. War das alles, was Menschen für Wim bedeuteten? Eine Zahlenreihe? Empfand er gar nichts für sie? War er wirklich unfähig, zu lieben, zu hassen oder Mitleid zu haben?

Vielleicht ist er besser dran als ich, dachte Catherine. *Wenigstens bleibt ihm der schreckliche Schmerz erspart, den wir anderen empfinden können.*

Evelyn meldete Catherine für den kommenden Freitag bei Dr. Hamilton an. Sie überlegte, ob sie Constantin Demiris anrufen und ihm diese Tatsache mitteilen sollte. Aber dann verzichtete sie darauf, weil die Angelegenheit ihr nicht wichtig genug erschien, um ihn damit zu belästigen.

Alan Hamiltons Praxis lag in der Wimpole Street. Als Catherine zu ihrem ersten Termin erschien, war sie ängstlich und aufgebracht. Ängstlich, weil sie sich davor fürchtete, was er über sie sagen könnte, und aufgebracht, weil sie sich ärgerte, die Hilfe eines Fremden in Anspruch nehmen zu müssen, um Probleme zu lösen, die sie eigentlich allein hätte bewältigen können müssen.

»Doktor Hamilton ist bereit für Sie, Miss Alexander«, sagte die Sprechstundenhilfe hinter der gläsernen Trennwand.

Aber bin ich bereit für ihn? fragte Catherine sich. Jähe Panik erfaßte sie. *Was tue ich hier? Ich denke nicht daran, mich in die*

Hände irgendeines Quacksalbers zu begeben, der sich wahrscheinlich für Gott hält.

»Ich ... ich hab's mir anders überlegt«, antwortete Catherine. »Ich brauche eigentlich gar keine Beratung. Aber diesen Termin bezahle ich natürlich.«

»Oh! Warten Sie bitte einen Augenblick.«

Die Sprechstundenhilfe verschwand im Behandlungszimmer ihres Chefs.

Wenig später öffnete sich die Tür, und Alan Hamilton kam heraus. Er war ein großer blonder Mann von Anfang Vierzig mit strahlendblauen Augen und legeren Umgangsformen.

»Jetzt ist mein Tag gerettet!« erklärte er Catherine lächelnd.

Sie runzelte die Stirn. »Was ...?«

»Ich habe nicht gewußt, was für ein guter Arzt ich wirklich bin. Sie sind eben erst in meine Praxis gekommen – und schon fühlen Sie sich besser. Das ist bestimmt eine Art Rekord.«

»Tut mir leid«, murmelte Catherine verlegen. »Es war ein Irrtum. Ich brauche gar keine Hilfe.«

»Ich freue mich, das zu hören«, versicherte Alan Hamilton ihr. »Ich wollte, alle meine Patienten könnten das von sich sagen. Aber wollen Sie nicht einen Augenblick hereinkommen, Miss Alexander, wenn Sie schon mal da sind? Wir könnten eine Tasse Kaffee trinken.«

»Nein, vielen Dank. Ich möchte ...«

»Ich verspreche Ihnen, daß Sie sie im Sitzen trinken dürfen.«

Catherine gab ihr Zögern auf. »Gut, aber nur für eine Minute.«

Sie folgte ihm ins Sprechzimmer. Es war schlicht, aber geschmackvoll eingerichtet und erinnerte eher an einen Wohnraum als an ein Behandlungszimmer. An den Wänden hingen einige gute Grafiken, und auf seinem Schreibtisch stand das gerahmte Foto einer schönen Frau in den Dreißigern mit einem Jungen von fünf oder sechs Jahren. *Gut, er hat also eine hübsche Praxis und eine attraktive Familie. Was beweist das?*

»Nehmen Sie bitte Platz«, forderte Dr. Hamilton sie auf. »Der Kaffee ist bestimmt gleich fertig.«

»Ich habe ein schlechtes Gewissen, wenn ich Ihre Zeit vergeude, Doktor. Ich bin ...«

»Machen Sie sich deswegen keine Sorgen.« Er lehnte sich in seinen Sessel zurück, während er sie betrachtete. »Sie haben viel durchgemacht«, sagte er mitfühlend.

»Was wissen Sie schon davon?« fauchte Catherine. Ihr Tonfall war aggressiver, als sie beabsichtigt hatte.

»Ich habe mit Evelyn Kaye gesprochen. Sie hat mir erzählt, was in Sankt Moritz vorgefallen ist. Mein Beileid, Miss Alexander.«

Schon wieder dieses verdammte Wort! »Das können Sie sich sparen. Warum versuchen Sie nicht, Kirk ins Leben zurückzuholen, wenn Sie ein so hervorragender Arzt sind?« Der in ihr aufgestaute Schmerz brach sich plötzlich Bahn, und sie nahm zu ihrem Erschrecken wahr, daß sie hysterisch schluchzte. »Lassen Sie mich in Ruhe!« kreischte sie. »Lassen Sie mich in Ruhe!«

Alan Hamilton saß da, beobachtete sie und ließ ihren Ausbruch schweigend über sich ergehen.

»Verzeihen Sie«, murmelte Catherine, nachdem sie sich wieder leidlich gefaßt hatte. »Ich muß jetzt wirklich gehen.« Sie stand auf und ging zur Tür.

»Miss Alexander, ich weiß nicht, ob ich Ihnen helfen kann, aber ich möchte es versuchen. Ich kann Ihnen nur versprechen, daß ich Sie bei allem, was ich tue, nicht verletzen werde.«

Catherine blieb unschlüssig an der Tür stehen. Sie hatte Tränen in den Augen, als sie sich jetzt zu Hamilton umdrehte. »Ich weiß gar nicht, was mit mir los ist«, flüsterte sie. »Ich fühle mich so verloren.«

Alan Hamilton stand auf und trat auf sie zu. »Warum versuchen wir dann nicht, Sie zu finden? Wir können gemeinsam daran arbeiten. Nehmen Sie bitte wieder Platz. Ich sehe nach, wo der Kaffee bleibt.«

Er blieb einige Minuten lang draußen. Während seiner Abwesenheit saß Catherine da und fragte sich, wie es ihm gelungen war, sie zum Bleiben zu bewegen. Seine ganze Art hatte eine beruhigende Wirkung. Und irgend etwas an seinem Auftreten war vertrauenerweckend.

Vielleicht kann er mir helfen, dachte Catherine.

Alan Hamilton kam mit zwei Tassen Kaffee auf einem Tablett zurück. »Sahne? Zucker?«

»Nein, danke.«

Er setzte sich ihr gegenüber. »Ihr Freund ist beim Skifahren tödlich verunglückt, nicht wahr?«

Es tut so weh, darüber zu sprechen! »Ja – bei einer Abfahrt auf einer Piste, die eigentlich gesperrt war. Aber der Wind hatte das Warnschild umgeblasen.«

»Ist es das erste Mal, daß ein Ihnen nahestehender Mensch gestorben ist?«

Wie sollte sie diese Frage beantworten? *O nein! Mein Mann und seine Geliebte sind hingerichtet worden, weil sie versucht haben, mich zu ermorden. Ich bringe allen um mich herum den Tod.* Es wäre ein Schock für ihn. *Wie er dasitzt und auf eine Antwort wartet, dieser eingebildete Affe!* Aber sie hatte nicht die Absicht, seine Neugier zu befriedigen. Ihr Privatleben ging ihn nichts an. *Ich mag ihn nicht!*

Alan Hamilton sah ihre verärgerte Miene und wechselte bewußt das Thema. »Wie geht's Wim?« erkundigte er sich.

Die Frage brachte Catherine völlig aus dem Gleichgewicht. »Wim? Oh, dem... dem geht's gut. Evelyn hat mir erzählt, daß er bei Ihnen in Behandlung ist.«

»Ja.«

»Können Sie mir erklären, warum er so merkwürdig ist?«

»Wim ist zu mir gekommen, weil er eine Stellung nach der anderen verlor. Er ist eine sehr seltene Erscheinung – ein echter Misanthrop. Die Ursachen dafür kann ich Ihnen jetzt nicht erläutern, aber im Grunde genommen haßt er seine Mitmenschen. Er ist außerstande, normale Beziehungen zu anderen Menschen einzugehen.«

Catherine erinnerte sich an Evelyns Worte: *Wim kennt keine Gefühlsregungen. Er wird sich niemals zu jemandem hingezogen fühlen.*

»Aber Wim ist ein Zahlengenie«, fuhr Alan Hamilton fort. »Und jetzt hat er eine Stellung, in der er seine besonderen Fähigkeiten einsetzen kann.«

Catherine nickte zustimmend. »Einem Menschen wie ihm bin ich noch nie begegnet.«

Dr. Hamilton beugte sich in seinem Sessel vor. »Miss Alexander«, sagte er, »Sie machen jetzt eine sehr schmerzliche Phase durch, aber ich glaube, daß ich sie Ihnen erleichtern kann. Ich möchte es jedenfalls versuchen.«

»Ich . . . ich weiß nicht recht«, antwortete Catherine widerstrebend. »Mir kommt alles so hoffnungslos vor.«

»Solange Ihnen so zumute ist«, sagte Alan Hamilton lächelnd, »kann's nur noch aufwärtsgehen, oder?« Sein Lächeln war ansteckend. »Wollen wir nicht noch einen weiteren Termin vereinbaren? Falls Sie mich danach noch immer ablehnen, geben wir's auf.«

»Ich lehne Sie nicht ab«, widersprach Catherine. »Na ja, vielleicht ein kleines bißchen.«

Hamilton trat an den Schreibtisch und blätterte in seinem Terminkalender, obwohl er recht gut wußte, daß er längst ausgebucht war.

»Wie wär's mit nächstem Montag?« fragte er. »Um dreizehn Uhr?« Das war seine Mittagspause, aber Hamilton war bereit, darauf zu verzichten. Catherine Alexander war eine Frau, die eine unerträgliche Last mit sich herumschleppte, und er war entschlossen, alles menschenmögliche zu tun, um sie davon zu befreien.

Catherine sah ihn lange an. »Einverstanden.«

»Gut, dann also bis Montag.« Hamilton gab ihr seine Karte. »Falls Sie mich vorher brauchen sollten, haben Sie hier meine Praxisnummer und meine Nummer zu Hause. Ich schlafe sehr leicht, so daß Sie kein schlechtes Gewissen zu haben brauchen, falls Sie mich aufwecken.«

»Danke«, sagte Catherine. »Ich komme am Montag wieder.«

Dr. Alan Hamilton sah ihr nach, als sie den Raum verließ, und dachte: *Sie ist so schön und so verletzlich. Ich muß sehr behutsam sein.* Er betrachtete das gerahmte Foto auf seinem Schreibtisch. *Was Angela wohl dazu sagen würde?*

Der Anruf kam mitten in der Nacht.

Constantin Demiris hörte zu, und als er dann sprach, klang seine Stimme bestürzt: »Die *Thele* ist gesunken? Das kann ich nicht glauben!«

»Es stimmt leider, Herr Demiris. Die amerikanische Coast Guard hat einige Wrackteile aufgefischt.«

»Gibt es Überlebende?«

»Nein, Herr Demiris, leider nicht. Die gesamte Besatzung ist mit untergegangen.«

»Wie schrecklich! Weiß man schon, wie das passieren konnte?«

»Ich fürchte, daß wir das nie erfahren werden, Herr Demiris. Alles, was Hinweise liefern könnte, liegt jetzt auf dem Meeresgrund.«

»Das Meer«, murmelte Demiris, »das grausame Meer.«

»Sollen wir den Schaden der Versicherung melden?«

»Es fällt schwer, an Geld zu denken, wenn all diese tapferen Männer umgekommen sind, aber ... ja, melden Sie den Schaden zur Regulierung an.«

Die kostbare Amphore würde er seiner Privatsammlung einverleiben.

Jetzt war der Augenblick gekommen, seinen Schwager zu bestrafen.

18

Spyros Lambrou brannte vor Ungeduld, während er auf die Nachricht von Constantin Demiris' Verhaftung wartete. Er ließ das Radio in seinem Arbeitszimmer ständig eingeschaltet und verschlang die Tages- und Abendzeitungen. *Eigentlich hätte ich längst etwas hören müssen*, dachte Lambrou. *Die Polizei hätte Demiris inzwischen doch schon längst verhaftet haben müssen.*

Sobald er Tony Rizzoli hatte mitteilen lassen, daß Demiris an Bord der *Thele* sein würde, hatte Lambrou die amerikanische Zollbehörde – natürlich anonym – darüber informiert, daß der Tanker eine beträchtliche Menge Heroin an Bord haben würde.

Sie müssen ihn inzwischen geschnappt haben. Warum bringen die Zeitungen nichts darüber? Seine Gegensprechanlage summte. »Herr Demiris ist auf Apparat zwei.«

»Ruft jemand in seinem Auftrag an?«

»Nein, Herr Lambrou. Herr Demiris ist selbst am Apparat.« Bei diesen Worten lief Lambrou ein eisiger Schauer über den Rücken.

Das war unmöglich!

Lambrou griff nervös nach dem Hörer. »Costa?«

»Spyros.« Die Stimme seines Schwagers klang jovial. »Wie geht's denn so?«

»Gut, ausgezeichnet. Wo bist du?«

»Hier in Athen.«

»Oh.« Lambrou schluckte nervös. »Wir haben ein paar Tage nicht mehr miteinander gesprochen«, sagte er.

»Ich bin sehr beschäftigt gewesen. Was hältst du von einem gemeinsamen Mittagessen? Hast du heute Zeit?«

Spyros Lambrou war mit wichtigen Geschäftsfreunden zum Essen verabredet. »Ja. Ich komme gern.«

»Wunderbar! Wir treffen uns im Club. Um vierzehn Uhr.«

Lambrous Hand zitterte, als er den Hörer auflegte. *Um Him-*

mels willen, was kann da schiefgegangen sein? Nun, er würde es noch früh genug erfahren.

Constantin Demiris ließ seinen Schwager fast eine halbe Stunde warten. »Entschuldige die Verspätung«, sagte er knapp, als er dann endlich kam.

»Schon gut, Costa.«

Lambrou musterte Demiris unauffällig und suchte nach Spuren der schrecklichen Erlebnisse, die hinter ihm liegen mußten. *Nichts.*

»Ich hab' Hunger«, stellte Demiris unbekümmert fest. »Und du? Mal sehen, was sie heute auf der Karte haben.« Er überflog die Tageskarte. »Ah, *Stridia!* Sollen wir mit einem Dutzend Austern anfangen, Spyros?«

»Danke, lieber nicht.« Ihm war der Appetit vergangen. Demiris war auffällig gut gelaunt, und Lambrou plagten schlimme Vorahnungen.

Nachdem sie bestellt hatten, sagte Demiris: »Ich muß mich bei dir bedanken, Spyros.«

Lambrou betrachtete ihn mißtrauisch. »Wofür?«

»Wofür? Daß du mir einen guten Kunden geschickt hast – Mr. Rizzoli.«

Sein Schwager fuhr sich mit der Zungenspitze über die Lippen. »Du ... er ist bei dir gewesen?«

»O ja! Er hat mir versichert, daß wir in Zukunft viel miteinander zu tun haben würden.« Constantin Demiris seufzte. »Leider hat Mr. Rizzoli keine große Zukunft mehr, fürchte ich.«

Lambrou starrte ihn nervös an. »Was soll das heißen?«

Demiris' Stimme klang jetzt härter. »Das soll heißen, daß Tony Rizzoli tot ist.«

»Aber wie ...? Was ist ihm zugestoßen?«

»Er hat einen Unfall gehabt, Spyros.« Demiris sah seinem Schwager in die Augen. »Wie jeder, der mich reinzulegen versucht, einen Unfall hat.«

»Ich ... das verstehe ich nicht. Du ...«

»Wirklich nicht? Du wolltest mich vernichten. Das ist dir nicht gelungen. Ich verspreche dir, daß ein Erfolg für dich besser gewesen wäre.«

»Ich ... ich weiß überhaupt nicht, wovon du redest.«

»Nein, Spyros?« Constantin Demiris lächelte. »Du wirst es bald wissen. Aber als erstes werde ich deine Schwester vernichten.«

Die Austern wurden serviert.

»Ah«, sagte Demiris, »sehen sie nicht prachtvoll aus? Guten Appetit, Spyros.«

Constantin Demiris dachte zutiefst befriedigt an ihr gemeinsames Mittagessen zurück. Als sie sich getrennt hatten, war Spyros Lambrou restlos demoralisiert gewesen. Demiris wußte, wie sehr Lambrou an seiner Schwester hing, und hatte die Absicht, beide zu bestrafen.

Aber zuerst mußte er ein anderes Problem lösen. Es betraf Catherine Alexander. Nach Kirk Reynolds' Tod hatte sie ihn nahezu hysterisch angerufen.

»Es ist ... es ist so schrecklich, Costa!«

»Mein herzliches Beileid, Catherine. Ich kann mir denken, wie gern du Kirk gehabt hast. Dieser Verlust trifft uns beide schwer.«

Ich muß meinen ursprünglichen Plan ändern, überlegte Demiris sich. *Für Rafina bleibt keine Zeit mehr. Zu schade!* Es war ein Fehler gewesen, Catherine so lange leben zu lassen. Solange sie lebte, ließ sich beweisen, was er getan hatte. Erst nach ihrem Tod konnte er sich wirklich sicher fühlen.

Demiris griff nach dem Hörer eines der Telefone auf seinem Schreibtisch und wählte eine Nummer. Als sich eine Stimme meldete, sagte er: »Ich bin am Montag in Kowloon. Seien Sie da.« Er legte auf, ohne eine Antwort abzuwarten.

In der Festungsstadt Kowloon trafen sich die beiden Männer in einem leerstehenden Gebäude, das Demiris gehörte.

»Das Ganze muß wie ein Unfall aussehen. Können Sie das arrangieren?« fragte Constantin Demiris.

Das war eine Beleidigung. Der andere fühlte Zorn in sich aufsteigen. Das war eine Frage, die man einem von der Straße aufgelesenen Streuner stellte. Er war versucht, eine sarkastische Antwort zu geben: *O ja, das traue ich mir zu! Hätten Sie gern einen Unfall in ihrer Wohnung! Ich könnte dafür sorgen, daß sie sich bei einem Treppensturz das Genick bricht.* Die Tänzerin in Marseille. *Oder sie könnte sich betrinken und in ihrer Badewanne ertrinken.* Die Millionenerbin in Gstaad. *Sie könnte an einer Überdosis Heroin sterben.* Damit hatte er schon drei beseitigt. *Oder sie könnte mit einer brennenden Zigarette im Bett einschlafen.* Der schwedische Kriminalbeamte im Pariser Hotel Capitol. *Oder wäre Ihnen vielleicht etwas im Freien lieber! Ich könnte einen Verkehrsunfall, einen Flugzeugabsturz oder ein Verschwinden auf See arrangieren.*

Er sagte jedoch nichts von alledem, denn in Wahrheit hatte er Angst vor dem Mann, der ihm gegenübersaß. Er hatte zu viele beängstigende Geschichten über ihn gehört – und allen Grund, sie für wahr zu halten.

Deshalb sagte er nur: »Ja, Sir, ich kann einen Unfall arrangieren. Niemand wird jemals wissen, was wirklich passiert ist.« Noch während er das sagte, fiel ihm ein: *Er weiß, daß ich's wissen werde.* Er wartete. Von draußen hörte er Straßenlärm und die für die Einwohner Kowloons typische schrille Sprachenvielfalt.

Demiris studierte ihn mit kaltem Basiliskenblick. »Gut«, entschied er dann, »ich überlasse es Ihnen, wie Sie es anstellen wollen.«

»Gut, Sir. Hält sich die Betreffende hier in Kowloon auf?«

»In London. Sie heißt Catherine. Catherine Alexander. Sie arbeitet in meinem Londoner Büro.«

»Es wäre nützlich, wenn Sie mich dort einschleusen könnten. Das würde mir die Arbeit sehr erleichtern.«

Demiris überlegte kurz. »Kommende Woche schicke ich einige leitende Angestellte meiner Firma nach London. Ich sorge dafür, daß Sie zu dieser Gruppe gehören.« Er beugte sich vor und sagte ruhig: »Und noch was.«

»Ja, Sir?«

»Ich will, daß die Verunglückte nicht mehr identifiziert werden kann.«

19

Constantin Demiris rief an. »Guten Morgen, Catherine. Wie fühlst du dich heute?«

»Gut, vielen Dank, Costa.«

»Es geht dir besser?«

»Ja.«

»Wunderbar! Das freut mich. Ich schicke eine Gruppe von Führungskräften nach London, damit sie euren Betrieb kennenlernen. Ich wäre dir dankbar, wenn du sie bei der Hand nehmen und dich ein bißchen um sie kümmern würdest.«

»Gern, Costa. Wann kommen sie denn?«

»Morgen früh.«

»Ich tue, was in meinen Kräften steht.«

»Ich weiß, daß auf dich Verlaß ist. Danke, Catherine.«

»Nichts zu danken, Costa.«

Lebwohl, Catherine.

Die Verbindung wurde unterbrochen.

Das wäre geschafft! Constantin Demiris lehnte sich nachdenklich in seinen Sessel zurück. Sobald Catherine Alexander zum Schweigen gebracht war, hatte er nichts mehr zu befürchten. Jetzt konnte er sich ganz auf seine Frau und seinen Schwager konzentrieren.

»Wir werden heute abend Gäste haben. Einige leitende Angestellte aus der Firma. Ich möchte, daß du als Gastgeberin dabei bist.«

Ihr letzter Auftritt als Dame des Hauses lag schon lange zurück. Melina war aufgeregt und in Hochstimmung. *Vielleicht ist das die Wende zum Besseren.*

Das Abendessen mit Gästen veränderte nichts. Drei Männer kamen, aßen und gingen wieder. Der Abend verging wie im Traum.

Melina lernte die Männer flüchtig kennen und saß dann dabei, während ihr Mann sie mit seinem Charme bezauberte. Sie hatte beinahe vergessen, wie charmant Costa sein konnte. Er erzählte Anekdoten und verteilte Komplimente, die seinen Besuchern schmeichelten. Sie befanden sich in Gegenwart eines großen Mannes und zeigten, daß sie sich dessen bewußt waren. Melina kam nicht zu Wort. Sobald sie etwas zu sagen versuchte, unterbrach Costa sie, bis sie schließlich schweigend dasaß.

Wozu hat er mich dabeihaben wollen? fragte Melina sich.

Als die Gäste endlich aufbrachen, sagte Demiris: »Sie fliegen gleich morgen früh nach London. Ich bin sicher, daß Sie dort alles Notwendige veranlassen werden.«

Und dann waren sie verschwunden.

Am nächsten Morgen traf die Gruppe in London ein. Sie bestand aus drei Männern unterschiedlicher Nationalität.

Jerry Haley, der Amerikaner, war ein muskelbepackter Hüne mit freundlichem, offenem Gesicht und schiefergrauen Augen. Er hatte die größten Hände, die Catherine jemals gesehen hatte. Sie fand sie geradezu faszinierend. Seine Hände schienen ein Eigenleben zu führen: Sie waren ständig in Bewegung und drehten und wendeten sich, als seien sie begierig, etwas zu tun zu bekommen.

Der kleine, dickliche Franzose Yves Renard war das genaue Gegenteil. Er hatte ein verkniffenes Gesicht mit eiskalten, stechenden Augen, die Catherine zu durchbohren schienen. Dabei wirkte er zurückhaltend, fast abweisend. *Argwöhnisch* war das Wort, das Catherine bei ihm einfiel. *Aber argwöhnisch wogegen?* fragte sie sich.

Der dritte in der Gruppe war Dino Mattusi, ein liebenswürdiger Italiener, der aus allen Poren Charme verströmte.

»Mr. Demiris hält sehr viel von Ihnen«, erklärte er Catherine.

»Das ist sehr schmeichelhaft.«

»Er hat gesagt, daß Sie uns in London betreuen werden. Sehen Sie mal, ich habe Ihnen ein kleines Geschenk mitgebracht.« Er überreichte Catherine eine hübsch verpackte Schachtel mit einem eleganten Seidentuch von Hermès.

»Danke, Mr. Mattusi«, sagte Catherine. »Das ist sehr aufmerksam von Ihnen.« Sie nickte den anderen zu. »Soll ich Ihnen als erstes Ihre Büros zeigen?«

Ein lautes Poltern hinter ihnen ließ sie zusammenzucken. Alle drehten sich um. Ein schmächtiger Junge stand da, der erschrokken ein Paket anstarrte, das ihm aus der Hand gefallen war. Er trug drei Koffer gleichzeitig. Er schien ungefähr fünfzehn zu sein und für sein Alter klein. Er hatte lockiges braunes Haar und auffällig helle grüne Augen.

»Verdammt noch mal!« knurrte Renard. »Sei doch vorsichtig mit unseren Sachen!«

»Entschuldigung«, sagte der Junge nervös. »Wohin soll ich die Koffer tun?«

»Stell sie irgendwohin«, fuhr Renard ihn an. »Wir nehmen sie später mit.«

Catherine betrachtete den ihr unbekannten Jungen fragend. »Als er gehört hat, daß wir einen neuen Büroboten brauchen, hat er seine Stellung als Bürobote in Athen aufgegeben«, erklärte Evelyn ihr.

»Wie heißt du?« fragte Catherine ihn.

»Atanas Stavitsch, Ma'am.« Er war den Tränen nahe.

»Gut, Atanas, du kannst die Koffer vorläufig in die Garderobe stellen. Ich lasse sie später abholen.«

»Danke, Ma'am«, sagte der Junge dankbar.

Catherine wandte sich wieder den drei Männern zu. »Mr. Demiris hat mir mitgeteilt, daß Sie unsere Arbeit begutachten wollen. Ich werde Ihnen helfen, wo ich kann. Sollten Sie irgend etwas brauchen, wenden Sie sich bitte an mich. Wenn Sie jetzt bitte mitkommen wollen, Gentlemen. Ich möchte Sie mit Wim Vandeen und den übrigen Mitarbeitern bekannt machen.« Sie ging den Korridor entlang voraus zu Wims Büro.

»Wim, dies ist die Delegation, die uns Mr. Demiris angekündigt hat. Yves Renard ... Dino Mattusi ... Jerry Haley. Die drei sind eben aus Griechenland angekommen.«

Wim funkelte sie an. »Griechenland hat nur siebenmillionen-sechshundertdreißigtausend Einwohner.« Die Männer wechselten erstaunte Blicke.

Catherine lächelte in sich hinein. Genauso hatte sie reagiert, als sie Wim kennengelernt hatte.

»Ich habe Ihre Büros vorbereiten lassen«, erklärte sie den Männern. »Wenn Sie mir bitte folgen wollen.«

»Was zur Hölle war das denn?« fragte Jerry Haley, als die Bürotür sich hinter ihnen geschlossen hatte. »Dabei hab' ich gehört, daß er hier ein wichtiger Mann sein soll.«

»Das ist er auch«, versicherte Catherine ihm. »Wim überwacht die Finanzen der einzelnen Abteilungen.«

»Den würd' ich nicht mal auf meine Katze aufpassen lassen!«

»Wenn Sie ihn erst mal besser kennen ...«

»Danke, kein Bedarf«, ließ sich der Franzose vernehmen.

»Ihre Hotelzimmer sind wie gewünscht reserviert worden«, erklärte Catherine den drei Männern. »Es stimmt doch, daß Sie alle in verschiedenen Hotels untergebracht werden möchten?«

»Richtig«, bestätigte Mattusi.

Catherine lag eine Bemerkung auf der Zunge, aber sie hielt dann doch lieber den Mund. Weshalb die drei verschiedene Hotels wollten, ging sie nichts an.

Er beobachtete Catherine und dachte: *Sie ist viel hübscher, als ich erwartet habe. Das macht alles interessanter. Und sie hat Schmerz erlitten. Das kann ich in ihrem Blick lesen. Ich werde sie lehren, wie exquisit Schmerz sein kann. Wir werden ihn miteinander genießen. Und wenn ich mit ihr fertig bin, schicke ich sie dorthin, wo's keinen Schmerz mehr gibt. Dann heißt es Himmel oder Hölle für sie. Das wird Spaß machen. Es wird großen Spaß machen.*

Catherine zeigte den drei Männern ihre Büros. Als sie nicht mehr benötigt wurde, wollte sie an ihren eigenen Schreibtisch zurückkehren. Auf dem Korridor hörte sie, wie der Franzose den Jungen anbrullte.

»Das ist die falsche Aktentasche, Dummkopf! Mir gehört die braune. Meine ist braun! Verstehst du kein Englisch?«

»Doch, Sir. Tut mir leid, Sir.« Seine Stimme klang ängstlich.

Ich muß seinetwegen irgendwas unternehmen, dachte Catherine.

Evelyn Kaye sprach Catherine an. »Falls ich dir bei der Betreuung der Leute helfen kann, brauchst du's mir nur zu sagen.«

»Danke, Evelyn. Ich melde mich, wenn ich Hilfe brauche.«

Einige Minuten später ging Atanas Stavitsch an Catherines Büro vorbei. Sie rief ihm zu: »Kommst du bitte einen Augenblick zu mir herein?«

Der Junge starrte sie ängstlich an. »Ja, Ma'am.« Er trat zögernd ein, als fürchte er, ausgepeitscht zu werden.

»Mach bitte die Tür zu.«

»Ja, Ma'am.«

»Setz dich, Atanas. Du *heißt* doch Atanas, stimmt's?«

»Ja, Ma'am.«

Sie bemühte sich, ihm seine Angst zu nehmen, aber das gelang ihr nicht. »Hier gibt's nichts, wovor du dich fürchten müßtest.«

»Nein, Ma'am.«

Catherine saß dem Jungen gegenüber, musterte ihn und fragte sich, was für schreckliche Erlebnisse ihn so ängstlich gemacht haben konnten. Sie kam zu dem Schluß, daß sie mehr über seine Vergangenheit würde in Erfahrung bringen müssen.

»Atanas, ich möchte, daß du zu mir kommst, falls dir hier jemand Schwierigkeiten macht oder dich schlecht behandelt. Hast du verstanden?«

Er schluckte nervös. »Ja, Ma'am.«

Aber sie fragte sich, ob er den Mut aufbringen würde, damit zu ihr zu kommen. Irgend jemand hatte ihm irgendwann das Rückgrat gebrochen.

»Wir werden darüber später noch mal miteinander reden«, entschied Catherine.

Die Kurzbiographien der drei Delegationsmitglieder zeigten, daß sie in unterschiedlichen Bereichen von Constantin Demiris' weitgespanntem Imperium tätig waren, so daß sie es alle aus eigener Anschauung kannten. Die größten Rätsel gab Catherine der liebenswürdige Italiener Dino Mattusi auf. Er bombardierte sie mit Fragen, deren Antworten er eigentlich hätte kennen müssen, und er schien sich nicht sonderlich für den Geschäftsablauf in London zu interessieren. Tatsächlich interessierte ihn die Firma weniger als Catherines Privatleben.

»Sind Sie verheiratet?« fragte Mattusi.

»Nein.«

»Aber Sie sind verheiratet gewesen?«

»Ja.«

»Geschieden?«

Sie wollte dieses Thema beenden. »Ich bin verwitwet.«

Mattusi grinste sie an. »Aber ich möchte wetten, daß Sie einen Freund haben. Sie wissen, was ich meine?«

»Ich weiß, was Sie meinen«, sagte Catherine steif. *Und es geht dich nichts an.* »Sind *Sie* verheiratet?«

»*Si, si.* Ich habe eine Frau und vier wunderschöne *Bambini.* Alle fünf vermissen mich sehr, wenn ich nicht zu Hause bin.«

»Sie reisen wohl viel, Mr. Mattusi?«

Er wirkte gekränkt. »Dino, Dino. Mr. Mattusi ist mein Vater. Ja, ich bin ziemlich viel auf Reisen.« Er lächelte Catherine an und senkte die Stimme. »Aber manchmal bringt das Reisen auch zusätzliche Vergnügungen. Sie verstehen, was ich meine?«

Catherine erwiderte sein Lächeln. »Nein.«

An diesem Tag verließ Catherine um 12.30 Uhr das Büro, um zu Dr. Hamilton zu fahren. Zu ihrer Überraschung freute sie sich darauf, ihn wiederzusehen. Sie erinnerte sich daran, wie verwirrt sie bei ihrem ersten Besuch gewesen war. Diesmal empfand sie eine gewisse Vorfreude, als sie die Praxis betrat. Die Sprechstundenhilfe war zum Lunch gegangen, und die Tür des Behandlungszimmers stand offen. Alan Hamilton erwartete Catherine.

»Kommen Sie bitte herein«, begrüßte er sie. Mit einer Handbewegung bot er ihr einen Sessel an.

»Nun, haben Sie eine gute Woche gehabt?«

Ist die Woche gut gewesen? Nicht wirklich. Sie war außerstande gewesen, die Gedanken an Kirk Reynolds' Tod aus ihrem Kopf zu verbannen. »So einigermaßen. Ich... ich arbeite ziemlich viel.«

»Das hilft oft. Wie lange arbeiten Sie schon für Constantin Demiris?«

»Vier Monate.«

»Macht Ihnen die Arbeit Spaß?«

»Sie lenkt mich von ... von bestimmten Dingen ab. Ich bin Mr.

Demiris sehr zu Dank verpflichtet. Ich kann Ihnen nicht sagen, wieviel er für mich getan hat.« Catherine lächelte verlegen. »Aber ich werd's wohl noch tun, nicht wahr?«

Alan Hamilton schüttelte den Kopf. »Sie erzählen mir nur, was Sie mir erzählen wollen.«

Es entstand eine Pause, bis Catherine weitersprach. »Mein Mann hat früher für Mr. Demiris gearbeitet. Er war sein Pilot. Ich ... ich habe einen Bootsunfall gehabt und dabei das Gedächtnis verloren. Als es dann zurückkam, hat Mr. Demiris mir diese Stellung angeboten.«

Ich lasse die Angst und die Schmerzen aus. Weil ich mich schäme, ihm zu erzählen, daß mein Mann mich zu ermorden versucht hat? Fürchte ich etwa, er könnte mich dann für weniger attraktiv halten?

»Keinem von uns fällt es leicht, über seine Vergangenheit zu sprechen.«

Catherine sah ihn schweigend an.

»Sie hatten Ihr Gedächtnis verloren, sagen Sie?«

»Ja.«

»Und Sie sind mit einem Boot verunglückt?«

»Ja.« Catherines Lippen wurden steif, als sei sie fest entschlossen, Hamilton möglichst wenig zu erzählen. Ein schrecklicher innerer Konflikt drohte sie zu zerreißen. Sie wollte ihm alles erzählen und sich von ihm helfen lassen. Sie wollte ihm nichts erzählen und in Ruhe gelassen werden.

Alan Hamilton betrachtete sie nachdenklich. »Sind Sie geschieden?«

Ja. Durch die Salve eines Erschießungskommandos. »Er ist ... Mein Mann ist gestorben.«

»Miss Alexander ...« Er zögerte. »Haben Sie etwas dagegen, wenn ich Sie Catherine nenne?«

»Nein.«

»Ich heiße Alan. Catherine, wovor haben Sie Angst?«

Sie erstarrte. »Wie kommen Sie darauf, daß ich Angst habe?«

»Haben Sie denn keine?«

»Nein.« Diesmal war die Pause länger.

Catherine fürchtete sich davor, ihren Verdacht auszusprechen; sie fürchtete sich davor, die Realität ans Tageslicht zu bringen. »Die Menschen um mich herum ... scheinen zu sterben.«

Falls Hamilton verblüfft war, ließ er es sich nicht anmerken. »Und Sie glauben, an ihrem Tod schuld zu sein?«

»Ja. Nein. Ich weiß es nicht. Ich bin ... ganz durcheinander.«

»Wir fühlen uns oft für Schicksalsschläge verantwortlich, die andere Menschen treffen. Lassen die Eltern sich scheiden, glauben die Kinder, es sei ihre Schuld. Stirbt ein Mensch, den man zum Teufel gewünscht hat, glaubt man sich für seinen Tod verantwortlich. Solche Überzeugungen sind keineswegs ungewöhnlich. Sie ...«

»Bei mir steckt mehr dahinter.«

»Wirklich?« Seine abwartende Haltung zeigte, daß er bereit war, ihr zuzuhören.

Ein Wortschwall brach aus ihr heraus. »Mein Mann ist hingerichtet worden – und seine ... seine Geliebte auch. Ihre beiden Verteidiger sind ebenfalls umgekommen. Und jetzt ...« Ihre Stimme brach. »Kirk.«

»Und Sie halten sich für alle diese Todesfälle verantwortlich. Das ist eine schreckliche Belastung, nicht wahr?«

»Ich ... ich habe das Gefühl, eine Art Unglücksbringerin zu sein. Ich fürchte mich vor einer neuen Beziehung. Ich glaube nicht, daß ich's ertragen könnte, wenn auch er ...«

»Catherine, wissen Sie, für wessen Leben Sie verantwortlich sind? Für ihr eigenes – und sonst keines! Das Leben und Sterben anderer können Sie unmöglich beeinflussen. Sie sind schuldlos. Mit diesen Todesfällen haben Sie nicht das geringste zu schaffen. Das müssen Sie begreifen.«

Sie sind schuldlos. Mit diesen Todesfällen haben Sie nicht das geringste zu schaffen. Catherine saß da und dachte über seine Worte nach. Sie wünschte sich verzweifelt, daran glauben zu können. Der Tod dieser Menschen war auf deren eigenes Verhalten zurückzuführen. Und Kirk war durch einen tragischen Unfall umgekommen.

Alan Hamilton beobachtete sie schweigend. *Er ist ein anständiger Kerl,* dachte Catherine, als sie aufblickte. Ein weiterer Gedanke drängte sich ihr auf: *Ich wollte, ich hätte ihn schon früher kennengelernt.*

»Danke«, sagte Catherine. »Ich... ich will versuchen, das zu glauben. An diese Idee muß ich mich erst gewöhnen.«

Alan Hamilton lächelte. »Vielleicht können wir uns gemeinsam daran gewöhnen. Kommen Sie wieder?«

»Wie bitte?«

»Dies ist ein Probelauf gewesen, oder? Sie wollten danach entscheiden, ob Sie weitermachen wollen.«

Catherine zögerte keine Sekunde lang. »Ja, ich komme wieder, Alan.«

Als sie gegangen war, saß Alan Hamilton an seinem Schreibtisch und dachte über sie nach.

Im Laufe der Jahre hatte er viele attraktive Patientinnen behandelt, von denen einige ihm mehr oder weniger deutlich Avancen gemacht hatten. Aber er war ein zu guter Psychiater um sich in Versuchung führen zu lassen. Eine persönliche Beziehung zu einer Patientin wäre Verrat an seinem Beruf gewesen.

Dr. Alan Hamilton stammte aus einer Arztfamilie. Schon sein Vater war Chirurg gewesen, sein Großvater berühmter Kardiologe. Alan hatte am King's College studiert und nach seiner Promotion die Facharztausbildung für Chirurgie begonnen. Dann war der Zweite Weltkrieg ausgebrochen.

Alan Hamilton hatte sich freiwillig gemeldet und arbeitete als Chirurg. Er operierte Tag und Nacht mit wenigen Pausen und kam manchmal bis zu sechzig Stunden nicht zum Schlafen. Als das Notlazarett, in dem er arbeitete, ausgebombt wurde, verlegte er seine Patienten in ein ehemaliges Lagerhaus.

Im Oktober 1940, als die deutschen Luftangriffe ihren Höhepunkt erreichten, heulten wieder einmal die Luftschutzsirenen, und die Zivilbevölkerung machte sich daran, in die unterirdischen Schutzräume zu flüchten. Alan Hamilton, der gerade operierte, weigerte sich, seinen Patienten im Stich zu lassen. Die Bombenteppiche kamen näher. Ein Kollege Hamiltons drängte: »Los, los, wir müssen in den Keller!«

»Nur noch zwei Minuten.« Er war dabei, dem Patienten einen Granatsplitter aus dem Oberschenkel zu entfernen.

»Alan!«

Aber er blieb an seinem Platz und konzentrierte sich so sehr auf die Operation, daß er die in naher Umgebung detonierenden Bomben kaum wahrnahm. Und die eine, die das Lagerhaus traf, hörte er nicht einmal.

Hamilton lag sechs Tage lang im Koma, und als er daraus erwachte, erfuhr er, daß er nicht nur innere Verletzungen erlitten hatte, sondern auch einen komplizierten Bruch der rechten Hand. Der Bruch war gerichtet worden und geheilt, so daß die Hand wieder normal aussah, aber Hamilton würde nie mehr operieren können.

Er brauchte fast ein Jahr, um über das Trauma hinwegzukommen, daß seine berufliche Zukunft zerstört war. Er war bei einem Psychiater in Behandlung, der ihm eines Tages resolut erklärte: »Hör zu, es wird allmählich Zeit, daß du aufhörst, dich in Selbstmitleid zu ergehen, und dein Leben weiterlebst.«

»Und was soll ich beruflich tun?« fragte Hamilton verbittert.

»Was du bisher getan hast – nur auf andere Weise.«

»Das verstehe ich nicht.«

»Du bist ein Heiler, Alan. Bisher hast du menschliche Körper geheilt. Nun, das kannst du nicht mehr. Aber es ist ebenso wichtig, menschliche Seelen zu heilen. Du würdest einen guten Psychiater abgeben. Du bist intelligent und besitzt Einfühlungsvermögen. Denk mal darüber nach.«

Es sollte sich als eine der glücklichsten Entscheidungen seines Lebens erweisen. Alan Hamilton hatte viel Freude an seiner Tätigkeit. In gewisser Beziehung war es sogar befriedigender, in tiefer Verzweiflung lebenden Patienten wieder zu innerer Ruhe zu verhelfen, als sich um ihr körperliches Wohlergehen zu kümmern.

Hamilton machte sich rasch einen Ruf als ausgezeichneter Psychiater; in den letzten drei Jahren hatte er bereits häufig neue Patienten abweisen müssen. Mit Catherine Alexander hatte er nur sprechen wollen, um ihr einen Kollegen zu empfehlen. Aber irgend etwas an ihr hatte ihn angerührt. *Ich muß ihr helfen.*

Als Catherine von ihrem Termin bei Alan Hamilton ins Büro zurückkam, schaute sie bei Wim vorbei.

»Ich bin heute bei Doktor Hamilton gewesen«, erklärte sie ihm.

»Oh? Die psychologische Bewertungsskala für persönliche Krisensituationen zeigt folgende Rangfolge: Tod des Ehepartners hundert Punkte, Scheidung dreiundsiebzig, Trennung vom Ehepartner fünfundsechzig, Strafhaft dreiundsechzig, Tod eines nahen Angehörigen dreiundsechzig, eigene Krankheit oder Verletzung dreiundfünfzig, Eheschließung fünfzig, Kündigung durch den Arbeitgeber siebenundvierzig ...«

Catherine hörte ihm sprachlos zu. *Wie muß es sein, alles nur statistisch sehen zu können? Niemals einen anderen als menschliches Wesen begreifen, niemals einen wirklichen Freund haben zu können? Mir kommt's vor, als hätte ich einen neuen Freund gewonnen,* dachte Catherine.

Wie lange er wohl schon verheiratet ist?

20

Du wolltest mich vernichten. Das ist dir nicht gelungen. Ich verspreche dir, daß ein Erfolg für dich besser gewesen wäre. Aber als erstes werde ich deine Schwester vernichten.

Constantin Demiris' Worte klangen noch immer in Lambrous Ohren. Er zweifelte nicht im geringsten daran, daß Demiris versuchen würde, seine Drohung wahrzumachen. Was war mit Rizzoli schiefgelaufen? Alles war sorgfältig geplant gewesen! Aber er durfte sich nicht damit aufhalten, darüber nachzugrübeln. Jetzt kam es darauf an, seine Schwester zu warnen.

Lambrous Sekretärin kam herein. »Ihr Zehnuhrbesuch ist da, Herr Lambrou. Soll ich ihn . . . ?«

»Nein, ich lasse mich entschuldigen. Sagen Sie alle meine Termine ab. Ich komme vormittags nicht mehr ins Büro zurück.«

Er griff nach dem Telefonhörer und war fünf Minuten später unterwegs zu Melina.

Sie erwartete ihn im Garten der Villa. »Spyros! Du hast am Telefon so aufgeregt geklungen! Was ist passiert?«

»Hör zu, wir müssen miteinander reden.« Er führte sie zur Bank einer mit Weinlaub bewachsenen Gartenterrasse. *Wie bezaubernd sie ist,* dachte er, als sie sich gegenübersaßen. *Sie hat stets alle glücklich gemacht, deren Lebensweg sie gekreuzt hat. Sie hat nichts getan, um das zu verdienen, was ihr jetzt droht.*

»Willst du mir nicht erzählen, was passiert ist?«

Ihr Bruder holte tief Luft. »Ich fürchte, daß ich dir eine sehr schmerzliche Mitteilung machen muß, Schatz.«

»Du fängst an, mich zu beunruhigen.«

»Das will ich auch. Dein Leben ist in Gefahr.«

»Was? Wodurch denn?«

Er wählte seine Worte sorgfältig. »Ich befürchte, daß Costa dir nach dem Leben trachtet.«

Melina starrte ihn mit offenem Mund an. »Soll das etwa ein Scherz sein?«

»Nein, das ist mein Ernst, Melina.«

»Schatz, Costa hat alle möglichen schlechten Eigenschaften, aber er ist kein Mörder. Er könnte keiner ...«

»Das ist ein Irrtum! Er hat schon früher gemordet.«

Sie war blaß geworden. »Was willst du damit sagen?«

»Oh, er mordet nicht mit den eigenen Händen. Dafür hat er seine Leute, aber ...«

»Das glaube ich dir nicht!«

»Erinnerst du dich an Catherine Douglas?«

»Die Amerikanerin, die ermordet wurde ...«

»Sie ist nicht ermordet. Sie lebt.«

Melina schüttelte den Kopf. »Sie ... das kann nicht sein! Ich meine ... ihre Mörder sind doch hingerichtet worden!«

Lambrou griff nach den Händen seiner Schwester. »Melina, Larry Douglas und Noelle Page haben Catherine nicht ermordet. Costa hat sie versteckt gehalten, während die beiden vor Gericht standen.«

Melina saß wie vor den Kopf geschlagen da und erinnerte sich an die Frau, die sie flüchtig in ihrem Haus gesehen hatte.

Costa, wer ist die Frau, die ich in der Eingangshalle gesehen habe?

Sie ist die Freundin eines Geschäftsfreundes. Sie soll in London für mich arbeiten.

Ich habe sie nur flüchtig gesehen. Aber sie erinnert mich an jemanden.

Tatsächlich?

Sie erinnert mich an die Frau des amerikanischen Piloten, der früher für dich gearbeitet hat. Aber das ist unmöglich. Die beiden haben sie ermordet.

Richtig. Die beiden haben sie ermordet.

Sie fand ihre Stimme wieder. »Ich habe sie hier bei uns gesehen,

Spyros. Costa hat behauptet, sie sei die Freundin eines Geschäftsfreundes.«

»Er ist geisteskrank. Ich will, daß du ein paar Sachen packst und diesen Ort verläßt.«

Seine Schwester sah ihn an und schüttelte den Kopf. »Nein, dies ist mein Zuhause.«

»Melina, ich könnte es nicht ertragen, wenn dir etwas zustieße!«

Ihre Stimme klang stahlhart. »Sei unbesorgt, mir passiert nichts. Costa ist kein Dummkopf. Er weiß genau, daß er teuer dafür bezahlen muß, wenn er mir etwas antut.«

»Er ist dein Mann, aber du kennst ihn nicht, Schatz. Ich habe Angst um dich!«

»Ich werde mit ihm fertig, Spyros.«

Er starrte seine Schwester an und erkannte, daß er sie nicht würde umstimmen können. »Tust du mir wenigstens einen Gefallen, wenn du unbedingt hierbleiben willst? Versprich mir, ihm keine Gelegenheit zu geben, mit dir allein zu sein.«

Sie tätschelte ihrem Bruder die Wange. »Das versprech' ich dir, Lieber.«

Melina hatte nicht die Absicht, dieses Versprechen zu halten.

Als Constantin Demiris an diesem Abend nach Hause kam, erwartete Melina ihn. Er nickte ihr zu und ging an ihr vorbei in sein Schlafzimmer. Melina folgte ihm.

»Es wird Zeit, daß wir mal miteinander reden, finde ich«, stellte sie fest.

Demiris sah auf seine Armbanduhr. »Ich habe nur ein paar Minuten Zeit. Ich muß zu einem Termin.«

»Wirklich? Willst du heute abend wieder mal jemanden ermorden?«

Er drehte sich zu ihr um. »Was quatschst du da?«

»Spyros hat mich heute morgen besucht.«

»Ich sehe schon, daß ich deinem Bruder mein Haus verbieten muß.«

»Dies ist auch *mein* Haus!« antwortete Melina trotzig. »Wir hatten ein sehr interessantes Gespräch.«

»Tatsächlich? Worüber denn?«

»Über dich und Catherine Douglas und Noelle Page.«

Jetzt sah er sie konzentriert an. »Das sind uralte Geschichten.«

»Tatsächlich? Spyros sagt, daß du zwei Unschuldige in den Tod geschickt hast, Costa.«

»Spyros ist ein Dummkopf!«

»Ich habe Catherine Douglas vor ein paar Monaten hier im Haus gesehen.«

»Das glaubt dir kein Mensch. Außerdem kriegst du sie nie wieder zu sehen. Ich habe jemanden losgeschickt, der sie erledigt.«

Melina erinnerte sich plötzlich an die drei Männer, die er zum Abendessen eingeladen hatte. *Sie fliegen gleich morgen früh nach London. Ich bin sicher, daß Sie dort alles Notwendige veranlassen werden.*

Demiris trat näher an seine Frau heran und sagte halblaut: »Hör zu, du und dein Bruder, ihr hängt mir allmählich zum Hals heraus!«

Er packte sie am Arm. Sein Griff war wie ein Schraubstock. »Spyros hat versucht, mich zu ruinieren. Er hätte mich besser umbringen lassen sollen.« Er drückte fester zu. »Ihr werdet euch beide noch wünschen, er hätte es getan.«

»Hör auf! Du tust mir weh!«

»Meine liebe Frau, du weißt noch gar nicht, was Schmerzen sind. Aber du wirst es noch erfahren.« Er ließ ihren Arm los. »Ich lasse mich von dir scheiden. Ich brauche ein Vollblutweib. Aber das heißt nicht, daß du mich deshalb aus deinem Leben streichen kannst. O nein! Ich habe wunderbare Dinge mit dir und deinem lieben Bruder vor. So, damit ist unser Schwätzchen beendet. Entschuldige bitte, aber ich muß mich jetzt umziehen. Es wäre unhöflich, eine Dame warten zu lassen.«

Er ließ sie stehen und verschwand in seinem Ankleidezimmer. Melina schlug das Herz bis zum Hals. *Spyros hat recht.*

Melina fühlte sich völlig hilflos. Um ihr eigenes Leben hatte sie keine Angst. *Wofür sollte ich noch leben?* dachte sie verbittert. *Mein Mann hat mich meiner Würde beraubt und zu sich in den Schmutz herabgezerrt.* Sie erinnerte sich an die vielen Gelegenheiten, bei denen er sie erniedrigt und in aller Öffentlichkeit beschimpft hatte. Sie wußte recht gut, daß ihre Freunde sie bemitleideten. Nein, um sich selbst machte sie sich keine Sorgen mehr.

Ich bin bereit zu sterben, dachte sie, *aber ich darf nicht zulassen, daß er Spyros etwas antut.* Doch wie sollte sie ihn daran hindern? Spyros war mächtig – aber Costa war weit mächtiger. Für Melina stand mit schrecklicher Gewißheit fest, daß ihr Mann seine Drohungen wahrmachen würde, wenn sie ihn nicht daran hinderte. *Ich muß irgendwie verhindern. Aber wie? Wie nur ...?*

21

Mit der Athener Delegation hatte Catherine viel Arbeit. Sie vereinbarte Termine mit wichtigen Geschäftspartnern und machte die Besucher mit Details des Londoner Unternehmens bekannt. Die Männer staunten über ihre Tüchtigkeit. Sie fanden es beeindruckend, wie Catherine ihre Fragen zu allen Phasen des hiesigen Geschäftsablaufs beantworten konnte.

Catherine war tagsüber so beschäftigt, daß die Arbeit sie von ihren eigenen Problemen ablenkte. Zugleich lernte sie alle drei Männer etwas besser kennen.

Jerry Haley war das schwarze Schaf der Familie. Sein Vater war ein erfolgreicher Industrieller, und sein Großvater war ein hochgeachteter Richter. Bis zu seinem 21. Lebensjahr hatte Jerry Haley wegen Autodiebstahls, Einbruch und Vergewaltigung bereits insgesamt drei Jahre in Jugendstrafanstalten verbracht. Um ihn loszuwerden, hatte seine Familie ihn schließlich nach Europa geschickt. »Aber ich hab' mich wieder hochgerappelt«, berichtete er Catherine stolz. »Ich hab' eine ganz neue Seite aufgeschlagen.«

Yves Renard war ein verbitterter Mann. Catherine erfuhr, daß seine Eltern ihn schon als kleinen Jungen zu entfernten Verwandten abgeschoben hatten, bei denen es ihm sehr schlecht erging. »Sie hatten einen Bauernhof bei Vichy, und ich habe von frühmorgens bis spätabends wie ein Pferd schuften müssen. Mit fünfzehn bin ich nach Paris ausgerissen, um dort zu arbeiten.«

Dino Mattusi, der fröhliche Italiener, war der Sohn einer sizilianischen Familie aus dem Mittelstand. »Mit sechzehn Jahren habe ich einen Riesenskandal ausgelöst, indem ich mit einer zehn Jahre älteren, verheirateten Frau durchgebrannt bin. Ah, sie war *bellissima!*«

»Was passierte dann?« fragte Catherine.

Er seufzte. »Sie haben mich heimgeholt und dann nach Rom geschickt, um mich vor dem Zorn des betrogenen Ehemannes in Sicherheit zu bringen.«

Catherine lächelte. »Oh, ich verstehe. Wann haben Sie angefangen, für Mr. Demiris zu arbeiten?«

»Später«, antwortete er ausweichend. »In der ersten Zeit habe ich mich mit Gelegenheitsarbeiten durchgeschlagen. Ich habe jede Arbeit angenommen, nur um überleben zu können.«

»Und dann haben Sie Ihre Frau kennengelernt?«

Mattusi sah ihr in die Augen. »Meine Frau ist nicht hier«, stellte er fest.

Er beobachtete sie, sprach mit ihr, lauschte dem Klang ihrer Stimme, roch ihr Parfüm. Er wollte alles über sie wissen. Ihre Bewegungen gefielen ihm, und er fragte sich, wie ihr Körper unter ihrem Kleid aussehen mochte. Das würde er bald erfahren. Sehr bald. Er konnte es kaum erwarten.

Jerry Haley kam in Catherines Büro. »Gehen Sie gern ins Theater, Catherine?«

»Sogar sehr gern. Ich ...«

»Neulich hat hier ein neues Musical Premiere gehabt, ›Finian's-Rainbow‹. Ich möchte heute abend hingehen.«

»Ich besorge Ihnen gern eine Karte dafür.«

»Allein würde es keinen besonderen Spaß machen, glaube ich. Hätten Sie heute abend Zeit?«

Catherine zögerte. »Ja.« Sie merkte, daß sie auf seine riesigen, ruhelosen Hände starrte.

»Großartig! Holen Sie mich um neunzehn Uhr im Hotel ab.« Das war ein Befehl. Er machte kehrt und verließ ihr Büro.

Merkwürdig. Er wirkt so freundlich und offen – und trotzdem ... Ich hab' mich wieder hochgerappelt.

Das Bild dieser riesigen Pranken ging ihr nicht mehr aus dem Kopf.

Jerry Haley wartete in der Halle des Hotels Savoy auf Catherine. Eine Firmenlimousine mit Chauffeur brachte sie ins Theater.

»London ist eine großartige Stadt«, sagte Haley. »Ich komme jedesmal gern hierher zurück. Sind Sie schon lange hier?«

»Ein paar Monate.«

»Aber Sie kommen ursprünglich aus den Staaten?«

»Ja – aus Chicago.«

»Auch eine wundervolle Stadt. Hab' mich dort schon oft großartig amüsiert.«

Mit Vergewaltigungen?

Das Musical war wunderbar, und die Schauspieler waren ausgezeichnet, aber Catherine konnte sich nicht auf das Spektakel konzentrieren. Jerry Haley trommelte mit den Fingern gegen seinen Sitz, auf seine Schenkel, auf seine Knie. Er war außerstande, seine riesigen Hände ruhig zu halten.

Nach der Vorstellung sah Haley Catherine an und sagte: »Eine herrliche Nacht, nicht wahr? Was halten Sie davon, wenn wir den Wagen wegschicken und einen Spaziergang durch den Hyde Park machen?«

»Tut mir leid, aber ich muß morgen schon sehr früh im Büro sein«, sagte Catherine. »Vielleicht ein andermal.«

Haley betrachtete sie rätselhaft lächelnd. »Gut«, stimmte er zu. »Ich habe reichlich Zeit.«

Yves Renard interessierte sich für Museen. »Die größten Museen der Welt stehen natürlich in Paris«, erklärte der Franzose Catherine. »Sie kennen doch bestimmt den Louvre?«

»Nein«, antwortete Catherine. »Ich bin noch nie in Paris gewesen.«

»Wie schade! Nach Paris sollten Sie unbedingt einmal fahren.« Aber noch während er das sagte, dachte er: *Ich weiß, daß sie's nie tun wird.* »Ich möchte gern die Londoner Museen besichtigen. Vielleicht könnten wir uns am Samstag ein paar ansehen.«

Catherine hatte vorgehabt, am Samstag einiges an Büroarbeit nachzuholen. Andererseits hatte Constantin Demiris sie gebeten, sich um die Besucher zu kümmern.

»Einverstanden«, sagte sie. »Am Samstag machen wir einen Museenbummel.«

Catherine hatte keine große Lust, einen Tag mit dem Franzosen zu verbringen. *Er ist so verbittert. Er benimmt sich, als würde er noch immer unterdrückt.*

Der Samstag begann durchaus angenehm. Sie fuhren als erstes zum Britischen Museum, wo sie einen Rundgang durch Säle mit Schätzen aus der Vergangenheit machten. Sie sahen eine Ausfertigung der Magna Charta, eine von Elisabeth I. unterzeichnete Proklamation und Friedensverträge, mit denen vor Jahrhunderten geführte Kriege beendet worden waren.

Irgend etwas an Yves Renard störte Catherine, aber erst als sie schon fast eine Stunde im Museum zugebracht hatten, erkannte sie, was es war.

Sie standen vor einer Vitrine mit einem Schreiben Admiral Nelsons.

»Dies ist eines der interessantesten Ausstellungsstücke dieser Abteilung«, sagte Catherine. »Admiral Nelson hat es unmittelbar vor der Seeschlacht von Trafalgar verfaßt. Wissen Sie, er ist sich nicht sicher gewesen, ob er befugt war ...« Und dann merkte sie plötzlich, daß Yves Renard ihr nicht zuhörte. Gleichzeitig wurde ihr etwas anderes klar: Der Franzose hatte die bisher gesehenen Ausstellungsstücke kaum beachtet. Sie interessierten ihn nicht. *Warum hat er mir dann erzählt, er interessiere sich für Museen?*

Als nächstes besuchten sie das Victoria & Albert Museum, wo Yves Renard sich ähnlich verhielt. Diesmal beobachtete Catherine ihn genau. Der Franzose ging von Saal zu Saal und kommentierte die Ausstellungsstücke – aber er war in Gedanken ganz offensichtlich woanders.

Nachdem sie ihren Rundgang beendet hatten, fragte Catherine: »Möchten Sie die Westminster Abbey besichtigen?«

Yves Renard nickte. »Ja, natürlich.«

Sie gingen durch die große Abteikirche und blieben vor den Grabsteinen der dort beigesetzten berühmten Persönlichkeiten – Dichter, Staatsmänner und Könige – stehen.

»Sehen Sie nur«, sagte Catherine, »hier ist Keats bestattet.«

Renard sah zu Boden. »Ah, Keats.« Dann ging er weiter.

Catherine stand sprachlos da und sah ihm nach. *Was interessiert ihn eigentlich wirklich? Wozu vergeudet er seinen Tag auf diese Weise?*

Auf der Rückfahrt zum Hotel sagte Yves Renard: »Danke, Miss Alexander. Damit haben Sie mir eine große Freude gemacht.«

Er lügt, dachte Catherine. *Aber weshalb?*

»In England gibt es einen Ort, der sehr interessant sein soll. Stonehenge. Soviel ich weiß, liegt er auf der Ebene bei Salisbury.«

»Richtig«, bestätigte Catherine.

»Wollen wir nicht gemeinsam hinfahren? Vielleicht nächsten Samstag?«

Catherine fragte sich, ob Stonehenge ihn mehr interessieren würde als die Museen.

»Gern«, sagte sie.

Dino Mattusi war ein Feinschmecker. Er kam mit einem Restaurantführer in Catherines Büro. »Ich habe hier eine Liste der besten Londoner Restaurants. Interessiert?«

»Nun, ich ...«

»Wunderbar! Ich lade Sie heute abend zum Dinner ins Connaught ein.«

»Heute abend muß ich ...«, begann Catherine.

»Keine Ausreden! Ich hole Sie um zwanzig Uhr ab.«

Catherine zögerte noch. »Gut, meinetwegen.«

Mattusi strahlte. »*Bene!*« Er beugte sich über ihren Schreibtisch. »Viele Dinge machen allein keinen Spaß, nicht wahr?« Was er damit meinte, war unverkennbar. *Aber wer so zielstrebig darauf losgeht,* dachte Catherine, *ist meist in Wirklichkeit ganz harmlos.*

Das Dinner im Connaught war köstlich. Sie aßen schottischen Räucherlachs, Roastbeef und Yorkshirepudding.

»Ich finde Sie faszinierend, Catherine«, sagte Dino Mattusi bereits beim Salat. »Ich liebe Amerikanerinnen.«

»Oh? Ihre Frau ist wohl auch Amerikanerin?« fragte Catherine unschuldig.

Mattusi hob die Achseln. »Nein, sie ist Italienerin. Aber sie ist sehr verständnisvoll.«

»Wie angenehm für Sie.«

Er lächelte. »Ja, sehr angenehm.«

Beim Dessert fragte der Italiener: »Fahren Sie gern aufs Land? Ich habe einen Freund, der mir seinen Wagen leihen will. Ich dachte, wir können am Sonntag einen kleinen Ausflug machen.«

Catherine wollte schon ablehnen, aber dann fiel ihr plötzlich Wim Vandeen ein. Er wirkte immer so einsam. Vielleicht würde er den Ausflug genießen. »Das wäre bestimmt eine nette Abwechslung«, sagte sie.

»Ich verspreche Ihnen einen interessanten Tag.«

»Könnte ich vielleicht Wim mitbringen?«

Mattusi schüttelte den Kopf. »Der Wagen ist ein Zweisitzer. Ich sage Ihnen noch, wann ich Sie abhole.«

Die Besucher waren ziemlich anspruchsvoll, und Catherine mußte feststellen, daß ihr nur sehr wenig Freizeit blieb. Haley, Renard und Mattusi kamen häufig zu Besprechungen mit Wim Vandeen zusammen, und Catherine beobachtete, wie sich ihre ursprüngliche Einstellung änderte.

»Das schafft er alles ohne Rechner?« staunte Haley.

»Ganz recht.«

»So was hab' ich noch nie erlebt!«

Catherine war von Atanas Stavitsch beeindruckt. Der Junge war bewundernswert fleißig. Er war im Büro, wenn sie morgens zur Arbeit kam, und er war immer noch da, wenn alle längst gegangen waren. Der stets freundliche und zuvorkommende Junge erinnerte Catherine an einen zitternden Welpen. Irgend jemand mußte ihn in der Vergangenheit schrecklich mißhandelt haben. Sie nahm sich vor, mit Dr. Hamilton über Atanas zu sprechen. *Es muß irgendeine Möglichkeit geben, ihm sein Selbstvertrauen zurückzugeben,* dachte Catherine. *Alan könnte ihm bestimmt helfen.*

»Bist du dir eigentlich darüber im klaren, daß der Kleine in dich verknallt ist?« fragte Evelyn Kaye eines Tages.

»Von wem redest du überhaupt?«

»Atanas. Ist dir nicht aufgefallen, wie er dich mit Blicken verschlingt? Er läuft dir nach wie ein Hündchen.«

Catherine lachte. »Ach, das bildest du dir nur ein!«

Aus einem Impuls heraus lud sie den Jungen zum Mittagessen ein.

»In ... in einem Restaurant?«

Catherine lächelte. »Ja, natürlich.«

Atanas bekam rote Ohren. »Ich ... ich weiß nicht recht, Miss Alexander.« Er blickte an seinen schlechtsitzenden Sachen hinunter. »Sie werden sich mit mir genieren.«

»Ich beurteile Menschen nicht nach ihrer Kleidung«, antwortete Catherine energisch. »Ich lasse uns in einem Restaurant einen Tisch reservieren.«

Sie gingen zusammen ins Lyons Corner House. Als er ihr am Tisch gegenübersaß, schien ihm die luxuriöse Umgebung die Sprache verschlagen zu haben. »In ... in solch einem Restaurant bin ich noch nie gewesen. Alles ist so schön!«

Catherine war gerührt. »Ich möchte, daß du dir bestellst, worauf du Lust hast.«

Atanas studierte die Speisekarte und schüttelte den Kopf. »Alles ist viel zu teuer!«

Catherine lächelte. »Mach dir deswegen keine Sorgen. Wir arbeiten beide für einen sehr reichen Mann. Er würde uns bestimmt ein gutes Mittagessen gönnen.« Sie erzählte ihm nicht, daß sie das Essen selbst bezahlen würde.

Der Junge bestellte einen Krabbencocktail, Salat, Kalbsbraten mit Röstkartoffeln und als Nachspeise Schokoladentorte mit Eiskrem.

Catherine sah ihm verblüfft beim Essen zu. Er war so klein und schmächtig. »Wohin tust du das alles?«

»Ich nehme nie zu«, sagte Atanas schüchtern.

»Gefällt dir London, Atanas?«

Er nickte. »Was ich bisher davon gesehen habe, gefällt mir sehr gut.«

»Du hast in Athen als Bürobote gearbeitet?«

Atanas nickte erneut. »Für Mr. Demiris.« In seiner Stimme schwang ein verbitterter Unterton mit.

»Hat's dir dort nicht gefallen?«

»Entschuldigung . . . vielleicht darf ich das gar nicht sagen, aber ich finde, Mr. Demiris ist kein netter Mann. Ich . . . ich mag ihn nicht.« Der Junge sah sich hastig um, als fürchte er, belauscht zu werden. »Er . . . ach, es ist egal.«

Catherine hielt es für besser, dieses Thema nicht weiter zu verfolgen. »Weshalb hast du dich entschlossen, nach London zu kommen, Atanas?«

Der Junge antwortete so leise, daß sie nicht verstand, was er sagte.

»Wie bitte?«

»Ich möchte Arzt werden.«

Catherine betrachtete ihn neugierig. »Arzt?«

»Ja, Ma'am. Ich weiß, daß das komisch klingt, aber . . .« Er zögerte und fuhr dann fort: »Meine Familie stammt aus Mazedonien, und man hat mir mein Leben lang davon erzählt, wie die Türken unser Dorf überfallen und Menschen gefoltert und umgebracht haben. Damals hat's keine Ärzte gegeben, die den Verwundeten hätten helfen können. Unser Dorf ist nicht mehr gefährdet, aber auf der ganzen Welt gibt's Kranke und Verletzte. Ich möchte ihnen helfen.« Atanas senkte verlegen den Kopf. »Jetzt denken Sie bestimmt, ich bin verrückt.«

»Nein«, antwortete Catherine ruhig. »Ich finde es wunderbar. Du bist also nach London gekommen, um Medizin zu studieren?«

»Ja, Ma'am. Ich werde tagsüber arbeiten und abends studieren. Ich will Arzt werden.«

Aus seiner Stimme sprach unbeugsame Entschlossenheit. Catherine nickte. »Ich glaube dir, daß du's schaffst. Laß uns später noch einmal darüber reden, ja? Ich habe einen Freund, der dir vielleicht weiterhelfen kann. Und ich weiß ein hübsches Restaurant, in dem wir nächste Woche essen können.«

Um Mitternacht ging in Spyros Lambrous Villa eine Bombe hoch. Sie forderte zwei Todesopfer unter dem Hauspersonal und ließ die Fassade einstürzen. Spyros Lambrou, dessen Schlafzimmer völlig verwüstet wurde, kam nur deshalb mit dem Leben davon, weil seine Frau und er sich spontan dazu entschlossen hatten, entgegen ihrer ursprünglichen Absicht doch zu einem Diner zu gehen, das der Oberbürgermeister von Athen gab.

Am nächsten Morgen ging in seinem Büro ein kurzer Bekennerbrief mit der Parole »Tod den Kapitalisten« ein. Unterzeichnet war er mit:

Hellenische Revolutionäre Partei.

»Weshalb hat man dich ermorden wollen?« fragte Melina entsetzt.

»Nicht ›man‹«, stellte Spyros fest. »Dahinter steckt Costa.«

»Das ... dafür hast du keine Beweise.«

»Ich brauche keine. Begreifst du noch immer nicht, mit wem du verheiratet bist?«

»Ich ... ich weiß nicht, was ich denken soll.«

»Melina, solange dieser Mann lebt, sind wir beide in Gefahr. Er schreckt vor nichts zurück!«

»Kannst du nicht zur Polizei gehen?«

»Du hast es selbst gesagt: Ich habe keine Beweise. Die Polizei würde mich auslachen.« Spyros griff nach ihren Händen. »Ich möchte, daß du dieses Haus verläßt. Bitte! Geh so weit fort wie irgend möglich.«

Melina blieb lange schweigend vor ihm stehen. Als sie endlich sprach, schien sie eine Entscheidung von großer Tragweite getroffen zu haben. »Gut, Spyros, ich tue, was getan werden muß.«

Spyros umarmte sie. »Wunderbar! Und mach dir keine Sorgen. Schatz. Wir finden irgendeine Möglichkeit, ihm das Handwerk zu legen.«

Melina saß den ganzen Nachmittag lang allein in ihrem Schlafzimmer und versuchte zu begreifen, was geschehen war. Ihr Mann meinte es also wirklich ernst mit seiner Drohung, Spyros und sie zu vernichten. Und wenn sie in Lebensgefahr waren, war es auch Catherine Alexander.

Sie soll in London für mich arbeiten.

Ich werde sie warnen, nahm sie sich vor. *Aber ich muß noch mehr tun. Ich muß Costa vernichten. Ich muß ihn daran hindern, weitere Menschen ins Unglück zu stürzen. Aber wie?* Und dann fiel ihr eine Möglichkeit ein. *Natürlich! Das ist das einzige Mittel. Warum bin ich nicht schon früher darauf gekommen?*

22

VERTRAULICH!
WORTPROTOKOLL EINER THERAPIESITZUNG MIT CATHERINE DOUGLAS

C.: Tut mir leid, daß ich mich verspätet habe, Alan. Im Büro ist in letzter Minute eine Besprechung angesetzt worden.

A.: Kein Problem, Catherine. Ist die Athener Delegation noch immer in London?

C.: Ja. Sie ... Die drei wollen Ende nächster Woche abreisen.

A.: Das klingt erleichtert. Waren sie schwierig?

C.: Nicht direkt schwierig, aber ich habe ein ... ein merkwürdiges Gefühl bei ihnen.

A.: Merkwürdig?

C.: Das ist schwer zu erklären. Ich weiß, daß das verrückt klingt, aber ... alle drei haben irgend etwas Seltsames an sich.

A.: Haben sie etwas getan, um ...?

C.: Nein, aber sie sind mir irgendwie unheimlich. Vergangene Nacht habe ich wieder den Alptraum gehabt.

A.: Den Traum, in dem jemand versucht, Sie zu ertränken?

C.: Ja. Ich habe ihn schon längere Zeit nicht mehr gehabt. Und diesmal war er anders ...

A.: In welcher Beziehung?

C.: Er war ... realistischer. Und er hat nicht aufgehört, wo er sonst immer aufgehört hat.

A.: Er ist über den Punkt hinausgegangen, wo jemand versucht hat, Sie zu ertränken?

C.: Ja. Sie haben versucht, mich zu ertränken, und dann war ich plötzlich an einem sicheren Ort.

A.: Im Kloster?

C.: Das weiß ich nicht bestimmt. Möglicherweise. Ich befand mich in einem Garten. Ein Mann besuchte mich dort. Soweit ich mich erinnere, habe ich das schon früher geträumt – aber diesmal konnte ich sein Gesicht sehen.

A.: Haben Sie ihn erkannt?

C.: Ja. Es war Constantin Demiris.

A.: In Ihrem Traum haben Sie also ...

C.: Alan, es war nicht nur ein Traum! Ich habe mich wirklich daran erinnert. Und mir ist plötzlich eingefallen, daß Constantin Demiris mir meine goldene Anstecknadel geschenkt hat.

A.: Glauben Sie, daß Ihr Unterbewußtsein Ihnen etwas gezeigt hat, das sich tatsächlich ereignet hat? Wissen Sie bestimmt, daß Sie nicht ...

C.: Ich weiß, daß es so gewesen ist: Constantin Demiris hat mir diese Nadel im Kloster geschenkt.

A.: Sie haben erzählt, Sie seien von Nonnen aus dem See gerettet und ins Kloster gebracht worden?

C.: Ganz recht.

A.: Catherine, hat irgendein Außenstehender gewußt, daß Sie sich im Kloster aufhalten?

C.: Nein, das glaube ich nicht.

A.: Wie hat es dann Constantin Demiris wissen können?

C.: Ich ... Das weiß ich nicht. Ich weiß nur, was geschehen ist. Ich bin zu Tode erschrocken aufgewacht. Als wäre der Traum eine Art Warnung gewesen. Ich fühle, daß sich etwas Schreckliches ereignen wird.

A.: Manche Alpträume haben diese Wirkung auf uns. Alpträume gehören zu den ältesten Feinden des Menschen. Im Volksglauben ist der Alp ein gespenstisches Wesen, das bevorzugt nach vier Uhr morgens jenes ›Alpdrücken‹ verursacht.

C.: Sie glauben also nicht, daß sie eine reale Bedeutung haben können?

A.: Manchmal haben sie sicher eine. Coleridge hat geschrieben: »Träume sind keine Schemen, sondern die eigentliche Substanz und Kalamität meines Lebens.«

C.: Wahrscheinlich nehme ich die ganze Sache zu ernst. Abgesehen von meinen verrückten Träumen geht's mir gut... Oh, da fällt mir jemand ein, über den ich mit Ihnen reden wollte, Alan.

A.: Ja?

C.: Es geht um einen Jungen. Er heißt Atanas Stavitsch und ist nach London gekommen, um Medizin zu studieren. Er hat eine schlimme Kindheit hinter sich. Ich dachte, Sie könnten mal mit ihm reden und ihm ein paar Ratschläge geben.

A.: Das tue ich gern. Weshalb runzeln Sie die Stirn?

C.: Mir ist eben etwas eingefallen.

A.: Ja?

C.: Es klingt aber verrückt.

A.: Das Unterbewußtsein differenziert nicht zwischen »verrückt« und »normal«.

C.: Als Mr. Demiris mir im Traum die goldene Anstecknadel schenkte...

A.: Ja?

C.: Als er sie mir schenkte, habe ich eine Stimme sagen hören: »Er wird dich umbringen«.

Das Ganze muß wie ein Unfall aussehen. Können Sie das arrangieren? Ich will, daß die Verunglückte nicht mehr identifiziert werden kann.

Es gab viele Methoden, sie zu ermorden. Er würde allmählich mit den Vorbereitungen beginnen müssen. Während er auf seinem Bett lag und darüber nachdachte, spürte er, daß er eine Erektion bekam. Der Tod war der äußerste Orgasmus. Dann wußte er plötzlich, wie er es tun würde. *Wunderbar einfach! Und es wird nichts übrigbleiben, das zu identifizieren wäre.*

Constantin Demiris wird sehr zufrieden sein.

23

Constantin Demiris' Ferienhaus lag sechs Kilometer nordwestlich von Piräus auf einem 4000 Quadratmeter großen Wassergrundstück. Demiris traf dort um 19 Uhr ein. Er parkte in der Einfahrt, stieg aus dem Wagen und ging zur Haustür.

Als er sie erreichte, wurde sie von einem Unbekannten von innen geöffnet.

»Guten Abend, Herr Demiris.«

Im Haus sah er ein halbes Dutzend Polizeibeamte.

»Was geht hier vor?« fragte Demiris scharf.

»Kriminalinspektor Theophilos. Ich...«

Demiris schob den Beamten wortlos beiseite und ging ins Wohnzimmer. Der Raum war völlig verwüstet. Offenbar hatte hier ein schrecklicher Kampf stattgefunden. Tische und Sessel waren umgestürzt. Eins von Melinas Kleidern lag zerfetzt auf dem Teppich. Demiris hob das Kleid auf und starrte es an.

»Wo ist meine Frau? Ich wollte mich hier mit ihr treffen.«

»Sie ist nicht hier«, antwortete der Inspektor. »Wir haben das Haus und den Strand abgesucht. Es scheint eingebrochen worden zu sein.«

»Gut, aber wo ist meine Frau? Hat sie Sie angerufen? Ist sie hier gewesen?«

»Ja, wir glauben, daß sie hier gewesen ist.« Der Kriminalbeamte hielt eine Damenarmbanduhr hoch. Das Uhrglas war zertrümmert, und die Zeiger waren auf 15.02 Uhr stehengeblieben. »Ist das die Uhr Ihrer Frau?«

»Das könnte ihre sein.«

»Auf der Rückseite ist ›Für Melina in Liebe – Costa‹ eingraviert.«

»Dann ist es ihre Uhr. Sie war ein Geburtstagsgeschenk von mir.«

Inspektor Theophilos zeigte auf einige dunkle Flecken auf dem

Teppich. »Das sind Blutflecken.« Er hob ein Messer auf, das hinter einem Sessel gelegen hatte, sorgfältig darauf achtend, daß er den Griff nicht berührte. Die Klinge war blutverschmiert.

»Haben Sie dieses Messer schon einmal gesehen?«

Demiris musterte es nur flüchtig. »Nein. Soll das heißen, daß sie tot ist?«

»Das ist leider nicht auszuschließen, Herr Demiris. Draußen im Sand haben wir eine ins Wasser führende Blutspur entdeckt.«

»Mein Gott!« flüsterte Demiris.

»Zum Glück sind an diesem Messer sehr deutliche Fingerabdrücke festzustellen.«

Constantin Demiris sank auf die Couch. »Damit können Sie den Täter fassen.«

»Richtig – falls wir seine Fingerabdrücke in unserer Kartei haben. Überall im Haus sind Abdrücke zu finden, die wir erst identifizieren müssen. Wenn Sie so freundlich sind, uns Ihre Fingerabdrücke zu geben, Herr Demiris, können wir sie sofort eliminieren.«

»Ja, natürlich«, murmelte Demiris wie betäubt.

»Der Sergeant dort drüben kann sie Ihnen gleich abnehmen.«

Demiris ging zu dem uniformierten Beamten hinüber, der Papier und Stempelkissen bereithielt. »Rollen Sie bitte einen Finger nach dem anderen ab«, forderte er Demiris auf, nachdem er sie eingefärbt hatte. Die Prozedur dauerte nicht lange. »Das ist natürlich nur eine Formalität.«

»Ja, ich verstehe.«

Inspektor Theophilos gab Demiris eine kleine Geschäftskarte. »Sagt Ihnen diese Karte etwas, Herr Demiris?«

Constantin Demiris las den aufgedruckten Text. DETEKTIVBÜRO KATELANOS – ERMITTLUNGEN ALLER ART. Er gab die Karte zurück. »Nein. Ist sie denn wichtig?«

»Das weiß ich nicht. Aber wir werden es überprüfen.«

»Ich will natürlich, daß Sie alles menschenmögliche tun, um

den Täter zu fassen. Und benachrichtigen Sie mich, falls meine Frau aufgefunden wird.«

Inspektor Theophilos nickte. »Keine Sorge, Herr Demiris. Wir halten Sie auf dem laufenden.«

Melina, das Traummädchen. Attraktiv und intelligent und amüsant. Anfangs ist alles wunderbar gewesen. Aber dann hat sie unseren Sohn ermordet – und dafür konnte es kein Verzeihen geben ... nur den Tod.

Der Anruf kam am nächsten Tag um 11.30 Uhr. Constantin Demiris war in einer Besprechung, als sich seine Sekretärin über die Gegensprechanlage meldete. »Verzeihung, Herr Demiris, aber ...«

»Ich sagte Ihnen doch, daß ich nicht gestört werden will!«

»Ja, Herr Demiris, aber ein Kriminalinspektor Lavanos ist am Telefon. Er sagt, er müsse Sie dringend sprechen. Soll ich ihn bitten ...«

»Nein, stellen Sie durch.« Demiris nickte den Männern am Konferenztisch zu. »Entschuldigen Sie mich einen Augenblick, meine Herren.« Er nahm den Hörer ab. »Demiris.«

»Polizeipräsidium, Inspektor Lavanos«, sagte eine Stimme. »Herr Demiris, wir haben neue Ermittlungsergebnisse, die Sie interessieren dürften. Hätten Sie vielleicht Zeit, kurz im Präsidium vorbeizukommen?«

»Wissen Sie Neues über meine Frau?«

»Das würde ich lieber nicht am Telefon besprechen, wenn es Ihnen recht ist.«

Constantin Demiris zögerte nur einen Augenblick. »Gut, ich komme sofort.« Er legte den Hörer auf und wandte sich erneut an seine Gesprächspartner. »Tut mir leid, aber ich muß dringend weg. Ich schlage vor, daß Sie inzwischen meinen Vorschlag durchsprechen und wir dann gemeinsam zu Mittag essen.«

Seine Geschäftsfreunde murmelten zustimmend. Fünf Minuten später war Demiris unterwegs zum Polizeipräsidium.

In einem Dienstzimmer wartete ein halbes Dutzend Beamte auf ihn. Constantin Demiris erkannte die Männer als jene, die er bereits in seinem Strandhaus gesehen hatte. »... und das ist Staatsanwalt Delma, Sonderbeauftragter des Generalstaatsanwalts.«

Delma war ein stämmiger, untersetzter Mann mit buschigen Augenbrauen und rundem, zynischem Gesicht.

»Was ist passiert?« erkundigte sich Demiris. »Wissen Sie etwas Neues von meiner Frau?!«

»Offen gesagt, wir sind auf einige Dinge gestoßen, die uns Rätsel aufgeben, Herr Demiris«, antwortete Staatsanwalt Delma. »Wir hoffen, daß Sie uns helfen können, sie zu lösen.«

»Tut mir leid, aber ich fürchte, daß ich nicht viel zur Aufklärung werde beitragen können. Die ganze Sache hat mich wirklich sehr mitgenommen...«

»Sie wollten sich gestern um fünfzehn Uhr mit Ihrer Frau im Strandhaus treffen?«

»Was? Nein. Sie rief mich an und schlug mir ein Treffen um neunzehn Uhr vor.«

»Sehen Sie, das ist eine dieser rätselhaften Unstimmigkeiten«, stellte Delma fest. »Eines Ihrer Dienstmädchen hat ausgesagt, Sie hätten Ihre Frau gegen vierzehn Uhr angerufen und aufgefordert, allein ins Strandhaus zu fahren und dort auf Sie zu warten.«

»Das stimmt nicht. Meine Frau hat mich angerufen und vorgeschlagen, wir sollten uns dort um neunzehn Uhr treffen.«

»Aha. Dann hat das Dienstmädchen sich also geirrt.«

»Offenbar.«

»Haben Sie eine Ahnung, weshalb Ihre Frau dieses Treffen vorgeschlagen haben könnte?«

»Ich nehme an, daß sie mich überreden wollte, mich nicht von ihr scheiden zu lassen.«

»Sie haben Ihrer Frau gesagt, daß Sie sich scheiden lassen wollen?«

»Ja.«

»Das Dienstmädchen hat ausgesagt, es habe ein Telefongespräch mitbekommen, in dem Ihre Frau *Ihnen* mitgeteilt habe, sie wolle sich von Ihnen scheiden lassen.«

»Glauben Sie der Aussage eines Dienstmädchens mehr als meiner?«

»Herr Demiris, haben Sie Ihre Badesachen dort draußen im Strandhaus?« ignorierte Delma seine Frage.

»Im Strandhaus? Nein. Ich schwimme schon lange nicht mehr im Meer. Ich ziehe den Swimming-pool meiner Villa vor.«

Der Staatsanwalt zog eine Schublade auf und nahm eine Badehose in einem Klarsichtbeutel heraus. Er hielt sie hoch, damit Constantin Demiris sie sehen konnte. »Ist das Ihre Badehose, Herr Demiris?«

»Das könnte meine sein, nehme ich an.«

»Sie trägt Ihr Monogramm.«

»Ja, jetzt erkenne ich sie. Sie gehört mir.«

»Wir haben sie auf dem Boden eines Kleiderschranks in Ihrem Strandhaus gefunden.«

»Und? Wahrscheinlich ist sie irgendwann dort liegengeblieben. Warum...«

»Sie war noch feucht vom Meerwasser. Die Laboruntersuchung hat ergeben, daß es sich um Wasser aus der Bucht vor Ihrem Strandhaus gehandelt hat. Diese Flecken sind Blut.«

In dem Raum schien es plötzlich sehr heiß zu werden.

»Dann muß sie ein anderer getragen haben«, sagte Constantin Demiris energisch.

»Weshalb sollte jemand Ihre Badehose benutzen?« fragte der Staatsanwalt. »Auch das gehört zu den Dingen, die uns Rätsel aufgeben, Herr Demiris.«

Delma nahm jetzt einen kleinen Umschlag vom Schreibtisch,

öffnete ihn und entnahm ihm einen goldenen Knopf mit Wappen. »Den haben meine Leute im Strandhaus unter einem Teppich gefunden. Erkennen Sie ihn?«

»Nein.«

»Er stammt von einem Ihrer Blazer. Ich habe mir erlaubt, heute morgen einen Kriminalbeamten in Ihre Villa zu schicken, um Ihre Garderobe überprüfen zu lassen. An einer Ihrer Clubjacken fehlt ein Knopf. Die abgerissenen Fäden passen genau zu diesen Fadenresten hier. Und die Jacke ist erst vorige Woche aus der Reinigung zurückgekommen.«

»Ich verstehe nicht, was...«

»Herr Demiris, Sie haben Ihrer Frau also mitgeteilt, Sie wollen sich von ihr scheiden lassen – und sie hat versucht, Sie davon abzubringen?«

»Das ist richtig.«

Der Staatsanwalt hielt die Geschäftskarte hoch, die Constantin Demiris am Vorabend im Strandhaus gezeigt worden war. »Einer unserer Beamten ist heute beim Detektivbüro Katelanos gewesen.«

»Ich habe Ihnen doch gesagt, daß ich noch nie von diesen Leuten gehört habe!«

»Ihre Frau hat sie zu ihrem Schutz engagiert.«

Das traf ihn wie ein Keulenschlag. »Melina? Zum Schutz wovor?«

»Vor Ihnen. Der Firmenchef hat ausgesagt, Ihre Frau wollte sich von Ihnen scheiden lassen und Sie hätten ihr gedroht, sie zu ermorden, falls sie entsprechende Schritte unternähme. Auf seine Frage, warum sie nicht Polizeischutz anfordere, hat sie geantwortet, sie wolle unnötiges Aufsehen vermeiden.«

Constantin Demiris stand ruckartig auf. »Ich habe nicht die Absicht, mir hier diese Lügen anzuhören. Es gibt keinen...«

Delma griff erneut in die Schublade. Diesmal brachte er das im Strandhaus gefundene blutbefleckte Messer zum Vorschein.

»Sie haben meinem Kollegen Theophilos versichert, dieses Messer noch nie gesehen zu haben?«

»Stimmt.«

»Es trägt Ihre Fingerabdrücke.«

Demiris starrte das Messer an. »Meine... meine Fingerabdrücke? Das muß ein Irrtum sein. Das ist unmöglich!«

Seine Gedanken überschlugen sich... *Die Aussage des Dienstmädchens... meine Badehose mit Blutflecken... der abgerissene Knopf... das Messer mit meinen Fingerabdrücken...*

»Merkt ihr nicht, daß das ein abgekartetes Spiel ist, ihr Schwachköpfe?« brüllte er. »Irgend jemand hat meine Badehose mit ins Strandhaus genommen, sie und das Messer mit Blut beschmiert, einen Knopf von meiner Jacke abgerissen und...«

Staatsanwalt Delma unterbrach ihn. »Herr Demiris, haben Sie eine Erklärung dafür, wie Ihre Fingerabdrücke auf dieses Messer gekommen sein könnten?«

»Ich... Das weiß ich nicht... Augenblick! Jetzt fällt's mir ein! Melina hat mich gebeten, ein Paket für sie zu öffnen. Das muß das Messer sein, das sie mir dafür gegeben hat.«

»Aha. Und was war in dem Paket?«

»Das weiß ich nicht.«

»Sie wissen nicht, was das Paket enthielt?«

»Nein. Ich habe nur die Verpackungsschnur zerschnitten. Soviel ich weiß, hat sie's nie ausgepackt.«

»Haben Sie eine Erklärung für die Blutflecken auf dem Teppich, die zum Wasser führende Blutspur im Sand oder...?«

»Das ist doch alles sonnenklar!« unterbrach ihn Demiris. »Melina hat sich nur eine kleine Schnittwunde beibringen und zum Wasser gehen müssen, damit Sie glauben, ich hätte sie ermordet. Sie versucht bloß, sich an mir zu rächen, weil ich ihr gesagt habe, ich würde mich von ihr scheiden lassen. Jetzt hält sie sich irgendwo versteckt und lacht sich ins Fäustchen, weil sie mich schon im Gefängnis sieht. Aber sie ist so lebendig wie ich!«

»Ich wollte, es wäre so«, sagte Delma ernst. »Wir haben ihre Leiche heute morgen aus dem Meer geborgen. Sie ist erstochen und ertränkt worden. Herr Demiris, ich verhafte Sie wegen Mordes an Ihrer Frau.«

24

Anfangs hatte Melina keinen blassen Schimmer, wie sie ihr Vorhaben verwirklichen sollte. Sie wußte nur, daß ihr Mann ihren Bruder vernichten wollte – und daß sie das nicht zulassen durfte. Irgendwie mußte sie Costa daran hindern.

Ihr eigenes Leben war nicht länger wichtig. Ihre Tage und Nächte waren voller Demütigungen und Schmerzen. Sie erinnerte sich daran, wie Spyros ihr von dieser Ehe abgeraten hatte. *Du kannst Demiris nicht heiraten. Der Kerl ist ein Ungeheuer! Mit ihm wirst du nur unglücklich.* Wie recht er gehabt hatte! Aber sie war zu verliebt gewesen, um auf seinen vernünftigen Rat zu hören.

Jetzt mußte Costa unschädlich gemacht werden. Aber wie? *Du mußt wie Costa denken.* Und das hatte Melina getan. Bis zum Morgen war ihr Plan in allen Einzelheiten ausgearbeitet. Danach war alles andere einfach gewesen.

Constantin Demiris saß zu Hause in seinem Arbeitszimmer am Schreibtisch, als Melina hereinkam. Sie trug ein mit einem kräftigen Bindfaden verschnürtes Paket. In der anderen Hand hielt sie ein großes Tranchiermesser.

»Costa, bist du so nett und schneidest mir die Schnur durch? Ich komme irgendwie nicht damit zurecht.«

Er sah auf und schüttelte ungeduldig den Kopf. »So geht's natürlich nicht! Wie willst du etwas schneiden, wenn du das Messer an der Klinge hältst?« Er nahm es ihr weg und begann, die

Schnur zu durchschneiden. »Hättest du damit nicht zu einem der Dienstboten gehen können?«

Melina gab keine Antwort.

Demiris führte einen letzten kräftigen Schnitt. »Fertig!« Er legte das Messer hin, und Melina nahm es wieder nur an der Klinge auf.

Dann sah sie ihn an. »Costa, so kann's mit uns nicht weitergehen«, sagte sie. »Ich liebe dich noch immer. Und ich glaube, auch du empfindest noch immer etwas für mich. Erinnerst du dich nicht an unsere schöne gemeinsame Zeit? Erinnere dich an unsere Flitterwochen, als wir ...«

»Laß den Unsinn!« knurrte Demiris. »Wann begreifst du endlich, daß es mit uns aus ist? Ich kann dich nicht mehr brauchen. Verschwinde, bevor mir schlecht wird!«

Melina stand da und starrte ihn schweigend an. »Gut, wie du willst«, sagte sie dann leise. Sie wandte sich ab und ging mit dem Messer in der Hand hinaus.

»Du hast dein Paket vergessen!« rief Demiris ihr nach.

Aber sie kam nicht zurück.

Melina ging ins Ankleidezimmer ihres Mannes und öffnete einen Schrank. Constantin Demiris besaß Dutzende von Anzügen und einen ganzen Schrank voller Sportjacken. Sie griff nach einer und riß einen goldfarbenen Wappenknopf ab, den sie einsteckte.

Als nächstes zog sie eine Kommodenschublade auf und nahm eine der Badehosen mit dem eingestickten Monogramm ihres Mannes heraus. *Jetzt bin ich fast soweit*, dachte Melina.

Das Detektivbüro Katelanos befand sich in der Sofokleousstraße in einem Eckgebäude mit leicht heruntergekommener Klinkerfassade. Herr Katelanos, der Firmeninhaber, in dessen Büro Melina sofort geführt wurde, war ein kleiner Glatzkopf mit bleistiftdünnem Schnurrbart.

»Guten Morgen, Frau Demiris. Was kann ich für Sie tun?«

»Ich brauche Schutz.«

»Schutz wovor?«

»Vor meinem Mann.«

Katelanos runzelte die Stirn. Er witterte Unannehmlichkeiten. Einen Auftrag dieser Art hatte er nicht erwartet. Es war unklug, einen so mächtigen Mann wie Constantin Demiris gegen sich aufzubringen.

»Haben Sie schon daran gedacht, zur Polizei zu gehen?« erkundigte er sich vorsichtig.

»Das kann ich nicht. Ich möchte diese Sache nicht an die große Glocke hängen. Ich will, daß sie diskret abgewickelt wird. Ich habe meinem Mann gesagt, daß ich mich scheiden lassen werde, und er hat mir gedroht, mich umzubringen, falls ich meinen Entschluß nicht ändere. Deswegen bin ich zu Ihnen gekommen.«

»Ich verstehe. Und was soll ich jetzt tun?«

»Ich möchte, daß einige Ihrer Leute mich bewachen.«

Katelanos lehnte sich zurück und betrachtete seine Besucherin nachdenklich. *Eine schöne Frau.* Aber *offenbar neurotisch.* Daß ihr Mann ihr etwas antun würde, war unvorstellbar. Wahrscheinlich handelte es sich um einen kleinen Ehekrach, der in ein paar Tagen vergessen sein würde. Und bis dahin konnte er ihr ein hübsches Honorar abknöpfen. Katelanos wog die Risiken ab und beschloß, den Auftrag zu übernehmen.

»Gut, Frau Demiris«, sagte er. »Ich habe einen zuverlässigen Mann, der die Sache übernehmen kann. Wann soll er anfangen?«

»Montag.«

Er hatte also recht gehabt. Die Sache war keineswegs so dringend.

Melina Demiris stand auf. »Ich rufe Sie an. Würden Sie mir bitte Ihre Geschäftskarte geben?«

»Ja, natürlich.« Katelanos gab Melina seine Karte und begleitete sie hinaus. *Als Klientin ist sie die beste Werbung für mich. Ihr Name wird potentielle Kunden anlocken.*

Sobald Melina wieder zu Hause war, rief sie ihren Bruder an. »Spyros, ich habe gute Nachrichten!« Ihre Stimme klang aufgeregt. »Costa will einen Waffenstillstand.«

»Was will er? Ich traue ihm nicht, Melina. Er...«

»Nein, es ist sein Ernst! Er hat eingesehen, wie unsinnig eure andauernde Fehde ist, und will jetzt Frieden innerhalb der Familie.«

Spyros antwortete nicht gleich. »Ich weiß nicht recht...«

»Gib ihm wenigstens eine Chance. Er schlägt vor, daß ihr euch heute um fünfzehn Uhr in deiner Jagdhütte in Akro-Korinth trefft.«

»Das sind drei Stunden Fahrt. Warum können wir uns nicht in der Stadt treffen?«

»Das hat er nicht gesagt«, antwortete Melina, »aber wenn ihr euch wirklich vertragt...«

»Gut, ich fahre hin. Aber ich tue es für dich.«

»Für uns«, verbesserte sie ihn. »Leb wohl, Spyros.«

»Leb wohl, Melina.«

Melina rief Constantin im Büro an. »Was gibt's denn?« fragte er barsch. »Ich habe zu tun.«

»Ich habe eben einen Anruf von Spyros bekommen. Er möchte mit dir Frieden schließen.«

Ein kurzes verächtliches Lachen. »Das glaub' ich! Wenn ich mit ihm fertig bin, hat er für immer seinen Frieden.«

»Spyros hat gesagt, daß er diese ewige Rivalität mit dir satt hat, Costa. Er ist bereit, dir seine Flotte zu verkaufen.«

»Er will mir seine... Weißt du das bestimmt?« Seine Stimme klang plötzlich sehr interessiert.

»Ja. Er hat einfach keine Lust mehr.«

»Gut, dann soll er mit seinem Anwalt in mein Büro kommen, damit...«

»Nein. Er schlägt vor, daß ihr euch heute um fünfzehn Uhr in Akro-Korinth trefft.«

»In seiner Jagdhütte?«

»Richtig. Dort seid ihr allein und könnt ungestört verhandeln. Spyros will nicht, daß seine Verkaufsabsichten vorzeitig bekannt werden.«

Klar will er das nicht, dachte Demiris befriedigt. *Sobald diese Nachricht die Runde macht, wird er überall ausgelacht.* »Gut«, sagte er. »Du kannst ihm sagen, daß ich komme.«

Die Fahrt nach Akro-Korinth war lang und führte auf kurvenreichen Straßen durch eine üppiggrüne Landschaft, in der es nach Heu, Trauben und Zitrusfrüchten duftete. Unterwegs kam Spyros Lambrou an antiken Ruinen vorbei; in der Ferne sah er die umgestürzten Säulen von Elefsis, die verfallenen Altäre niederer Gottheiten. Er dachte an Constantin Demiris.

Lambrou erreichte die Jagdhütte als erster. Er hielt vor dem Blockhaus, blieb noch einen Augenblick im Wagen sitzen und dachte über das bevorstehende Gespräch mit seinem Schwager nach. Wollte Constantin tatsächlich einen Waffenstillstand – oder war dies wieder einer seiner Tricks? *Sollte mir etwas zustoßen, weiß wenigstens Melina, mit wem ich mich getroffen habe.* Lambrou stieg aus, sperrte die Haustür auf und trat über die Schwelle.

Die Jagdhütte war ein hübsches altes Blockhaus mit schöner Aussicht auf das in der Ferne tief unten am Meer liegende Korinth. Als Junge hatte Spyros Lambrou hier viele Wochenenden mit seinem Vater verbracht, um in den Bergen Niederwild zu jagen. Diesmal hatte er es auf Großwild abgesehen.

Constantin Demiris kam eine Viertelstunde später an. Er empfand tiefe Befriedigung, als er Spyros Lambrou auf der Veranda auf ihn warten sah. *Nach all diesen Jahren ist er endlich bereit, seine Niederlage einzugestehen.* Er stieg aus und betrat die Veranda.

Die beiden Männer blieben voreinander stehen und starrten sich an.

»So, mein lieber Schwager«, sagte Demiris, »wir sind also am Ende der Straße angekommen.«

»Ich will, daß dieser Wahnsinn aufhört, Costa. Er ist zu weit gegangen.«

»Ganz meine Meinung! Wie viele Schiffe hast du, Spyros?«

Lambrou zog erstaunt die Augenbrauen hoch. »Was?«

»Wie viele Schiffe du hast. Ich kaufe sie alle. Natürlich zu einem Vorzugspreis.«

Lambrou wollte seinen Ohren nicht trauen. »Meine Schiffe kaufen?«

»Ich bin bereit, sie alle zu übernehmen. Dann bin ich der größte Reeder der Welt.«

»Bist du verrückt geworden? Wie... wie kommst du darauf, daß ich dir meine Schiffe verkaufen würde?«

Jetzt war es an Demiris, ungläubig dreinzuschauen. »Deshalb haben wir uns doch hier getroffen, oder?«

»Wir haben uns hier getroffen, weil du einen Waffenstillstand vorgeschlagen hast.«

Demiris' Miene verfinsterte sich. »Ich soll... Wer hat dir das erzählt?«

»Melina.«

Beide Männer begriffen im selben Moment, was geschehen war. »Sie hat dir erzählt, daß ich einen Waffenstillstand vorgeschlagen habe?«

»Sie hat dir erzählt, daß ich dir meine Schiffe verkaufen will?«

»Dieses blöde Weibsbild!« schnaubte Demiris. »Wahrscheinlich hat sie geglaubt, wir würden uns hier irgendwie zusammenraufen. Dann ist sie noch blöder als du, Spyros. Und dafür habe ich einen ganzen Nachmittag vergeudet!«

Constantin Demiris machte auf dem Absatz kehrt und stürmte aus der Jagdhütte. Spyros Lambrou sah ihm nach und dachte:

Melina hätte uns nicht belügen sollen. Sie hätte wissen müssen, daß ihr Mann und ich uns nie vertragen würden. Jetzt nicht mehr. Es ist zu spät. Es ist schon immer zu spät gewesen.

Kurz vor 14 Uhr klingelte Melina nach dem Dienstmädchen. »Andrea, bringen Sie mir bitte einen Tee.«

»Sofort, gnädige Frau.« Das Mädchen verließ den Raum, und als es zehn Minuten später mit einem Tablett zurückkam, telefonierte Melina gerade. Ihre Stimme klang aufgebracht.

»Nein, Costa, mein Entschluß steht fest. Ich reiche die Scheidung ein – und wie du dir denken kannst, wird die Klatschpresse sich begeistert darauf stürzen.«

Andrea stellte verlegen das Tablett ab und wollte rasch gehen, aber Melina machte ihr ein Zeichen zu bleiben.

»Du kannst mir drohen, soviel du willst«, sagte sie ins stumme Telefon, als spreche sie mit ihrem Mann. »Von meinem Entschluß bringst du mich nicht mehr ab... Niemals!... Wie du darüber denkst, ist mir gleichgültig... Ich hab' keine Angst vor dir, Costa... Nein... Was könnte das nützen?... Gut, wir treffen uns im Strandhaus, aber versprich dir lieber nichts davon... Ja, ich komme allein... In einer Stunde? Einverstanden.«

Melina wirkte besorgt, als sie langsam den Hörer auflegte und sich an das Dienstmädchen wandte. »Andrea, ich fahre zum Strandhaus, um mich mit meinem Mann zu treffen. Sollte ich bis achtzehn Uhr nicht zurück sein, benachrichtigen Sie bitte die Polizei.«

Andrea schluckte nervös. »Soll der Chauffeur Sie hinfahren?«

»Nein. Mein Mann hat mich gebeten, allein zu kommen.«

Nun war nur noch eine Sache zu erledigen. Catherine Alexander mußte gewarnt werden. Ihr Leben war in Gefahr. *Du kriegst sie nie wieder zu sehen. Ich habe jemanden losgeschickt, der sie erledigt.*

Melina wählte die Nummer des Londoner Büros.

»Arbeitet bei Ihnen eine Catherine Alexander?«

»Sie ist im Augenblick außer Haus. Kann ich ihr etwas ausrichten?«

Melina Demiris zögerte. Ihre dringende Warnung konnte sie nicht einfach irgend jemandem anvertrauen. Andererseits würde sie keine Zeit haben, nochmals anzurufen. Dann fiel ihr ein, was Costa von Wim Vandeen, dem Finanzgenie der Firma, erzählt hatte.

»Geben Sie mir bitte Mr. Vandeen.«

»Augenblick.«

Eine Männerstimme meldete sich. »Hallo?«

»Ich habe eine Nachricht für Catherine Alexander. Sie ist sehr wichtig. Würden Sie bitte dafür sorgen, daß sie sie erreicht?«

»Catherine Alexander.«

»Ja. Sagen Sie ihr ... sagen Sie ihr, daß ihr Leben in Gefahr ist. Irgend jemand wird versuchen, sie umzubringen. Ich glaube, daß es einer der Männer aus Athen sein könnte.«

»Athen ...«

»Ja.«

»Athen hat achthundertsechstausend Einwohner und ...«

Anscheinend war es unmöglich, sich Vandeen verständlich zu machen. Melina legte enttäuscht auf.

Sie hatte alles versucht.

Wim Vandeen saß an seinem Schreibtisch und verarbeitete das Telefongespräch. *Irgend jemand wird versuchen, Catherine zu ermorden. Dieses Jahr sind in England schon hundertvierzehn Morde verübt worden. Mit Catherine wären es dann hundertfünfzehn. Einer der Männer aus Athen. Jerry Haley. Yves Renard. Dino Mattusi. Einer von ihnen wird Catherine ermorden.* In Wims Gedächtnis waren sämtliche Daten der drei Männer gespeichert. *Wahrscheinlich weiß ich, wer sie ermorden wird.*

Als Catherine wenig später im Büro erschien, erzählte Wim ihr nichts von dem Anruf.

Er war neugierig, ob er richtig getippt hatte.

Catherine ging Abend für Abend mit irgendeinem der drei Athener Angestellten aus, und Wim erwartete sie, wenn sie morgens ins Büro kam. Immer schien er enttäuscht, sie zu sehen.

Wann läßt sie's ihn tun? fragte sich Vandeen. Er erwog kurz, ihr von dem Anruf zu erzählen. Aber damit hätte er dem Schicksal ins Handwerk gepfuscht. Und das wäre unfair gewesen.

25

Das Strandhaus lag verlassen, als Melina es erreichte. Die halbstündige Fahrt hierher hatte sie damit verbracht, die Jahre mit Constantin Demiris noch einmal schmerzvoll vor ihrem inneren Auge Revue passieren zu lassen.

Der Himmel war wolkenverhangen, und vom Meer her wehte ein kalter Wind.

Ein schlechtes Omen, dachte sie.

Sie betrat das behaglich eingerichtete, vertraute Haus und sah sich ein letztes Mal darin um.

Dann machte sie sich daran, das Inventar zu zertrümmern. Sie riß sich ihr Kleid vom Leib und warf es auf den Fußboden. Nachdem sie die Geschäftskarte des Detektivbüros auf ein Tischchen gelegt hatte, versteckte sie den abgerissenen Wappenknopf unter der Teppichkante.

Als nächstes nahm sie ihre goldene Armbanduhr ab, die Costa ihr geschenkt hatte, und zertrümmerte sie auf der Marmorplatte des Couchtischs.

Mit der von zu Hause mitgenommenen Badehose ihres Mannes

ging sie zum Strand, tauchte sie ins Wasser und kam damit ins Haus zurück. Zuletzt blieb nur noch eins zu tun. *Jetzt ist es soweit!* Melina holte tief Luft und wickelte das Tranchiermesser aus, wobei sie darauf achtete, daß der Griff weiter mit Papier bedeckt blieb. Dann starrte sie das Messer in ihrer Hand an. Dies war der entscheidende Punkt. Sie mußte sich schwer genug verletzen, um einen Mord glaubhaft vorzutäuschen – und trotzdem noch die Kraft haben, den Rest ihres Plans in die Tat umzusetzen.

Sie schloß die Augen und stieß sich das Messer unterhalb des Rippenbogens tief in den Leib.

Der Schmerz drohte ihr das Bewußtsein zu rauben. Aus der Wunde quoll ein Strom Blut. Melina drückte die feuchte Badehose gegen die Wunde, wankte dann an den Kleiderschrank und warf sie hinein. Ihr schwindelte. Sie vergewisserte sich mit einem Blick in die Runde, daß sie nichts übersehen hatte, und taumelte dann, eine Blutspur, die den Teppich scharlachrot färbte, hinter sich herziehend, auf die zum Strand hinausführende Tür zu.

Der Weg zum Wasser schien ihr endlos. Ihre Wunde blutete so stark, daß sie dachte: *Ich schaff's nicht! Zuletzt bleibt Costa doch Sieger. Das darf nicht sein. Noch einen Schritt. Noch einen Schritt.*

Melina wankte, gegen den stärker werdenden Schwindel ankämpfend, weiter. Vor ihren Augen verschwamm alles. Sie sank auf die Knie. *Vorwärts!* Sie kam wieder auf die Beine und stolperte weiter. Dann spürte sie kaltes Wasser an ihren Füßen.

Als das Salzwasser ihre Wunde erreichte, schrie sie laut auf, so unerträglich war der Schmerz. *Ich tu's für dich, Spyros. Lieber, lieber Spyros.*

In der Ferne sah sie eine niedrige Wolke unmittelbar über dem Horizont hängen. Sie begann darauf zuzuschwimmen. Das Wasser hinter ihr färbte sich rot. Und dann geschah ein Wunder. Die Wolke sank zu ihr herab, und sie fühlte, wie ihr sanftes Weiß sie aufnahm, sie umhüllte, sie liebkoste. Die Schmerzen waren verschwunden, und sie empfand nur noch wundervollen Frieden.

Ich kehre heim, dachte Melina glücklich. *Ich kehre endlich heim.*

26

Ich verhafte Sie wegen Mordes an Ihrer Frau.

Danach schien alles im Zeitlupentempo zu geschehen. Demiris kam in Untersuchungshaft und bekam erneut die Fingerabdrücke abgenommen; er wurde fotografiert und in eine Zelle gesperrt. Er konnte kaum fassen, daß diese Leute es wagten, ihn so zu behandeln.

»Peter Demonides soll kommen! Sagen Sie ihm, daß ich ihn sofort sprechen will.«

»Herr Demonides ist von seinem Posten abgelöst worden. Gegen ihn wird ermittelt.«

Er hatte also niemanden mehr, der ihm helfen würde. *Aber ich komme hier raus,* dachte er. *Schließlich bin ich Constantin Demiris.* Er verlangte den Staatsanwalt Delma zu sprechen.

Delma traf eine Stunde später im Gefängnis ein. »Sie wollten mich sehen?«

»Ja«, sagte Demiris. »Wenn ich Sie richtig verstanden habe, gehen Sie davon aus, daß meine Frau kurz nach fünfzehn Uhr ermordet wurde.«

»Das stimmt.«

»Dann hören Sie mir jetzt zu, bevor Sie sich und die Polizei noch mehr in Verlegenheit bringen: Ich kann beweisen, daß ich gestern um diese Zeit nicht einmal in der Nähe meines Strandhauses gewesen bin.«

»Das konnen Sie beweisen?«

»Natürlich. Es gibt einen Zeugen.«

Als Spyros Lambrou eintraf, saßen die beiden Männer in Delmas Dienstzimmer im Hauptgericht. Demiris' Miene hellte sich auf, als er seinen Schwager sah.

»Gott sei Dank, daß du da bist, Spyros! Diese Schwachköpfe glauben, ich hätte Melina ermordet. Du weißt, daß ich's nicht gewesen sein kann. Erzähl's ihnen!«

Spyros Lambrou runzelte die Stirn. »Was soll ich ihnen erzählen?«

»Melina ist gestern kurz nach 15 Uhr ermordet worden. Um diese Zeit haben du und ich uns in Akro-Korinth getroffen. Von dort aus hätte ich unmöglich vor 19 Uhr in meinem Strandhaus sein können. Erzähl ihnen von unserem Treffen.«

Sein Schwager starrte ihn an. »Von welchem Treffen?«

Demiris wurde kreidebleich. »Von ... von unserem Treffen in deiner Jagdhütte in Akro-Korinth.«

»Das mußt du dir eingebildet haben, Costa. Ich bin gestern nachmittag allein mit dem Auto unterwegs gewesen. Und ich denke nicht daran, deinetwegen zu lügen.«

Constantin Demiris sprang erregt auf. »Das kannst du mir nicht antun!« Er packte Lambrou am Revers seiner Jacke. »Sag ihnen die Wahrheit!«

Spyros Lambrou stieß ihn zurück. »Die Wahrheit ist, daß Melina tot ist – und daß du sie ermordet hast.«

»Lügner!« kreischte Demiris. »Lügner!« Er wollte sich erneut auf Lambrou stürzen und mußte von zwei Kriminalbeamten gebändigt werden.

»Du Schwein! Du weißt, daß ich unschuldig bin!«

»Darüber entscheiden die Richter. Du wirst einen verdammt guten Anwalt brauchen.«

Und Constantin Demiris erkannte, daß ihn nur ein einziger Mensch hätte retten können.

Napoleon Chotas.

27

VERTRAULICH!
WORTPROTOKOLL EINER THERAPIESITZUNG MIT CATHERINE DOUGLAS

C.: Glauben Sie an Vorahnungen, Alan?

A.: Die Wissenschaft akzeptiert sie nicht – aber ich glaube trotzdem daran. Haben Sie denn Vorahnungen gehabt?

C.: Ja. Ich ... ich habe das Gefühl, daß mir etwas Schreckliches zustoßen wird.

A.: Gehört das zu Ihrem alten Traum?

C.: Nein. Ich habe Ihnen doch von den Männern erzählt, die Mr. Demiris aus Athen zu uns geschickt hat ...

A.: Ja.

C.: Da er mich gebeten hat, sie zu betreuen, bin ich ziemlich viel mit ihnen zusammen.

A.: Fühlen Sie sich von ihnen bedroht?

C.: Nein, nicht direkt. Es ist schwer zu erklären. Sie haben mir nichts getan – und trotzdem ... trotzdem warte ich darauf, daß etwas passiert. Irgend etwas Schreckliches. Wissen Sie eine Erklärung dafür?

A.: Erzählen Sie mir von den Männern.

C.: Einer von ihnen ist Franzose, Yves Renard. Er will, daß ich mit ihm in Museen gehe, aber wenn wir dann dort sind, merke ich, daß sie ihn nicht interessieren. Der nächste ist Jerry Haley, ein Amerikaner. Obwohl er ganz freundlich wirkt, hat er etwas Beunruhigendes an sich. Und der dritte Mann ist Dino Mattusi. Auch er soll ein wichtiger Mann in Mr. Demiris' Imperium sein, aber er fragt eine Menge Dinge, die er eigentlich wissen müßte. Er hat mich zu einem Ausflug aufs Land eingeladen. Ich dachte, ich könnte Wim dazu mitnehmen ... Und dabei fällt mir noch etwas anderes ein ...

A.: Ja?

C.: Wim benimmt sich in letzter Zeit so merkwürdig.

A.: In welcher Beziehung?

C.: Er wartet jeden Morgen auf mich, wenn ich ins Büro komme. Das hat er früher nie getan. Und wenn er mich sieht, scheint er sich fast darüber zu ärgern, daß ich da bin. Das klingt alles nicht sehr logisch, stimmt's?

A.: Alles ist logisch, sobald man einen Schlüssel dazu hat, Catherine. Haben Sie in letzter Zeit wieder geträumt?

C.: Ich habe von Constantin Demiris geträumt. Aber ich erinnere mich nur sehr vage daran.

A.: Erzählen Sie mir, woran Sie sich erinnern.

C.: Ich habe ihn im Traum gefragt, weshalb er so hilfsbereit gewesen sei, weshalb er mir die Stellung in London und eine Wohnung angeboten habe. Und weshalb er mir die goldene Anstecknadel geschenkt habe.

A.: Und was hat er darauf geantwortet?

C.: Das weiß ich nicht mehr. Ich bin schreiend aufgewacht.

Dr. Alan Hamilton las dieses Wortprotokoll sorgfältig durch. Er hielt Ausschau nach den schwach erkennbaren Spuren des Unbewußten und suchte Hinweise darauf, was Catherine so tief beunruhigte. Er war sich ziemlich sicher, daß ihre Ängste mit der Tatsache zusammenhingen, daß die Unbekannten aus Athen – dem Handlungsort ihrer traumatischen Vergangenheit – nach London gekommen waren.

Die Sache mit Wim konnte Hamilton sich nicht recht erklären. Bildete Catherine sich das nur ein? Oder verhielt Wim sich tatsächlich atypisch? *In einigen Wochen soll Wim wieder zu mir kommen. Vielleicht wär's besser, seinen Termin vorzuverlegen.*

Hamilton saß da und dachte über Catherine nach. Er hatte es sich zur Regel gemacht, emotionalen Bindungen zu Patienten strikt entgegenzuarbeiten, aber Catherine war ein Sonderfall. Sie war schön und verletzlich und... *Was tust du da? So darfst du nicht denken! Konzentrier dich auf etwas anderes.* Aber seine Gedanken kehrten immer wieder zu ihr zurück.

Catherine war außerstande, Alan Hamilton aus ihren Gedanken zu verdrängen. *Sei kein Dummkopf! Er ist ein verheirateter Mann. Wahrscheinlich haben die meisten Patientinnen eine Schwäche für ihren Therapeuten.* Aber es gelang ihr nicht, sich Alan auszureden. *Vielleicht sollte ich wegen meines Therapeuten zu einem Therapeuten gehen.*

Ihr nächster Termin bei Alan war in zwei Tagen. *Vielleicht sollte ich ihn absagen, bevor ich noch tiefer hineingerate. Zu spät!*

An dem Tag, an dem Catherine den Termin bei Alan hatte, zog sie sich besonders hübsch an und ging vormittags zum Friseur. *Da ich heute ohnehin zum letzten Mal hingehe, kann's nicht schaden, wenn ich nett aussehe.*

Sobald Catherine sein Sprechzimmer betrat, waren ihre guten Vorsätze vergessen. *Warum muß er so verdammt attraktiv sein? Warum sind wir uns nicht begegnet, bevor er geheiratet hat? Warum hat er mich nicht kennengelernt, als ich noch ein gesunder, normaler Mensch gewesen bin? Aber wenn ich ein gesunder, normaler Mensch wäre, wäre ich nie zu ihm gekommen, oder?*

»Wie bitte?«

Catherine merkte, daß sie laut gesprochen hatte. Dies war der Augenblick, in dem sie ihm erklären mußte, daß sie nicht wiederkommen würde.

Sie holte tief Luft. »Alan ...« Aber sie konnte es nicht. Sie sah zu dem gerahmten Foto auf seinem Schreibtisch hinüber. »Wie lange sind Sie schon verheiratet?«

»Verheiratet?« Er folgte ihrem Blick. »Oh. Das ist meine Schwester mit ihrem Sohn.«

Catherine spürte, wie eine Woge aus jubelnder Freude sie überflutete. »Oh, das ist ja wunderbar! Ich meine, sie... sie sieht wunderbar aus.«

»Alles in Ordnung, Catherine?«

Das hatte Kirk Reynolds sie auch oft gefragt. *Damals ist nichts in Ordnung gewesen*, dachte Catherine, *aber jetzt ist alles gut!* »Danke, mir geht's ausgezeichnet«, antwortete Catherine. »Sie sind also unverheiratet?«

»Ja.«

Gehst du mit mir essen? Gehst du mit mir ins Bett? Heiratest du mich? Hätte sie diese Fragen laut gestellt, hätte er sie wohl für wirklich verrückt gehalten. *Vielleicht bin ich's auch.*

Er beobachtete sie stirnrunzelnd. »Catherine, wir können die Sitzungen nicht weiterführen, fürchte ich. Heute wird unsere letzte sein.«

Catherines Euphorie verflog. »Weshalb? Habe ich irgendwas getan, daß...?«

»Nein, nein, an Ihnen liegt's nicht! Es ist nur so... Emotionale Beziehungen zwischen Therapeut und Patientin gefährden den Erfolg einer Therapie.«

Sie starrte ihn mit leuchtenden Augen an. »Soll das heißen, daß Sie sich emotional zu mir hingezogen fühlen?«

»Ja. Und deshalb...«

»Sie haben völlig recht«, stimmte Catherine lächelnd zu. »Ich schlage vor, daß wir heute beim Abendessen darüber reden.«

Sie aßen in einem kleinen italienischen Restaurant mitten in Soho. Das Essen hätte köstlich oder miserabel sein können – die beiden schmeckten es ohnehin nicht. Sie interessierten sich ausschließlich füreinander.

»Es ist nicht fair, Alan«, sagte Catherine. »Du weißt alles über mich. Erzähl mir was über dich. Bist du nie verheiratet gewesen?«

»Nein. Aber ich war verlobt.«

»Was ist dann passiert?«

»Wir hatten im Krieg – während der deutschen Luftangriffe – eine kleine gemeinsame Wohnung. Ich arbeitete damals im Krankenhaus, und als ich eines Nachts heimkam...«

Catherine hörte den Schmerz in seiner Stimme.

»... als ich heimkam, war das Haus verschwunden. Völlig zerstört.«

Sie bedeckte seine Hand mit ihrer. »Das tut mir leid.«

»Ich habe lange gebraucht, um darüber hinwegzukommen. Ich bin seither keiner Frau begegnet, die ich hätte heiraten wollen.« Sein Blick sagte: *Bis jetzt nicht.*

Sie saßen vier Stunden lang an ihrem Tisch und unterhielten sich über alles mögliche – Kultur, Medizin und Politik –, aber das eigentliche Gespräch fand wortlos statt. Die knisternde Spannung zwischen ihnen nahm ständig zu. Beide spürten sie deutlich. Sie wurde allmählich fast unerträglich.

Alan war es schließlich, der den Übergang fand. »Catherine, was ich heute morgen über emotionale Beziehungen zwischen Therapeut und Patientin gesagt habe...«

»Erzähl mir in deiner Wohnung davon.«

Sie zogen sich in atemloser Hast aus. Während Catherine ihre Kleider abstreifte, dachte sie daran, wie ihr bei Kirk Reynolds zumute gewesen war – und wie ganz anders es diesmal war. *Der Unterschied liegt darin, ob man liebt. Diesen Mann liebe ich.*

Sie lag im Bett und wartete auf ihn, und als Alan zu ihr kam und sie umarmte, verschwanden ihre Befürchtungen, ihre Ängste, niemals mehr einen Mann lieben zu können. Sie streichelten einander und erforschten ihre Körper erst zärtlich, dann drängender, bis ihre Lust wild und verzweifelt wurde, und als sie sich dann vereinigten, schrie Catherine, schrie vor Glück. *Ich bin wieder ganz. Danke! Danke!*

Viel später hielten sie einander erschöpft in den Armen, als wollten sie sich nie mehr loslassen.

28

Catherine erfuhr aus den Zeitungen, daß Constantin Demiris wegen Mordes an seiner Frau verhaftet worden war. Diese Nachricht versetzte ihr einen regelrechten Schock. Als sie später ins Büro kam, waren alle in bedrückter Stimmung.

»Hast du die Meldung gelesen?« jammerte Evelyn. »Was sollen wir bloß tun?«

»Wir arbeiten genauso weiter, wie er es von uns erwarten würde. Ich bin überzeugt, daß sich alles als großer Irrtum herausstellen wird. Ich werde versuchen, ihn anzurufen.«

Aber Constantin Demiris war nicht zu erreichen.

Constantin Demiris war der seit vielen Jahren prominenteste Häftling im Athener Zentralgefängnis. Er forderte alle möglichen Vergünstigungen: Telefon, Zugang zu einem Fernschreiber und Einsatz eines Kurierdienstes. Aber der Staatsanwalt hatte angedeutet, ihm keinerlei Vorzugsbehandlung zu gewähren.

Demiris verbrachte den größten Teil seiner Tage und sogar seiner Nächte damit, darüber nachzugrübeln, wer Melina ermordet haben könnte.

Anfangs hatte er vermutet, ein Einbrecher, den Melina beim Durchwühlen des Strandhauses überrascht hatte, habe sie umgebracht. Aber sobald die Polizei ihn mit dem Belastungsmaterial konfrontiert hatte, war Demiris klargeworden, daß jemand versuchte, ihm diesen Mord anzuhängen. Die Frage war nur, wer? Der erste Verdacht mußte logischerweise auf Spyros Lambrou fallen, aber diese Theorie hatte die Schwachstelle, daß Spyros seine Schwester über alles geliebt hatte. Er hätte ihr niemals etwas angetan.

Als nächstes war sein Verdacht auf die Gangsterbande gefallen, zu der Tony Rizzoli gehört hatte. Vielleicht hatte sie irgendwie herausbekommen, was er Rizzoli angetan hatte, und sich so an ihm gerächt. Aber von dieser Idee war Constantin Demiris schnell wieder abgekommen. Hätte die Mafia sich an ihm rächen wollen, hätte sie einfach einen Killer losgeschickt, um ihn erledigen zu lassen.

Und so überlegte Demiris, allein in seiner Zelle sitzend, hin und her, um das Rätsel von Melinas Ermordung zu lösen. Irgendwann blieb nur noch eine Schlußfolgerung übrig: Melina mußte Selbstmord verübt haben. Sie hatte sich selbst umgebracht und alle Indizien hinterlassen, die ihn als ihren Mörder entlarvten. Demiris erinnerte sich daran, was er Noelle Page und Larry Douglas angetan hatte, und erkannte die bittere Ironie des Schicksals, daß er sich nun in der gleichen Lage befand: Er würde wegen eines Mordes, den er nicht verübt hatte, angeklagt werden.

Ein Aufseher betrat die Zelle. »Ihr Anwalt ist da und möchte Sie sprechen.«

Demiris stand auf und folgte dem Aufseher in einen kleinen Besprechungsraum. Dort erwartete ihn Rechtsanwalt Vassiliki – ein Mann Anfang Fünfzig mit grauer Mähne und dem Profil eines Filmstars. Er stand in dem Ruf, ein erstklassiger Strafverteidiger zu sein. *Ob das in meinem Fall reicht?*

»Sie können fünfzehn Minuten sprechen«, sagte der Aufseher und ließ die beiden allein.

»Wann holen Sie mich endlich hier raus?« fragte Constantin Demiris scharf. »Wozu bezahle ich Sie eigentlich?«

»Tut mir leid, aber das ist nicht so einfach, Herr Demiris. Der Staatsanwalt weigert sich ...«

»Der Staatsanwalt ist ein Dummkopf. Ich will hier raus! Was ist mit einer Entlassung gegen Kaution? Ich kann jeden geforderten Betrag aufbringen.«

Vassiliki fuhr sich nervös mit der Zungenspitze über die Lippen. »Mein Antrag auf Haftverschonung gegen Kaution ist abgelehnt worden. Ich habe mir das polizeiliche Beweismaterial gegen Sie angesehen, Herr Demiris. Es ist . . . es ist ziemlich belastend.«

»Das ist mir egal – ich habe meine Frau nicht umgebracht. Ich bin unschuldig!«

Der Rechtsanwalt schluckte trocken. »Ja, gewiß, natürlich. Haben Sie . . . äh . . . einen Verdacht, wer Ihre Frau ermordet haben könnte?«

»Niemand. Meine Frau hat sich selbst umgebracht.«

Der Verteidiger starrte ihn an. »Verzeihung, Herr Demiris, aber ich glaube nicht, daß wir damit durchkommen. Sie werden sich etwas Besseres ausdenken müssen.«

Und Demiris mußte betroffen erkennen, daß Vassiliki recht hatte. Kein Schwurgericht der Welt würde ihm diese Story abnehmen.

Früh am nächsten Morgen erhielt Constantin Demiris wieder Besuch von seinem Anwalt.

»Ich bringe Ihnen leider ziemlich schlechte Nachrichten.«

Demiris hätte beinahe laut gelacht. Er saß im Gefängnis und mußte damit rechnen, zum Tode verurteilt zu werden, und dieser Dummkopf behauptete, er bringe schlechte Nachrichten. Was konnte schlimmer sein als die Situation, in der er sich befand?

»Ja?«

»Es geht um Ihren Schwager.«

»Spyros? Was ist mit ihm?«

»Ich habe erfahren, daß er zur Polizei gegangen ist und ausgesagt hat, eine Frau namens Catherine Douglas sei noch am Leben. Ich habe das Verfahren gegen Noelle Page und Larry Douglas nicht in allen Einzelheiten verfolgt, aber . . .«

Constantin Demiris hörte nicht mehr zu. Bei all den Ereignissen, die auf ihn eingestürmt waren, hatte er Catherine völlig vergessen. Falls sie aufgespürt wurde und aussagte, was sie wußte, konnte die Staatsanwaltschaft die Anklage auf Mitschuld am Tode

Noelles und Larrys erweitern. Sie mußte mit allen Mitteln daran gehindert werden! Sofort!

Er beugte sich vor und umklammerte den Arm des Rechtsanwalts. »Sie müssen für mich eine Nachricht nach London kabeln!«

Er las die Nachricht zweimal und spürte dabei die beginnende sexuelle Erregung, die sich seiner stets bemächtigte, bevor er einen Mordauftrag ausführte. Er kam sich vor wie Gott. Er entschied, wer weiterlebte und wer starb. Seine Macht war ihm selbst fast unheimlich. Aber diesmal gab es ein Problem: Da er den Auftrag sofort ausführen sollte, blieb keine Zeit mehr für lange Vorbereitungen. Er würde irgend etwas improvisieren müssen. Noch an diesem Abend. Die Sache mußte wie ein Unfall aussehen.

29

VERTRAULICH!
WORTPROTOKOLL EINER THERAPIESITZUNG MIT WIM VANDEEN

A.: Wie fühlen Sie sich heute?
W.: Okay. Ich bin mit einem Taxi hergekommen. Der Fahrer hieß Ronald Christie. Das Kennzeichen war LT drei-null-zwo-sieben-eins, die Taxinummer drei-null-sieben-acht. Unterwegs sind uns fünf Rover, ein Bentley, drei Jaguars, sechzehn Austins, neun Morris, ein Rolls-Royce, dreizehn Taxis, achtzehn Busse, siebenundzwanzig Motorräder und einundvierzig Fahrräder entgegen gekommen.
A.: Wie geht es Ihnen im Büro, Wim?
W.: Das wissen Sie doch.

A.: Erzählen Sie's mir.

W.: Ich hasse die Leute dort.

A.: Was ist mit Catherine Alexander?... Wim, was ist mit Catherine Alexander?... Wim?

W.: Oh, die. Sie arbeitet nicht mehr lange bei uns.

A.: Wie meinen Sie das?

W.: Sie wird ermordet werden.

A.: *Was?* Wie kommen Sie darauf?

W.: Sie hat's mir gesagt.

A.: Catherine hat Ihnen erzählt, daß sie ermordet werden wird?

W.: Nein, die andere.

A.: Welche andere?

W.: Seine Frau.

A.: Wessen Frau, Wim?

W.: Constantin Demiris'.

A.: Er hat Ihnen erzählt, daß Catherine Alexander ermordet werden wird?

W.: Mrs. Demiris. Seine Frau. Sie hat mich aus Griechenland angerufen.

A.: Wer wird Catherine ermorden?

W.: Einer der Männer.

A.: Sie meinen einen der Männer, die aus Athen hierhergekommen sind?

W.: Ja.

A.: Wim, wir müssen die Sitzung jetzt beenden. Ich muß dringend weg.

W.: Okay.

30

Wenige Minuten vor 18 Uhr machten Evelyn Kaye und die übrigen Angestellten sich zum Gehen bereit.

Evelyn kam in Catherines Büro. »Im Criterion wird *Miracle On 34th Street* gegeben. Das Stück hat sehr gute Kritiken. Hättest du Lust, heute abend mit mir hinzugehen?«

»Ich kann leider nicht«, sagte Catherine. »Danke, Evelyn, aber ich habe Jerry Haley versprochen, mit ihm ins Theater zu gehen.«

»Die drei halten dich wirklich auf Trab, was? Schön, dann amüsier dich gut.«

Catherine hörte, wie Türen geschlossen wurden und die Schritte der anderen verhallten. Dann herrschte Stille. Nach einem letzten prüfenden Blick auf ihren Schreibtisch schlüpfte sie in ihren Mantel, griff nach ihrer Handtasche und ging den Korridor hinunter.

Sie war schon fast am Ausgang, als ihr Telefon klingelte. Catherine zögerte, sah auf ihre Uhr; sie würde sich verspäten. Aber das Telefon klingelte weiter. Sie lief in ihr Büro zurück und nahm den Hörer ab. »Hallo?«

»Catherine!« sagte Alan Hamilton. Er schien außer Atem zu sein. »Gott sei Dank, daß ich dich noch erreicht habe!«

»Ist was nicht in Ordnung?«

»Du bist in Lebensgefahr! Ich glaube, daß jemand dich ermorden will!«

Sie stöhnte leise auf. Ihr schlimmster Alptraum schien plötzlich wahr zu werden. Ihr schwindelte. »Wer?«

»Das weiß ich nicht. Aber ich möchte, daß du bleibst, wo du bist. Bleib im Büro! Red mit keinem Menschen! Ich komme und hol' dich ab.«

»Alan, ich ...«

»Keine Angst, ich bin schon unterwegs. Schließ dich ein! Ich komme, so schnell ich kann.«

Am anderen Ende wurde eingehängt.

Catherine legte langsam den Hörer auf. »O mein Gott!«

Atanas erschien an der Tür. Als er sah, wie blaß Catherine war, trat er rasch näher. »Ist was nicht in Ordnung, Miss Alexander?«

Sie drehte sich zu ihm um. »Jemand... jemand will mich umbringen.«

Er starrte sie erschrocken an. »Warum? Wer... wer könnte das tun wollen?«

»Das weiß ich nicht sicher.«

Sie hörten ein Klopfen an der Eingangstür.

Atanas sah Catherine fragend an. »Soll ich...?«

»Nein«, sagte sie rasch. »Laß niemanden rein. Doktor Hamilton ist hierher unterwegs.«

Das Klopfen wurde lauter, energischer.

»Sie könnten sich im Keller verstecken«, flüsterte Atanas. »Dort unten wären Sie sicher.«

Catherine nickte nervös. »Ja, das stimmt.«

Sie schlichen den Flur entlang zur Kellertür. »Wenn Doktor Hamilton kommt, sagst du ihm, wo ich bin.«

»Werden Sie dort unten auch keine Angst haben?«

»Nein«, antwortete Catherine.

Atanas machte Licht und ging auf der Kellertreppe voraus nach unten.

»Hier findet Sie kein Mensch«, versicherte er Catherine. »Haben Sie denn gar keinen Verdacht, wer Sie umbringen will?«

Sie dachte an Constantin Demiris und ihre Träume. *Er wird dich umbringen. Aber das war nur ein schlimmer Traum gewesen.* »Nein, keinen bestimmten.«

Atanas sah sie an und flüsterte: »Ich weiß, wer der Mörder ist, glaub' ich.«

Catherine starrte ihn an. »Wer?«

»Ich, Catherine.« Er hielt plötzlich ein offenes Klappmesser in der Hand und drückte die Schneide an ihre Kehle.

»Laß das, Atanas! Dies ist nicht der richtige Augenblick für makabre …«

Sie spürte, wie er den Druck auf die Schneide verstärkte.

»Hast du mal *Eine Verabredung in Samarra* gelesen, Catherine? Nein? Nun, dafür ist es jetzt auch zu spät, nicht wahr? Die Geschichte handelt von einem Mann, der vor dem Tod flüchten wollte. Er ist nach Samarra geflohen, aber der Tod hat ihn dort erwartet. Dies ist dein Samarra, Catherine.«

Aus dem Mund dieses so unschuldig wirkenden Jungen klangen solche schrecklichen Worte obszön.

»Atanas, bitte! Du kannst kein …«

Er schlug ihr brutal ins Gesicht. »Ich kann kein Mörder sein, weil ich ein kleiner Junge bin? Habe ich dich nicht gut getäuscht? Das liegt daran, daß ich ein brillanter Schauspieler bin. In Wirklichkeit bin ich dreißig Jahre alt, Catherine. Weißt du, warum ich wie ein kleiner Junge aussehe? Weil ich in meiner Kindheit nie genug zu essen gekriegt habe. Ich habe von Abfällen gelebt, die ich mir nachts aus Mülltonnen holen mußte.« Er nahm das Messer keinen Millimeter von ihrer Kehle. »Als Siebenjähriger habe ich zusehen müssen, wie die Türken meine Mutter vergewaltigten und meinen Vater erstachen – und danach haben sie mich vergewaltigt und liegengelassen, weil sie mich tot glaubten.«

Er drängte Catherine rückwärts tiefer in den Keller hinein.

»Atanas, ich … ich habe dir nie etwas getan. Ich …«

Er lächelte sein jungenhaftes Lächeln. »Was ich tue, hat keine persönlichen Gründe. Dies ist eine geschäftliche Transaktion. Tot bringst du mir fünfzigtausend Dollar.«

Catherine sah alles wie durch einen roten Schleier. Ein Teil ihres Ichs schien ihren Körper verlassen zu haben und die Ereignisse von außen zu beobachten.

»Ich hatte einen wundervollen Plan für dich ausgearbeitet. Aber der Boß hat's jetzt eilig – deshalb müssen wir improvisieren, nicht wahr?«

Mit zwei, drei raschen Bewegungen schlitzte er ihr Kleid und Unterwäsche auf.

»Hübsch«, meinte er. »Sehr hübsch. Eigentlich wollte ich mich erst ein bißchen mit dir amüsieren, aber da dein Doktorfreund hierher unterwegs ist, bleibt uns keine Zeit dafür, stimmt's? Dein Pech, denn ich bin ein hervorragender Liebhaber!«

Catherine stand, nach Atem ringend und zu keiner Bewegung fähig, vor ihm.

Atanas griff in die Innentasche seiner Jacke und zog eine flache Halbliterflasche heraus. Sie enthielt eine bläßlich-bernsteinfarbene Flüssigkeit. »Magst du Slibowitz? Komm, wir trinken auf deinen Unfall!« Als er das Messer dazu benutzte, die Flasche zu öffnen, spielte Catherine einen Augenblick mit dem Gedanken, einen Fluchtversuch zu wagen.

»Tu's doch«, forderte Atanas sie halblaut auf. »Versuch's mal! Los!«

Catherine fuhr sich mit der Zungenspitze über die Lippen. »Hör zu, ich . . . ich zahle dir, was du willst. Ich . . .«

»Gib dir keine Mühe.« Atanas nahm einen großen Schluck aus der Flasche und hielt sie dann Catherine hin. »Trink!« forderte er sie auf.

»Nein. Ich trinke keinen . . .«

»Trink!«

Catherine griff nach der Flasche und trank einen kleinen Schluck. Der Schnaps brannte wie Feuer in ihrer Kehle. Atanas nahm ihr die Flasche ab und setzte zu einem weiteren langen Zug an.

»Wer hat deinem Doktorfreund den Tip gegeben, daß du ermordet werden sollst?«

»Ich . . . das weiß ich nicht.«

»Ist auch unwichtig.« Atanas deutete auf einen der massiven Balken, mit denen die Kellerdecke abgestützt war. »Stell dich dort drüben hin.«

Catherine sah zur Kellertreppe hinüber. Dann spürte sie, wie die Messerspitze sich in ihren Nacken bohrte. »Soll ich nachhelfen?«

Catherine trat an den Stützbalken.

»Braves Mädchen«, sagte Atanas. »Setz dich hin.« Er wandte sich kurz ab. In diesem Augenblick rannte Catherine los.

Ihr Puls jagte, während sie zur Kellertreppe hastete. Sie wußte, daß sie um ihr Leben lief. Sie erreichte die unterste Stufe, aber als sie den Fuß heben wollte, griff eine Hand nach ihrem Knöchel und riß sie zurück. Er war unglaublich stark.

»Schlampe!«

Er packte sie an den Haaren und riß ihr Gesicht zu sich heran. »Versuch das nicht noch mal, sonst brech' ich dir die Beine!«

Catherine spürte die Messerspitze zwischen ihren Schulterblättern.

»Los, beweg dich!«

Atanas zwang sie, vor ihm her zu dem Stützbalken zu gehen, und stieß sie dort zu Boden.

»Du rührst dich nicht von der Stelle, kapiert?«

Catherine beobachtete, wie er an einen Stapel Kartons trat, die mit kräftigen Stricken verschnürt waren. Er schnitt zwei lange Schnüre ab und kam damit zurück.

»Halt die Hände hinter den Balken.«

»Nein, Atanas, ich ...«

Seine Faust traf ihren Wangenknochen, und der Kellerraum verschwamm für Sekunden vor ihren Augen. Atanas beugte sich über sie und fauchte: »Sag nie wieder nein zu mir. Tu, was ich dir sage, sonst schneid' ich dir den verdammten Kopf ab!«

Catherine hielt ihre Hände hinter den Stützbalken und fühlte im nächsten Augenblick, wie die Schnur in ihre Handgelenke schnitt, als Atanas sie fesselte.

»Bitte!« sagte sie. »Das ist zu fest.«

»Nein, es ist genau richtig«, versicherte er ihr grinsend. Mit der zweiten Schnur band er ihre Beine an den Knöcheln zusammen. Dann erhob er sich. »Fertig!« sagte er. »Sauber und ordentlich.« Er nahm einen weiteren Schluck aus der Flasche. »Noch einen Drink?«

Catherine schüttelte den Kopf.

Er zuckte die Achseln. »Auch recht.«

Sie beobachtete, wie er die Flasche erneut an die Lippen setzte. *Vielleicht betrinkt er sich und schläft ein,* dachte Catherine verzweifelt.

»Früher hab' ich jeden Tag einen Liter getrunken«, prahlte Atanas. Er legte die leere Schnapsflasche auf den Boden. »So, jetzt an die Arbeit!«

»Was ... was hast du vor?«

»Ich werde einen kleinen Unfall produzieren. Das wird mein Meisterstück. Vielleicht muß mir Demiris dafür sogar das doppelte Honorar zahlen.«

Demiris! Dann hat mein Traum also doch einen realen Hintergrund gehabt. Er will mich ermorden lassen. Aber weshalb?

Catherine sah Atanas zu, wie er quer durch den Raum auf den riesigen Heizkessel zuging. Er öffnete die Kesseltür und begutachtete die kleine Dauerflamme und die acht Gasbrenner, die den Kessel beheizten. Das Sicherheitsventil war durch einen Drahtkäfig geschützt. Atanas klemmte einen Holzsplitter, den er von dem Stützbalken abgeschnitten hatte, so in den Käfig, daß das Sicherheitsventil nicht mehr funktionieren konnte. Der Kesselthermostat stand auf 65° C. Während Catherine ihn hilflos beobachtete, stellte Atanas die höchste Temperatur ein und kam befriedigt zu ihr zurück.

»Weißt du noch, was für Schwierigkeiten wir immer mit diesem Kessel gehabt haben?« fragte Atanas. »Nun, ich fürchte, daß er jetzt doch explodieren wird.« Er trat näher an Catherine heran. »Spätestens bei zweihundert Grad geht das Ding hoch. Weißt du, was dann passiert? Die Gasleitung platzt – und die Brenner setzen das ausströmende Gas in Brand. Dann explodiert das ganze Gebäude wie eine Bombe.«

»Du bist wahnsinnig! Du willst unschuldige Menschen ...«

»Unschuldige Menschen gibt es nicht. Ihr Amerikaner glaubt immer, Happy-Ends seien unvermeidlich. Ihr seid Dummköpfe. Es gibt keine Happy-Ends.« Er bückte sich und kontrollierte die Schnur, mit der Catherines Hände an den Balken gefesselt waren. Ihre Handgelenke waren blutig aufgeschürft. Die Schnur schnitt ins Fleisch ein, und die Knoten saßen fest.

Atanas ließ seine Hände langsam und liebkosend über Catherines nackte Brüste gleiten; dann beugte er sich vor und küßte sie. »Schade, daß wir nicht mehr Zeit haben. Leider wirst du nie erfahren, was du verpaßt hast.« Er packte sie an den Haaren und küßte sie auf den Mund. Sein Atem roch stark nach Schnaps. »Adieu, Catherine«, sagte er und richtete sich auf.

»Geh nicht weg!« bat Catherine. »Wir können doch darüber reden und ...«

»Ich darf mein Flugzeug nicht verpassen. Ich fliege nach Athen zurück.« Sie beobachtete, wie er sich in Richtung Treppe entfernte. »Ich lasse das Licht an, damit du siehst, wie's passiert.« Im nächsten Augenblick hörte Catherine, wie die massive Kellertür zugeknallt und von außen verriegelt wurde. Danach blieb es still. Sie war allein.

Catherine sah zum Kesselthermometer hinüber. Seine Quecksilbersäule bewegte sich sichtbar. Die Temperatur stieg jetzt von 70° C auf 80° C und kletterte weiter. Sie bemühte sich verzweifelt, die Hände freizubekommen, aber je mehr sie an ihren Fesseln zerrte, desto fester wurden die Knoten. Sie sah erneut auf. Die Säule hatte jetzt 85° C erreicht und bewegte sich weiter.

Alan Hamilton raste wie ein Wahnsinniger über die Wimpole Street, schoß von einer Fahrspur in die andere, um schneller voranzukommen, und ignorierte das wütende Hupen erboster Autofahrer. Er bog auf den Portland Place ab und fuhr in Richtung Regent Street weiter. Dort war der Verkehr dichter, so daß er nur langsam vorwärts kam.

Im Keller des Gebäudes 217 Bond Street zeigte das Thermometer 100° C an. Der ganze Raum begann sich aufzuheizen.

Der Verkehr stand beinahe. Die Menschen waren nach Hause, zum Abendessen, ins Theater unterwegs. Alan Hamilton saß frustriert am Steuer seines Wagens. *Hätte ich die Polizei einschalten sollen? Aber was hätte das genützt? Eine neurotische Patientin behauptet, irgend jemand trachte ihr nach dem Leben. Die Polizei hätte mich ausgelacht. Nein, ich muß sie dort selbst rausholen.* Der Verkehr rollte stockend weiter.

Im Keller bewegte sich die Säule auf 150° C zu. Es war jetzt unerträglich heiß. Catherine versuchte erneut, sich zu befreien. Ihre Handgelenke bluteten, aber die Schnur hielt.

Beim Einbiegen in die New Bond Street raste Alan über einen Fußgängerübergang und hätte um ein Haar zwei alte Damen über den Haufen gefahren. Hinter sich hörte er das schrille Signal einer Polizeipfeife. Einen Augenblick lang war er versucht, zu halten und den Uniformierten um Hilfe zu bitten. Aber es blieb keine Zeit für lange Erklärungen. Er fuhr weiter.

In der Regent Street fuhr ein riesiger Lastwagen in eine Kreuzung ein und blockierte die ganze Straße. Alan Hamilton hupte ungeduldig, kurbelte sein Fenster herunter und rief: »Los, fahren Sie weiter! Machen Sie schon!«

Der Lastwagenfahrer grinste phlegmatisch. »Was 'n los, Kumpel? Wo brennt's denn?«

Im Kreuzungsbereich stauten sich jetzt Dutzende von Fahrzeugen. Als der Verkehr endlich wieder in Gang kam, raste Alan Hamilton in Richtung Bond Street weiter. Für einen Weg von zehn Minuten hatte er fast eine halbe Stunde gebraucht.

Im Keller war die Temperatursäule auf 200° C gestiegen.

Endlich! Das Bürogebäude! Alan Hamilton hielt auf der gegenüberliegenden Straßenseite mit kreischenden Bremsen. Er sprang aus dem Wagen und wollte eben die Straße überqueren, als er entsetzt stehen blieb. Der Boden unter seinen Füßen erzitterte, als das Gebäude wie eine riesige Bombe explodierte und die Luft mit Flammen und Trümmern erfüllte.

Und mit Tod.

31

Atanas Stavitsch fühlte sich quälend stark erregt. Er hatte es sich zur Regel gemacht, seine männlichen oder weiblichen Opfer zu vergewaltigen, bevor er sie umbrachte, und fand dieses Vorspiel stets aufregend. Jetzt war er frustriert, weil er nicht die Zeit gehabt hatte, Catherine dieser Prozedur zu unterziehen.

Er sah auf seine Armbanduhr. Sein Flugzeug ging erst um 23 Uhr, und er hatte noch reichlich Zeit. Mit einem Taxi fuhr er zum Shepherd's Market und schlenderte durch das Labyrinth aus engen Straßen und Gassen. An vielen Straßenecken standen Mädchen, die vorbeigehende Männer ansprachen.

»Hallo, Schätzchen, wie wär's heut abend mit 'ner Französischstunde?«

»Hast du Lust auf 'ne kleine Party?«

»Interessiert dich Griechisch?«

Keine der Frauen sprach Atanas an. Er näherte sich einer hochgewachsenen Blondine, die ein Lederkostüm mit kurzem Rock und hochhackige Pumps trug.

»Guten Abend«, sagte Atanas höflich.

Sie sah amüsiert auf ihn herab. »Hallo, Kleiner. Weiß deine Mami, daß du hier unterwegs bist?«

Atanas lächelte schüchtern. »Ja, Ma'am. Ich dachte, wenn Sie gerade nichts zu tun hätten ...«

Die Prostituierte lachte. »Ach, tatsächlich? Und was würdest du tun, wenn ich *nichts* zu tun hätte? Hast du's überhaupt schon mal mit 'ner Frau gemacht?«

»Einmal«, sagte Atanas leise. »Es war schön.«

»Du bist ein verdammt kleiner Fisch«, stellte die Nutte lachend fest. »So kleine werfe ich sonst zurück, aber heute abend ist nicht viel los. Hast du zehn Shilling?«

»Ja, Ma'am.«

»Na, komm, Süßer, geh'n wir rauf zu mir.«

Sie führte Atanas ins übernächste Haus und zwei Treppen hinauf in ein winziges Apartment.

Atanas gab ihr das Geld.

»Gut, dann wollen wir mal sehen, ob du was damit anfangen kannst, Schätzchen.« Sie streifte ihre Sachen ab und sah zu, wie Atanas sich auszog. Sie starrte ihn verblüfft an. »Mein Gott, du bist ja riesig!«

»Findest du?«

Sie streckte sich auf dem Bett aus. »Vorsichtig!« mahnte sie. »Tu mir nicht weh.«

Atanas trat ans Bett. Im allgemeinen machte es ihm Spaß, Nutten zu mißhandeln. Das steigerte seine Lust. Aber er wußte nur allzugut, daß er heute nichts Verdächtiges tun oder gar eine Fährte für die Polizei hinterlassen durfte. Deshalb lächelte er auf sie hinunter und sagte: »Heute ist dein Glückstag.«

»Was?«

»Nichts.« Er wälzte sich über sie, schloß die Augen und drang in sie ein. Er tat ihr weh und stellte sich vor, sie sei Catherine, die um Gnade bat und ihn anflehte, er solle aufhören. Und während ihre Schreie ihn erregten, stieß er immer fester und wilder in sie hinein, bis schließlich alles explodierte und er befriedigt zusammensank.

»Mein Gott«, sagte die Frau. »Du bist unglaublich!«

Atanas öffnete die Augen und sah, daß es nicht Catherine war. Er war bei einer aufgedonnerten Nutte in ihrem schäbigen Zimmer. Er zog sich an, verließ das Haus und fuhr mit einem Taxi ins Hotel, wo er packte und seine Rechnung beglich.

Als er dann zum Flughafen unterwegs war, zeigte seine Armbanduhr 21.40 Uhr – reichlich Zeit, um sein Flugzeug zu erwischen.

Vor dem Schalter der Olympic Airways hatte sich eine kleine Schlange gebildet. Als Atanas an der Reihe war, übergab er der Hostess sein Flugticket. »Fliegt die Maschine pünktlich ab?«

»Ja.« Die Hostess warf einen Blick auf den Namen des Passagiers: *Mr. Atanas Stavitsch.* Sie sah erneut zu Atanas auf und nickte dann einem in der Nähe stehenden Mann zu. Der Mann kam an den Schalter.

»Darf ich bitte mal Ihr Ticket sehen?«

Atanas hielt es ihm hin. »Ist was nicht in Ordnung?« erkundigte er sich.

»Tut mir leid, aber ich fürchte, daß dieser Flug überbucht worden ist«, sagte der Mann. »Wenn Sie bitte mit ins Büro kommen würden. Ich kann versuchen, die Sache zu regeln.«

Atanas zuckte mit den Schultern. »Meinetwegen.« Während er dem Mann ins Büro folgte, überließ er sich seiner Euphorie. Demiris war vermutlich längst wieder frei. Einer so wichtigen Persönlichkeit konnte die Justiz nichts anhaben. Alles hatte wunderbar geklappt. Er würde die 50 000 Dollar kassieren und auf eines seiner Nummernkonten in der Schweiz überweisen. Danach ein kleiner Urlaub. Vielleicht an der Riviera – oder in Rio. Die Strichjungen in Rio gefielen ihm.

Atanas betrat das Büro, blieb ruckartig stehen und riß die Augen auf. Er wurde aschfahl. »Du bist tot!« kreischte er. »Du bist tot! Ich hab' dich umgebracht!«

Atanas kreischte noch immer, als er nach draußen zu einem Polizeibus mit vergitterten Fenstern geführt wurde. Nachdem er den Raum verlassen hatte, wandte Alan Hamilton sich an Catherine. »Es ist vorbei, Liebling. Es ist endlich vorbei.«

32

Im Keller des alten Gebäudes hatte Catherine einige Stunden zuvor verzweifelt versucht, ihre Hände zu befreien. Je mehr sie an den Fesseln zerrte, desto fester wurden die Knoten. Ihre Finger begannen gefühllos zu werden. Immer wieder wanderte ihr Blick zum Kessel hinüber. Die Quecksilbersäule hatte inzwischen 125° C erreicht. *Spätestens bei 200 Grad geht das Ding hoch. Es muß einen Ausweg geben! Es muß einen geben!*

Ihr Blick fiel auf die Schnapsflasche, die Atanas auf dem Steinboden zurückgelassen hatte. Catherine starrte sie an, und ihr Puls begann zu jagen. *Das ist meine Chance! Wenn ich sie nur ...* Sie glitt am Stützbalken entlang tiefer, angelte mit den Füßen nach der Flasche und verfehlte sie nur knapp. Sie rutschte noch tiefer, ohne auf die Splitter zu achten, die in ihren Rücken drangen. Jetzt war die Flasche nur mehr wenige Zentimeter von ihren Füßen entfernt. Catherines Augen füllten sich mit Tränen. *Noch einen Versuch! Nur noch einen!*

Sie rutschte noch tiefer, wobei sich weitere Holzsplitter schmerzhaft in ihren Rücken bohrten, und angelte verzweifelt nach der Flasche. Ein Fuß berührte das Glas. *Vorsichtig, damit du sie nicht wegstößt!* Sie bugsierte die Flasche ganz langsam ein kleines Stück heran, bis sie ihre gefesselten Knöchel darüberlegen konnte. Dann zog sie die Flasche mit den Füßen ganz zu sich heran. Schließlich lag sie neben ihr.

Catherine starrte das Thermometer an. 140° C. Es fiel ihr schwer, die in ihr aufsteigende Panik zu unterdrücken. Sie schob die Flasche mühsam mit den Füßen um den Balken herum hinter sich. Ihre Finger berührten sie, aber sie waren zu gefühllos und von dem Blut, das von ihren aufgescheuerten Handgelenken tropfte, zu glitschig, um sie richtig fassen zu können.

Im Keller wurde es allmählich unerträglich heiß. Catherine versuchte es wieder und wieder. Die Flasche rutschte ihr weg. Catherine sah hastig zum Thermometer hinüber. *150° C*, und die Säule schien immer schneller zu wachsen. Aus dem Kessel begann jetzt zischend Dampf zu entweichen. Sie versuchte erneut, die Flasche richtig zu fassen zu bekommen.

Endlich! Catherine hielt die Flasche in ihren gefesselten Händen. Sie umklammerte sie, hob beide Arme, ließ sie nach unten fallen und schmetterte die Flasche auf den Betonboden. Aber das Glas blieb heil. Sie versuchte es noch mal. Nichts. Das Thermometer kletterte unablässig. *170° C!* Catherine holte tief Luft und schmetterte die Flasche mit letzter Kraft auf den Beton. Diesmal zersprang sie klirrend. *Großer Gott, ich danke dir!*

Catherine hielt den abgebrochenen Flaschenhals mit einer Hand umklammert und machte sich daran, ihre Fesseln zu durchschneiden. Die scharfen Glaskanten zerschnitten ihr die Handgelenke, aber sie spürte keinen Schmerz. Und plötzlich waren ihre Hände frei. *Jetzt die Fußfesseln!*

Das Thermometer stand auf 190° C. Aus dem Kessel fauchten jetzt armdicke Dampfstrahlen. Catherine kam schwankend auf die Beine. Selbst wenn Atanas die Kellertür nicht verriegelt hatte, würde sie nicht mehr rechtzeitig vor der Explosion aus dem Gebäude kommen.

Catherine rannte zum Kessel hinüber und riß an dem Holzstück, mit dem das Sicherheitsventil blockiert war. Aber es saß unverrückbar fest. *200° C!*

Ihr blieben nur noch Sekunden. Sie lief zu der in den Luftschutzkeller führenden zweiten Tür, war mit einem Sprung hindurch und knallte die massive Tür hinter sich zu. Sie warf sich schweratmend auf den Betonboden des riesigen Schutzraums. Sekunden später ließ eine gewaltige Explosion den Raum erzittern. Catherine lag nach Atem ringend im Dunkel und hörte das Brausen der Flammen hinter der brandsicheren Schutzraumtür. Sie war gerettet. Alles war vorüber. *Nein, noch nicht. Ich habe noch eine Rechnung offen.*

Als die Feuerwehrleute sie eine Stunde später aus den immer noch schwelenden Ruinen führten, war Alan Hamilton da. Catherine warf sich in seine Arme, und er hielt sie an sich gedrückt.

»Catherine... Liebling. Ich hab' solche Angst um dich gehabt! Wie bist du...?«

»Später«, sagte Catherine. »Erst müssen wir Atanas Stavitsch aufhalten!«

33

Die Trauung fand im engsten Familienkreis auf dem Landsitz von Alans Schwester in Sussex statt. Catherines neue Schwägerin erwies sich als liebenswürdige Gastgeberin, die genauso aussah wie auf dem gerahmten Foto auf dem Schreibtisch ihres Bruders. Ihr Sohn besuchte zur Zeit eine Internatsschule. Nach einem geruhsamen Wochenende auf dem Land flogen Catherine und Alan nach Venedig in die Flitterwochen.

Venedig glich einer farbenprächtigen Seite aus einem mittelalterlichen Geschichtsbuch: eine zauberhafte Lagunenstadt aus einer Unzahl Inseln, Kanälen und Brücken. Catherine und Alan Hamilton landeten auf dem Aeroporto Marco Polo nördlich von Venedig, fuhren mit einem Motorboot zur Endhaltestelle am Markusplatz und quartierten sich im Royal Danieli ein – einem schönen alten Hotel in der Nähe des Dogenpalasts.

Vor den Fenstern ihrer mit herrlichen antiken Möbeln eingerichteten Luxussuite breitete sich der Canale Grande aus.

»Was möchtest du als erstes tun?« fragte Alan.

Catherine trat auf ihn zu und umarmte ihn. »Dreimal darfst du raten!«

Sie packten später aus.

Venedig war Balsam auf Catherines Wunden. Sie vergaß ihre grauenhaften Alpträume und die Schrecken der Vergangenheit.

Gemeinsam mit Alan erforschte sie die Stadt. Der nur wenige Meter von ihrem Hotel entfernte Markusplatz war zeitlich Jahrhunderte entfernt. Die Markuskirche, deren Mauern und Gewölbe mit atemberaubenden Fresken und Mosaiken bedeckt waren, war Kathedrale und Kunstgalerie zugleich.

Sie besichtigten den Dogenpalast mit seinen herrlich ausgemalten Zimmern und Sälen und standen auf der Seufzerbrücke, über die in früheren Jahrhunderten Gefangene in den Tod gegangen waren.

Sie besuchten Kirchen und Museen und einige der vorgelagerten Inseln. Sie fuhren nach Murano, um die Glasbläser zu bewundern, und sahen auf der Insel Burano Frauen beim Spitzenklöppeln zu. Sie nahmen das Motorboot zur Insel Torcello und dinierten auf der Insel Giudecca im wundervollen Garten des Hotels Cipriani.

Der Garten erinnerte Catherine an den Klostergarten, und sie dachte daran, wie einsam sie dort gewesen war. Und sie sah über den Tisch hinweg ihren Liebsten an und dachte: *Lieber Gott, ich danke dir.*

Gegen Ende ihrer Hochzeitsreise ging an einem Freitag überraschend ein starkes Gewitter los.

Catherine und Alan flüchteten sich völlig durchnäßt in ihr Hotel. Danach standen sie am Fenster und sahen in den Wolkenbruch hinaus.

»Das mit dem Regen dort draußen tut mir leid, Mrs. Hamilton«, sagte Alan. »Die Prospekte haben Sonnenschein versprochen.«

Catherine lächelte. »Was für ein Regen? Ich bin so glücklich, Alan.«

Blitze zuckten über den Himmel, und der fast gleichzeitige Donner war ohrenbetäubend laut. Bei Catherine weckte er die Erinnerung an ein anderes Geräusch: die Kesselexplosion.

Sie drehte sich zu Alan um. »Sollte heute nicht das Urteil verkündet werden?«

Er zögerte. »Ja. Ich habe nichts davon gesagt, weil...«

»Nein, das ist in Ordnung. Ich möchte es wissen.«

Alan nickte, nachdem er sie prüfend gemustert hatte. »Du hast recht.«

Catherine sah ihm zu, wie er ans Radio trat und das Gerät anstellte. Er suchte die Skala ab, bis er die BBC-Nachrichten gefunden hatte.

»... daraufhin ist der Ministerpräsident heute zurückgetreten. Er will jedoch versuchen, eine neue Koalitionsregierung zu bilden.« Im Lautsprecher knackte es immer wieder, und die Stimme des Nachrichtensprechers schwankte.

»Das kommt von diesem verdammten Gewitter«, stellte Alan fest.

Der Ton wurde erneut lauter. »In Athen ist der Prozeß gegen den Großreeder Constantin Demiris vor wenigen Minuten mit der

Urteilsverkündung zu Ende gegangen. Zur allgemeinen Überraschung der Prozeßbeobachter wurde der Angeklagte...«

Das Radio verstummte.

Catherine runzelte die Stirn. »Wie... wie könnte das Urteil gelautet haben?«

Ihr Mann nahm sie in die Arme und sagte: »Das hängt davon ab, ob man an Happy-Ends glaubt.«

Epilog

Fünf Tage vor Beginn der Verhandlung gegen Constantin Demiris sperrte ein Aufseher seine Zellentür auf.

»Besuch für Sie.«

Constantin Demiris hob den Kopf. Außer seinem Verteidiger hatte er bisher keinen Besuch empfangen dürfen. Er weigerte sich, Neugier erkennen zu lassen. Diese Schweinehunde behandelten ihn wie einen gewöhnlichen Kriminellen. Aber er würde ihnen nicht die Befriedigung verschaffen, Gefühle zu zeigen. Er folgte dem Aufseher den Korridor entlang in ein kleines Besprechungszimmer.

»Dort drinnen.«

Demiris betrat den Raum und blieb an der Tür stehen. Vor ihm saß ein schwerbehinderter alter Mann in einem Rollstuhl. Das Gesicht unter seinem weißen Haar war ein grausiges Flickwerk aus verbrannten und vernarbten Hautstücken. Seine Lippen waren für ewig zu einem gräßlichen Lächeln verzerrt. Demiris brauchte einige Sekunden, um zu begreifen, wer der Besucher war. Dann wurde er aschfahl. »Mein Gott!«

»Ich bin kein Gespenst«, sagte Napoleon Chotas. »Komm nur rein, Costa.«

Demiris fand seine Stimme wieder. »Aber das Feuer...«

»Ich bin aus dem Fenster gesprungen und habe mir das Rückgrat gebrochen. Mein Butler hat mich fortgeschafft, bevor die Feuerwehr kam. Ich wollte nicht, daß du erfährst, daß ich mit dem Leben davongekommen war. Ich hatte nicht die Kraft, den Kampf gegen dich fortzusetzen.«

»Aber... die Polizei hat einen Toten gefunden.«

»Das war mein Hausmeister.«

Demiris sank auf einen Stuhl. »Ich... ich bin froh, daß du lebst«, sagte er mit schwacher Stimme.

»Das solltest du auch sein. Ich werde dir das Leben retten.«

Constantin Demiris betrachtete ihn mißtrauisch. »Wie meinst du das?«

»Ich werde dich verteidigen.«

Demiris lachte auf. »Unsinn, Leon! Hältst du mich nach so vielen Jahren für einen Dummkopf? Wie kommst du darauf, daß ich mein Leben in deine Hände legen würde?«

»Weil ich der einzige bin, der dich retten kann, Costa.«

Constantin Demiris stand auf. »Nein, danke.« Er ging zur Tür.

»Ich habe mit Spyros Lambrou gesprochen. Ich habe ihn dazu überredet, als Zeuge auszusagen, er sei zum Zeitpunkt der Ermordung seiner Schwester mit dir zusammengewesen.«

Demiris blieb ruckartig stehen und drehte sich um. »Weshalb sollte er das tun?«

Chotas beugte sich im Rollstuhl vor. »Weil ich ihn davon überzeugt habe, daß er sich besser an dir rächen kann, wenn er dir statt des Lebens dein Vermögen nimmt.«

»Das verstehe ich nicht.«

»Ich habe Lambrou erklärt, daß du ihm dein gesamtes Vermögen überschreibst, wenn er zu deinen Gunsten aussagt. Deine Schiffe, deine Firmen, deine Immobilien – deinen gesamten Besitz.«

»Du bist verrückt!«

»Meinst du? Überleg es dir gut, Costa. Seine Aussage kann dir das Leben retten. Ist dein Besitz dir mehr wert als dein Leben?«

Danach entstand eine lange Pause. Demiris setzte sich wieder. »Er ist bereit, vor Gericht auszusagen, daß wir zusammengewesen waren, als Melina ermordet wurde?«

»Ganz recht.«

»Und dafür will er...«

»Alles.«

Constantin Demiris schüttelte den Kopf. »Er müßte mir meine...«

»*Alles*. Er will, daß du vollkommen mittellos dastehst. Das ist seine Rache.«

Demiris beschäftigte eine andere Frage. »Und was hättest du davon, Leon?«

Chotas grinste sein starres Totenkopflächeln. »Ich kriege alles.«

»Das verstehe ich nicht.«

»Bevor du die Hellenic Trade Corporation deinem Schwager überschreibst, transferierst du sämtliche Aktiva auf eine neue Gesellschaft. Auf eine Gesellschaft, die mir gehört.«

Demiris starrte ihn an. »Lambrou geht also leer aus.«

Chotas zuckte mit den Schultern. »Es gibt immer Gewinner und Verlierer.«

»Wird Lambrou denn nicht mißtrauisch?«

»Nicht bei meiner Methode.«

Demiris runzelte die Stirn. »Woher weiß ich, daß du mich nicht reinlegst, wenn du schon Lambrou reinlegen willst?«

»Nichts leichter als das, mein lieber Costa. Wir vereinbaren vertraglich, daß die neue Firma mir nur unter der Bedingung gehört, daß du freigesprochen wirst. Solltest du wegen Mordes verurteilt werden, bekomme ich nichts.«

Sein Vorschlag begann Constantin Demiris zu interessieren. Er lehnte sich zurück und studierte den verkrüppelten Mann. *Würde er den Prozeß absichtlich verlieren und auf Hunderte von Millionen Dollar verzichten, nur um sich an mir zu rächen? Nein, so dumm ist er nicht.* »Gut«, sagte Demiris langsam. »Abgemacht.«

»Sehr vernünftig«, stimmte Chotas zu. »Du hast dir gerade das Leben gerettet, Costa.«

Und nicht nur das! dachte Demiris. *Ich habe zehn Millionen Dollar so untergebracht, daß sie keiner findet.*

Das Gespräch zwischen Napoleon Chotas und Spyros Lambrou war sehr schwierig gewesen. Melinas Bruder hätte Chotas beinahe hinausgeworfen.

»Ich soll aussagen, damit dieses Ungeheuer am Leben bleibt? Scheren Sie sich zum Teufel!«

»Sie wollen sich rächen. Ist es nicht so?« hatte Napoleon Chotas gefragt.

»Allerdings! Und ich bekomme meine Rache!«

»Sie kennen Costa doch. Sein Reichtum bedeutet ihm mehr als sein Leben. Wird er hingerichtet, ist sein Schmerz in wenigen Sekunden vorbei – aber wenn Sie ihm alles wegnehmen, was er besitzt, wenn sie ihn zwingen, mittellos weiterzuleben, bestrafen Sie ihn viel härter und nachhaltiger.«

Und damit hatte der Anwalt recht. Demiris war der geldgierigste Mann, dem Spyros je begegnet war. »Sie sagen, daß er bereit ist, mir alles zu überschreiben, was er besitzt?«

»Alles. Seine Flotte, seine Gesellschaften, seine Immobilien, sein gesamtes Vermögen.«

Das war eine gewaltige Versuchung. »Lassen Sie mich darüber nachdenken.« Lambrou beobachtete, wie der Anwalt seinen Rollstuhl hinauslenkte. *Armer Teufel! Was hat der noch vom Leben?*

Nach Mitternacht erreichte Napoleon Chotas ein Anruf von Spyros Lambrou. »Der Handel gilt.«

Die Presse überschlug sich beinahe. Constantin Demiris stand nicht nur wegen Mordes an seiner Frau vor Gericht, sondern wurde noch dazu von einem von den Toten Auferstandenen verteidigt – von dem brillanten Strafverteidiger, der in seinem bis auf die Grundmauern niedergebrannten Haus umgekommen sein sollte.

Die Verhandlung fand im selben Saal statt wie der Prozeß gegen Noelle Page und Larry Douglas. Constantin Demiris saß aufrecht und unnahbar auf der Anklagebank. Neben ihm hockte Napoleon Chotas zusammengesunken in seinem Rollstuhl. Der Anklagevertreter war der Sonderermittler der Staatsanwaltschaft, Delma.

Zu Prozeßbeginn wandte Delma sich an die Geschworenen.

»Meine Damen und Herren Geschworenen! Constantin Demiris gehört zu den mächtigsten Männern der Welt. Seinem gewaltigen Vermögen verdankt er zahlreiche Privilegien. Aber eines kann es ihm nicht verschaffen: das Recht, einen kaltblütigen Mord zu verüben. Dieses Recht besitzt kein Mensch.« Sein Blick streifte Demiris. »Die Anklage wird zweifelsfrei beweisen, daß Constantin Demiris des brutalen Mordes an seiner Frau, die ihn geliebt hat, schuldig ist. Ich bin davon überzeugt, daß am Ende der Beweisaufnahme nur ein einziges Urteil möglich sein wird: schuldig wegen Mordes.« Er ging an seinen Platz zurück.

Der vorsitzende Richter wandte sich an Napoleon Chotas. »Ist die Verteidigung bereit, ihr Eröffnungsplädoyer zu halten?«

»Ja, Hohes Gericht.« Chotas lenkte seinen Rollstuhl vor die Geschworenenbank. Er sah das Mitleid auf den Gesichtern der Männer und Frauen, die sich bemühten, über sein entstelltes Gesicht und seinen verkrüppelten Körper hinwegzusehen. »Gegen Constantin Demiris wird hier nicht verhandelt, weil er reich und mächtig ist. Oder vielleicht ist er *wegen* dieser Eigenschaften vor die Schranken dieses Gerichts gezerrt worden. Die Schwachen sind stets bemüht, die Starken zu stürzen, nicht wahr? Herr Demiris ist vielleicht schuldig, reich und mächtig zu sein – aber eine Tatsache werde ich zweifelsfrei beweisen: Er ist nicht schuldig, seine Frau ermordet zu haben.«

Der Prozeß hatte begonnen.

Staatsanwalt Delma hatte Kriminalinspektor Theophilos in den Zeugenstand gerufen.

»Würden Sie uns bitte schildern, was Sie beim Betreten des Strandhauses gesehen haben, Inspektor?«

»Der ganze Raum war verwüstet. Lampen, Sessel, Tische und andere Möbelstücke waren umgestürzt.«

»Als ob dort ein heftiger Kampf stattgefunden hätte?«

»Ganz recht. Als ob dort eingebrochen worden wäre.«

»Am Tatort haben Sie ein blutiges Messer gefunden, nicht wahr?«

»Ja, das stimmt.«

»Und an diesem Messer haben sich Fingerabdrücke feststellen lassen?«

»Richtig.«

»Wessen Fingerabdrücke?«

»Die des Angeklagten.«

Die Blicke der Geschworenen gingen zu Constantin Demiris.

»Was haben Sie bei der Durchsuchung des Hauses sonst noch entdeckt?«

»Auf dem Boden eines Kleiderschranks haben wir eine blutbefleckte Badehose mit dem Monogramm des Angeklagten gefunden.«

»Kann sie nicht schon längere Zeit dort gelegen haben?«

»Nein. Sie war noch feucht vom Meerwasser.«

»Ich danke Ihnen.«

Nun war Napoleon Chotas an der Reihe. »Inspektor Theophilos, Sie haben Gelegenheit gehabt, persönlich mit dem Angeklagten zu sprechen, nicht wahr?«

»Ja, das stimmt.«

»Wie würden Sie ihn physisch beschreiben?«

»Hmmm...« Der Kriminalbeamte sah zu Demiris hinüber. »Als großen Mann.«

»Hat er stark ausgesehen? Körperlich, meine ich.«

»Ja.«

»Also kein Mann, der einen Raum auf den Kopf stellen müßte, um seine Frau zu ermorden?«

Delma sprang auf. »Einspruch!«

»Stattgegeben. Der Herr Verteidiger stellte dem Zeugen bitte keine Suggestivfragen.«

»Ich bitte um Verzeihung, Hohes Gericht.« Chotas wandte sich erneut an den Kriminalbeamten. »Haben Sie bei Ihrem Gespräch mit Herrn Demiris den Eindruck gewonnen, er sei ein intelligenter Mensch?«

»Ja, denn so reich wie er wird man nur, wenn man verdammt clever ist.«

»Ich bin ganz Ihrer Meinung, Inspektor. Und das wirft eine sehr interessante Frage auf: Wie könnte ein Mann wie Constantin Demiris dumm genug sein, einen Mord zu verüben und am Tatort ein Messer mit seinen Fingerabdrücken und eine blutbefleckte Badehose mit seinem Monogramm zurückzulassen... Würden Sie das nicht auch als wenig intelligent bezeichnen?«

»Nun, in der Hitze eines Verbrechens tun Menschen manchmal seltsame Dinge.«

»Die Polizei hat einen goldfarbenen Knopf von einer Jacke gefunden, die Herr Demiris getragen haben soll, nicht wahr?«

»Ja, das stimmt.«

»Und dieser Knopf gehört zu den wichtigsten Beweisen gegen Herrn Demiris. Die Polizei glaubt, seine Frau habe ihm den Knopf während eines Kampfes abgerissen, als er sie ermorden wollte?«

»Richtig.«

»Wir haben es hier mit einem Mann zu tun, der sich stets sehr elegant kleidet. Von seiner Jacke wird ein Knopf abgerissen, aber er merkt nichts davon. Er trägt diese Jacke auf der Heimfahrt, ohne den fehlenden Knopf zu bemerken. Dann zieht er die Jacke aus und hängt sie in den Kleiderschrank – und merkt noch immer nicht, daß ein Knopf fehlt. Schwer zu glauben, nicht wahr?«

Ioannis Katelanos befand sich im Zeugenstand. Der Besitzer des Detektivbüros genoß seinen Auftritt im Scheinwerferlicht der Öffentlichkeit sichtlich. Delma befragte den Zeugen.

»Sie sind der Besitzer eines Detektivbüros?«

»Ja, Herr Staatsanwalt.«

»Und Frau Demiris ist einige Tage vor ihrer Ermordung zu Ihnen gekommen?«

»Genau.«

»Was wollte sie?«

»Personenschutz. Sie hat mir erzählt, sie wolle sich von ihrem Mann scheiden lassen und er habe damit gedroht, sie zu ermorden.«

Ein Murmeln ging durch den Saal.

»Frau Demiris war wohl sehr aufgeregt?«

»O ja! Sie war völlig durcheinander.«

»Und sie hat Ihrem Büro den Auftrag erteilt, sie vor ihrem Mann zu schützen?«

»Richtig.«

»Danke, keine weiteren Fragen mehr.« Delma wandte sich an Chotas. »Ihr Zeuge, Herr Verteidiger.«

Napoleon Chotas lenkte seinen Rollstuhl zum Zeugenstand hinüber. »Herr Katelanos, wie lange sind Sie schon Privatdetektiv?«

»Seit fast fünfzehn Jahren.«

Chotas war sichtlich beeindruckt. »Das ist allerdings eine lange Zeit. Da müssen Sie wirklich sehr gute Arbeit leisten.«

»Das tue ich wohl«, sagte Katelanos bescheiden.

»Sie haben also viel Erfahrung im Umgang mit Menschen in Krisensituationen?«

»Deshalb kommen sie zu mir«, antwortete Katelanos selbstgefällig.

»Und als Frau Demiris zu Ihnen gekommen ist, hat sie da ein bißchen aufgeregt gewirkt oder ...?«

»Nein, nein, sie ist *sehr* aufgeregt gewesen! In panischer Angst, könnte man sagen.«

»Ja, ich verstehe. Weil sie gefürchtet hat, ihr Mann wolle sie ermorden.«

»Genau.«

»Wie viele Ihrer Leute haben Sie ihr mitgegeben, als sie Ihr Büro verließ? Einen? Zwei?«

»Äh, keinen. Ich habe ihr keinen mitgegeben.«

Chotas runzelte die Stirn. »Das verstehe ich nicht. Weshalb nicht?«

»Nun, sie hat gesagt, wir sollten unsere Tätigkeit erst am Montag aufnehmen.«

Chotas starrte ihn verblüfft an. »Tut mir leid, aber das begreife ich nicht ganz, Herr Katelanos. Diese Frau, die zu Ihnen gekommen ist, weil sie gefürchtet hat, ihr Mann trachte ihr nach dem Leben, ist einfach wieder gegangen und hat gesagt, sie brauche Ihren Schutz erst ab Montag?«

»Äh, ja, das stimmt.«

»Da fragt man sich doch, wie groß Frau Demiris' Angst gewesen sein muß?« sagte Napoleon Chotas fast wie zu sich selbst.

Die nächste Zeugin war das Dienstmädchen des Ehepaars Demiris. »Sie haben also das Telefongespräch zwischen Frau Demiris und ihrem Mann mitgehört?«

»Ja, Herr Staatsanwalt.«

»Können Sie den Inhalt wiedergeben?«

»Nun, Frau Demiris hat ihrem Mann erklärt, sie wolle sich von ihm scheiden lassen, und er hat geantwortet, damit sei er auf keinen Fall einverstanden.«

Delma sah zu den Geschworenen hinüber. »Aha.« Er wandte sich wieder an die Zeugin. »Was haben Sie noch gehört?«

»Er hat sie aufgefordert, sich um fünfzehn Uhr mit ihm im Strandhaus zu treffen – und allein zu kommen.«

»Er hat verlangt, sie solle allein kommen?«

»Ja. Und sie hat mich angewiesen, die Polizei zu verständigen, falls sie bis achtzehn Uhr nicht zurück sei.«

Auf der Geschworenenbank entstand Bewegung. Alle starrten jetzt Demiris an.

»Danke, keine weiteren Fragen.« Der Staatsanwalt nickte zu Chotas hinüber. »Ihre Zeugin, Herr Verteidiger.«

Napoleon Chotas lenkte seinen Rollstuhl dicht an den Zeugenstand heran. »Sie heißen Andrea, stimmt's?«

»Ja, das stimmt.« Sie versuchte, nicht in das von Brandwunden entstellte Gesicht zu blicken.

»Andrea, Ihrer Aussage nach haben Sie mitgehört, daß Frau Demiris ihrem Mann erklärt hat, sie wolle sich von ihm scheiden lassen, daß Herr Demiris gesagt hat, er sei nicht bereit, einer Scheidung zuzustimmen, und daß er sie aufgefordert hat, um fünfzehn Uhr allein ins Strandhaus zu kommen. Stimmt das alles?«

»Ja, das stimmt.«

»Sie stehen hier unter Eid, Andrea. Das alles haben Sie keineswegs gehört.«

»Doch, doch, ich hab's gehört!«

»Wie viele Telefone stehen in dem Zimmer, in dem Frau Demiris telefoniert hat?«

»Nur das eine.«

Napoleon Chotas rollte noch näher an den Zeugenstand heran. »Sie haben das Gespräch also nicht an einem anderen Apparat mitgehört?«

»Natürlich nicht! Das täte ich nie!«

»Tatsächlich haben Sie also nur gehört, was *Frau* Demiris gesagt hat. Sie hätten gar nicht hören können, was ihr Mann geantwortet hat.«

»Oh. Na ja, wahrscheinlich ...«

»Mit anderen Worten: Sie haben *nicht* gehört, daß Herr Demiris seine Frau bedroht und aufgefordert hat, sich mit ihm im Strandhaus zu treffen. Das haben Sie sich alles nur *eingebildet*, weil Sie mitbekommen haben, was Frau Demiris gesagt hat.«

Andrea war verwirrt. »Ich ... äh ... ja, so könnte man's ausdrücken, nehm' ich an.«

»Ich *drücke* es so aus. Warum sind Sie überhaupt im Zimmer gewesen, als Frau Demiris telefoniert hat?«

»Ich sollte ihr einen Tee bringen.«

»Und Sie haben ihn ihr gebracht?«

»Natürlich.«

»Sie haben ihn auf den Tisch gestellt?«

»Ja.«

»Warum sind Sie danach nicht gegangen?«

»Frau Demiris hat mir ein Zeichen gemacht, ich solle noch bleiben.«

»Sie wollte, daß Sie das Gespräch – oder dieses angebliche Gespräch – mithören!«

»Ich ... ich nehm's an.«

Die Stimme des Verteidigers war schneidend scharf geworden.

»Sie wissen also nicht einmal, ob Frau Demiris mit ihrem Mann telefoniert hat – oder ob sie überhaupt mit irgend jemandem gesprochen hat.«

Andrea nickte hilflos.

Chotas lenkte seinen Rollstuhl noch näher an den Zeugenstand heran.

»Finden Sie's nicht merkwürdig, daß Frau Demiris Sie mitten in einem sehr privaten Gespräch zum Bleiben und Zuhören aufgefordert hat? Ich weiß nur, daß wir in meinem Haus nie auf die Idee kämen, bei privaten Diskussionen unser Personal zum Mithören aufzufordern. Nein, ich unterstelle, daß dieses angebliche Gespräch niemals stattgefunden hat.

Frau Demiris hat mit überhaupt niemandem telefoniert. Sie hat ihren Mann absichtlich belastet, damit er hier und heute wegen Mordes angeklagt wurde. Aber Constantin Demiris hat seine Frau nicht ermordet. Das Beweismaterial ist sorgfältig – allzu sorgfältig – präpariert worden. Kein intelligenter Mensch würde eine Serie eindeutiger Indizien für seine Täterschaft hinterlassen. Und unabhängig davon, was Constantin Demiris vielleicht sonst ist, seine Intelligenz steht außer Zweifel.«

Mit Anschuldigungen und Gegenanschuldigungen, Gutachten und Berichten von Spurensicherung und Gerichtsmediziner wogte das Verfahren weitere fünf Tage hin und her. Nach allgemeiner Ansicht war Constantin Demiris vermutlich schuldig.

Napoleon Chotas hob sich seinen Knüller bis zuletzt auf. Dann rief er Spyros Lambrou in den Zeugenstand. Vor Prozeßbeginn hatte Constantin Demiris einen Vertrag unterzeichnet, mit dem er die Hellenic Trade Corporation mit sämtlichen Aktiva auf seinen Schwager übertrug. Einen Tag zuvor hatte er sein Imperium bereits Napoleon Chotas überschrieben, der es aber nur bekommen würde, wenn er, Demiris, freigesprochen würde.

»Herr Lambrou, Sie und Ihr Schwager Constantin Demiris haben sich nie sonderlich gut vertragen, nicht wahr?«

»Ja, das stimmt.«

»Könnte man nicht sogar sagen, daß Sie einander hassen?«

Lambrou sah zu Constantin Demiris hinüber. »Das wäre vielleicht sogar noch untertrieben.«

»Am Tag der Ermordung Ihrer Schwester hat Constantin Demiris der Kriminalpolizei gegenüber ausgesagt, er sei nicht einmal in der Nähe seines Strandhauses gewesen. Er hat weiterhin angegeben, er habe sich um fünfzehn Uhr – also zum Zeitpunkt des Todes Ihrer Schwester – mit Ihnen in Akro-Korinth getroffen. Bei Ihrer polizeilichen Vernehmung haben Sie dieses Treffen abgestritten.«

»Ja, das habe ich getan.«

»Weshalb?«

Spyros Lambrou antwortete nicht gleich. Dann war der Zorn in seiner Stimme unüberhörbar. »Demiris hat meine Schwester wie ein Stück Dreck behandelt. Er hat sie ständig gedemütigt und gequält. Diesmal hat er mich gebraucht, um ein Alibi zu haben. Aber ich wollte ihm keines liefern.«

»Und jetzt?«

»Ich kann nicht länger mit einer Lüge leben. Ich muß einfach die Wahrheit sagen!«

»Haben Sie sich an dem bewußten Nachmittag mit Constantin Demiris in Akro-Korinth getroffen?«

»Ja, das habe ich.«

Ein Aufschrei ging durch den Saal. Delma, der blaß geworden war, stand auf. »Hohes Gericht, ich erhebe Einspruch gegen . . .«

»Einspruch abgelehnt!«

Der Staatsanwalt sank auf seinen Stuhl zurück. Constantin Demiris hatte sich mit glitzernden Augen vorgebeugt.

»Erzählen Sie uns von diesem Treffen. Haben Sie es vorgeschlagen?«

»Nein. Das Treffen ist Melinas Idee gewesen. Sie hat uns beide reingelegt.«

»Wie reingelegt?«

»Melina hat mich angerufen und behauptet, ihr Mann wolle sich dort oben in meiner Jagdhütte mit mir treffen, um mit mir einen Waffenstillstand zu schließen. Dann hat sie Demiris angerufen und ihm weisgemacht, ich wolle mich aus den gleichen Gründen dort oben mit ihm treffen. Nach unserer Ankunft haben wir festgestellt, daß wir einander nichts zu sagen hatten.«

»Und dieses Treffen hat nachmittags zu der Zeit stattgefunden, als Frau Demiris zu Tode kam?«

»Ja, das stimmt.«

»Von Akro-Korinth zum Strandhaus des Angeklagten fährt man etwa drei Stunden. Das habe ich nachprüfen lassen.« Napoleon Chotas wandte sich an die Geschworenen. »Da Constantin

Demiris um fünfzehn Uhr in Akro-Korinth war, kann er unmöglich vor achtzehn Uhr in seinem Strandhaus gewesen sein.« Chotas drehte sich wieder zu Spyros Lambrou um. »Sie stehen unter Eid, Herr Lambrou. Ist das, was Sie soeben ausgesagt haben, die reine Wahrheit?«

»Ja, so wahr mir Gott helfe.«

Die Geschworenen berieten vier Stunden lang. Constantin Demiris beobachtete sie gespannt, als sie in den Saal zurückkamen. Er wirkte blaß und ängstlich. Napoleon Chotas achtete nicht auf die Geschworenen. Er konzentrierte sich auf Demiris, dessen Arroganz und Selbstbewußtsein sich verflüchtigt hatten. Er sah wie ein Mann aus, der den Tod vor Augen hat.

»Meine Damen und Herren Geschworenen, sind Sie zu einem Urteilsspruch gelangt?« fragte der vorsitzende Richter.

Der Geschworenensprecher stand auf. »Ja, Hohes Gericht. Der Angeklagte ist nicht schuldig.«

Im Saal brach ein Tumult aus. Die Zuhörer schrien durcheinander; manche klatschten Beifall, andere protestierten lautstark.

Constantin Demiris strahlte übers ganze Gesicht. Er atmete tief durch, stand auf und ging zu Napoleon Chotas hinüber. »Leon, du hast es geschafft!« sagte er. »Ich schulde dir viel!«

Chotas sah ihm in die Augen. »Jetzt nicht mehr. Ich bin sehr reich, und du bist sehr arm. Komm, das muß gefeiert werden!«

Demiris schob den Rollstuhl mit dem kleinen Anwalt durchs Gewühl, an den herandrängenden Reportern vorbei und auf den Parkplatz hinaus. Napoleon Chotas deutete auf eine in der Nähe der Einfahrt geparkte schwere Limousine. »Mein Wagen steht dort drüben.«

Constantin Demiris schob ihn zur Fahrertür. »Hast du keinen Chauffeur?«

»Ich brauche keinen. Ich habe den Wagen so umrüsten lassen, daß ich ihn selbst fahren kann. Hilf mir hinein.«

Demiris sperrte die Fahrertür auf und hob Chotas hinter das Lenkrad. Er klappte den Rollstuhl zusammen und legte ihn in den Kofferraum. Danach setzte er sich neben Napoleon Chotas.

»Du bist noch immer der beste Strafverteidiger der Welt«, behauptete Constantin Demiris.

»Ja.« Chotas legte den ersten Gang ein und fuhr an. »Was hast du jetzt vor, Costa?«

»Oh, ich komme schon irgendwie zurecht«, antwortete Demiris vorsichtig. *Mit zehn Millionen Dollar Startkapital kann ich mein Imperium neu aufbauen.* Demiris lachte vor sich hin. »Spyros wird verdammt sauer sein, wenn er merkt, wie du ihn reingelegt hast.«

»Aber er kann nichts dagegen machen«, versicherte Chotas ihm. »Mit dem Vertrag, den er unterzeichnet hat, bekommt er eine völlig mittellose Firma.«

Sie fuhren auf die Berge zu. Constantin Demiris beobachtete, wie Chotas die Hebel bediente, die Kupplungs-, Brems- und Gaspedal ersetzten. »Du kommst erstaunlich gut damit zurecht.«

»Was man braucht, das lernt man auch«, antwortete Chotas. Sie fuhren eine schmale, steile Bergstraße hinauf.

»Wo fahren wir hin?«

»Ich habe dort oben ein kleines Haus. Wir trinken ein Glas Champagner miteinander, und ich lasse dich mit einem Taxi in die Stadt zurückbringen. Weißt du, Costa, ich habe mir meine Gedanken gemacht. Über alles, was passiert ist... Noelle Pages Tod – und Larry Douglas' Tod. Und über den armen Stavros. Dabei ist es nie um Geld gegangen, stimmt's?« Chotas sah kurz zu Demiris hinüber. »Immer nur um Haß. Um Haß und Liebe. Du hast Noelle geliebt, nicht wahr?«

»Ja«, antwortete Constantin Demiris. »Ich habe Noelle geliebt.«

»Ich habe sie auch geliebt«, sagte Napoleon Chotas. »Das hast du nicht geahnt, stimmt's?«

Demiris starrte ihn überrascht an. »Nein, davon hab' ich nichts gewußt.«

»Und trotzdem habe ich dir geholfen, sie zu ermorden. Das habe ich mir nie verziehen. Hast du dir selbst vergeben, Costa?«

»Sie hat verdient, was sie bekommen hat.«

»Ich glaube, daß wir letztendlich alle verdienen, was wir bekommen. Ich muß dir übrigens noch etwas erzählen. Dieser Brandanschlag ... seit der Nacht, in der mein Haus abgebrannt ist, leide ich entsetzliche Schmerzen. Die Ärzte haben versucht, mich wieder zusammenzuflicken, aber das ist ihnen nicht wirklich gelungen. Ich war zu schwer verletzt.« Er gab Gas. Die Reifen quietschten, als der Wagen eine Haarnadelkurve nahm. Tief unter ihnen wurde das Ägäische Meer sichtbar.

»Tatsächlich sind meine Schmerzen so schlimm«, sagte Chotas, »daß ich das Leben nicht mehr lebenswert finde.« Er beschleunigte weiter.

»Langsamer!« forderte Demiris ihn auf. »Du fährst viel zu ...«

»Deshalb habe ich beschlossen, daß wir es gemeinsam beenden werden.«

Demiris starrte ihn erschrocken an. »Was soll das heißen? Fahr langsamer, Mann! Du bringst uns noch beide um.«

»Richtig«, bestätigte Chotas. Er drückte den Gashebel bis zum Anschlag durch. Der Wagen machte förmlich einen Satz.

»Du bist verrückt!« schrie Demiris. »Du bist reich! Warum willst du sterben?«

Chotas' Lippen verzogen sich zu einer grausigen Imitation eines Lächelns. »Nein, ich bin nicht reich. Soll ich dir sagen, wer jetzt reich ist? Deine alte Freundin Schwester Theresa. Ich habe dein ganzes Geld dem Kloster in Ioannina vermacht.«

Sie rasten auf eine ungesicherte Haarnadelkurve zu.

»Halt endlich an!« kreischte Demiris. Er versuchte, Chotas ins Steuer zu greifen, aber der kleine Mann entwickelte überraschende Kräfte.

»Ich gebe dir alles, was du willst!« brüllte Constantin Demiris. »Halt an!«

»Ich habe, was ich will«, sagte Napoleon Chotas.

Im nächsten Augenblick schoß der Wagen über die Kurve hinaus und rollte, sich immer wieder überschlagend, den Steilhang hinunter, bis er endlich tief unten mit einem lauten Klatschen ins Meer fiel. Nach einer gewaltigen Explosion herrschte tiefe Stille.

Es war vorbei.

Die Pflicht zu schweigen

Was mit Arzneien nicht geheilt werden kann, wird mit dem Messer geheilt; was das Messer nicht heilen kann, wird mit dem brennenden Eisen geheilt; und was immer dies nicht zu heilen vermag, muß als unheilbar betrachtet werden.

HIPPOKRATES, um 480 v. Chr.

Es gibt drei Arten von Menschen: Männer, Frauen und Frauen, die Ärzte sind.

SIR WILLIAM OSLER

All denen, die mich mit ihrem
Fachwissen unterstützt haben,
möchte ich hier meinen Dank aussprechen.

Prolog

San Francisco
Frühjahr 1995

District Attorney Carl Andrews platzte der Kragen. »Zum Teufel damit!« brüllte er. »Gleich drei Fälle auf einen Haufen! Und nicht nur, daß die drei Hauptpersonen in *einer* Wohnung leben – nein, sie müssen auch noch an ein und demselben Krankenhaus arbeiten! Wegen der ersten wird fast das Krankenhaus geschlossen, die zweite bringt wegen einer Million Dollar einen Patienten um, und die dritte wird ermordet!«

Andrews schnappte nach Luft. »Und lauter Frauen! Auch das noch! Drei gottverdammte *Frauen* – und *Ärztinnen* obendrein! Da *müssen* sie ja Medienlieblinge werden! Werden wie Berühmtheiten behandelt! Tummeln sich andauernd auf dem Bildschirm! Das TV-Magazin *60 Minutes* hat ihnen einen ganzen Block gewidmet! Barbara Walters hat über sie eine Sondersendung gemacht! Ich kann keine Zeitung, keine Zeitschrift mehr aufschlagen, ohne daß mir ein Foto von denen ins Gesicht springt und ich *wieder* was über sie lesen muß! Wetten, daß Hollywood über sie einen Film dreht? Da werden diese drei Biester dann endgültig zu Volksidolen! Sollte mich überhaupt nicht wundern, wenn die Regierung Briefmarken mit ihren Visagen drucken würde – so wie bei Presley. Aber, bei Gott, das lass' ich mir nicht bieten!«

Er schlug mit der Faust auf die Titelseite des *Time*-Magazins mit dem Frauenfoto und der Schlagzeile: *Dr. Paige Taylor – Engel der Barmherzigkeit oder Gehilfin des Teufels?*

»Dr. Paige Taylor.« Die Stimme des District Attorney verriet Ekel. Er wandte sich an Gus Venable. Venable war sein bester Mann – der Hauptankläger. »Gus, diesen Prozeß überlasse ich dir. Und daß du es weißt – ich will einen Schuldspruch. Es war vorsätzlicher Mord. Die Todesstrafe!«

»Keine Sorge«, erwiderte Gus Venable ruhig und leise. »Dafür werde ich sorgen.«

Im Gerichtssaal dachte Gus Venable, nachdem er Dr. Paige Taylor gründlich gemustert hatte: *Gegen die kommt man bei den Geschworenen nie an.* Er mußte grinsen. *Einen Angeklagten, gegen den man nicht ankommen kann, gibt es überhaupt nicht.* Sie war groß und schlank und hatte braune Augen, die in dem blassen Gesicht einfach umwerfend wirkten. Ein unbeteiligter Beobachter hätte sie als attraktive Frau bezeichnet und es dabei belassen. Einem aufmerksameren Beobachter wäre mehr aufgefallen – daß in dieser Frau nämlich alle Lebensphasen nebeneinander existierten. Da zeigte sich die glückliche Erregung des Kindes, die die scheue Unsicherheit der Heranwachsenden und die Klugheit und den Schmerz der reifen Frau überlagerte. Paige Taylor hatte etwas Unschuldiges an sich. *So eine Frau,* dachte Gus Venable zynisch, *würde ein Mann seiner Mutter mit stolzgeschwellter Brust gern als seine Freundin vorstellen – vorausgesetzt natürlich, er hat eine Mutter mit einer Schwäche für kaltblütige Mörderinnen.*

In ihren Augen lag eine schon fast unheimliche Entrücktheit. Der Blick ließ erkennen, daß Dr. Paige Taylor sich ganz in sich selbst zurückgezogen hatte, in eine andere Welt und eine andere Zeit, weitab von diesem kalten, sterilen Gerichtssaal, wo sie nun in der Falle saß.

Der Prozeß fand in San Francisco im altehrwürdigen Gerichtspalast an der Bryant Street statt, einem abweisenden Gebäude, in dem der Superior Court und das Bezirksgefängnis untergebracht waren – sieben Stockwerke hoch, mit Mauern aus grauen Steinquadern. Besucher mußten dort elektronische Sicherheitsschleusen passieren.

Der Superior Court lag im dritten Stock. Mordprozesse fanden im Gerichtssaal 121 statt. Die Richterbank stand an der rückwärtigen Wand, hinter ihr eine Flagge der Vereinigten Staaten von Amerika. Die Jury der Geschworenen saß vom Richter aus gesehen links. In der Mitte des Raums standen, durch einen Gang getrennt, zwei Tische – einer für den Ankläger, der andere für den Anwalt der Verteidigung.

Der Gerichtssaal war gedrängt voll von Reportern und den für Mordprozesse und tödliche Verkehrsunfälle typischen Zuschauern. Was Mordprozesse betraf, so war der anstehende Fall spektakulär genug. Schon der Ankläger Gus Venable war ein Schauspiel für sich – ein stämmiger Mann, riesengroß, mit grauer Mähne, einem Ziegenbärtchen und dem höflichen Gehabe eines Plantagenbesitzers aus den Südstaaten, obwohl er nie im Süden gelebt hatte. Er wirkte immer leicht verwirrt; dabei arbeitete sein Verstand mit der Präzision eines Computers. Sein Markenzeichen, sommers wie winters, war ein weißer Anzug und ein altmodisches Hemd mit steifem Kragen.

Paige Taylors Anwalt Alan Penn war das genaue Gegenteil – untersetzt, energiegeladen, scharf wie ein Hai. Penn hatte sich den Ruf erworben, für seine Klienten am laufenden Band Freisprüche herauszuholen.

Die beiden Männer standen sich nicht zum erstenmal gegenüber; sie zollten sich gegenseitig widerwillig Respekt – und mißtrauten einander zutiefst. Als Alan Penn ihn eine Woche vor Prozeßbeginn aufgesucht hatte, war Venable überrascht gewesen.

»Ich bin gekommen, um Ihnen einen Gefallen zu tun, Gus.«

Nimm dich vor Anwälten in acht, die dir mit Geschenken kommen. »Was haben Sie denn auf dem Herzen, Alan?«

»Also bitte – ich habe es noch nicht mit meiner Klientin besprochen –, aber nehmen wir einmal an – stellen Sie sich nur einmal vor –, ich könnte sie dazu bringen, daß sie sich bei einer geminderten Anklage schuldig bekennt und dem Staat damit die Prozeßkosten erspart?«

»Wollen Sie mir einen Deal vorschlagen, damit wir die Sache rasch aus der Welt schaffen?«

»Ja.«

Gus Venable streckte die Hand nach dem Schreibtisch aus. Er suchte etwas. »Ich kann meinen verdammten Kalender nicht finden. Wissen Sie, welches Datum wir heute haben?«

»Den ersten Juni. Wieso?«

»Jetzt hab' ich doch tatsächlich geglaubt, es wäre schon wieder Weihnachten. Sonst wären Sie wohl kaum auf die Idee gekommen, mich um solch ein Geschenk zu bitten.«

»Gus . . .«

Venable lehnte sich in seinem Stuhl vor. »Wissen Sie, Alan – normalerweise würde ich ja versucht sein, Ihnen entgegenzukommen. Und um die Wahrheit zu sagen – ich wäre gerade jetzt gern zum Angeln in Alaska. Aber die Antwort lautet nein. Sie verteidigen eine kaltblütige Mörderin, die einen hilflosen Patienten umgebracht hat, weil sie sein Geld wollte. Ich fordere die Todesstrafe.«

»Ich halte sie für unschuldig, und ich . . .«

Venable stieß ein kurzes, schnaubendes Lachen aus. »Nein, tun Sie nicht. Und auch sonst niemand. Es handelt sich hier um einen absolut eindeutigen Fall. Ihre Klientin ist genauso schuldig, wie Kain es war.«

»Nicht, bevor die Geschworenen so entschieden haben, Gus.«

»Werden sie aber.« Er hielt kurz inne. »Werden sie bestimmt.«

Als Alan Penn fort war, blieb Gus Venable noch eine Weile sitzen und dachte über das Gespräch nach. Daß Penn ihn aufgesucht hatte, war ein Zeichen von Schwäche. Offensichtlich wußte Penn, daß er keine Chance hatte, diesen Prozeß zu gewinnen. Gus dachte an die unwiderlegbaren Beweise, die er in der Hand hatte. Er dachte an die Zeugen, die er vor Gericht rufen würde. Er war sich seiner Sache sicher.

Gar keine Frage – Dr. Paige Taylor würde sterben müssen.

Es war nicht leicht gewesen, unvoreingenommene Geschworene für die Jury zu finden, denn der Fall hatte monatelang Schlagzeilen gemacht, und die Kaltblütigkeit des Mordes hatte in der Öffentlichkeit einen wahren Sturm der Entrüstung ausgelöst.

Vorsitzende Richterin war Vanessa Young, eine schwierige,

brillante schwarze Juristin, die als Kandidatin für die nächste Vakanz am Obersten Gerichtshof galt. Sie war nicht gerade bekannt für ihre Langmut Anwälten gegenüber. Unter Prozeßanwälten in San Francisco ging der Spruch um: *Wenn dein Klient schuldig ist und du auf Milde hoffst, dann meide Richterin Young.*

Am Tag vor Prozeßbeginn hatte Richterin Young beide Anwälte zu sich bestellt.

»Meine Herren – wir wollen uns über ein paar Grundregeln verständigen. Angesichts der besonderen Schwere dieses Falls bin ich durchaus zu gewissen Zugeständnissen bereit, damit die Angeklagte einen fairen Prozeß bekommt. Aber ich warne Sie beide. Versuchen Sie nicht, das auszunutzen. Ist das klar?«

»Jawohl, Euer Ehren.«

»Jawohl, Euer Ehren.«

Gus Venable schloß seine einleitende Erklärung ab. »Und deshalb, meine Damen und Herren Geschworenen, wird der Staat beweisen – jawohl, er wird ohne jeden Zweifel beweisen –, daß Dr. Paige Taylor ihren Patienten John Cronin umgebracht hat. Und nicht nur, daß sie damit einen Mord begangen hat. Sie hat es für Geld getan ... für viel Geld. Sie hat John Cronin für eine Million getötet.

Glauben Sie mir: Nachdem Sie alle Beweise gehört haben, werden Sie keine Mühe haben, Dr. Paige Taylor des Mordes für schuldig zu befinden. Ich danke Ihnen.«

Die Geschworenen saßen schweigend da, ungerührt, aber erwartungsvoll.

Gus Venable wandte sich an die Richterin. »Wenn es Euer Ehren genehm ist, möchte ich als ersten Zeugen der Anklage Gary Williams aufrufen.«

Als der Zeuge vereidigt war, fragte Gus Venable: »Sie arbeiten als Pfleger am Embarcadero County Hospital?«

»Ja, das ist richtig.«

»Haben Sie auf Station 3 gearbeitet, als dort im vergangenen Jahr John Cronin eingeliefert wurde?«

»Ja.«

»Können Sie uns den Namen des Arztes nennen, der für diesen Fall verantwortlich war?«

»Dr. Taylor.«

»Wie würden Sie die Beziehung zwischen Dr. Taylor und John Cronin beschreiben?«

»Einspruch!« Alan Penn war aufgesprungen. »Er fordert den Zeugen auf, eine Schlußfolgerung zu ziehen!«

»Einspruch stattgegeben.«

»Lassen Sie es mich anders ausdrücken. Haben Sie je Gespräche zwischen Dr. Taylor und John Cronin mitgehört?«

»Aber sicher. Das ließ sich gar nicht vermeiden. Ich habe doch die ganze Zeit über auf dieser Station gearbeitet.«

»Würden Sie diese Gespräche als freundlich beschreiben?«

»Nein, Sir.«

»Tatsächlich? Warum sagen Sie das?«

»Nun ja, ich erinnere mich an den Tag, als Mr. Cronin eingeliefert wurde. Und als Dr. Taylor dann ihre Untersuchung begann, da hat er gesagt, sie soll ihre . . .« Er zögerte. »Ich weiß nicht, ob ich seine Ausdrücke wiederholen sollte.«

»Nur zu, Mr. Williams. Meines Wissens halten sich in diesem Gerichtssaal keine Kinder auf.«

»Nun ja, er hat gesagt, daß sie ihre Scheißhände von ihm wegnehmen soll.«

»*Das* hat er zu Dr. Taylor gesagt?«

»Ja, Sir.«

»Erzählen Sie dem Gericht bitte, was Sie sonst noch beobachtet oder gehört haben.«

»Nun ja, er hat sie immer nur ›dieses Miststück‹ genannt. Er hat nicht gewollt, daß sie ihm nahe kam. Wenn sie sein Krankenzimmer betrat, hat er immer nur so Sachen gesagt wie: ›Schon wieder dieses Miststück!‹ und ›Bestellen Sie diesem Miststück, daß es mich in Ruhe lassen soll!‹ und ›Warum können Sie mir keinen *richtigen* Doktor schicken?‹«

Gus Venable machte eine Pause, um seinen Blick in Paige

Taylors Richtung wandern zu lassen. Die Augen der Geschworenen folgten ihm. Venable schüttelte den Kopf, wie wenn er tiefbetrübt wäre, und wandte sich dann erneut an den Zeugen. »Hat John Cronin auf Sie den Eindruck eines Menschen gemacht, der Dr. Taylor eine Million Dollar schenken würde?«

Alan Penn war erneut aufgesprungen. »Einspruch! Er will schon wieder eine bloße Meinung hören.«

Die Richterin erklärte: »Abgewiesen. Der Zeuge darf die Frage beantworten.«

Alan Penn sank auf seinem Stuhl zurück und schaute Paige Taylor nur an.

»Mein Gott, nein. Er konnte sie nicht ausstehen.«

Dr. Arthur Kane war im Zeugenstand.

Gus Venable hob an: »Dr. Kane, Sie waren der diensttuende Krankenhausarzt, als entdeckt wurde, daß John Cronin ermordet wor . . .« Er sah zur Richterin hinüber. ». . . an dem Insulin starb, das seiner intravenösen Versorgung beigegeben worden war. Ist das richtig?«

»Jawohl.«

»Und Sie haben anschließend festgestellt, daß die Verantwortung bei Dr. Taylor lag.«

»So ist es.«

»Dr. Kane, ich zeige Ihnen jetzt die von Dr. Taylor unterzeichnete amtliche Sterbeurkunde.« Er nahm ein Papier und reichte es Kane. »Würden Sie das bitte vorlesen?«

Kane las: »John Cronin. Todesursache: Atemstillstand, eingetreten als Komplikation eines Myokardinfarktes, eingetreten als Komplikation einer Lungenembolie.«

»In allgemeinverständlichen Worten?«

»Der Bericht besagt, daß der Patient an einem Herzanfall starb.«

»Und der Bericht wurde von Dr. Taylor abgezeichnet?«

»Jawohl.«

»Dr. Kane, ist das die wahre Ursache für John Cronins Tod gewesen?«

»Nein. Der Tod ist durch die Injektion von Insulin verursacht worden.«

»Dr. Taylor hat also eine tödliche Dosis Insulin verabreicht und den Bericht hinterher gefälscht?«

»Jawohl.«

»Und Sie haben den Verwaltungsdirektor des Krankenhauses, Dr. Wallace, in Kenntnis gesetzt, der daraufhin die Behörden informiert hat?«

»Jawohl. Ich habe das als meine Pflicht angesehen.« In seiner Stimme schwang ein Ton gerechter Empörung mit. »Ich bin Arzt. Ich halte nichts davon, einem anderen Menschen das Leben zu nehmen. Unter keinen Umständen.«

Als nächster Zeuge wurde Cronins Witwe aufgerufen. Hazel Cronin war eine Enddreißigerin mit leuchtendrotem Haar und einer üppigen Figur, die von dem schlichten schwarzen Kleid keineswegs verborgen wurde.

Gus Venable sagte: »Ich bin mir bewußt, wie schmerzvoll das hier für Sie ist, Mrs. Cronin, ich muß Sie aber trotzdem bitten, dem Gericht Ihre Beziehung zu Ihrem verstorbenen Ehemann darzulegen.«

Die Witwe Cronin fuhr sich mit einem großen Spitzentaschentuch über die Augen. »John und ich haben eine liebevolle Ehe geführt. Er war ein wunderbarer Mann. Er hat mir oft gesagt, daß ich ihm das einzig wahre Glück in seinem ganzen Leben geschenkt hätte.«

»Wie lange sind Sie mit John Cronin verheiratet gewesen?«

»Zwei Jahre. John hat immer gesagt, es wären für ihn zwei Jahre wie im Himmel gewesen.«

»Mrs. Cronin, hat Ihr Ehemann mit Ihnen je über Dr. Taylor gesprochen? Hat er Ihnen erzählt, daß er sie für eine großartige Ärztin hielt? Oder wie sehr sie ihm geholfen hat? Oder wie gern er sie hatte?«

»Er hat sie nie erwähnt.«

»Niemals?«

»Niemals.«

»Hat John mit Ihnen je darüber gesprochen, daß er Sie und Ihre Brüder enterben wollte?«

»Aber nein. Er war der großzügigste Mann der Welt. Er hat mir immer nur gesagt, ich könnte von ihm alles haben, und wenn er einmal sterben würde ...« Ihr versagte die Stimme. »... und daß ich nach seinem Tod eine wohlhabende Witwe sein würde, und ...« Weiter kam sie nicht.

Die Richterin gab bekannt: »Wir werden uns für fünfzehn Minuten zurückziehen.«

Jason Curtis, der im Gerichtssaal ganz hinten saß, war empört. Er konnte nicht glauben, was die Zeugen über Paige aussagten. *Sie ist die Frau, die ich liebe,* sagte er sich immer und immer wieder, *die Frau, die ich heiraten werde!*

Jason Curtis hatte Paige gleich nach ihrer Festnahme im Gefängnis besucht.

»Wir werden kämpfen«, versicherte er ihr. »Ich besorge dir den besten Strafverteidiger im ganzen Land.« Ihm fiel auch sofort ein Name ein. *Alan Penn.*

Jason hatte mit Alan Penn gesprochen.

»Ich habe den Fall in den Medien verfolgt«, sagte Penn. »Die Presse hat sie bereits wegen Mordes an John Cronin verurteilt. Was viel schwerer wiegt – sie gibt zu, ihn getötet zu haben.«

»Ich kenne sie doch«, hatte Jason Curtis ihm daraufhin erklärt. »Und Sie dürfen mir glauben – es ist völlig ausgeschlossen, daß Paige sich bei dem, was sie getan hat, von finanziellen Überlegungen leiten ließ.«

»Sie gibt zu, ihn getötet zu haben«, dachte Penn laut nach. »Da hätten wir es also mit einem Fall von Sterbehilfe zu tun. Töten aus Mitleid und Barmherzigkeit – das ist in Kalifornien, wie in den meisten Staaten, verboten. Trotzdem sind die Meinungen darüber ziemlich geteilt. Für jemanden wie Florence Nightingale, die eine Stimme von oben hört, und diesen ganzen Schmus, ließe sich da eine ziemlich gute Verteidigung aufbauen. Das Problem ist nur, daß *Ihre* hochverehrte Freundin einen Patienten umgebracht hat, der ihr testamentarisch eine Million Dollar vermachte. Was kam zuerst, Huhn oder Ei? Hat sie von der Million erfahren, *bevor* sie ihn umbrachte – oder erst nachher?«

»Von dem Geld hat Paige nichts gewußt«, sagte Jason mit Bestimmtheit.

Penns Ton blieb weiterhin unverbindlich. »In Ordnung. Die Sache mit der Million war ein glücklicher Zufall. Andererseits fordert der District Attorney einen Schuldspruch auf vorsätzlichen Mord und plädiert für die Todesstrafe.«

»Werden Sie den Fall übernehmen?«

Penn zögerte. Daß Jason Curtis an diese Taylor glaubte, war offenkundig. *So wie Samson an Delilah glaubte.* Penn musterte Jason und dachte: *Ich würde zu gern wissen, ob sie dem armen Hundesohn die Haare abgeschnitten hat, und er hat's nur noch nicht gemerkt.*

Jason wartete.

»Ich werde den Fall übernehmen – solange Sie fest davon überzeugt sind, daß alles seine Ordnung hatte. Ich muß Sie allerdings darauf aufmerksam machen, daß es schwer sein wird, den Prozeß zu gewinnen.«

Und selbst das sollte sich als eine äußerst optimistische Einschätzung erweisen.

Als der Prozeß am darauffolgenden Morgen fortgesetzt wurde, rief Gus Venable eine Reihe neuer Zeugen auf.

Eine Krankenschwester sagte unter Eid aus. »Ich habe gehört, wie John Cronin zu ihr sagte: ›Ich weiß, daß ich auf dem Operationstisch sterben werde. *Sie* werden mich umbringen. Hoffentlich sind Sie dann wegen Mord dran.‹«.

Der Anwalt Rodney Pelham kam in den Zeugenstand. Gus Venable fragte: »Was hat Dr. Taylor gesagt, als Sie ihr die Nachricht von der Million aus John Cronins Nachlaß überbrachten?«

»Sie hat sich etwa so ausgedrückt: ›Das kommt mir unethisch vor. Er war doch mein Patient.‹«

»Sie hat zugegeben, daß es unethisch war?«
»Ja.«
»Sie hat aber eingewilligt, das Geld anzunehmen?«
»O ja. Keine Frage.«

Alan Penn nahm den Zeugen ins Kreuzverhör.
»Hatte Dr. Taylor mit Ihrem Besuch gerechnet, Mr. Pelham?«
»Also, nein, ich . . .«
»Es war nicht etwa so, daß Sie Dr. Taylor anriefen und ihr telefonisch mitteilten: ›John Cronin hat Ihnen eine Million Dollar hinterlassen?‹«
»Nein, ich . . .«
»Sie haben ihr also von Angesicht zu Angesicht gegenübergestanden, als Sie es ihr mitteilten?«
»Ja.«
»So, daß Sie ihre Reaktion auf die Nachricht beobachten konnten?«
»Ja.«
»Und wie *hat* sie darauf reagiert?«
»Nun ja – sie – sie wirkte sehr überrascht, aber . . .«
»Vielen Dank, Mr. Pelham. Das ist alles.«

Der Prozeß lief bereits in der zweiten Woche. Gus Venable schürzte den Knoten. »Wenn es dem Gericht beliebt, möchte ich gern Alma Rogers in den Zeugenstand rufen.«
Nach der Vereidigung der Zeugin begann Venable mit der Frage: »Mrs. Rogers, was sind Sie von Beruf?«
»*Miss* Rogers.«
»Ich bitte tausendmal um Vergebung.«
»Ich arbeite in der Corniche Travel Agency.«
»Ihr Reisebüro verkauft Reisen in alle Welt, macht Hotelbuchungen und bearbeitet sonstige Kundenwünsche?«
»Ja, Sir.«
»Ich möchte Sie bitten, sich die Angeklagte genau anzusehen. Sind Sie ihr vielleicht schon begegnet?«

»O ja. Vor zwei oder drei Jahren, da hat sie unser Reisebüro einmal besucht.«

»Und zu welchem Zweck?«

»Sie wäre an einer Reise nach London und Paris interessiert, hat sie gesagt. Und ich glaube, auch nach Venedig.«

»Sie hat sich nach Gruppenreisen erkundigt?«

»O nein. Sie wollte alles nur erster Klasse, hat sie gesagt – den Flug, das Hotel, alles. Und für eine Jacht hat sie sich auch interessiert. Ich glaube, sie wollte eine Jacht chartern.«

Im Gerichtssaal war es auf einmal totenstill. Gus Venable ging zum Tisch der Verteidigung hinüber. Er hielt einige Mappen hoch. »Diese Prospekte hier sind von der Polizei in Dr. Taylors Schließfach im Krankenhaus gefunden worden. Es sind Reiseprospekte für Paris, London und Venedig. Prospekte mit teuren Hotels und Flugplänen. Und ein Prospekt listet Privatjachten auf – mitsamt den Charterpreisen.«

Im Gerichtssaal kam Gemurmel auf.

Der Ankläger hatte einen Prospekt aufgeschlagen.

»Hier, die Preise für einige Jachten, die gechartert werden können.« Er las mit lauter Stimme vor. »Die *Christina O*. . . . 26 000 Dollar pro Woche, zuzüglich Betriebskosten . . . die *Resolute Time* 24 500 Dollar pro Woche . . . die *Lucky Dream* – 27 300 Dollar pro Woche.« Venable hob den Blick. »In diesem Prospekt ist die *Lucky Dream* angekreuzt. Paige Taylor hatte sich also bereits die 27 300-Dollar-Jacht ausgesucht. Nur ihr Opfer – das hatte sie noch nicht ausgewählt.«

Alan Penn drehte sich um zu Paige. Sie war bleich geworden und starrte nach unten.

»Wir möchten diese Unterlagen gern als Beweisstück A kennzeichnen.« Venable wandte sich lächelnd an Alan Penn. »Die Zeugin gehört Ihnen.«

Penn erhob sich betont langsam. Er mußte Zeit gewinnen. Er überlegte blitzschnell.

»Wie geht's der Tourismusbranche zur Zeit, Miss Rogers?«

»Wie bitte?«

»Ich habe gefragt, wie die Geschäfte so gehen. Das Corniche ist ein großes Reisebüro?«

»Ziemlich groß. Doch.«

»Ich denke mir, daß da dauernd eine Menge Leute kommen und sich nach Reiseangeboten erkundigen.«

»O ja.«

»Fünf oder sechs Leute am Tag – was meinen Sie?«

»Aber nein!« Miss Rogers war ehrlich entrüstet. »Wir sprechen pro Tag sicherlich mit fünfzig Kunden über Reiseveranstaltungen.«

»Mit fünfzig Menschen täglich?« Penn wirkte beeindruckt. »Und der Tag, um den es hier geht, liegt nun zwei bis drei Jahre zurück. Wenn man diese rund neunhundert Tage also mit fünfzig multipliziert – das ergäbe ja rund fünfundvierzigtausend Kunden.«

»Wird schon stimmen.«

»Und bei so vielen Menschen können Sie sich an Dr. Taylor erinnern – wieso eigentlich?«

»Also, das ist ganz einfach. Sie und ihre beiden Freundinnen sind wegen dieser Europareise ja so aufgeregt gewesen. Ich fand das wunderbar. Wie Schulmädchen sind sie gewesen. O ja. Da kann ich mich ganz genau erinnern. Besonders, weil sie nämlich gar nicht so aussahen, als ob sie sich eine Jacht leisten könnten.«

»Verstehe. Ich nehme an, daß die Leute, die bei Ihnen hereinkommen und sich einen Prospekt holen, dann auch auf Reisen gehen?«

»Also, natürlich nicht. Aber . . .«

»Dr. Taylor hat dann aber keine Reise *gebucht*, oder doch?«

»Also, nein. Jedenfalls nicht bei uns. Sie . . .«

»Auch nirgends sonst. Sie hat sich nur ein paar Prospekte anschauen wollen.«

»Ja. Sie . . .«

»Das ist aber doch wohl nicht *dasselbe* wie eine Reise nach Paris oder London, oder?«

»Nun ja, nein, aber . . .«

»Vielen Dank. Sie dürfen jetzt gehen.«

Venable wandte sich an die Richterin. »Ich möchte gern Dr. Benjamin Wallace in den Zeugenstand rufen...«

»Dr. Wallace, Sie sind für die Verwaltung des Embarcadero County Hospital zuständig?«

»Ja.«

»Sie sind daher auch mit Dr. Taylor und ihrer Arbeit vertraut?«

»Ja, das bin ich.«

»Hat Sie die Mordanklage gegen Dr. Taylor überrascht?«

Penn war aufgesprungen. »Einspruch, Euer Ehren. Eine Beantwortung dieser Frage durch Dr. Wallace tut nichts zur Sache.«

»Wenn ich erläutern dürfte«, unterbrach Venable. »Die Antwort könnte sehr wohl zur Sache beitragen. Wenn Sie mir nur erlauben würden...«

»Also gut, wir wollen sehen, wohin die Frage führt«, entschied die Richterin. »Aber bitte keinen Unfug, Mr. Venable!«

»Lassen Sie mich den Punkt aus einer anderen Richtung angehen«, fuhr Venable fort. »Dr. Wallace – es wird doch von jedem Arzt verlangt, daß er den Hippokratischen Eid ablegt. Ist das richtig?«

»Ja.«

»Und mit diesem Eid verspricht ein Arzt, daß er sich« – der Ankläger las von einem Blatt ab, das er jetzt in der Hand hielt – »›jedes willkürlichen Unrechtes und jeder anderen Schädigung‹ dem Patienten gegenüber enthalten will?«

»Ja.«

»Hat es bei Dr. Taylor in der Vergangenheit irgendein Ereignis gegeben, das Sie zu der Annahme veranlaßt hat, sie wäre imstande, ihren Hippokratischen Eid zu brechen?«

»Einspruch.«

»Einspruch abgelehnt.«

»Ja, ein solches Ereignis hat es gegeben.«

»Bitte erläutern Sie uns, worum es dabei ging.«

»Wir hatten da einen Patienten, bei dem laut Dr. Taylors Entscheidung eine Bluttransfusion notwendig war. Seine Familie hat die Zustimmung verweigert.«

»Und was geschah dann?«

»Dr. Taylor hat die Bluttransfusion trotzdem durchgeführt.«

»Und das ist legal?«

»Überhaupt nicht. Nicht ohne eine gerichtliche Verfügung.«

»Und was hat Dr. Taylor anschließend gemacht?«

»Sie hat sich die gerichtliche Verfügung im nachhinein beschafft und das Datum dann abgeändert.«

»Sie hat also eine ungesetzliche Handlung begangen und dann die Krankenhausunterlagen gefälscht, um die Sache zu vertuschen?«

»Das ist richtig.«

Alan warf Paige einen wütenden Blick zu. *Was zum Teufel hat sie mir wohl noch alles vorenthalten?* fragte er sich.

Falls die Zuschauer in Paige Taylors Gesicht irgendwelche verräterischen Anzeichen von Emotion zu erkennen hofften, so wurden sie enttäuscht.

Eiskalt, dachte der Vorsitzende der Jury.

Gus Venable sprach die Richterin an. »Euer Ehren, einer der Zeugen, die ich aufrufen wollte, ist, wie Ihnen bekannt ist, ein gewisser Dr. Lawrence Barker. Bedauerlicherweise leidet er noch immer an den Folgen eines Schlaganfalls und ist daher außerstande, hier im Gerichtssaal auszusagen. An seiner Stelle werde ich nun einige Angehörige des Krankenhauspersonals befragen, die mit Dr. Barker zusammengearbeitet haben.«

Penn sprang vom Stuhl hoch. »Ich erhebe Einspruch. Ich finde nicht, daß dies für unseren Fall relevant ist. Dr. Barker ist nicht anwesend, gewiß, aber Dr. Barker steht schließlich nicht vor Gericht. Falls ...«

Er wurde von Venable unterbrochen. »Euer Ehren«, sagte Venable, »ich versichere Ihnen, daß diese Befragung im Zusammenhang mit der Zeugenaussage, die wir soeben vernommen haben, von großer Bedeutung ist. Sie betrifft nämlich ebenfalls die ärztliche Kompetenz der Angeklagten.«

Die Richterin meinte zweifelnd: »Das wird sich herausstellen. Wir befinden uns hier in einem Gerichtssaal und nicht etwa an einem Fluß. Ich erlaube Ihnen nicht, im trüben zu fischen. Rufen Sie Ihren Zeugen auf.«

»Ich danke Ihnen.«

Gus Venable wandte sich an den Gerichtsbeamten. »Ich möchte Dr. Matthew Peterson rufen lassen.«

Ein elegant aussehender Mann in den Sechzigern näherte sich dem Zeugenstand. Er wurde vereidigt, und als er sich gesetzt hatte, stellte ihm Gus Venable die Frage: »Dr. Peterson, wie lange arbeiten Sie schon am Embarcadero County Hospital?«

»Acht Jahre.«

»Und was ist Ihr Fachgebiet?«

»Ich bin Herzchirurg.«

»Sie hatten während Ihrer Zeit am Embarcadero County Hospital schon einmal Gelegenheit, mit Dr. Lawrence Barker zusammenzuarbeiten?«

»Gewiß. Viele Male.«

»Und was halten Sie von ihm?«

»Genau das gleiche wie alle. Dr. Barker ist – ausgenommen vielleicht DeBakey und Cooley – der beste Herzchirurg der Welt.«

»Waren Sie an jenem Morgen im Operationssaal, als Dr. Taylor... An dem Tag operierte sie einen Patienten namens...« Venable tat so, als müsse er einen Zettel zu Hilfe nehmen. »... Lance Kelley?«

Die Stimme des Zeugen klang auf einmal ganz anders. »Ja. Ich war anwesend.«

»Würden Sie uns bitte die Ereignisse dieses Morgens schildern?«

Dr. Peterson antwortete zögernd. »Also, da begann plötzlich etwas schiefzulaufen. Es war so, daß wir den Patienten zu verlieren begannen.«

»Was soll das heißen – diese Formulierung ›den Patienten verlieren‹...«

»Sein Herz ist stehengeblieben. Wir haben versucht, ihn wieder zurückzuholen, und...«

»Ist nach Dr. Barker geschickt worden?«

»Ja.«

»Und ist Dr. Barker noch während der Operation im OP-Saal eingetroffen?«

»Ja, gegen Ende der Operation. Es war jedoch bereits zu spät, da war nichts mehr zu machen. Wir haben den Patienten nicht mehr wiederbeleben können.«

»Und hat sich Dr. Barker bei der Gelegenheit gegenüber Dr. Taylor in irgendeiner Weise geäußert?«

»Bitte, in dem Augenblick sind wir alle ziemlich verstört gewesen und...«

»Ich habe Sie gefragt, ob sich Dr. Barker gegenüber Dr. Taylor geäußert hat.«

»Ja.«

»Und *was* hat Dr. Barker, bitte, zu Dr. Taylor gesagt?«

Es wurde still. In die Stille hinein drang von draußen, wie die Stimme Gottes, ein Donnerschlag. Im nächsten Moment brach der Sturm los. Der Regen prasselte auf das Dach des Gerichtsgebäudes herab.

»Dr. Barker hat gesagt: ›*Sie* haben ihn getötet.‹«

Aufruhr unter den Zuschauern.

Die Richterin ließ ihren Hammer auf den Tisch niedersausen. »Genug! Lebt ihr Leute vielleicht in Höhlen? Noch ein derartiger Ausbruch, und Sie stehen draußen im Regen!«

Gus Venable wartete, bis der Lärm abebbte. In die Stille hinein sagte er: »Sind Sie sich absolut sicher, daß Dr. Barker diese Worte zu Dr. Taylor gesagt hat – ›*Sie* haben ihn getötet‹?«

»Jawohl.«

»Und Sie haben ausgesagt, daß Dr. Barkers Urteil in medizinischen Dingen hoch geschätzt wird?«

»O ja.«

»Ich danke Ihnen. Das ist alles, Doktor.« Er wandte sich an Alan Penn. »Der Zeuge gehört Ihnen.«

Penn erhob sich und trat auf den Zeugenstand zu.

»Dr. Peterson, ich war nie bei einer Operation dabei, nehme aber an, daß da eine enorme Anspannung herrscht, vor allem, wenn es sich um eine solch ernste Angelegenheit wie eine Herzoperation handelt?«

»Da gibt es immer ein beträchtliches Maß an Spannung.«

»Wie viele Menschen werden sich da im OP-Raum befinden? Drei? Oder vier?«

»Aber nein. Ein halbes Dutzend oder mehr. Immer.«

»Wirklich?«

»Jawohl. Gewöhnlich sind zwei Chirurgen am Werk, von denen einer assistiert, dazu oftmals zwei Anästhesisten und mindestens zwei OP-Schwestern.«

»Verstehe. Da wird es wohl auch eine Menge Lärm und Aufregung geben, Anweisungen und ähnliches mehr.«

»Ja.«

»Und wenn ich richtig informiert bin, ist es auch üblich, daß während einer Operation Musik läuft?«

»So ist es.«

»Und als dann Dr. Barker in den OP-Raum kam und feststellen mußte, daß Lance Kelly im Sterben lag, ist die ganze Verwirrung wahrscheinlich nur noch größer geworden.«

»Also, in dem Moment waren alle von uns mehr als beschäftigt damit, dem Patienten das Leben zu retten.«

»Und haben dadurch eine Menge Krach verursacht?«

»Es war sehr laut. Ja.«

»Und trotz der ganzen Verwirrung und dem Krach und der Musik haben Sie hören können, wie Dr. Barker zu Dr. Taylor sagte, daß sie den Patienten getötet habe. In der ganzen Aufregung hätten Sie sich doch durchaus auch irren können, nicht wahr?«

»Nein, Sir. Ich konnte mich nicht irren.«

»Was macht Sie da so sicher?«

Dr. Peterson seufzte. »Weil ich direkt neben Dr. Barker gestanden habe, als er das sagte.«

Es gab einfach keinen eleganten Ausweg.

»Keine weiteren Fragen.«

Der Fall ging in die Brüche, und er wußte nicht, was er dagegen tun könnte.

Es sollte noch schlimmer kommen.

Denise Berry trat in den Zeugenstand.

»Sie arbeiten als Krankenschwester am Embarcadero County Hospital?«

»Ja.«

»Wie lange arbeiten Sie dort schon?«

»Fünf Jahre.«

»Ist es in dieser Zeit zwischen Dr. Taylor und Dr. Barker zu Diskussionen gekommen, die Sie mitgehört haben?«

»Gewiß. Viele Male.«

»Können Sie uns etwas davon wiederholen?«

Schwester Berry warf Paige Taylor einen Blick zu und zögerte. »Nun ja – Dr. Barker konnte manchmal sehr scharf werden ...«

»Danach habe ich Sie nicht gefragt, Schwester Berry. Ich habe Sie gebeten, einige der Bemerkungen zu wiederholen, die Dr. Barker in Ihrem Beisein gegenüber Dr. Taylor gemacht hat.«

Schwester Berry blieb lange still. »Nun ja – er sagte, sie sei inkompetent, und ...«

Gus Venable tat überrascht. »Sie haben gehört, wie Dr. Barker gesagt hat, daß Dr. Taylor inkompetent sei?«

»Ja, Sir. Aber er ist doch immer ...«

»Haben Sie von ihm noch andere Bemerkungen über Dr. Taylor gehört?«

Der Zeugin widerstrebte es sichtlich auszusagen. »Ich kann mich nicht erinnern.«

»Miss Berry, Sie stehen unter Eid.«

»Er hat gesagt ... daß er sie nicht einmal seinen Hund operieren lassen würde.«

Die Zuschauer hielten den Atem an.

»Er hat damit bestimmt nur gemeint, daß ...«

»Ich denke, wir dürfen davon ausgehen, daß Dr. Barker genau das gemeint hat, was er sagte.«

Alle Augen richteten sich auf Paige Taylor.

Publikum und Presse hatten den Ankläger und den Verteidiger völlig fasziniert beobachtet. Gus Venable war ganz in Weiß, Alan Penn in Schwarz gekleidet, und die beiden hatten sich im Gerichtssaal aufgeführt, als ob sie sich in einem hochdramatischen Schachspiel auf Leben und Tod gegenüberstünden, und Paige Taylor war die Figur, die geopfert werden würde.

Die Argumente der Anklage schienen geradezu überwältigend. Doch Alan Penn hatte den Ruf, im Gerichtssaal wahre Zauberkunststücke zu vollbringen. Und nun war es an ihm, Argumente zugunsten der Angeklagten vorzubringen. Ob er auch diesmal wieder ein Kaninchen aus dem Hut zaubern würde?

Paige Taylor wurde im Zeugenstand von Alan Penn befragt. Das war der Augenblick, auf den alle mit Spannung gewartet hatten.

»John Cronin ist Ihr Patient gewesen, Dr. Taylor?«

»Ja, das war er.«

»Und was haben Sie für ihn empfunden?«

»Ich mochte ihn gern. Er hat genau gewußt, wie krank er war, und hat es sehr tapfer getragen. Er mußte wegen eines Tumors im Herzen operiert werden.«

»Diese Herzoperation haben Sie ausgeführt?«

»Ja.«

»Und was haben Sie im Lauf der Operation entdeckt?«

»Als wir seinen Brustkorb öffneten, haben wir entdeckt, daß er Melanome hatte, die bereits Metastasen gebildet hatten.«

»Mit anderen Worten: Der Krebs hatte sich in seinem gesamten Körper ausgebreitet.«

»Ja. Der Krebs hatte in allen Lymphknoten metastasiert.«

»Was soviel bedeutet wie – daß für ihn keinerlei Hoffnung mehr bestand? Daß ihm auch noch so heroische Anstrengungen die Gesundheit nicht mehr zurückgeben könnten?«

»Aussichtslos.«

»John Cronin war an lebenserhaltende Apparate angeschlossen?«

»Korrekt.«

»Dr. Taylor, haben Sie absichtlich eine tödliche Dosis Insulin verabreicht? Um John Cronins Leben ein Ende zu machen?«

»Ja, das habe ich.«

Die ist wirklich cool, dachte Gus Venable. *Sie tut gerade so, als ob sie ihm nur eine Tasse Tee serviert hätte.*

»Würden Sie den Geschworenen mitteilen, aus welchem Grund Sie John Cronins Leben ein Ende gesetzt haben?«

»Weil er mich darum gebeten hat. Er hat mich angefleht, es zu tun. Es war mitten in der Nacht, als er mich zu sich rufen ließ. Er litt furchtbare Schmerzen. Die Medikamente, die wir ihm gaben, haben nicht mehr gewirkt.« Paige Taylor sprach mit klarer, fester Stimme. »Er hat mir erklärt, daß er nicht länger leiden wollte – es sei doch ohnehin nur noch eine Frage von wenigen Tagen bis zu seinem Tod, und er hat mich angefleht, ihn zu erlösen. Ich habe es getan.«

»Doktor, hatten Sie irgendwelche Bedenken, ihn in den Tod gehen zu lassen? Irgendwelche Schuldgefühle?«

Dr. Paige Taylor schüttelte den Kopf. »Nein. Wenn Sie das miterlebt hätten ... Es bestand einfach kein Grund, ihn noch länger leiden zu lassen.«

»Wie haben Sie das Insulin verabreicht?«

»Ich habe es in seine intravenöse Versorgung eingespeist.«

»Und hat ihm das zusätzliche Schmerzen bereitet?«

»Nein. Er ist einfach in den Schlaf entschwebt.«

Gus Venable war aufgesprungen. »Einspruch! Ich denke, die Angeklagte meinte, daß er in seinen Tod entschwebt ist. Ich ...«

Richterin Young ließ ihren Hammer niedersausen. »Mr.

Venable, Sie sind jetzt nicht an der Reihe. Sie werden Gelegenheit haben, die Zeugin ins Kreuzverhör zu nehmen. Setzen Sie sich!«

Der Ankläger schaute zu den Geschworenen hinüber, schüttelte den Kopf und nahm wieder Platz.

»Dr. Taylor, als Sie John Cronin das Insulin verabreichten – war Ihnen da bekannt, daß er Ihnen eine Million Dollar vermacht hatte?«

»Nein. Ich war sprachlos, als ich davon erfuhr.«

Sie sollte wirklich einen besseren Riecher haben, dachte Gus Venable.

»Haben Sie mit John Cronin jemals über Geld oder über Geschenke gesprochen oder ihn um irgend etwas gebeten?«

Ein schwaches Rot überzog ihre Wangen. »Niemals!«

»Aber Sie standen mit ihm auf freundschaftlichem Fuß?«

»Ja. Wenn ein Patient so schwer krank ist, dann ändert sich die Beziehung zwischen Arzt und Patient. Wir haben über seine geschäftlichen Probleme und über seine familiären Schwierigkeiten gesprochen.«

»Aber Sie hatten keinerlei Grund, sich von ihm irgend etwas zu erwarten?«

»Nein.«

»Er hat Ihnen das Geld nur deshalb hinterlassen, weil er Sie achten und Ihnen vertrauen gelernt hatte. Ich danke Ihnen, Dr. Taylor.«

Während Penn an seinen Verteidigertisch zurückkehrte, warf Paige Taylor einen raschen Blick zum hinteren Ende des Gerichtssaals. Sie sah Jason, der sich alle Mühe gab, ermutigend zu wirken. Neben ihm saß Honey. Und neben Honey, auf dem Stuhl, wo eigentlich Kat hätte sitzen sollen, saß ein Fremder. *Wenn Kat doch noch am Leben wäre! Aber Kat ist tot,* dachte Paige. *Ich habe auch sie umgebracht.*

Gus Venable erhob sich und ging bedächtigen Schrittes zum Zeugenstand. Er blickte hinüber zu den Pressereihen. Jeder Platz war besetzt. Alle Reporter machten sich wie wild Notizen. *War-*

tet nur! Ich werde schon dafür sorgen, daß ihr was zu schreiben kriegt, dachte Venable.

Er blieb vor der Angeklagten stehen, um sie gründlich zu mustern. Dann bemerkte er wie nebenbei: »Dr. Taylor... War John Cronin der erste Patient, den Sie im Embarcadero County Hospital ermordet haben?«

Alan Penn sprang auf. Er war vor Entrüstung außer sich. »Euer Ehren! Ich...«

Richterin Young hatte ihren Hammer bereits niedersausen lassen. »Einspruch stattgegeben!« Sie wandte sich an die beiden Anwälte. »Fünfzehnminütige Pause. Ich möchte die Vertreter der Anklage und der Verteidigung in meinen Amtsräumen sprechen.«

Als die beiden Anwälte dort eintrafen, wandte die Richterin sich sofort an Gus Venable. »Sie *haben* doch an einer juristischen Fakultät studiert, nicht wahr, Gus?«

»Es tut mir leid, Euer Ehren. Ich...«

»Hatten Sie dort etwa auch ein Zelt?«

»Wie bitte?«

Ihre Stimme traf ihn wie eine Peitsche. »Mein Gerichtssaal ist kein Zirkuszelt, und ich habe nicht vor, Ihnen zu erlauben, einen Zirkus zu veranstalten. Wie können Sie sich unterstehen, eine so suggestive Frage zu stellen!«

»Ich bitte um Entschuldigung, Euer Ehren. Ich werde die Frage anders formulieren und...«

»Sie werden noch viel mehr tun!« fuhr ihn die Richterin an. »Ihre *Einstellung* werden Sie neu formulieren. Ich warne Sie. Wenn Sie noch *einmal* so eine Schau abziehen, werde ich den Prozeß wegen Verfahrensmängel für ungültig erklären.«

»Jawohl, Euer Ehren.«

Nach der Rückkehr in den Gerichtssaal gab die Richterin den Geschworenen die Anweisung: »Die letzte Frage werden Sie nicht berücksichtigen.« Sie wandte sich an den Ankläger: »Sie können fortfahren.«

Gus Venable pflanzte sich wieder vor dem Zeugenstand auf. »Dr. Taylor, Sie müssen doch sehr überrascht gewesen sein, als Sie benachrichtigt wurden, daß der Mann, den Sie ermordet hatten, Ihnen eine Million Dollar vermachte.«

Schon war Alan Penn auf den Beinen. »Einspruch!«

»Stattgegeben.« Die Richterin sprach Venable an. »Sie strapazieren meine Geduld.«

»Ich entschuldige mich, Euer Ehren.« Er wand sich von neuem der Zeugin zu. »Sie müssen ein *sehr* freundschaftliches Verhältnis zu Ihrem Patienten gehabt haben. Ich meine, es geschieht doch nicht alle Tage, daß uns ein beinahe völlig fremder Mensch eine Million Dollar hinterläßt, nicht wahr?«

Paige Taylor errötete leicht. »Unsere Freundschaft hielt sich im Rahmen einer Arzt-Patienten-Beziehung.«

»War sie nicht doch ein wenig mehr? Ein Mann schließt doch nicht – ganz ohne irgendwie beeinflußt zu werden – seine geliebte Frau und seine Familie aus dem Testament aus, um einer Fremden eine Million Dollar zu vermachen. Die Gespräche, die Sie angeblich mit ihm über seine geschäftlichen Probleme führten . . .«

Die Richterin beugte sich vor und rief warnend: »Mr. Venable . . .« Der Ankläger hob die Hände zum Zeichen seiner Kapitulation und drehte sich wieder zur Angeklagten um. »Es ist also so, daß Sie und John Cronin freundschaftlich miteinander plauderten. Er hat Ihnen persönliche Dinge anvertraut, er mochte Sie, er schätzte Sie. Würden Sie das als eine faire Zusammenfassung betrachten, Frau Doktor?«

»Ja.«

»Und *dafür* hat er Ihnen eine Million Dollar vermacht?«

Paige ließ ihren Blick zu den Zuschauern wandern. Sie schwieg. Sie wußte einfach nicht, was sie darauf hätte antworten sollen.

Venable kehrte langsam zu seinem Tisch zurück – bis er sich plötzlich umdrehte und die Angeklagte fixierte.

»Dr. Taylor, Sie haben vorhin ausgesagt, Sie hätten gar nicht geahnt, daß John Cronin Ihnen Geld hinterlassen würde oder daß er seine Familie aus seinem Testament ausschließen würde.«

»Das ist richtig.«

»Wieviel verdient man als Assistenzärztin am Embarcadero County Hospital?«

Alan Penn war aufgesprungen. »Einspruch! Ich sehe nicht...«

»Das ist eine ordentliche Frage. Die Angeklagte darf sie beantworten.«

»Achtunddreißigtausend Dollar im Jahr.«

Venable erklärte mitfühlend: »Das ist heutzutage nicht eben viel, oder? Und bei der Summe sind die Abzüge und Steuern und der Lebensunterhalt noch nicht berücksichtigt. Für eine Luxusreise nach, sagen wir mal, London oder Paris oder Venedig würde da kaum etwas übrigbleiben, nicht wahr?«

»Ich denke nicht.«

»Nein. Da haben Sie also eine derartige Reise nicht geplant – weil Sie sie sich gar nicht leisten konnten.«

»Das ist richtig.«

Alan Penn war wieder aufgesprungen. »Euer Ehren...«

Richterin Young sprach den Ankläger an. »Worauf wollen Sie hinaus, Mr. Venable?«

»Ich mochte nur feststellen, daß die Angeklagte keine Luxusreise irgendwohin geplant hat.«

»Das hat sie doch bereits gesagt.«

Eines war Alan Penn klar: Er mußte jetzt unbedingt etwas unternehmen. Es entsprach keineswegs seinen Gefühlen, als er sich dem Zeugenstand mit der strahlenden Laune eines Menschen näherte, der soeben im Lotto gewonnen hat.

»Dr. Taylor, erinnern Sie sich daran, daß Sie die Prospekte aus dem Reisebüro mitgenommen haben?«

»Ja.«

»Planten Sie eine Europareise? Oder hatten Sie vor, eine Jacht zu chartern?«

»Natürlich nicht. Das Ganze war nur so etwas wie ein Spaß – ein Traum, bei dem man weiß, daß er ganz unmöglich ist. Meine Freundinnen und ich hatten nur daran gedacht, uns aufzumuntern. Wir waren gerade sehr erschöpft, und... wir haben das damals für eine gute Idee gehalten...« Ihre Stimme wurde unhörbar.

Alan Penn blickte verstohlen zu den Geschworenen hinüber. Auf ihren Gesichtern lag ein Ausdruck vollkommenen Unglaubens.

Gus Venable verhörte die Angeklagte im Zuge erneuter Vernehmungen. »Dr. Taylor, sind Sie mit Dr. Lawrence Barker bekannt?«

Ihr schoß plötzlich eine Erinnerung durch den Kopf. *Diesen Lawrence Barker bring' ich um. Ganz, ganz langsam. Ich werde ihn leiden lassen... und dann bring' ich ihn um.* »Ja. Ich kenne Dr. Barker.«

»In welchem Zusammenhang?«

»Dr. Barker und ich haben in den letzten zwei Jahren häufig zusammengearbeitet.«

»Würden Sie ihn als kompetenten Arzt bezeichnen?«

Alan Penn sprang auf. »Ich erhebe Einspruch, Euer Ehren. Die Angeklagte...«

Doch bevor er den Satz beenden oder die Richterin über den Einspruch entscheiden konnte, hatte Paige schon ihre Antwort gegeben: »Er ist mehr als kompetent. Er ist brillant.«

Penn war wie vom Blitz erschlagen. Er brachte kein Wort mehr heraus. Er sank zurück auf seinen Stuhl.

»Würde es Ihnen etwas ausmachen, das näher zu erläutern?«

»Dr. Barker zählt zu den berühmtesten Herzchirurgen der Welt. Und er schenkt dem Embarcadero County Hospital drei Tage seiner Arbeitswoche, obwohl er eine große Privatpraxis hat.«

»Das heißt, Sie halten sehr viel von seinem fachlichen Urteil?«

»Ja.«

»Und glauben Sie, daß er imstande ist, die Fachkompetenz eines anderen Arztes zu beurteilen?«

Penn versuchte mit aller Kraft, Paige die Antwort zu suggerieren: *Das weiß ich nicht.*

Sie zögerte. »Ja.«

Gus Venable wandte sich an die Geschworenen. »Sie haben die Angeklagte aussagen hören, daß sie vom Urteilsvermögen Dr. Barkers in medizinischen Angelegenheiten eine hohe Meinung hat. Ich hoffe, sie hat vorhin mitbekommen, wie Dr. Barker über ihre eigene Kompetenz urteilt... beziehungsweise über ihren Mangel an Kompetenz.«

Alan Penn war aufgesprungen. Wutentbrannt. »Einspruch!«

»Stattgegeben.«

Aber es war schon zu spät. Der Schaden war angerichtet.

In der nächsten Prozeßpause zog Alan Penn Jason auf die Herrentoilette.

»In was haben Sie mich da bloß hineingezogen?« schimpfte er. »John Cronin hat sie gehaßt! Barker hat sie gehaßt! Ich muß darauf bestehen, daß meine Klienten mir die Wahrheit sagen – die ganze Wahrheit! Nur so kann ich ihnen helfen. Also, *ihr* kann ich nicht helfen. Ihre verehrte Freundin hat mich so tief in den Schnee gelockt, daß ich mir Skier bestellen müßte. Sie braucht nur den Mund aufzumachen – und schon hämmert sie sich noch einen Nagel in den Sarg. Der ganze verdammte Fall stürzt ins Bodenlose!«

Am Nachmittag ging Jason Curtis Paige im Gefängnis besuchen.

»Sie bekommen Besuch, Dr. Taylor.«

Jason trat in die Zelle ein.

»Paige...«

Sie drehte sich zu ihm um. Sie hatte Mühe, die Tränen zurückzudrängen. »Es sieht ziemlich böse aus, nicht wahr?«

Jason rang sich ein Lächeln ab. »Du hast doch gehört, was der Mann gesagt hat – noch ist nicht aller Tage Abend.«

»Jason – *du* glaubst doch nicht, daß ich John Cronin wegen seines Geldes umgebracht habe? Was ich getan habe – das war doch nur, um ihm zu helfen!«

»Ich glaube dir«, sagte Jason leise. »Ich liebe dich.«

Er nahm sie in die Arme. *Ich will sie nicht verlieren,* dachte er. *Ich darf sie nicht verlieren. Sie ist das Beste in meinem ganzen Leben.* »Es wird alles wieder gut. Bestimmt. Ich habe doch versprochen, daß wir immer zusammenhalten.«

Paige schmiegte sich an ihn. *Es gibt nichts, das immer hält,* dachte sie. *Gar nichts. Aber wie hat alles nur so falsch laufen können ... so falsch ... so total falsch ...*

Erstes Buch

1. Kapitel

San Francisco
Juli 1990

»Hunter, Kate.«

»Hier.«

»Taft, Bettie Lou.«

»Ich bin da.«

»Taylor, Paige.«

»Hier.«

Sie waren die einzigen Frauen in der großen Gruppe von neu aufgenommenen Assistenzärzten im ersten Jahr ihrer medizinischen Fachausbildung, welche sich im großen, tristen Auditorium des Embarcadero County Hospital versammelt hatte.

Es war das älteste Krankenhaus in San Francisco und gehörte zu den ältesten im ganzen Land. Beim Erdbeben von 1989 hatte Gott sich mit den Einwohnern San Franciscos den Scherz erlaubt, das Krankenhaus stehenzulassen. Es war ein häßlicher Gebäudekomplex, der mehr als drei Straßenblöcke einnahm, mit Häusern aus Stein und Ziegeln, altersgrau und verrußt.

Die Eingangshalle des Hauptgebäudes war ein großer Warteraum mit harten Holzbänken für Patienten und Besucher. Die Farbschichten an den Wänden bröckelten und blätterten ab, die Flure waren abgenutzt und ausgetreten vom ewigen Hin- und Hergelaufe von Abertausenden von Patienten in Rollstühlen und auf Krücken. Der gesamte Komplex war verkrustet von der schalen Patina der Zeit.

Das Embarcadero County Hospital war in San Francisco eine Stadt für sich. Das Krankenhaus beschäftigte über neuntausend Menschen, einschließlich vierhundert festangestellten Ärzten, hundertfünfzig freiwilligen Teilzeitärzten, achthundert Assistenzärzten und dreitausend Krankenschwestern – dazu Techniker, Helfer und sonstiges Personal. Die oberen Stockwerke beherbergten einen Komplex von zwölf Operationssälen, ein zentrales Lager, eine Knochenbank, ein zentrales Terminbüro, drei Notfallabteilungen, eine Aids-Abteilung und mehr als zweitausend Betten.

Es war Juli, als die neuen Assistenzärzte ankamen. Wie immer erhob sich der Verwaltungspräsident des Krankenhauses, Dr. Benjamin Wallace, um die Neuankömmlinge zu begrüßen. Wallace war die Verkörperung eines Politikers, ein großer, eindrucksvoll wirkender Herr ohne große Fähigkeiten, aber mit genügend Charme, um sich zu dieser verantwortungsvollen Position hochgearbeitet zu haben.

»Ich möchte Sie alle als unsere neuen Assistenzärzte begrüßen. In den ersten zwei Jahren Ihres Medizinstudiums an der Universität haben Sie an Leichen gearbeitet; in den abschließenden zwei Jahren haben Sie unter der Aufsicht erfahrener Ärzte an Krankenhauspatienten gearbeitet. Von jetzt an sind *Sie* persönlich für Ihre Patienten verantwortlich. Es ist eine furchteinflößende Verantwortung, die Sie nun übernehmen; sie erfordert Hingabe, Einsatz und Können.«

Er ließ seinen Blick über die Zuhörerschaft gleiten. »Manche von Ihnen werden in der Chirurgie, andere in der Inneren Medizin tätig sein. Beide Gruppen werden jeweils einem Oberassistenzarzt zugeordnet, der Sie in die tägliche Routine einweisen wird. Von nun an geht es bei allem, was Sie tun, um Leben oder Tod.«

Sie hörten aufmerksam zu, ja hingen ihm förmlich an den Lippen.

»Das Embarcadero ist ein Bezirkskrankenhaus. Das heißt: Wir nehmen alle auf, die an unsere Tür anklopfen. Unsere Patienten sind überwiegend arm und mittellos. Sie kommen zu uns, weil sie sich eine Privatklinik nicht leisten können. Unsere Notfallstationen sind Tag für Tag vierundzwanzig Stunden lang aktiv. Sie selbst werden hier überarbeitet und unterbezahlt sein. In einem Privatkrankenhaus würde man Ihnen in Ihrem ersten Assistenzjahr nur kleine Routinesachen überlassen; im zweiten Assistenzjahr wäre es Ihnen dann gestattet, dem Chirurgen ein Skalpell zu reichen, und im dritten Jahr dürften Sie schließlich unter Aufsicht kleinere chirurgische Eingriffe vornehmen. Bitte, das alles können Sie hier vergessen. Bei uns lautet die Devise: ›Zuschauen, selber machen, andere lehren.‹

Wir sind stark unterbesetzt, und je rascher wir Sie im Operationssaal arbeiten lassen können, desto besser. Gibt es noch Fragen?«

Es gab Millionen von Fragen, welche die neuen Assistenzärzte ihm nur zu gern gestellt hätten.

»Keine Fragen? Gut. Morgen ist Ihr erster offizieller Tag. Sie werden sich morgen früh um fünf Uhr dreißig am Hauptempfang melden. Viel Glück!«

Die Einführung war vorbei. Es gab ein allgemeines Gedränge zu den Türen hin und leises, aufgeregtes Gemurmel. Die drei Frauen standen beisammen.

»Wo sind nur die anderen Frauen geblieben?«

»Ich fürchte, daß wir die einzigen sind.«

»Das ist ja wie im Studium, nicht wahr? Eine richtige Männergesellschaft. Ich hab' fast den Eindruck, daß hier noch mittelalterliche Zustände herrschen.«

Die Worte kamen aus dem Mund einer makellos schönen schwarzen Frau; sie war an die ein Meter achtzig groß und trotz ihres kräftigen Knochenbaus von unglaublicher Anmut. Ihr Gang, ihre Haltung, der kühle, fragende Ausdruck ihrer Augen – alles an ihr verriet Reserviertheit und Distanz. »Ich bin Kate Hunter. Man nennt mich Kat.«

»Paige Taylor.« Jung, freundlich, klug wirkend, selbstsicher.

Die Blicke der beiden richteten sich auf die Dritte im Bunde.

»Betty Lou Taft. Aber alle nennen mich Honey.« Sie sprach mit dem weichen Akzent der Südstaaten. Sie hatte ein offenes, argloses Gesicht, sanfte graue Augen und ein warmes Lächeln.

»Und woher kommst du?« wollte Kat wissen.

»Aus Memphis, Tennessee.«

Kat und Honey schauten neugierig zu Paige. Paige fand es ratsamer, eine unkomplizierte Antwort zu geben, und sagte: »Aus Boston.«

»Ich bin aus Minneapolis«, erklärte Kate und dachte sich: *Das kommt der Wahrheit nahe genug.*

»Scheint so, als wären wir alle drei weit weg von zu Hause. Wo wohnt ihr hier?«

»In einem Hotel, in dem es von Flöhen wimmelt«, erwiderte Kat. »Ich hab' noch keine Zeit gehabt, mir eine feste Unterkunft zu suchen.«

»Ich auch nicht«, sagte Honey.

Paige begann plötzlich zu strahlen. »Ich habe mir heut' morgen ein paar Wohnungen angesehen, und darunter war eine, die war phantastisch, nur könnte ich sie mir nie leisten. Sie hätte aber *drei* Schlafzimmer . . .«

Die drei wechselten einen Blick.

»Wenn wir sie uns teilen würden . . .«, meinte Kat.

Die Wohnung lag im Bezirk Marina, an der Filbert Street, und für die drei jungen Frauen geradezu ideal: 3 Schlfz./2 Bd., neue Tppche., Wschk., Gge., aller Komft. Die Möbel stammten aus einer frühen Sears & Roebuck-Generation, aber alles war sauber und ordentlich.

Nach der gemeinsamen Besichtigung meinte Honey: »Ich finde sie wundervoll.«

»Ich auch!« stimmte Kat zu.

Sie wandten sich mit einem fragenden Blick an Paige.

»Dann nehmen wir sie!«

Am Nachmittag zogen sie ein. Der Hausmeister half ihnen beim Hinauftragen des Gepäcks.

»Am Krankenhaus arbeit'n Se also«, meinte er. »Seid wohl Krankenschwestern, was?«

»Ärztinnen«, korrigierte ihn Kat.

Er musterte sie mit ungläubiger Miene. »Ärztinnen? Ehrlich? *Richtige* Dokters?«

»Jawohl, richtige Ärztinnen.«

Er stieß hervor: »Also, ehrlich, wenn ich ärztliche Behandlung bräucht' – dann werd' ich mich sicher nich' von 'ner Frau untersuchen lassen.«

»Wir werden es uns merken.«

»Wo ist der Fernseher?« wollte Kat wissen. »Ich kann nirgends einen sehen.«

»Wenn Se 'n Fernseher woll'n, müssen Se sich selber einen kaufen. Viel Spaß mit der Wohnung, meine Damen – ähem, *Dokters.*« Er gluckste.

Ihre Blicke folgten ihm, als er hinausging.

Kat ahmte seinen Tonfall nach. »Seid wohl Krankenschwestern, wie?« Sie schnaubte verächtlich. »So ein Chauvi! Na schön. Dann wollen wir uns mal unsere Schlafzimmer aussuchen.«

»Mir ist jedes recht«, erklärte Honey mit weicher Stimme.

Sie schauten sich die drei Schlafzimmer noch einmal gründlich an. Der Elternschlafraum war von allen der größte.

»Warum nimmst du ihn nicht, Paige?« meinte Kat. »Du hast die Wohnung schließlich gefunden.«

Paige nickte. »In Ordnung.«

Sie trennten sich und begaben sich zum Auspacken in die eigenen Zimmer. Paige nahm liebevoll einen Rahmen mit dem Foto eines Mannes Anfang Dreißig aus der Tasche – ein attraktiver Mann mit schwarzrandiger Brille, die ihm ein gelehrtes Aussehen verlieh. Sie stellte das Foto neben ein Bündel Briefe auf den Nachttisch.

Kat und Honey kamen zu ihr herein. »Wie wär's, wenn wir zum Abendessen ausgingen?«

»Einverstanden«, erwiderte Paige.

Kat bemerkte das Foto. »Wer ist denn das?«

Paige lächelte. »Der Mann, den ich heiraten werde. Er ist Arzt und arbeitet für die WHO, die Weltgesundheitsorganisation. Alfred Turner heißt er und arbeitet momentan noch in Afrika. Er wird sich aber in San Francisco niederlassen, damit wir zusammen sind.«

»Hast du ein Glück«, meinte Honey nachdenklich. »Er sieht nett aus.«

Paige musterte Honey. »Und du – hast du einen festen Freund?«

»Nein. Ich habe leider bei den Männern nicht viel Glück.«

»Vielleicht wird sich das am Embarcadero ändern«, meinte Kat aufmunternd.

Sie aßen gar nicht weit weg von ihrer Wohnung im Restaurant Tarantino und erzählten sich von ihrem Leben, allerdings mit merklicher Zurückhaltung. Sie kannten sich ja noch nicht, waren Fremde, die sich vorsichtig und behutsam abtasteten.

Honey sprach kaum. *Sie hat etwas merkwürdig Scheues an sich,* überlegte Paige. *Sie wirkt verletzbar. Wahrscheinlich hat ihr ein Mann in Memphis das Herz gebrochen.*

Paige musterte Kat. *Selbstsicher. Toller Stil. Ihre Art zu sprechen gefällt mir. Man merkt ihr an, daß sie aus guter Familie kommt.*

Kat ihrerseits beobachtete Paige. *Eine reiche Frau, die sich im Leben bestimmt noch nie etwas hart erarbeiten mußte. Sie hat alles allein dank ihres Aussehens geschafft.*

Honey behielt die beiden anderen im Blick. *Sie sind so zuversichtlich, sind sich ihrer selbst so sicher. Die werden's hier leicht haben.*

Und irrten sich – alle drei.

Als sie zur Wohnung zurückkehrten, war Paige viel zu aufgeregt, um einschlafen zu können. Sie lag wach auf dem Bett und dachte an die Zukunft. Von draußen drang das Blechgeschepper eines Unfalls durchs Fenster, dann Schreie, die sich in Paiges Bewußtsein in eine Erinnerung an brüllende, johlende afrikanische Eingeborene verwandelten. Es fielen Schüsse. Sie war zurückversetzt in eine andere Zeit, in ein kleines Urwalddorf in Ostafrika, saß inmitten eines mörderischen Stammeskrieges fest.

Paige war entsetzt. »Sie werden uns umbringen!«

Der Vater nahm sie in seine Arme. »Sie werden uns nichts tun, mein Schatz. Wir sind doch nur hier, um ihnen zu helfen. Sie wissen genau, daß wir ihre Freunde sind.«

Da stürmte, ohne Vorankündigung, der Häuptling einer der kämpfenden Stämme in die Hütte . . .

Honey lag grübelnd in ihrem Bett. *Von Memphis, Tennessee, bis hierher – das war ein langer Weg, Betty Lou, und es gibt kein Zurück.* Ihr klang noch die Stimme des Sheriffs im Ohr: *›Aus Achtung vor der Familie werden wir den Tod des Reverend als Selbstmord aus unbekannten Gründen registrieren. Ihnen kann ich nur empfehlen, daß Sie Ihre verdammten Sachen packen und sich hier nie wieder blicken lassen . . .‹*

Kat schaute aus dem Fenster ihres Schlafzimmers. Sie horchte auf die Geräusche der Stadt, hörte die Regentropfen flüstern. *›Du hast's geschafft . . . du hast's geschafft.‹ Ich hab' allen bewiesen, daß sie unrecht hatten. ›Doktor willst du werden? Ärztin? Eine Schwarze und Ärztin?‹ Und dann die ablehnenden Antworten der medizinischen Fakultäten. ›Wir danken Ihnen für Ihre Bewerbung und bedauern, Ihnen mitteilen zu müssen, daß alle Studienplätze an unserer Hochschule bereits vergeben sind.‹*

›Dürfen wir uns in Anbetracht Ihrer Herkunft gestatten, darauf hinzuweisen, daß Sie sich an einer kleineren Universität möglicherweise wohler fühlen würden?‹

Sie hatte hervorragende Noten, aber von den fünfundzwanzig Fakultäten, die sie angeschrieben hatte, kam nur eine einzige Zusage. Der dortige Dekan hatte ihr versichert: »Es ist in der heutigen Zeit sehr erfreulich, einen Menschen kennenzulernen, der aus einer normalen, ordentlichen Umgebung kommt.«

Wenn er die furchtbare Wahrheit gewußt hätte . . .

2. Kapitel

Als die neuen Assistenzärzte sich am nächsten Morgen um halb sechs zum Dienst meldeten, wurden sie von Mitgliedern des Krankenhauspersonals erwartet, die sie zu ihren unterschiedlichen Aufgaben geleiten sollten. Trotz der frühen Stunde herrschte überall Chaos.

Während der ganzen Nacht waren Patienten gekommen. In Ambulanzen, mit Polizeiwagen und zu Fuß waren sie eingetroffen, die »Angeschwemmten«, wie das Personal sie nannte, das »Treibgut«, das in die Räume der Notaufnahme strömte, gebrochen, blutend, Opfer von Schießereien und Messerstechereien und Autounfällen, im Fleisch und seelisch Verletzte, Obdachlose und Unerwünschte, die aus den dunklen Großstadtkanälen herangespült wurden.

Man hatte das Gefühl, als stehe man mitten in einem organisierten Chaos: hektisches Hin und Her, grelle Schreie, ein Dutzend unerwarteter Krisen, die alle gleichzeitig gelöst werden wollten.

Die neuen Assistenten scharten sich in einer Gruppe zusammen, stimmten sich langsam auf die neue Umgebung ein und horchten gespannt auf die geheimnisvollen Laute und Geräusche ringsum.

Paige, Kat und Honey standen wartend im Flur, als ein Oberassistenzarzt auf sie zukam. »Wer von Ihnen ist Dr. Taft?«

Honey blickte hoch und sagte: »Das bin ich.«

Der Arzt reichte ihr mit einem freundlichen Lächeln die Hand. »Es ist mir eine Ehre, Sie kennenzulernen. Ich bin gebeten worden, Sie ausfindig zu machen. Laut unserem Chefarzt haben Sie die besten Examensnoten, die man in diesem Krankenhaus je zu

Gesicht bekommen hat. Wir schätzen uns glücklich, Sie bei uns zu haben.«

Honey lächelte ganz verlegen zurück. »Danke.«

Kat und Paige wirkten sichtlich überrascht. *Für so brillant hätte ich Honey wirklich nicht gehalten,* dachte Paige.

»Sie wollen Internistin werden, Dr. Taft?«

»Ja.«

Der Assistent wandte sich Kat zu. »Dr. Hunter?«

»Hier.«

»Sie interessieren sich für die Neurochirurgie.«

»So ist es.«

Er sah auf eine Liste. »Sie werden Dr. Hutto zugewiesen.«

Der Oberassistenzarzt blickte zu Paige hinüber. »Dr. Taylor?«

»Ja.«

»Sie möchten in die Herzchirurgie.«

»Korrekt.«

»Gut. Wir werden Sie und Dr. Hunter der chirurgischen Visite zuteilen. Sie dürfen sich im Büro der Oberschwester melden. Bei Margaret Spencer. Hier im Flut weiter hinten.«

»Vielen Dank.«

Paige musterte die beiden Kolleginnen und atmete einmal tief durch. »Auf geht's! Ich wünsch' uns allen viel Glück!«

Die Oberschwester Margaret Spencer glich eher einem Schlachtschiff denn einem weiblichen Wesen. Sie war vierschrötig, hatte eine strenge Miene und eine schroffe Art. Sie war im hinteren Bereich der Station beschäftigt, als Paige eintrat.

»Entschuldigen Sie . . .«

Die Oberschwester hob den Kopf. »Ja?«

»Ich soll mich bei Ihnen melden. Ich bin Dr. Taylor.«

Die Oberschwester blickte auf eine Liste. »Einen Moment bitte.« Sie verschwand durch eine Tür und kam eine Minute später mit OP-Gewand und einem weißen Kittel zurück.

»Danke.«

»Ach ja. Hier – das auch noch.« Sie griff unter den Tisch und reichte Paige ein Metallschild mit der Aufschrift ›Dr. med. Paige Taylor‹. »Ihr Namensschild, Doktor.«

Paige nahm es entgegen und betrachtete es lange Zeit. *Dr. med. Paige Taylor.* Ihr war, als wäre ihr soeben die *Medal of Honor* verliehen worden. Dieser Titel faßte all die langen Jahre harter Arbeit zusammen. *Dr. med. Paige Taylor.*

Schwester Spencer beobachtete sie ungeduldig. »Alles in Ordnung?«

»Mir geht's gut«, antwortete Paige fröhlich. »Danke, mir geht's wirklich gut. Wo soll ich mich...«

»Der Ärzteumkleideraum liegt weiter unten am Flur links. Sie werden Visite machen. Da werden Sie sich umziehen wollen.«

»Danke.«

Paige ging den Flur hinunter. Das Ausmaß der Aktivitäten um sie herum verschlug ihr die Sprache. Im Flur drängten sich Ärzte, Schwestern, Techniker und Patienten, die hastig auf ihre Ziele zustrebten. Das aufdringliche Geplapper der Lautsprecheranlage machte den Lärm nur noch schlimmer.

»Dr. Keenan... OP-Saal 3... Dr. Keenan... OP-Saal 3.«

»Dr. Talbot... Notfallraum 1. Dringend... Dr. Talbot... Notfallraum 1. Dringend.«

»Dr. Engel... Zimmer 212... Dr. Engel... Zimmer 212.«

Paige erreichte eine Tür mit dem Schild UMKLEIDERAUM FÜR ÄRZTE, öffnete und sah sich einem Dutzend Herren in unterschiedlichen Stadien der Entkleidung gegenüber. Zwei völlig nackte Männer drehten sich um, als die Tür aufging, und starrten Paige völlig entgeistert an.

»Oh! Ich bitte... Verzeihung«, murmelte Paige und schloß die Tür rasch wieder von außen. Da stand sie nun und wußte nicht, was tun. Wenige Schritte weiter bemerkte sie eine Tür mit der Aufschrift UMKLEIDERAUM FÜR KRANKENSCHWESTERN, ging schnurstracks darauf zu und trat ein. Drinnen zogen mehrere Frauen die Schwesterntracht an.

Eine hob den Kopf. »Tag! Sie sind wohl eine von den Neuen?«

»Nein«, sagte Paige mit zusammengepreßten Lippen. »Eigentlich nicht.« Sie machte die Tür wieder hinter sich zu und kehrte zum Umkleideraum der Ärzte zurück. Sie blieb vor der Tür einen Augenblick lang stehen, dann holte sie einmal tief Luft und trat ein. Die Gespräche brachen abrupt ab.

»Tut mir leid, Schätzchen«, meinte einer herablassend. »Aber dieses Zimmer ist Ärzten vorbehalten.«

»Ich bin Ärztin«, stellte Paige fest.

Sie tauschten Blicke. »Ach so? Nun, dann ... äh ... willkommen.«

»Danke.« Sie zögerte kurz, schritt zu einem leeren Spind und legte ihre Krankenhaussachen hinein. Sie hielt den neugierigen Blicken der Kollegen stand und begann, ganz langsam, ihre Bluse aufzuknöpfen.

Die männlichen Kollegen machten einen ziemlich verlorenen Eindruck. Bis einer meinte: »Vielleicht sollten wir ... äh ... der jungen Dame ein wenig Privatsphäre gönnen, meine Herren.«

Der jungen Dame! »Danke sehr«, sagte Paige und rührte sich nicht, bis die Kollegen sich angezogen und den Raum verlassen hatten. *Muß ich das etwa jeden Tag durchmachen?* fragte sie sich.

Die Visiten verliefen nach einem festgelegten Ritus. An der Spitze ging immer der behandelnde Arzt, gefolgt vom Oberassistenzarzt, dem sich die restlichen Assistenten und ein bis zwei Medizinstudenten anschlossen. Der behandelnde Arzt, dem Paige zugewiesen wurde, war Dr. William Radnor, auf den sie mit fünf weiteren Assistenten im Flur wartete.

Der Gruppe gehörte auch ein junger chinesischer Arzt an. Er streckte Paige die Hand entgegen. »Tom Chang«, stellte er sich vor. »Ich hoffe, daß hier alle genauso nervös sind wie ich.«

Paige fand ihn sofort sympathisch.

Ein Mann mit strahlendblauen Augen trat auf die Gruppe zu. »Guten Morgen«, sagte er mit einer weichen, angenehmen Stimme. »Ich bin Dr. Radnor.« Die Assistenzärzte stellten sich ihm einer nach dem anderen vor.

»Heute ist Ihr erster Tag hier im Krankenhaus, es ist Ihre erste

Visite. Bitte geben Sie genau acht auf alles, was Sie hören und sehen. Es ist allerdings wichtig, daß Sie dabei einen entspannten Eindruck machen.«

Paige notierte innerlich: *Genau achtgeben, aber einen entspannten Eindruck machen.*

»Wenn ein Patient merkt, daß Sie angespannt sind, dann verkrampft *er* sich auch, weil er daraus nämlich wahrscheinlich den Schluß zieht, daß er an einer Krankheit sterben muß, die Sie ihm verschweigen.«

Patienten nicht nervös machen.

»Denken Sie von jetzt an stets daran, daß Sie für das Leben anderer Menschen verantwortlich sind.«

Von jetzt an verantwortlich für das Leben anderer Menschen. O mein Gott!

Je länger Dr. Radnor sprach, desto nervöser wurde Paige; als er endete, war ihr Selbstvertrauen total dahin. *Ich bin noch nicht soweit!* überlegte sie. *Ich bin mir gar nicht voll darüber im klaren, was ich da tue. Wer hat denn gesagt, daß ich Ärztin sein könnte? Was ist, wenn ich nun jemanden umbringe?*

Aber Dr. Radnor war noch nicht fertig. »Ich erwarte von Ihnen über jeden Ihrer Patienten einen ausführlichen Bericht – Laborwerte, Blutbild, Elektrolyten, einfach alles. Ist das klar?«

Murmeln rundum: »Jawohl, Doktor.«

»Hier liegen immer dreißig bis vierzig Patienten, die operiert werden müssen. Es ist Ihre Aufgabe, dafür zu sorgen, daß sie in jeder Hinsicht richtig betreut werden. Wir beginnen jetzt mit der Morgenvisite. Am Nachmittag machen wir die gleiche Runde noch einmal.«

An der Universität war ihr alles so leicht vorgekommen. Paige dachte an die vierjährige Studienzeit zurück. Unter den insgesamt hundertfünfzig Medizinstudenten hatten sich nur fünfzehn Studentinnen befunden. Sie würde den ersten Tag im Anatomieseminar nie vergessen. Die Studenten waren in einen großen, weißgefliesten Raum marschiert, wo zwanzig Tische standen. Jeder Tisch war mit einem gelben Tuch bedeckt. Auf jeden Tisch kamen fünf Studenten.

Der Professor hatte erklärt: »In Ordnung. Ziehen Sie die Laken zurück.« Und dann war Paige plötzlich ihrer ersten Leiche gegenübergestanden. Sie hatte befürchtet, ohnmächtig zu werden oder sich übergeben zu müssen, war jedoch seltsam gefaßt gewesen. Die Leiche war konserviert – was sie irgendwie weniger menschlich erscheinen ließ.

Die Studenten hatten sich im Anatomielabor anfangs still und respektvoll aufgeführt. Doch binnen einer Woche – es kam Paige unglaublich vor – aßen sie während des Sezierens ihre Butterbrote und machten grobe Witze – es war eine Art Selbstschutz, ein Akt, mit dem sie die eigene Sterblichkeit leugneten. Man gab den Leichen Namen und behandelte sie wie alte Freunde. Paige hatte große Mühe gehabt, sich so ungezwungen zu geben wie die anderen Studenten. Sie betrachtete die Leiche, die sie sezierte, überlegte: *Das hier ist ein Mensch mit einem Heim und einer Familie gewesen. Er ging Tag für Tag ins Büro, einmal im Jahr ist er mit Frau und Kindern in die Ferien gefahren. Er hat sich wahrscheinlich für Sport begeistert, ist gern ins Kino und ins Theater gegangen, hat gelacht und geweint und seine Kinder heranwachsen gesehen und Freud und Leid mit ihnen geteilt und große, wunderbare Träume geträumt. Hoffentlich haben sich alle erfüllt*... Ein Gefühl bittersüßer Traurigkeit hatte sie erfüllt, weil er tot war, *sie* aber lebte.

Mit der Zeit war das Sezieren auch für Paige Routinesache geworden. *Den Brustkasten öffnen, Rippen, Lunge, Herzbeutel untersuchen, Venen, Arterien und Nerven.*

Die ersten zwei Jahre an der medizinischen Fakultät gingen großteils damit drauf. Lange Listen von Körperteilen und Organen auswendig lernen – etwas, das von den Studenten ironisch Orgelspielen genannt wurde. Zuerst die Hirnnerven: *Nervus olfactorius, opticus, oculomotorius, trochlearis, trigeminus, abducens, facialis, vestibulocochlearis, glossopharyngeus, vagus, accessorius und Nervus hypoglossus.*

Die letzten zwei Studienjahre mit Kursen über innere Medizin,

Chirurgie, Kinderheilkunde und Geburtshilfe waren interessanter gewesen; außerdem hatte man am örtlichen Krankenhaus mitarbeiten dürfen.

Ich kann mich erinnern, als wir ..., dachte Paige.

»Dr. Taylor ...« Sie sah den forschenden Blick des Oberassistenzarztes auf sich ruhen.

Paige schreckte auf und kam zu sich. Die übrige Gruppe war bereits vorausgegangen.

»Ich komm' ja schon«, sagte sie hastig.

Zuerst gingen sie in ein großes, rechteckiges Krankenzimmer mit Betten an der linken und rechten Wand und einem kleinen Tischchen an jedem Bett. Paige hatte erwartet, daß die Betten durch Vorhänge abgetrennt wären; aber es gab hier keinerlei Privatsphäre.

Der erste Patient war ein älterer Mann mit fahler Haut. Er lag in tiefem Schlaf; sein Atem ging schwer. Dr. Radnor trat ans Fußende des Bettes, las das Krankenblatt und berührte den Patienten ganz leicht an der Schulter. »Mr. Potter?«

Der Patient öffnete die Augen. »Hach?«

»Guten Morgen. Ich bin Dr. Radnor. Ich komme nur schauen, wie es Ihnen geht. Hatten Sie eine angenehme Nacht?«

»Es ging so.«

»Haben Sie Schmerzen?«

»Doch. In der Brust. Es tut weh.«

»Lassen Sie mich mal nachsehen.«

Nach der Untersuchung erklärte er: »Sie machen Fortschritte. Ich werde der Schwester Bescheid geben, daß sie Ihnen etwas gegen die Schmerzen bringt.«

»Danke, Doktor.«

»Wir kommen am Nachmittag noch einmal vorbei.«

Sie gingen weiter, bis sie außer Hörweite waren. Dr. Radnor wandte sich an die jungen Assistenten. »Geben Sie sich Mühe, die Fragen immer so zu formulieren, daß die Antwort ja oder nein lautet, damit der Patient sich nicht überanstrengt. Und machen

Sie ihm Mut. Ich möchte Sie jetzt bitten, seine Karte gründlich zu studieren und sich Notizen zu machen. Wir werden am Nachmittag wiederkommen und sehen, wie es ihm geht. Führen Sie über jeden Patienten fortlaufend Protokoll, über seine Beschwerden, die gegenwärtige Krankheit, Krankheiten in der Vergangenheit, familiäre Umstände und soziale Verhältnisse. Raucht er, trinkt er und so weiter? Bei der nächsten Visite erwarte ich von Ihnen einen Bericht über die Fortschritte eines jeden Patienten.«

Sie traten ans Bett des nächsten Patienten, eines Mannes in den Vierzigern.

»Guten Morgen, Mr. Rawlings.«

»Guten Morgen, Doktor.«

»Fühlen Sie sich heute morgen besser?«

»Nicht besonders. Ich war in der letzten Nacht oft auf. Der Bauch tut mir weh.«

Dr. Radnor wandte sich an den Oberassistenzarzt. »Was hat die Proktoskopie gezeigt?«

»Keinerlei Anzeichen für irgendein Problem.«

»Geben Sie ihm ein Bariumklistier. Stat.«

Der Oberassistenzarzt machte sich eine Notiz.

Der Assistent neben Paige flüsterte ihr zu: »Bestimmt wissen Sie, was ›stat‹ bedeutet – ›Im Schnelltempo an die Arbeit, Trottel‹.«

Dr. Rodner hatte ihn gehört.

»›Stat‹ kommt aus dem Lateinischen, von ›statim‹, das heißt sofort.«

Paige sollte diesen Ausdruck noch oft zu hören bekommen.

Im nächsten Bett lag eine ältere Frau, die eine Bypass-Operation hinter sich hatte.

»Guten Morgen, Mrs. Turkel.«

»Wie lang werden Sie mich hier festhalten?«

»Nicht sehr lang. Die Operation war erfolgreich. Sie werden bald nach Hause kommen.«

Und weiter ging's zum nächsten Patienten.

Die Routine wiederholte sich immer wieder, und der Morgen

ging rasch vorbei. Die Visite umfaßte dreißig Patienten. Die Assistenzärzte machten sich nach jedem Patienten hektisch Notizen und hofften inständigst, daß sie das eigene Gekritzel später würden entziffern können.

Eine Patientin war für Paige ein Rätsel. Die Frau schien völlig gesund.

Als die Gruppe weiterging, fragte Paige: »Was fehlt ihr, Doktor?«

Dr. Radnor seufzte. »Der fehlt gar nichts. Sie ist einfach nur gern krank. Das ist – leider ist das keine Seltenheit – ihr Hobby. Im vergangenen Jahr habe ich diese Patientin sechsmal hier aufgenommen.«

Sie kamen zum letzten Patienten, einer alten Frau, die an ein Atemgerät angeschlossen war.

»Sie hat einen schweren Herzanfall gehabt«, erklärte Dr. Radnor den jungen Assistenten. »Sie liegt bereits seit sechs Wochen im Koma. Ihre Lebenszeichen werden schwächer. Wir können nichts mehr für sie tun. Wir werden heute nachmittag den Stöpsel herausziehen.«

Dr. Radnor erläuterte mit leiser Stimme: »Die Entscheidung ist heute morgen vom Ethikkomitee des Krankenhauses getroffen worden. Sie ist siebenundachtzig Jahre alt und gehirntot. Es wäre grausam, sie noch länger am Leben zu erhalten, und für ihre Familie würde es den finanziellen Ruin bedeuten. Ich sehe Sie zur Nachmittagsvisite wieder.«

Sie folgten ihm mit den Blicken. Paige drehte sich noch einmal nach der Patientin um. *Sie lebt und wird in wenigen Stunden tot sein. ›Wir werden heute nachmittag den Stöpsel herausziehen.‹*

Aber das ist doch Mord! dachte Paige.

3. Kapitel

Im Anschluß an die Nachmittagsvisite trafen sich die frischgebakkenen Assistenzärzte in der oberen kleinen Lounge – ein Aufenthaltsraum mit acht Tischen, einem vorsintflutlichen Schwarzweißfernseher und zwei Automaten, die fade Sandwiches und ziemlich bitteren Kaffee ausgaben.

Die Gespräche waren an allen Tischen gleich.

»Schauen Sie mir bitte mal in den Hals«, sagte einer. »Hab' ich einen geröteten Hals?«

»Ich glaub', ich hab' Fieber. Ich fühle mich entsetzlich.«

»Ich habe einen geschwollenen Bauch. Er tut weh. Ich habe bestimmt eine Blinddarmentzündung.«

»Ich hab' furchtbare Schmerzen in der Brustgegend. Hoffentlich kriege ich keinen Herzinfarkt!«

Kat ließ sich zusammen mit Paige und Honey an einem Tisch nieder. »Wie ist's gelaufen?« wollte sie wissen.

»Ganz gut, denk' ich«, antwortete Honey.

Die beiden schauten Paige an. »Ich war verkrampft, doch ich war entspannt. Ich war nervös, aber ich habe die Fassung bewahrt.« Sie stieß einen tiefen Seufzer aus. »Mein Gott, ist der Tag lang! Ich werde froh sein, wenn ich das Krankenhaus hinter mir habe – wir könnten uns doch einen schönen Abend machen.«

»Ich mach' mit«, sagte Kat. »Warum gehen wir nicht essen und anschließend ins Kino?«

»Prima Idee.«

Ein Krankenpfleger näherte sich. »Dr. Taylor?«

Paige hob den Kopf. »Ja, das bin ich.«

»Dr. Wallace möchte Sie gern in seinem Büro sprechen.«

Der Krankenhausdirektor! *Was habe ich bloß verbrochen?* überlegte Paige.

Der Pfleger wurde ungeduldig. »Dr. Taylor...«

»Ich komm' schon.« Sie holte tief Luft und stand auf. »Bis später.«

»Hier entlang, Doktor.«

Paige folgte dem Pfleger zum Lift und fuhr mit ihm in den fünften Stock, wo sich das Büro von Dr. Wallace befand.

Benjamin Wallace saß am Schreibtisch und sah von seinen Papieren auf, als Paige eintrat. »Dr. Taylor – einen guten Tag.« Er räusperte sich. »Also! Ihr erster Tag im Krankenhaus – und Sie haben gleich Eindruck gemacht!«

Paige blickte ihn verwundert an. »Ich... das verstehe ich nicht.«

»Wie ich hörte, hat es da heute morgen ein kleines Problem im Ärzteumkleideraum gegeben.«

»Ach so.« *Darum handelt es sich also!*

Wallace musterte sie mit einem Lächeln. »Ich werde für Sie und die beiden anderen Mädchen dann wohl ein eigenes Zimmer einrichten müssen.«

»Wir...« *Wir sind keine Mädchen,* wollte Paige sagen und sagte statt dessen nur: »Dafür wären wir Ihnen sehr dankbar.«

»Wenn Sie sich nicht im gleichen Raum wie die Krankenschwestern umziehen wollen, könnten Sie vorläufig...«

»Ich bin keine Krankenschwester«, erwiderte Paige bestimmt. »Ich bin Ärztin.«

»Selbstverständlich, selbstverständlich. Also, wir werden uns etwas einfallen lassen, Doktor.«

»Vielen Dank.«

Er überreichte Paige ein Blatt Papier. »Da haben Sie Ihren Stundenplan. Sie werden während der nächsten vierundzwanzig Stunden im Dienst sein. Ab achtzehn Uhr.« Er schaute auf die Armbanduhr. »Das heißt, in dreißig Minuten geht's los.«

Paige starrte ihn ungläubig an. Der Tag hatte für sie um halb sechs Uhr morgens begonnen. *»Vierundzwanzig Stunden?«*

»Nun, *sechsunddreißig,* um genau zu sein. Weil Sie nämlich am Morgen wieder mit der Visite anfangen werden.«

Sechsunddreißig Stunden! Ob ich das überhaupt durchhalte?

Paige hielt nach Kat und Honey Ausschau.

»Abendessen und Kino kann ich heute vergessen«, erklärte sie. »Ich bin während der nächsten sechsunddreißig Stunden im Dienst.«

Kat nickte. »Wir haben die schlechte Nachricht gerade selber erfahren. Mich trifft's morgen. Honey kommt Mittwoch an die Reihe.«

»Es wird schon nicht so schlimm werden.« Paige gab sich fröhlich. »Soweit ich weiß, gibt's ja ein Bereitschaftszimmer, wo man zwischendurch schlafen kann. Ich werd's genießen.«

Da irrte sie sich gewaltig.

Ein Pfleger begleitete Paige einen langen Korridor entlang.

»Dr. Wallace hat mich für einen 36-Stunden-Dienst eingeteilt«, sagte Paige. »Müssen alle Assistenzärzte so lange arbeiten?«

»Nur in den ersten drei Jahren«, versicherte der Pfleger.

Großartig!

»Aber Sie werden ja massig Zeit zum Ausruhen haben, Doktor.«

»Wirklich?«

»In diesem Zimmer hier – dem Bereitschaftsraum.« Er machte die Tür auf. Paige trat ein. Der Raum glich der Mönchszelle eines mit Armut geschlagenen Klosters. Bis auf das Feldbett mit einer dicken Matratze, ein zersprungenes Waschbecken und einen Nachttisch mit Telefon war es leer. »Hier können Sie zwischen den Aufrufen schlafen.«

»Danke.«

Die Aufrufe setzten ein, als Paige in der Cafeteria gerade etwas zu Abend essen wollte.

»Dr. Taylor ... Notfallraum 3 ... Dr. Taylor ... Notfallraum 3.«

»Wir haben hier einen Patienten mit einer gebrochenen Rippe...«

»Mr. Henegan klagt über Schmerzen in der Brust...«

»Der Patient auf Zimmer 3 hat Kopfweh. Ist es in Ordnung, ihm Paracetamol zu geben...«

Um Mitternacht – Paige hatte endlich einschlafen können – wurde sie erneut durch das Telefon geweckt.

»Melden Sie sich auf Notfallraum 1« – es war eine Messerstichwunde. Als Paige sie endlich verarztet hatte, war es halb zwei Uhr morgens. Das nächste Mal wurde sie um Viertel nach zwei aufgeweckt.

»Dr. Taylor... Notfallraum 2. Stat.«

»Okay«, sagte Paige wie erschlagen. Sie kam nur mit größter Anstrengung aus dem Bett und machte sich auf den Weg zum Notfallraum. Ein Patient war mit einem gebrochenen Bein eingeliefert worden. Er schrie vor Schmerz.

»Machen Sie eine Röntgenaufnahme«, befahl Paige. »Und geben Sie ihm Demerol, fünfzig Milligramm.« Sie legte ihre Hand auf den Arm des Patienten. »Es wird alles gut. Versuchen Sie, sich ein wenig zu entspannen.«

Über den Lautsprecher meldete sich eine metallische, körperlose Stimme. »Dr. Taylor... Station 3. Stat.«

Paige warf einen bangen Blick auf den stöhnenden Patienten. Durfte sie ihn allein lassen?

»Komme«, murmelte sie. Sie eilte zur Tür hinaus und über den Flur zu Station 3. Dort hatte sich ein Patient erbrochen und drohte zu ersticken.

»Er kann nicht atmen«, erklärte die Krankenschwester.

»Absaugen«, befahl Paige und schaute zu, wie der Patient wieder zu atmen begann, als sie erneut gerufen wurde. »Dr. Taylor... Station 4. Station 4.« Paige begann kopfschüttelnd in Richtung Station 4 zu laufen, zu einem brüllenden Patienten mit Darmkrämpfen. Paige untersuchte ihn rasch. »Könnte sich um eine Darmstörung handeln. Untersuchen Sie mit Ultraschall«, ordnete Paige an.

Als es ihr endlich gelang, zum Patienten mit dem gebrochenen Bein zurückzukehren, hatte das Schmerzmittel bei ihm zu wirken begonnen. Sie ließ ihn in den OP-Saal bringen und richtete das Bein, hatte diese Prozedur aber noch nicht abgeschlossen, als sie wieder ihren Namen hörte. »Dr. Taylor. Melden in Notfallraum 2. Stat.«

»Das Magengeschwür auf Station 4 hat Schmerzen ...«

In einem Krankenzimmer, wo es einen Herzanfall gegeben hatte, horchte Paige ganz nervös das Herz des Patienten ab, als sie erneut aufgerufen wurde. »Dr. Taylor ... Notfallraum 2. Stat ... Dr. Taylor in den Notfallraum 2. Stat.«

Ich darf nicht in Panik geraten, dachte Paige. *Ich muß die Ruhe bewahren.* Sie geriet trotzdem in Panik. Wer war nun wichtiger – der Patient, den sie soeben untersuchte, oder der nächste Patient? »Warten Sie hier auf mich«, sagte sie. Es klang absolut idiotisch. »Ich bin gleich wieder da.«

Auf dem Weg zu Notfallraum 2 kam ihr Name schon wieder über Lautsprecher. »Dr. Taylor ... Notfallraum 1 ... Dr. Taylor ... Notfallraum 1. Stat.«

O mein Gott! dachte Paige nur. Ihr war, als ob sie sich inmitten eines entsetzlichen Alptraums befände.

In den verbleibenden Nachtstunden wurde Paige geweckt, um einen Fall von Lebensmittelvergiftung, einen gebrochenen Arm, einen Leistenbruch und eine gebrochene Rippe zu behandeln. Als sie endlich in ihren Bereitschaftsraum zurücktaumelte, war sie dermaßen erschöpft, daß sie sich kaum mehr bewegen konnte. Sie kroch auf ihr kleines Bett und döste gerade ein, als das Telefon zu läuten begann.

Sie streckte mit geschlossenen Augen den Arm aus. »Haaa ... lo.«

»Dr. Taylor, wir warten auf Sie!«

»Waaas?« Sie blieb liegen und versuchte sich zu erinnern, wo sie überhaupt war.

»Ihre Visite fängt sofort an, Doktor.«

»Meine Visite?« *Das muß wohl ein übler Scherz sein,* dachte Paige. *Das ist unmenschlich. Das können sie von niemandem verlangen.* Aber man wartete auf sie!

Zehn Minuten später war Paige – noch halb im Schlaf – wieder auf Visite. Sie torkelte gegen Dr. Radnor. »Entschuldigung«, murmelte sie. »Aber ich habe die ganze Nacht überhaupt keinen Schlaf bekommen . . .«

Er klopfte ihr mitfühlend auf die Schulter. »Sie werden sich daran gewöhnen.«

Als Paige ihren Dienst schließlich beendete, schlief sie vierzehn Stunden durch.

Für einige Assistenzärzte waren der immense Druck und die mörderisch langen Dienstzeiten zu viel. Sie verschwanden einfach aus dem Krankenhaus. *Das wird mir nicht passieren,* sagte sich Paige.

Der Druck war erbarmungslos. Nach Ende einer Schicht von sechsunddreißig aufreibenden Stunden war Paige dermaßen erledigt, daß sie gar nicht mehr wußte, wo sie sich befand. Sie taumelte vor den Lift und blieb einfach stehen. Ihr Verstand war wie gelähmt.

Tom Chang kam auf sie zu. »Alles in Ordnung?« erkundigte er sich.

»Prima«, murmelte Paige.

Er grinste. »Sie sehen aus wie das nackte Elend.«

»Danke! Warum tut man uns das nur an?« wollte Paige wissen.

Chang zuckte mit den Schultern. »Der Theorie zufolge hält uns das in Kontakt mit den Patienten. Wenn wir nach Hause gingen und sie hier allein ließen, wüßten wir nämlich nicht, was aus ihnen wird, während wir fort sind.«

Paige nickte. »Das ergibt einen Sinn.« Es ergab überhaupt keinen Sinn. »Wie sollen wir sie denn betreuen, wenn wir im Stehen einschlafen?«

Chang zuckte erneut mit den Schultern. »Ich habe die Regeln nicht gemacht. Aber so geht's in Krankenhäusern immer zu.« Er warf Paige einen prüfenden Blick zu. »Schaffen Sie es allein nach Hause?«

Paige fing den Blick auf und erklärte hochnäsig: »Natürlich.«

»Passen Sie auf sich auf.« Chang entschwand im Flur.

Paige wartete auf den Lift. Als er endlich kam, war sie eingeschlafen.

Zwei Tage danach frühstückte Paige gemeinsam mit Kat.

»Willst du ein schreckliches Geständnis hören?« fragte Paige. »Wenn man mich morgens um vier weckt, weil irgendwer ein Aspirin braucht, und ich dann halbwach über den Flur taumele und an all den Zimmern vorbeikomme, wo die Patienten unter der Bettdecke liegen und richtig schön tief schlafen, dann würde ich manchmal am liebsten gegen die Türen hämmern und laut herausschreien: ›Alle aufwachen!‹.«

Kat streckte die Hand aus. »Willkommen im Klub!«

Die Patienten gab's in allen Formen, Größen, Altersgruppen und Farben. Sie waren verängstigt, tapfer, lieb, arrogant, schwierig oder rücksichtsvoll. Sie waren Menschen – Menschen, die Schmerzen litten.

Die meisten Ärzte waren pflichtbewußte Menschen. Es gab gute und schlechte Ärzte – nicht anders als in anderen Berufen auch. Sie waren jung und alt, unbeholfen und geschickt, angenehm und gräßlich. Und es gab unter ihnen auch einige wenige, die, zum einen oder anderen Zeitpunkt, sexuelle Annäherungsversuche machten, manchmal auf subtile Art, manchmal derb und grob.

»Fühlen Sie sich nachts nie einsam? Mir geht es so. Da habe ich mich gefragt...«

»Diese langen Dienststunden bringen einen um, nicht wahr? Wissen Sie, was mir Kraft gibt? Richtiger, anständiger Sex. Warum machen wir beide nicht...«

»Meine Frau ist für ein paar Tage verreist. Ich habe da in der Nähe von Carmel eine Blockhütte. Wir könnten doch am Wochenende...«

Und dann die Patienten.

»Sie sind meine Ärztin, ja? Wissen Sie, was mich kurieren würde...«

»Kommen Sie näher ans Bett, Baby. Ich möchte nur mal fühlen, ob die da echt sind...«

Paige biß die Zähne zusammen und ignorierte das alles. *Wenn Alfred und ich einmal verheiratet sind, wird das sowieso aufhören.* Der Gedanke an Alfred stimmte sie jedesmal froh. Bald würde er aus Afrika zurückkehren. *Bald.*

Paige und Kat unterhielten sich eines Morgens beim Frühstück über die sexuellen Belästigungen, denen sie beide ausgesetzt waren.

»Die meisten Ärzte benehmen sich wie perfekte Gentlemen, es gibt da aber ein paar, die offenbar der Auffassung sind, wir wären so etwas wie eine persönliche Sondervergütung, auf die sie ein Anrecht hätten, und daß wir nur dazu da wären, um ihnen zu Diensten zu sein«, berichtete Kat. »Ich glaube, es vergeht keine Woche, in der nicht mindestens ein Arzt kommt und mich anmachen will. ›Warum kommen Sie nicht auf einen Drink zu mir in die Wohnung? Ich hab' ein paar phantastische CDs.‹ Oder ich assistiere bei einer Operation, und der Chirurg streift mit seinem Arm über meinen Busen. Neulich hat ein Ekel zu mir gesagt: ›Sie sollten eins wissen. Wenn ich ein Hühnchen bestelle, schmeckt mir das dunkle Fleisch immer am besten.‹«

Paige stieß einen Seufzer aus. »Die meinen echt, daß sie uns schmeicheln, wenn sie uns wie Sexobjekte behandeln. Mir wär' es lieber, sie würden uns als Kolleginnen ernst nehmen.«

»Viele sähen am liebsten, wenn wir gar nicht da wären. Entweder sie wollen uns ficken, oder sie wollen nichts mit uns zu tun haben. Ich finde das wirklich unfair. Wir Frauen gelten als minderwertig, bis wir bewiesen haben, was wir können – Männer gelten als höherstehend, bis sie bewiesen haben, daß sie Arschlöcher sind.«

»Die alten Seilschaften«, sagte Paige. »Wenn wir nicht so wenige wären, dann könnten wir genauso zusammenhalten.«

Von Arthur Kane hatte Paige schon gehört. Über Kane wurde im Krankenhaus andauernd gemunkelt. Er hatte einen Spitznamen: *Dr. 007 – licensed to kill.* Für Kane gab es bei allen Problemen immer nur eine Lösung – operieren. Er führte im Embarcadero mehr Operationen als jeder andere Arzt durch. Er hatte auch die höchste Todesrate.

Er war ein kleingewachsener Mann mit Glatze und krummer Nase, nikotinverfärbten Zähnen und einem riesigen Fettbauch. Und so unglaublich es schien – er hielt sich tatsächlich für einen Herzensbrecher. Neue Krankenschwestern und Assistenzärztinnen bezeichnete er gern als »Frischfleisch«.

Paige Taylor war für ihn Frischfleisch. Er bemerkte sie im oberen Aufenthaltsraum und nahm ungefragt an ihrem Tisch Platz. »Ich habe ein Auge auf Sie geworfen.«

Paige hob beunruhigt den Kopf. »Wie bitte?«

»Ich bin Dr. Kane – Arthur für meine Freunde.« In seiner Stimme lag ein lüsterner Ton.

Paige konnte sich nicht vorstellen, daß er überhaupt Freunde hatte.

»Und wie kommen Sie hier zurecht?«

Auf die Frage war Paige nicht vorbereitet. »Ich . . . Ganz gut, denke ich.«

Er lehnte sich vor. »Dies hier ist ein großes Krankenhaus. Da geht man leicht unter. Sie verstehen, was ich meine?«

»Eigentlich nicht«, erwiderte Paige mißtrauisch.

»Sie sind viel zu hübsch, um einfach nur ein weiteres Gesicht in der Menge zu sein. Wenn Sie hier vorankommen wollen, brauchen Sie jemanden, der Ihnen hilft. Jemanden, der sich hier auskennt.«

Das Gespräch wurde von Minute zu Minute unangenehmer.

»Und Sie würden mir gern helfen.«

»Genau.« Er bleckte seine gelben Raucherzähne. »Warum unterhalten wir uns darüber nicht beim Abendessen?«

»Da gibt es nichts, worüber wir uns unterhalten könnten«, erklärte Paige. »Ich bin nicht interessiert.«

Arthur Kane beobachtete, wie Paige sich erhob und davonging; auf seinem Gesicht zeigte sich ein giftiger Ausdruck.

In der Chirurgie wechselten die Assistenzärzte während ihres ersten Jahres im Zweimonatsturnus zwischen den einzelnen Unterabteilungen.

Paige fiel auf, daß die meisten Chirurgen während der Operation gern Musik hörten. Und aus irgendeinem Grund schienen Operationen alle hungrig zu machen. Man sprach bei Operationen unentwegt vom Essen. Da war etwa ein Chirurg gerade voll und ganz damit beschäftigt, eine brandige Gallenblase zu entfernen, und erklärte dann plötzlich: »Ich habe gestern abend bei Bardellis gegessen – die beste italienische Küche in ganz San Francisco.«

»Haben Sie schon mal die Krabbenkuchen im Cyprus Club gekostet ...«

»Wenn Sie gern gutes Rindfleisch essen, sollten Sie mal das House of Prime Rib an der Van Ness probieren.«

Und währenddessen wischte eine OP-Schwester Blut und Eingeweide des Patienten auf.

Wie bei Kafka, dachte Paige. *Dem Kafka hätte es hier bestimmt gefallen.*

Es war drei Uhr morgens, Paige schlief, da wurde sie im Bereitschaftsraum durch das Läuten des Telefons geweckt.

Eine heisere Stimme: »Dr. Taylor – Zimmer 419 – ein Infarktpatient. Beeilen Sie sich!«

Paige saß auf dem Bettrand, kämpfte gegen den Schlaf an und kam nur mit Mühe auf die Beine. *Beeilen Sie sich!* Sie trat auf den Flur, nahm sich nicht die Zeit, auf den Lift zu warten, lief zur Treppe, nahm die Stufen im Eiltempo, raste im vierten Stock Zimmer 419 entgegen, daß ihr das Herz bis zum Halse klopfte, riß die Tür auf und blieb wie vom Donner gerührt stehen.

Zimmer 419 war ein Lagerraum.

Kat Hunter war mit Dr. Richard Hutton auf Visite. Dr. Hutton war ein brüsker, flinker Mann in den Vierzigern, der bei keinem Patienten länger als zwei Minuten verweilte, das Krankenblatt am Fußende des Bettes überflog, um dann wie ein Maschinengewehr Anweisungen an die Assistenzärzte hervorzurattern.

»Überprüfen Sie das Hämoglobin der Patientin, setzen Sie die Operation für morgen an...«

»Behalten Sie seine Temperatur im Auge...«

»Sorgen Sie für vier Einheiten passendes Blut...«

»Entfernen Sie die Fäden hier...«

»Lassen Sie die Brust röntgen...»

Die Assistenzärzte hatten Mühe mitzukommen.

Sie näherten sich einem Patienten, der sich seit einer Woche im Krankenhaus befand und wegen hohen Fiebers eine Serie von Tests hinter sich hatte – ohne Ergebnis.

Als die Ärzte wieder auf den Flur traten, fragte Kat: »Was ist mit ihm los?«

»Ein Fall von D.W.N.G.«, antwortete ein Assistent. »›Das weiß nur Gott‹. Wir haben alles versucht – Röntgenaufnahmen, Computertomogramme, Kernspintomogramme, Spinalpunktion, Biopsie der Leber. Trotzdem – keine Ahnung, was mit dem los ist.«

Sie betraten ein Krankenzimmer, in dem ein junger Patient schlief. Sein Kopf war nach der Operation bandagiert worden. Er wachte erschrocken auf, als Dr. Hutton die Kopfbandagen zu lösen begann. »Was... Was geht da vor?«

»Setzen Sie sich auf«, befahl Dr. Hutton kurz angebunden. Der junge Mann zitterte am ganzen Körper.

So will ich meine Patienten nie behandeln, schwor sich Kat.

Der nächste Patient war ein Mann in den Siebzigern, der völlig gesund wirkte und beim Eintritt von Dr. Hutton losbrüllte: »Hände weg! Ich werde Sie verklagen, Sie dreckiger Mistkerl!«

»Aber, aber, Mr. Sparolini...«

»Kommen Sie mir nicht mit ›Mr. Sparolini‹! Sie haben mich zum Eunuchenbock gemacht, verdammt noch mal!«

›*Eunuchenbock‹ – das ist ein Oxymoron,* überlegte Kat.

»Aber Mr. Sparolini! Sie waren mit der Vasektomie einverstanden und...«

»Das war die Idee meiner Frau. Die verdammte Ziege! Die soll was erleben, wenn ich wieder zu Hause bin!«

Er wollte gar nicht mehr aufhören zu schimpfen.

»Was hat der eigentlich für ein Problem?« erkundigte sich ein Assistent.

»Daß er ein geiler, alter Bock ist, der seiner jungen Frau sechs Kinder gemacht hat – sie will einfach nicht noch mehr bekommen.«

Nächster Patient war ein kleines Mädchen. Dr. Hutton schaute sich ihre Karte an. »Wir werden dir eine Spritze geben«, sagte er schroff.

Eine Schwester füllte eine Spritze und näherte sich dem Kind.

»Nein!« schrie das Mädchen. »Du wirst mir weh tun!«

»Das tut nicht weh, Kleines«, beruhigte sie die Schwester.

In Kats Bewußtsein klangen diese Worte noch lange nach.

Das tut nicht weh, Kleines... Es war die Stimme ihres Stiefvaters, die ihr in der unheimlichen Dunkelheit diese Worte zugeflüstert hatte.

»Das tut nicht weh. Mach deine Beine breit. Komm schon, du kleines Miststück!« Und er hatte ihr die Beine auseinandergezwungen und sein pralles Glied mit Gewalt in sie hineingepreßt und ihr seine Hand über den Mund gelegt, damit sie nicht schrie vor Schmerzen. Dreizehn Jahre alt war sie damals gewesen; nach dieser ersten Nacht waren seine Besuche zur schrecklichen Gewohnheit geworden. »Hast du ein Glück, daß du einen Mann wie mich gefunden hast, der dir's Ficken beibringt«, hatte er immer wieder gesagt. »Weißt du, was eine Pussie ist? Deine kleine Pussie, Kat? Ich will sie haben!« Und dann hatte er sich auf sie geworfen und hatte sie gepackt, da konnte sie schreien und betteln, soviel sie wollte, da half nichts, er hörte nicht auf.

Ihren leiblichen Vater hatte Kat nie gesehen. Ihre Mutter war eine Putzfrau, die in der Nähe der kleinen Wohnung in Gary, Indiana, nachts in einem Bürogebäude arbeitete. Kats Stiefvater war ein Riesenkerl, der bei einem Unfall im Stahlwerk verletzt worden war und meist daheim saß und sich vollaufen ließ. Wenn die Mutter nachts zur Arbeit gegangen war, kam er in Kats Zimmer. »Wenn du deiner Mutter oder deinem Bruder was erzählst, bring' ich dich um«, hatte er Kat gedroht, und Kat hatte sich gesagt, immer wieder: *Ich muß es ertragen, damit er Mike nichts antut.* Sie liebte ihren fünf Jahre jüngeren Bruder abgöttisch, bemutterte ihn, beschützte ihn und kämpfte für ihn. Er war der einzige Lichtblick in ihrem Leben.

Aber sosehr Kat sich auch vor den Drohungen ihres Stiefvaters fürchtete – eines Tages hielt sie es nicht mehr aus. Sie mußte ihrer Mutter einfach sagen, was da vorging; sie war ganz sicher, daß ihre Mutter dem allen ein Ende bereiten und sie beschützen würde.

»Mama, wenn du nachts weg bist, kommt dein Mann zu mir ins Bett und bedrängt mich.«

Die Mutter hatte sie kurz angesehen und ihr eine böse Ohrfeige gegeben.

»Untersteh dich, solche Lügen zu erfinden, du kleine Schlampe!«

Kat hatte nie wieder darüber gesprochen. Daß sie danach noch zu Hause geblieben war, hatte nur einen einzigen Grund – Mike. *Ohne mich wäre er verloren,* hatte Kat gedacht. An dem Tag, als sie erfuhr, daß sie schwanger war, war Kat dann doch davongelaufen, zu einer Tante nach Minneapolis.

Das hatte ihr Leben von Grund auf verändert.

»Du mußt mir gar nicht erzählen, was geschehen ist«, hatte Tante Sophie gesagt. »Aber von jetzt an läufst du nicht mehr weg. Du kennst doch das Lied aus der Sesamstraße – ›Es ist nicht leicht, so grün zu sein‹? Hör zu, mein Schatz, es ist auch nicht leicht, schwarz zu sein. Dir stehen zwei Möglichkeiten offen. Du kannst weiterhin weglaufen und dich verstecken und der Welt die Schuld geben für deine Probleme; oder aber du kannst selbst die Verantwortung für dich übernehmen und dich entscheiden, ein bedeutender Mensch zu werden.«

»Und wie mach' ich das?«

»Indem du *weißt*, daß es auf dich ankommt und daß du wichtig bist. Zuerst einmal stellst du dir genau vor, was du einmal sein willst, Kind – was du gern sein möchtest. Und dann wirst du daran *arbeiten*, damit du das auch wirklich wirst.«

Dieses Baby will ich nicht, hatte Kat beschlossen. *Ich will es abtreiben lassen.*

Die Abtreibung wurde in aller Stille arrangiert, an einem Wochenende, und von einer Hebamme durchgeführt, mit der Kats Tante befreundet war. Kat war hinterher völlig verstört und schwor: *Ich werde mich nie mehr von einem Mann anfassen lassen. Niemals!*

Minneapolis war für Kat ein Märchenland. Es gab dort kaum ein Haus, das weit entfernt von den Seen und Bächen und Flüssen war; außerdem lagen über achttausend Ar schön gestalteter Landschaftsparks innerhalb der Stadtgrenzen. Kat ging auf den Stadtseen segeln und machte kleinere Schiffsreisen auf dem Mississippi.

Sie besuchte zusammen mit Tante Sophie den Zoo und sonntags den Valleyfair-Vergnügungspark. Auf der Cedar Creek Farm fuhr sie auf dem Heuwagen mit. Auf den Shakespeare-Festspielen schaute sie Rittern in Wappenrüstung bei Turnieren zu.

Tante Sophie musterte sie nachdenklich und dachte: *Das Mädchen hat überhaupt keine richtige Kindheit gehabt.*

Kat begann, ihr Leben zu genießen, und doch, Tante Sophie konnte es spüren, gab es in ihrer kleinen Nichte einen Bereich, an den sie niemanden heranließ. Sie hatte eine Barriere zwischen sich und der Welt errichtet, um nicht wieder verletzt zu werden.

In der Schule schloß sie Freundschaften. Aber nie mit Jungen. Ihre Freundinnen gingen aus. Kat hielt sich abseits und war zu stolz, den Grund zu nennen. Zu ihrer Tante, die sie sehr liebgewonnen hatte, schaute sie voller Bewunderung auf.

An der Schule hatte Kat vorher kaum Interesse gezeigt, auch nicht an Büchern – das hatte sich jedoch total geändert, dank Tante Sophie, deren Wohnung voller Bücher war und die Kat mit ihrer Begeisterung ansteckte.

»Die Bücher bergen in sich wunderbare Welten«, machte sie dem jungen Mädchen klar. »Wenn du sie liest, wirst du verstehen, woher du kommst und wohin du gehst. Wenn mein Gefühl mich nicht trügt, wirst du eines Tages einmal berühmt werden, Baby. Aber zuerst mußt du eine gute Bildung bekommen. Wir leben hier in Amerika. Hier kannst du alles werden, was du werden möchtest. Du magst schwarz und arm sein – aber das sind einige unserer weiblichen Kongreßabgeordneten ebenfalls gewesen – und so mancher Filmstar, so manche Wissenschaftlerin und Spitzensportlerin auch. Eines Tages werden wir einen schwarzen Präsidenten haben. Man kann alles werden, man muß nur wollen. Es liegt nur an dir selbst.«

So hatte alles angefangen.

Kat wurde Klassenbeste. Sie war eine begierige Leserin. In der Schulbibliothek nahm sie eines Tages zufällig den Roman *Arrowsmith* von Sinclair Lewis aus dem Regal und war fasziniert von der Geschichte des engagierten Arztes. Sie las *Promises to Keep* von Agnes Cooper, und *Woman Surgeon* von Dr. Else Roe – die Lektüre eröffnete ihr eine neue Welt. Sie entdeckte, daß es in dieser Welt Menschen gibt, die ihr Leben der Aufgabe widmen, anderen zu helfen, Leben zu retten. Und als Kat eines Tages von der Schule heimkam, erklärte sie Tante Sophie: »Ich werde Ärztin. Eine berühmte Ärztin.«

4. Kapitel

Am Montagmorgen fehlten bei drei von Paiges Patienten die Krankenblätter. Die Schuld dafür wurde Paige gegeben.

Am Mittwoch wurde Paige im Bereitschaftsraum um vier Uhr morgens geweckt und griff schläfrig nach dem Telefon. »Hier Dr. Taylor.«

Schweigen.

»Hallo ... *hallo*!«

Sie konnte am andern Ende der Leitung ein Schnaufen hören. Dann ein Klicken. Aufgelegt.

Paige lag den Rest der Nacht über wach.

Am Morgen meinte Paige zu Kat: »Entweder leide ich an Verfolgungswahn, oder da ist jemand, der mich haßt.« Sie erzählte von ihrem Erlebnis.

»Es kann vorkommen, daß Patienten einen Groll gegen ihre Ärzte entwickeln«, meinte Kat. »Fällt dir irgend jemand ein, der ...«

Paige seufzte. »Dutzende.«

»Du brauchst dir bestimmt keine Sorgen zu machen.«

Paige hätte ihr nur allzugern geglaubt.

Im Spätsommer traf das Zaubertelegramm ein. Es wartete auf Paige, als sie abends spät in die Wohnung zurückkehrte. Es lautete: »Ankomme San Francisco Sonntag mittag. Kann Wiedersehen kaum erwarten. In Liebe, Alfred.«

Da war er also endlich unterwegs zu ihr! Paige las das Telegramm, las es immer und immer wieder und wurde von Mal zu Mal aufgeregter. *Alfred!* Sein Name beschwor in ihr ein wild durcheinanderwirbelndes Kaleidoskop von Erinnerungen herauf ...

Paige war zusammen mit Alfred aufgewachsen. Ihre Väter gehörten zu einem Ärzteteam der Weltgesundheitsorganisation, das Länder in der dritten Welt bereiste und exotische Viren und Epidemien bekämpfte. Paige und ihre Mutter begleiteten den Vater, der das Team führte.

Paige und Alfred hatten eine traumhafte Kindheit. In Indien lernte Paige Hindi. Mit zwei Jahren wußte sie, daß der Name für die Bambushütte, in der sie wohnten, auf Hindi *basha* lautete. Ihr Vater war *gorasahib,* ein weißer Mann, und sie selber *nani,* eine kleine Schwester. Die Leute sprachen ihren Vater mit *abadhan,* Führer, an, oder mit *baba,* Vater.

Wenn die Eltern fort waren, trank Paige *bhanga,* ein berauschendes Getränk, das mit Haschischblättern zubereitet wurde, und aß *chapati* mit *ghi.*

Und dann ging's auf nach Afrika! Zu neuen Abenteuern!

Paige und Alfred gewöhnten sich daran, in Flüssen mit Krokodilen und Flußpferden zu baden. Ihre Lieblingstiere waren Zebras, Geparden und Schlangen. Sie wuchsen in fensterlosen runden Hütten auf, die aus lehmverschmiertem Flechtwerk bestanden und festgetretene Lehmböden und kegelförmige Strohdächer hatten. Paige schwor sich: *Ich werde einmal in einem richtigen Haus wohnen, einem schönen großen Haus mit grünem Rasen und einem weißen Lattenzaun.*

Für die Ärzte und Krankenschwestern war das Leben schwierig und mühsam. Für die beiden Kinder dagegen war es im Lande der Löwen, Giraffen und Elefanten ein immerwährendes Abenteuer. Sie besuchten primitive Schulen aus Schlackenstein, und wenn es in ihrer Umgebung keine Schule gab, wurden sie von Hauslehrern unterrichtet. Paige war ein aufgewecktes Kind, ihr Verstand nahm wie ein Schwamm alles auf. Alfred bewunderte Paige.

»Ich werde dich einmal heiraten, Paige«, sagte er, als sie zwölf und er vierzehn Jahre alt war.

»Ich dich auch, Alfred!«

Sie waren zwei ernste Kinder und beschlossen, das ganze Leben gemeinsam zu verbringen.

Die Ärzte der Weltgesundheitsorganisation waren selbstlose Männer und Frauen, die ganz in ihrer Arbeit aufgingen. Sie arbeiten häufig unter unmöglichen Umständen. In Afrika hatten sie Konkurrenz in den *wogesha* – den eingeborenen Medizinmännern, deren primitive Heilmittel vom Vater an den Sohn weitergegeben wurden; sie zeitigten oft genug tödliche Folgen. Die herkömmliche Arznei der Massai bei Fleischwunden war *olkilorite* – eine Mixtur aus Rinderblut, rohem Fleisch und Essenzen aus einer geheimnisvollen Wurzel.

Die Medizin der Kikuyu gegen Pocken bestand darin, daß Kinder die Krankheit mit Stöcken austrieben.

»Damit müßt ihr aufhören«, erklärte ihnen Dr. Taylor. »Das hilft überhaupt nicht.«

»Besser, als uns von dir scharfe Nadeln in die Haut stechen zu lassen«, lautete die Antwort.

Die Praxen bestanden aus Tischen, die man im Schatten der Bäume aufstellte. Die Ärzte behandelten täglich Hunderte von Patienten, es gab stets lange Schlangen wartender Menschen – Aussätzige, Eingeborene mit Tuberkulose, Keuchhusten, Pocken, Ruhr.

Paige und Alfred waren unzertrennlich. Als sie älter wurden, fuhren sie zusammen zum Markt in ein Dorf, das einige Meilen entfernt lag. Und sie sprachen von ihren Plänen für die Zukunft.

Für Paige war die Medizin von klein auf Teil ihres Lebens. Sie lernte, für Patienten zu sorgen, ihnen Spritzen zu geben und Medikamente auszuhändigen; oft ahnte sie im voraus, wie sie ihrem Vater zur Hand gehen könnte.

Paige liebte ihren Vater. Curt Taylor war der fürsorglichste, selbstloseste Mensch, den sie sich vorstellen konnte. Er empfand echte Zuneigung für seine Mitmenschen, er sah seine Lebensaufgabe darin, denen zu helfen, die ihn brauchten, und dies weckte die gleiche leidenschaftliche Anteilnahme in Paige. Trotz seiner langen Arbeitsstunden fand er für seine Tochter Zeit. Mit ihm machten sogar die Unannehmlichkeiten des primitiven Lebens Spaß.

Paiges Beziehung zur Mutter stand auf einem ganz anderen

Blatt. Die Mutter war eine reiche, verwöhnte Schönheit. Sie war kühl und hochnäsig – das hielt Paige auf Distanz. Die Ehe mit einem Arzt, der in entlegenen, exotischen Gegenden arbeiten wollte, war ihr romantisch erschienen; aber die harte Realität hatte sie verbittert. Sie war kein warmherziger, liebevoller Mensch. Paige hatte den Eindruck, daß sie immer nur jammerte und klagte.

»Warum sind wir bloß in dieses gottverlassene Nest gekommen, Curt?«

»Hier leben die Menschen ja wie Tiere. Wir werden uns noch eine von ihren schrecklichen Krankheiten einfangen.«

»Warum kannst du nicht in den USA arbeiten und Geld verdienen wie andere Ärzte auch?«

So ging es den ganzen Tag.

Je mehr die Mutter am Vater herummäkelte, um so inniger bewunderte ihn Paige.

Als Paige fünfzehn Jahre alt war, brannte die Mutter mit einem reichen brasilianischen Plantagenbesitzer durch.

»Sie kommt nie mehr zurück, nicht wahr?« fragte Paige.

»Nein, Liebling. Tut mir leid.«

»Ich bin ja so froh!« Das hatte sie gar nicht sagen wollen, aber es hatte sie verletzt, daß ihre Mutter sich so wenig um sie und ihren Vater kümmerte und sie mit dem Vater sitzengelassen hatte.

Diese Erfahrung brachte sie Alfred Turner noch näher. Sie spielten zusammen, sie gingen gemeinsam auf Expeditionen, sie teilten ihre Träume.

»Ich will auch Arzt werden, wenn ich groß bin«, hatte Alfred ihr anvertraut. »Wir werden heiraten und zusammenarbeiten.«

»Und werden eine Menge Kinder haben.«

»Klar. Wenn du willst.«

Am Abend vor Paiges sechzehntem Geburtstag gewann die lebenslange Vertrautheit der beiden plötzlich eine neue Dimension. Sie wohnten in einem kleinen Dorf in Ostafrika, und die Ärzte waren wegen einer Epidemie fortgerufen worden; im Lager zurückgeblieben waren nur Alfred, Paige und ein Koch.

Sie hatten zu Abend gegessen und waren dann schlafen gegangen, doch mitten in der Nacht war Paige in ihrem Zelt wach geworden von dem fernen Donnern flüchtender Tierherden. Und während sie wach dalag und die Minuten verstrichen und das Geräusch des wilden Ansturms immer näher kam, wurde ihr langsam angst, und ihr Atem ging immer schneller – es war völlig ungewiß, wann ihr Vater und die anderen zurückkehren würden.

Sie stand auf. Alfreds Zelt lag nur wenige Schritte entfernt. In ihrer Angst hob Paige die Zeltklappe und lief hinein zu Alfred.

Er schlief.

»Alfred!«

Er war sofort wach und richtete sich auf. »Paige? Etwas nicht in Ordnung?«

»Ich hab' Angst. Darf ich ein Weilchen zu dir ins Bett kommen?«

»Sicher.«

Die beiden lagen wach und horchten auf die Tiere, die in wilder Panik über die Steppe jagten.

Nach einer Weile begannen die Laute zu verebben.

Alfred wurde sich des warmen Körpers bewußt, der sich an ihn schmiegte.

»Paige – ich glaube, es wäre besser, wenn du jetzt wieder in dein eigenes Zelt zurückgehen würdest.«

Paige konnte die männliche Erregung spüren, die sich fest und steif gegen sie drückte.

Die körperlichen Bedürfnisse, die sich in beiden seit langem aufgestaut hatten, brachen durch.

»Alfred.«

»Ja?« Seine Stimme klang rauh.

»Wir werden doch heiraten, ja?«

»Ja.«

»Dann ist es doch in Ordnung.«

Und die Laute und Geräusche des Dschungels ringsum versanken, und sie begannen eine Welt zu erforschen und zu entdekken, die außer ihnen noch niemand besessen hatte. Sie waren die ersten Liebenden auf der Welt, sie genossen das herrliche Wunder der Liebe.

Im Morgengrauen kroch Paige in ihr Zelt zurück und dachte glücklich: *Jetzt bin ich eine Frau.*

Curt Taylor schlug Paige von Zeit zu Zeit vor, sie solle in die Vereinigten Staaten zurückreisen und in dem schönen Haus in Deerfield im Norden von Chicago bei seinem Bruder wohnen.

»Aber warum?« hatte Paige dann gefragt.

»Damit du zu einer richtigen jungen Dame heranwachsen kannst.«

»Ich *bin* aber doch eine richtige junge Dame.«

»Richtige junge Damen spielen nicht mit wilden Affen und versuchen nicht, auf kleinen Zebras zu reiten.«

Ihre Antwort war immer die gleiche. »Ich werde dich nicht verlassen.«

Als Paige siebzehn Jahre alt war, reiste das WHO-Team in ein Dschungeldorf in Südafrika, um eine Typhusepidemie zu bekämpfen. Noch gefährlicher wurde die Sache dadurch, daß kurz nach Ankunft der Ärzte zwischen zwei Stämmen der Region ein Krieg ausbrach. Curt Taylor erhielt den Rat, die Gegend zu verlassen.

»Aber das kann ich doch nicht tun! Um Gottes willen! Ich habe hier Patienten, die sterben müßten, wenn ich sie allein ließe.«

Vier Tage danach wurde das Dorf angegriffen. Paige kauerte zusammen mit ihrem Vater in der kleinen Hütte, hörte das Brüllen und die Gewehrschüsse draußen.

Paige war entsetzt. »Sie werden uns töten!«

Der Vater hatte sie in den Arm genommen. »Sie werden uns nichts tun, Liebling. Wir sind doch da, um ihnen zu helfen. Sie wissen, daß wir ihre Freunde sind.«

Und er hatte recht behalten.

Der Häuptling eines der beiden Stämme war mit seinen Kriegern in die Hütte geplatzt. »Fürchtet euch nicht. Wir werden euch beschützen.« Und das hatten sie auch getan.

Die Kämpfe und Schießereien ließen schließlich nach, doch an jenem Morgen hatte Curt Taylor eine Entscheidung getroffen.

Er schickte seinem Bruder ein Telegramm. *Schicke Paige mit nächstem Flugzeug. Einzelheiten später. Bitte hol sie am Flughafen ab.*

Als Paige davon hörte, bekam sie einen Wutanfall. Sie schluchzte verzweifelt, als man sie zu dem staubigen kleinen Flughafen brachte. Dort wartete schon eine Piper Cub, um sie zu einer Stadt zu bringen, von wo aus sie nach Johannesburg weiterfliegen konnte.

Paige weinte. »Du schickst mich bloß weg, weil du mich loswerden willst!«

Der Vater hielt sie eng umschlungen. »Ich liebe dich mehr als alles auf der Welt, Schatz. Du wirst mir in jedem Augenblick fehlen. Aber ich werde bald in die USA zurückkehren, dann sind wir wieder beisammen.«

»Versprichst du's mir?«

»Ich verspreche es dir.«

Alfred war zum Abschied mitgekommen.

»Mach dir keine Sorgen«, hatte Alfred gesagt. »Ich werde kommen und dich holen, sobald ich kann. Wirst du auf mich warten?«

Das war, nach all den Jahren, die sie sich schon kannten, eine reichlich alberne Frage gewesen.

»Natürlich werde ich auf dich warten.«

Als Paige drei Tage später im O'Hare Airport in Chicago eintraf, wurde sie von ihrem Onkel Richard abgeholt, dem sie noch nie begegnet war. Sie wußte lediglich, daß er ein äußerst wohlhabender Geschäftsmann war, der vor einigen Jahren seine Frau verloren hatte. »Er ist der Erfolgreiche in unserer Familie«, hatte Paiges Vater immer gesagt.

Die ersten Worte ihres Onkels raubten ihr die Sprache. »Es tut mir leid, dir das sagen zu müssen, Paige, aber ich habe soeben die Nachricht erhalten, daß dein Vater bei einem Eingeborenenaufstand ums Leben gekommen ist.«

In diesem Augenblick war für sie die ganze Welt zusammengebrochen. Der Schmerz war so stark, daß sie ihn nicht zu ertragen können glaubte. *Mein Onkel soll mich nicht weinen sehen,* schwor sich Paige. *Das werde ich nicht zulassen. Ich hätte Vater nie verlassen dürfen. Ich kehre nach Afrika zurück.*

Auf der Fahrt vom Flughafen starrte Paige aus dem Fenster auf den starken Verkehr.

»Ich hasse Chicago.«

»Aber warum, Paige?«

»Weil's ein Dschungel ist.«

Richard wollte Paige nicht zur Beerdigung des Vaters nach Afrika zurückfliegen lassen, und das versetzte sie in Rage.

Er versuchte es mit Vernunft. »Paige – dein Vater ist bereits begraben worden. Es gibt überhaupt keinen Grund, warum du dorthin zurückfliegen solltest.«

Einen Grund gab es aber doch: *Dort war Alfred.*

Der Onkel wollte wenige Tage nach ihrer Ankunft mit ihr über die Zukunft diskutieren.

»Da gibt es nichts zu diskutieren«, teilte ihm Paige mit. »Ich werde Ärztin.«

Als Paige im Alter von einundzwanzig Jahren das College hinter sich hatte, bewarb sie sich bei zehn medizinischen Fakultäten und wurde von allen zehn angenommen. Sie entschied sich für eine Hochschule in Boston.

Es dauerte zwei Tage, bis sie Alfred endlich telefonisch in Zaire erreichte, wo er als Teilzeitkraft in einem WHO-Team mitarbeitete.

Als Paige ihm die Nachricht mitteilte, sagte er: »Aber das ist ja wunderbar, Liebling. Ich bin bald mit dem Medizinstudium fertig.

Ich bleibe noch eine Zeitlang bei der Weltgesundheitsorganisation, aber in ein paar Jahren können wir dann zusammen praktizieren.«

Zusammen. Das Zauberwort.

»Paige, ich muß dich unbedingt wiedersehen. Wenn ich ein paar Tage freibekäme – könntest du mich in Hawaii treffen?«

Da gab es gar kein Zögern. »Ja.«

Und sie hatten es geschafft, alle beide, und hinterher konnte Paige sich nur ausmalen, wie schwierig die lange Reise für Alfred gewesen sein mußte – er hatte es mit keinem einzigen Wort erwähnt.

Sie verbrachten drei unglaublich schöne Tage in einem kleinen Hotel in Hawaii, Sunny Cove hieß es, und es war ganz so, als wären sie nie getrennt gewesen. Paige hätte Alfred am liebsten gebeten, sie nach Boston zu begleiten, wußte jedoch, wie egoistisch das wäre. Seine Arbeit in Afrika war doch viel wichtiger.

Als sie sich an ihrem letzten gemeinsamen Tag ankleideten, fragte Paige: »Wohin werden sie dich senden, Alfred?«

»Nach Gambia. Vielleicht auch nach Bangladesh.«

Um Leben zu retten, um Menschen zu helfen, die ihn verzweifelt brauchen. Sie drückte ihn an sich und schloß die Augen. Sie hätte ihn am liebsten nicht mehr fortgehen lassen.

Und als ob er ihre Gedanken gelesen hätte, versprach er: »Ich werde dich nie verlassen.«

Paige nahm ihr Medizinstudium auf. Sie korrespondierte regelmäßig mit Alfred. Und ganz gleich, in welchem Teil der Welt Alfred sich gerade befinden mochte – es gelang ihm immer, sie an ihrem Geburtstag und zu Weihnachten anzurufen.

»Paige?«

»Liebling! Wo bist du?«

»Im Senegal. Ich hab' mir ausgerechnet, daß ich nur etwa achttausendachthundert Meilen vom Sunny Cove entfernt bin.«

Es dauerte einen Moment, bis bei ihr der Groschen fiel.

»Soll das heißen . . . ?«

»Könntest du mich zu Silvester in Hawaii treffen?«

»O ja! Ja!«

Alfred reiste fast um die halbe Welt, um bei ihr zu sein, und diesmal war der Zauber sogar noch viel stärker. Die Zeit stand für die beiden still.

»Im nächsten Jahr werde ich bei der WHO ein eigenes Team leiten«, sagte Alfred. »Ich möchte gern, daß wir heiraten, sobald du mit deinem Medizinstudium fertig bist.«

Sie hatten sich in der Zwischenzeit noch einmal wiedersehen können; und wenn sie sich nicht sehen konnten, dann überbrückten sie Raum und Zeit mit Briefen.

In all diesen Jahren hatte er wie sein eigener Vater und wie Paiges Vater als Arzt in Ländern der dritten Welt gearbeitet und den gleichen wunderbaren Dienst getan, den schon ihre beiden Väter geleistet hatten. Und nun kam er endlich heim – heim zu ihr.

Es war schon das fünfte Mal, daß Paige Alfreds Telegramm las, und sie dachte nur: *Er kommt nach San Francisco!*

Kat und Honey waren in ihren Zimmern und schliefen schon, doch Paige schüttelte sie wach. »Alfred kommt! Er kommt! Am Sonntag wird er da sein!«

»Wunderbar«, murmelte Kat. »Warum weckst du mich dann nicht erst am Sonntag auf? Ich bin gerade erst zu Bett gegangen.«

Honey zeigte sich aufgeschlossener. Sie setzte sich im Bett auf und rief spontan: »Das ist ja großartig! Ich bin so gespannt, ihn kennenzulernen. Wie lang ist es jetzt her, daß ihr euch gesehen habt?«

»Zwei Jahre«, erwiderte Paige, »wir sind aber ständig in Kontakt geblieben.«

»Du hast Glück, Mädchen«, sagte Kat. »Also, wenn wir sowieso schon alle wach sind, mach' ich uns einen Kaffee.«

Die drei ließen sich am Küchentisch nieder.

»Wie wär's, wenn wir für Alfred ein Fest geben würden?« schlug Honey vor. »Nach dem Motto ›Herzlich willkommen, Bräutigam‹?«

»Prima Idee«, meinte Kat.

»Wir lassen eine richtige Feier steigen – mit Kuchen und Ballons – mit allem Drum und Dran.«

»Wir werden ihn hier in der Wohnung zu einem festlichen Abendessen einladen«, erklärte Honey.

Kat schüttelte den Kopf. »Ich weiß, wie's schmeckt, wenn du kochst. Wir lassen uns das Essen kommen.«

Bis zum Sonntag waren es nur noch vier Tage. Sie sprachen dauernd von Alfred und der Begrüßung, die sie ihm bei seiner Ankunft bereiten wollten; denn wie durch ein Wunder hatten sie alle drei am Sonntag keinen Dienst. Am Samstag fand Paige sogar Zeit, einen Beautysalon aufzusuchen. Sie ging einkaufen und gab ein Heidengeld für ein neues Kleid aus.

»Wie seh' ich aus? Meint ihr, daß ihm das Kleid gefällt?«

»Sensationell siehst du aus!« versicherte ihr Honey. »Hoffentlich hat er dich auch verdient.«

Paige lächelte bescheiden. »Hoffentlich hab' ich *ihn* verdient. Ihr werdet ihn gern haben. Er ist fantastisch!«

Am Sonntag der Sonntage deckten die drei Frauen im Eßzimmer den Tisch für das köstliche Mittagessen und den Champagner, die sie bei einem Restaurant bestellt hatten, und standen dann ganz nervös herum.

Punkt zwei Uhr klingelte es, und Paige rannte los, um zu öffnen – und da stand er, Alfred, wirkte ein wenig erschöpft und erschien ihr noch ein bißchen hagerer. Und neben ihm stand eine Brünette – sie mußte in den Dreißigern sein.

»Paige!« rief Alfred aus.

Paige warf ihm die Arme um den Hals. Dann drehte sie sich um, wandte sich an Honey und Kat und sagte voller Stolz: »Das ist Alfred Turner. Alfred, das sind meine Mitbewohnerinnen Honey Taft und Kat Hunter.«

»Sehr erfreut«, sagte Alfred. Er schaute zu der Frau an seiner Seite. »Und das ist Karen Turner. Meine Frau.«

Die drei Frauen waren auf einmal wie erstarrt.

»Deine Frau?« sagte Paige ganz langsam.

»Ja.« Er runzelte die Stirn. »Hast du ... Hast du denn meinen Brief nicht bekommen?«

»Einen Brief?«

»Doch. Ich hab' ihn vor ein paar Wochen abgeschickt.«

»Nein.«

»Oh. Ich ... es tut mir schrecklich leid. Ich habe alles erklärt in meinem ... aber natürlich, wenn du ihn nicht bekommen hast ...« Seine Stimme wurde unhörbar. »... tut mir wirklich furchtbar leid, Paige. Wir beide sind so lange getrennt gewesen, daß ich ... und dann habe ich Karen kennengelernt ... du weißt doch, wie das ist ...«

»Ich weiß, wie das ist«, wiederholte Paige ganz benommen. Sie wandte sich Karen zu und rang sich ein Lächeln ab. »Ich ... ich hoffe, Sie werden mit Alfred glücklich sein.«

»Danke.«

Das Schweigen wurde drückend.

»Ich denke, wir sollten jetzt besser gehen, Liebling«, sagte Karen.

»Ja. Das wäre wohl wirklich besser«, sagte Kat.

Alfred strich sich mit den Fingern durchs Haar. »Es tut mir aufrichtig leid, Paige. Ich ... also ... dann auf Wiedersehen.«

»Auf Wiedersehen, Alfred.«

Die drei Frauen schauten dem frischvermählten Paar nach.

»So ein Schwein!« schimpfte Kat. »Wie konnte er nur so etwas tun!«

Paiges Augen füllten sich mit Tränen. »Ich ... aber er wollte mich doch nicht ... Ich meine ... Er muß ja in seinem Brief alles erklärt haben.«

Honey legte Paige den Arm um den Hals. »Es müßte ein Gesetz geben, daß alle Männer kastriert werden.«

»Darauf stoße ich an«, sagte Kat.

»Entschuldigt mich bitte«, sagte Paige, verschwand in ihrem Zimmer und schloß hinter sich zu.

Sie kam den ganzen Tag nicht mehr aus dem Zimmer heraus.

5. Kapitel

Von Kat und Honey bekam Paige während der folgenden Monate nicht viel zu sehen. Sie trafen sich bei einem raschen Frühstück in der Cafeteria oder begegneten sich gelegentlich auf den Fluren, kommunizierten jedoch hauptsächlich mittels Zetteln, die sie in der Wohnung hinterließen.

»Essen ist im Kühlschrank.«

»Mikrowellenherd ist kaputt.«

»Tut mir leid, hatte keine Zeit mehr zum Aufräumen.«

»Wie wär's, wenn wir Samstag abend zu dritt essen gingen?«

Die unmöglich langen Dienststunden waren weiterhin eine Tortur, die alle Assistenzärzte bis an die Grenzen ihres Durchstehvermögens belastete.

Paige war dieser Druck nur recht. Auf diese Weise blieb ihr keine Zeit, um an Alfred und die herrliche Zukunft zu denken, die sie gemeinsam geplant hatten. Es gelang ihr aber trotzdem nicht, ihn aus ihrem Bewußtsein zu verdrängen. Was er ihr angetan hatte, erfüllte sie mit einem tiefen Schmerz, der nicht mehr weichen wollte. Sie quälte sich mit sinnlosen Überlegungen wie »Was wäre gewesen, wenn . . .«

Wenn ich bei Alfred in Afrika geblieben wäre?

Wenn er mit mir zusammen nach Chicago gekommen wäre?

Wenn er Karen nicht begegnet wäre?

Was wäre gewesen, wenn . . .?

Als Paige an einem Freitag im Umkleideraum des Krankenhauses ihr OP-Gewand anziehen wollte, bemerkte sie das Wort »Miststück« – jemand hatte es mit schwarzem Filzstift auf den Kittel geschrieben.

Als Paige am Tag darauf ihr Notizbuch suchte, war es verschwunden. Sie hatte sämtliche Aufzeichnungen verloren! *Vielleicht habe ich es ja nur verlegt,* redete Paige sich ein.

Davon konnte sie jedoch nicht einmal sich selbst überzeugen.

Es kam soweit, daß die Welt außerhalb des Krankenhauses nicht mehr für sie existierte. Paige registrierte zwar noch, daß der Irak Kuwait ausplünderte; das wurde jedoch völlig überschattet von den Bedürfnissen eines fünfzehnjährigen Patienten, der an Leukämie starb. Am Tag der Vereinigung von Ost- und Westdeutschland war Paige vollauf damit beschäftigt, das Leben einer Diabetikerin zu retten. In England trat Margaret Thatcher ab; viel wichtiger war aber, daß der Patient auf Zimmer 214 endlich wieder laufen konnte.

Erträglich wurde es nur dank der Ärzte, mit denen Paige zusammenarbeitete. Von einigen wenigen Ausnahmen abgesehen, hatten sie sich ganz der Aufgabe verschrieben, Mitmenschen zu heilen, von Schmerzen zu befreien und Leben zu retten. Paige erlebte die Wunder mit, die sie Tag für Tag bewerkstelligten; es erfullte sie mit Stolz dazuzugehören.

Den größten Streß verursachte die Arbeit auf der Notfallstation. Dort wimmelte es immer von Patienten, die unter allen nur erdenklichen Arten von Traumata litten.

Die langen Dienststunden im Krankenhaus und der enorme Druck waren eine große Belastung für die Ärzte und Krankenschwestern. Es gab unter den Ärzten eine außergewöhnlich hohe Scheidungsrate, und Affären waren an der Tagesordnung.

Zu den Ärzten, denen das Krankenhaus Probleme verursachte, gehörte auch Tom Chang, der Paige davon bei einer Tasse Kaffee berichtete.

»Ich selber halte die langen Stunden schon aus«, gestand Chang, »aber meine Frau nicht. Sie beschwert sich, daß sie mich kaum mehr sieht und daß ich für unsere kleine Tochter ein Fremder geworden bin. Sie hat recht. Ich weiß nur nicht, was ich dagegen tun soll.«

»Hat Ihre Frau Sie schon einmal im Krankenhaus besucht?« wollte Paige wissen.

»Nein.«

»Warum laden Sie sie nicht einmal zum Mittagessen ein, Tom? Damit sie sieht, was Sie hier machen und wie wichtig Ihre Arbeit hier ist.«

Changs Miene hellte sich auf. »Das ist eine gute Idee. Danke, Paige. Genau das werde ich tun. Und ich hätte gern, daß Sie meine Frau kennenlernen. Leisten Sie uns beim Mittagessen Gesellschaft?«

»Liebend gern.«

Sye Chang war, wie sich herausstellte, eine reizende junge Frau von klassischer, zeitloser Schönheit. Chang führte sie durch das Krankenhaus, anschließend aßen die beiden gemeinsam mit Paige in der Cafeteria. Sye war, wie Paige erfuhr, in Hongkong geboren und aufgewachsen.

»Und wie gefällt Ihnen San Francisco?« erkundigte sich Paige.

Kurzes Schweigen. »San Francisco ist eine interessante Stadt«, antwortete Sye höflich, »aber ich habe das Gefühl, hier fremd zu sein. Sie ist zu groß, zu laut.«

»Aber soweit ich weiß, ist es in Hongkong doch auch laut und hektisch.«

»Ich komme aus einem kleinen Dorf eine Stunde von Hongkong entfernt. Dort gibt es keinen Lärm, keine Automobile; und dort kennen sich alle.« Sie sah ihren Mann an. »Tom und ich und unsere kleine Tochter sind dort sehr glücklich gewesen. Es ist wunderschön auf der Insel Llama. Dort gibt es weiße Strände, und ganz in der Nähe ein kleines Fischerdorf – Sak Kwu Wan. Dort ist alles so friedlich.«

Ihre Stimme klang sehnsüchtig. »Dort waren mein Mann und ich viel zusammen, so wie es sich für eine Familie gehört. Hier sehe ich ihn nie.«

Paige sagte: »Mrs. Chang, ich weiß, daß es für Sie momentan sehr schwer ist, aber in ein paar Jahren wird Tom eine eigene Praxis eröffnen können, dann werden die Arbeitszeiten viel angenehmer.«

Tom Chang nahm die Hand seiner Frau. »Siehst du?« sagte er. »Es wird schon alles gut werden, Sye. Du mußt nur etwas Geduld haben.«

»Ich verstehe«, sagte sie. Überzeugt klang sie nicht.

Während sie noch sprachen, kam ein Mann in die Cafeteria. Da er an der Tür stehenblieb, konnte Paige seinen Kopf nur von hinten sehen. Ihr Herz begann zu rasen. Er drehte sich um. Es war ein Wildfremder.

Chang beobachtete Paige. »Alles in Ordnung?«

»Ja«, log Paige. *Ich muß ihn vergessen. Es ist aus.* Und doch, die Erinnerungen an all die wundervollen Jahre, an den gemeinsamen Spaß, die Aufregungen, die Liebe, die sie füreinander empfunden hatten ... *Wie kann ich das alles denn vergessen? Ob ich wohl einen der Ärzte am Krankenhaus überreden könnte, bei mir eine Lobotomie durchzuführen?*

Im Korridor lief Paige Honey über den Weg. Honey war ganz außer Atem. Sie wirkte besorgt.

»Alles okay?« fragte Paige.

Honey lächelte nervös. »Doch. Alles okay.« Und eilte weiter.

Honey war einem behandelnden Arzt namens Charles Isler zugewiesen worden, der im ganzen Krankenhaus als Frauenheld bekannt war.

Er hatte bereits am ersten Tag, gleich auf Honeys erster Visite, die Bemerkung fallenlassen: »Ich habe mich sehr auf unsere Zusammenarbeit gefreut, Dr. Taft. Dr. Wallace hat mir von Ihren hervorragenden Examensnoten an der Universität berichtet. Wie ich höre, wollen Sie in der inneren Medizin arbeiten.«

»Ja.«

»Gut. Na, da werden Sie uns hier ja noch drei Jahre erhalten bleiben.«

Der erste Patient war ein mexikanischer Junge. Dr. Isler übersah die übrigen Assistenzärzte und wandte sich an Honey. »Das dürfte für Sie ein interessanter Fall sein, Dr. Taft. Der Patient hat alle klassischen Anzeichen und Symptome: Inappetenz, Gewichtsverlust, Obstipation, Müdigkeit, Anämie, schwarzblaue Verfärbung des Zahnfleisches, periphere Nervenlähmung. Welche Diagnose würden Sie stellen?« Er schenkte ihr ein erwartungsvolles Lächeln.

Honey sah ihn kurz an. »Nun ja, da könnte es sich um eine Reihe von Dingen handeln, nicht wahr?«

Dr. Isler musterte sie ein wenig verwirrt. »Es handelt sich um einen eindeutigen Fall von . . .«

Einer der Assistenten schob ein: »Bleivergiftung.«

»Korrekt«, bestätigte Dr. Isler.

Honey lächelte. »Natürlich. Bleivergiftung.«

Dr. Isler wandte sich erneut an Honey. »Wie würden Sie sie behandeln?«

Honey meinte ausweichend: »Nun ja, da gibt es verschiedene Behandlungsmethoden, nicht wahr?«

Schon meldete sich ein anderer Assistent zu Wort. »Falls der Patient dem Gift längere Zeit ausgesetzt war, sollte er als potentieller Fall von Enzephalopathie behandelt werden.«

Dr. Isler nickte.

»Richtig. Genau das werden wir auch tun. Wir korrigieren die Dehydration und elektrolytischen Störungen und geben Chelatbildner.«

Er schaute Honey an. Sie nickte zustimmend.

Der nächste Patient war ein Mann in den Achtzigern mit geröteten Augen und verklebten Augenlidern.

»Wir werden uns gleich um Ihre Augen kümmern«, versprach Dr. Isler. »Wie fühlen Sie sich heute?«

»Oh, für einen alten Mann gar nicht so schlecht.«

Dr. Isler zog die Bettdecke weg, um die geschwollenen Knie und Knöchel des Patienten zu zeigen. Die Fußsohlen zeigten Verletzungen.

Dr. Isler wandte sich an die Assistenten. »Die Schwellung ist durch Arthritis verursacht worden.« Er sah Honey an. »In Verbindung mit den Verletzungen und der Bindehautentzündung ist Ihnen die Diagnose sicherlich klar.«

Honey sagte ganz langsam: »Nun ja, das könnte ... wissen Sie ...«

»Es handelt sich hier um die Reiter-Krankheit«, warf ein Assistent ein. »Ausgelöst durch gramnegative Bakterien oder Chlamydien. Zu Anfang besteht oft hohes Fieber.«

Dr. Isler nickte. »Sehr richtig.« Er schaute Honey an. »Wie ist die Prognose?«

»Die Prognose?«

Der gleiche Assistent fuhr fort: »Man könnte mit Antiphlogistika behandeln.«

»Sehr gut«, sagte Dr. Isler.

Sie machten bei einem Dutzend weiterer Patienten Visite; anschließend bat Honey Dr. Isler: »Könnte ich Sie wohl kurz allein sprechen, Dr. Isler?«

»Ja. Kommen Sie zu mir ins Büro.«

Als sie in seinem Zimmer Platz genommen hatten, bemerkte Honey: »Ich weiß, daß Sie von mir enttäuscht sind.«

»Ich muß zugeben, daß ich ein wenig überrascht war, als Sie ...«

Honey unterbrach ihn. »Ich weiß, Dr. Isler. Ich hab' letzte Nacht überhaupt nicht geschlafen. Um die Wahrheit zu sagen – ich war so aufgeregt, daß ich mit Ihnen zusammenarbeiten darf ... ich habe einfach nicht einschlafen können.«

Er warf ihr einen erstaunten Blick zu. »Oh. Verstehe. Ich habe gleich gewußt, daß es einen Grund geben müßte ... Ich meine, bei Ihren fantastischen Examensnoten. Wie sind Sie zu Ihrem Entschluß gekommen, Ärztin zu werden?«

Honey senkte kurz den Kopf, um dann mit leiser Stimme zu erklären: »Ich hatte einen jüngeren Bruder, der bei einem Unfall verletzt wurde. Die Ärzte haben getan, was sie konnten, um ihn zu retten, aber ... ich habe sein Sterben miterlebt. Es hat lange gedauert. Ich kam mir so ohnmächtig vor. Damals habe ich beschlossen, daß ich mein Leben damit verbringen will, andern Menschen zu helfen, wieder gesund zu werden.« Ihre Augen füllten sich mit Tränen.

Sie ist ja so verletzlich, dachte Isler. »Ich bin froh, daß wir diese kleine Unterhaltung führen konnten.«

Honey schaute ihn an und überlegte: *Er hat mir wirklich geglaubt.*

6. Kapitel

Auf der anderen Seite der Stadt warteten Reporter und Fernsehteams auf Lou Dinetto, der, als er das Gerichtsgebäude verließ, allen mit einem breiten Lächeln zuwinkte – ein Herrscher begrüßte sein Volk. Er wurde von zwei Leibwächtern begleitet – einem hochgewachsenen, schlanken Mann, bekannt unter dem Namen »Der Schatten«, und einem untersetzten Mann, der »Rhino«, kurz für Rhinozeros, genannt wurde. Wie immer war Lou Dinetto elegant und teuer gekleidet, in einen grauen Seidenanzug mit weißem Hemd, blauer Krawatte und Schuhen aus Krokoleder. Damit er rank und schlank wirkte, mußten seine Anzüge von Meisterhand geschneidert werden – er war klein und stämmig und hatte Säbelbeine. Für die Presse hatte er stets ein Lächeln und ein witziges Wort parat; er wurde immer gern zitiert. Dinetto war dreimal vor Gericht gebracht worden, wegen Anklagen, die von Brandstiftung und organisierter Erpressung bis hin zu Mord reichten; und jedesmal war er freigesprochen worden.

Als er das Gericht verließ, rief ihm ein Reporter laut zu: »Wußten Sie, daß Sie freigesprochen werden würden, Mr. Dinetto?«

Dinetto lachte. »Natürlich hab' ich's gewußt. Ich bin ein harmloser Geschäftsmann. Die Regierung hat nur leider nichts Wichtigeres zu tun, als mich zu verfolgen. Einer der Gründe, warum die Steuern so hoch sind.«

Eine Fernsehkamera schwenkte auf ihn zu. Lou Dinetto blieb stehen, um in die Kamera zu lächeln.

»Mr. Dinetto, können Sie uns erklären, warum zwei Zeugen, die in dem Mordprozeß gegen Sie aussagen sollten, nicht erschienen sind?«

»Aber gewiß kann ich das erklären«, sagte Dinetto. »Es sind ehrbare Bürger, die natürlich keinen Meineid leisten wollten.«

»Der Staat behauptet, Sie seien der Anführer der Westküstenmafia, und Sie hätten es arrangiert, daß ...«

»Ich arrangiere überhaupt nichts ... außer, wo die Gäste in meinem Restaurant sitzen. Ich sorge immer nur dafür, daß es alle bequem haben.« Er grinste den Reportern zu, die sich um ihn drängten. »Übrigens – ich lade Sie alle heute abend zu Abendessen und Drinks im Restaurant ein – kostenlos.«

Er bewegte sich auf den Straßenrand zu, wo eine schwarze Limousine auf ihn wartete.

»Mr. Dinetto ...«

»Mr. Dinetto ...«

»Mr. Dinetto ...«

»Ich seh' euch heut abend bei mir im Restaurant, *boys and girls.* Ihr wißt ja, wo es sich befindet.«

Und schon saß Lou Dinetto in seinem Wagen, lächelte und winkte, und Rhino schloß die Tür der Limousine und nahm vorn Platz. Der Schatten setzte sich hinters Steuer.

»Das war großartig, Boß!« sagte Rhino. »Sie verstehn 's echt, mit den Typen umzugehn.«

»Wohin?« fragte der Schatten.

»Nach Hause. Ein heißes Bad und ein gutes Steak würden mir jetzt guttun.«

Der Wagen setzte sich in Bewegung.

»Diese Frage vorhin, wegen der beiden Zeugen, die gefällt mir gar nicht«, sagte Dino. »Seid ihr sicher, daß man sie nie ...«

»Da müßten sie schon Aussagen unter Wasser machen können, Boß.«

Dinetto nickte. »Gut.«

Der Wagen glitt über die Fillmore Street. Dinetto sagte gerade: »Habt ihr den Ausdruck im Gesicht vom District Attorney bemerkt, als der Richter ...«

Und plötzlich war wie aus dem Nichts ein kleiner Hund direkt vor die Limousine gelaufen. Der Schatten warf das Steuer herum und trat auf die Bremse, um ihn nicht zu erwischen, und der Wagen schoß über die Bordkante und krachte gegen einen Laternenpfosten. Rhino flog mit dem Kopf gegen die Windschutzscheibe.

»Was ist mit dir los, *verdammt*?« kreischte Dinetto. »Versuchst du mich etwa *umzubringen*?«

Der Schatten kam ins Zittern. »Tut mir leid, Boß. Ein Hund ist vors Auto gelaufen ...«

»Und du hast gemeint, sein Leben sei wichtiger als meins? Du blödes Arschloch!«

Rhino stöhnte leise vor sich hin. Er drehte sich um, und Dinetto bemerkte die tiefe, heftig blutende Stirnwunde.

»Herrje verdammt!« kreischte Dinetto. »Sieh nur, was du angerichtet hast!«

»Mir geht's gut«, murmelte Rhino.

»Du spinnst wohl!« Dinetto drehte sich um zum Schatten. »Bring ihn ins Krankenhaus!«

Der Schatten lenkte die Limousine vorsichtig vom Gehsteig herunter.

»Das Embarcadero ist nur ein paar Straßen entfernt. Wir bringen ihn dort auf die Unfallstation.«

»Okay, Boß.«

Dinetto ließ sich in seinem Sitz zurücksinken. »Ein Hund!« sagte er angewidert. »Großer Gott!«

Als Dinetto, der Schatten und Rhino auf der Unfallstation erschienen, hatte Kat Dienst. Rhino blutete stark.

Dinetto rief zu Kat herüber: »He, Sie da!«

Kat hob den Blick. »Reden Sie mit mir?«

»Mit wem denn sonst? Dieser Mann blutet. Bringen Sie ihn sofort in Ordnung.«

»Da sind aber ein halbes Dutzend anderer vor ihm dran«, erklärte Kat ruhig. »Er wird warten müssen, bis er an die Reihe kommt.«

»Er wird überhaupt nicht warten«, erklärte Dinetto ihr. »Sie werden sich jetzt sofort um ihn kümmern.«

Kat kam zu Rhino herüber und untersuchte ihn. Sie nahm ein

Stück Watte und drückte es gegen die Wunde. »Halten Sie das, bis ich zurückkomme.«

»Ich hab' gesagt, daß Sie sich *sofort* um ihn kümmern sollen«, fuhr Dinetto sie an.

Kat klärte ihn auf. »Wir befinden uns hier auf der Unfallstation eines Krankenhauses. *Ich* bin hier die verantwortliche Ärztin. Also – entweder halten Sie jetzt den Mund oder machen Sie, daß Sie wegkommen.«

Der Schatten wies sie zurecht. »Lady, Sie scheinen nicht zu wissen, mit wem Sie da reden. Sie sollten besser tun, was er Ihnen sagt. Das ist Mr. Lou Dinetto.«

»Nachdem wir uns bekannt gemacht haben«, meinte Dinetto ungeduldig, »kümmern Sie sich jetzt um meinen Mann.«

»Sie scheinen wohl schwerhörig zu sein«, sagte Kat. »Ich sage es Ihnen noch mal. Mund halten oder abhauen. Ich habe zu arbeiten.«

Rhino sagte: »So können Sie nicht mit ...«

Dinetto fuhr ihn an. »Maul halten!« Er wandte sich wieder an Kat; sein Tonfall hatte sich verändert. »Ich wäre Ihnen sehr dankbar, wenn Sie sich baldmöglichst um ihn kümmern könnten.«

»Ich werde mein Bestes tun.« Kat ließ Rhino auf einem Bett Platz nehmen. »Legen Sie sich hin. Ich bin in ein paar Minuten wieder da.« Sie warf Dinetto einen Blick zu. »In der Ecke drüben finden Sie ein paar Stühle.«

Dinetto und der Schatten folgten Kat mit den Blicken, als sie zum anderen Ende der Station ging, um sich der wartenden Patienten anzunehmen.

»Großer Gott«, sagte der Schatten, »die hat wirklich keine Ahnung, wer Sie sind.«

»Ich glaub', das würde auch nichts ändern. Die Frau hat Mumm.«

Als Kat Rhino eine Viertelstunde später untersucht hatte, meinte sie: »Sie hatten Glück. Keine Gehirnerschütterung. Aber eine böse Wunde.«

Dinetto schaute Kat beim Vernähen der Stirnwunde zu.

»Das sollte gut heilen«, meinte sie hinterher. »Kommen Sie in fünf Tagen wieder, dann ziehe ich Ihnen die Fäden heraus.«

Dinetto kam herüber und betrachtete Rhinos Stirn. »Verdammt saubere Arbeit, die Sie da geleistet haben.«

»Danke«, sagte Kat. »Wenn Sie mich jetzt bitte entschuldigen würden...«

»Moment mal«, sagte Dino zum Schatten. »Gib ihr einen C-Schein.«

Der Schatten zog einen Hundertdollarschein aus der Tasche. »Da.«

»Die Kasse befindet sich draußen im Flur.«

»Der Schein ist nicht fürs Krankenhaus. Der ist für Sie.«

»Nein danke.«

Dinetto war sprachlos, als Kat ihn stehenließ und sich einem anderen Patienten zuwandte.

»Vielleicht war's zu wenig«, meinte der Schatten.

Dinetto schüttelte den Kopf. »Das ist ein unabhängiges Frauenzimmer. Gefällt mir.« Er schwieg einen Moment. »Doc Evans geht in Pension, oder?«

»Yeah.«

»Okay. Ich will alles über diese Ärztin wissen.«

»Wozu?«

»Damit ich was in der Hand habe. Ich glaube, wir könnten sie gut gebrauchen.«

7. Kapitel

Krankenhäuser werden von den Schwestern regiert. Margaret Spencer, die Oberschwester, arbeitete seit zwanzig Jahren im Embarcadero County Hospital und wußte, wo die Leichen, alle Leichen – und zwar im wörtlichen wie im übertragenen Sinne – begraben lagen. Schwester Spencer hielt das Krankenhaus in Schwung; Ärzte, die das nicht beachteten, hatten es schwer. Sie wußte ganz genau, welche Ärzte Drogen nahmen oder dem Alkohol verfallen waren; welche Ärzte untüchtig waren; welche Ärzte Unterstützung verdienten. Sie hatte alle Lernschwestern, ausgebildeten Krankenschwestern und OP-Schwestern unter ihrer Kontrolle. Es war Margaret Spencer, die bestimmte, welche Schwester welcher Abteilung zugewiesen wurde. Und da es sowohl unersetzliche als auch völlig inkompetente Schwestern gab, zahlte es sich für die Ärzte aus, mit ihr auf gutem Fuß zu stehen. Es lag in ihrer Macht, eine unfähige OP-Schwester zu einer komplizierten Nierenoperation zu schicken. Wenn sie den Arzt mochte, dann teilte sie ihm die kompetenteste Schwester für eine einfache Mandeloperation zu. Zu den vielen Vorurteilen Margaret Spencers gehörte auch ein Widerwillen gegen Ärztinnen und Schwarze.

Kat Hunter war eine schwarze Ärztin.

Kat machte eine schwere Zeit durch. Nicht, daß sie es offen in Worten oder Taten gespürt hätte, und doch war etwas gegen sie am Werk, ein Vorurteil, das sich auf eine Art und Weise äußerte, die so raffiniert war, daß sie nie den Finger darauf legen konnte. Die Schwestern, die sie anforderte, waren nicht verfügbar, die Schwestern, die man ihr zuteilte, waren nahezu unbrauchbar. Kat wurde häufig zur Untersuchung männlicher Klinikpatienten mit

Geschlechtskrankheiten losgeschickt. Die ersten Fälle nahm sie als Routine hin; als sie es jedoch an einem Tage gleich mit einem halben Dutzend solcher Fälle zu tun bekam, wurde sie mißtrauisch.

Während einer Mittagspause fragte sie Paige: »Hast du schon viele Männer mit Geschlechtskrankheiten untersucht?«

Paige mußte einen Augenblick lang nachdenken. »Einen, in der vergangenen Woche. Einen Krankenpfleger.«

Ich werde etwas unternehmen müssen, dachte Kat.

Schwester Spencer hatte geplant, Dr. Hunter dadurch loszuwerden, daß sie ihr das Leben so schwermachte, bis ihr am Ende nichts übrig bliebe, als zu kündigen. Dabei hatte sie allerdings sowohl Kats Entschlossenheit als auch ihre Fähigkeiten außer acht gelassen. Schritt für Schritt gewann Kat ihre Mitarbeiter für sich; sie hatte eine natürliche Begabung, die Kollegen wie Patienten beeindruckte. Der eigentliche Durchbruch kam jedoch im Zusammenhang mit einem Vorfall, der im ganzen Krankenhaus als »der Trick mit dem Schweineblut« berühmt wurde.

Auf einer Morgenvisite, bei der Kat einem Oberassistenten namens Dundas assistierte, stand man am Bett eines bewußtlosen Patienten.

»Mr. Levy hatte einen Autounfall«, informierte Dundas die jüngeren Assistenten. »Er hat viel Blut verloren und braucht deswegen sofort eine Bluttransfusion. Das Krankenhaus hat momentan aber nicht genug Blut zur Verfügung, und der Mann hat Familie, nur weigern sich die Angehörigen, ihm Blut zu spenden. Es ist zum Wahnsinnigwerden.«

»Wo sind die Angehörigen?« fragte Kat.

»Im Wartezimmer«, erwiderte Dr. Dundas.

»Macht es Ihnen etwas aus, wenn ich mit den Verwandten rede?« fragte Kat.

»Bringt nichts. Ich habe bereits mit ihnen gesprochen. Sie haben ihre Entscheidung gefällt.«

Nach Beendigung der Visite begab Kat sich ins Besucherzimmer, wo sie die Ehefrau mit den erwachsenen Söhnen und Töchtern antraf. Die Söhne trugen beide eine Jarmulke, und unter ihren Jacken schaute der rituelle Tallit hervor.

»Mrs. Levy?« fragte Kat mit Blick auf die Frau, die sich sofort erhob.

»Wie geht's meinem Mann? Wird der Doktor ihn operieren?«

»Ja«, entgegnete Kat.

»Also, da dürfen Sie uns aber nicht bitten, unser Blut zu spenden. Heutzutage, mit Aids und all diesen Sachen, ist das viel zu gefährlich.«

»Mrs. Levy«, sagte Kat eindringlich, »durch Blutspenden können Sie kein Aids bekommen. Das ist einfach unmög ...«

»Machen Sie mir doch nichts weis! Ich lese Zeitung. Ich weiß genau Bescheid.«

Kat musterte die Frau kurz. »Davon bin ich überzeugt. Das ist auch ganz in Ordnung, Mrs. Levy. Im Krankenhaus sind die Blutvorräte momentan knapp, das stimmt tatsächlich, aber wir haben das Problem gelöst.«

»Gut.«

»Wir werden Ihrem Mann Schweineblut übertragen.«

Mutter und Sohn schauten Kat entsetzt an.

»*Was?*«

»Schweineblut«, wiederholte Kat flott. »Es wird ihm wahrscheinlich nicht schaden.« Sie ging zur Tür.

»Warten Sie!« rief Mrs. Levy. Kat blieb stehen. »Ja?«

»Ich, äh ... lassen Sie uns nur eine Minute Zeit zum Nachdenken, ja?«

»Aber gewiß.«

Eine Viertelstunde später suchte Kat Dr. Dundas auf.

»Wegen der Familie von Mr. Levy brauchen Sie sich keine Sorgen mehr zu machen. Die Angehörigen sind bereit, Blut zu spenden.«

Die Geschichte verbreitete sich wie ein Lauffeuer im ganzen Krankenhaus. Ärzte und Schwestern, die Kat bisher nicht beachtet hatten, suchten plötzlich das Gespräch mit ihr.

Wenige Tage später betrat Kat das Privatkrankenzimmer von Tom Leonard, einem Patienten mit Magengeschwüren. Er war gerade dabei, sich ein riesiges Mittagessen einzuverleiben, das er von einem nahegelegenen Delikatessengeschäft hatte kommen lassen.

Kat trat zu ihm ans Bett. »Was machen Sie da?«

Er hob den Blick. Er grinste sie an. »Ich gönne mir zur Abwechslung mal was Anständiges zum Essen. Wollen Sie mir Gesellschaft leisten? Es ist genug da.«

Kat läutete nach der Schwester.

»Ja, Doktor?«

»Hier, bitte entfernen Sie das. Mr. Leonard hat strenge Diät verordnet bekommen. Haben Sie sein Krankenblatt etwa nicht gelesen?«

»Ja, aber er hat darauf bestanden . . .«

»Entfernen Sie das bitte.«

»He! Moment mal!« Leonard erhob lauten Protest. »Der Krankenhausfraß ist absolut ungenießbar!«

»Wenn Sie Ihr Geschwür loswerden wollen, werden Sie den ›Krankenhausfraß‹ essen.« Kat fixierte die Schwester. »Tragen Sie das Zeug hinaus.«

Eine halbe Stunde später wurde Kat zum Verwaltungsdirektor bestellt.

»Sie möchten mich sprechen, Dr. Wallace?«

»Ja. Setzen Sie sich. Sie haben einen Patienten namens Tom Leonard, nicht wahr?«

»Korrekt. Und ich habe ihn heute dabei erwischt, wie er zu Mittag ein pikantes Pastramisandwich mit Gewürzgurken und Kartoffelsalat aß, also ein scharfes Essen, und . . .«

»Und Sie haben es ihm weggenommen.«

»Selbstverständlich.«

Wallace lehnte sich auf seinem Stuhl vor. »Frau Doktor, Sie sind sich wohl der Tatsache nicht bewußt gewesen, daß Tom Leonard dem Aufsichtsrat unseres Krankenhauses angehört. Da wollen wir doch bestimmt alles tun, damit er sich bei uns wohl fühlt. Sie verstehen, worauf ich hinauswill?«

Kat schaute ihn ungerührt an und erklärte stur: »Nein, Sir.«

Er blinzelte. »Wie bitte?«

»Ich habe den Eindruck, daß wir nur auf eine einzige Weise dafür sorgen können, daß Tom Leonard sich wohl fühlt – indem wir nämlich alles tun, damit er gesund wird. Wenn er sich den Magen aufreißt, wird er bestimmt nicht gesund.«

Benjamin Wallace zwang sich zu einem Lächeln. »Warum lassen wir ihn das nicht selber entscheiden?«

Kat stand auf. »Weil *ich* seine Ärztin bin. Gibt es sonst noch etwas?«

»Ich ... ähem ... nein. Das ist alles.«

Kat verließ das Büro.

Benjamin Wallace blieb sprachlos zurück. *Frauen! Ärztinnen!*

Kat hatte Nachtdienst, als sie einen Anruf erhielt. »Dr. Hunter, ich glaube, es wäre besser, wenn Sie auf Zimmer 320 kämen.«

»Bin schon unterwegs.«

Der Patient auf Zimmer 320 war eine Mrs. Molloy, eine Krebskranke in den Achtzigern mit geringen Überlebenschancen. Als Kat sich der Tür näherte, vernahm sie von drinnen lautes Gezeter und trat rasch ein.

Mrs. Molloy lag im Bett. Sie hatte zwar starke Sedativa bekommen, war aber bei Bewußtsein. Außer ihr befanden sich im Zimmer noch ihr Sohn und ihre zwei Töchter.

Der Sohn erklärte gerade: »Und ich sage euch, daß das Erbe gedrittelt wird!«

»Nein!« widersprach eine der beiden Töchter. »Laurie und ich, wir sind's gewesen, die Mama gepflegt haben. Wer hat denn wohl für sie gekocht und sich um sie gekümmert? Laurie und ich, nur wir beide! Also, da haben wir auch ein Recht auf ihr Geld und ...«

»Ich bin genausogut ihr Fleisch und Blut wie ihr!« brüllte der Mann aufgebracht.

Mrs. Molloy lag hilflos in ihrem Bett und mußte sich alles mitanhören.

Kat war außer sich vor Wut. »Entschuldigung«, sagte sie.

Eine der beiden Töchter warf ihr einen flüchtigen Blick zu. »Kommen Sie später wieder, Schwester. Wir sind beschäftigt.«

Kat gab keinen Pardon. »Mrs. Molloy ist meine Patientin. Ich gebe Ihnen zehn Sekunden, um das Zimmer zu verlassen. Sie können im Besucherraum warten. Und jetzt raus mit Ihnen – oder ich rufe die Sicherheitsbeamten und lasse Sie hinauswerfen.«

Der Sohn öffnete schon den Mund, aber als er Kats Blick auffing, zog er es doch vor zu schweigen. Er drehte sich zu seinen Schwestern um und zuckte mit den Achseln. »Wir können uns ja draußen weiter unterhalten.«

Kat behielt die drei im Auge, bis sie durch die Tür verschwunden waren, wandte sich Mrs. Molloy zu und streichelte ihr den Kopf. »Sie haben es nicht so gemeint«, sagte sie leise, setzte sich ans Bett, hielt die Hand der alten Frau und wartete, bis sie eingeschlafen war.

Wir müssen alle einmal sterben, dachte Kat. *Was Dylan Thomas dazu gesagt hat, kannst du vergessen. In Wirklichkeit kommt es darauf an, ruhig in jene gute Nacht zu gehen.*

Kat war gerade dabei, einen Patienten zu behandeln, als ein Pfleger ins Krankenzimmer trat. »Ein dringender Anruf für Sie im Schwesternzimmer, Doktor.«

Kat zog die Stirn unmutig in Falten. »Danke.« Sie wandte sich an den Patienten, dessen Körper völlig eingegipst war, die Beine lagen in einem Streckapparat.

Kat nahm das Gespräch vor dem Schwesternzimmer an. »Hallo?«

»Hi, Schwesterchen.«

»Mike!« Sie war froh, von ihm zu hören, doch die Freude schlug rasch in Besorgnis um. »Mike, ich hab' dich gebeten, mich nie im Krankenhaus anzurufen. Du hast die Nummer meiner Wohnung, falls . . .«

»He, tut mir leid. Aber die Sache kann nicht warten. Ich hab' da ein kleines Problem.«

Da wußte Kat schon, was kommen würde.

»Ich hab' mir etwas Geld von einem Kerl geborgt, um in ein Geschäft zu investieren...«

Kat machte sich gar nicht erst die Mühe zu fragen, um was für eine Sache es sich da gehandelt habe. »Und das Geschäft ist in die Binsen gegangen.«

»Yeah. Und jetzt will er sein Geld zurück.«

»Wieviel, Mike?«

»Also, wenn du mir fünftausend schicken könntest...«

»Was sagst du da?«

Die Stationsschwester beobachtete Kat neugierig.

Fünftausend Dollar! Kat senkte die Stimme. »Soviel habe ich nicht. Ich... ich kann dir die Hälfte gleich schicken und den Rest in ein paar Wochen. Ist das in Ordnung?«

»Glaub' schon. Ich hasse es, dich zu belästigen, Schwesterchen, aber du weißt ja, wie es ist.«

Kat wußte genau, wie es war: Ihr zweiundzwanzigjähriger Bruder war andauernd in zwielichtige Geschäfte verwickelt. Er gehörte irgendwelchen Banden an, die weiß Gott was trieben; aber Kat fühlte sich für ihn verantwortlich. *Wenn ich nicht von zu Hause weggerannt wäre und ihn verlassen hätte...* »Halt dich aus dem Ärger heraus, Mike. Ich hab' dich lieb.«

»Ich hab' dich auch lieb, Kat.«

Ich werde ihm das Geld irgendwie beschaffen müssen, dachte Kat. *Mike ist alles, was ich auf der Welt habe.*

Dr. Isler hatte sich darauf gefreut, wieder mit Honey Taft zusammenzuarbeiten. Ihre schlechte Leistung auf der ersten Visite hatte er ihr längst verziehen; im Grunde fühlte er sich sogar geschmeichelt, weil sie ja aus Respekt vor ihm nervös geworden war. Aber bei den nächsten Visiten versteckte sie sich hinter den anderen Assistenzärzten und meldete sich nie zu Wort, um auf eine Frage zu antworten.

Eine halbe Stunde nach Abschluß einer Visite saß Dr. Isler bei Benjamin Wallace im Büro.

»Wo liegt das Problem?« fragte Wallace.

»Dr. Taft.«

Wallace betrachtete ihn aufrichtig überrascht. »Dr. Taft? Sie hat die besten Referenzen, die ich in meinem ganzen Leben zu sehen bekommen habe.«

»Genau das ist es ja, was mich so verunsichert«, meinte Dr. Isler. »Ich habe von einigen anderen Assistenten gehört, daß sie falsche Diagnosen stellt und gravierende Fehler macht. Ich hätte gern gewußt, was zum Teufel da eigentlich los ist.«

»Das verstehe ich nicht. Sie hat an einer guten Universität studiert.«

»Vielleicht sollten Sie einmal bei dem Dekan der Fakultät nachfragen«, schlug Dr. Isler vor.

»Das ist Jim Pearson. Ein ausgezeichneter Mann. Ich werde ihn anrufen.«

Wenige Minuten später hatte Wallace Jim Pearson in der Leitung. Die beiden machten ein bißchen Konversation. Dann erklärte Wallace: »Ich rufe wegen Betty Lou Taft an.«

Nach kurzem Schweigen: »Ja?«

»Es gibt hier mit ihr offensichtlich ein paar Probleme, Jim. Und wir haben sie aufgrund Ihrer hervorragenden Empfehlungen aufgenommen.«

»Richtig.«

»Ich habe Ihr Empfehlungsschreiben zufällig gerade vor mir liegen. Sie erklären, daß Sie nicht viele Studenten kennengelernt haben, die so brillant sind wie Dr. Taft.«

»Korrekt.«

»Und daß Sie dem Arztberuf alle Ehre machen wird.«

»Ja.«

»Hat es bei Ihnen nie Bedenken gegeben, was . . .«

»Nicht die geringsten«, erklärte Dr. Pearson mit fester Stimme. »Überhaupt keine. Wahrscheinlich ist sie nur ein bißchen nervös. Sie ist hochsensibel. Aber wenn Sie ihr eine Chance geben, wird sie sich bestimmt bewähren. Da bin ich mir ganz sicher.«

»Nun, ich bin Ihnen dankbar, daß Sie mich in diesem Punkt

beruhigen können. Wir werden ihr ganz bestimmt eine Chance geben. Nochmals vielen Dank.«

»Gern geschehen.« Er legte auf.

Jim Pearson blieb noch eine Weile am Schreibtisch sitzen und verachtete sich selbst.

Aber zuallererst muß ich an meine Frau und an meine Kinder denken.

8. Kapitel

Honey Taft hatte das Pech, in eine Familie hineingeboren zu werden, in der nur Supererfolge zählten. Ihr blendend aussehender Vater war Gründer und Vorsitzender einer großen Computerfirma in Memphis, Tennessee; ihre Mutter eine Wissenschaftlerin, die sich in der Genetik einen Namen gemacht hatte; und ihre beiden älteren Schwestern waren keinen Deut weniger attraktiv, intelligent und ehrgeizig als die Eltern. Die Tafts gehörten in Memphis zur Prominenz.

Honey war eine Nachzüglerin. Sie war auf die Welt gekommen, ungebeten und unerwünscht, als ihre Schwestern bereits sechs Jahre alt waren. »Honey war unser kleines Mißgeschick«, erzählte die Mutter unbekümmert vor Freundinnen. »Ich hätte ja gern eine Abtreibung machen lassen, aber Fred war dagegen. Heute tut es ihm leid.«

Da, wo Honeys Schwestern überwältigend waren, erwies Honey sich als eher schlicht. Wo sie brillant waren, blieb Honey durchschnittlich. Die Schwestern hatten mit neun Monaten angefangen zu sprechen; als Honey ihr erstes Wort hervorbrachte, war sie fast zwei Jahre alt.

»Wir nennen sie ›Dummchen‹«, meinte der Vater lachend. »In unserer Familie ist Honey das häßliche Entlein. Ich glaube allerdings nicht, daß aus ihr je ein Schwan werden wird.«

Nicht, daß Honey häßlich gewesen wäre; sie war aber auch nicht gerade hübsch. Sie sah normal und gewöhnlich aus mit ihrem dünnen, spitzen Gesicht, dem mausblonden Haar und ihrer keineswegs beneidenswerten Figur. Es gab jedoch etwas, das für Honey sprach: Sie hatte ein ungewöhnlich liebes, sonniges Gemüt – eine Eigenschaft, die bei den Tafts allerdings nicht in besonders hohem Kurs stand.

Soweit sie zurückdenken konnte, hatte Honey nichts mehr am Herzen gelegen, als ihren Eltern und Schwestern Freude zu bereiten und von ihnen geliebt zu werden. Leider war jede Liebesmühe vergebens. Beide Eltern gingen ganz in ihrer Karriere auf, und die Schwestern waren vollauf damit beschäftigt, Schönheitswettbewerbe zu gewinnen und Stipendien zu ergattern. Und Honeys übertriebene Schüchternheit – die Familie hatte ihr, bewußt oder unbewußt, ein tiefsitzendes Minderwertigkeitsgefühl eingeflößt – machte die Sache nicht eben besser.

Auf der Highschool galt Honey als Mauerblümchen. Schulbälle und Feste besuchte sie allein, ohne Begleitung, und lächelte tapfer, weil sie nicht zeigen wollte, wie miserabel sie sich fühlte – sie wollte doch den anderen die Freude nicht verderben. Sie erlebte, wie ihre Schwestern daheim von den beliebtesten Jungen der Schule abgeholt wurden, während sie auf ihr Zimmer schlich, um sich einsam und allein mit den Hausaufgaben abzuplagen.

Und sich Mühe gab, nicht zu weinen.

An Wochenenden und während der Sommerferien verdiente sich Honey zusätzlich Taschengeld mit Babysitten. Sie kümmerte sich gern um Kinder, und die Kinder beteten sie an.

Wenn Honey nicht arbeitete, zog sie auf eigene Faust los und entdeckte Memphis für sich. Sie besuchte Graceland, wo Elvis Presley gewohnt hatte, spazierte über Beale Street, wo der Blues seinen Ursprung gehabt hatte, wanderte durch das Pink Palace Museum mit seinem brüllenden, stampfenden Dinosaurier, besichtigte das Aquarium ...

Und war immer allein.

Sie ahnte nicht einmal im Traum, daß ihr Leben bald eine dramatische Wende nehmen sollte.

Sie wußte, daß viele Mädchen aus ihrer Klasse Liebesgeschichten hatten. Davon redeten sie in der Schule ja die ganze Zeit.

»Bist du schon einmal mit Ricky im Bett gewesen? Er ist der beste ...«

»Joe versteht wirklich was von Orgasmus ...«

»Gestern abend war ich mit Tony aus. Ich bin total erschöpft. So tierisch wie der . . . ! Ich seh' ihn heut abend wieder . . .«

Honey stand daneben, hörte die Gespräche mit und verspürte im Bewußtsein, daß sie selber so etwas nie erleben würde, bittersüße Neidgefühle. *Wer würde mich schon wollen?* fragte sich Honey.

An einem Freitagabend gab es einen Schulball. Honey hatte nicht die Absicht hinzugehen. Ihr Vater sprach sie darauf an: »Weißt du, ich mache mir langsam Sorgen. Ich habe von deinen Schwestern erfahren, daß du ein Mauerblümchen bist und nicht zum Schulball willst, weil du keinen Begleiter finden kannst.«

Honey errötete. »Das ist nicht wahr«, wehrte sie sich. »Ich *habe* einen Freund, natürlich geh' ich hin.« *Bitte gib, lieber Gott, daß er nicht fragt, wer mein Freund ist,* betete Honey.

Und er fragte sie dann tatsächlich nicht.

Und so saß Honey auf dem Schulball wie gewöhnlich in ihrer Ecke und mußte zuschauen, wie die andern tanzten und den Abend genossen.

Da geschah das Wunder.

Roger Merton, Kapitän der Fußballmannschaft und der begehrteste Junge der ganzen Schule, bekam auf der Tanzfläche Streit mit seiner Freundin. Er war angetrunken.

»Du nutzloses, egoistisches Schwein!« schimpfte sie.

»Und du bist ein doofes Miststück!«

»Dann geh' dich doch selber ficken.«

»Ich muß mich aber nicht selber ficken, Sally. Ich kann ein anderes Mädchen ficken – wen ich will.«

»Dann mach doch!« Und sie stürmte von der Tanzfläche.

Es war gar nicht zu vermeiden, daß Honey alles mithörte.

Roger bemerkte ihren Blick. »Warum starrst du mich so an?« Er bekam die Worte nicht mehr ganz klar heraus.

»Nur so«, sagte Honey.

»Der werd' ich's zeigen! Glaubst du vielleicht, daß ich's der nicht zeigen werde?«

»Ich . . . Nein.«

»Da hast du verdammt recht. Komm, trink'n wa'n Schlückchen.«

Honey zögerte. Roger war sichtlich betrunken. »Also, ich . . .«

»Großartig. Ich hab' 'ne Flasche bei mir im Auto.«

Und schon nahm er Honey am Arm und steuerte sie aus dem Saal hinaus, und sie ging mit ihm mit, weil sie keine Szene machen und ihn nicht öffentlich blamieren wollte.

Als sie im Freien ankamen, versuchte sich Honey ihm zu entziehen. »Roger, ich glaube, das ist keine gute Idee. Ich . . .«

»Biste vielleicht 'n . . . Feigling?«

»Nein, ich . . .«

»Also gut. Komm schon.«

Er führte sie zu seinem Wagen und öffnete die Tür. Honey blieb einen Augenblick lang unschlüssig stehen.

»Steig ein.«

»Ich kann aber nur ganz kurz bleiben«, sagte Honey.

Sie stieg ein, weil sie Roger nicht verärgern wollte. Er setzte sich neben sie.

»Der blöden Kuh werden wir beide es aber zeigen, oder?« Er hielt ihr eine Flasche Bourbon hin. »Hier!«

Honey hatte in ihrem Leben erst ein einziges Mal ein Glas Alkohol getrunken – und scheußlich gefunden. Weil sie Roger aber nicht beleidigen wollte, trank sie widerstrebend einen kleinen Schluck.

»Bist in Ordnung«, sagte Roger. »Bist neu an der Schule, wie?«

Honey war mit ihm in drei Fächern in der gleichen Klasse. »Nein«, sagte Honey. »Ich . . .«

Er beugte sich über sie und begann, mit ihren Brüsten zu spielen.

Honey bekam einen Schreck und rückte von ihm ab.

»He! Komm schon. Willst mir keine Freude machen?« sagte er.

Und das war das Zauberwort – Honey wollte doch allen nur Freude machen, und wenn man mit dieser Sache jemandem eine Freude machen könnte . . .

So hatte Honey denn auf dem unbequemen Rücksitz in Rogers Auto ihr erstes sexuelles Erlebnis, und es öffnete ihr die Tür zu einer völlig neuen Welt. Der Geschlechtsverkehr selbst machte ihr nicht besonders viel Spaß; das war aber nicht wichtig. Für Honey war nur wichtig, daß es Roger Spaß machte. Und Honey war ehrlich überrascht, welch *großen* Spaß es ihm machte. Es schien ihn geradezu in Ekstase zu versetzen. Sie hatte noch nie erlebt, daß einem Menschen etwas *so* viel Spaß machte. *So macht man also einen Mann glücklich,* dachte Honey.

Es war eine Offenbarung.

Es gelang Honey einfach nicht mehr, das Wunder dieser Erfahrung aus dem Bewußtsein zu verdrängen. Sie konnte nicht schlafen, erinnerte sich an Rogers männliche Härte – wie er in sie eingedrungen war und immer und immer schneller gestoßen hatte, und an sein Stöhnen: »O ja, ja, ja ... Mein Gott, du bist fantastisch, Sally ...«

Honey nahm ihm nicht einmal das übel. Sie hatte dem Kapitän der Fußballmannschaft gefallen! Dem begehrtesten Jungen an der ganzen Schule hatte sie eine Freude gemacht. *Und dabei hab' ich eigentlich gar nicht mal gewußt, was ich da tue,* überlegte Honey. *Wenn ich nun aber richtig lernen würde, wie man einem Mann gefällt ...*

Und auf diese Weise kam Honey zu ihrer zweiten Offenbarung.

Am nächsten Morgen suchte Honey den Pleasure Chest auf, einen Pornobuchladen an der Poplar Street, kaufte sich ein halbes Dutzend Bücher über Erotik, schmuggelte sie ins Elternhaus und studierte sie in der Abgeschlossenheit ihres Zimmers. Was sie da las, versetzte sie in atemloses Erstaunen.

Sie verschlang die Seiten des *Perfumed Garden* und des *Kamasutra,* die *Tibetanischen Liebeskünste,* die *Alchimie der Ekstase* und beschaffte sich weitere Bücher. Sie las die Worte von Gedun Chopel und die geheimnisvollen Berichte des Kanchinatha.

Sie betrachtete die aufregenden Fotos der siebenunddreißig Stellungen des Liebesspiels und lernte die Bedeutung von Halbmond und Kreis, Lotosblüte und Wolkenstücken und den Weg der schäumenden Erregung.

Honey wurde Expertin – für die acht Arten oralen Sex und die Wege der sechzehn Freuden und die Ekstase der Murmelkette. Sie wußte, wie sie einen Mann, um seine Lust zu steigern, *karuna* lehren könnte. Jedenfalls theoretisch.

Honey spürte, daß die Zeit gekommen war, die Theorie in die Praxis umzusetzen.

Das *Kamasutra* enthielt einige Kapitel über Aphrodisiaka, die die sexuelle Erregung des Mannes steigerten; da Honey jedoch nicht wußte, wo sie sich *Hedysarum gangeticum*, die *kshirika*-Pflanze oder *Xanthochymus pictorius* beschaffen könnte, dachte sie sich dafür Ersatz aus.

Als Honey in der folgenden Woche Roger Merton im Unterricht begegnete, trat sie auf ihn zu und erklärte: »Das hat richtig Spaß gemacht letzte Woche. Können wir's noch mal machen?«

Er brauchte einen Moment, um sich an Honey zu erinnern. »Oh. Klar. Warum nicht? Meine Eltern sind heut abend aus. Warum kommst du nicht um acht Uhr zu mir?«

Als Honey an diesem Abend um acht vor dem Haus der Mertons stand, hatte sie ein kleines Glas Ahornsirup bei sich.

»Wofür soll 'n das gut sein?« fragte Roger.

»Ich werd's dir gleich zeigen«, antwortete Honey.

Und sie zeigte es ihm.

Am nächsten Morgen erzählte Roger allen Schulfreunden von Honey.

»Die ist einfach unglaublich«, sagte er. »Ihr würdet es nie glauben, was dieses Mädchen mit 'm bißchen warmen Sirup fertigbringt!«

Am Nachmittag wollten sich gleich fünf oder sechs Jungen mit Honey verabreden. Von da an ging sie Abend für Abend aus. Die Jungen waren überglücklich; das wiederum machte Honey überglücklich.

Honeys Eltern waren über die plötzliche Beliebtheit ihrer Tochter entzückt.

»Unser Mädchen hat eine Weile gebraucht, bis sie aufblühte«, erklärte der Vater voller Stolz. »Nun ist aus ihr doch noch eine echte Taft geworden!«

In Mathematik hatte Honey immer nur schlechte Noten nach Hause gebracht, und ihr war klar, daß sie in der letzten Prüfungsarbeit versagt hatte. Ihr Mathematiklehrer, Mr. Janson, war Junggeselle und wohnte ganz in der Nähe der Schule. Honey stattete ihm eines Abends einen Besuch ab. Er machte ein erstauntes Gesicht, als er die Haustür öffnete.

»Honey! Was machst du denn hier?«

»Ich brauche Ihre Hilfe«, sagte Honey. »Mein Vater bringt mich um, wenn ich Ihren Kurs nicht schaffe. Ich hab' ein paar Mathematikaufgaben mitgebracht – würde es Ihnen etwas ausmachen, sie mit mir durchzugehen?«

Er zögerte einen Augenblick. »Das *ist* etwas ungewöhnlich, aber ... Nun gut.«

Mr. Janson mochte Honey gern. Sie war anders als die übrigen Mädchen der Klasse, die rauh und gleichgültig waren, während Honey mitfühlend und empfindsam war und immer gefällig sein wollte. Er hätte sich nur gewünscht, daß sie ein bißchen mehr Verständnis für Mathematik aufbringen würde.

Mr. Janson saß auf der Couch neben Honey und begann, ihr die Rätsel und Geheimnisse der Logarithmen zu erläutern.

An Logarithmen hatte Honey kein Interesse. Während Mr. Janson sprach, rückte sie immer näher an ihn heran. Sie begann, ihm auf den Hals und in die Ohren zu atmen, und bevor Mr. Janson merkte, wie ihm geschah, war der Reißverschluß seiner Hose auch schon offen.

Er sah Honey erstaunt an. »Aber was machst du da?«

»Ich habe Sie schon gewollt, als ich Sie zum erstenmal sah«, erklärte Honey. Sie öffnete ihre Handtasche und holte einen kleinen Becher Schlagsahne heraus.

»Und was ist das?«

»Ich werd's Ihnen zeigen...«

Honey bekam in Mathematik eine Eins.

Daß Honey unheimlich beliebt wurde, lag keineswegs nur an den Accessoires, die sie verwendete; es hatte auch mit dem Wissen zu tun, daß sie sich aus den vielen alten Büchern über Erotik angelesen hatte. Sie entzückte ihre Partner mit Techniken, die ihnen nicht einmal im Traum eingefallen wären, Techniken, die Jahrtausende alt und längst vergessen waren. Dank Honey gewann das Wort »Ekstase« eine neue Bedeutung.

Honeys Noten besserten sich radikal. Auf einmal war sie in der Highschool noch viel beliebter als ihre Schwestern vor ihr. Honey bekam Einladungen zum Abendessen im Restaurant Private Eye und im Bombay Bicycle Club; sie wurde in die Ice Capades im Einkaufszentrum von Memphis ausgeführt. Die Jungen gingen mit ihr in Cedar Cliff Ski fahren und nahmen sie zum Fallschirmspringen zum Landis Airport mit.

Auf dem College konnte Honey die gleichen gesellschaftlichen Erfolge verbuchen wie auf der Highschool. Eines Tages meinte der Vater beim Abendessen: »Du wirst jetzt bald dein Examen machen. Es wird Zeit, an deine Zukunft zu denken. Weißt du eigentlich schon, was du mit deinem Leben anfangen willst?«

Darauf hatte Honey prompt eine Antwort parat. »Ich möchte Krankenschwester werden.«

Der Vater lief rot im Gesicht an. »Du meinst wohl – Ärztin.«

»Nein, Vater. Ich...«

»Du bist eine Taft. Wenn du in die Medizin willst, wirst du Ärztin. Hast du verstanden?«

»Ja, Vater.«

Honey hatte es ehrlich gemeint – sie hatte wirklich Krankenschwester werden wollen. Sie kümmerte sich leidenschaftlich gern um Menschen; liebte es, ihnen zu helfen, sie zu pflegen. Die Vorstellung, Ärztin zu werden, die Verantwortung für das Leben anderer Menschen übernehmen zu müssen, jagte ihr einen heillosen Schrecken ein. Ihr war aber auch klar, daß sie ihren Vater nicht enttäuschen durfte. *»Du bist eine Taft.«*

Ihr Abschlußzeugnis war nicht gut genug, um ihr einen Studienplatz für Medizin zu verschaffen; der Einfluß des Vaters war aber mehr als ausreichend. Er war ein maßgebliches Mitglied des Förderkreises einer medizinischen Hochschule in Knoxville, Tennessee, mit deren Dekan er sich zu einem Gespräch verabredete.

»Sie bitten mich da wirklich um einen großen Gefallen«, erklärte Pearson. »Ich will Ihnen sagen, was ich machen werde. Ich werde Honey zunächst zur Probe aufnehmen. Sollten wir allerdings nach sechs Monaten den Eindruck gewonnen haben, daß ihr für das Studium die Voraussetzungen fehlen, werden wir sie ziehen lassen müssen.«

»Einverstanden. Sie werden eine Überraschung erleben.«

Damit behielt er recht.

Taft hatte es so eingerichtet, daß seine Tochter in Knoxville bei seinem Vetter, dem Reverend Douglas Lipton, wohnen konnte.

Douglas Lipton war der Pfarrer der Baptistengemeinde, ein Mann in den Sechzigern, verheiratet mit einer zehn Jahre älteren Frau. Der Pfarrer war von Honeys Anwesenheit im Haus sehr angetan.

»Sie ist wie ein frischer Wind«, sagte er zu seiner Frau.

Nie zuvor war Douglas Lipton jemandem begegnet, der so eifrig darauf bedacht war, seinen Mitmenschen alles recht zu machen.

Im Medizinstudium schlug Honey sich einigermaßen gut, war aber irgendwie nicht ganz bei der Sache – sie studierte ja auch schließlich nur ihrem Vater zu Gefallen.

Die Professoren fanden Honey sympathisch und wünschten ihr aus ganzem Herzen Erfolg, weil sie ein natürliches und aufrichtig freundliches Wesen hatte.

Die größten Schwächen zeigte sie – Ironie des Schicksals – in Anatomie, so daß der Anatomieprofessor sie nach dem zweiten

Studienmonat zu sich bestellte. »Sosehr ich es bedaure, aber ich werde Sie durchfallen lassen müssen«, erklärte er sichtlich betroffen.

Ich darf aber nicht durchfallen, dachte Honey. *Das kann ich meinem Vater nicht antun,* und überlegte: *Was hätte wohl Boccaccio in solch einer Situation empfohlen?*

Honey rückte dem Professor ein wenig näher. »Ich bin Ihretwegen zum Studium an diese Hochschule gekommen. Ich hatte ja schon so viel von Ihnen gehört.« Sie rückte immer näher. »Ich möchte so werden wie Sie.« Noch dichter. »Ärztin sein – das bedeutet mir alles.« Ganz dicht. »Bitte helfen Sie mir...«

Als Honey das Büro eine Stunde später wieder verließ, waren ihr die Antworten auf alle Fragen der anstehenden Prüfung bekannt.

Bis Studienende hatte Honey eine ganze Reihe von Professoren verführt. Honey hatte etwas Hilfloses an sich, dem keiner zu widerstehen vermochte. Dabei standen alle unter dem Eindruck, daß sie die Verführer und Honey die Verführte war, und alle hatten ein schlechtes Gewissen, weil sie glaubten, Honeys Naivität und Unschuld ausgenutzt zu haben.

Der letzte unter den Professoren, der Honey zum Opfer fiel, war Dr. Jim Pearson. Er hatte viel von ihr gehört; die Geschichten, die ihm zu Ohren kamen, machten ihn ziemlich neugierig – Gerüchte über außergewöhnliche sexuelle Praktiken waren in Umlauf. Eines Tages ließ er Honey zu sich rufen, um ihre Noten zu besprechen. Sie brachte eine kleine Schachtel Puderzucker mit, und als der Nachmittag sich dem Ende zuneigte, war Dr. Pearson ihr ebenso verfallen wie die anderen auch. Sie gab ihm das Gefühl, daß er ein König war und sie seine ergebene Sklavin.

Er versuchte, nicht an seine Frau und seine Kinder zu denken.

Für den Reverend Douglas Lipton empfand Honey echte Zuneigung; sie litt darunter, daß er mit einer kalten, frigiden Frau verheiratet war, die ihn immer nur kritisierte. Der Pfarrer tat

Honey leid. *Das hat er nicht verdient,* dachte Honey. *Er braucht Trost.*

Als Mrs. Lipton eines Tages zu ihrer Schwester verreist war, kam Honey mitten in der Nacht ins Schlafzimmer des Pfarrers – nackt. »Douglas . . .«

Er machte große Augen. »Honey? Ist dir nicht gut?«

»Nein«, sagte sie. »Kann ich mit dir reden?«

»Natürlich.« Er streckte die Hand nach der Lampe aus.

»Bitte kein Licht machen.« Sie kroch zu ihm ins Bett.

»Was ist denn? Fühlst du dich nicht wohl?«

»Ich mach' mir Sorgen.«

»Worüber?«

»Über dich. Du hast es verdient, geliebt zu werden. Ich möchte dich liebhaben.«

Er war plötzlich hellwach. »O mein Gott!« sagte er. »Du bist ja noch ein Kind. Das kann doch nicht dein Ernst sein.«

»Ich meine es aber ernst. Deine Frau schenkt dir überhaupt keine Liebe . . .«

»Honey, das ist völlig ausgeschlossen! Du gehst jetzt bitte sofort wieder auf dein Zimmer und . . .«

Er spürte ihren nackten Körper, der sich an ihn schmiegte. »Honey, wir dürfen nicht. Ich bin . . .«

Da lagen ihre Lippen bereits auf seinen Lippen, war ihr Körper über ihm. Er wurde mitgerissen. Sie blieb die ganze Nacht bei ihm im Bett.

Um sechs Uhr morgens wurde die Schlafzimmertür geöffnet, und Mrs. Lipton marschierte herein. Als sie die beiden im Bett bemerkte, drehte sie sich auf dem Absatz um und verließ wortlos das Zimmer.

Zwei Stunden später beging der Reverend Douglas Lipton in seiner Garage Selbstmord.

Honey war völlig verstört, als sie es in den Nachrichten hörte. Sie konnte es nicht fassen.

Der Sheriff führte nach der Untersuchung des Tatorts eine Unterredung mit Mrs. Lipton.

Anschließend machte er sich auf die Suche nach Honey. »Aus Achtung vor der Familie werden wir den Tod des Reverend als ›Selbstmord aus unbekannten Gründen‹ registrieren. *Ihnen* kann ich nur empfehlen, daß Sie Ihre verdammten Sachen packen und sich hier nie wieder blicken lassen.«

Deshalb war Honey nach San Francisco gekommen, ins Embarcadero County Hospital.

Mit wärmsten Empfehlungen von Dr. Jim Pearson.

9. Kapitel

Für Paige hatte die Zeit jede Bedeutung verloren, gab es keinen Anfang und kein Ende mehr. Die Tage und Nächte gingen nahtlos ineinander über. Das Krankenhaus war ihr ein und alles, war ihr Leben geworden, die Welt draußen ein fremder, ferner Planet.

Weihnachten kam und ging vorüber. Ein neues Jahr begann. In der Welt außerhalb des Krankenhauses hatten US-Truppen Kuwait von den Irakern befreit.

Von Alfred kein Wort. *Er wird bestimmt entdecken, daß er einen Fehler gemacht hat,* dachte Paige. *Er wird zu mir zurückkommen.*

Die verrückten morgendlichen Anrufe hatten so plötzlich aufgehört, wie sie angefangen hatten. Paige war erleichtert, als keine neuen mysteriösen, bedrohlichen Dinge mehr geschahen. Im nachhinein kam ihr das Ganze vor wie ein böser Traum – aber die Anrufe *waren* kein Traum gewesen.

Es ging weiterhin hektisch zu. Nie war genug Zeit, um die Patienten persönlich kennenzulernen. Sie waren bloß Gallenblasen und Leberrisse, Oberschenkelbrüche und Rückenverletzungen.

Das Krankenhaus war wie ein Urwald voller mechanischer Dämonen – Beatmungsgeräte, Monitore für die Herzfrequenz, Geräte für Computertomographie, Röntgenapparate. Und jedes Gerät hatte sein eigenes Geräusch, es gab Pfeifen, Summen, Surren und dazu das unaufhörliche Geplapper der Lautsprecheranlage. Das alles vermengte sich zu einer lauten, wahnsinnigen Kakophonie.

Das zweite Jahr als Assistenzarzt war eine Übergangsphase. Die Assistenten rückten auf, bekamen schwierigere Aufgaben und beobachteten die nächste Gruppe von Neuankömmlingen, denen sie ein leichtes Gefühl von Verachtung und Arroganz entgegenbrachten.

»Die armen Teufel«, meinte Kat zu Paige. »Haben ja keine Ahnung, auf was sie sich da eingelassen haben.«

»Werden's früh genug herausfinden.«

Paige und Honey machten sich wegen Kat Sorgen. Sie nahm ständig ab und wirkte deprimiert. Schaute während eines Gesprächs plötzlich ins Leere und war nicht mehr ansprechbar. Bekam von Zeit zu Zeit einen geheimnisvollen Anruf, der ihre Depression jedesmal verschlimmerte.

Paige und Honey versuchten, mit ihr darüber zu sprechen.

»Ist alles in Ordnung?« fragte Paige. »Du weißt, daß wir dich mögen und dir gern helfen würden, falls du ein Problem hast.«

»Danke. Ich weiß es zu schätzen, aber ihr könnt nichts für mich tun. Es ist ein finanzielles Problem.«

Honey musterte sie erstaunt. »Aber wozu brauchst du denn Geld? Wir gehen doch nie aus. Wir haben nicht mal *Zeit*, uns etwas zu kaufen. Wir . . .«

»Es geht nicht um mich. Es betrifft meinen Bruder.« Ihren Bruder hatte Kat bisher nie erwähnt.

»Ich hab' gar nicht gewußt, daß du einen Bruder hast«, warf Paige ein.

»Lebt er in San Francisco?« wollte Honey wissen.

Kat zögerte. »Nein. Er lebt in unserer alten Gegend. In Detroit. Ihr werdet ihn aber bestimmt eines Tages kennenlernen.«

»Sehr gern. Und was macht er beruflich?«

»Er ist so was wie ein Unternehmer«, entgegnete Kat ausweichend. »Im Moment hat er eine Pechsträhne. Aber Mike wird die Kurve schon wieder kriegen. Hat er noch immer.« *O Gott, hoffentlich hab' ich recht,* dachte Kat.

Harry Bowman war als Assistenzarzt vom städtischen Krankenhaus versetzt worden, ein gutmütiger, lebenslustiger Typ, der keine Anstrengung scheute, allen gegenüber nett zu sein.

Eines schönen Tages sagte Bowman zu Paige: »Ich gebe morgen abend ein kleines Fest. Wenn Sie und Dr. Hunter und Dr. Taft nichts vorhaben, könnten Sie doch kommen. Es wird sicher lustig werden.«

»In Ordnung«, sagte Paige. »Was sollen wir mitbringen?«

Bowman lachte. »Nichts.«

»Bestimmt?« fragte Paige. »Eine Flasche Wein vielleicht? Oder ...«

»Lassen Sie nur! Wir feiern übrigens in meiner kleinen Wohnung.«

Bowmans kleine Wohnung entpuppte sich als Penthouse mit zehn Zimmern und antiken Möbeln.

Den drei Frauen verschlug es beim Eintreten die Sprache.

»Mein Gott!« sagte Kat. »Wo haben Sie denn das alles her?«

»Ich war so klug, mir einen cleveren Mann als Vater auszusuchen«, sagte Bowman, »und der hat mir sein ganzes Geld hinterlassen.«

»Und da *arbeiten* Sie?« fragte Kat verwundert.

Bowman lächelte. »Ich bin gern Arzt.«

Das Buffet bestand aus Beluga-Malossol-Kaviar, *paté de campagne,* schottischem Räucherlachs, Austern, erlesenen Krabben, köstlichen Salaten mit einer Schalotten-Vinaigrette und Cristal-Champagner. Bowman hatte nicht zuviel versprochen. Es wurde tatsächlich ein lustiger Abend.

»Ich kann Ihnen gar nicht genug danken«, erklärte Paige zum Abschied.

»Haben Sie Sonntag frei?« fragte er.

»Ja.«

»Mir gehört ein kleines Motorboot. Ich werd' Sie ein bißchen ausfahren.«

»Hört sich großartig an.«

Morgens um vier wurde Kat im Bereitschaftsraum aus dem Tiefschlaf gerissen. »Dr. Hunter, Notfallraum 3 ... Dr. Hunter, Notfallraum 3.«

Kat drängte ihre Erschöpfung zurück, stand auf, rieb sich den Schlaf aus den Augen und fuhr mit dem Lift zur Notaufnahme nach unten.

An der Tür wurde sie von einem Pfleger empfangen. »Er liegt auf dem Rollbett dort, in der Ecke. Er hat starke Schmerzen.«

Kat ging zu ihm. »Ich bin Dr. Hunter«, stellte sie sich mit verschlafener Stimme vor.

Er stöhnte. »O Gott, Doc. Tun Sie was. Der Rücken. Ich halt's nicht mehr aus.«

Kat unterdrückte ein Gähnen. »Wie lange haben Sie schon Schmerzen?«

»Etwa zwei Wochen.«

Kat sah ihn verwundert an. »Seit zwei Wochen? Warum sind Sie dann nicht früher gekommen?«

Er versuchte sich zu bewegen und verzog das Gesicht. »Um die Wahrheit zu sagen – ich *hasse* Krankenhäuser.«

»Warum kommen Sie dann jetzt zu uns?«

Seine Miene hellte sich auf. »Weil ein wichtiges Golfturnier ansteht, und wenn Sie mir nicht den Rücken in Ordnung bringen, werd' ich's schwer haben.«

Kat holte tief Luft. »Ein Golfturnier.«

»Yeah.«

Sie konnte kaum an sich halten. »Ich will Ihnen was sagen. Gehen Sie nach Hause. Nehmen Sie zwei Aspirin, und wenn Sie sich am Morgen nicht besser fühlen, rufen Sie mich wieder an.« Sprach es, drehte sich um und stürmte aus dem Zimmer. Dem Mann wäre fast das Kinn aus dem Gesicht gefallen.

Harry Bowmans sogenanntes »kleines Motorboot« entpuppte sich als schnittige Jacht von mindestens fünfzehn Meter Länge.

»Willkommen an Bord!« rief er Paige, Kat und Honey zur Begrüßung im Hafen zu.

Honey machte aus ihrer Bewunderung für das Schiff gar kein Hehl.

»Es ist wunderschön!« sagte auch Paige.

Sie kreuzten drei Stunden lang in der Bucht und genossen den warmen, sonnigen Tag. Es war seit Wochen überhaupt das erste Mal, daß die drei sich entspannten.

Während sie vor Angel Island vor Anker lagen und einen köstlichen Lunch zu sich nahmen, meinte Kat: »Das nenn' ich Leben. Wir sollten gar nicht wieder an Land gehen.«

»Gute Idee«, meinte Honey.

Es war, alles in allem, ein geradezu himmlischer Tag.

»Ich kann Ihnen gar nicht sagen, wie gut mir das getan hat«, sagte Paige bei der Rückkehr zum Hafen.

»Das Vergnügen war ganz meinerseits.« Bowman tätschelte ihr leicht den Arm. »Werden wir wiederholen. Ihr drei seid mir stets willkommen.«

Was für ein toller Mann! dachte Paige.

Die Arbeit auf der Entbindungsstation sagte Honey zu. Sie war Teil eines zeitlosen, freudespendenden Rituals, und die Abteilung war voll neuen Lebens und neuer Hoffnung.

Die Mütter, die zum erstenmal ein Kind zur Welt brachten, waren erwartungsvoll und besorgt. Die Veteraninnen konnten es gar nicht abwarten, bis sie es hinter sich hatten.

Eine Hochschwangere sagte unmittelbar vor der Niederkunft zu Honey: »Gott sei Dank! Jetzt werde ich endlich wieder meine Zehen sehen können!«

Wenn Paige Tagebuch geführt hätte, wäre der fünfzehnte August als ein besonderer Glückstag vermerkt worden. Es war der Tag, an dem Jimmy Ford in ihr Leben trat.

Jimmy war Krankenpfleger und hatte das freundlichste Lächeln und das sonnigste Gemüt, das man sich überhaupt wünschen konnte. Er war klein, sehr schlank, sah wie siebzehn aus, war jedoch fünfundzwanzig Jahre alt und bewegte sich wie ein heiterer Tornado durchs Krankenhaus. Es gab nichts, was ihm zuviel Mühe gemacht hätte.

Er war Laufbote für alle. Ihm fehlte jeglicher Sinn für Standesunterschiede. Er behandelte alle gleich – Ärzte und Krankenschwestern wie Hausmeister.

Jimmy erzählte gern Witze.

»Habt ihr den schon gehört vom Patienten, der ganz in Gips war? Der Kerl im Bett neben ihm hat ihn gefragt, wie er seinen Lebensunterhalt verdiente. Hat der im Gips geantwortet: ›Ich war Fensterputzer beim Empire State Building.‹ Fragt der andere: ›Wann haben Sie aufgehört?‹ – ›Auf halber Höhe.‹«

Und dann begann Jimmy zu grinsen und eilte fort, um jemandem auszuhelfen.

Für Paige hatte er nur Bewunderung übrig. »Eines Tages werde ich auch Arzt. Ich möchte so werden wie Sie.«

Er machte ihr kleine Geschenke – Süßigkeiten, Spielzeug –, und mit jedem Geschenk kam ein Witz.

»In Houston hielt ein Mann einen Fußgänger an und fragte: ›Wie komme ich am schnellsten zum Krankenhaus?‹ – ›Sagen Sie etwas Schlechtes über Texas.‹«

Die Witze waren abscheulich, doch aus Jimmys Mund klangen sie lustig.

Er traf morgens zur gleichen Zeit wie Paige auf dem Krankenhausparkplatz ein und raste auf seinem Motorrad heran.

»Der Patient will wissen: ›Ist die Operation gefährlich?‹ Der Chirurg antwortet: ›Nein. Für zweihundert Dollar gibt's keine gefährliche Operation.‹«

Und weg war er.

Wann immer Paige, Kat und Honey am gleichen Tag dienstfrei hatten, gingen sie in San Francisco auf Entdeckungstour. Sie besichtigten Dutch Mill und den japanischen Teegarten, schauten zum Fisherman's Wharf und fuhren Cable Car. Sie besuchten das Curran Theater und aßen im Maharani an der Post Street zu Abend, wo nur indische Kellner bedienten, die Paige zur großen Überraschung von Kat und Honey auf hindi ansprach.

»Hum Hindustani baht buhut ocho bolta hi.« Von dem Augenblick an lag ihnen das ganze Restaurant zu Füßen.

»Wo hast du bloß gelernt, Indisch zu sprechen?« fragte Honey.

»*Hindi*«, verbesserte Paige. Sie zögerte. »Wir ... ich habe eine Zeitlang in Indien gelebt.« Es war alles noch so lebendig. In Agra hatte sie zusammen mit Alfred staunend vor dem Taj-Mahal gestanden. *›Das Gebäude hat Shah Jahan für seine Frau errichtet. Die Bauzeit hat zwanzig Jahre gedauert, Alfred.‹*

›Ich werde dir auch ein Taj-Mahal bauen. Es ist mir völlig gleich, wie lange es dauert!‹

›Das ist Karen Turner. Meine Frau.‹

Sie hörte, wie jemand ihren Namen sagte, und hob den Kopf.

»Paige ...« Sie sah den besorgten Ausdruck auf Kats Gesicht. »Ist dir nicht gut?«

»Alles in Ordnung.«

Die unmöglich lange Arbeitszeit hielt an. Wieder ein Silvester, das kam und ging; das zweite Assistenzjahr glitt hinüber ins dritte. Das Krankenhaus blieb weiterhin von der Außenwelt unberührt. Die Kriege und Hungersnöte und Katastrophen in fernen Ländern verblaßten im Vergleich mit den Krisen um Leben und Tod, mit denen sie täglich vierundzwanzig Stunden lang konfrontiert wurden.

Wenn Kat und Paige sich auf den Krankenhausfluren über den Weg liefen, verzog Kat oft das Gesicht und fragte: »Macht's Spaß?«

»Wann hast *du* das letzte Mal geschlafen?« gab Paige zurück.

Kat seufzte. »Wer kann sich daran noch erinnern?«

Sie taumelten durch die langen Tage und Nächte, versuchten, sich dem unaufhörlichen, anstrengenden Druck gewachsen zu zeigen, schnappten sich, wenn sie gerade mal Zeit hatten, zum Essen ein Sandwich und tranken kalten Kaffee aus Pappbechern.

Die sexuellen Belästigungen schienen ein fester Bestandteil von Kats Leben geworden zu sein. Dauernd bekam sie Anzüglichkeiten zu hören, nicht nur von den Ärzten, sondern auch von den Patienten, die versuchten, sie ins Bett zu kriegen, und sie gab ihnen die gleiche Antwort wie den Ärzten. *Es gibt auf der Welt keinen Mann, von dem ich mich anfassen lassen würde.*

Und davon war sie wirklich fest überzeugt.

Mitten im morgendlichen Trubel auf der Station kam erneut ein Anruf von Mike.

»Hi, Schwesterchen.«

Und Kat wußte sofort, was kommen würde. Sie hatte ihm das ganze Geld geschickt, das sie entbehren konnte, und wußte doch tief im Innersten, daß sie ihm schicken konnte, soviel sie wollte – es würde nie reichen.

»Ich will dich wirklich nicht belästigen, Kat. Ehrlich nicht. Aber ich sitze da in einem kleinen Schlamassel.« Er klang bedrückt.

»Mike... ist was nicht in Ordnung?«

»Doch. Nichts Ernstes. Es ist nur so, daß ich jemand Geld schulde, und er braucht es sofort zurück, und da hab' ich mir gedacht...«

»Ich will sehen, was ich machen kann«, sagte Kat müde.

»Danke. Ich weiß ja, daß ich immer auf dich zählen kann. Kann ich doch, nicht wahr, Schwesterchen? Ich hab' dich lieb.«

»Ich dich auch.«

Eines Tages sagte Kat zu Paige und Honey: »Wißt ihr, was wir alle drei jetzt bräuchten?«

»Einen Monat Schlaf.«

»Ferien. Wir sollten auf Urlaub sein, auf den Champs Elysées bummeln gehen und uns dort die teuren Schaufenster ansehen.«

»In Ordnung. Und das alles nur erster Klasse!« Paige kicherte. »Wir werden die Tage durchschlafen und uns nachts vergnügen.«

Honey lachte. »Gut klingt das.«

»In ein paar Monaten kommen die ersten Ferien auf uns zu«, bemerkte Paige. »Warum schmieden wir keine Pläne? Wir könnten zusammen irgendwohin verreisen.«

»Eine großartige Idee!« meinte Kat begeistert. »Am Samstag werden wir bei einem Reisebüro vorbeischauen.«

Während der folgenden drei Tage wurden sie richtig aufgeregt vom Pläneschmieden.

»Ich würde wahnsinnig gern einmal London kennenlernen. Vielleicht laufen wir dort ja der Queen über den Weg.«

»Und ich möchte nach Paris. Soll ja für romantische Liebe *die* Stadt überhaupt sein.«

›*Wir könnten unsere Flitterwochen in Venedig verbringen, Paige*‹, hatte Alfred gesagt. ›*Was würdest du davon halten?*‹

›*O ja!*‹

Sie überlegte, ob Alfred mit Karen wohl Flitterwochen in Venedig gemacht hatte.

Am Samstagmorgen machten sie auf dem Weg zum Krankenhaus halt beim Reisebüro Corniche in der Powell Street.

Die Frau hinter dem Schalter war nett und zuvorkommend. »Welche Art von Reise würde Sie denn interessieren?«

»Wir würden gern nach Europa reisen – London, Paris, Venedig...«

»Schön. Wir haben da einige günstige Pauschalreisen im Angebot...«

»Nein, nein, nein.« Paige grinste Honey an. »Erster Klasse bitte!«

»Richtig. Flugtickets erster Klasse«, warf Kat ein.

»Und nur erstklassige Hotels«, ergänzte Honey.

»Nun, da kann ich Ihnen das Ritz in London, das Crillon in Paris und in Venedig das Cipriani empfehlen, und...«

»Dürfen wir uns ein paar Prospekte mitnehmen? Die können wir dann gründlich studieren, bevor wir uns entscheiden.«

»Kein Problem«, sagte die Dame des Reisebüros.

Paige betrachtete einen Prospekt. »Man kann über Sie auch eine Jacht chartern?«

»Ja.«

»Gut. Wir möchten eventuell eine Jacht chartern.«

»Ausgezeichnet.« Die Verkäuferin stellte Paige eine Handvoll Prospekte zusammen. »Wenn Sie soweit sind, sagen Sie mir einfach Bescheid. Ich werde dann gern für Sie buchen.«

»Sie hören von uns«, versprach Honey.

Als sie wieder draußen waren, lachte Kat laut auf. »Wenn man träumt, dann am besten gleich ganz groß, nicht wahr?«

»Sei unbesorgt«, versicherte Paige. »Irgendwann werden wir uns das alles bestimmt anschauen können.«

10. Kapitel

Seymour Wilson, Chefarzt am Embarcadero County Hospital, war ein vielgeplagter Mensch mit einem unmöglichen Job. Es gab zu viele Patienten, zu wenig Ärzte und nicht genug Schwestern; außerdem hatten die Tage nicht genügend Stunden. Er kam sich vor wie der Kapitän eines sinkenden Schiffes, der überall zugleich sein mußte und sich – absolut vergeblich – abmühte, die Lecks zu stopfen.

Dr. Wilsons unmittelbare Sorge galt im Augenblick Honey Taft, die von manchen anscheinend sehr geschätzt wurde, während andererseits verläßliche Ärzte und Schwestern meldeten, daß Dr. Taft völlig unfähig sei.

Wilson suchte schließlich Ben Wallace auf. »Ich möchte eine unserer Ärztinnen loswerden«, erklärte er. »Die Ärzte, die mit ihr zusammen Visite machen, berichten, daß sie inkompetent ist.«

Wallace dachte sofort an Honey – die Kollegin mit den außergewöhnlich guten Examensnoten und der wärmsten Empfehlung. »Das ist mir unbegreiflich«, sagte er. »Irgend etwas kann da nicht stimmen.« Er dachte kurz nach. »Ich sag' dir, was wir tun werden, Seymour. Wer von deinem Personal ist der gemeinste Typ?«

»Ted Allison.«

»Gut. Morgen früh schickst du Honey Taft mit Dr. Allison auf Visite. Laß dir von ihm eine schriftliche Stellungnahme geben. Wenn er sie für inkompetent erklärt, werde ich sie entlassen.«

»Einverstanden«, sagte Dr. Wilson. »Danke, Ben.«

Beim Mittagessen teilte Honey Paige mit, daß sie Dr. Allison für die Visite am nächsten Morgen zugeteilt worden sei.

»Den kenn' ich«, sagte Paige, »der hat einen lausigen Ruf.«

»Hab' ich auch schon gehört«, meinte Honey nachdenklich.

Zur gleichen Zeit, in einem anderen Teil des Krankenhauses, sprach Seymour Wilson mit Ted Allison. Allison war ein hartgesottener alter Kämpe mit fünfundzwanzig Dienstjahren. Er hatte als Marinearzt gedient und war noch immer stolz darauf, Leute auf Trab halten zu können.

»Ich möchte Sie bitten«, sagte Seymour Wilson, »Dr. Taft gut im Auge zu behalten. Wenn sie's nicht packt, ist sie draußen. Verstanden?«

»Verstanden.«

So etwas machte ihm Spaß. Unfähige Ärzte konnte er genausowenig leiden wie Seymour Wilson. Außerdem war er fest davon überzeugt, daß Frauen, die unbedingt in die Medizin gehen wollten, Krankenschwester werden sollten; was für Florence Nightingale gut genug gewesen war, müßte doch auch für alle anderen reichen.

Als sich am folgenden Morgen um sechs Uhr die Assistenzärzte auf den Krankenhausgängen zur Visite einfanden, lernte Honey Taft in der Gruppe von Dr. Allison den Oberassistenzarzt Tom Benson und fünf weitere Assistenzärzte kennen.

Allison dachte beim Anblick von Honey: *Okay, Schwester, dann zeig uns mal, was du kannst.* Er wandte sich an die Gruppe. »Auf geht's.«

Der erste Patient war ein junges Mädchen, das unter schweren Decken im Bett lag und schlief.

»Gut«, sagte Dr. Allison. »Bitte alle die Krankengeschichte der Patientin anschauen!«

Die Assistenzärzte begannen, die Unterlagen zu studieren. Dr. Allison sprach Honey an. »Diese Patientin leidet unter Glieder-, Kopf- und Kreuzschmerzen, sie hat Fieber, Husten und Lungenentzündung. Wie lautet Ihre Diagnose, Dr. Taft?«

Honey blieb stirnrunzelnd stumm.

»Nun?«

»Nun«, sagte Honey nachdenklich. »Meiner Meinung nach hat sie wahrscheinlich Psittakose – die Papageienkrankheit.«

Dr. Allison musterte sie mit einem Ausdruck ehrlichen Erstaunens. »Wie . . . kommen Sie darauf?«

»Ihre Symptome sind typische Symptome von Psittakose, und ich habe außerdem bemerkt, daß sie als Teilzeitkraft in einem Tiergeschäft arbeitet. Psittakose wird von infizierten Papageien auf Menschen übertragen.«

Allison nickte bedächtig. »Das ist . . . das ist sehr gut. Und Sie kennen die Therapie?«

»Ja. Zehn Tage lang Tetrycyclin, strikte Bettruhe und viel trinken.«

Dr. Allison wandte sich an die ganze Gruppe. »Haben Sie das gehört? Dr. Taft hat vollkommen recht.«

Sie begaben sich zum nächsten Patienten.

»Bei der Betrachtung der Krankengeschichte«, bemerkte Dr. Allison, »werden Sie feststellen, daß der Patient an einem Mesotheliom, Bluterguß und Erschöpfung leidet. Wie ist die Diagnose?«

Ein Assistent meinte hoffnungsvoll: »Das klingt nach einer Form von Lungenentzündung.«

Ein zweiter Assistent meldete sich zu Wort. »Es könnte Krebs sein.«

Dr. Allison wandte sich an Honey. »Und wie lautet Ihre Diagnose, Doktor?«

Honey setzte eine nachdenkliche Miene auf. »So aus dem Stand, da würde ich meinen, daß es sich um faserige Pneumokoniose handelt, und zwar um eine Asbestvergiftung. Sein Krankenblatt hält fest, daß er in einer Teppichfabrik arbeitet.«

Ted Allison konnte seine Bewunderung nicht verhehlen. »Ausgezeichnet! Ausgezeichnet! Wissen Sie zufällig auch, wie man das behandeln muß?«

»Leider ist bis heute keine spezifische Heilmethode bekannt.«

Es kam noch eindrucksvoller. In den anschließenden zwei Stunden diagnostizierte Honey einen seltenen Fall von Reiters-Krankheit, die Knochenentzündung *Osteitis deformans* und Malaria.

Dr. Allison schüttelte Honey nach Ende der Visite demonstrativ die Hand. »Ich bin nicht leicht zu beeindrucken, Doktor, aber ich möchte Ihnen versichern, daß Sie eine große Zukunft vor sich haben!«

Honey wurde ganz rot. »Ich danke Ihnen, Dr. Allison.«

»Und das werde ich auch Ben Wallace mitteilen«, sagte er noch im Weggehen.

Tom Benson, Allisons Oberassistenzarzt, sah Honey an und lächelte. »Wir sehen uns in einer halben Stunde, Schätzchen.«

Paige tat, was sie nur konnte, um Dr. Arthur Kane – 007 – aus dem Wege zu gehen, doch Kane nutzte jede Gelegenheit, um Paige bei Operationen als Assistentin anzufordern, und wurde mit jedem Mal beleidigender.

»Was soll das heißen – Sie wollen nicht mit mir ausgehen? Da muß es Ihnen wohl jemand anders besorgen.«

Und: »Ich bin vielleicht kleingewachsen, Süße, aber bestimmt nicht überall. Sie wissen, was ich meine?«

Es kam soweit, daß sie sich zu fürchten begann, wenn sie wieder einmal mit ihm zusammenarbeiten mußte. Außerdem fiel Paige zunehmend auf, daß Kane völlig unnötige Operationen durchführte und Körperorgane entfernte, die völlig gesund waren.

Als Paige eines Tages mit Kane zum OP-Saal unterwegs war, fragte Paige: »Was operieren wir heute, Doktor?«

»Seine Brieftasche!« Kane bemerkte den Ausdruck auf Paiges Gesicht. »War ja nur ein Scherz, Schätzchen.«

»In einer Metzgerei sollte der Kerl arbeiten!« schimpfte Paige später in Gegenwart Kats. »Er hat kein Recht, Menschen zu operieren.«

Nach einer besonders ungeschickten Leberoperation wandte sich Kane mit einem Kopfschütteln an Paige. »Pech. Ich bin nicht sicher, ob er durchkommen wird.«

Paige wußte nicht mehr, wie sie mit ihrer Wut fertig werden sollte – sie beschloß, mit Tom Chang zu sprechen. Es war alles, was sie tun konnte.

»Irgend jemand sollte wegen Dr. Kane Meldung erstatten«, meinte Paige. »Er ermordet seine Patienten.«

»Nehmen Sie's nicht so schwer.«

»Das ist unmöglich! Es ist doch nicht richtig, daß sie so einen Mann in den Operationssaal lassen. Er müßte vor ein Ehrengericht gestellt werden.«

»Und was würde das bringen? Dann müßten Sie andere Ärzte finden, die gegen ihn aussagen, und dazu wäre niemand bereit. Das Krankenhaus ist eine Gemeinschaft, die eng zusammenhält, damit müssen wir alle leben, Paige. Es ist praktisch unmöglich, einen Arzt dazu zu bewegen, gegen einen Kollegen auszusagen. Jeder von uns ist verwundbar, deswegen sind wir alle aufeinander angewiesen. Beruhigen Sie sich. Kommen Sie, gehen wir aus. Ich lade Sie zum Mittagessen ein.«

Paige seufzte. »In Ordnung, aber es ist ein lausiges System.«

Während des Essens erkundigte sich Paige: »Und wie kommen Sie mit Ihrer Frau zurecht?«

Er antwortete nicht gleich. »Ich . . . Wir haben Probleme. Die Arbeit ruiniert meine Ehe. Ich weiß nicht, was ich tun soll.«

»Es wird bestimmt eine Lösung geben.«

Chang reagierte heftig. »Hoffentlich!«

Paige schaute ihn prüfend an.

»Wenn sie mich verläßt, bring' ich mich um.«

Am folgenden Morgen war Arthur Kane für eine Nierenoperation eingeteilt. Der Chef der chirurgischen Abteilung teilte Paige mit: »Dr. Kane hat Sie als Assistenz für den OP-Saal angefordert.«

Paige hatte plötzlich einen ganz trockenen Mund. Der Gedanke an seine Nähe war ihr verhaßt.

»Könnten Sie nicht vielleicht jemand anderen . . .«, fragte Paige.

»Er wartet schon auf Sie, Doktor.«

Als Paige sich umgezogen hatte, war die Operation bereits im Gange.

»Gehen Sie mir zur Hand, Liebling«, sagte Kane zu Paige.

Der Bauch des Patienten war mit einer Jodlösung bestrichen; im rechten oberen Quadranten des Bauches, unmittelbar unter dem Brustkorb, war ein Einschnitt gemacht worden. *So weit, so gut,* dachte Paige.

»Das Skalpell!«

Die OP-Schwester reichte Dr. Kane ein Skalpell.

Er schaute auf. »Schalten Sie Musik ein.«

Gleich darauf begann eine CD zu spielen.

Dr. Kane schnitt weiter. »Bitte ein bißchen was Schwungvolles.« Kane warf Paige einen Blick zu. »Den Kauterisator anstellen, mein Herz.«

Mein Herz. Paige biß sich auf die Lippen, nahm das elektrische Ätzgerät und brannte die Arterien aus, um die Blutmenge im Bauch zu reduzieren. Die Operation verlief gut.

Gott sei Dank, dachte Paige.

»Den Schwamm.«

Die OP-Schwester reichte Kane einen Schwamm.

»Gut. Absaugen.« Er schnitt, bis die Niere freilag. »Da hätten wir den kleinen Teufel«, erklärte Dr. Kane. »Stärker absaugen.« Er hob die Niere mit der Zange heraus. »Gut. Dann wollen wir ihn mal wieder zunähen.«

Diesmal war tatsächlich alles gutgegangen, doch irgend etwas ließ Paige keine Ruhe. Sie sah sich die Niere genauer an. Die Niere wirkte gesund. Paige runzelte die Stirn, überlegte . . .

Während Dr. Kane den Patienten wieder zunähte, eilte Paige zum Röntgenbild vor dem Leuchtkasten, betrachtete es einen Moment lang und stöhnte leise auf: »O mein Gott!«

Das Röntgenbild war seitenverkehrt aufgehängt worden. Dr. Kane hatte die falsche Niere entfernt.

Dreißig Minuten später befand Paige sich im Büro von Ben Wallace.

»Er hat die gesunde Niere herausgenommen und die kranke im Körper gelassen!« Ihre Stimme bebte. »Der Mann gehört hinter Gitter!«

»Paige«, tönte Benjamin Wallace besänftigend, »ich gebe Ihnen recht, jawohl, der Vorfall ist bedauerlich. Aber Kane hat es bestimmt nicht mit Absicht getan. Es war ein Irrtum, und ...«

»Ein *Irrtum?* Der Patient muß ab jetzt ständig und für immer mit der Dialyse leben! Jemand muß dafür zur Rechenschaft gezogen werden!«

»Glauben Sie mir – wir werden die Sache von einer Kommission von Kollegen untersuchen lassen.«

Was das hieß, wußte Paige nur zu genau: Eine Gruppe von Ärzten würde den Vorfall begutachten – streng vertraulich. Das Ergebnis würde der Öffentlichkeit und dem Patienten vorenthalten werden.

»*Herr* Dr. Wallace ...«

»Sie gehören unserem Team an, Paige. Sie müssen sich solidarisch verhalten.«

»Er hat an diesem Krankenhaus nichts zu suchen. An keinem Krankenhaus!«

»Sie müssen die Sache in einem größeren Rahmen betrachten. Wenn wir ihn entlassen, würde die Presse über uns herfallen – es würde dem Ansehen des Krankenhauses schaden. Wir müßten wahrscheinlich mit einer ganzen Reihe von Prozessen wegen ärztlicher Kunstfehler rechnen.«

»Und was ist mit den Patienten?«

»Wir werden Dr. Kane im Auge behalten.« Er beugte sich vor. »Und ich möchte Ihnen einen guten Rat geben. Wenn Sie eine Privatpraxis eröffnen wollen, sind Sie auf das Wohlwollen der anderen Ärzte angewiesen – damit Patienten an Sie überwiesen werden. Ohne das werden Sie nichts erreichen – und falls Sie in den Ruf einer Einzelgängerin geraten, die ihre Kollegen verpfeift, wird Ihnen niemand Patienten überweisen. Das kann ich Ihnen garantieren.«

Paige stand auf. »Sie werden also nichts unternehmen?«

»Ich habe Ihnen doch gesagt – wir werden ein Kollegengutachten erstellen lassen.«

»Und damit hat sich's?«

»Damit hat sich's.«

»Es ist unfair!« sagte Paige mittags beim Essen zu Honey und Kat.

Kat schüttelte den Kopf. »Hat auch niemand behauptet, daß es im Leben fair zugehen muß.«

Paige sah sich in dem sterilen, weißgefliesten Raum um. »Diese ganze Umgebung macht mich krank. Hier sind doch alle krank.«

»Sonst wären sie ja auch nicht hier«, meinte Kat.

»Warum veranstalten wir kein Fest?« schlug Honey vor.

»Ein Fest? Wovon redest du eigentlich?«

Honeys Stimme verriet plötzlich helle Begeisterung. »Wir könnten uns Essen und ein paar Getränke kommen lassen und feiern! Ich meine, ein bißchen Stimmung könnte uns allen nur guttun.«

Paige dachte einen Augenblick nach. »Wißt ihr«, sagte sie dann, »das ist gar keine schlechte Idee!«

»Abgemacht. Ich werde alles organisieren«, versprach Honey. »Morgen mittag nach Ende der Visiten!«

Im Flur kam Kane auf Paige zu. Seine Stimme war eisig. »Sie sind ein unartiges Mädchen. Irgendwer sollte Ihnen beibringen, das Maul zu halten!« Und marschierte davon.

Paige schaute ihm nach. Sie konnte es nicht fassen. *Wallace hat ihm mitgeteilt, was ich gesagt habe. Das hätte er nicht tun dürfen. ›Falls Sie in den Ruf einer Einzelgängerin geraten, die ihre Kollegen verpfeift...‹ Ob ich es noch einmal tun würde?* Paige grübelte. *Verflixt! Und ob!*

Die Nachricht von der bevorstehenden Party verbreitete sich in Windeseile. Es gab keinen Assistenzarzt, der sich nicht beteiligte. Von Ernie's Restaurant wurde ein üppiges Buffet geordert, bei einem nahe gelegenen Laden Alkohol bestellt. Das Fest war auf fünf Uhr im Ärzteraum angesetzt. Und was für ein Fest: Es gab Meeresfrüchteplatten mit Hummer und Shrimps, verschiedene *patés*, schwedische Fleischbällchen, warme Pasta, Obst und Dessert. Als Paige zusammen mit Honey und Kat um Viertel nach fünf in den Aufenthaltsraum kam, drängten sich dort bereits die erwartungsvollen Assistenten, Krankenhausärzte und Schwestern, taten sich an den Speisen gütlich und waren bester Laune.

»Das war eine blendende Idee!« sagte Paige zu Honey.

Honey quittierte es mit einem strahlenden »Danke schön«.

Über den Lautsprecher kam eine Durchsage. »Dr. Finley und Dr. Ketler auf die Notfallstation. Stat.« Und die beiden Ärzte, die sich gerade über die Shrimps hermachen wollten, wechselten seufzend einen Blick und eilten davon.

Tom Chang kam auf Paige zu. »So etwas sollten wir jede Woche machen.«

»Genau. Es ist ...«

Der Lautsprecher meldete sich erneut. »Dr. Chang ... Station 7 ... Dr. Chang ... Station 7.«

Und eine Minute später: »Dr. Smythe ... Notfallraum 2 ... Dr. Smythe zum Notfallraum 2.«

Der Lautsprecher hörte gar nicht mehr auf. Binnen dreißig Minuten waren fast alle Ärzte und Schwestern zu irgendeinem Notfall gerufen worden. Honey hörte, wie ihr eigener Name über Lautsprecher kam. Dann Paige. Zuletzt auch Kat.

»Ich kann's nicht fassen«, meinte Kat. »Alle reden von ihrem Schutzengel. Also, ich habe allmählich den Eindruck, daß wir drei hier unter dem Zauber eines Schutzteufels stehen.«

Die Worte sollten sich als prophetisch erweisen.

Als Paige am darauffolgenden Morgen nach Dienstende zu ihrem Auto ging, waren zwei Reifen zerstochen. Sie starrte sie ungläubig an. *›Irgendwer sollte Ihnen beibringen, das Maul zu halten!‹*

In der Wohnung warnte sie Kat und Honey. »Nehmt euch vor Arthur Kane in acht. Er ist verrückt.«

11. Kapitel

Kat wurde durch das Läuten des Telefons geweckt. Sie griff blind, ohne die Augen aufzumachen, nach dem Hörer und hielt ihn ans Ohr.

»H'lo?«

»Kat? Hier ist Mike.«

Ihr Herz begann zu klopfen, und sie setzte sich im Bett auf. »Mike, geht's dir gut?«

»Wie noch nie, Schwesterchen. Dank dir und deinem Freund.«

»Welchem Freund?«

»Mr. Dinetto.«

»Wer?« Kat versuchte, sich zu sammeln. Sie war todmüde.

Kat hatte keine Ahnung, von wem er da redete. »Mike...«

»Du erinnerst dich an die Typen, denen ich Geld geschuldet habe? Mr. Dinetto hat sie mir vom Hals geschafft. Er ist ein richtiger Gentleman. Und er hält große Stücke auf dich, Kat.«

Kat hatte den Vorfall mit Dinetto total vergessen; jetzt fiel ihr alles blitzschnell wieder ein. *›Lady, Sie wissen nicht, mit wem Sie da reden. Sie sollten lieber tun, was der Mann sagt. Dies ist Mr. Dinetto.‹*

Mike redete weiter. »Ich schick' dir Geld, Kat. Dein Freund hat mir einen Job besorgt. Und er zahlt echt gut.«

›Dein Freund!‹ Kat wurde ganz nervös. »Mike, jetzt hör mir gut zu. Sei bitte vorsichtig.«

Sie hörte ihn lachen.

»Um mich brauchst du dir keine Sorgen zu machen. Hab' ich dir nicht versprochen, daß alles prima ausgehen würde? Also, ich hab' doch recht gehabt.«

»Nimm dich in acht, Mike. Laß dich...«

Er hatte bereits aufgelegt.

Kat konnte nicht mehr einschlafen. *Dinetto! Wie hat er bloß herausgefunden, daß Mike mein Bruder ist – und warum hilft er ihm?*

Als Kat am Abend darauf das Krankenhaus verließ, wartete am Straßenrand eine schwarze Limousine auf sie, daneben der Schatten und Rhino. Als sie vorbeigehen wollte, sprach Rhino sie an. »Steigen Sie ein, Doktor. Mr. Dinetto möchte mit Ihnen sprechen.«

Sie musterte den Mann kurz. Schon Rhino hatte etwas Bedrohliches an sich, aber der Schatten jagte Kat wirklich Angst ein. Seine Ruhe und Stille hatte etwas Tödliches. Normalerweise wäre Kat nie eingestiegen – aber da war Mikes rätselhafter Anruf gewesen; sie machte sich seinetwegen Sorgen.

Sie wurde zu einer kleinen Wohnung am Rande der Stadt gebracht, wo Dinetto schon auf sie wartete.

»Danke, daß Sie gekommen sind, Dr. Hunter«, sagte Dinetto. »Ich weiß es zu schätzen. Einer meiner Freunde hat einen kleinen Unfall gehabt. Ich möchte Sie bitten, ihn zu untersuchen.«

»Was haben Sie mit Mike vor?« wollte Kat wissen.

»Nichts«, erwiderte Dinetto mit Unschuldsmiene. »Ich hab' gehört, daß er Schwierigkeiten hat, und hab' dafür gesorgt, daß sie aus der Welt geschafft werden.«

»Wie ... wie sind Sie auf ihn aufmerksam geworden? Ich meine, wie haben Sie erfahren, daß er mein Bruder ist und ...«

Dinetto lächelte. »In meinem Geschäft sind wir alle Freunde. Wir helfen uns gegenseitig. Mike hat es mit ein paar bösen Leuten zu tun bekommen, da hab' ich ihm ausgeholfen. Sie sollten mir dafür dankbar sein.«

»Bin ich auch«, sagte Kat. »Bin ich wirklich.«

»Gut! Sie kennen doch den Spruch – ›Eine Hand wäscht die andere‹?«

Kat schüttelte den Kopf. »Mit illegalen Sachen will ich nichts zu tun haben.«

»Illegale Sachen?« sagte Dinetto. Er schien beleidigt. »Um so etwas würde ich Sie doch nie bitten. Dieser Freund von mir hat einen kleinen Unfall gehabt, aber er kann Krankenhäuser nicht ausstehen. Würden Sie ihn untersuchen?«

Worauf lasse ich mich da bloß ein? überlegte Kat. »Nun gut.«

»Er befindet sich im Schlafzimmer.«

Dinettos Freund war übel zugerichtet worden. Er lag bewußtlos auf dem Bett.

»Was ist passiert?« fragte Kat.

Dinetto hielt ihrem forschenden Blick stand. »Er ist eine Treppe heruntergefallen.«

»Er sollte in einem Krankenhaus liegen.«

»Ich hab' Ihnen doch gesagt, daß er Krankenhäuser nicht mag. Ich kann Ihnen hier alles beschaffen, was Sie brauchen. Bisher hat sich ein anderer Arzt um meine Freunde gekümmert – der hatte jedoch einen kleinen Unfall.«

Die Worte jagten Kat eine Gänsehaut über den Rücken. Sie wäre am liebsten aus der Wohnung gerannt und nach Hause gelaufen. Sie wollte Dinettos Stimme nie wieder hören, doch im Leben war nun einmal nichts umsonst. *Quid pro quo.* Kat streifte den Mantel ab und machte sich an die Arbeit.

12. Kapitel

Zu Beginn ihres vierten Jahres im Krankenhaus hatte Paige bei Hunderten von Operationen assistiert, so daß ihr sämtliche Handgriffe in Fleisch und Blut übergegangen waren. Sie war mit den chirurgischen Abläufen bei Gallenblase, Milz, Leber, Blinddarm und – am alleraufregendsten – Herz vertraut. Aber Paige war frustriert, weil sie selbst noch immer keine Operationen durchführen durfte. *Was ist aus dem Leitwort geworden: ›Zuschauen, selber machen, andere lehren‹?* fragte sie sich.

Die Antwort auf diese Frage kam, als sie bald darauf zum Chef der chirurgischen Abteilung bestellt wurde.

»Paige«, teilte ihr George Englund mit, »für morgen um sieben Uhr dreißig ist im OP-Saal 3 eine Leistenbruchoperation angesetzt.«

Sie notierte. »In Ordnung. Wer operiert?«

»Sie.«

»In Ordnung. Ich . . .« Plötzlich wurde ihr bewußt, was diese Worte bedeuteten. »*Ich* operiere?«

»Ja. Gibt's da ein Problem?«

Paige strahlte, daß es im ganzen Zimmer hell wurde. »Nein, Sir! Ich . . . Danke!«

»Sie sind inzwischen soweit. Ich finde, der Patient hat Glück, daß Sie ihn operieren. Er heißt Walter Herzog. Liegt auf Zimmer 314.«

»Herzog. Zimmer 314. In Ordnung.«

Und schon war Paige auf und davon.

So aufgeregt war Paige noch nie gewesen. *Ich werde meine erste Operation durchführen! Ich werde das Leben eines Menschen in der Hand haben. Und was ist, wenn ich dafür noch nicht bereit bin? Was, wenn ich einen Fehler mache? Es kann doch immer etwas schiefgehen. Das ist Murphys Gesetz.* Als Paige schließlich am Ende ihrer Überlegungen angelangt war, befand sie sich in einem Panikzustand.

Sie begab sich in die Cafeteria, um einen schwarzen, starken Kaffee zu trinken. *Es wird schon alles gutgehen,* sagte sie sich. *Immerhin hab' ich bei Dutzenden von Leistenbruchoperationen assistiert. Ist gar nichts dabei. Er hat Glück, daß ich operiere.* Als sie ihren Kaffee ausgetrunken hatte, war sie innerlich gefaßt genug, um ihrem ersten Patienten gegenüberzutreten.

Walter Herzog war ein Mann in den Sechzigern, schlank, glatzköpfig und äußerst nervös. Als Paige mit einem Blumenstrauß eintrat, lag er im Bett und hielt sich die Lenden.

»Schwester . . . Ich möchte mit einem Arzt sprechen.«

Paige trat zu ihm ans Bett und reichte ihm die Blumen. »Ich bin Ihre Ärztin. Ich werde Sie operieren.«

Er betrachtete erst die Blumen, dann sie. »Sie sind *was?*«

»Seien Sie ganz unbesorgt«, tröstete ihn Paige. »Sie befinden sich in guten Händen.« Sie nahm das Krankenblatt am Fußende des Betts und studierte es eingehend.

»Was steht da?« fragte der Mann unruhig. *Warum hat sie mir Blumen geschenkt?*

»Daß Sie bald wieder wohlauf sein werden.«

Er schluckte. »Und die Operation werden *Sie* durchführen?«

»Ja.«

»Sie wirken so schrecklich . . . schrecklich jung.«

Paige tätschelte ihm beruhigend den Arm. »Ich habe noch keinen Patienten verloren.« Sie schaute sich im Zimmer um. »Sie haben alles, was Sie brauchen? Kann ich Ihnen etwas zu lesen bringen? Ein Buch oder eine Zeitschrift? Süßigkeiten?«

Er hörte ihr mit wachsender Unruhe zu. »Nein, ich bin ganz okay.« *Warum war sie bloß so nett zu ihm? Gab es etwas, das sie ihm verschwieg?*

»Also gut, dann auf Wiedersehen bis morgen früh«, sagte Paige fröhlich. Sie schrieb etwas auf einen Zettel, den sie ihm dann reichte. »Da, meine Privatnummer. Falls Sie mich in der Nacht brauchen, rufen Sie an. Das Telefon ist bei mir immer in Reichweite.«

Sie ließ ihn als nervöses Wrack zurück.

Wenige Minuten später entdeckte Jimmy Paige im Aufenthaltsraum. Er näherte sich mit einem breiten Grinsen. »Herzlichen Glückwunsch! Wie ich höre, übernehmen Sie im OP.«

Die Nachricht verbreitet sich ja wie ein Buschfeuer, dachte Paige. »Ja.«

»Wer es auch sein mag – hat der ein Glück!« rief Jimmy. »Falls mir mal etwas passieren sollte – ich würd' mich nur von Ihnen operieren lassen.«

»Danke, Jimmy.«

Und natürlich gab Jimmy einen Witz zum besten.

»Kennen Sie den schon von dem Mann, der plötzlich so komische Schmerzen in den Knöcheln hatte? Er war zu geizig, um einen Arzt aufzusuchen, und als ihm sein Freund erzählte, daß er unter den gleichen Schmerzen litt, da hat er zu ihm gesagt: ›Du solltest sofort zum Arzt gehen. Und mir hinterher genau erzählen, was er sagt.‹ Am nächsten Tag erfährt er, daß sein Freund tot ist. Er rast ins Krankenhaus und läßt sich für fünftausend Dollar untersuchen. Man findet nichts. Er ruft die Witwe seines Freundes an und fragt: ›Hat Chester große Schmerzen gelitten, als er starb?‹ – ›Nein‹, sagte sie. ›Er hat den Lkw nicht mal gesehn, der ihn überfuhr.‹«

Paige war viel zu aufgeregt, um essen zu können. Sie verbrachte den ganzen Abend damit, an Tischbeinen und Lampenständern chirurgische Knoten zu üben. *Ich werde heute nacht tief und fest schlafen,* dachte sie, *damit ich morgen früh auch ganz munter bin.*

Dann lag sie aber die ganze Nacht wach und ging im Geiste die Operation durch, immer wieder von vorn.

Es gab drei Arten von Leistenbruch; reponible Hernie, bei der es möglich ist, den Bruchsack wieder in den Unterleib zurückzuschieben; irreponible Hernie, bei der die Substanz wegen einer Verwachsung nicht in den Unterleib zurückgeführt werden kann; und die dritte, die gefährlichste Art, nämlich die eingeklemmte Hernie, bei der der Blutstrom durch die Leisten abgeschnitten wird, was zu einer Verletzung der Gedärme führt. Walter Herzog hatte einen rückführbaren Bruch.

Paige fuhr ihren Wagen um sechs Uhr morgens auf den Krankenhausparkplatz und wunderte sich über den roten Ferrari neben ihrem Platz – so ein Auto konnte doch nur einem Reichen gehören.

Um sieben Uhr half Paige Walter Herzog den Pyjama gegen ein blaues Krankenhaushemd zu vertauschen. Die Schwester hatte ihm bereits ein Sedativum gegeben, damit er sich vor der Operation auf dem Rollbett entspannte, das ihn zum OP-Saal bringen würde.

»Es ist die erste Operation in meinem Leben«, erklärte Walter Herzog.

In meinem auch, dachte Paige.

Das Rollbett kam und holte Walter Herzog in den OP-Saal. Paige ging unterwegs neben ihm her. Ihr Herz schlug so laut, daß sie Angst bekam, er könnte es hören.

Der OP 3 zählte zu den größeren Operationssälen und war geräumig, um einen Herzmonitor, eine Herz-Lungen-Maschine und ein ganzes Arsenal von technischem Zubehör unterzubringen. Außer Paige waren ein weiterer Arzt, ein Anästhesist, zwei Assistenzärzte und drei OP-Schwestern anwesend.

Das Personal konnte es kaum erwarten, Paige bei ihrer ersten Operation zu beobachten.

Paige schritt zum Operationstisch. Walter Herzogs Unterleib war rasiert und mit einer antiseptischen Lösung eingerieben worden. Sterile Tücher deckten die unmittelbare Umgebung ab.

Herzog öffnete die Augen und fragte Paige schläfrig: »Sie bringen mich auch bestimmt nicht um?«

Paige lächelte. »Wie könnte ich denn? Da würde ich ja meine bisher makellose Karriere beflecken!«

Sie schaute zum Narkosearzt herüber, der dem Patienten die Epiduralanästhesie verabreichen würde. Paige atmete einmal tief durch und nickte.

Die Operation begann.

»Skalpell!«

Paige wollte eben den ersten Schnitt durch die Haut führen, als die Schwester eine Bemerkung machte.

»Bitte?«

»Soll ich Musik einschalten, Doktor?«

Es war das erste Mal, daß ihr diese Frage gestellt wurde. Sie lächelte. »Gut. Hören wir uns Jimmy Buffet an.«

In dem Augenblick, als Paige den ersten Schnitt tat, fiel jegliche Nervosität von ihr ab. Es war, als ob sie das alles schon ihr Leben lang getan hätte. Mit großem Geschick fuhr sie durch die oberen Fett- und Muskelschichten bis hinunter zur Leiste und nahm währenddessen die vertraute Litanei wahr, die durch den Raum hallte.

»Schwamm ...«

»Kauterisator ...«

»Hier ...«

»Scheint, daß wir gerade rechtzeitig ...«

»Klammer ...«

»Absaugen bitte ...«

Paige war voll auf das konzentriert, was sie tat. Den Bruchsack lokalisieren ... freilegen ... den Inhalt in die Bauchhöhle zurückverlegen ... die Basis des Sackes abbinden ... das übrige abtrennen ... den Leistenring ... vernähen ...

Die Operation war genau eine Stunde und zwanzig Minuten nach dem ersten Einschnitt beendet.

Paige hätte sich ausgelaugt fühlen sollen; statt dessen spürte sie eine ungeheure Beschwingtheit.

Als Walter Herzog wieder zugenäht war, wandte sich die OP-Schwester an Paige. »Dr. Taylor . . .«

Paige hob den Kopf. »Ja?«

Die Schwester grinste. »Das war wundervoll, Doktor.«

Es war ein Sonntag, und die drei hatten dienstfrei.

»Was sollen wir uns für heute vornehmen?« fragte Kat.

Paige hatte eine Idee. »Es ist ein so herrlicher Tag, warum fahren wir da nicht hinaus zum Tree Park? Wir könnten zum Mittag ein Picknick mitnehmen und im Freien essen.«

»Hört sich fantastisch an«, meinte Honey.

»Dann ist es beschlossen«, stimmte Kat zu.

Und in eben diesem Moment läutete das Telefon. Sie starrten es mit feindseligen Blicken an.

»Gott im Himmel!« schimpfte Kat. »Und ich hatte gedacht, Abraham Lincoln hätte uns aus der Sklaverei befreit. Lassen wir es klingeln! Wir haben heut unseren freien Tag.«

»Für uns gibt es keine *freien* Tage«, rief Paige ihnen ins Gedächtnis.

Kat trat ans Telefon und nahm ab. »Hier Dr. Hunter.« Sie horchte und gab an Paige weiter. »Für dich, Dr. Taylor.«

»Na schön«, sagte Paige resigniert und nahm den Hörer. »Hier Dr. Taylor . . . Hallo, Tom . . . *Was?* . . . Nein, ich wollte gerade ausgehen . . . Verstehe . . . In Ordnung. In einer Viertelstunde bin ich da.« Sie legte auf. *Wieder nichts mit dem Picknick,* dachte sie.

»Etwas Schlimmes?« fragte Honey.

»Ja. Wir sind dabei, einen Patienten zu verlieren. Ich tue, was ich kann, damit ich zum Abendessen zurück bin.«

Als Paige beim Krankenhaus ankam und ihren Wagen auf dem Parkplatz für Ärzte abstellte, stand der funkelnagelneue rote Ferrari schon wieder neben ihrem Platz. *Ich frag' mich, wie viele Operationen nötig waren, um den zu bezahlen,* dachte Paige.

Als Paige zwanzig Minuten später das Wartezimmer betrat, saß dort ein Mann im dunklen Anzug und schaute aus dem Fenster.

»Mr. Newton?«

Er erhob sich. »Ja.«

»Ich bin Dr. Taylor. Ich habe mir gerade Ihren kleinen Sohn angesehen. Er ist mit Bauchschmerzen eingeliefert worden.«

»Jawohl. Ich werde ihn wieder nach Hause bringen.«

»Bedaure, nein. Peter hat einen Milzriß. Er braucht jetzt sofort eine Blutübertragung und muß danach gleich operiert werden. Sonst wird er sterben.«

Mr. Newton schüttelte den Kopf. »Wir sind Zeugen Jehovas. Der Herr wird nicht zulassen, daß er stirbt, und ich werde nicht zulassen, daß er mit dem Blut eines anderen Menschen befleckt wird. Es war meine Frau, die ihn hergebracht hat. Dafür wird sie Rechenschaft ablegen müssen.«

»Mr. Newton, ich glaube, Sie verstehen nicht, in welch ernster Lage Ihr Sohn sich befindet. Falls wir nicht unverzüglich operieren, wird Ihr Sohn sterben.«

Der Mann sah sie nur lächelnd an. »Sie kennen nicht die Wege des Herrn.«

Paige wurde böse. »Ich mag nicht viel von den Wegen Gottes verstehen, ich weiß aber eine Menge über Milzrisse.« Sie zog ein Stück Papier hervor. »Peter ist minderjährig, deshalb mussen Sie Ihre Einwilligung geben und hier unterzeichnen.« Sie streckte es ihm hin.

»Und wenn ich es nicht unterschreibe?«

»Nun . . . dann können wir auch nicht operieren.«

Er nickte. »Halten Sie sich wirklich für mächtiger als Gott?«

Paige fixierte ihn. »Sie wollen nicht unterschreiben, nicht wahr?«

»Nein. Meinem Sohn wird eine größere Macht helfen, als Sie es sind. Sie werden schon sehen.«

Als Paige auf die Station zurückkehrte, war der sechsjährige Peter inzwischen bewußtlos.

»Er wird nicht durchkommen«, sagte Chang. »Er hat zuviel Blut verloren. Was wollen Sie jetzt machen?«

Paige faßte einen Entschluß. »Bringen Sie ihn in den OP-Saal 1. Stat.«

Chang sah sie erstaunt an. »Sein Vater hat es sich anders überlegt?«

Paige nickte. »Ja. Er hat seine Meinung geändert. Packen wir's an.«

»Gut gemacht! Ich hab' eine ganze Stunde lang auf ihn eingeredet und ihn nicht dazu bringen können. Er hat behauptet, daß Gott sich seines Jungen annimmt.«

»Gott *hat* sich des Kindes angenommen«, versicherte Paige.

Zwei Stunden und zwei Liter Blut später war die Operation erfolgreich abgeschlossen. Sämtliche Lebenszeichen des Jungen waren kräftig.

Paige streichelte ihm die Stirn. »Er wird's schaffen.«

Da kam ein Pfleger in den Operationssaal gerannt. »Dr. Taylor? Dr. Wallace will Sie auf der Stelle sprechen.«

Benjamin Wallace war dermaßen verärgert, daß ihm die Stimme versagte. »Wie konnten Sie es wagen? Wie konnten Sie nur etwas so Ungeheuerliches tun? Sie haben dem Jungen Blut übertragen und ihn ohne die Zustimmung seiner Eltern operiert? Sie haben sämtliche Gesetze gebrochen!«

»Ich habe dem Jungen das Leben gerettet.«

Wallace holte tief Luft. »Sie hätten sich vorher eine gerichtliche Verfügung besorgen müssen.«

»Dazu war keine Zeit«, erklärte Paige. »Noch zehn Minuten und der Junge wäre tot gewesen. Gott war nämlich gerade anderweitig beschäftigt.«

Wallace schritt ruhelos im Zimmer auf und ab. »Und was machen wir nun?«

»Uns eine gerichtliche Verfügung besorgen.«

»Wozu? Sie *haben* ja bereits operiert.«

»Ich werde die gerichtliche Verfügung um ein paar Tage zurückdatieren. Das wird doch niemand bemerken.«

Wallace kam ins Schwitzen. »Herrgott noch mal!« Er wischte sich die Stirn ab. »Das könnte mich meine Stellung kosten.«

Paige musterte ihn lange Zeit. Dann drehte sie sich auf dem Absatz um und ging zur Tür.

»Paige ...?«

Sie blieb stehen. »Ja?«

»So etwas werden Sie nie wieder tun, nicht wahr?«

»Nur wenn ich unbedingt muß«, versicherte ihm Paige.

13. Kapitel

Mit Medikamentendiebstahl haben alle Krankenhäuser ihre Probleme. Laut Gesetz muß für jedes Narkotikum, das der Apotheke entnommen wird, eine Unterschrift geleistet werden; doch ganz gleich, wie streng die Sicherheitsmaßnahmen auch sein mögen, Drogensüchtige finden fast immer einen Weg, sie zu umgehen.

Das Embarcadero County Hospital hatte damit allerdings ein großes Problem – so groß, daß Margaret Spencer deswegen Ben Wallace aufsuchte.

»Ich weiß nicht mehr, was ich machen soll, Doktor. Bei uns verschwindet laufend Fentanyl.«

Fentanyl ist ein stark suchterregendes Anästhetikum.

»Um welche Mengen geht es denn?«

»Um beträchtliche Mengen. Wenn es sich nur gelegentlich um ein paar Flaschen handeln würde, könnte man dafür möglicherweise eine harmlose Erklärung finden. Inzwischen verschwinden aber regelmäßig größere Mengen, in jeder Woche mehr als ein Dutzend Flaschen.«

»Haben Sie eine Vermutung, wer da eventuell dahinterstecken könnte?«

»Nein, Sir. Ich habe mit der Sicherheitsabteilung gesprochen. Dort weiß man auch nicht weiter.«

»Wer hat Zugang zu der Apotheke?«

»Da liegt ja das Problem. Die meisten Anästhesisten haben ziemlich ungehindert Zugang. Und die meisten Schwestern und Chirurgen auch.«

Wallace war nachdenklich geworden. »Ich danke Ihnen, daß Sie mich davon in Kenntnis gesetzt haben. Ich werde mich darum kümmern.«

Das kann ich jetzt wirklich nicht gebrauchen, dachte Wallace verärgert. Ihm stand eine Sitzung des Krankenhausaufsichtsrates bevor; es gab bereits mehr als genug Probleme, die unbedingt angepackt werden mußten. Die Statistiken waren Wallace bekannt: In den Vereinigten Staaten wurden über zehn Prozent aller Ärzte früher oder später mindestens zeitweilig alkohol- oder drogenabhängig. Drogen stellten für Ärzte eine besondere Versuchung dar, weil sie ihnen so leicht zugänglich waren. Einem Arzt war es ein leichtes, einen Arzneischrank zu öffnen, das gewünschte Mittel herauszunehmen und es sich mittels Aderpresse und Spritze zu injizieren. Ein Süchtiger könnte alle zwei Stunden eine neue Dosis benötigen.

Und das jetzt, an seinem Krankenhaus! Da mußte etwas geschehen, sofort – noch vor der Aufsichtsratssitzung. *Die Sache würde meinem Ansehen schaden.*

Ben Wallace dachte angestrengt darüber nach, wem er bei der Suche nach dem Schuldigen vertrauen könnte. Er kam zu dem Schluß, daß weder Dr. Taylor noch Dr. Hunter irgend etwas mit den Diebstählen zu tun haben könnten, und rang sich nach reiflichem Überlegen dazu durch, die beiden um ihre Mithilfe zu bitten.

Er ließ sie zu sich rufen. »Ich muß Sie um einen Gefallen bitten«, sagte er und klärte sie über das Problem mit dem gestohlenen Fentanyl auf. »Ich möchte Sie bitten, die Augen offenzuhalten. Falls irgendein Arzt, mit dem Sie zusammenarbeiten, im Verlauf einer Operation den OP-Saal verlassen oder sonstige suchtverdächtigen Anzeichen erkennen lassen sollte, bitte ich Sie, es mir persönlich mitzuteilen. Halten Sie Ausschau nach Persönlichkeitsveränderungen – Depressionen, Stimmungsumschwünge – oder nach Saumseligkeit und Unzuverlässigkeit. Und ich wäre Ihnen sehr verbunden, wenn Sie diese Angelegenheit streng vertraulich behandeln würden.«

»Das Embarcadero ist ein riesiges Krankenhaus«, meinte Kat hinterher auf dem Flur, »da werden wir einen Sherlock Holmes brauchen.«

»Werden wir nicht«, erwiderte Paige tief betroffen. »Ich kenne den Täter.»

Zu den Ärzten, die Paige ganz besonders schätzte, gehörte auch Mitch Campbell – ein liebenswerter, ergrauter Mann in den Fünfzigern, stets gutgelaunt und einer der besten Chirurgen am Krankenhaus. Paige hatte in jüngster Zeit bemerkt, daß er bei Operationen stets ein paar Minuten zu spät kam und ein merkliches Zittern entwickelt hatte. Er wählte, wann immer möglich, Paige als Assistentin, und überließ ihr auch gewöhnlich einen Großteil des operativen Eingriffs. Wenn bei ihm, etwa nach der ersten Hälfte einer Operation, das Händezittern einsetzte, reichte er Paige das Skalpell.

»Ich fühle mich nicht wohl«, murmelte er dann. »Würden Sie bitte übernehmen?«

Paige hatte sich schon besorgt gefragt, was wohl mit ihm los war. Nun wußte sie plötzlich Bescheid. Aber wie sollte sie vorgehen? Eins war klar: Wenn sie Wallace informierte, würde Dr. Campbell gefeuert werden oder, noch schlimmer, mit seiner Laufbahn am Ende sein. Andererseits würde sie, falls sie nichts unternähme, das Leben von Patienten gefährden. *Vielleicht sollte ich mit ihm reden,* dachte Paige, *und ihm zu verstehen geben, daß ich seine Schwierigkeiten bemerkt habe, und ihn drängen, sich in Behandlung zu begeben.* Sie beriet sich mit Kat.

»Das ist ein Problem«, meinte Kat. »Er ist ein feiner Kerl und ein guter Arzt. Wenn du Alarm schlägst, ist er erledigt. Tust du's nicht, mußt du aber bedenken, wieviel Schaden er Patienten zufügen könnte. Was meinst du – wie wird er reagieren, wenn du ihn zur Rede stellst?«

»Er wird's wahrscheinlich bestreiten, Kat. Das ist doch immer die übliche Taktik.«

»Yeah. Was für eine unangenehme Aufgabe!«

Hoffentlich irre ich mich, betete Paige kurz vor Beginn der Operation, die am folgenden Tag für Dr. Campbell und sie angesetzt war. *Bitte, lieber Gott, mach, daß er sich nicht verspätet. Und gib, daß er während der Operation nicht den OP-Saal verläßt.*

Campbell traf mit viertelstündiger Verspätung ein und bat sie mitten in der Operation: »Sie übernehmen, Paige. Ja? Ich bin gleich wieder da.«

Ich werde mit ihm reden müssen, beschloß Paige. *Ich kann seine Karriere nicht ruinieren.*

Als Paige und Honey am Morgen danach auf den Ärzteparkplatz gefahren waren und gerade aus dem Wagen steigen wollten, kam neben ihnen der rote Ferrari an – Harry Bowman.

»Ist das aber ein schönes Auto!« sagte Honey. »Was kostet so eins?«

»Wenn Sie sich danach erkundigen müssen«, lachte Bowman, »können Sie ihn sich bestimmt nicht leisten.«

Paige hörte nicht hin. Ihr stach der Ferrari ins Auge, und plötzlich kam ihr auch Bowmans Penthouse in den Sinn, sie mußte an seine üppigen Feste und an sein schnittiges Schiff denken. *›Ich war so klug, mir einen cleveren Mann als Vater auszusuchen. Und der hat mir sein ganzes Geld hinterlassen.‹* Und trotzdem arbeitete Bowman ausgerechnet an einem Bezirkskrankenhaus. Wieso eigentlich?

Es vergingen keine zehn Minuten, bis Paige im Personalbüro auftauchte und die zuständige Sekretärin ansprach.

»Bitte, tun Sie mir einen Gefallen, Linda? Ganz im Vertrauen – Harry Bowman hat mich eingeladen, er will mit mir ausgehen, und ich hab' das dumpfe Gefühl, daß er verheiratet sein könnte. Dürfte ich nur mal rasch einen Blick in seine Akte werfen?«

»Aber klar. Diese geilen Böcke! Können nie genug kriegen, oder? Da haben Sie völlig recht. Natürlich dürfen Sie einen Blick hineinwerfen.« Sie lief zu einem Schrank, fand sofort, was sie suchte, und brachte einen Stoß Papiere zu Peige herüber.

Paige überflog sie blitzschnell. Aus dem Bewerbungsschreiben ging hervor, daß Dr. Harry Bowman an einer unbedeutenden Universität im Mittleren Westen studiert und sein ganzes Medizinstudium durch Nebenjobs finanziert hatte. Er war Facharzt für Anästhesie.

Sein Vater war Friseur.

Den meisten Ärzten im Embarcadero County Hospital war Honey Taft ein Rätsel. Während der Morgenvisiten machte sie einen ziemlich unsicheren Eindruck. Bei den Visiten am Nachmittag schien sie ein völlig anderer Mensch zu sein. Sie wußte über jeden einzelnen Patienten erstaunlich gut Bescheid und lieferte ebenso rasche wie präzise Diagnosen.

Es kam deswegen zwischen zwei Oberassistenzärzten zu einer Diskussion.

»Ich will verdammt sein, wenn ich das kapiere«, erklärte der eine. »An den Morgen häufen sich die Beschwerden über Dr. Taft. Sie macht fortwährend Fehler. Sie kennen doch den Witz über die Krankenschwester, die alles falsch macht? Also – ein Arzt beklagt sich über eine Krankenschwester. Er hatte sie angewiesen, dem Patienten auf Zimmer 4 drei Tabletten zu bringen, statt dessen hat sie aber dem Patienten auf Zimmer 3 vier Tabletten gegeben. Und während er von ihr spricht, sieht er sie mit einem Topf heißen Wasser in der Hand auf dem Flur einem nackten Patienten hinterherjagen. Sagt der Arzt: ›Sieh dir das an! Ich hab' ihr gesagt, daß sie ihm sein heißes Geschwür aufstechen soll!‹«

Der Kollege lachte.

»Also – das ist ein Witz, der genau auf Dr. Taft paßt. Aber an den Nachmittagen ist sie dann absolut brillant. Ihre Diagnosen sind korrekt, ihre Berichte sind hervorragend, und sie denkt messerscharf. Sie muß irgendeine Wunderpille einnehmen, die nur mittags wirkt.« Er kratzte sich am Kopf. »Das verstehe, wer will – ich komme da nicht mit.«

Dr. Nathan Ritter war ein Pedant – ein Mensch, der sich im Leben wie in der Arbeit stets an die Regeln hielt. Zwar fehlte ihm das Fünkchen Brillanz; aber tüchtig und gewissenhaft war er, und diese zwei Eigenschaften erwartete er auch von seinen Mitarbeitern.

Honey hatte das Pech, ausgerechnet seinem Team zugeordnet worden zu sein.

Die Visite begann in einem Krankensaal mit zwölf Patienten,

von denen einer gerade sein Frühstück beendete. Ritter warf einen Blick auf das Krankenblatt am Bettende. »Dr. Taft, laut dieser Karte ist er Ihr Patient.«

Honey nickte. »Ja.«

»Er bekommt an diesem Morgen eine Bronchoskopie.«

Honey nickte. »Das ist korrekt.«

»Und da erlauben Sie ihm, etwas zu *essen*?!« fuhr Dr. Ritter sie an. »Vor einer *Bronchoskopie*?!«

»Aber der arme Kerl«, sagte Honey, »hat doch nichts zu essen bekommen, seit . . .«

Nathan Ritter wandte sich an seinen Assistenten. »Verschieben Sie die Bronchoskopie.« Er wollte zu Honey noch etwas sagen, beherrschte sich aber im letzten Moment. »Weiter.«

Der nächste Patient war ein Puertoricaner mit einem bösen Husten.

»Wessen Patient ist das?« fragte Dr. Ritter nach seiner Untersuchung.

»Meiner«, sagte Honey.

Er legte die Stirn in Falten. »Die Entzündung mußte doch eigentlich längst rückläufig sein.« Er studierte das Krankenblatt. »Sie geben ihm viermal täglich fünfzig Milligramm Ampicillin?«

»Das ist richtig.«

»Das ist *nicht* richtig. Das ist *falsch!* Er müßte viermal täglich *fünfhundert* Milligramm bekommen. Sie haben eine Null vergessen.«

»Es tut mir leid, ich . . .«

»Kein Wunder, daß bei dem Patienten keine Besserung eintritt! Ich will das sofort korrigiert wissen!«

»Jawohl, Doktor.«

Als man bei Honeys nächstem Patienten ankam, stellte Dr. Ritter gereizt fest: »Er ist für eine Darmspiegelung vorgemerkt. Wo ist der Röntgenbericht?«

»Der Röntgenbericht? Oh. Tut mir leid, ich habe ganz vergessen, einen Bericht anzufordern.«

Ritter bedachte Honey mit einem langen, forschenden Blick.

Von da an ging es an diesem Morgen für sie vollends bergab.

Der Patient, den sie anschließend besuchten, war den Tränen nahe. »Ich habe solche Schmerzen! Was habe ich denn für eine Krankheit?«

»Das wissen wir nicht«, erwiderte Honey.

Dr. Ritter warf ihr einen vernichtenden Blick zu. »Dr. Taft, kann ich Sie kurz einmal draußen sprechen?«

»Sie dürfen einem Patienten gegenüber niemals zugeben – *nie und nimmer* –, daß Sie etwas nicht wissen. Er schaut zu Ihnen auf, von Ihnen erwartet er Hilfe! Wenn Sie keine Antwort wissen, erfinden Sie eine. Verstehen Sie mich?«

»Aber das scheint mir nicht richtig ...«

»Ob Ihnen das richtig scheint oder nicht, ist völlig uninteressant. Tun Sie, was Ihnen gesagt wird!«

Sie untersuchten einen Leistenbruch, eine Hepatitispatientin, einen Patienten mit der Alzheimerschen Krankheit und noch zwei Dutzend andere Fälle. Unmittelbar nach der Visite suchte Dr. Ritter Benjamin Wallace auf.

»Es gibt ein Problem«, sagte Ritter.

»Und das wäre, Nathan?«

»Eine von unseren Assistenzärztinnen. Honey Taft.«

Schon wieder! »Was ist denn mit ihr?«

»Sie ist eine Katastrophe.«

»Sie hatte aber doch so ein hervorragendes Empfehlungsschreiben.«

»Ben, es wäre besser, du schickst sie in die Wüste, bevor sie das Krankenhaus ernsthaft in Schwierigkeiten bringt – ich meine, bevor sie ein oder zwei Patienten umbringt.«

Wallace dachte einen Moment nach und traf seine Entscheidung. »Gut. Ich werde ihr kündigen.«

Paige, die den ganzen Morgen über in der Chirurgie alle Hände voll zu tun hatte, nutzte den ersten freien Augenblick, um Dr. Wallace von ihren Zweifeln Harry Bowman betreffend zu berichten.

»Bowman? Sind Sie sicher? Ich meine... Ich habe an ihm keinerlei Anzeichen von Sucht bemerkt.«

»Er braucht das Fentanyl nicht für sich«, erläuterte Paige. »Er verkauft es. Er hat das Gehalt einer Assistenzarztes und lebt wie ein Millionär.«

Ben Wallace nickte. »Na schön. Ich werde die Sache überprüfen. Vielen Dank, Paige.«

Wallace bestellte Bruce Anderson zu sich. »Wir haben den Medikamentendieb möglicherweise identifiziert«, teilte er dem Sicherheitschef mit. »Ich muß Sie bitten, Dr. Harry Bowman im Auge zu behalten.«

»Bowman?« Anderson gab sich Mühe, sein Erstaunen zu verbergen. Dr. Bowman schenkte dem Wachpersonal andauernd kubanische Zigarren und andere Kleinigkeiten. Er war bei ihnen äußerst beliebt. »Falls er unsere Apotheke betritt, durchsuchen Sie ihn, sobald er wieder herauskommt.«

»Jawohl, Sir.»

Harry Bowman steuerte auf die Krankenhausapotheke zu. Er hatte Rezepte auszufüllen. Eine *Menge* von Rezepten. Das Ganze hatte ganz zufällig begonnen – sozusagen als glückliche Fügung. Er hatte in einem kleinen Krankenhaus in Ames, Iowa, gearbeitet und sich mit dem Gehalt eines Assistenzarztes durchgeschlagen, was sehr mühsam gewesen war. Ihm stand nämlich, trotz seiner spärlich gefüllten Brieftasche, der Sinn nach höheren Dingen. Dann hatte plötzlich das Schicksal auf ihn herabgelächelt.

Eines Morgens hatte ihn ein Patient angerufen, der soeben aus dem Krankenhaus entlassen worden war.

»Herr Doktor, ich leide unter furchtbaren Schmerzen. Sie müssen mir etwas dagegen geben.«

»Wollen Sie vorbeikommen?«

»Ich möchte lieber nicht aus dem Haus. Könnten Sie es mir nicht bringen?«

Bowman dachte darüber nach. »In Ordnung. Ich schau' nach Dienstschluß bei Ihnen vorbei.«

Er hatte dem Patienten ein Fläschchen Fentanyl gebracht.

Der Patient hatte es ihm fast aus der Hand gerissen. »Das ist ja fantastisch!« Er zog eine Handvoll Banknoten aus der Tasche. »Hier – und vielen Dank!«

Bowman hatte ihn verdutzt angeschaut. »Sie haben mir dafür doch nichts zu zahlen.«

»Sie machen wohl Witze! Dieses Zeug ist das reinste Gold. Ich hab' einen Haufen Freunde, die Ihnen ein Vermögen zahlen würden, wenn Sie es ihnen besorgen.«

Und damit hatte es angefangen. Innerhalb von zwei Monaten verdiente Harry Bowman mehr Geld, als er je für möglich gehalten hätte. Leider bekam der Direktor des Krankenhauses dann aber Wind von der Sache. Um einen öffentlichen Skandal zu vermeiden, riet er Bowman, keinen Ärger zu machen und freiwillig zu kündigen – dann würde von alldem nichts in seinen Papieren erscheinen.

Bin ich froh, daß ich darauf eingegangen bin, dachte Bowman. *In San Francisco gibt es für mich einen viel größeren Markt.*

Er hatte die Krankenhausapotheke erreicht, bemerkte in der Nähe Bruce Anderson und nickte ihm freundlich zu. »Hi, Bruce.«

»Guten Tag, Dr. Bowman.«

Als Bowman die Apotheke fünf Minuten später wieder verließ, sprach Anderson ihn an: »Ich bitte um Entschuldigung, aber ich muß Sie leider durchsuchen.«

Harry Bowman musterte ihn durchdringend. »Mich durchsuchen? Was reden Sie da, Bruce?«

»Tut mir leid, Doktor. Wir haben Anweisung, alle Benutzer der Apotheke zu durchsuchen«, log Anderson.

Bowman war empört. »Das ist eine bodenlose Unverschämtheit. Ich lasse mich nicht durchsuchen. Niemals!«

»Dann muß ich Sie auffordern, mich zum Büro von Dr. Wallace zu begleiten.«

»Wunderbar! Er wird toben, wenn er diese Geschichte erfährt!«

Bowman stürmte in Wallaces Büro. »Was geht hier vor, Ben? Verdammt, dieser Kerl hat mich durchsuchen wollen!«

»Und haben Sie sich geweigert, sich durchsuchen zu lassen?«

»Absolut.«

»Gut.« Wallace griff nach dem Telefonhörer. »Wenn es Ihnen lieber ist, werde ich diese Angelegenheit der Polizei von San Francisco überlassen.«

Bowman geriet in Panik. »Moment mal! Dafür gibt's doch gar keinen Grund.« Plötzlich hellte sich seine Miene auf. »Ach so! Ich weiß schon, worum es geht!« Er griff in seine Tasche und holte eine Flasche Fentanyl heraus. »Das Zeug habe ich mir für eine Operation geholt und . . .«

»Leeren Sie Ihre Taschen«, befahl Wallace leise.

Auf Bowmans Gesicht zeigte sich ein Ausdruck schierer Verzweiflung. »Es gibt keinerlei Anlaß . . .«

»Leeren Sie die Taschen!«

Zwei Stunden später hatte das Rauschgiftdezernat von San Francisco ein unterzeichnetes Geständnis und eine Liste mit den Namen der Leute in der Hand, denen Bowman Drogen verkauft hatte.

Als Paige die Nachricht erfuhr, suchte sie Mitch Campbell auf. Er saß untätig in einem Büro. Als Paige eintrat, lagen seine Hände auf der Schreibtischplatte. Sie konnte das Zittern erkennen.

Campbell versteckte seine Hände mit einer raschen Bewegung auf dem Schoß. »Tag, Paige. Wie geht's Ihnen?«

»Gut, Mitch. Ich möchte mit Ihnen reden.«

»Nehmen Sie Platz.«

Sie ließ sich ihm gegenüber nieder. »Wie lange haben Sie die Parkinsonsche Krankheit schon?«

Sein Gesicht wurde noch einen Ton blasser. »Wie bitte?«

»Darum geht's doch, nicht wahr? Sie versuchen dauernd, es zu vertuschen.«

Das Schweigen wurde geradezu drückend. »Ich . . . ich . . . ja. Aber ich . . . Ich kann nicht aufhören, Arzt zu sein. Ich . . . ich kann einfach nicht. Es ist mein Leben.«

Paige beugte sich vor und sagte mit ernster Stimme: »Das

bedeutet doch nicht, daß Sie kein Arzt mehr sein können, Sie sollten nur nicht länger operieren.«

Er wirkte auf einmal furchtbar alt. »Ich weiß. Ich wollte letztes Jahr mit dem Operieren aufhören.« Er lächelte traurig. »Aber jetzt werde ich's tatsächlich tun müssen, nicht wahr? Sie werden es Dr. Wallace melden.«

»Nein«, widersprach Paige leise und freundlich, aber bestimmt. »*Sie* werden es Dr. Wallace mitteilen.«

Paige aß zu Mittag in der Cafeteria. Tom Chang setzte sich zu ihr.

»Ich hab's schon gehört«, sagte er. »Bowman! Unglaublich. Gut gemacht.«

Sie schüttelte den Kopf. »Ich hatte schon den Falschen verdächtigt.«

Chang saß schweigend da.

»Stimmt etwas nicht, Tom?«

»Was wollen Sie von mir hören? Das übliche ›Alles in Ordnung‹ – oder die Wahrheit?«

»Wir sind doch Freunde. Ich möchte die Wahrheit hören.«

»Meine Ehe ist am Ende.« Ihm standen plötzlich die Tränen in den Augen. »Sye hat mich verlassen. Sie ist in die Heimat zurückgekehrt.«

»Das tut mir ja so leid.«

»Es ist nicht ihre Schuld. Das war doch zwischen uns keine Ehe mehr. Sie fand, daß ich mit dem Krankenhaus verheiratet sei. Und damit hat sie recht. Ich verbringe hier wirklich meine ganze Zeit. Ich heile wildfremde Menschen, statt mit denen zusammenzusein, die ich liebe.«

»Sie wird bestimmt wiederkommen. Es wird alles wieder gut«, sagte Paige beruhigend.

»Nein. Diesmal nicht.«

»Haben Sie schon einmal daran gedacht, eine Eheberatung aufzusuchen, oder . . .«

»Sie weigert sich.«

»Es tut mir leid, Tom. Wenn ich Ihnen auf irgendeine Weise helfen kann ...« Sie hörte ihren Namen über Lautsprecher.

»Dr. Taylor, Zimmer 410 ...«

Paige überkam ein starkes Gefühl der Unruhe. »Ich muß fort«, sagte sie. Zimmer 410. Das war Sam Bernsteins Zimmer. Er war einer ihrer Lieblingspatienten, ein sanfter Mensch in den Siebzigern, der mit einem nicht mehr operierbaren Magenkrebs eingeliefert worden war und im Gegensatz zu den meisten Patienten nie klagte. Paige bewunderte ihn wegen seiner Tapferkeit und seiner Würde. Er hatte eine Frau und zwei erwachsene Söhne, die ihn regelmäßig besuchten. Paige hatte auch sie liebgewonnen.

Er war an lebenserhaltende Geräte angeschlossen worden, mit dem Vermerk NW – Nicht wiederbeleben – für den Fall, daß sein Herz aussetzte.

Eine Schwester stand an seinem Bett. Als Paige eintrat, hob sie den Kopf. »Er ist von uns gegangen, Doktor. Ich habe die Geräte nicht in Gang gesetzt, weil ...« Ihre Stimme wurde zu einem undeutlichen Murmeln.

»Sie haben recht getan«, sagte Paige langsam. »Ich danke Ihnen.«

»Gibt es irgend etwas, das ich ...«

»Nein. Ich werde alles Nötige veranlassen.« Paige blieb neben dem Bett stehen und schaute auf die Leiche eines Menschen herab, der voller Leben und Lachen gewesen war, der für eine Familie gesorgt und immer für seine Freunde dagewesen war, eines Menschen, der sein Leben lang hart gearbeitet hatte, für den Unterhalt derer, die er liebte. Und jetzt ...

Sie zog die Schublade heraus, wo er seine Habseligkeiten aufbewahrte. Eine ganz gewöhnliche Taschenuhr, ein Schlüsselbund, fünfzehn Dollar in bar, ein Gebiß und ein Brief an seine Frau. War das alles, was vom Leben eines solchen Mannes übrig blieb?

Paige vermochte ihre Niedergeschlagenheit nicht abzuschütteln. »Er war ein so lieber Mensch. Warum...«

»Du darfst dich mit deinen Patienten nicht identifizieren, Paige«, mahnte Kat. »Es würde dich innerlich zerreißen.«

»Ich weiß ja, daß du recht hast, Kat. Es ist nur so ... es ging alles so schnell. Heute morgen haben wir noch miteinander gesprochen. Und morgen wird er bereits begraben.«

»Du denkst doch nicht etwa daran, zu seiner Beerdigung zu gehen?«

»Nein.«

Das Begräbnis fand im Friedhof Hills of Eternity statt.

Nach dem religiösen Brauch der Juden muß ein Toter so rasch wie möglich begraben werden; gewöhnlich bereits am Tag nach seinem Tod.

Sam Bernsteins Leiche war in die Tachrichin – die Sterbekleider – und in einen Tallit gehüllt. Die Angehörigen standen am Grab. Der Rabbi richtete ein Trostwort an die Trauernden auf hebräisch.

Als der Mann, der neben Paige stand, den verwirrten Ausdruck in ihrem Gesicht bemerkte, übersetzte er die Worte für sie: »›Möge der Allmächtige euch trösten mit denen, die um Zion und Jerusalem trauern!‹«

Zum Erstaunen von Paige begannen die Familienmitglieder an ihrer Kleidung zu reißen, während sie rezitierten. *»Ki atar ata we-el atar taschuw.«*

»Was...«

»Sie tun es, um ihre Ehrfurcht zu bekunden«, flüsterte der Mann Paige zu. »Denn du bist Erde, und zur Erde kehrst du zurück.«

Kat begegnete am folgenden Morgen zufällig Honey auf dem Flur. Honey wirkte nervös.

»Irgendwas nicht in Ordnung?« fragte Kat.

»Dr. Wallace hat mich zu sich bestellt. Ich muß um zwei Uhr bei ihm sein.«

»Kennst du den Grund?«

»Ich glaub', ich hab' gestern die Visite vermasselt. Dr. Ritter ist ein Monster.«

»Manchmal schon«, sagte Kat. »Aber es wird schon alles gutgehen.«

»Hoffentlich. Ich hab' irgendwie ein schlechtes Gefühl.«

Sie trat pünktlich um zwei ins Büro von Benjamin Wallace. In der Tasche hatte sie ein Gläschen Honig. Die Sekretärin war in der Mittagspause. Die Tür zum Zimmer von Dr. Wallace war offen. »Nur herein, Dr. Taft«, rief er.

Honey betrat den Raum.

»Machen Sie bitte die Tür hinter sich zu.«

Honey schloß die Tür.

»Setzen Sie sich.«

Honey setzte sich ihm gegenüber. Sie zitterte am ganzen Körper.

Benjamin Wallace schaute zu ihr herüber und dachte: *Das ist ja, als ob ich ein Junges mit Füßen träte. Aber was getan werden muß, muß getan werden.* »Ich habe Ihnen leider eine unerfreuliche Mitteilung zu machen«, erklärte er.

Als Honey Kat eine Stunde später im Solarium begegnete, ließ sie sich mit einem erleichterten Lächeln in den Stuhl neben ihr sinken.

»Bist du bei Dr. Wallace gewesen?« fragte Kat.

»Ach so, ja. Wir haben uns lange unterhalten. Hast du gewußt, daß seine Frau ihn im vergangenen September verlassen hat? Fünfzehn Jahre ist er mit ihr verheiratet gewesen. Aus seiner ersten Ehe hat er zwei erwachsene Kinder, die er aber so gut wie nie sieht. Der Arme ist schrecklich einsam.«

Zweites Buch

14. Kapitel

Und wieder ging ein Jahr zu Ende, und Paige, Kat und Honey feierten den Rutsch ins Jahr 1994 im Embarcadero County Hospital und hatten den Eindruck, daß sich, bis auf die Namen ihrer Patienten, in ihrem Leben überhaupt nichts veränderte.

Auf dem Weg über den Parkplatz mußte Paige plötzlich an Harry Bowman und seinen roten Ferrari denken. *Wie viele Menschenleben sind durch das Gift, das Harry Bowman verkauft hat, wohl zerstört worden?* überlegte sie. Drogen waren eine große Verführung. Und wirkten am Ende tödlich.

Jimmy Ford brachte Paige einen kleinen Blumenstrauß.

»Aber wofür, Jimmy?« Er wurde rot. »Einfach so. Haben Sie schon gewußt, daß ich heiraten werde?«

»Nein! Das ist ja wunderbar! Und wer ist die Glückliche?«

»Betsy heißt sie. Arbeitet in einem Kleidergeschäft. Und wir wünschen uns ein halbes Dutzend Kinder. Das erste Mädchen werden wir Paige nennen. Sie haben hoffentlich nichts dagegen.«

»Ich was dagegen haben? Ich fühle mich sehr geehrt.«

Er wurde auf einmal ganz verlegen. »Kennen Sie den schon? Von dem Arzt, der einem Patienten nach der Untersuchung noch zwei Wochen zu leben gibt? ›Ich kann aber die Rechnung nicht sofort bezahlen‹, sagt der Mann. ›Okay‹, sagt der Doktor, ›dann geb' ich Ihnen noch zwei Wochen mehr.‹«

Und schon war Jimmy wieder verschwunden.

Wegen Tom Chang machte sich Paige große Sorgen. Er litt unter entsetzlichen Stimmungsschwankungen, die von irrer Euphorie bis zu tiefer Depression reichten.

Während eines morgendlichen Gesprächs erklärte ihr Tom in einem Ton glücklicher Überzeugung: »Ist Ihnen eigentlich schon bewußt geworden, daß die meisten Menschen, die hier im Krankenhaus liegen, ohne uns sterben würden? Es liegt in unserer Macht, ihre Körper zu heilen und die Menschen wieder gesund zu machen.«

Und dann am folgenden Morgen völlig verzweifelt: »Wir machen uns bloß etwas vor, Paige. Ohne uns würden die Patienten viel schneller wieder gesund. Wir sind die reinsten Heuchler, wenn wir so tun, als ob wir auf alles eine Antwort wüßten. Wissen wir nämlich *nicht*.«

Paige sah ihn scharf an. »Haben Sie etwas von Sye gehört?«

»Ich habe gestern mit ihr gesprochen. Sie wird nicht nach Amerika zurückkommen. Sie will die Scheidung einreichen.«

Paige legte ihm die Hand auf den Arm. »Das tut mir leid, Tom.«

Er hob die Schultern. »Warum? Macht mir nichts aus. Nicht mehr. Ich werd' schon eine andere finden.« Er grinste. »Und wieder ein Kind haben. Warten Sie's ab!«

Das Gespräch hatte plötzlich etwas seltsam Unwirkliches bekommen.

»Tom macht mir angst«, gestand sie Kat an diesem Abend. »Hast du in letzter Zeit mit ihm gesprochen?«

»Doch.«

»Ist er dir ganz normal vorgekommen?«

»Ich kenne überhaupt keinen Mann, der mir normal vorkommt«, entgegnete Kat.

Das konnte Paige auch nicht beruhigen. »Warum laden wir ihn nicht morgen zum Abendessen ein?«

»Einverstanden.«

Als Paige am nächsten Morgen ihren Dienst antrat, wurde sie mit der Nachricht begrüßt, ein Hausmeister habe Tom Changs Leiche in einem Lagerraum im Keller entdeckt. Er hatte eine Überdosis Schlaftabletten genommen.

Paige reagierte beinah hysterisch. »Ich hätte ihn retten können!« Sie weinte. »Er hat die ganze Zeit um Hilfe geschrien, und ich habe es nicht gehört.«

»Du hättest ihn ganz bestimmt nicht retten können, Paige«, widersprach Kat mit fester Stimme. »Seine Probleme hatten nichts mit dir zu tun, du hättest ihm nicht helfen können. Er hat nicht ohne seine Frau und sein Kind leben wollen. Das ist alles.«

Paige wischte sich die Tränen aus den Augen. »Zum Teufel mit diesem Krankenhaus!« rief sie. »Wenn der Druck und diese unmenschlichen Dienststunden nicht gewesen wären, wäre ihm seine Frau nie davongelaufen.«

»Sie ist ihm aber davongelaufen«, meinte Kat leise. »Und daran läßt sich jetzt nichts mehr ändern.«

An einer chinesischen Beerdigung hatte Paige noch nie teilgenommen. Es war ein unglaubliches Schauspiel. Frühmorgens versammelte sich vor dem Leichenhaus in der Green Street in Chinatown eine größere Menschenmenge, die sich zu einem Trauerzug mit einer großen Blaskapelle formierte. An der Spitze des Zuges trugen Trauernde die riesige Vergrößerung eines Fotos von Tom Chang.

Der Zug begann, sich zur lauten Musik der Kapelle in Bewegung zu setzen und sich, mit dem Leichenwagen am Schluß, durch die Straßen von San Francisco zu winden, die meisten Trauergäste zu Fuß, nur Ältere in Autos.

Paige kam es so vor, als ob der Trauerzug ganz beliebig und willkürlich durch die Stadt zöge. Sie war ratlos. »Wohin geht der Zug?« fragte sie einen Chinesen.

Er machte eine leichte Verbeugung und erklärte: »Es ist bei uns Sitte, den Entschlafenen an einigen der Orte vorbeizuführen, die in seinem Leben Bedeutung hatten – Restaurants, wo er gern aß, Geschäfte, in denen er einkaufte, Plätze, die er häufig besuchte ...«

»Ich verstehe.«

Letzte Station war das Embarcadero County Hospital.

Der Trauergast wandte sich an Paige, um ihr zu erklären: »In diesem Gebäude hat Tom Chang gearbeitet. Hier hat er sein Glück gefunden.«

Irrtum, dachte Paige. *Hier hat er sein Glück verloren.*

Während eines Morgenspaziersgangs auf der Market Street sah Paige plötzlich Alfred Turner. Sie bekam Herzklopfen. Sie hatte ihn noch immer nicht aus ihrem Bewußtsein verdrängen können. Er überquerte die Straße; als die Ampel eben umschaltete. Als Paige die Straßenecke erreichte, zeigte die Ampel bereits Rot. Sie mißachtete das Signal, lief auf die Straße, ohne das Hupen und das empörte Rufen der Autofahrer überhaupt zu hören.

Paige erreichte die andere Straßenseite und begann dem Mann nachzurennen. Sie zupfte ihn am Ärmel. »Alfred . . .«

Der Mann drehte sich um. »Wie bitte?«

Es war ein völlig Fremder.

In ihrem vierten Assistenzjahr führten Paige und Kat natürlich laufend selbst Operationen durch.

Kat arbeitete in der Neurochirurgie. Ihr Staunen über die Wunderwelt im menschlichen Gehirn, mit seinen Hundertmilliarden von hochkomplexen Digitalcomputern namens Neuronen, ließ nie nach. Es war eine aufregende Arbeit.

Für die meisten Kollegen, mit denen sie zusammenarbeitete – brillante, geschickte Chirurgen –, empfand Kat Hochachtung. Es gab allerdings einige wenige, die ihr das Leben schwermachten, die dauernd mit ihr ausgehen wollten und nur noch lästiger wurden, je öfter Kat sich weigerte, darauf einzugehen.

»Da kommt der alte Eisenhans«, hörte sie einmal einen Arzt murmeln.

Sie assistierte bei einer Gehirnoperation, die Dr. Kibler durchführte. In die Hirnrinde war ein winziger Einschnitt gemacht worden. Dr. Kibler schob die Gummikanüle in die linksseitige Hirnkammer – die Höhle im Zentrum der linken Gehirnhälfte –, während Kat den Einschnitt mit einem kleinen Wundhaken offenhielt und sich voll auf das Geschehen vor ihr konzentrierte.

Dr. Kibler warf ihr, während er seine Arbeit fortsetzte, einen flüchtigen Blick zu und sagte: »Haben Sie den schon gehört vom Säufer, der in eine Bar torkelt und ruft: ›Einen Drink! Schnell!‹ – ›Unmöglich‹, sagt der Barmann, ›Sie sind ja schon betrunken.‹«

Der Bohrer schnitt tiefer und tiefer.

»›Wenn Sie mir jetzt keinen Drink geben, bring' ich mich um.‹«

Durch die Kanüle floß Gehirn-Rückenmark-Flüssigkeit aus der Höhle.

»›Ich sag' Ihnen, was ich tun werde‹, erklärt der Barmann. ›Ich habe drei Wünsche. Wenn Sie mir die erfüllen, kriegen Sie von mir einen Drink.‹«

Während Dr. Kibler erzählte, wurden fünfzehn Milliliter Luft in die Höhle injiziert und Röntgenaufnahmen von vorn, hinten und der Seite gemacht.

»›Sehen Sie den Fußballspieler drüben in der Ecke? Ich schaff's einfach nicht, ihn an die Luft zu setzen. Bitte schmeißen Sie ihn raus. Und dann hab' ich in meinem Büro ein Krokodil mit 'nem kaputten Zahn, aber das stellt sich so bös an, daß kein Tierarzt es behandeln will. Und zu guter Letzt gibt's da im Gesundheitsamt eine Ärztin, die will meine Bar dichtmachen lassen. Gehen Sie die ficken, dann kriegen Sie Ihre Flasche.‹«

Eine OP-Schwester schaltete den Sauger ein, um die Blutmenge im Operationsbereich zu reduzieren.

»Der Säufer setzt den Fußballspieler vor die Tür, geht zum Krokodil ins Büro und kommt eine Viertelstunde später mit zerrissener Kleidung ganz blutverschmiert wieder heraus und fragt: ›Und wo finde ich die Ärztin mit dem Zahnweh?‹«

Dr. Kibler brüllte vor Lachen. »Haben Sie den Witz kapiert? Er hat statt der Ärztin das Krokodil gefickt. Wahrscheinlich das schönere Erlebnis.«

Kat hätte ihm am liebsten eine geknallt.

Sie verschwand nach der Operation im Bereitschaftsraum, um ihren Ärger und Zorn zu überwinden. *Ich werde mich von diesen Mistkerlen nicht unterkriegen lassen. Mich schaffen die nie.*

Paige ging hin und wieder mit einem Kollegen aus, wollte aber mit keinem eine feste Beziehung eingehen. Alfred Turner hatte sie im Innersten getroffen, und sie war fest entschlossen, sich das kein zweites Mal antun zu lassen.

Paige verbrachte ihre Tage und Nächte meist im Krankenhaus. Sie hatte einen brutalen, total erschöpfenden Dienstplan. Aber sie war in der allgemeinen Chirurgie tätig, und die Arbeit machte ihr Spaß.

Eines Tages ließ George Englund, der Chef der Chirurgie, sie zu sich rufen.

»In diesem Jahr beginnt für Sie die Spezialisierung. Herzchirurgie.«

Sie nickte. »Richtig.«

»Also, da habe ich etwas Besonderes für Sie. Haben Sie schon einmal von Dr. Barker gehört?«

Paige schaute ihn erstaunt an. »Dr. *Lawrence* Barker?«

»Genau der.«

»Selbstverständlich.«

Von Lawrence Barker hatten alle gehört. Er gehörte zu den berühmtesten Herzchirurgen der Welt.

»Nun denn, er ist in der vergangenen Woche aus Saudi-Arabien zurückgekehrt, wo er den König operiert hat. Und Dr. Barker hat sich aufgrund unserer langen Freundschaft bereit erklärt, uns drei Tage in der Woche zur Verfügung zu stehen. Umsonst. Nur um der Sache willen.«

»Aber das ist ja fantastisch!« rief Paige.

»Ich teile Sie seinem Team zu.«

Paige war völlig sprachlos. »Ich . . . Ich weiß gar nicht, was ich sagen soll. Ich bin Ihnen sehr dankbar.«

»Eine großartige Chance für Sie – Sie können eine Menge von ihm lernen.«

»Bestimmt! Danke sehr, George. Ich weiß es wirklich zu schätzen.«

»Morgen früh um sechs fängt es an – mit den Visiten.«

»Ich freu' mich darauf.«

Das war eine echte Untertreibung – es war schon immer ihr Traum gewesen, mit jemandem wie Dr. Lawrence Barker zusammenarbeiten zu dürfen. *Was sag' ich da – ›mit jemandem wie Dr. Lawrence Barker!‹* dachte Paige. *Es gibt nur einen Dr. Lawrence Barker.*

Sie hatte nie ein Foto von ihm gesehen. Sie hatte jedoch eine genaue Vorstellung von ihm – groß, eindrucksvoll, mit silbergrauem Haar und schlanken, feinfühligen Händen; ein warmherziger, ein freundlicher Mensch. *Ich werde mit ihm eng zusammenarbeiten,* überlegte Paige, *ich werde mich für ihn absolut unentbehrlich machen. Ob er wohl verheiratet ist?*

In dieser Nacht hatte Paige von Dr. Barker einen erotischen Traum: Sie führten gemeinsam eine Operation durch und waren beide nackt, und während der Operation sagte Dr. Barker auf einmal zu ihr: »Ich will dich«, und eine OP-Schwester nahm den Patienten vom Operationstisch, und Dr. Barker hob Paige hoch und legte sie auf den Tisch und liebte sie.

Mitten im Traum wachte sie auf. Sie wäre fast aus dem Bett gefallen.

Am folgenden Morgen wartete Paige mit dem Oberassistenzarzt Joel Philips und fünf Kollegen im Flur des zweiten Stockes, als ein kleiner, sauertöpfisch dreinblickender Mann auf sie zueilte, den Oberkörper schräg nach vorne gelehnt, als ob er gegen eine steife Brise ankämpfen müßte.

»Zum Teufel, stehen Sie nicht untätig rum!« knurrte er. »An die Arbeit!«

Paige war so schockiert, daß sie eine Weile brauchte, um sich zu fangen, und dann mußte sie rennen, um die Gruppe einzuholen. »Sie haben sich täglich um dreißig bis fünfunddreißig Patienten zu kümmern«, raunzte Dr. Barker im Flur weiter unten. »Machen Sie sich über jeden ausführliche Notizen. Ist das klar?«

Allgemeines Gemurmel: »Ja, Sir.«

Als Dr. Barker dann im ersten Krankenzimmer ans Bett des Patienten trat, war sein barsches, abweisendes Wesen auf einen

Schlag wie weggeblasen. Er streichelte dem Patienten freundlich über die Schulter. »Guten Morgen. Ich bin Dr. Barker.«

»Guten Morgen, Doktor.«

»Und wie fühlen Sie sich heute morgen?«

»Die Brust tut mir weh.«

Dr. Barker las aufmerksam das Krankenblatt am Fußende des Bettes und wandte sich an Dr. Philips. »Was zeigen die Röntgenaufnahmen?«

»Keine Veränderung. Die Heilung verläuft gut.«

»Wir machen ein zweites Brustbild.«

Dr. Philips notierte es.

Dr. Barker tätschelte dem Mann den Arm. »Es sieht gut aus. In einer Woche werden wir Sie soweit haben, daß Sie wieder nach Hause können.« Er drehte sich zu den Assistenzärzten um. »Weiter. Wir haben noch eine Menge Patienten vor uns.«

Mein Gott! dachte Paige. *Und da reden die Leute über Dr. Jekyll und Mr. Hyde!*

Die nächste Patientin, eine fettsüchtige Frau, hatte einen Herzschrittmacher bekommen. »Guten Morgen, Mrs. Shelby«, grüßte Dr. Barker, nachdem er ihr Krankenblatt studiert hatte, in einem beruhigenden Ton. »Ich bin Dr. Barker.«

»Wie lange werden Sie mich hier festhalten?«

»Also, Sie sind so charmant, daß ich Sie ja am liebsten für immer hierbehalten möchte – nur bin ich leider verheiratet.«

Mrs. Shelby kicherte. »Ihre Frau hat wirklich Glück!«

Barker sah sich das Krankenblatt ein zweites Mal gründlich an. »Ich denke, daß Sie bald heim können.«

»Wunderbar!«

»Ich werde heute nachmittag noch einmal vorbeischauen.«

Und schon herrschte Lawrence Barker die Assistenten wieder an. »Weiter.«

Sie liefen folgsam hinter ihm her, in ein Privatkrankenzimmer, wo der Patient, ein guatemaltekischer Junge, von besorgten Verwandten umringt war.

»Guten Morgen«, grüßte ihn Dr. Barker fröhlich, während er

bereits die Krankengeschichte des Jungen las. »Wie fühlst du dich heute morgen?«

»Ich fühl' mich wohl, Herr Doktor.«

An die Assistenten: »Irgendwelche Veränderungen bei den Elektrolyten?«

»Nein, Doktor.«

»Das ist eine gute Nachricht.« Er klopfte dem Jungen ermutigend auf die Schulter. »Du bleibst mir schön brav im Bett, Juan.«

»Wird mein Sohn wieder gesund?« erkundigte sich die Mutter bang.

Dr. Barker strahlte. »Wir werden alles für ihn tun, was in unserer Macht steht.«

»Danke, Herr Doktor.«

Dr. Barker trat auf den Flur, die andern folgten ihm. Er blieb stehen. »Der Patient hat eine Herzmuskelentzündung, Fieber, Kopfschmerzen und ein lokal begrenztes Ödem. Kann mir einer von euch Genies die häufigste Ursache für diese Symptome sagen?«

Schweigen.

»Ich glaube«, Paige meldete sich nach sichtlichem Zögern zu Wort, »das ist angeboren . . . Erblich.«

Dr. Barker warf ihr einen aufmunternden Blick zu.

Paige, hocherfreut, fuhr fort: »Die Krankheit überspringt . . . Augenblick . . .« Sie suchte in ihrem Gedächtnis. »Sie überspringt eine Generation und wird mit den Genen der Mutter übertragen.« Sie brach ab. Sie war richtig stolz auf sich.

Dr. Barker durchbohrte sie mit einem Blick. »Bockmist! Es handelt sich um die sogenannte Chagas-Krankheit. Sie trifft Menschen aus Lateinamerika.« Er musterte Paige ablehnend. »Mein Gott! Wer hat Ihnen erlaubt, sich Arzt zu nennen?«

Paige lief knallrot an.

Während der restlichen Visite war Paige wie benommen; sie gewann so den Eindruck, als ob Dr. Barker sie den ganzen Morgen über nur zu demütigen versuchte. Er richtete seine Fragen immer nur an sie, hakte nach, bohrte und gab nie ein Zeichen von

Anerkennung, wenn sie recht hatte; sagte sie jedoch einmal etwas Falsches, brüllte er sie an. Einmal fuhr er sie mit Stentorstimme an: »Ich würde nicht mal meinen Hund von Ihnen operieren lassen!«

Als schließlich alles vorbei war, teilte der Oberassistenzarzt mit: »Die nächste Visite beginnt um zwei Uhr. Bringen Sie Ihre Notizbücher mit, machen Sie zu jedem Patienten Aufzeichnungen. Und lassen Sie kein Detail weg.«

Er schenkte Paige einen mitleidigen Blick, setzte an, um etwas zu sagen, drehte sich dann jedoch sofort um und folgte Dr. Barker.

Diesen Fiesling will ich nie mehr sehen! schoß es Paige durch den Kopf.

Paige hatte Nachtdienst. Sie rannte von einer Krise zur nächsten und mühte sich verzweifelt, die Flut von Katastrophen einzudämmen, die in die Räume der Notfallstation hereingeschwemmt wurde.

Als sie endlich zum Schlafen kam, war es ein Uhr nachts. Sie hörte weder das Gellen der Sirene noch die Ambulanz, die vor den Eingang der Unfallaufnahme brauste. Zwei Sanitäter rissen die Tür auf, hoben den bewußtlosen Patienten von der Bahre auf ein Rollbett und schoben ihn im Eilschritt in den Notfallraum 1.

Das Personal der Unfallaufnahme war bereits über Funk verständigt worden. Eine Schwester lief an der Seite des Patienten mit; eine zweite wartete schon oben an der Rampe. Sechzig Sekunden später wurde der Patient vom Rollbett auf den Untersuchungstisch gehoben.

Der Patient, ein junger Mann, war so blutüberströmt, daß sein Gesicht kaum zu erkennen war.

Eine Schwester machte sich an die Arbeit: Sie schnitt ihm mit einer großen Schere die zerrissenen Kleider vom Leib.

»Bei dem scheint alles gebrochen.«

»Er blutet wie ein abgestochenes Schwein.«

»Ich kann seinen Puls nicht spüren.«

»Wer hat Bereitschaftsdienst?«

»Dr. Taylor.«

»Ruft sie. Wenn sie sich beeilt, ist er vielleicht noch am Leben, wenn sie kommt.«

Paige wurde vom Läuten des Telefons geweckt.

»H'lo ...«

»Ein Unfallopfer in Notfallraum 1, Doktor. Ich glaube, er kommt nicht durch.«

Paige richtete sich im Bett auf. »Okay. Bin gleich da.«

Sie schaute auf ihre Uhr. Es war halb zwei. Sie taumelte vom Feldbett und stürzte zum Lift.

Eine Minute später betrat sie den Notfallraum 1, wo der blutverschmierte Patient in der Mitte des Raums auf dem Untersuchungstisch lag.

»Ursache?« fragte Paige.

»Motorradunfall. Von einem Bus angefahren. Trug keinen Helm.«

Paige trat auf die bewußtlose Gestalt zu, und sie wußte es irgendwie schon, noch bevor sie sein Gesicht sah.

Sie war plötzlich hellwach. »Legt ihm drei IV-Leitungen!« befahl Paige. »Versorgt ihn mit Sauerstoff. Ich brauche Blutkonserven, stat. Rufen Sie im Archiv an und erfragen Sie seine Blutgruppe.«

Die Schwester hob erstaunt den Kopf. »Sie kennen ihn?«

»Ja.« Sie mußte sich zwingen, es auszusprechen: »Er heißt Jimmy Ford.«

Paige ließ ihre Finger über seine Schädeldecke gleiten. »Hier ist ein schweres Ödem. Ich brauch' eine Ultraschalluntersuchung des Kopfes. Und eine Röntgenaufnahme. Wir tun alles, was wir nur können. Ich will, daß er am Leben bleibt.«

»Jawohl, Doktor.«

Und Paige sorgte während der nächsten zwei Stunden dafür, daß bei Jimmy Ford nichts unversucht blieb. Die Röntgenaufnahmen zeigten einen Schädelbasisbruch, eine Gehirnquetschung, einen Oberarmknochenbruch und zahlreiche Platzwunden. Das alles mußte warten, bis sein Allgemeinzustand stabilisiert worden war.

Um halb vier kam Paige zu der Erkenntnis, daß sie vorerst weiter nichts für ihn tun konnte. Er atmete regelmäßiger; der Puls hatte sich gebessert. Sie schaute auf die bewußtlose Gestalt herab. ›*Wir wünschen uns ein halbes Dutzend Kinder. Das erste Mädchen werden wir Paige nennen. Sie haben hoffentlich nichts dagegen.*‹

»Keine Angst, Doktor«, sagte eine der Schwestern. »Wir werden gut für ihn sorgen.«

Irgendwie schaffte Paige es dann bis zum Bereitschaftsraum. Sie war total erschöpft und konnte doch nicht schlafen; der Gedanke an Jimmy Ford ließ sie innerlich nicht zur Ruhe kommen.

Das Telefon läutete von neuem. Sie hatte kaum mehr die Kraft, den Hörer abzuheben. »H'lo.«

»Doktor, Sie sollten besser in den dritten Stock kommen. Stat. Ich glaube, eine von Dr. Barkers Patientinnen hat einen Herzanfall.«

»Schon unterwegs«, sagte Paige. *Eine von Dr. Barkers Patientinnen.* Paige holte tief Luft, kletterte ganz benommen aus dem Bett, klatschte sich kaltes Wasser ins Gesicht und eilte in den dritten Stock.

Vor einem Privatzimmer wurde sie von einer Schwester erwartet. »Es ist Mrs. Hearns. Sieht ganz so aus, als ob sie wieder einen Anfall hat.«

Paige trat ins Zimmer.

Mrs. Hearns war in den Fünzigern. Das Gesicht zeigte noch Spuren früherer Schönheit; der Körper war jedoch fett und aufgeschwemmt. Sie griff sich stöhnend an die Brust. »Ich sterbe«, jammerte sie. »Ich sterbe. Ich krieg' keine Luft.«

»Sie werden bald wieder wohlauf sein«, versicherte ihr Paige. Zur Schwester gewandt: »Haben Sie ein EKG gemacht?«

»Sie läßt mich nicht an sich heran. Behauptet, sie wäre zu nervös.«

»Wir müssen aber ein EKG machen«, beschwor Paige Mrs. Hearns.

»Nein! Ich will nicht sterben! Bitte, lassen Sie mich nicht sterben ...«

»Rufen Sie bei Dr. Barker an«, wies Paige die Schwester an. »Bitten Sie ihn, sofort zu kommen.«

Die Schwester eilte davon.

Paige horchte Mrs. Hearns' Brust mit einem Stethoskop ab. Der Herzschlag schien normal – Paige konnte es sich aber in diesem Fall nicht leisten, ein Risiko einzugehen.

»Dr. Barker wird in wenigen Minuten da sein«, erklärte sie Mrs. Hearns. »Versuchen Sie, sich zu entspannen.«

»Ich hab' mich noch nie so elend gefühlt. So ein Druck auf der Brust. Bitte, lassen Sie mich jetzt nicht allein.«

»Ich bleibe bei Ihnen«, versprach Paige.

Während sie auf Dr. Barker wartete, telefonierte Paige kurz mit der Intensivstation: Der Zustand von Jimmy Ford war unverändert, er lag noch immer im Koma.

Eine halbe Stunde später traf Dr. Barker ein. Dem Aussehen nach mußte er sich in großer Eile angezogen haben. »Was geht hier vor?« wollte er wissen.

Paige antwortete: »Ich glaube, Mrs. Hearns hat wieder einen Herzanfall.«

Dr. Barker begab sich ans Krankenbett. »Haben Sie ein EKG gemacht?«

»Hat sie uns nicht machen lassen.«

»Puls?«

»Normal. Kein Fieber.«

Dr. Barker legte Mrs. Hearns das Stethoskop an den Rücken. »Tief atmen.«

Sie tat, was er sagte.

»Noch einmal.«

Mrs. Hearns gab einen lauten Rülpser von sich. »Verzeihung.« Sie lächelte. »Ach, nun geht's mir schon besser.«

Er musterte sie kurz. »Was haben Sie zu Abend gegessen, Mrs. Hearns?«

»Einen Hamburger.«

»Nur einen Hamburger? Mehr nicht? Einen?«

»Zwei.«

»Sonst noch etwas?«

»Nun ja, wissen Sie... Zwiebeln und Pommes frites.«

»Und zu trinken?«

»Einen Schokoladenmilchshake.«

Dr. Barker blickte auf die Patientin herab. »Ihr Herz ist in Ordnung. Was uns Sorgen machen muß, ist Ihr Appetit.« Er drehte sich um. »Sie haben es hier mit einem Fall von Sodbrennen zu tun. Ich würde Sie gern draußen sprechen.«

Sie waren kaum auf dem Flur, da brüllte er los. »Was haben Sie im Medizinstudium eigentlich gelernt? Können Sie nicht einmal zwischen Sodbrennen und einem Herzanfall unterscheiden?«

»Ich habe gedacht...«

»Das Problem ist, daß Sie *nicht* gedacht haben. Wenn Sie mich noch einmal mitten in der Nacht wegen Sodbrennen wecken, sind Sie dran. Haben Sie mich verstanden?«

Paige stand stocksteif mit verbissener Miene da und gab keinen Ton von sich.

»Geben Sie ihr ein Antazidum, *Doktor*«, ordnete Barker in sarkastischem Ton an, »und Sie werden sehen: Mrs. Hearns ist im Handumdrehen kuriert. Ich seh' Sie um sechs zur Visite.«

Er stürmte davon. Paige schaute ihm nach.

Als Paige zum Feldbett im Bereitschaftsraum taumelte, dachte sie: *Diesen Lawrence Barker bring' ich um. Ganz, ganz langsam. Er liegt mit einem Dutzend Schläuchen im Körper im Krankenhaus und wird mich anflehen, daß ich seinem Elend ein Ende mache, aber ich werde es nicht tun. Ich werde ihn leiden lassen. Und dann, wenn er sich etwas besser fühlt... dann bring' ich ihn um!*

15. Kapitel

Paige befand sich auf Morgenvisite mit dem »Biest«, wie sie Dr. Barker insgeheim nannte. Sie hatte ihm bei drei Herzoperationen assistiert und konnte trotz ihrer persönlichen Verbitterung nicht umhin, ihn wegen seiner geradezu unglaublichen Fähigkeiten zu bewundern. Sie erlebte ehrfürchtig mit, wie er einen Patienten aufschnitt, das alte Herz gekonnt durch ein Spenderherz ersetzte und ihn wieder zunähte. Die Operation hatte keine fünf Stunden gedauert.

Binnen weniger Wochen, überlegte Paige, *wird dieser Patient wieder in der Lage sein, ein normales Leben zu führen. Kein Wunder, daß Chirurgen sich wie Götter vorkommen. Sie bringen die Toten wieder zum Leben.*

Paige erlebte es immer wieder mit, wie ein Herz aufhörte zu schlagen und zu einem trägen Stück Fleisch wurde, und dann geschah das Wunder, und ein lebloses Organ begann, von neuem zu pulsieren und Blut durch einen Körper zu schicken, der im Sterben gelegen hatte.

Als eines Morgens ein Patient zu einer perkutanen Angioplastie im OP-Saal auf dem Tisch lag und Paige Dr. Barker wieder assistieren sollte, bellte er sie unmittelbar vor Operationsbeginn plötzlich an: »Machen Sie's!«

Paige hob den Kopf. »Wie bitte?«

»Es ist ein einfacher Vorgang. Glauben Sie, daß Sie damit zurechtkommen?« Es klang fast verächtlich.

»Ja«, erwiderte Paige mit zusammengepreßten Lippen.

»Na schön, dann an die Arbeit!«

Er war nicht zum Aushalten.

Barker sah zu, als Paige fachgerecht einen Schlauch in die Arterie des Patienten einführte und ihn bis zum Herzen hochschob. Alles verlief reibungslos, aber Dr. Barker stand bloß da und gab keinen Ton von sich.

Zum Teufel mit ihm, dachte Paige. *Ich kann machen, was ich will – er wird doch nie mit mir zufrieden sein.*

Paige injizierte durch das Röhrchen einen strahlenundurchlässigen Farbstoff. Sie beobachteten am Bildschirm, wie der Farbstoff in die Koronararterien floß. Auf einem fluoreszierenden Bildschirm wurden Grad und Ort der Verengung in den Arterien sichtbar; eine automatische Filmkamera hielt die Röntgenstrahlen für eine permanente Aufzeichnung fest.

Der Oberassistenzarzt nickte Paige beifällig zu. »Saubere Arbeit.«

»Danke.« Paige drehte sich zu Dr. Barker um.

»Zu verdammt langsam«, knurrte er.

Und marschierte davon.

Paige war dankbar für jeden Tag, an dem Dr. Barker nicht ins Krankenhaus kam, sondern in seiner Privatpraxis blieb. »Ein Tag ohne Barker ist wie eine Ferienwoche auf dem Land«, gestand sie Kat.

»Du haßt ihn wirklich, nicht wahr?«

»Er ist ein brillanter Arzt, aber ein Scheusal. Wenn Dr. Barker so weitermacht und alle anbellt, wird ihn noch der Schlag treffen.«

»Du solltest mal ein paar von den Herzchen kennenlernen, die ich aushalten muß.« Kat lachte verächtlich. »Die betrachten sich tatsächlich als Gottesgeschenk für jede Muschi. Wenn's doch bloß keine Männer auf der Welt gäbe!«

Paige musterte sie verstohlen, sagte aber nichts.

Paige und Kat gingen sich nach Jimmy Ford erkundigen. Er lag immer noch im Koma. Die beiden wußten nicht mehr, was für ihn noch getan werden könnte.

Kat seufzte. »Verdammt. Warum muß es ausgerechnet die netten Kerls treffen?«

»Wenn ich das wüßte!«

»Glaubst du, daß er durchkommt?«

Paige zögerte. »Wir haben getan, was wir konnten. Ihm kann jetzt nur noch Gott helfen.«

»Komisch – und ich hatte gemeint, daß wir hier die Götter wären.«

Am folgenden Tag war Paige für die Nachmittagsvisite verantwortlich. Auf dem Flur hielt der Oberassistenzarzt Kaplan sie an. »Heute ist Ihr Glückstag.« Er feixte. »Sie dürfen auf Ihrer Visite einen neuen, jungen Mediziner einweisen.«

»Wirklich?«

»Jawohl, den I. N.«

»Den I. N.?«

»Den idiotischen Neffen. Die Frau von Dr. Wallace hat einen Neffen, der unbedingt Arzt werden will. Zwei Universitäten haben ihn rausgeworfen. Der bleibt keinem von uns erspart. Heute sind Sie an der Reihe.«

Paige stöhnte auf. »Für so was habe ich wirklich keine Zeit. Ich stecke sowieso schon bis zum Hals . . .«

»Sie haben keine Wahl. Nun seien Sie ein liebes Mädchen, dann wird Dr. Wallace Ihnen auch bestimmt Zusatzpunkte für gutes Pfadfinderverhalten geben.« Kaplan ging weiter.

Seufzend machte Paige sich wieder auf den Weg zu den frischgebackenen jungen Assistenzärzten, die bereits auf sie warteten. *Wo bleibt der I. N.?* Sie schaute auf die Uhr. *Eine Minute noch, dann kann er sich zur Hölle scheren!* Und da sah sie ihn auch schon kommen – ein hochgeschossener, ausgesprochen schlanker Mann.

Er war ganz außer Atem, als er Paige erreichte und stieß hervor: »Ich bitte um Verzeihung. Dr. Wallace hat mich gebeten . . .«

»Sie kommen zu spät«, erklärte Paige spitz.

»Ich weiß. Tut mir leid. Ich bin aufgehalten worden . . .«

»Macht nichts. Wie heißen Sie?«

»Jason. Jason Curtis.«

»Und wo ist Ihr weißer Kittel?«

»Mein weißer Kittel?«

»Hat Ihnen etwa niemand gesagt, daß Sie zur Visite einen weißen Kittel tragen müssen?«

Er wirkte ratlos. »Nein. Ich fürchte, Sie...«

Paige bemerkte gereizt: »Gehen Sie zum Dienstzimmer der Oberschwester und lassen Sie sich dort einen weißen Kittel geben. Aber Sie haben ja auch kein Notizbuch!«

»Nein.«

Idiotisch ist überhaupt kein Ausdruck. »Sie werden uns dann auf Station 1 finden.«

»Sind Sie sicher? Ich...«

»Tun Sie, was ich Ihnen sage!« Und damit ließ Paige Jason Curtis stehen, der ihr erstaunt nachblickte, als sie sich mit der übrigen Gruppe in Bewegung setzte.

Sie untersuchten bereits den dritten Patienten, als sich Jason Curtis, jetzt im weißen Kittel, ihnen wieder anschloß. Paige erläuterte: »... Tumore am Herzen können, was nur selten vorkommt, primär sein, oder aber, und das ist häufiger zu beobachten, sekundär.«

Sie sprach Jason Curtis an. »Können Sie die drei Arten von Tumor nennen?«

Er war perplex. »Ich fürchte, ich... Kann ich nicht.«

Natürlich nicht. »Epikardial. Myokardial. Endokardial.«

Er lächelte Paige sonnig an: »Das ist ja richtig interessant!«

Herrgott noch mal! dachte Paige. *Dr. Wallace hin, Dr. Wallace her, diesen Curtis werde ich mir aber ganz schnell vom Hals schaffen müssen.*

Sie gingen weiter zum nächsten Patienten, nach dessen Untersuchung Paige die Gruppe auf dem Flur außer Hörweite brachte. »Wir haben es hier mit einem Fall von starker Schilddrüsenüberfunktion, Fieber und Herzjagen zu tun. Die Symptome sind nach einer Operation aufgetreten.« Sie fixierte Jason Curtis. »Wie würden Sie den Patienten behandeln?«

Er blieb einen Augenblick regungslos stehen und dachte nach. »Mit Fingerspitzengefühl?« meinte er dann.

Paige vermochte nur mit größter Anstrengung, die Fassung zu wahren. »Sie sind doch nicht seine Mutter! Sie sind sein Arzt! Er braucht eine kontinuierliche intravenöse Flüssigkeitszufuhr gegen die Dehydration, dazu intravenöse Gaben von Jod, Schilddrüsenhormonen sowie Sedativa gegen Krämpfe.«

Jason nickte. »Das klingt irgendwie plausibel.«

Es wurde auch danach nicht besser. Nach Beendigung der Visite nahm Paige ihn beiseite. »Würde es Ihnen etwas ausmachen, wenn ich ganz offen zu Ihnen spreche?«

»Nein. Ganz und gar nicht«, erwiderte er höflich. »Ich wäre Ihnen sogar dankbar.«

»Suchen Sie sich einen anderen Beruf aus.«

Er wurde nachdenklich. »Sie meinen, ich sei für so etwas ungeeignet?«

»Offen gesagt – ja. Diese Arbeit macht Ihnen doch auch keinen Spaß, oder?«

»Eigentlich nicht.«

»Warum haben Sie's dann aber getan?«

»Um die Wahrheit zu sagen – ich bin dazu gedrängt worden.«

»Also, dann sagen Sie Dr. Wallace, daß er da einen Fehler begeht. Ich meine, Sie sollten mit Ihrem Leben etwas anderes anfangen.«

»Ich bin Ihnen für diesen Rat aufrichtig dankbar«, entgegnete Jason Curtis mit ernster Miene, »und würde mich darüber mit Ihnen gern ausführlicher unterhalten. Falls Sie heute abend noch nichts vorhaben . . .«

»Da gibt es weiter nichts zu bereden«, erwiderte Paige brüsk. »Erzählen Sie Ihrem Onkel . . .«

In genau diesem Moment tauchte Dr. Wallace auf der Bildfläche auf. »Jason!« rief er. »Ich habe überall nach dir gesucht.« Er wandte sich an Paige. »Sie haben sich also bereits kennengelernt, wie ich sehe.«

»Ja, wir haben uns kennengelernt«, bemerkte Paige grimmig.

»Gut. Jason ist der Architekt, der für die Planung des neuen Krankenhausflügels verantwortlich ist.«

Paige blieb regungslos stehen. »Er ist... *was*?«

»Aber ja. Hat er's Ihnen denn nicht gesagt?«

Sie spürte, wie sie errötete. *›Hat Ihnen etwa niemand gesagt, daß Sie zur Visite einen weißen Kittel tragen müssen?‹ – ›Um die Wahrheit zu sagen – ich bin dazu gedrängt worden.‹*

Von mir nämlich!

Paige wäre am liebsten im Boden versunken. Er hatte sie zum Narren gehalten. Sie wandte sich an Jason. »Warum haben Sie mir nicht gesagt, wer Sie sind?«

Er betrachtete sie amüsiert. »Na ja, dazu haben Sie mir doch gar keine Gelegenheit gegeben.«

»Wozu hat sie dir keine Gelegenheit gegeben?« fragte Dr. Wallace.

»Wenn Sie mich jetzt bitte entschuldigen würden...«, sagte Paige knapp.

»Wie ist das mit dem Essen heute abend?«

»Zum Essen hab' ich keine Zeit. Ich bin zu beschäftigt.« Paige war auf und davon.

Jason schaute ihr voller Bewunderung nach. »Was für eine Frau!«

»Nicht wahr? Warum gehen wir jetzt nicht in mein Büro, um die Pläne zu diskutieren?«

»Prima.« Aber in Gedanken war er bei Paige.

Es war Juli geworden, und damit auch wieder Zeit für das alljährliche Ritual, mit dem das Eintreffen neuer Hochschulabsolventen in allen amerikanischen Krankenhäusern begangen wurde.

Die Krankenschwestern hatten ihrer Ankunft erwartungsvoll entgegengeblickt, in der Hoffnung, unter ihnen den idealen Liebhaber oder Ehemann zu finden. Im Embarcadero County Hospital richteten sich die Augen des weiblichen Personals in diesem Jahr auf Dr. Ken Mallory.

Warum Ken Mallory von einer exklusiven Privatklinik in Washington, D. C. zum Embarcadero in San Francisco wechselte, das wußte niemand. Er war Assistenzarzt im fünften Jahr; ein Chirurg. Einem Gerücht zufolge hatte er Washington wegen einer Affäre mit der Frau eines Kongreßabgeordneten verlassen müssen. Ein anderes Gerücht besagte, eine Krankenschwester habe seinetwegen Selbstmord begangen, und man hatte ihn deshalb aufgefordert zu kündigen. Nur eins wußten die Schwestern im Embarcadero mit Sicherheit – daß Ken Mallory ohne jeden Zweifel der attraktivste Mann war, der ihnen je untergekommen war. Er war groß und athletisch gebaut und hatte lockiges blondes Haar und ein Gesicht, das eine Bereicherung für jede Kinoleinwand gewesen wäre.

Mallory fügte sich in die Krankenhausroutine ein, als ob er schon immer dazugehört hätte. Er war ein Charmeur; die Schwestern kämpften fast vom ersten Augenblick an um seine Gunst. Nacht für Nacht beobachteten Kollegen gespannt, wie Mallory mit wieder einer anderen Schwester in einen unbenutzten Bereitschaftsraum verschwand. Sein Ruf als scharfer Bock wurde im Krankenhaus zu einer wahren Legende.

Es war daher vollkommen natürlich, daß auch Paige, Kat und Honey sich über ihn unterhielten.

»Wie findest du's, daß sich ihm alle Schwestern an den Hals werfen?« Kat lachte. »Sie kämpfen ja förmlich darum, wer das Häschen der Woche sein darf.«

»Ihr müßt doch zugeben, daß er ausgesprochen verführerisch wirkt«, meinte Honey.

Kat schüttelte den Kopf. »Finde ich gar nicht.«

Eine Handvoll Assistenten hielt sich im Umkleideraum für Ärzte auf, als Mallory hereinmarschierte.

»Über Sie haben wir gerade gesprochen«, sagte einer. »Sie müßten eigentlich sehr erschöpft sein.«

Mallory grinste. »Die Nacht war nicht übel.« Er hatte die Nacht mit zwei Krankenschwestern verbracht.

Grundy flachste: »Im Vergleich mit Ihnen wirken wir wie Eunuchen. Gibt's denn in diesem Krankenhaus keine Frau, die Sie nicht ins Bett kriegen?«

Mallory lachte. »Scheint mir fraglich.«

Grundy dachte nach. »Wetten, daß ich eine weiß?«

»Wirklich? Wen denn?«

»Eine Oberassistenzärztin. Sie heißt Kat Hunter.«

Mallory nickte. »Die schwarze Puppe. Ist mir schon aufgefallen – sehr reizend. Aber wie kommen Sie auf die Idee, daß ich sie nicht rumkriegen könnte?«

»Weil wir alle miteinander bei ihr abgeblitzt sind. Ich glaube, sie hat was gegen Männer.«

»Vielleicht liegt's ja auch nur daran, daß ihr der Richtige noch nicht begegnet ist.«

Grundy schüttelte den Kopf. »Nein. Bei der hätten Sie keine Chance.«

Das war eine glatte Herausforderung. »Da liegen Sie bestimmt falsch.«

Ein Kollege griff den Ball auf. »Sie würden eine Wette darauf eingehen?«

Mallory schmunzelte. »Klar. Warum denn nicht?«

»In Ordnung.« Mallory war plötzlich von allen umringt. »Ich wette fünfhundert Dollar, daß Sie sie nicht ins Bett kriegen.«

»Angenommen.«

»Ich wette dreihundert.«

Ein anderer meldete sich. »Laßt mich mitmachen. Ich wette sechshundert.«

Am Ende hatte der Einsatz fünftausend Dollar erreicht.

»Wieviel Zeit habe ich?« wollte Mallory wissen.

Grundy überlegte. »Sagen wir dreißig Tage. Ist das fair?«

»Mehr als fair. So lang werd' ich sicher nicht brauchen.«

»Aber wir verlangen einen klaren Beweis«, warnte Grundy. »Sie muß dann auch zugeben, daß sie mit Ihnen geschlafen hat.«

»Kein Problem.« Mallory schaute siegesbewußt in die Runde. »Ihr Spanner!«

Es war keine Viertelstunde vergangen, als Grundy in der Cafeteria auftauchte und sich nach Kat, Paige und Honey umsah, die dort frühstückten. Er kam zu ihrem Tisch herüber. »Darf ich den Damen – Entschuldigung: den *Doctores* – einen Augenblick Gesellschaft leisten?«

Paige hob den Kopf. »Selbstverständlich.«

Grundy nahm Platz, sah Kat an und meinte entschuldigend: »Ich finde es gräßlich, Ihnen gegenüber davon sprechen zu müssen, aber ich habe eine furchtbare Wut im Bauch und fände es unfair, wenn Sie's nicht wüßten . . .«

Kat war leicht perplex: »*Was* denn?«

Grundy seufzte. »Es betrifft diesen neuen Oberassistenzarzt, der gerade bei uns angefangen hat – Ken Mallory.«

»Ja. Was ist mit ihm?«

»Also, ich . . .«, begann Grundy. »Mensch, ist das peinlich. Er hat gegen ein paar Kollegen fünftausend Dollar gewettet, daß er Sie innerhalb der nächsten dreißig Tage ins Bett kriegt.«

Kat machte ein grimmiges Gesicht. »So. Hat er das?!«

Grundy tat scheinheilig. »Ich kann's Ihnen wirklich nicht verübeln, wenn Sie das wütend macht. Mir ist fast schlecht geworden, als ich's vorhin hörte. Also gut, ich hab' Sie nur warnen wollen. Er wird Sie zum Ausgehen einladen, und ich finde es richtig, daß Sie wissen, mit welcher Absicht er Sie einlädt.«

»Danke«, sagte Kat. »Ich bin Ihnen sehr verpflichtet.«

»Es war das Mindeste, was ich tun konnte.«

Sie folgten Grundy mit ihren Blicken, als er die Cafeteria verließ.

Im Flur draußen warteten die Kollegen auf ihn.

»Wie ist's gelaufen?« wollten sie wissen.

Grundy lachte. »Glänzend. Die ist fuchsteufelswild. Bei der hat dieser Scheißangeber null Chance.«

Drinnen, am Tisch in der Cafeteria, erklärte im gleichen Augenblick Honey: »Ich finde das einfach furchtbar.«

Kat nickte. »Bei dem Kerl wäre eine Schwanzotomie angezeigt. Bevor ich mit dem Scheißkerl ausgehe, laufen die Teufel in der Hölle Schlittschuh.«

Paige dachte nach. »Weißt du was, Kat?« sagte sie dann. »Vielleicht *solltest* du mit ihm ausgehen.«

Kat war baff. »*Wie bitte?*«

Paiges Augen blitzten. »Was spricht eigentlich dagegen? Helfen wir ihm doch bei dem Jux – nur, daß *wir* uns den Jux machen, auf seine Kosten.«

Kat lehnte sich vor. »Weiter!«

»Er hat dreißig Tage Zeit, ja? Also, wenn er mit dir ausgeht, wirst du warmherzig und liebevoll und zärtlich sein. Ich meine, du wirst ganz *verrückt* sein nach ihm. Tust alles, um ihn anzumachen, bis er richtig schön durchdreht. Nur eins wirst du natürlich nicht tun – du gehst mit ihm nicht ins Bett. *Dem* werden wir eine Fünftausenddollarlektion erteilen.«

Kat kam wieder ihr Stiefvater in den Sinn. Hier bot sich eine Gelegenheit zur Rache. »Gefällt mir gut«, sagte Kat.

»Soll das heißen, daß du's machen wirst?« fragte Honey.

»Genau das.«

Was Kat nicht wußte, als sie diese Worte aussprach – sie hatte damit ihr eigenes Todesurteil unterzeichnet.

16. Kapitel

Jason Curtis kam vom Gedanken an Paige Taylor nicht mehr los. Er rief bei Ben Wallaces Sekretärin an. »Hallo, hier Jason Curtis. Ich brauche die Privatnummer von Dr. Paige Taylor.«

»Aber gewiß, Mr. Curtis. Einen Moment bitte.« Und dann nannte sie ihm die Nummer.

Honey nahm ab. »Hier Dr. Taft.«

»Hier Jason Curtis. Ist Dr. Taylor daheim?«

»Nein, sie ist nicht da. Sie hat im Krankenhaus Bereitschaftsdienst.«

»Schade.«

Die Enttäuschung war seiner Stimme anzuhören. »Wenn es dringend ist«, meinte Honey, »könnte ich . . .«

»Nein, nein.«

»Sie könnten eine Nachricht hinterlassen, damit sie zurückruft.«

»Sagen Sie ihr, daß ich angerufen habe.« Jason nannte seine Telefonnummer.

»Ich werd's ihr ausrichten.«

»Danke.«

»Jason hat angerufen«, berichtete Honey, als Paige heimkam. »Scheint intelligent zu sein. Hier, seine Nummer.«

»Wirf sie ins Feuer.«

»Willst du ihn denn nicht zurückrufen?«

»Nie im Leben.«

»Du kommst noch immer nicht von Alfred los, ja?«

»Den kannst du vergessen.«

Mehr war aus Paige nicht herauszubekommen.

Jason wartete zwei Tage, dann rief er wieder an.

Diesmal nahm Paige ab. »Hier Dr. Taylor.«

»Hallo!« sagte Jason. »Hier Dr. Curtis.«

»Doktor ...?«

»Vielleicht erinnern Sie sich an mich«, erklärte Jason leichthin. »Ich habe Sie neulich auf der Visite begleitet und Sie zum Abendessen eingeladen, aber Sie ...«

»Ich hab' Ihnen erklärt, daß ich beschäftigt sei. Bin ich immer noch. Auf Wiedersehen, Mr. Curtis.«

»Wer war das?« wollte Honey wissen.

»Ach, niemand.«

Als die Assistenzärzte am darauffolgenden Tag morgens um sechs unter Paiges Führung die Visite beginnen wollten, erschien Jason Curtis – im weißen Kittel.

»Hoffentlich komme ich nicht zu spät«, rief er gut gelaunt. »Ich habe mir erst noch einen weißen Kittel besorgen müssen. Ich weiß doch, wie ungehalten Sie sind, wenn ich keinen trage.«

Paige wurde wütend. »Kommen Sie mit!« Sie führte Jason in den menschenleeren Umkleideraum. »Was haben Sie hier zu suchen?«

»Um die Wahrheit zu sagen – ich mache mir Sorgen wegen einiger Patienten, die wir neulich untersucht haben«, antwortete er mit todernster Miene. »Ich wollte schauen, ob es ihnen besser geht.«

Der Kerl ist unmöglich.

»Warum sind Sie nicht unterwegs, um etwas aufzubauen?«

Jason sah sie an und sagte leise: »Das versuche ich doch gerade.« Er zog eine Handvoll Karten aus der Tasche. »Hören Sie, ich kann ja nicht wissen, wofür Sie sich interessieren, und habe deshalb – zur Auswahl – Karten besorgt fürs Match der Giants, für Theater, Oper und Konzert. Entscheiden Sie, wohin wir heute abend gehen. Ich kann die Karten übrigens nicht zurückgeben.«

Der Kerl ist echt eine Zumutung. »Werfen Sie das Geld immer so zum Fenster hinaus?«

»Nur, wenn ich verliebt bin«, erwiderte Jason.

»Moment mal . . . !«

Er hielt ihr die Karten hin. »Wählen Sie!«

Paige streckte die Hand aus und nahm alle. »Danke schön«, erklärte sie süß. »Ich werde die Karten an meine ambulanten Patienten weitergeben – wann kommen die sonst ins Theater oder in die Oper?«

»Wunderbar!« Er strahlte. »Hoffentlich wird's ihnen Freude machen. Essen Sie mit mir zu Abend?«

»Nein.«

»Aber essen müssen Sie doch sowieso. Wollen Sie sich's nicht überlegen?«

Paige beschlich wegen der Karten ein leises Schuldgefühl. »Ich würde Ihnen wohl kaum eine angenehme Gesellschaft sein. Ich hatte letzte Nacht Bereitschaftsdienst und . . .«

»Es muß ja nicht schrecklich spät werden. Großes Pfadfinderehrenwort!«

Sie seufzte. »Also gut, aber . . .«

»Großartig! Wo soll ich Sie abholen?«

»Ich bin um sieben hier fertig.«

»Dann hol' ich Sie hier um sieben Uhr ab.« Er gähnte. »Und jetzt geh' ich heim und leg' mich wieder ins Bett. Was für eine barbarische Zeit, um auf den Beinen zu sein! Was veranlaßt Sie nur dazu?«

Paige schaute ihm nach; ein leises Lächeln konnte sie nicht unterdrücken.

Als Jason Paige abends um sieben Uhr im Krankenhaus abholen wollte, teilte ihm die aufsichtführende Krankenschwester mit: »Dr. Taylor werden Sie vermutlich im Bereitschaftsraum antreffen.«

»Danke.« Jason begab sich über den Flur zum Bereitschaftsraum. Die Tür war zu. Er klopfte. Er bekam keine Antwort. Er klopfte noch einmal – wieder rührte sich nichts. Er öffnete die Tür und spähte hinein. Paige lag auf dem Feldbett in tiefem Schlaf.

Jason trat neben das Bett und blieb in die Betrachtung von Paige versunken. *Ich werde dich heiraten, Lady,* sagte er im stillen und schlich sich auf Zehenspitzen wieder hinaus und machte die Tür sachte hinter sich zu.

Jason befand sich am nächsten Morgen in einer Konferenz, als die Sekretärin ihm einen Blumenstrauß hereinbrachte, mit einer Begleitkarte und dem Text: »Tut mir leid. RIP.« Da mußte Jason laut lachen. Er rief Paige im Krankenhaus an. »Hier meldet sich Ihre Verabredung.«

»Ich bitte aufrichtig um Entschuldigung wegen gestern abend«, sagte Paige. »Die Sache ist mir äußerst peinlich.«

»Dazu besteht gar keine Ursache. Aber ich muß Sie etwas fragen.«

»Ja?«

»Was hat RIP nun zu bedeuten – *Requiescat in pace* oder Rip van Winkle?«

Da mußte Paige lachen. »Sie haben die Wahl.«

»Dann entscheide ich mich für ein gemeinsames Essen heute abend. Könnten wir's noch einmal versuchen?«

Sie reagierte zurückhaltend. *Ich möchte mich nicht binden. Du kommst noch immer nicht von Alfred los, ja?*

»Hallo. Sind Sie noch da?«

»Ja.« *Ein Abend kann doch nicht schaden,* dachte Paige. »Ja, wir können heute abend zusammen essen gehen.«

»Großartig.«

Als Paige sich an diesem Abend zum Ausgehen fertigmachte, bemerkte Kat: »Das sieht ganz nach einer wichtigen Verabredung aus. Wen triffst du denn?«

»Er ist ein Arztitekt«, antwortete Paige.

»Er ist *was?*«

Paige erzählte ihr die Geschichte.

»Scheint ein lustiger Typ zu sein. Bist du an ihm interessiert?«

»Eigentlich nicht.«

Es wurde ein angenehmer Abend. Jason erwies sich als unproblematisch. Sie sprachen über alles und nichts. Die Zeit verging wie im Fluge.

»Erzählen Sie mir etwas von sich«, bat Jason. »Wo sind Sie aufgewachsen?«

»Sie würden mir doch nicht glauben.«

»Ich werde Ihnen bestimmt glauben.«

»Na schön. Also – im Kongo, in Indien, Burma, Nigeria, Kenia...«

»Das glaub' ich Ihnen nicht.«

»Es stimmt aber trotzdem. Mein Vater hat als Doktor bei der WHO gearbeitet.«

»Doktor Who? Ich gebe auf. Sie wollen mich nur auf den Arm nehmen.«

»Für die WHO – die Weltgesundheitsorganisation. Er war Arzt. Ich habe meine Kindheit bei ihm verbracht. Wir sind in vielen Ländern der dritten Welt gewesen.«

»Das war bestimmt nicht leicht für Sie.«

»Aufregend ist es gewesen. Mir ist eigentlich nur eins schwer gefallen – daß ich nirgendwo lang genug bleiben konnte, um Freunde zu gewinnen.« *›Aber wir beide brauchen doch keine Freunde, Paige. Wir haben einander... Dies ist meine Frau, Karen.‹* Sie schüttelte die Erinnerung ab. »Ich habe eine Menge fremde Sprachen und exotische Bräuche gelernt.«

»Zum Beispiel?«

»Also, ich habe zum Beispiel...« Sie dachte einen Augenblick lang nach. »In Indien glauben die Menschen an ein Leben nach dem Tod und daran, daß das nächste Leben dadurch bestimmt wird, wie man sich im gegenwärtigen Dasein verhält. Ist man ein böser Mensch gewesen, kommt man als Tier wieder zur Welt. Ich kann mich noch erinnern, daß wir in einem Dorf einen Hund hatten und ich mir die ganze Zeit überlegte, wer der Hund wohl in seinem früheren Leben gewesen war und was er wohl Böses getan haben mochte.«

»Wahrscheinlich hat er den falschen Baum angebellt.«

Paige lächelte versonnen. »Und dann hat's da die *gherao* gegeben.«

»Die *gherao*?«

»Das ist eine sehr schwere Form von Bestrafung, bei der ein Mensch von einer Menschenmenge umzingelt wird.« Paige schwieg.

»Und dann?«

»Das ist alles.«

»Das ist alles?«

»Die Leute sprechen nicht mit ihm, und sie tun ihm auch nichts. Er kann sich nur nicht frei bewegen. Er kann auch nicht fort. Er sitzt in der Falle, so lange, bis er bereit ist nachzugeben. Das kann viele, viele Stunden dauern. Er sitzt in dem Kreis fest. Aber die Leute in der Menge wechseln sich ab, in Schichten. Ich habe einmal miterlebt, wie ein Mann versuchte, aus der *gherao* auszubrechen. Er ist zu Tode geprügelt worden.«

Bei der Erinnerung lief Paige ein Schauder über den Rücken – Menschen, die sonst immer nur freundlich gewesen waren, hatten sich auf einmal in einen wilden, tobenden Mob verwandelt. Alfred hatte gerufen: »Los, weg«, sie am Arm gefaßt und in eine stille Seitengasse geführt.

»Das ist ja furchtbar«, meinte Jason.

»Mein Vater ist gleich am nächsten Tag mit uns weitergereist.«

»Ich hätte Ihren Vater gern kennengelernt.«

»Er war ein ausgezeichneter Arzt und hätte an der Park Avenue bestimmt großen Erfolg gehabt, aber Geld hat ihn nie interessiert. Er war nur daran interessiert, Menschen zu helfen. *Wie Alfred auch*, dachte sie.

»Was ist aus ihm geworden?«

»Er ist bei einem Stammeskrieg ums Leben gekommen.«

»Das tut mir leid.«

»Er hat mit leidenschaftlicher Hingabe an seiner Arbeit gehangen. Anfangs haben die Eingeborenen ihm Widerstand entgegengebracht. Sie waren äußerst abergläubisch. In entlegenen indischen Dörfern beispielsweise lassen sich alle Bewohner vom Dorfastrologen ein *jantak*, ein Horoskop, stellen, nach dem sie ihr Leben ausrichten.« Sie lächelte. »Ich hab' mir immer gern die Zukunft voraussagen lassen.«

»Und hat Ihnen der Astrologe damals auch gesagt, daß Sie einen gutaussehenden jungen Architekten heiraten würden?«

Paige musterte ihn streng. »Nein.« Sie bemerkte auf einmal, daß das Gespräch ein bißchen zu persönlich geworden war. »Als Architekt wird Sie folgendes interessieren: Ich bin in Hütten aufgewachsen, die aus lehmverschmiertem Flechtwerk gebaut wurden, Hütten mit festgetretenen Lehmfußböden und Strohdächern, wo Mäuse und Fledermäuse nisteten. Ich habe in fensterlosen *tikuls* mit Grasdach gelebt. Es war damals mein Traum, in einem komfortablen, zweistöckigen Haus mit Veranda zu wohnen, umgeben von grünem Rasen und einem weißen Lattenzaun und . . .« Paige brach ab. »Verzeihung. Das alles hab' ich eigentlich gar nicht sagen wollen. Aber Sie haben danach gefragt.«

»Ich bin froh, daß ich die Frage gestellt habe«, erwiderte Jason.

Paige sah auf die Armbanduhr. »Ich habe gar nicht bemerkt, daß es so spät geworden ist.«

»Könnten wir den Abend wiederholen?«

Ich will ihn aber nicht an der Nase herumführen, dachte Paige. *Aus der Sache kann nichts werden.* Ihr fiel ein, was Kat ihr gesagt hatte. *Du klammerst dich an ein Gespenst. Du mußt loslassen.* Sie schaute Jason kurz an. »Ja«, sagte sie.

Am nächsten Morgen läutete es in aller Frühe. Paige öffnete. Es war ein Kurier.

»Ich habe etwas abzugeben für Dr. Taylor.«

»Das bin ich.«

Der Kurier konnte sein Staunen nicht verbergen. »*Sie* sind Ärztin?«

»Doch«, erwiderte Paige geduldig. »Ich bin Ärztin. Haben Sie was dagegen?«

Er zuckte die Schultern. »Nein, Lady. Überhaupt nicht. Würden Sie bitte hier unterschreiben?«

Das Paket war verblüffend schwer – *merkwürdig,* dachte Paige. Sie trug es auf den Wohnzimmertisch und machte es auf. Es war das Miniaturmodell eines wunderschönen weißen, zweigeschossigen Hauses mit Veranda und grünem Rasen im Vorgarten und einem weißen Lattenzaun. Sie dachte: *Es muß ihn die ganze Nacht gekostet haben, das zu modellieren.* Dem Haus lag ein Kärtchen bei mit den Worten:

Mein Haus (   )
Unser Haus (   )
Zutreffendes bitte ankreuzen.

Sie ließ sich am Tisch nieder, um das Haus zu betrachten – sie betrachtete es eine lange, lange Zeit. Das Haus war genau richtig. Aber es war der falsche Mann.

Was ist eigentlich mit mir los? fragte sich Paige. *Er ist klug, er ist anziehend, er ist charmant.* Sie wußte jedoch genau, was der springende Punkt war. Er war eben nicht Alfred.

Das Telefon läutete. Es war Jason. »Haben Sie Ihr Haus bekommen?« erkundigte er sich.

»Es ist wundervoll!« sagte Paige. »Das war sehr lieb von Ihnen.«

»Ich würde gern das große, echte Haus bauen. Haben Sie das Kärtchen ausgefüllt?«

»Nein.«

»Ich kann warten, ich bin ein geduldiger Mensch. Haben Sie heute abend frei?«

»Ja, aber ich muß Sie warnen. Ich habe den ganzen Tag über zu operieren, da werde ich am Abend ziemlich erschöpft sein.«

»Es muß ja nicht spät werden. Übrigens – wir werden bei meinen Eltern essen.«

Paige zögerte. »Ach ja?«

»Ich habe meinen Eltern von Ihnen erzählt.«

»Na schön«, meinte Paige. Aber ihr ging alles viel zu schnell. Es machte sie richtig nervös.

Beim Auflegen überlegte sie: *Eigentlich hätte ich nicht zusagen dürfen. Ich werde hundemüde sein. Ich werde doch nur schlafen wollen und zu nichts zu gebrauchen sein.* Sie war versucht, Jason anzurufen und die Verabredung rückgängig zu machen. *Dafür ist es jetzt zu spät. Ich werde dann eben früh heimgehen.*

»Du wirkst total übermüdet«, bemerkte Kat, als Paige sich am Abend zum Ausgehen anzog.

»Bin ich auch.«

»Warum gehst du dann aus? Du solltest dich hinlegen und schlafen. Oder kannst du inzwischen auf Schlaf verzichten?«

»Nein. Und heute abend ganz bestimmt nicht.«

»Schon wieder Jason?«

»Ja. Ich werde seine Eltern kennenlernen.«

»Olala.« Kat schüttelte den Kopf.

»Damit hat das nichts zu tun«, sagte Paige. *Es hat damit wirklich nichts zu tun.*

Jasons Eltern wohnten in einem reizenden alten Haus in den Pacific Heights. Der Vater war ein durch und durch aristokratisch wirkender Herr in den Siebzigern, die Mutter eine warmherzige, offene, unkomplizierte Frau. Paige fühlte sich bei ihnen sofort wie zu Hause.

»Jason hat uns ja so viel von Ihnen erzählt«, sagte Mrs. Curtis. »Aber er hat uns verschwiegen, wie schön Sie sind.«

»Danke für das Kompliment.«

Sie begaben sich in die Bibliothek. Sie war voller Gebäudemodelle, die von Jason und seinem Vater entworfen worden waren.

»Wenn man zusammenrechnet, was Jason, sein Urgroßvater und ich alles geplant haben, darf man getrost behaupten, daß wir für einen recht großen Teil der Gestaltung San Franciscos verantwortlich sind«, sagte Jasons Vater. »Mein Sohn ist ein Genie.«

»Genau das versuche ich Paige dauernd klarzumachen«, sagte Jason.

Paige lachte. »Ich glaube es gern.« Die Augen wurden ihr schwer, sie hatte Mühe, gegen den Schlaf anzukämpfen.

Jason beobachtete sie mit besorgter Anteilnahme. »Wir sollten mit dem Essen beginnen.«

Sie begaben sich in das große Eßzimmer mit Eichenpaneelen, reizvollen Antiquitäten und Porträts an den Wänden. Ein Hausmädchen trug auf.

»Das Bild dort oben«, erklärte Mr. Curtis, »ist Jasons Urgroßvater. Kein einziger seiner Bauten hat das Erdbeben von 1906 überstanden. Wirklich ein Jammer. Sie waren von unschätzbarem Wert. Nach dem Essen werde ich Ihnen einige Fotos zeigen, falls Sie . . .«

Paiges Kopf war auf den Tisch gesunken. Sie schlief.

»Ich bin nur froh, daß ich keine Suppe serviert habe«, meinte Jasons Mutter.

Ken Mallory hatte ein Problem. Die Geschichte von seiner Wette hatte sich im Krankenhaus herumgesprochen, und der Einsatz war inzwischen auf zehntausend Dollar gestiegen. Mallory hatte sich darauf eingelassen, im sicheren Gefühl, bei Kat die besten Chancen zu haben. Aber, falls er doch verlieren sollte, säße er bös in der Tinte – die Summe überstieg seine finanziellen Mittel bei weitem.

Wenn ich's nicht schaffe, sitze ich im Schlamassel, dachte er. *Aber ich werde es bestimmt schaffen. Es wird Zeit, daß der Meister sich an die Arbeit macht.*

Kat aß gerade mit Paige und Honey zu Mittag, als Mallory sich ihrem Tisch näherte.

»Darf ich den Ärztinnen Gesellschaft leisten?«

Nicht etwa Damen, auch nicht Mädchen, nein, Ärztinnen. Der einfühlsame Typ, dachte Kat zynisch und sagte: »Natürlich. Nehmen Sie doch Platz.«

Paige und Honey wechselten einen Blick.

»Herrje, ich muß mich sputen«, sagte Paige.

»Ich mich auch«, rief Honey. »Also bis später.«

Mallory schaute Paige und Honey nach.

»Arbeitsreicher Morgen gewesen?« fragte Mallory in einem Ton, als ob es ihn wirklich interessieren würde.

»Ist das nicht jeder Morgen?« gab Kat mit einem freundlichen, einladenden Lächeln zurück.

Mallory hatte sein strategisches Vorgehen sorgfältig geplant. *Ich werde ihr zu verstehen geben, daß sie mich menschlich interessiert – nicht bloß als Frau. Sie hassen es, wenn man ihnen das Gefühl gibt, ein pures Sexobjekt für einen zu sein. Du mußt mit ihr über medizinische Dinge diskutieren. Ich werd's langsam angehen lassen, ohne Krampf. Ich hab' ja einen ganzen Monat Zeit, um sie aufs Kreuz zu legen.*

»Haben Sie das von der Autopsie an Mrs. Turnbull gehört?« fing Mallory an. »Die Frau hatte eine Colaflasche im Magen! Können Sie sich vorstellen, wie ...«

Kat beugte sich über den Tisch. »Haben Sie Samstag abend was vor, Ken?«

Die Frage traf Mallory gänzlich unvorbereitet. »Was?«

»Ich hatte mir gedacht, daß Sie mich vielleicht zum Essen einladen könnten.«

Beinahe wäre er errötet. *Mein Gott!* dachte er. *Haben die Kerls einen Quatsch über sie erzählt! Diese Frau ist doch keine Lesbe! Die Kerls haben ihr das bloß angehängt, weil sie kein Glück bei ihr hatten. Also, ich komm' an sie heran. Mann, sie fordert mich ja gerade auf!* Er versuchte sich zu erinnern, mit wem er für Samstag abend verabredet war. *Mit Sally, der kleinen Schwester im OP. Die kann warten.*

»Ich hab' nichts Wichtiges vor«, erwiderte Mallory. »Ich würde Sie nur zu gern zum Essen einladen.«

Kat legte ihre Hand auf die seine. »Großartig!« sagte sie. »Ich freu' mich riesig.«

Er grinste sie an. »Ich mich auch.« *Du hast ja keine Ahnung, wie sehr ich mich freue. Zehntausend Dollar!*

Kat erstattete Paige und Honey noch am gleichen Nachmittag Bericht.

»Dem ist fast der Mund offengeblieben!« Kat lachte. »Das Gesicht hättet ihr sehen sollen – wie der Kater, der den Wellensittich verschluckt hat – so sah er aus.«

»Vergiß nicht«, warnte Paige, »*du* bist der Kater. Der Wellensittich ist er.«

»Und wo geht ihr Samstag abend essen?« fragte Honey.

»Irgendwelche Vorschläge?«

»In der Tat«, antwortete Paige. »Ich hab' schon einen Plan für den Abend gemacht...«

Kat und Mallory aßen am Samstag abend bei Emilio, einem Restaurant an der Bucht. Sie hatte sich für ihn extra schick gemacht und trug ein weißes, schulterfreies Baumwollkleid.

»Umwerfend sehen Sie aus«, kommentierte Mallory, wobei er darauf achtete, genau den richtigen Ton zu treffen. *Aufmerksam, aber nicht drängend. Bloß nicht mit der Tür ins Haus fallen.* Mallory hatte beschlossen, ganz auf liebenswürdig charmant zu machen, das war jedoch gar nicht nötig. Wie er bald feststellen konnte, tat Kat ihrerseits alles, um *ihn* zu becircen.

Beim Aperitif ließ sie die Bemerkung fallen: »Ich höre von allen Seiten, was Sie für ein guter Arzt sind, Ken.«

»Nun ja«, entgegnete Mallory bescheiden, »ich habe eine gute Ausbildung genossen, und mir liegt natürlich viel an meinen Patienten. Sie sind mir sehr wichtig.« Er sagte das in einem Ton, der Aufrichtigkeit ausstrahlte.

Kat legte ihm die Hand auf den Arm. »Davon bin ich überzeugt. Wo kommen Sie her? Ich möchte alles über Sie wissen. Über den *echten* Ken Mallory.«

Himmelnocheins! dachte Mallory. *Genau die gleiche Taktik, die ich mir für sie überlegt hatte.* Er konnte es kaum fassen, wie spielend leicht ihm hier alles zufiel. Aber da gab es keinen Zweifel; was Frauen anging, da war er Fachmann. Sein Radar kannte all ihre Signale; sie konnten mit einem Blick ja sagen, durch ein gewisses Lächeln oder auch durch den Tonfall der Stimme. Kats Signale waren absolut klar und unmißverständlich.

Sie rückte näher. Ihre Stimme wurde rauchig. »Ich will alles über Sie wissen.«

Er redete während des Essens nur von sich selbst; wenn er das Thema wechseln und das Gespräch auf Kat lenken wollte, sagte sie jedesmal: »Nein, nein, ich will mehr hören. Ihr Leben ist ja so faszinierend!«

Sie ist absolut verrückt nach mir, folgerte Mallory und bedauerte plötzlich, nicht noch mehr Wetten angenommen zu haben. *Vielleicht schaff' ich's sogar schon heut nacht,* dachte er und war sich dessen dann auf einmal ganz sicher, als Kat ihn beim Kaffee fragte: »Möchten Sie noch auf einen letzten Drink zu mir in die Wohnung kommen?«

Volltreffer! Mallory tätschelte ihren Arm. »Nichts lieber als das.« *Die Kerls müssen ja alle blöd gewesen sein,* überlegte er. *So ein geiles Weib hab' ich überhaupt noch nie erlebt.* Er hatte den Eindruck, daß sie ihn im nächsten Augenblick vergewaltigen würde.

Eine halbe Stunde später betraten sie Kats Wohnung.

»Sehr schön.« Mallory schaute sich um. »Wirklich schön. Und Sie wohnen hier ganz für sich allein?«

»Nein. Ich teile die Wohnung mit den Kolleginnen Taylor und Taft.«

»Ach so.« Ein Ton des Bedauerns war nicht zu überhören.

Kat schenkte ihm ein verführerisches Lächeln. »Die beiden werden heute aber erst sehr spät nach Hause kommen.«

Mallorys Gesicht hellte sich wieder auf. »Prima.«

»Darf ich Ihnen etwas zu trinken anbieten?«

»Unbedingt.« Er folgte Kat mit den Blicken. Kat ging zur kleinen Bar und mixte zwei Cocktails. *Hat die einen Busen!* dachte Mallory. *Sieht überhaupt hübsch aus. Und ich krieg' obendrein noch zehntausend Dollar, wenn ich sie flachlege.* Er lachte laut auf.

Kat drehte sich um. »Was ist denn so lustig?«

»Nichts. Ich mußte nur dran denken, was ich für ein Glück habe, hier mit Ihnen allein zu sein.«

»Das Glück ist ganz meinerseits«, erklärte sie freundlich und reichte ihm seinen Drink.

Mallory hob das Glas. »Auf . . .«

Aber Kat war schneller. »Auf uns!« sagte sie rasch.

Er nickte ihr zu. »Darauf stoße ich mit an!«

Er wollte sagen: »Wie wär's mit ein bißchen Musik« und öffnete schon den Mund, als Kat fragte: »Möchten Sie vielleicht ein wenig Musik hören?«

»Sie können ja Gedanken lesen.«

Kat legte eine alte Cole-Porter-Platte auf, schaute verstohlen auf die Armbanduhr, wandte sich Mallory zu und fragte: »Tanzen Sie gern?«

Mallory kam näher. »Das hängt ganz davon ab, mit wem ich tanze. Mit Ihnen würd' ich bestimmt gern tanzen.«

Kat begab sich in seine Arme. Sie begannen, sich zu der träumerisch langsamen Musik zu bewegen. Kat schmiegte sich an ihn, ganz eng, er spürte ihren Körper, er spürte die Erregung, die seinen eigenen Körper erfaßte, er drückte sie fester an sich, er sah das Lächeln, das sich über ihr Gesicht breitete.

Das ist der Zeitpunkt zum Abschuß.

»Du bist richtig lieb, weißt du«, raunte Mallory heiser. »Ich hab' dich vom ersten Augenblick an begehrt.«

Kat sah ihm in die Augen. »Mir ist's mit dir genauso ergangen, Ken.« Seine Lippen suchten ihre Lippen. Er küßte sie lang und leidenschaftlich.

»Komm ins Schlafzimmer!« Mallory wurde auf einmal drängend.

»Oh, ja!«

Er nahm sie beim Arm. Sie führte ihn zum Schlafzimmer. Und genau in diesem Moment öffnete sich die Wohnungstür. Paige und Honey waren zurück.

»Hallo!« rief Paige fröhlich und trat ein. Da bemerkte sie plötzlich Ken Mallory. Sie blieb erstaunt stehen. »Dr. Mallory! Sie habe ich hier nicht erwartet.«

»Also, ich . . . ich . . .«

»Wir waren zusammen aus, essen«, erklärte Kat.

In Mallory stieg eine kalte Wut empor. Er hatte Mühe, sie zu unterdrücken. »Ich sollte jetzt wohl besser gehen.« Er sprach mit Kat. »Es ist spät geworden, und ich habe einen anstrengenden Tag vor mir.«

»Oh. Das tut mir aber leid, daß du schon gehen mußt«, sagte Kat mit einem Blick, der ihm alles versprach.

»Wie wär's mit morgen abend?« schlug Mallory vor.

»Ich würde gerne ...«

»Großartig!«

»... aber morgen kann ich nicht.«

»Oh. Na gut und Freitag?«

Kat machte ein finsteres Gesicht. »Oje. Freitag geht leider auch nicht.«

Mallory wirkte schon fast verzweifelt. »Samstag?«

Kat strahlte. »Samstag würde mir passen.«

Er nickte erleichtert. »Gut. Dann also Samstag.«

Er wandte sich kurz an Paige und Honey. »Gute Nacht.«

»Gute Nacht.«

Kat begleitete Mallory zur Haustür. »Träume süß«, flüsterte sie zärtlich. »Ich träum' ganz bestimmt von dir.«

Mallory drückte ihr die Hand. »Ich bin immer dafür, Träume wahrzumachen. Der Samstag wird uns für heute abend entschädigen.«

»Ich kann's gar nicht erwarten.«

In dieser Nacht lag Kat lange wach und dachte an Mallory. Sie haßte den Kerl. Und doch, zu ihrer eigenen Überraschung, hatte ihr der Abend mit ihm gefallen, und sie war überzeugt, daß er auch Mallory gefallen hatte, selbst wenn es für ihn nur ein Spiel war. Und sie dachte: *Wenn's doch bloß echt wäre und nicht nur ein Spiel.* Wie gefährlich dieses Spiel war, konnte sie nicht ahnen.

17. Kapitel

Vielleicht ist es das Wetter, dachte Paige müde. Draußen war es kalt und trüb; der graue, peitschende Regen drückte auf die Stimmung. Für sie hatte der Tag früh um sechs angefangen und pausenlos Probleme gebracht. Es schien im Krankenhaus nur mehr nörglerische Patienten zu geben, die sich alle zur gleichen Zeit beschwerten. Die Schwestern waren mißmutig und achtlos, nahmen den falschen Patienten Blut ab, verschlampten Röntgenbilder, die dringend benötigt wurden, und schnauzten die Patienten an. Um dem allem die Krone aufzusetzen, herrschte wegen einer Grippeepidemie auch noch Personalmangel. So ein Tag war das.

Einen einzigen Lichtblick hatte es gegeben – den Anruf von Jason Curtis.

»Hallo, hallo«, rief er munter. »Hab' nur gedacht, ich melde mich mal, um zu fragen, wie's unseren Patienten denn so geht.«

»Sie überleben.«

»Irgendeine Chance, daß wir zusammen zu Mittag essen könnten?«

Da mußte Paige lachen. »Mittagessen – was ist das? Mit ein bißchen Glück schaff' ich's gerade noch, daß ich mir nachmittags um vier ein vertrocknetes Sandwich schnappe. Momentan ist es hier ziemlich hektisch.«

»Schon gut. Ich will Sie ja nicht von der Arbeit abhalten. Darf ich trotzdem wieder anrufen?«

»Okay.« *Hat ja nichts zu bedeuten.*

»Adieu.«

Paige arbeitete ohne Unterbrechung durch, bis Mitternacht, und war dann, als sie endlich abgelöst wurde, fast zu erschöpft, um nach Hause zu gehen. Sie überlegte kurz, ob sie vielleicht auf dem Feldbett im Bereitschaftsraum übernachten sollte, doch der Gedanke an das warme, gemütliche Bett daheim war schließlich zu verlockend.

»Mein Gott!« sagte Dr. Peterson, der ihr entgegenkam. »Wer hat denn Sie aus der Höhle geschleift?«

Paige lächelte müde. »Sehe ich so furchtbar aus?«

»Noch viel schlimmer.« Peterson grinste. »Sie gehen heim?«

Paige nickte.

»Sie haben's gut. Mein Dienst fängt erst an.«

Der Fahrstuhl traf ein. Paige war im Flur bereits halb eingeschlafen.

»Paige!« rief Peterson leise.

Sie schüttelte sich, um wach zu werden. »Ja?«

»Können Sie überhaupt noch fahren?«

»Klar«, murmelte Paige. »Und wenn ich zu Hause bin, werde ich die nächsten vierundzwanzig Stunden durchschlafen.«

Sie ging auf den Parkplatz und stieg ins Auto. Sie war so müde, daß sie völlig ausgelaugt dasaß und nicht einmal in der Lage war, den Zündschlüssel umzudrehen. *Ich darf jetzt nicht einschlafen. Ich will zu Hause schlafen.*

Sie fuhr vom Parkplatz herunter und Richtung Wohnung, ohne zu merken, wie regelwidrig und leichtsinnig sie fuhr, bis ein anderer Fahrer sie anbrüllte: »He, mach, daß du von der Straße runterkommst, du besoffene Schlampe!«

Sie zwang sich zur Konzentration. *Ich darf nicht einschlafen... Ich darf nicht einschlafen.* Sie stellte das Radio an und drehte auf volle Lautstärke. Vor dem Wohnblock blieb sie dann eine Weile im Wagen sitzen, bis sie genügend Kraft aufbrachte, um nach oben zu gehen.

Kat und Honey schliefen tief und fest. Paige sah auf die Uhr neben dem Bett. *Ein Uhr morgens.* Sie taumelte ins eigene Schlafzimmer und wollte sich noch entkleiden, aber dazu reichte die Kraft nicht mehr. Sie fiel angezogen aufs Bett und schlief sofort ein.

Es war das schrille Läuten eines Telefons, das von einem fernen Planeten herüberzudringen schien, das sie weckte. Paige kämpfte gegen den Lärm an, wollte weiterschlafen, aber das Schrillen arbeitete sich wie ein Bohrer in ihr Gehirn. Sie war völlig fertig, als sie sich im Bett aufsetzte und nach dem Hörer griff. »H'lo?«

»Dr. Taylor?«

»Am Apparat.« Ihre Stimme klang heiser und rauh.

»Dr. Barker braucht Sie als Assistenz im OP 4. Stat.«

Paige räusperte sich. »Da muß ein Irrtum vorliegen«, sagte sie ganz langsam. »Ich komme gerade vom Dienst.«

»OP 4. Dr. Barker erwartet Sie.« Und schon war die Leitung tot.

Paige saß benommen auf dem Bettrand. Ihr Bewußtsein war schlafumwölkt. Sie schaute zur Uhr auf dem Nachttisch. Viertel nach vier. Warum forderte Dr. Barker sie eigentlich mitten in der Nacht an? Auf die Frage konnte es nur eine einzige Antwort geben: Einem ihrer Patienten mußte etwas zugestoßen sein.

Paige torkelte ins Badezimmer. Sie klatschte sich Wasser ins Gesicht. Sie warf einen Blick in den Spiegel und dachte: *O mein Gott! Ich seh' ja aus wie meine Mutter. Nein. So gräßlich hat meine Mutter nie ausgesehn.*

Zehn Minuten später war Paige wieder zum Krankenhaus unterwegs. Als sie mit dem Lift in den vierten Stock fuhr, war sie immer noch nicht richtig wach. Sie lief zum Umkleideraum, zog sich um, wusch sich für die Operation und betrat den OP-Saal.

Dort befanden sich außer Dr. Barker drei Schwestern und ein Assistent.

Dr. Barker sah Paige eintreten und bellte: »Herrje, Sie haben ja einen Krankenhauskittel an. Sind Sie nie darüber aufgeklärt worden, daß Sie im Operationssaal ein OP-Gewand tragen müssen?«

Paige, wie vom Blitz getroffen, blieb stehen. Sie war auf einmal hellwach. Ihre Augen funkelten. »Jetzt hören Sie mir mal zu«, legte sie empört los. »Erstens habe ich überhaupt keinen Dienst. Zweitens bin ich überhaupt nur Ihnen zu Gefallen gekommen. Ich werde nicht . . .«

»Keine Widerrede!« unterbrach Dr. Barker sie scharf. »Kommen Sie! Halten Sie mir den Wundhaken!«

Paige trat an den Operationstisch und blickte nach unten. Der Mann dort war gar nicht ihr Patient. Sie hatte ihn noch nie gesehen. *Barker hatte keinen Grund, mich zu holen. Er macht das alles nur, um mich aus diesem Krankenhaus wegzuekeln. Aber, verflixt noch mal, ich lasse mich nicht rausekeln.* Sie warf ihm einen giftigen Blick zu, nahm den Wundhaken und machte sich an die Arbeit.

Es handelte sich um eine Bypass-Operation – die Überbrückung eines kranken Abschnitts der Koronararterie durch Einpflanzung eines Venenstücks. Der Einschnitt zum Brustbein, das mit einer elektrischen Säge geteilt worden war, war bereits vollzogen. Der Herzbeutel und die Hauptblutgefäße waren freigelegt.

Paige führte den Wundhaken ein und zwang die Ränder auseinander. Sie beobachtete, wie Dr. Barker äußerst geschickt den Herzbeutel öffnete und das Herz freilegte.

Er deutete auf die Koronararterien. »Da liegt das Problem«, erläuterte er. »Wir werden jetzt die Transplantation vornehmen.«

Er hatte einem Bein bereits einen langeren Venenstreifen entnommen, von dem er nun das eine Ende in die Hauptarterie einnähte, die aus dem Herzen führte. Das andere Ende befestigte er an einer der Koronararterien hinter der schadhaften Zone. Die verstopfte Stelle war umgangen worden, das Blut floß ungehindert durch das eingepflanzte Venenstück.

Es war eine Meisterleistung, der Paige da beiwohnte. *Wenn er doch nur nicht so ein Mistkerl wäre!*

Die Operation nahm drei Stunden in Anspruch. Am Ende war Paige nur mehr halbwach. Als der Einschnitt wieder verschlossen worden war, wandte Dr. Barker sich mit Worten des Dankes an die Mitarbeiter. Paige würdigte er dabei keines Blickes.

Sie schwankte wortlos aus dem OP-Saal und begab sich direkt zum Büro von Dr. Benjamin Wallace.

Wallace war gerade erst eingetroffen. »Sie wirken erschöpft«, stellte er fest. »Sie sollten sich ein wenig Ruhe gönnen.«

Paige atmete einmal tief durch, um nicht die Selbstbeherrschung zu verlieren, bevor sie hervorstieß: »Ich möchte zu einem anderen Chirurgenteam versetzt werden.«

Wallace betrachtete sie. »Sie sind Dr. Barker zugeteilt, nicht wahr?«

»Korrekt.«

»Wo liegt das Problem?«

»Das sollten Sie *ihn* fragen. Er kann mich nicht leiden. Er wird froh sein, wenn er mich loswird. Ich bin zur Zusammenarbeit mit jedem andern Kollegen bereit – mit jedem.«

»Ich werde mit ihm reden«, versprach Wallace.

»Danke.«

Paige drehte sich auf dem Absatz um und verließ das Büro. *Sie sollten mich wirklich aus seiner Nähe entfernen. Wenn ich ihn noch einmal sehe, bring' ich ihn um.*

Paige fuhr nach Hause. Sie schlief zwölf Stunden lang durch und wachte auf mit dem Gefühl, daß etwas Wunderbares geschehen war. Dann fiel es ihr wieder ein. *Ich muß das Biest nicht mehr sehen!* Auf der Fahrt zum Krankenhaus pfiff sie fröhlich vor sich hin.

Auf dem Flur kam ihr ein Pfleger entgegen. »Dr. Taylor ...«

»Ja?«

»Dr. Wallace möchte Sie gern in seinem Büro sprechen.«

»Danke«, sagte Paige und überlegte, wer ihr neuer Chefarzt wohl sein könnte, dachte: *Er kann jedenfalls nur angenehmer als Dr. Barker sein,* und trat bei Benjamin Wallace ein.

»Nun, Paige, heute sehen Sie schon viel besser aus.«

»Danke. Ich fühle mich auch viel besser.« Und das entsprach voll und ganz der Wahrheit. Sie spürte ein Gefühl unendlicher Erleichterung.

»Ich habe mit Dr. Barker gesprochen.«

Paige lächelte ihm freundlich zu. »Vielen Dank. Ich weiß es zu schätzen.«

»Er will Sie nicht gehen lassen.«

Ihr Lächeln erlosch. *Was!?*

»Er hat mir kategorisch erklärt: ›Sie ist meinem Team zugewiesen worden, und jetzt bleibt sie da.‹«

Paige wollte es nicht glauben. »Aber *warum*?« Doch sie wußte den Grund. Dieses sadistische Biest brauchte eine Frau, ein »Prügelmädchen«, jemanden, den er demütigen könnte. »Das akzeptiere ich nicht.«

»Tut mir leid, aber Sie haben keine andere Wahl«, stellte Dr. Wallace betrübt fest. »Außer Sie wollen das Krankenhaus verlassen. Wollen Sie es überdenken?«

Darüber mußte Paige jedoch gar nicht erst nachdenken. »Nein.« Aus dem Krankenhaus würde sie sich von Dr. Barker nicht drängen lassen – den Gefallen wollte sie ihm wirklich nicht tun! »Nein«, wiederholte sie. »Ich bleibe hier.«

»Gut. Dann wäre das Problem ja gelöst.«

Ganz und gar nicht! Und Paige schwor sich: *Ich werde eine Möglichkeit finden, um ihm das heimzuzahlen.*

Im Ärzteumkleideraum machte Ken Mallory sich eben für die Visite fertig, als Dr. Grundy mit drei Kollegen eintrat.

»Da ist unser Mann ja!« rief Grundy. »Wie kommen Sie voran, Ken?«

»Gut«, erwiderte Mallory.

Grundy wandte sich an die Kollegen. »Er macht aber nicht den Eindruck, als ob er gerade vernascht worden wäre, oder?« Und wieder an Mallory gewandt: »Ich hoffe, Sie haben das Geld bereitgelegt. Ich will mir nämlich ein kleines Auto kaufen.«

»Und ich mir eine neue Garderobe«, warf ein anderer ein.

Mallory schüttelte mitleidsvoll den Kopf. »Darauf würde ich an Ihrer Stelle nicht bauen, ihr Anfänger. Ihr solltet euch darauf einstellen, daß ihr *mir* zahlen müßt.«

Grundy musterte ihn argwöhnisch. »Was wollen Sie damit sagen?«

»Wenn *die* Frau eine Lesbe ist, bin ich ein Eunuch. Sie ist das geilste Stück, das mir je untergekommen ist. Ich habe sie neulich abend fast bremsen müssen!«

Die Männer tauschten besorgte Blicke.

»Aber ins Bett haben Sie sie nicht gekriegt?«

»Das lag wirklich nur daran, meine Freunde, daß wir auf dem Weg ins Schlafzimmer gestört worden sind. Ich bin für Samstag abend wieder mit ihr verabredet, dann wird's passieren.« Mallory war mit dem Ankleiden fertig. »Und wenn die Herren mich jetzt bitte entschuldigen würden...«

Als Grundy Kat etwa eine Stunde später auf dem Flur begegnete, zeigte er ein böses Gesicht.

»Ich habe Sie gesucht«, sagte er verärgert.

»Stimmt was nicht?«

»Dieser Mistkerl Mallory – der ist sich seiner Sache inzwischen so sicher, daß er angeboten hat, weitere Wetten anzunehmen. Ich kann's einfach nicht glauben!«

»Keine Sorge«, stieß Kat grimmig hervor. »*Die* Wette verliert er.«

Als Mallory Kat am Samstag abend abholte, trug sie ein Kleid mit tiefem Dekolleté, das ihre ohnehin üppigen Formen noch herausstrich.

»Du siehst fantastisch aus«, erklärte er in einem Ton offener Bewunderung.

Sie legte den Arm um ihn. »Für dich will ich doch besonders gut aussehen.« Sie schmiegte sich an ihn.

Mein Gott, wirklich, sie will mich! Und Mallorys Stimme war ganz rauchig geworden, als er sagte: »Hör zu, Kat. Mir kommt plötzlich eine Idee. Warum schlüpfen wir nicht jetzt vor dem Essen rasch ins Schlafzimmer und...«

Sie streichelte sein Gesicht. »Ach, Schatz, wenn's doch nur möglich wäre! Aber Paige ist zu Hause.« In Wirklichkeit hatte Paige im Krankenhaus Dienst.

»Ach so.«

»Aber anschließend, nach dem Essen...« Sie ließ den Vorschlag unausgesprochen in der Luft schweben.

»Ja?«

»Wir könnten doch zu dir.«

Mallory nahm sie in die Arme und gab ihr einen Kuß. »Ein herrlicher Gedanke!«

Er lud sie ein ins Iron Horse, wo sie köstlich dinierten und Kat den Abend trotz allem genoß. Mallory war liebenswürdig und amüsant, und er hatte eine unglaublich erotische Ausstrahlung. Und er schien aufrichtig daran interessiert, alles über sie zu erfahren. Sie wußte natürlich, daß er ihr schmeichelte; andererseits hatte sie aber den Eindruck, daß er die Komplimente, die er ihr machte, ernst meinte.

Wenn ich nicht genau wüßte ...

Mallory hatte das Essen kaum angerührt. Ihm ging immer nur ein Gedanke durch den Kopf: *In zwei Stunden werde ich zehntausend Dollar gewinnen ... In einer Stunde werde ich zehntausend Dollar gewinnen ... In dreißig Minuten ...*

Sie hatten ihren Kaffee ausgetrunken.

»Bist du bereit?« fragte Mallory.

Kat legte ihm die Hand auf den Arm. »Wenn du wüßtest, wie bereit ... Komm, gehen wir.«

Sie fuhren mit dem Taxi zu Mallorys Wohnung. »Ich bin absolut verrückt nach dir«, murmelte Mallory. »Eine Frau wie dich hab' ich noch nie erlebt.«

Da klang ihr plötzlich wieder Grundys Stimme im Ohr: *Der ist sich seiner Sache inzwischen so sicher, daß er angeboten hat, weitere Wetten anzunehmen.*

Sie kamen an, Mallory zahlte für das Taxi und ließ Kat in den Fahrstuhl vorangehen, der, wie es Mallory schien, eine Ewigkeit brauchte. Mallory öffnete die Tür. »Da wären wir«, sagte Mallory voller Ungeduld.

Kat trat ein. Es war eine ganz gewöhnliche Junggesellenwohnung, der man sofort ansah, daß ihr die Hand einer Frau fehlte.

»Wie schön«, hauchte Kat und strahlte Mallory an. »Das bist *du*!«

Er grinste. »Komm, ich zeige dir *unser* Zimmer. Ich leg' nur noch rasch ein wenig Musik auf.«

Während er zum CD-Regal ging, schaute Kat kurz auf die Armbanduhr.

Barbra Streisands Stimme erfüllte den Raum.

Mallory nahm Kat bei der Hand. »Komm, Liebling.«

»Einen Augenblick!« bat Kat weich.

Er sah sie überrascht an. »Wozu?«

»Ich möchte diesen Augenblick mit dir genießen, weißt du, bevor wir...«

»Warum genießen wir ihn denn nicht im Schlafzimmer?«

»Ich hätte gern etwas zu trinken.«

»Einen Drink?« Er hatte Mühe, seine Ungeduld zu verbergen. »Gut. Was hättest du gern?«

»Einen Wodka und Tonic bitte.«

»Das werden wir gerade noch hinkriegen.« Er lächelte, ging hinüber zur kleinen Bar und mixte eilig zwei Drinks.

Kat warf noch einmal rasch einen Blick auf die Armbanduhr.

Mallory kam mit den Gläsern zurück; eins reichte er Kat. »Auf dich, Baby.« Er hob sein Glas. »Auf die Zweisamkeit.«

»Auf die Zweisamkeit«, wiederholte Kat und nahm einen Schluck. »O mein Gott!«

Er reagierte nervös. »Was ist los?«

»Das ist ja Wodka!«

»Du hast mich ja auch um Wodka gebeten.«

»Hab' ich das? Verzeih. Aber ich hasse Wodka!« Sie streichelte seine Wange. »Könnte ich bitte einen Scotch mit Soda haben?«

»Natürlich.« Er schluckte seinen Ärger hinunter und kehrte zur Bar zurück, um einen neuen Drink zu mixen.

Kat blickte wieder auf die Armbanduhr.

Ken Mallory kam zurück. »Hier, bitte sehr.«

»Dank dir, Liebling.«

Sie trank zwei Schlucke. Mallory nahm ihr das Glas aus der Hand und setzte es auf dem Tisch ab. Er legte beide Arme um Kat und zog sie an sich. Sie konnte seine Erregung spüren.

»Und jetzt«, sagte Ken suggestiv, »wollen wir zusammen Geschichte machen.«

»O ja!« sagte Kat. »Ja!«

Sie ließ sich von ihm ins Schlafzimmer führen.

Ich hab's geschafft! jubilierte Mallory. *Ich hab's geschafft Die Mauern Jerichos fallen!* »Zieh dich aus, Baby.«

»Du zuerst, Liebling. Ich möchte sehen, wie du dich ausziehst. Es erregt mich.«

»Ach ja? Also gut.«

Während Kat still zuschaute, zog Mallory seine Sachen aus, ganz langsam, zuerst das Jackett, dann Hemd und Krawatte, danach Schuhe und Strümpfe, anschließend die Hose. Er hatte die feste, schlanke Figur eines Sportlers.

»Erregt es dich, Baby?«

»O ja. Und jetzt zieh die Unterhose aus.«

Mallory ließ die Unterhose langsam zu Boden fallen. Er hatte eine volle Erektion.

»Wunderbar!« rief Kat.

»Jetzt bist du an der Reihe.«

»In Ordnung.«

In genau diesem Moment legte Kats Piepser los.

Mallory zuckte zusammen. »Was zum Teufel . . .«

»Ich werde gerufen«, sagte Kat. »Darf ich dein Telefon benützen?«

»*Jetzt?*«

»Ja. Es muß ein Notfall sein.«

»*Jetzt?* Kann das nicht warten?«

»Aber Liebling, du kennst doch die Regeln.«

»Aber . . .«

Mallory sah sie zum Telefon gehen und wählen. »Hier Dr. Hunter.« Sie horchte. »Wirklich? Selbstverständlich. Ich bin gleich da.«

Mallory starrte sie entgeistert an. »Was geht da vor?«

»Ich muß sofort ins Krankenhaus, mein Engel.«

»*Jetzt?*«

»Ja. Ein Patient von mir liegt im Sterben.«

»Kann das nicht warten, bis . . .«

»Tut mir leid. Wir holen's an einem anderen Abend nach.«

Ken Mallory stand splitterfasernackt da und schaute Kat nach, als sie aus der Wohnung ging, und als die Tür hinter ihr ins Schloß fiel, nahm er ihren Drink und schleuderte ihn gegen die Wand. *Die Hexe... diese Hexe... die Hexe...*

Als Kat in ihre Wohnung zurückkehrte, warteten Paige und Honey bereits aufgeregt auf sie.

»Wie war's?« fragte Paige. »Kam mein Ruf rechtzeitig?«

Kat lachte. »Genau im richtigen Moment.«

Sie begann, ihnen von ihrem Abend zu erzählen. Als sie an dem Punkt angelangt war, als Mallory nackt im Schlafzimmer stand, mit seiner schönen Erektion, lachten sie, bis ihnen die Tränen in die Augen schossen.

Beinahe hätte Kat ihnen erzählt, wie sehr sie das Zusammensein mit Ken Mallory genoß, aber sie kam sich blöd vor. Schließlich traf er sich nur mit ihr, um seine Wette zu gewinnen.

Paige schien irgendwie zu spüren, was in Kat vorging. »Nimm dich vor ihm in acht, Kat.«

Kat lächelte. »Keine Sorge. Aber ich muß zugeben, wenn ich nichts von dieser Wette wüßte... Er ist eine Schlange, aber eine charmante.«

»Wann wirst du ihn wiedersehen?« fragte Honey.

»Ich geb' ihm eine Woche, damit er wieder etwas abkühlt.«

Paige betrachtete sie eingehend. »Soll er sich wieder beruhigen – oder du?«

Kat sah Dinettos schwarze Limousine vor dem Krankenhaus warten. Der Schatten war allein. Kat wünschte sich, daß Rhino dabeigewesen wäre – der Schatten hatte etwas an sich, das sie gewissermaßen versteinerte. Er lächelte nie. Er sprach selten. Er war eine wandelnde Drohung.

»Einsteigen«, stieß er hervor, als Kat näher kam.

»Hören Sie«, sagte Kat empört, »bestellen Sie Mr. Dinetto, daß ich mich von ihm nicht herumkommandieren lasse. Ich bin nicht bei ihm angestellt. Nur, weil ich ihm mal einen Gefallen getan habe . . .«

»Steigen Sie ein. Erzählen Sie ihm das selber.«

Kat zauderte. Es wäre für sie leicht genug gewesen, jetzt einfach davonzugehen und sich nicht weiter in die Sache hineinziehen zu lassen – ob das aber nicht Mike schaden würde? Kat stieg ein.

Diesmal war das Opfer böse zusammengeschlagen worden – man hatte ihm mit einer Kette zugesetzt. Lou Dinetto war bei ihm.

Kat brauchte nur einen Blick auf den Patienten zu werfen. »Er muß sofort ins Krankenhaus«, sagte Kat.

»Kat«, sagte Dinetto, »Sie werden ihn hier behandeln müssen.«

»Warum?« wollte Kat wissen. Doch sie kannte die Antwort – und diese Antwort jagte ihr Angst und Schrecken ein.

18. Kapitel

Es war einer von diesen Tagen, an denen in San Francisco ein Zauber in der Luft liegt. Der Nachtwind hatte die Regenwolken vertrieben und der Stadt einen frischen, sonnigen Sonntagmorgen beschert. Jason hatte mit Paige vereinbart, sie von ihrer Wohnung abzuholen. Als er läutete, war Paige selbst überrascht, wie sehr sie das Wiedersehen mit ihm freute.

»Guten Morgen«, sagte Jason zur Begrüßung. »Schön sehen Sie heute aus.«

»Danke für das Kompliment.«

»Und was würden Sie gern unternehmen?«

»Es ist Ihre Heimatstadt«, erwiderte Paige. »Ich folge Ihnen, wohin Sie mich auch führen.«

»Nichts dagegen.«

»Wenn es Ihnen nichts ausmacht«, warf Paige ein, »würde ich nur gern auf einen Sprung beim Krankenhaus vorbeischauen.«

»Ich dachte, Sie hätten heute Ihren freien Tag.«

»Hab' ich auch. Es gibt da aber einen Patienten, der mir Sorgen bereitet.«

»Kein Problem.« Jason fuhr sie zum Krankenhaus.

»Wird nicht lang dauern«, versprach Paige beim Aussteigen.

»Ich warte hier auf Sie.«

Paige fuhr in den dritten Stock und ging zum Zimmer von Jimmy Ford, der nach wie vor im Koma lag und an einem Gewirr von Schläuchen und Röhrchen hing, mit deren Hilfe er künstlich ernährt wurde.

Im Krankenzimmer hielt sich eine Schwester auf, die den Kopf hob, als Paige durch die Tür trat. »Guten Morgen, Doktor.«

»Guten Morgen.« Paige stellte sich neben das Bett des jungen Mannes. »Irgendwelche Veränderungen?«

»Leider nein.«

Paige fühlte Jimmy den Puls und horchte nach seinem Herzschlag.

»So geht das nun schon seit ein paar Wochen«, bemerkte die Schwester. »Sieht nicht gut aus, oder?«

»Er wird durchkommen«, versicherte Paige mit fester Stimme. Sie beugte sich über die bewußtlose Gestalt auf dem Bett und sprach lauter. »Hören Sie mich? Sie werden bestimmt gesund!« Keine Reaktion. Sie schloß die Augen und sprach ein stilles Gebet. »Bei der geringsten Veränderung verständigen Sie mich über Piepser.«

»Jawohl, Doktor.«

Er wird nicht sterben, dachte Paige. *Ich werde nicht zulassen, daß er stirbt ...*

Als Jason Paige kommen sah, stieg er aus. »Alles klar?«

Es gab keinen Anlaß, ihn mit ihren Problemen zu belasten. »Alles klar«, bestätigte sie.

»Dann wollen wir uns heute mal wie waschechte Touristen benehmen«, schlug Jason vor. »In Kalifornien gibt es ein Gesetz, demzufolge alle Besichtigungen am Fisherman's Wharf zu beginnen haben.«

Paige quittierte es mit einem Lächeln. »Gesetze sind dazu da, befolgt zu werden.«

Am Fisherman's Wharf war es wie bei einem Straßenkarneval. Die Künstler – Mimen, Clowns, Tänzer und Musikanten – waren in voller Stärke angetreten. An Imbißbuden wurden in dampfenden Töpfen Krabben und Fischsuppe angeboten, dazu frisches Sauerteigbrot.

»Das gibt es auf der ganzen Welt kein zweites Mal«, erklärte Jason begeistert.

Seine Begeisterung war so rührend, daß Paige, die Fisherman's Wharf und die meisten anderen touristischen Sehenswürdigkeiten San Franciscos natürlich schon kannte, ihm die Freude nicht verderben wollte.

»Sind Sie schon einmal Cable Car gefahren?« wollte Jason wissen.

»Nein.« *Jedenfalls nicht seit letzter Woche.*

»Dann haben Sie wirklich etwas versäumt. Kommen Sie!«

Sie liefen zur Powell Street, bestiegen einen Wagen, und nach Fahrtbeginn erklärte Jason: »Die Straßenbahn ist 1873 von Halliday erbaut worden und hieß damals im Volksmund Halliday's Folly.«

»Bestimmt hat man ihr ein frühzeitiges Ende prophezeit.«

Jason lachte. »Genau. In meiner Highschoolzeit bin ich übrigens an Wochenenden Touristenführer gewesen.«

»Das haben Sie bestimmt gut gemacht.«

»Ich war natürlich der Beste. Wollen Sie ein bißchen was von meinem Blabla hören?«

»Schrecklich gern.«

Jason ahmte die nasale Stimme eines typischen Touristenführers nach. »Meine Damen und Herren, zu Ihrer Information – die älteste Straße San Franciscos ist Grant Avenue, die längste – siebeneinhalb Meilen –, ist Mission Street, die breiteste ist Van Ness Avenue mit 41 Meter Breite, und es wird Sie überraschen zu erfahren, daß die schmalste, nämlich DeForest Street, nur anderthalb Meter breit ist, jawohl, meine Damen und Herren – anderthalb Meter. Als steilste Straße können wir Ihnen Filbert Street mit einunddreißigeinhalb Grad Steigung anbieten.« Er schaute Paige an und grinste. »Ich bin überrascht, daß ich das alles behalten habe.«

Als sie aus dem Wagen ausstiegen, blickte Paige zu Jason auf und fragte: »Und was jetzt?«

»Jetzt werden wir Kutsche fahren.«

Und bald darauf saßen sie in einer Pferdekutsche, die sie von der Fisherman's Wharf über den Ghirardelli Square nach North Beach brachte. Unterwegs zeigte Jason auf alles, was irgendwie von Interesse war, und Paige war ehrlich erstaunt, wieviel Spaß ihr das alles machte. *Laß dich bloß nicht hinreißen.*

Sie waren gerade auf den Coit Tower gestiegen und genossen

den Ausblick auf die Stadt, als Jason plötzlich fragte: »Haben Sie eigentlich keinen Hunger?«

Die frische Luft hatte Paige allerdings sehr hungrig gemacht. »Doch.«

»Gut. Dann werde ich Sie jetzt mit einem der besten chinesischen Restaurants der Welt bekannt machen – Tommy Toy's.«

Es war ein Restaurant, von dem Paige die Chefärzte im Krankenhaus schwärmen gehört hatte.

Es wurde ihnen ein wahres Festmahl serviert, das mit Hummerspießchen mit Chilisauce und Sauerscharfsuppe mit Meeresfrüchten begann, gefolgt von Hühnerfilet mit Zuckerschotenerbsen und Pekanüssen, Kalbsfilet mit Szechuansauce und gebratenem Reis mit viererlei Gewürzen. Zum Dessert bestellten sie eine Pfirsichmousse. Das Essen war himmlisch.

»Kommen Sie oft her?« fragte Paige.

»So oft wie nur möglich.«

Jason hatte etwas Jungenhaftes an sich, das sehr anziehend auf Paige wirkte.

»Sagen Sie«, meinte Paige, »haben Sie eigentlich immer Architekt werden wollen?«

»Ich hatte gar keine andere Wahl.« Jason grinste spitzbübisch. »Mein erstes Spielzeug waren Bauklötze. Es ist wirklich toll, sich etwas vorzustellen und dann zu erleben, wie ein Traum mit Hilfe von Beton und Stein und Ziegeln Wirklichkeit wird, in den Himmel emporwächst und Teil der Stadt wird, in der man lebt.«

Ich werde ein Taj-Mahal für dich bauen. Es ist mir ganz egal, wie lange ich dafür brauche.

»Ich zähle zu den glücklichen Menschen, Paige, die im Leben tun dürfen, was ihnen Spaß macht. Wie hat doch jemand so schön gesagt: ›Die meisten Menschen führen ein Leben voll stiller Verzweiflung‹?«

Das trifft auf die Mehrzahl meiner Patienten zu, dachte Paige.

»Ich wüßte nicht, was ich sonst machen möchte. Ich kenne auch keine andere Stadt, in der ich leben möchte. San Francisco ist eine herrliche Stadt.« Er sprach überschwenglich. »Die Stadt hat alles, was man sich nur wünschen kann. Ich werde ihrer nie überdrüssig.«

Paige musterte ihn. Ihr gefiel seine Begeisterung. »Und Sie sind nie verheiratet gewesen?«

Jason zuckte mit den Schultern. »Einmal. Wir waren beide zu jung. Hat nicht geklappt.«

»Tut mir leid.«

»Dazu besteht gar kein Anlaß. In zweiter Ehe hat sie einen äußerst wohlhabenden Fleischfabrikanten geheiratet. Und Sie? Sind Sie schon einmal verheiratet gewesen?«

Ich will auch Arzt werden, wenn ich groß bin. Wir werden heiraten und zusammenarbeiten.

Auf einer Hafenrundfahrt fuhren sie unter der Golden Gate und der Bay Bridge durch. Jason nahm wieder seine Touristenführerstimme an. »Und dort, meine Damen und Herren, sehen Sie das befestigte Alcatraz, ehemals Heim der berüchtigtsten Verbrecher der Welt – Machine Gun Kelly, Al Capone und Robert Stroud, bekannt als der Vogelmensch. ›Alcatraz‹ ist ein spanisches Wort und bedeutet ›Pelikan‹. Es hat ursprünglich ›Isla de los Alcatraces‹ geheißen, nach den Vögeln, damals ihren einzigen Bewohnern. Wissen Sie, warum die Gefangenen dort früher jeden Tag heiß geduscht worden sind?«

»Nein.«

»Damit sie sich nicht an das kalte Wasser in der Bucht gewöhnen konnten, für den Fall, daß sie einen Fluchtversuch unternahmen.«

»Ist das wahr?« wollte Paige wissen.

»Habe ich Sie schon mal angelogen?«

Es war bereits Spätnachmittag, als Jason sie fragte: »Sind Sie schon einmal in Noe Valley gewesen?«

Paige schüttelte den Kopf. »Nein.«

»Ich würde es Ihnen gern zeigen. Ganz früher gab es dort nur

Farmen und Flüsse. Heute stehen dort bunte Häuser und Gärten aus dem neunzehnten Jahrhundert. Die Häuser sind sehr alt – es ist praktisch das einzige Gebiet, das vom Erdbeben des Jahres 1906 verschont geblieben ist.«

»Hört sich gut an.«

Jason zögerte. »Ich wohne dort. Möchten Sie mein Haus sehen?« Er spürte Paiges innere Abwehr. »Paige, ich liebe Sie.«

»Aber wir kennen uns doch kaum. Wie könnten Sie denn ... .«

»Es war mir klar, von dem Augenblick an, als Sie sagten: ›Hat Ihnen etwa niemand gesagt, daß Sie zur Visite einen weißen Kittel tragen müssen?‹ In dem Augenblick habe ich mich in Sie verliebt.«

»Jason . . .«

»Ich glaube fest an die Liebe auf den ersten Blick. Mein Großvater hat meine Großmutter zum erstenmal gesehen, als sie mit dem Fahrrad im Park spazierenfuhr, und ist ihr gefolgt – drei Monate später haben sie geheiratet und sind fünfzig Jahre zusammen gewesen, bis zu seinem Tod. Mein Vater hat meine Mutter zum erstenmal beim Überqueren der Straße bemerkt und sofort gewußt, daß sie seine Frau werden würde. Sie sind inzwischen fünfundvierzig Jahre verheiratet. Sie sehen, das liegt bei uns in der Familie. Ich möchte Sie heiraten.«

Es war die Stunde der Wahrheit.

Paige schaute Jason an und dachte: *Er ist seit Alfred der erste Mann, zu dem ich mich hingezogen fühle. Er ist bewundernswert und klug und natürlich. Er hat alles, was eine Frau sich von einem Mann nur wünschen kann. Was ist mit mir los? Ich klammere mich an ein Gespenst.* Doch tief im Innersten hatte sie immer noch das überwältigende Gefühl, daß Alfred eines Tages zu ihr zurückkommen würde.

Sie schaute Jason an und traf ihren Entschluß.

»Jason . . .«

In diesem Moment rührte sich Paiges Piepser. Es klang dringend. Ominös.

»Ich muß sofort ein Telefon finden.« Zwei Minuten später war sie mit dem Krankenhaus verbunden.

Jason sah Paige erblassen.

Sie schrie in den Hörer hinein: »Nein! Nie und nimmer! Sagen Sie denen, daß ich sofort komme.« Sie knallte den Hörer auf die Gabel.

»Worum geht's?« fragte Jason.

Als sie sich zu ihm umdrehte, standen ihre Augen voller Tränen. »Um meinen Patienten Jimmy Ford. Sie wollten ihn vom Beatmungsgerät abtrennen. Sie wollen ihn sterben lassen.«

In Jimmy Fords Zimmer standen neben dem Bett des Bewußtlosen drei Männer: George Englund, Benjamin Wallace und ein Unbekannter.

»Was geht hier vor?« fuhr Paige die drei sofort an.

Die Antwort gab Benjamin Wallace. »Auf der Sitzung des Ethikkomitees hier im Krankenhaus ist heute morgen festgestellt worden, daß Jimmy Fords Zustand hoffnungslos ist. Wir haben beschlossen, ihn . . .«

»Nein!« rief Paige. »Dazu sind Sie nicht berechtigt. Ich bin seine Ärztin, und ich sage: Er *hat* noch eine Chance, aus dem Koma aufzuwachen! Wir werden ihn *nicht* sterben lassen.«

»Das ist nicht Ihre Entscheidung, Frau Doktor«, schaltete sich der Fremde ein.

Paige musterte ihn herausfordernd. »Und wer sind Sie?«

»Sylvester Damone. Der Anwalt der Familie.« Er zog ein Dokument hervor, das er Paige überreichte. »Jimmy Fords Testament, in dem ausdrücklich festgehalten wird, daß er nicht mit mechanischen Hilfsmitteln am Leben gehalten werden soll, falls er ein lebensgefährliches Trauma erleiden sollte.«

»Aber ich habe seinen Zustand genau beobachtet«, flehte Paige. »Sein Zustand hat sich in den letzten Wochen stabilisiert. Er könnte jeden Moment aus dem Koma erwachen.«

»Können Sie das garantieren?« wollte Damone wissen.

»Nein, aber . . .«

»Dann werden Sie sich an die Ihnen gegebene Anweisung halten müssen, Frau Doktor.«

Paige blickte auf die Gestalt von Jimmy herab. »Nein! Sie müssen noch etwas länger warten!«

Der Anwalt bemerkte ölig: »Ich bin mir, Frau Doktor, durchaus darüber im klaren, daß es im Interesse des Krankenhauses liegt, einen Patienten so lang wie möglich am Leben zu halten, aber die Familie kann sich die Kosten für die medizinische Versorgung nicht mehr länger leisten. Ich befehle Ihnen hiermit, den Patienten vom Beatmungsgerät abzutrennen.«

»Nur noch ein bis zwei Tage«, bat Paige verzweifelt, »ich bin sicher, daß ...«

»Nein«, widersprach Damone bestimmt. »Heute.«

George Englund wandte sich an Paige. »So leid es mir tut – ich fürchte, daß uns keine andere Wahl bleibt.«

»Ich danke Ihnen, Doktor«, sagte der Anwalt. »Ich werde die Sache Ihnen überlassen. Ich werde die Angehörigen benachrichtigen, daß die Angelegenheit unverzüglich erledigt wird, damit sie die Beerdigung vorbereiten können.« Er wandte sich an Benjamin Wallace. »Danke für Ihre Kooperation. Guten Tag.«

Ihre Blicke folgten ihm auf dem Weg nach draußen.

»Das dürfen wir Jimmy nicht antun!« sagte Paige.

Dr. Wallace räusperte sich. »Paige ...«

»Und wenn wir ihn von hier wegschaffen und in einem anderen Zimmer verstecken würden? Es muß doch etwas geben, woran wir noch nicht gedacht haben. Etwas ...«

Benjamin Wallace erklärte: »Es handelt sich nicht um eine Bitte. Es ist ein Befehl.« Er sah George Englund an. »Wollen Sie ...«

»Nein!« rief Paige. »Ich ... ich werde es selber tun.«

»Also gut.«

»Wenn es Ihnen recht ist, möchte ich gern mit ihm allein sein.«

George Englund drückte ihren Arm. »Tut mir leid, Paige.«

»Ich weiß.«

Die beiden Männer verließen den Raum.

Sie war mit dem bewußtlosen Jungen allein. Sie betrachtete das Beatmungsgerät, das ihn am Leben hielt, und die intravenösen

Schläuche, über die sein Körper ernährt wurde. Es wäre im Grunde ein leichtes, das Gerät abzuschalten, ein Lebenslicht auszublasen. Aber er hatte so viele wunderbare Träume gehabt und so große Hoffnungen.

Eines Tages werde ich auch Arzt. Ich möchte so werden wie Sie.

Haben Sie schon gewußt, daß ich heiraten werde?... Betsy heißt sie... Wir wünschen uns ein halbes Dutzend Kinder. Das erste Mädchen werden wir Paige nennen.

Er hatte so viel, für das sich zu leben lohnte.

Paige stand still vor ihm. Tränen trübten ihren Blick. »Verdammt«, schimpfte sie laut. »Du bist ein Drückeberger!« Sie schluchzte. »Was ist aus deinen Träumen geworden? Ich hatte gedacht, du willst Arzt werden! Antworte mir! Hörst du mich? Mach die Augen auf!« Sie blickte auf die bleiche Gestalt. Keine Reaktion. »Es tut mir leid«, sagte Paige. »Verzeih mir.« Und sie beugte sich über ihn, um ihm die Wange zu küssen, und als sie sich ganz langsam wieder aufrichtete, blickte sie in seine geöffneten Augen.

»Jimmy! *Jimmy!*«

Er blinzelte und schloß die Augen wieder. Paige drückte ihm die Hand. Sie beugte sich über ihn und stieß unter heftigem Schluchzen die Worte hervor: »Jimmy, hast du den schon gehört vom Patienten, der künstlich ernährt wird? Er bittet den Arzt um eine zweite Flasche. Er erwartet einen Gast zum Mittagessen.«

19. Kapitel

So glücklich war Honey in ihrem Leben noch nie gewesen. Sie hatte zu den Patienten eine so persönliche Beziehung, wie das nur bei ganz wenigen Ärzten der Fall war; die Patienten lagen ihr wirklich sehr am Herzen. Sie arbeitete in der Geriatrie, in der Pädiatrie und einigen anderen Stationen, wobei Dr. Wallace fürsorglich darauf achtete, daß ihr nur harmlose Aufgaben übertragen wurden. Er tat alles, damit sie am Krankenhaus bleiben und ihm weiterhin zur Verfügung stehen konnte.

Honey beneidete die Krankenschwestern, die ihre Patienten pflegen durften, ohne sich um größere medizinische Entscheidungen sorgen zu müssen. *Ich wollte ja gar nicht Ärztin werden,* dachte Honey, *ich hab' immer nur davon geträumt, Krankenschwester zu sein. Aber eine Taft wird ja nicht Krankenschwester.*

Wenn Honey nachmittags das Krankenhaus verließ, ging sie gern einkaufen, etwa in der Bay Company oder beim Musikgeschäft Streetlight Records, um Geschenke für die Kinder in der Pädiatrie zu besorgen.

»Ich hab' Kinder gern«, erklärte sie Kat.

»Möchtest du selbst mal viele Kinder haben?«

»Irgendwann schon«, antwortete Honey melancholisch. »Erst muß ich aber mal einen Vater für sie finden.«

Einer von Honeys Lieblingspatienten in der geriatrischen Abteilung war Daniel McGuire, ein fröhlicher, alter Mensch über Neunzig mit einem Leberleiden, der in seinen jungen Jahren Glücksspieler gewesen war und gern mit Honey wettete.

»Ich wette fünfzig Cents, daß der Pfleger sich mit meinem Frühstück verspätet.«

»Ich wette einen Dollar, daß es heut nachmittag regnet.«

»Ich wette, daß die Giants das Spiel gewinnen werden.«

Honey nahm jede Wette an.

»Ich wette zehn zu eins, daß ich diese Geschichte überstehe.«

»Diesmal wette ich nicht mit Ihnen«, erklärte ihm Honey. »Ich stehe auf Ihrer Seite.«

Er nahm ihre Hand. »Weiß ich ja.« Er grinste. »Und wenn ich ein paar Monate jünger wäre . . .«

Honey lachte. »Keine Sorge. Ich mag ältere Männer.«

Als eines Morgens für ihn ein Brief im Krankenhaus eintraf, brachte Honey ihn auf sein Zimmer.

»Lesen Sie ihn mir vor, ja?« Seine Sehkraft hatte nachgelassen.

»Natürlich«, sagte Honey, öffnete den Umschlag, warf einen Blick auf das Schreiben und stieß einen Jubelruf aus. »Sie haben in der Lotterie gewonnen! Fünfzigtausend Dollar! Herzlichen Glückwunsch!«

»Was sagen Sie nun?« rief er. »Ich hab's ja gewußt, daß ich einmal das große Los ziehen würde! Geben Sie mir einen Kuß!«

Honey beugte sich über ihn und zog ihn an sich.

»Wissen Sie was, Honey? Ich bin der glücklichste Mensch auf der Welt.«

Als Honey ihn am Nachmittag wieder besuchen kam, war er friedlich entschlafen.

Honey saß im Aufenthaltsraum der Ärzte, als Dr. Stevens hereinkam und laut fragte: »Ist einer von Ihnen Jungfrau?«

Ein Kollege lachte anzüglich. »Noch Jungfrau? Ich glaube kaum, daß Sie hier jemanden finden, der noch Jungfrau ist.«

»Das Sternzeichen«, erklärte Stephens ungeduldig. »Ich brauche eine Jungfrau.«

»Ich bin Jungfrau«, antwortete Honey. »Was ist los?«

Er ging zu ihr. »Eine verdammte Irre ist los. Sie will keinen an sich heranlassen, der nicht im Zeichen der Jungfrau geboren wurde.«

Honey erhob sich. »Ich geh' zu ihr.«

»Danke. Die Patientin heißt Frances Gordon.«

Frances Gordon hatte gerade eine neue Hüfte bekommen. Sie hob den Blick, als Honey das Zimmer betrat, und sagte ihr prompt auf den Kopf zu:

»Sie sind eine Jungfrau. Geboren in der ersten Dekade, stimmt's?«

»Richtig«, antwortete Honey schmunzelnd.

»All diese Wassermänner und Löwen hier – ahnungslos, völlig unbrauchbar. Die behandeln uns so, als ob wir Hackfleisch wären.«

»Wir haben in diesem Krankenhaus gute Ärzte«, widersprach Honey. »Sie . . .«

»Ha! Die meisten sind doch nur wegen des Geldes Arzt geworden.« Sie schaute Honey prüfend an. »Aber auf Sie trifft das nicht zu. Sie sind anders.«

Honey überflog das Krankenblatt am Fußende des Bettes. Ihr Gesicht verriet Erstaunen.

»Was ist los? Was sehen Sie sich da an?«

Honey machte große Augen. »Hier steht, unter Beruf, daß Sie . . . Medium sind.«

Frances Gordon nickte. »Das stimmt. Glauben Sie etwa nicht an Parapsychologie?«

»Tut mir leid.« Honey schüttelte den Kopf. »Nein.«

»Wie schade. Kommen Sie, setzen Sie sich einen Moment zu mir.«

Honey nahm auf dem Stuhl neben dem Bett Platz.

»Erlauben Sie – lassen Sie mich bitte einmal Ihre Hand sehen.«

Honey schüttelte den Kopf. »Ich glaube wirklich nicht . . .«

»Bitte, geben Sie mir Ihre Hand.«

Mit einigem Widerstreben überließ Honey ihr die Hand.

Frances Gordon betrachtete sie eine Weile, schloß für längere Zeit die Augen und stellte anschließend fest: »Sie haben es im Leben nicht leicht gehabt, stimmt's?«

Das trifft doch auf fast alle Menschen zu, dachte Honey geringschätzig. *Gleich wird sie mir prophezeien, daß ich eine weite Reise unternehmen werde.*

»Sie haben eine Menge Männer benutzt, nicht wahr?«

Honey spürte, wie sie sich plötzlich verkrampfte.

»Sie haben sich verändert – kürzlich erst – hab' ich recht?«

Honey wäre am liebsten davongestürzt. Die Frau machte sie ganz nervös. Sie wollte ihre Hand wegziehen.

»Sie werden sich verlieren.«

»Bedaure«, sagte Honey, »aber jetzt muß ich wirklich . . .«

»Er ist Künstler.«

»Ich kenne aber keine Künstler.«

»Sie *werden* einen Künstler kennenlernen.« Frances Gordon ließ Honeys Hand los. »Kommen Sie mich wieder besuchen!« befahl sie.

»Bestimmt.«

Honey ergriff die Flucht.

Unterwegs schaute Honey rasch bei Mrs. Owens vorbei, die neu eingeliefert worden war, eine magere Frau, die wie fünfzig aussah, dem Krankenblatt zufolge jedoch erst achtundzwanzig Jahre alt war. Sie hatte eine gebrochene Nase und zwei blaue Augen; das verweinte Gesicht wies Prellungen auf.

Honey trat zu ihr ans Bett. »Ich bin Dr. Taft.«

Die Frau sah sie aus trüben, ausdruckslosen Augen schweigend an.

»Was ist Ihnen zugestoßen?«

»Ich bin die Treppe runtergefallen.« Beim Sprechen zeigte sich eine Lücke im Mund; zwei Vorderzähne fehlten.

Honey warf einen Blick auf das Krankenblatt der Patientin. »Hier steht, daß Sie sich zwei Rippen und das Becken gebrochen haben.«

»Yeah. Es war ein schlimmer Sturz.«

»Und wie sind Sie an die blauen Augen gekommen?«

»Beim Sturz.«

»Sind Sie verheiratet?«

»Yeah.«

»Kinder?«

»Zwei.«

»Was ist Ihr Mann von Beruf?«

»Lassen wir meinen Mann aus dem Spiel, okay?«

»Das ist leider überhaupt nicht okay«, sagte Honey. »Hat *er* Sie zusammengeschlagen?«

»Niemand hat mich zusammengeschlagen.«

»Ich werde die Sache der Polizei melden müssen.«

Da geriet Mrs. Owens auf einmal in Panik. »Nein! Bitte nicht!«

»Warum nicht?«

»Er würde mich umbringen! Sie kennen ihn nicht.«

»Hat er Sie schon öfter geschlagen?«

»Ja. Aber er... es hat gar nichts zu bedeuten. Er trinkt, und dann wird er wütend.«

»Warum haben Sie ihn dann nicht verlassen?«

Mrs. Owens zuckte mit den Schultern. Die Bewegung verursachte ihr Schmerzen. »Wo sollen wir denn hingehen, die Kinder und ich?«

Honey hörte ihr mit wachsendem Zorn zu. »Das müssen Sie sich nicht gefallen lassen, wissen Sie. Es gibt Frauenhäuser und Organisationen, die sich um Sie kümmern werden und Sie und die Kinder beschützen.«

Die Frau wurde ganz verzweifelt. »Ich habe aber doch kein Geld. Meine Stellung als Sekretärin habe ich verloren, als er anfing zu...« Ihr versagte die Stimme.

Honey drückte ihr die Hand. »Es wird alles gut. Ich werde sehen, daß für Sie gesorgt wird.«

Als Honey fünf Minuten später zu Dr. Wallace ins Büro kam, war er hocherfreut, sie wiederzusehen. Er fragte sich gespannt, was sie wohl diesmal für ihn mitgebracht hatte. Sie hatte verschiedentlich warmen Honig, heißes Wasser, geschmolzene Schokolade und – sein Lieblingsmittel – Ahornsirup angewendet. Sie war unglaublich erfinderisch.

»Schließ die Tür zu, Baby.«

»Ich kann nicht bleiben, Ben. Ich muß gleich wieder zurück.« Sie erzählte ihm von ihrer Patientin.

»Du wirst die Polizei verständigen müssen«, meinte Wallace. »Das Gesetz will es so.«

»Aber das Gesetz hat sie schon vorher nicht beschützt. Sieh mal, sie will doch nur von ihrem Mann loskommen, mehr will sie ja gar nicht. Sie hat als Sekretärin gearbeitet. Du hast doch neulich mal erwähnt, daß du eine neue Registratorin brauchst?«

»Also, ja, aber ... He, nicht so schnell!«

»Danke schön«, sagte Honey. »Wir bringen diese Frau wieder auf die Beine, wir besorgen ihr eine Wohnung, und sie bekommt eine Anstellung!«

Wallace seufzte. »Ich will sehen, was sich machen läßt.«

»Ich hab' ja gewußt, daß du's tun würdest«, sagte Honey.

Am folgenden Morgen besuchte Honey Mrs. Owens erneut.

»Wie fühlen Sie sich heute?« erkundigte sich Honey.

»Besser, danke. Wann darf ich nach Hause? Mein Mann sieht es nicht gern, wenn ...«

»Ihr Mann wird Sie nicht mehr belästigen«, machte Honey ihr mit fester Stimme klar. »Sie bleiben bei uns, bis wir für Sie und die Kinder eine Unterkunft gefunden haben – und wenn Sie sich hinreichend erholt haben, bekommen Sie einen Job im Krankenhaus.«

Mrs. Owens starrte sie ungläubig an. »Ist ... Ist das Ihr Ernst?«

»Mein völliger Ernst. Sie werden mit Ihren Kindern eine eigene Wohnung haben. Sie werden den ganzen Schrecken los sein, den Sie bisher haben durchmachen müssen, und Sie werden eine anständige Arbeit bekommen.«

Mrs. Owens griff nach Honeys Hand. »Ich weiß gar nicht, wie ich Ihnen danken soll«, schluchzte sie. »Sie können ja gar nicht wissen, wie schlimm alles gewesen ist.«

»Ich kann's mir denken«, sagte Honey. »Aber nun wird alles gut.«

Die Frau nickte. Ihr saß ein so großer Kloß im Hals, daß sie nicht sprechen konnte.

Als Honey tags darauf wiederkam, war das Zimmer leer.

»Wo ist denn Mrs. Owens?« fragte Honey.

»Oh«, entgegnete die Schwester, »sie hat das Krankenhaus heute morgen verlassen. Ihr Mann hat sie abgeholt.«

Ihr Name wurde schon wieder über Lautsprecher ausgerufen. »Dr. Taft ... Zimmer 215 ... Dr. Taft ... Zimmer 215.«

Auf dem Flur lief sie Kat über den Weg. »Angenehmer Tag heute?« fragte Kat.

»Man würd's fast nicht glauben wollen!« rief Honey.

Auf Zimmer 215 wurde sie von Dr. Ritter erwartet. Auf dem Bett lag ein Inder; ein Mann Ende Zwanzig.

»Ist das Ihr Patient?« fragte Dr. Ritter.

»Ja.«

»Hier ist vermerkt, daß er kein Englisch kann. Richtig?«

»Ja.«

Dr. Ritter zeigte ihr das Krankenblatt. »Und das hier ist Ihre Handschrift – Erbrechen, Krämpfe, starker Durst, Dehydration ...?«

»Ja, das stimmt«, sagte Honey.

»... Ausbleiben des peripheren Pulses ...«

»Ja.«

»Und wie lautete Ihre Diagnose?«

»Darmgrippe.«

»Haben Sie eine Stuhlprobe entnommen?«

»Nein. Weshalb?«

»Weil Ihr Patient die Cholera hat! *Deshalb!*« Er schrie. »Jetzt werden wir das ganze verdammte Krankenhaus zusperren müssen!«

20. Kapitel

»*Cholera*? Wollen Sie mir erzählen, daß es in meinem Krankenhaus einen *Cholera*patienten gibt?« brüllte Benjamin Wallace.

»So leid es mir tut, ja.«

»Sie sind sich *absolut* sicher?«

»Keine Frage«, erwiderte Dr. Ritter. »In seinem Stuhl wimmelt es nur so vor Cholerabakterien. Außerdem weist er Hypotonie, Tachykardie und Zyanose auf.«

Laut Gesetz muß jeder Fall von Cholera oder einer anderen ansteckenden Krankheit unverzüglich der staatlichen Gesundheitsbehörde und dem Center for Disease Control in Atlanta gemeldet werden.

»Wir werden es melden müssen, Ben.«

»Man wird das Krankenhaus dichtmachen!« Wallace stand auf und begann, unruhig im Zimmer auf und ab zu schreiten. »Das können wir uns überhaupt nicht leisten. Ich will einen Besen fressen, wenn ich alle Patienten in diesem Krankenhaus unter Quarantäne stelle!« Er blieb einen Moment stehen. »Weiß der Patient, was er hat?«

»Nein. Er spricht kein Englisch. Er kommt aus Indien.«

»Wer hat Kontakt mit ihm gehabt?«

»Zwei Krankenschwestern und Dr. Taft.«

»Und Dr. Taft hat die Sache als Darmgrippe diagnostiziert?«

»Korrekt. Sie werden sie jetzt vermutlich entlassen.«

»Also nein«, sagte Wallace. »Ein Fehler kann doch jedem mal passieren. Wir sollten jetzt nicht übereilt handeln. Wie lautet der Eintrag auf dem Krankenblatt des Patienten – Darmgrippe?«

»Ja.«

Wallace traf seine Entscheidung. »Wir wollen es dabei belassen. Ich möchte Sie um folgendes bitten. Beginnen Sie mit einer intravenösen Rehydrierung – verwenden Sie dafür Ringer-Lösung. Und geben Sie ihm außerdem Tetracyclin. Wenn wir bei ihm das natürliche Blutvolumen und die Flüssigkeitsmenge sofort wiederherstellen können, dürfte er in ein paar Stunden so gut wie normal sein.«

»Wir wollen den Fall nicht melden?« fragte Dr. Ritter.

Wallace blickte ihm fest in die Augen. »Einen Fall von Darmgrippe?«

»Und was ist mit den Krankenschwestern und Dr. Taft?«

»Denen geben Sie ebenfalls Tetracyclin. Wie lautet der Name des Patienten?«

»Pandit Jawah.«

»Stellen Sie ihn für achtundvierzig Stunden unter Quarantäne. Dann ist er entweder kuriert oder tot.«

Honey befand sich in einem Zustand heilloser Aufregung. Sie suchte Paige auf.

»Ich brauche deine Hilfe.«

»Wo brennt's denn?«

Honey erzählte. »Bitte – könntest du nicht mit ihm sprechen? Er kann kein Englisch, und du kannst doch Indisch.«

»*Hindi*.«

»Ist doch egal. Wirst du mit ihm sprechen?«

»Selbstverständlich.«

Es dauerte keine zehn Minuten, und Paige unterhielt sich mit Pandit Jawah.

»*Aap ki tabyat kaisi hai?*«

»*Karabhai.*«

»*Aap jald acha ko hum kardenge.*«

»*Bhagwan aap ki soney ga.*«

»*Aup ka ilaj hum jalb shurro kardenge.*«

»*Shukria.*«

»*Dost kiss liay hain?*«

Paige nahm Honey auf dem Flur beiseite. »Was hat er gesagt?«

»Er hat gesagt, daß er sich furchtbar elend fühlt. Ich hab' ihm erklärt, daß es ihm bald bessergehen wird. Er sagte, das sollte ich mal Gott erzählen. Ich habe ihm gesagt, daß wir sofort mit der Behandlung beginnen werden. Er sagte, er sei mir dankbar.«

»Bin ich dir auch.«

»Wozu hat man Freunde?«

Cholera ist eine Krankheit, die innerhalb von vierundzwanzig Stunden durch Austrocknung des Körpers den Tod herbeiführen kann oder auch binnen weniger Stunden geheilt werden kann.

Pandit Jawah war fünf Stunden nach Beginn der Behandlung schon fast wieder gesund.

Paige schaute bei Jimmy Ford vorbei.

Bei ihrem Anblick leuchtete sein Gesicht auf. »Hallo.« Die Stimme war noch schwach; insgesamt hatte er sich jedoch wie durch ein Wunder rasch erholt.

»Wie fühlen Sie sich?« fragte Paige.

»Großartig. Haben Sie den schon gehört, über den Arzt, der seinem Patienten erklärt: ›Es wäre für Sie das beste, das Rauchen und Trinken ganz aufzugeben und Sex einzuschränken.‹ Darauf sagt der Patient: ›Das Beste ist für mich viel zu gut. So viel Gutes habe ich nicht verdient. Was ist das Zweitbeste?‹«

Da wußte Paige, daß Jimmy auf dem Weg der Besserung war.

Ken Mallory hatte Dienstschluß, und er war mit Kat verabredet. Da hörte er über Lautsprecher seinen Namen. Er zögerte. Sollte er sich nun melden, oder sollte er rasch und unauffällig verduften? Sein Name wurde ein zweites Mal ausgerufen. Widerwillig nahm er den Hörer ab. »Hier Dr. Mallory.«

»Doktor, könnten Sie bitte zum Notfallraum 2 kommen? Wir haben hier einen Patienten, der . . .«

»Bedaure«, erwiderte Mallory. »Ich habe mich gerade abgemeldet. Suchen Sie sich jemand anderen.«

»Es ist sonst niemand verfügbar, der mit dieser Sache zurechtkäme. Es handelt sich um ein blutendes Magengeschwür, der Zustand des Patienten ist kritisch. Ich fürchte, daß wir ihn verlieren könnten, wenn . . .«

Verdammt! »In Ordnung. Bin gleich da.« *Ich muß Kat anrufen und ihr mitteilen, daß ich mich verspäten werde.*

Der Patient im Notfallraum war ein Mann in den Sechzigern, nur halb bei Bewußtsein und leichenblaß. Er schwitzte. Der Atem ging schwer. Er litt offensichtlich unter entsetzlichen Schmerzen. Mallory warf nur einen Blick auf den Mann und sagte: »Bringen Sie ihn in einen OP-Saal. Stat.«

Eine Viertelstunde später hatte Mallory den Patienten auf einem Operationstisch vor sich; der Anästhesist überwachte den Blutdruck. »Er sinkt rasch.«

»Pumpen Sie mehr Blut in ihn hinein!«

Ken Mallory begann mit der Operation. Es war ein Wettlauf gegen die Zeit. Blitzschnell schnitt er durch die Haut, die Fettschicht, die Muskelhaut, den Muskel selbst und schließlich durch das glatte, durchsichtige Bauchfell. Das Blut ergoß sich in den Magen.

»Den Kauterisator!« rief Mallory. »Besorgen Sie mir von der Blutbank vier Einheiten Blut.« Er begann mit dem Ausbrennen der blutenden Gefäße.

Die Operation dauerte ganze vier Stunden. Mallory war total erschöpft. Er blickte auf den Patienten herab und stellte fest: »Er wird es überleben.«

Eine der Schwestern schenkte Mallory ein überaus warmes Lächeln. »Gott sei Dank, daß *Sie* da waren, Dr. Mallory.«

Er schaute sie an. Sie war ein hübsches, junges Ding und einer Einladung offensichtlich nicht abgeneigt. *Dich hol' ich mir später, Baby,* dachte er und wandte sich an den jüngeren Assistenten. »Machen Sie ihn wieder zu und bringen Sie ihn in den Aufwachraum. Ich werde ihn mir morgen früh anschauen.«

Mallory überlegte, ob er Kat anrufen sollte. Es war Mitternacht geworden. Er beschloß, ihr zwei Dutzend Rosen zu schicken.

Als Mallory am folgenden Tag um sechs seinen Dienst aufnahm, schaute er im Aufwachraum nach seinem neuen Patienten.

»Er ist bei Bewußtsein«, sagte die Schwester.

Mallory trat ans Bett. »Ich bin Dr. Mallory. Wie fühlen Sie sich?«

»Wenn ich die Alternative bedenke, geht's mir gut«, erwiderte der Patient mit schwacher Stimme. »Wie ich höre, haben Sie mir das Leben gerettet. Das war eine verrückte Geschichte. Ich war im Wagen unterwegs zu einer Abendgesellschaft, da krieg' ich plötzlich diese Schmerzen. Ich muß wohl das Bewußtsein verloren haben. Es war ein Glück, daß wir nur ein paar Straßen vom Krankenhaus entfernt waren. Man hat mich hier in die Notaufnahme eingeliefert.«

»Sie haben Glück gehabt. Sie hatten viel Blut verloren.«

»Man hat mir gesagt, daß ich zehn Minuten später nicht mehr zu retten gewesen wäre. Ich möchte Ihnen danken, Doktor.«

»Ich habe nur meine Pflicht getan.«

Der Patient musterte ihn gründlich. »Ich heiße Alex Harrison.«

Der Name bedeutete Mallory gar nichts. »Freut mich, Sie kennenzulernen, Mr. Harrison.« Er fühlte ihm den Puls. »Spüren Sie jetzt Schmerzen?«

»Wenig. Ich nehme allerdings an, daß ich mit Medikamenten vollgestopft worden bin.«

»Die Narkose wird nachlassen«, versicherte ihm Mallory. »Und die Schmerzen auch. Es wird Ihnen wieder gutgehen.«

»Wie lange werde ich im Krankenhaus bleiben müssen?«

»Wir werden Sie in ein paar Tagen entlassen können.«

Ein Verwaltungsangestellter kam mit Krankenhausformularen herein. »Mr. Harrison, nur für unsere Unterlagen – das Krankenhaus muß wissen, ob Sie versichert sind.«

»Sie meinen, Sie wollen wissen, ob ich meine Rechnung bezahlen kann.«

»Nun ja, so würde ich es nicht ausdrücken, Sir.«

»Sie können sich bei der San Francisco Fidelity Bank nach mir erkundigen«, bemerkte er trocken. »Die gehört mir nämlich.«

Alex Harrison war nicht allein, als Mallory am Nachmittag wieder bei ihm hereinschaute. An seinem Bett saß eine reizende Frau Anfang Dreißig – blond, schlank, elegant. Sie trug ein Kleid von Adolfo, das, wie Mallory vermutete, mehr gekostet haben mußte, als er im Monat verdiente.

»Ah, da kommt ja unser Held«, sagte Alex Harrison. »Dr. Mallory, nicht wahr?«

»Richtig. Ken Mallory.«

»Dr. Mallory, darf ich Sie mit meiner Tochter Lauren bekannt machen?«

Sie reichte ihm eine schmale, sehr gepflegte Hand. »Vater berichtete mir, daß Sie ihm das Leben gerettet haben.«

Er lächelte. »Dafür sind Ärzte schließlich da.«

Lauren musterte ihn wohlwollend. »Das läßt sich keineswegs von allen Ärzten behaupten.«

Es war Mallory klar, daß die zwei normalerweise nicht in einem Bezirkskrankenhaus anzutreffen wären. »Ihre Genesung verläuft ausgezeichnet«, bemerkte er. »Vielleicht wäre es Ihnen aber angenehmer, Ihren Hausarzt anzurufen.«

Alex Harrison schüttelte den Kopf. »Das ist nicht nötig. Er hat mir nicht das Leben gerettet. Das sind Sie gewesen. Gefällt es Ihnen hier?«

Eine merkwürdige Frage. »Es ist interessant hier. Doch. Warum fragen Sie?«

Harrison richtete sich im Bett auf. »Na ja, ich habe nur mal so überlegt. Ein gutaussehender, tüchtiger Kerl wie Sie müßte doch eigentlich eine verdammt glänzende Zukunft vor sich haben. Ich kann mir aber nicht vorstellen, daß Ihnen ein Krankenhaus wie dieses hier eine tolle Karriere bieten kann.«

»Nun ja, ich ...«

»Vielleicht hat mich ja die Vorsehung hierhergebracht.«

Da schaltete sich Lauren ein. »Ich glaube, mein Vater will damit sagen, daß er sich Ihnen gegenüber gern dankbar erweisen möchte.«

»Lauren hat völlig recht. Wenn ich hier heraus bin, sollten wir beide uns einmal ernsthaft unterhalten. Ich möchte Sie gern zum Abendessen einladen.«

Mallory warf einen Blick auf Lauren und meinte langsam: »Ich würde gern kommen.«

Es sollte sein Leben verändern.

Ken Mallory fand es erstaunlich schwer, sich mit Kat zu verabreden.

»Wie wär's mit Montag, Kat?«

»Wunderbar.«

»Gut. Ich werd' dich abholen . . .«

»Einen Augenblick! Da fällt mir gerade ein, daß an dem Abend ein Cousin aus New York kommen wollte.«

»Dann Dienstag.«

»Dienstag hab' ich Bereitschaftsdienst.«

»Und Mittwoch?«

»Ich hab' Paige und Honey versprochen, daß wir am Mittwoch gemeinsam etwas unternehmen werden.«

Mallory wurde richtig nervös. Ihm blieb immer weniger Zeit. Die Sache wurde langsam knapp.

»Donnerstag?«

»Donnerstag ist prima.«

»Großartig. Soll ich dich abholen?«

»Nein. Warum treffen wir uns nicht bei Chez Panisse?«

»Ausgezeichnet. Um acht?«

»Wunderbar.«

Mallory saß allein im Restaurant und wartete bis neun Uhr. Dann rief er bei Kat an. Dort nahm niemand ab. Er wartete noch eine halbe Stunde. *Vielleicht hat sie sich verhört,* überlegte Mallory. *Sie würde mich bestimmt nicht mit Absicht sitzenlassen.*

Als Kat ihn am nächsten Morgen im Krankenhaus sah, lief sie auf ihn zu.

»Ach, Ken, bitte, verzeih mir! So etwas Dummes. Ich hab' vor unserer Verabredung nur rasch ein Nickerchen halten wollen, und da bin ich richtig eingeschlafen, und als ich aufwachte, war's schon nach Mitternacht. Armer Schatz! Hast du lang auf mich gewartet?«

»Nein, nein. Ist schon in Ordnung.« *So eine blöde Kuh!* Er kam näher. »Ich möchte nur, daß wir recht bald da weitermachen, wo wir aufgehört haben, Baby. Ich bin ganz verrückt nach dir.«

»Und ich nach dir«, sagte Kat. »Ich kann's gar nicht erwarten.«

»Vielleicht könnten wir am Wochenende . . .«

»O je. Am Wochenende bin ich beschäftigt.«

Und so ging das immerzu.

Die Zeit lief ihm davon.

Kat berichtete Paige gerade das Neueste, als ihr Piepser ein Zeichen gab.

»Entschuldige.« Kat ging zum nächsten Telefon. »Hier Dr. Hunter.« Sie hörte einen Moment lang schweigend zu. »Danke. Ich bin gleich da.« Sie legte den Hörer auf. »Ich muß gehen. Ein Notfall.«

Paige seufzte. »Was gibt's hier sonst schon Neues?«

Kat marschierte im Eiltempo den Flur hinunter und fuhr mit dem Lift zur Notfallstation. Alle zwölf Liegen waren belegt. Kat sah in ihm nur den Raum der Leiden – Tag und Nacht füllte er sich ununterbrochen mit Opfern von Verkehrsunfällen, Schießereien oder Messerstechereien. Für Kat war es ein Stückchen Hölle.

Ein Pfleger eilte ihr entgegen. »Dr. Hunter . . .«

»Was gibt's denn?« fragte Kat. Sie machten sich auf den Weg zu einer Liege am anderen Ende des Raums.

»Er ist bewußtlos. Sieht aus, als ob er zusammengeschlagen worden wäre. Gesicht und Kopf sind arg mitgenommen, die Nase ist gebrochen, die Schulter ausgerenkt, und mindestens zwei Brüche im rechten Arm und . . .«

»Warum haben Sie ausgerechnet mich gerufen?«

»Die Sanitäter meinen, daß er eine Kopfverletzung hat. Könnte Gehirnschaden bedeuten.«

Sie hatten die Liege mit dem Opfer erreicht. Das Gesicht war blutverkrustet, wies Schwellungen und Prellungen auf. Die Schuhe des Mannes waren aus Krokoleder und... Kats Herz setzte einen Schlag lang aus. Sie beugte sich vor und schaute genauer hin. Es *war* Lou Dinetto.

Kats Finger glitten ihm geschickt über die Schädeldecke und untersuchten die Augen. Eine Gehirnerschütterung. Da gab es gar keinen Zweifel.

Sie rannte zu einem Telefon und wählte. »Hier spricht Dr. Hunter. Ich brauche ein Computertomogramm. Der Name des Patienten lautet Dinetto. Lou Dinetto. Schicken Sie ein Rollbett herunter. Stat.«

Kat legte auf und wandte ihre Aufmerksamkeit wieder Dinetto zu. »Bleiben Sie bei ihm«, wies sie den Pfleger an. »Wenn das Rollbett eintrifft, bringen Sie den Mann in den dritten Stock. Ich warte dort.«

Eine halbe Stunde später untersuchte Kat im dritten Stock das bestellte Tomogramm. »Er hat Gehirnblutungen, hohes Fieber und steht unter Schock. Ich will, daß er die nächsten vierundzwanzig Stunden lang stabilisiert wird. Danach werde ich entscheiden, wann wir operieren.«

Kat überlegte, ob das, was Dinetto zugestoßen war, Mike in Mitleidenschaft ziehen könnte.

Und in welcher Form.

Paige schaute auf einen Sprung bei Jimmy vorbei. Er fühlte sich schon viel besser.

»Haben Sie den vom Exhibitionisten im Textilviertel schon gehört? Er trat auf eine kleine, alte Dame zu und knöpfte sich den Regenmantel auf. Sie musterte ihn kurz und sagte: ›Und *das* nennen Sie Futter?‹«

Kat aß mit Mallory in einem kleinen, intimen Restaurant in der Nähe der Bucht zu Abend, und wie sie ihm da so gegenübersaß und ihn betrachtete, überkam sie ein Gefühl von Schuld. *Ich hätte nie damit anfangen dürfen,* überlegte sie. *Ich weiß, was er für einer ist, trotzdem genieße ich die Zeit mit ihm. Aber zur Hölle mit dem Kerl! Ich kann unsern Plan doch jetzt nicht fallenlassen.*

Die beiden hatten den Kaffee nach der Mahlzeit bereits getrunken.

Kat beugte sich vor. »Können wir zu dir in die Wohnung gehn, Ken?«

»Und ob!« *Na endlich,* dachte Mallory.

Da begann Kat plötzlich nervös auf ihrem Stuhl herumzurutschen und machte ein unglückliches Gesicht.

»Ist was nicht in Ordnung?« fragte Mallory.

»Ich weiß nicht. Würdest du mich bitte einen Augenblick entschuldigen?«

»Selbstverständlich.« Er beobachtete, wie sie sich erhob und auf die Damentoilette zusteuerte.

Als sie wieder zurückkam, teilte sie ihm mit: »Das ist wirklich schlechtes Timing, Schatz. Es tut mir leid. Du solltest mich besser nach Hause fahren.«

Er fixierte sie. Er wollte sich die Enttäuschung nicht anmerken lassen, aber ihm war, als ob sämtliche Schicksalsgötter sich gegen ihn verschworen hätten.

»Okay«, sagte Mallory spitz. Er hätte vor Wut platzen können.

Kat war noch keine fünf Minuten daheim, als die Türglocke läutete. Kat mußte innerlich lächeln – da hatte Mallory gewiß irgendeinen Vorwand gefunden, um noch einmal vorbeizukommen. Dann merkte sie, wie dieser Gedanke sie freute, und wurde auf sich selbst wütend. Sie lief zur Tür, um zu öffnen.

»Ken . . .«

Draußen standen Rhino und der Schatten. Kat spürte auf einmal Gefahr. Die beiden Männer drängten sich an ihr vorbei in die Wohnung.

Es war Rhino, der sprach. »Sie werden Mr. Dinetto operieren?«

Kats Mund war wie ausgetrocknet. »Ja.«

»Wir wollen nicht, daß ihm etwas zustößt.«

»Ich auch nicht«, erwiderte Kat. »Und wenn Sie mich jetzt bitte entschuldigen würden. Ich bin müde und ...«

»Kann es passieren, daß er stirbt?«

Kat zauderte. »Bei Gehirnoperationen besteht immer ein gewisses Risiko, daß ...«

»Sie sollten dafür sorgen, daß es nicht dazu kommt.«

»Sie dürfen mir glauben, ich ...«

»Passen Sie auf, daß ihm nichts passiert.« Der Schatten und Rhino wechselten einen merkwürdigen Blick. »Gehen wir.«

Sie gingen zur Tür. Kat sah ihnen nach.

An der Tür drehte der Schatten sich noch einmal zu ihr um und sagte nur: »Und bestellen Sie Mike einen Gruß von uns.«

Kat wurde plötzlich steif. »Soll das ... Ist das so etwas wie eine Drohung?«

»Wir drohen niemandem, Doc. Wir sagen nur Bescheid. Falls Mr. Dinetto stirbt, werden Sie und Ihr verdammter Bruder ausradiert.«

20. Kapitel

Im Ankleideraum der Ärzte wurde Ken Mallory von einer Handvoll Kollegen sehnsüchtig erwartet.

Als er eintrat, rief Grundy: »Heil dem Held, dem Eroberer! Wir wollen aber alles ganz genau wissen. Sie dürfen kein einziges Detail auslassen!« Er feixte. »Der springende Punkt ist allerdings der, Kumpel – wir wollen es von *ihr* hören.«

»Mir ist leider eine Kleinigkeit dazwischengekommen.« Mallory grinste. »Aber Sie können schon einmal anfangen, das Geld zu zählen.«

Kat und Paige schlüpften ins OP-Gewand.

»Hast du schon mal einen Arzt operiert?« wollte Kat wissen.

»Nein.«

»Dein Glück. Ärzte sind die schlimmsten Patienten überhaupt. Sie wissen einfach zuviel.«

»Wen mußt du denn operieren?«

»Dr. Mervyn ›Tumirnichtweh‹ Franklin.«

»Viel Glück.«

»Werd' ich brauchen können.«

Dr. Mervyn Franklin war in den Sechzigern, dürr, kahl und ungemein reizbar.

Als Kat sein Zimmer betrat, fuhr er sie an: »Höchste Zeit, daß Sie kommen. Sind die verdammten Elektrolytenberichte eingetroffen?«

»Ja«, erwiderte Kat. »Alles normal.«

»Wer sagt das? Dem verdammten Labor trau' ich nicht. Die wissen doch die Hälfte der Zeit überhaupt nicht, was sie tun. Und geben Sie acht, daß es bei der Bluttransfusion keine Verwechslung gibt.«

»Ich werde dafür sorgen«, versprach Kat ruhig.

»Wer wird die Operation durchführen?«

»Dr. Jurgensen und ich. Dr. Franklin, ich gebe Ihnen mein Wort, daß Sie sich keine Sorgen machen müssen.«

»Wessen Gehirn wird denn operiert – Ihres oder meins? Alle Operationen sind riskant. Wissen Sie auch, warum? Weil fünfzig Prozent aller Chirurgen den Beruf verfehlt haben. Sie hätten Metzger werden sollen.«

»Dr. Jurgensen ist ein sehr fähiger Mann.«

»Weiß ich. Sonst würde ich mich doch auch nicht von ihm anfassen lassen. Wer ist der Anästhesist?«

»Dr. Miller, glaub' ich.«

»Dieser Scharlatan? Den will ich nicht. Besorgen Sie mir einen anderen.«

»Dr. Franklin ...«

»Beschaffen Sie mir einen anderen! Sehen Sie mal nach, ob Haliburton verfügbar ist.«

»Okay.«

»Und besorgen Sie mir die Namen der Schwestern im OP-Saal. Ich möchte sie überprüfen.«

Kat sah ihm in die Augen. »Möchten Sie die Operation lieber selbst durchführen?«

»Was?« Er schaute sie perplex an, dann grinste er verlegen. »Wohl kaum.«

»Wär's dann nicht besser, Sie würden die Operation uns überlassen?«

»Okay. Wissen Sie was? Ich mag Sie.«

»Ich mag Sie auch. Hat die Schwester Ihnen ein Sedativum gegeben?«

»Ja.«

»In Ordnung. In ein paar Minuten ist es soweit. Gibt's noch etwas, was ich für Sie tun kann?«

»Yeah. Erklären Sie der blöden OP-Schwester, wo meine Venen liegen.«

Im OP-Saal 4 lief beim Eingriff an Dr. Mervyn Franklins Gehirn alles wie geschmiert. Auf dem Weg vom Krankenzimmer zum Operationssaal hatte er ununterbrochen genörgelt.

»Und denkt daran«, sagte er, »eine minimale Narkose. Das Gehirn fühlt nichts, wenn Sie also erst mal drin sind, ist gar nicht mehr viel Betäubung notwendig.«

»Dessen bin ich mir bewußt«, sagte Kat geduldig.

»Und achten Sie darauf, daß die Temperatur vierzig Grad nicht übersteigt. Das ist das Maximum.«

»Okay.«

»Und lassen Sie während der Operation ein bißchen flotte Musik laufen. Das wird Sie alle auf Trab halten.«

»Okay.«

»Und sehen Sie zu, daß Sie eine exzellente OP-Schwester bekommen.«

»Okay.«

So war das ununterbrochen weitergegangen.

Als die Öffnung in Dr. Franklins Schädel gebohrt worden war, sagte Kat: »Ich kann das Gerinnsel sehen. Sieht nicht sehr schlimm aus.« Sie machte sich an die Arbeit.

Als sie drei Stunden später begannen, den Einschnitt zu schließen, kam der Chef der Chirurgie in den OP-Saal und sprach Kat an.

»Kat – sind Sie damit bald fertig?« wollte George Englund wissen.

»Nur noch ein paar Handgriffe.«

»Lassen Sie Dr. Jurgenson übernehmen. Wir brauchen Sie dringend. Es gibt einen Notfall.«

Kat nickte. »Schon unterwegs.« Sie wandte sich an Jurgenson. »Bringen Sie das zu Ende?«

»Kein Problem.«

Kat verließ den OP-Saal gemeinsam mit George Englund. »Was ist denn geschehen?«

»Laut Plan war Ihre Operation später angesetzt, aber der Patient hat Blutungen bekommen. Sie bringen ihn gerade auf OP-

Saal 3. Sieht nicht so aus, als ob er durchkommen würde. Sie werden sofort operieren müssen.«

»Und wer ist der Patient?«

»Ein gewisser Mr. Dinetto.«

Kat blickte ihn entsetzt an. *»Dinetto?«*

Falls Mr. Dinetto stirbt, werden Sie und Ihr verdammter Bruder ausradiert.

Kat eilte über den Korridor zu OP-Saal 3. Rhino und der Schatten kamen ihr entgegen.

»Was geht hier vor?« wollte Rhino wissen.

Kat war der Mund wie ausgetrocknet. Sie konnte kaum mehr sprechen. »Mr. Dinetto hat angefangen zu bluten. Wir werden jetzt gleich operieren.«

Der Schatten packte sie am Arm. »Dann los! Aber vergessen Sie nicht, was ich Ihnen gesagt habe. Halten Sie ihn am Leben!«

Kat riß sich los und rannte in den OP-Saal.

Wegen der Planänderung assistierte ihr Dr. Vance – ein guter Chirurg. Kat begann mit der üblichen Reinigungsprozedur: eine halbe Minute für jeden Arm, danach eine halbe Minute für jede Hand. Danach alles noch einmal; anschließend schrubbte sie ihre Fingernägel.

Dr. Vance trat an ihre Seite und begann ebenfalls, sich zu waschen. »Wie fühlen Sie sich?«

»Prima«, log Kat.

Lou Dinetto wurde halb bewußtlos in den Operationssaal gerollt und behutsam auf den Operationstisch gehoben. Sein rasierter Schädel wurde gewaschen und mit einer Desinfektionslösung eingerieben, die unter den Operationslampen in einem leuchtenden Orange glänzte. Sein Gesicht war totenblaß.

Das Team war in Position: Dr. Vance, ein weiterer Assistenzarzt, ein Anästhesist, drei OP-Schwestern. Kat überprüfte alles ein letztes Mal – sämtliche eventuell benötigten Instrumente und Mittel waren zur Stelle. Sie warf einen Blick auf die Monitore an der Wand – Sauerstoffsättigung, Kohlendioxid, Körpertemperatur, Muskelstimulatoren, präkordiales Stethoskop, EKG, Blutdruck und Alarmlampe. Alles in Ordnung.

Der Anästhesist streifte Dinetto eine Blutdruckmanschette über den rechten Arm und legte ihm eine Gummimaske übers Gesicht. »In Ordnung. Jetzt. Atmen Sie tief ein. Holen Sie dreimal tief Luft.«

Vor dem dritten Atemzug war Dinetto bereits eingeschlafen.

Die Operation begann.

Kat berichtete laut und deutlich: »Der Schaden befindet sich in der Mitte des Gehirns. Verursacht wurde er von einem Gerinnsel, das sich von der Aortenklappe gelöst hat. Es blockiert jetzt ein kleines Blutgefäß an der rechten Gehirnhälfte und zieht sich ein klein wenig auf die linke Seite hinüber.« Sie ging tiefer. »Es befindet sich am unteren Rand des Sylviuskanals. Bitte das Skalpell.«

Mit einem elektrischen Bohrer wurde ein winziges Loch von der Größe eines 10-Cent-Stückes gedrillt, um die Dura mater freizulegen. Dann schnitt Kat die Dura auf, um einen Teil der darunter liegenden Großhirnrinde freizulegen. »Die Zange!«

Die OP-Schwester reichte ihr die elektrische Zange.

Der Einschnitt wurde mit Hilfe eines kleinen Retraktors offengehalten, der seine Stellung selbsttätig wahrte.

»Er verliert verdammt viel Blut«, bemerkte Vance.

Kat nahm den Kauterisator und begann, die blutenden Stellen auszubrennen. »Die Blutungen werden wir schon unter Kontrolle bekommen.«

Dr. Vance plazierte Wattebäusche auf die Dura mater, die das Blut aufnehmen sollten. Die blutenden Venen auf der Oberfläche der Dura wurden lokalisiert und koaguliert.

»Sieht gut aus«, bemerkte Vance. »Er wird's packen.«

Kat stieß einen Seufzer der Erleichterung aus.

Und in genau dem Augenblick bäumte sich Lou Dinetto plötzlich auf, und gleich darauf wurde sein Körper von einem Krampf erfaßt. Der Anästhesist schrie: »Blutdruck fällt!«

»Führt ihm mehr Blut zu!« ordnete Kat an.

Aller Augen hingen am Monitor. Die Kurve flachte rapide ab. Es kamen zwei rasche Herzschläge, gefolgt von Herzkammerflattern.

»Verpaßt ihm einen Schock!« stieß Kat hervor. Sie brachte die Elektroden am Körper an und schaltete das Gerät ein.

Dinettos Brustkorb hob sich ein einziges Mal und sank in sich zusammen.

»Injiziert ihm Epinephrin! Schnell!«

»Keine Herztätigkeit!« rief der Anästhesist einen Augenblick später.

Kat versuchte es noch einmal; sie erhöhte die Frequenz.

Und wieder folgte eine rasche Konvulsion.

»Keine Herztätigkeit!« schrie der Anästhesist. »Asystolie. Aussetzen der Herztätigkeit.«

In ihrer Verzweiflung versuchte es Kat ein letztes Mal. Der Körper hob sich diesmal noch höher. Und sank auch diesmal wieder in sich zusammen. Nichts.

»Er ist tot«, sagte Vance.

22. Kapitel

Der rote Alarm mobilisiert unverzüglich sämtliche verfügbaren Mittel zur Lebensrettung eines Patienten. Als Lou Dinettos Herz während der Operation stehenblieb, kam das Alarmsystem des OP-Saals sofort in Gang.

Kat hörte, wie die Lautsprecheranlage einsetzte: »Alarm Rot OP 3 ... Alarm Rot ...« *Rot,* dachte Kat, *reimt sich auf tot.*

Kat geriet in Panik. Sie versuchte es noch einmal mit Elektroschocks. Es war ja nicht nur sein Leben, das sie retten mußte – es ging auch um Mike und um ihr eigenes Leben. Dinettos Körper schnellte nach oben und fiel wieder reglos zurück.

»Versuchen Sie es noch einmal!« drängte Dr. Vance.

Wir drohen niemand, Doc. Wir sagen nur Bescheid. Falls Mr. Dinetto stirbt, werden Sie und Ihr verdammter Bruder ausradiert.

Kat betätigte den Schalter und setzte das Gerät ein weiteres Mal auf Dinettos Brustkorb an. Und wieder hob sich der Körper zehn, fünfzehn Zentimeter, und wieder fiel er zurück.

»Noch einmal!«

Es klappt nicht, schoß es der verzweifelten Kat durch den Sinn. *Und sein Tod wird auch mein Tod sein.*

Der Operationssaal war plötzlich voller Ärzte und Schwestern.

»Worauf warten wir noch?« fragte einer.

Kat holte tief Luft und versuchte es noch einmal. Im ersten Moment tat sich nichts. Dann erschien auf dem Monitor plötzlich ein schwacher Impuls, fiel kurz aus, tauchte wieder auf, verschwand und wurde dann immer stärker, bis er sich zu einem kräftigen, regelmäßigen Rhythmus entwickelte.

Kat konnte den Blick nicht vom Monitor lösen. Sie konnte es nicht fassen. Im überfüllten Raum kam Beifall auf. »Er wird durchkommen!« schrie einer ganz laut.

»Mein Gott, das war knapp!«

Die haben ja gar keine Ahnung, wie knapp, dachte Kat.

Zwei Stunden später wurde Lou Dinetto vom Operationstisch auf ein Rollbett gehoben und auf die Intensivstation gebracht. Kat ging neben ihm her. Auf dem Flur warteten Rhino und der Schatten.

»Die Operation war erfolgreich«, teilte Kat ihnen mit. »Er wird bald gesund sein.«

Ken Mallory befand sich in größter Not. Am Ende des Tages lief die Wettfrist aus. Das Problem war so langsam und allmählich entstanden, daß es ihm kaum bewußt geworden war. Er war sich vom ersten Abend an sicher gewesen, daß es ihm nicht schwerfallen würde, Kat ins Bett zu kriegen. *Die und schwierig? Die ist doch scharf drauf!* Und nun war die Frist plötzlich fast abgelaufen. Er stand vor einer Katastrophe.

Mallory dachte daran, was ihm alles einen Strich durch die Rechnung gemacht hatte – Kats Mitbewohnerinnen waren just in dem Augenblick heimgekommen, als er gerade mit ihr ins Bett wollte; immerfort hatte es Schwierigkeiten gegeben, einen gemeinsamen freien Abend zu finden; Kat war über ihren Piepser ins Krankenhaus gerufen worden und hatte ihn nackt allein im Zimmer stehenlassen; ihr Cousin war zu Besuch gekommen; sie hatte verschlafen; hatte ihre Periode. Da fiel bei ihm auf einmal der Groschen. *Moment mal! Das alles konnte doch gar nicht reiner Zufall gewesen sein! Dahinter konnte nur Absicht stecken!* Irgendwie mußte Kat von der Wette Wind bekommen und sich entschlossen haben, ihn zum Narren zu halten: Zur Strafe wollte sie sich nun einen Jux mit ihm machen – einen Jux, für den er zehntausend Dollar würde zahlen müssen, die er gar nicht besaß. *Dieses Miststück!* Er war von seinem Ziel genauso weit entfernt wie an jenem Abend, als sie zum erstenmal zusammen ausgegangen waren. Sie hatte ihn ganz bewußt an der Nase herumgeführt. *Wie habe ich darauf bloß reinfallen können?* Und er wußte genau, daß er das Geld nie und nimmer würde aufbringen können.

Im Ärzteumkleideraum warteten schon alle auf ihn.

»Zahltag!« rief Grundy.

Mallory rang sich ein müdes Lächeln ab. »Ich hab' doch Zeit bis Mitternacht, ja? Glaubt mir, sie ist soweit, Jungs.«

Ein Kichern lief durch den Raum. »Klar doch«, meinte einer. »Wir glauben Ihnen, natürlich – aber erst wollen wir's von der Dame selbst hören. Und vergessen Sie nicht, morgen früh das Geld mitzubringen.«

Mallory lachte schallend auf. »Sorgt lieber dafür, daß *ihr* die Moneten parat habt!«

Er *mußte* einen Weg finden. Und nun fiel ihm die Lösung ein.

Ken Mallory entdeckte Kat im Aufenthaltsraum. Er setzte sich ihr gegenüber an den Tisch. »Du hast das Leben eines Patienten gerettet, wie ich höre.«

»Und mein eigenes dazu.«

»Wie bitte?«

»Ach, nichts.«

»Wie wär's, wenn du *mein* Leben retten würdest?«

Kat warf ihm einen fragenden Blick zu.

»Iß heut mit mir zu Abend.«

»Ich bin zu erschöpft, Ken.« Und sie war das Spiel, das sie mit ihm trieb, leid. *Ich hab's satt,* überlegte Kat. *Und es wird außerdem höchste Zeit für mich, dieses Spiel zu beenden. Ich kann nicht mehr. Ich bin in die eigene Falle getappt. Wenn er doch bloß ein anderer Mensch wäre! Wenn er offen und ehrlich gewesen wäre. Ich hätte ihn wirklich gern haben können,* dachte Kat.

Mallory dachte jedoch nicht einmal im Traum daran, Kat entwischen zu lassen. »Es muß ja nicht spät werden«, schmeichelte er. »Und irgendwo wirst du schließlich essen müssen.«

Widerstrebend, im Bewußtsein, daß es das letzte Rendezvous mit ihm sein würde, willigte Kat ein. Sie würde ihm sagen, daß sie über die Wette Bescheid wußte. Sie würde dem Spiel ein Ende machen.

»In Ordnung.«

Honeys Schicht ging um vier zu Ende. Sie schaute auf die Uhr und kam zu dem Schluß, daß sie gerade Zeit genug hatte, um noch rasch ein paar Einkäufe zu machen. Im Candelier kaufte sie ein paar Kerzen für die Wohnung; anschließend ging sie zur San Francisco Tea and Coffee Company, damit sie zum Frühstück genießbaren Kaffee hätten; dann weiter zu Chris Kelly, um Wäsche zu kaufen.

Mit Paketen beladen machte sie sich auf den Heimweg. *Ich werd' mir zu Hause rasch ein Häppchen machen,* beschloß Honey. Sie wußte, daß Kat mit Mallory verabredet war und Paige Notdienst hatte.

Sie fummelte ungeschickt mit den Einkaufspaketen, trat ein und schloß die Wohnungstür hinter sich zu. Sie machte Licht. Aus dem Bad kam ein riesiger schwarzer Mann. Er hinterließ auf dem weißen Teppich eine Blutspur. Er richtete einen Revolver auf sie.

»Ein Laut, und ich puste dir den verdammten Kopf weg!«

Honey schrie auf.

23. Kapitel

Mallory saß Kat im Restaurant Schroeder in der Front Street gegenüber.

Kurz vor zwölf, dachte er, *und noch immer außen vor.* Und die Folgen? Wenn er die zehntausend Dollar nicht zahlen könnte? Wie ein Lauffeuer würde sich die Nachricht im Krankenhaus verbreiten. Man würde ihn als falschen Fuffziger brandmarken und faule Witze über ihn reißen.

Kat erzählte von einem ihrer Patienten. Mallory schaute ihr in die Augen und hörte kein einziges Wort. Er hatte an Wichtigeres zu denken.

Die Mahlzeit war fast beendet. Der Kellner brachte den Kaffee. »Ich habe morgen früh einen wichtigen Termin, Ken. Ich meine, wir sollten jetzt aufbrechen.«

Er hatte den Blick gesenkt. »Kat...« Er hob den Kopf. »Ich muß dir etwas sagen.«

»Ja?«

»Ich habe ein Geständnis abzulegen.« Er holte ganz tief Luft. »Es fällt mir nicht leicht.«

Sie musterte ihn prüfend. »Worum geht es denn?«

»Es ist mir sehr peinlich, es dir zu sagen.« Er suchte nach Worten. »Ich... Ich habe mit ein paar Ärzten eine dumme Wette abgeschlossen, daß... daß ich dich ins Bett kriegen würde.«

Kat sah ihn entgeistert an. »Du...«

»Bitte, warte noch einen Moment, bevor du mich verurteilst. Ich schäme mich ja so wegen meines Verhaltens. Es hat gewissermaßen als Scherz angefangen, als Witz, aber nun hat er sich gegen mich gewendet. Es ist etwas passiert, womit ich nicht gerechnet habe. Ich habe mich in dich verliebt.«

»Ken...«

»Ich habe bisher noch nie eine Frau geliebt, Kat. Ich habe viele Frauen gekannt, ja, aber so habe ich noch nie empfunden. Ich denke dauernd an dich.« Sein Atem war zittrig, als er Luft schöpfte. »Ich möchte dich heiraten.«

Um Kat drehte sich plötzlich alles. Sie verlor den Boden unter den Füßen. »Ich ... Ich weiß gar nicht, was ich dazu ...«

»Es ist das erste Mal, daß ich einer Frau einen Heiratsantrag mache. Sag bitte ja. Willst du mich heiraten, Kat?«

Dann hatte er die vielen schönen Worte also doch ernst gemeint! Kat klopfte das Herz bis zum Hals. Ihr war, als ob ein herrlicher Traum auf einmal in Erfüllung gehen würde. Ehrlichkeit – mehr hatte sie von ihm ja gar nicht verlangt. Und jetzt war er offen und ehrlich. Und hatte die ganze Zeit über wegen seines Verhaltens ihr gegenüber unter Schuldgefühlen gelitten. Er war gar nicht wie die anderen Männer. Er war echt und rücksichtsvoll.

Als Kat den Blick hob, leuchteten ihre Augen. »Ja, Ken. O ja!«

Sein strahlendes Lächeln schien den ganzen Raum zu erhellen. »Kat ...« Er beugte sich über den Tisch und gab ihr einen Kuß. »Die Sache mit dieser albernen Wette tut mir ja so leid.« Er schüttelte selbstkritisch den Kopf. »Zehntausend Dollar. Mit dem Geld hätten wir in die Flitterwochen fahren können. Aber es ist es mir wert, das Geld zu verlieren, wenn ich dadurch dich gewinne.«

Kat überlegte. *Zehntausend Dollar!*

»Ich bin ja so ein Idiot gewesen!«

»Wann läuft die Frist ab?«

»Heute um Mitternacht. Aber das ist jetzt völlig unwichtig. Wichtig sind jetzt nur wir beide. Daß wir heiraten werden. Wir ...«

»Ken?«

»Ja, Liebling?«

»Komm, wir gehen zu dir.« In Kats Augen zeigte sich ein spitzbübisches Funkeln. »Es ist ja noch nicht zu spät, um die Wette zu gewinnen.«

Kat war im Bett eine Löwin.

Mein Gott! Es ist das Warten wert gewesen, dachte Mallory. All die Gefühle, die Kat während der langen Jahre unterdrückt hatte, brachen plötzlich durch. Solche Leidenschaft hatte Ken Mallory noch bei keiner Frau erlebt, nach zwei Stunden war er völlig erschöpft. Er hielt Kat in seinen Armen. »Du bist fantastisch«, flüsterte er.

Sie stützte sich auf die Ellbogen und blickte von oben auf ihn herab. »Du aber auch, Liebling. Ich bin ja so glücklich.«

Mallory lächelte. »Und ich erst.« *Ein Zehntausend-Dollar-Glück!* jubelte er. *Und dazu noch großartigen Sex.*

»Versprich mir, daß es zwischen uns immer so sein wird, Ken.«

»Versprochen«, sagte Mallory im aufrichtigsten Ton, dessen er fähig war.

Kat schaute auf die Armbanduhr. »Jetzt muß ich mich aber anziehen.«

»Kannst du nicht die Nacht über hierbleiben?«

»Nein. Ich fahr' morgen früh mit Paige ins Krankenhaus.« Sie gab ihm einen langen Kuß. »Mach dir keine Sorgen. Wir haben ja ein ganzes Leben vor uns.«

Er beobachtete sie beim Ankleiden.

»Ich kann es gar nicht abwarten, meinen Gewinn zu kassieren. Damit finanzieren wir uns himmlische Flitterwochen.« Er wurde plötzlich nachdenklich. »Aber was ist, wenn mir die Jungs nicht glauben? Und sie werden es mir bestimmt nicht abnehmen wollen.«

Kat überlegte kurz. Dann erklärte sie: »Sei unbesorgt. *Ich* werd's ihnen sagen.«

Mallory grinste verschmitzt. »Komm wieder ins Bett.«

24. KAPITEL

Der schwarze Mann zielte mit dem Revolver auf Honey und brüllte: »Ich hab' dir doch gesagt, daß du den Mund halten sollst!«

»Ich . . . Verzeihung«, sagte Honey. Sie zitterte am ganzen Körper. »Wa . . . Was wollen Sie hier?«

Er preßte die Hand gegen seine Seite, um die Blutung aufzuhalten. »Ich brauche meine Schwester.«

Das kam Honey vollends rätselhaft vor. Der Mann mußte ja verrückt sein. »Ihre Schwester?«

»Kat.« Seine Stimme wurde schwächer.

»O mein Gott! Du bist Mike!«

»Yeah.«

Der Revolver fiel ihm aus der Hand. Mike sackte zusammen. Honey stürzte zu ihm. Das Blut floß in Strömen. Es schien aus einer Schußwunde zu kommen.

»Bleib still liegen«, sagte Honey. Sie eilte ins Badezimmer und holte etwas Peroxid und ein großes Handtuch. »Es wird weh tun«, warnte sie ihn, als sie zurückkam.

Er war zu geschwächt, um sich zu rühren.

Sie goß Peroxid auf die Wunde und preßte ihm das Handtuch an die Seite. Er biß sich in die Hand, um nicht laut zu schreien.

»Ich rufe jetzt eine Ambulanz und bring' dich ins Krankenhaus«, sagte Honey.

Er packte ihren Arm. »Nein! Bloß kein Krankenhaus. Keine Polizei.« Er konnte kaum mehr sprechen. »Wo ist Kat?«

»Ich weiß nicht«, sagte Honey hilflos. Daß Kat mit Mallory ausgegangen war, wußte sie zwar; sie hatte jedoch keine Ahnung, wohin. »Laß mich eine Freundin anrufen.«

»Paige?«

Honey nickte. »Ja.« *Kat hat ihm also von uns erzählt.*

Es dauerte zehn Minuten, bis man Paige gefunden hatte.

»Du mußt ganz schnell heimkommen«, sagte Honey.

»Ich habe Notdienst, Honey. Ich bin mitten in einer . . .«

»Kats Bruder ist da.«

»Ach so. Dann sag ihm . . .«

»Man hat auf ihn geschossen.«

»Man hat *was?*«

»Auf ihn geschossen.«

»Ich schicke die Sanitäter und . . .«

»Keine Krankenhäuser und keine Polizei, sagt er. Ich weiß nicht, was ich machen soll.«

»Wie schlimm steht's um ihn?«

»Ziemlich schlimm.«

Schweigen. Dann: »Ich muß erst jemand finden, der für mich einspringt. In einer halben Stunde bin ich da.«

Honey legte den Hörer auf und drehte sich zu Mike um. »Paige kommt.«

Kat war auf dem Heimweg von einem Gefühl geradezu himmlischen Wohlbefindens beseelt. Sie hatte Angst vor der körperlichen Liebe gehabt, Angst, daß es ihr nach den fürchterlichen Erfahrungen in ihrer frühen Jugend zuwider sein könnte; doch statt dessen hatte Ken Mallory es in etwas Wunderbares verwandelt. Er hatte in ihr Gefühle geweckt, von denen sie nicht einmal wußte, daß es sie gab.

Und als Kat daran dachte, wie sie beide gemeinsam, in der allerletzten Minute, die anderen Ärzte überlistet und die Wette für sich entschieden hatten, da huschte ein frohes Lächeln über ihr Gesicht. Sie öffnete die Wohnungstür – und schrak zusammen. Sie war wie erstarrt. Sie sah Paige und Honey neben Mike knien. Er lag auf dem Boden, mit einem Kissen unter dem Kopf; er drückte sich eine Hand gegen die Seite. Seine Kleidung war blutverschmiert.

Paige und Honey hoben den Kopf.

»Mike! O mein Gott!« Kat stürzte zu ihrem Bruder. »Was ist geschehen?«

»Hallo, Schwesterchen.« Es war kaum ein Flüstern.

»Eine Schußwunde«, erklärte Paige. »Er hat viel Blut verloren.«

»Schaffen wir ihn ins Krankenhaus«, sagte Kat.

Mike schüttelte den Kopf. »Nein«, flüsterte er. »Du bist doch Ärztin. Versorg du mich.«

Kat warf Paige einen Blick zu.

»Ich habe die Blutung gestillt, soweit möglich. Die Kugel steckt aber noch in seinem Körper. Uns fehlen hier die Instrumente....«

»Er verliert immer noch Blut.« Kat wiegte Mikes Kopf in ihren Armen. »Hör zu, Mike. Ohne die richtige medizinische Hilfe wirst du sterben.«

»Du ... darfst ... dies ... nicht melden. Ich will nichts mit der Polizei zu tun haben.«

»Und mit wem *hast* du es zu tun gehabt, Mike?« fragte Kat ruhig.

»Nichts. Ein Geschäft ... es ist schiefgegangen ... da hat dieser Kerl die Nerven verloren. Hat auf mich geschossen.«

Es war genau die Art von Geschichte, die Kat sich seit Jahren immer wieder anhören mußte. Lügen. Alles nur Lügen. Sie hatte es im Grunde immer gewußt, so wie sie es auch in diesem Augenblick wußte; sie hatte es nur nicht wahrhaben wollen.

Mike hielt sie am Arm fest. »Wirst du mir helfen, Schwesterchen?«

»Ja. Ich werde dir helfen, Mike.« Kat beugte sich über ihn, gab ihm einen Kuß auf die Wange, stand auf und ging zum Telefon. Sie nahm den Hörer ab und wählte die Nummer der Unfallstation im Krankenhaus. »Hier spricht Dr. Hunter«, sagte sie mit unsicherer Stimme. »Ich brauche sofort eine Ambulanz ...«

Im Krankenhaus hatte Kat Paige darum gebeten, die Kugel aus Mikes Körper herauszuoperieren.

»Er hat Unmengen von Blut verloren«, erklärte Paige dem assistierenden Chirurgen. »Geben Sie ihm noch eine Einheit.«

Es war draußen bereits hell geworden, als die Operation beendet war. Sie war erfolgreich verlaufen.

Anschließend nahm Paige Kat auf die Seite. »Wie soll ich die Sache melden?« wollte sie wissen. »Ich könnte sie als einen Unfall ausgeben oder . . .«

»Nein«, widersprach Kat mit schmerzerstickter Stimme. »Ich hätte es schon längst tun sollen. Ich möchte dich bitten, den Vorfall wahrheitsgemäß als Schußwunde zu melden.«

Vor dem Operationssaal wartete Mallory auf Kat.

»Kat! Ich hab's gehört. Dein Bruder. Und . . .«

Kat nickte traurig.

»Es tut mir leid. Ist alles in Ordnung?«

Kat sah Mallory lange an. »Ja«, sagte sie dann. »Und es wird in Mikes Leben das erste Mal sein, daß alles in Ordnung ist.«

Mallory drückte Kats Hand. »Ich möchte nur, daß du weißt, wie fantastisch es letzte Nacht war. Du warst einfach wunderbar. Oh. Das bringt mich darauf – die Ärzte, mit denen ich gewettet habe, warten in der Lounge. Aber nach alldem, was inzwischen vorgefallen ist, wirst du wahrscheinlich nicht mit ihnen sprechen wollen . . .«

»Warum denn nicht?«

Sie hakte sich ein, und so gingen sie in den Aufenthaltsraum. Die Ärzte sahen den beiden erwartungsvoll entgegen.

»Hallo, Kat«, sagte Grundy. »Wir brauchen in einem ganz bestimmten Punkt Ihre persönliche Aussage. Dr. Mallory behauptet, daß er mit Ihnen zusammen die Nacht verbracht hat und daß es großartig gewesen ist.«

»Mehr als das«, erwiderte Kat. »Es war *fantastisch.*« Sie gab Mallory einen Kuß. »Bis später, mein Geliebter.«

Den Männern blieb der Mund offen stehen.

Im Ankleidezimmer sagte Kat zu Paige und Honey: »Übrigens – bei der ganzen Aufregung hatte ich gar keine Gelegenheit, euch die Nachricht mitzuteilen.«

»Was für eine Nachricht?« fragte Paige.

»Ken will mich heiraten.«

Auf ihren Gesichtern spiegelten sich blanker Unglaube.

»Du willst uns wohl auf den Arm nehmen!« sagte Paige.

»Nein. Er hat mir gestern abend einen Heiratsantrag gemacht. Ich habe angenommen.«

»Aber du darfst ihn nicht heiraten!« rief Honey. »Du weißt doch, was für ein Typ er ist. Ich meine, er hat versucht, dich ins Bett zu kriegen, nur um eine Wette zu gewinnen!«

»Er hat's auch geschafft.« Kat grinste.

Paige schaute sie verständnislos an. »Da komme ich nicht mehr mit.«

Kat erklärte es ihnen. »Wir haben uns ein falsches Bild von ihm gemacht. Ein total falsches. Ken hat mir die Sache mit der Wette selber erzählt. Sie hat ihm während der ganzen Zeit auf der Seele gelegen. Wißt ihr, was passiert ist? Ich bin mit ihm ausgegangen, weil ich ihm eine Lektion erteilen wollte; und er ist mit mir ausgegangen, um etwas Geld zu gewinnen, und am Ende haben wir beide uns ineinander verliebt. Ach, ich kann euch ja gar nicht sagen, wie glücklich ich bin.«

Honey und Paige tauschten Blicke. »Und wann werdet ihr heiraten?« fragte Honey.

»Darüber haben wir noch nicht gesprochen, aber sicherlich bald. Ihr beiden müßt meine Brautjungfern sein.«

»Du kannst auf uns zählen«, erklärte Paige. »Wir werden kommen.« Aber sie hatte ihre Zweifel. Sie gähnte. »Die Nacht war lang. Ich werde jetzt nach Hause gehen, um mich ein bißchen auszuschlafen.«

»Ich werde bei Mike bleiben«, sagte Kat. »Die Polizei wird sich mit ihm unterhalten wollen, sobald er aufwacht.« Sie ergriff beider Hände. »Ich danke euch, daß ihr so gute Freundinnen seid.«

Auf dem Heimweg dachte Paige über die Ereignisse dieser Nacht nach. Sie wußte, wie sehr Kat an ihrem Bruder hing. Es hatte viel Mut erfordert, ihn der Polizei zu übergeben. *Ich hätte es schon längst tun sollen.*

Als Paige die Wohnung betrat, hörte sie das Telefon läuten. Sie rannte los.

Es war Jason. »Hi! Ich ruf' nur an, damit Sie auch wissen, wie sehr Sie mir fehlen. Was tut sich in Ihrem Leben?«

Paige war versucht, es ihm zu berichten – sie hätte all das gern mit jemandem geteilt, aber es war eine allzu persönliche Angelegenheit, die nur Kat etwas anging.

»Nichts«, erwiderte Paige. »Alles in Ordnung.«

»Gut. Haben Sie heute abend Zeit?«

Paige war sich bewußt, daß es da um mehr ging als nur um diesen Abend. *Wenn ich ihn noch öfter sehe,* sagte sich Paige, *werde ich mich in ihn verlieben.* Und wußte auf einmal, daß sie jetzt eine der wichtigsten Entscheidungen ihres Lebens treffen würde.

Sie atmete tief. »Jason . . .« Es läutete an der Tür. »Nur einen Augenblick, ja, Jason?«

Paige legte den Hörer hin und ging öffnen.

Vor ihr stand Alfred Turner.

25. Kapitel

Paige war wie versteinert.

Alfred lächelte zaghaft. »Darf ich reinkommen?«

Sie war total verwirrt. »Oh ... natürlich. Ich ... Verzeihung.« Sie ließ Alfred, als er ins Wohnzimmer trat, keinen Moment aus den Augen. Sie verstand ihre eigenen Gefühle nicht mehr. Es war der reinste Widerspruch. Sie war glücklich und nervös und verärgert zugleich. *Aber warum mache ich so ein Theater?* fragte sie sich. *Er kommt doch wahrscheinlich nur vorbei, um guten Tag zu sagen.*

Alfred drehte sich zu ihr um. »Ich habe Karen verlassen.«

Die Worte versetzten Paige einen Schock.

Alfred kam näher. »Ich habe einen großen Fehler gemacht, Paige. Ich hätte dich nie gehen lassen dürfen. Niemals.«

»Alfred ...« Da fiel es Paige plötzlich wieder ein. »Entschuldige mich.« Sie rannte zum Telefon und nahm den Hörer in die Hand. »Jason?«

»Ja, Paige. Was den Abend betrifft, so könnten wir ...«

»Ich ... ich kann mich nicht mit Ihnen treffen.«

»Oh. Wenn es heute abend nicht geht, wie wär's dann mit morgen abend?«

»Ich ... ich weiß nicht.«

Er hörte ihr die Verkrampfung an. »Stimmt etwas nicht?«

»Nein. Alles in Ordnung. Ich werde Sie morgen anrufen und Ihnen dann alles erklären.«

»Okay.« Es klang eher perplex.

Paige legte auf.

»Du hast mir gefehlt, Paige«, sagte Alfred. »Hab' ich dir auch gefehlt?«

Nein. Ich laufe auf der Straße bloß Fremden hinterher und rede sie dann mit ›Alfred‹ an. »Ja«, entgegnete Paige.

»Gut. Wir gehören zusammen, weißt du. Wir haben immer zusammengehört.«

Haben wir das? Hast du deswegen Karen geheiratet? Glaubst du, du könntest einfach so in mein Leben treten und wieder verschwinden, wie's dir beliebt?

Alfred stand dicht vor ihr. »Etwa nicht?«

Paige sah ihm in die Augen und sagte: »Ich weiß nicht.« Ihr kam das alles viel zu plötzlich.

Alfred nahm ihre Hand. »Natürlich weißt du das.«

»Und was ist mit Karen?«

Alfred zuckte die Schultern. »Karen war ein Fehler. Ich hab' immer nur an dich gedacht und an die schönen Zeiten, die wir beide gemeinsam verlebt haben. Wir sind füreinander bestimmt.«

Sie musterte ihn, vorsichtig, mißtrauisch. »Alfred . . .«

»Ich bleibe jetzt da. Für immer. Wenn ich ›da‹ sage, dann meine ich natürlich nicht ›hier‹. Wir ziehen nach New York.«

»New York?«

»Ja. Ich werde dir alles erzählen. Dürfte ich eine Tasse Kaffee haben?«

»Natürlich. Ich mache eine frische Kanne. Es dauert nicht lang.«

Doch Alfred folgte ihr in die Küche, wo Paige den Kaffee aufsetzte. Sie hatte Mühe, ihre Gedanken zu ordnen. Sie hatte sich immer verzweifelt gewünscht, daß Alfred zu ihr zurückkäme, und nun war er da, aber . . .

»Ich habe in den letzten Jahren eine Menge gelernt, Paige«, sagte Alfred. »Ich bin ein erwachsener Mensch geworden.«

»Ach ja?«

»Ja. Du weißt doch, ich habe die ganze Zeit für die WHO gearbeitet. Viele, viele Jahre.«

»Ich weiß.«

»Aber in diesen Ländern hat sich seit unserer Kindheit nichts verändert. Offen gesagt, es ist teilweise sogar schlimmer geworden. Noch mehr Krankheiten, noch mehr Seuchen, noch größere Armut . . .«

»Aber du warst da und hast geholfen«, sagte Paige.

»Ja. Und dann bin ich plötzlich aufgewacht.«

»Aufgewacht?«

»Mir ist auf einmal klargeworden, daß ich meine Zeit verschwende. Da habe ich dort unten im Elend gelebt und täglich vierundzwanzig Stunden gearbeitet, um diesen dummen Wilden zu helfen. Während ich hier in Amerika einen Haufen Geld hätte verdienen können.«

Paige konnte kaum glauben, was sie da hörte.

»Dann bin ich einem Arzt begegnet, der in New York eine Praxis in der Park Avenue hat. Weißt du, wieviel der in einem Jahr verdient? Über eine halbe Million Dollar! Hast du mich gehört? Eine halbe Million jährlich!«

Paige sah ihn entgeistert an.

»Und ich habe mich gefragt: ›Warum verdiene ich nicht auch so viel Geld?‹ Er hat mir«, erklärte Alfred voller Stolz, »eine Position in seiner Praxis angeboten, als Partner, und ich habe angenommen. Das ist der Grund, warum wir beide, du und ich, nach New York ziehen.«

Paige war von seinen Worten wie betäubt.

»Ich werde mir ein Penthouse leisten können, und ich kann dir hübsche Kleider kaufen und überhaupt all die Dinge, die ich dir immer versprochen habe.« Er grinste. »Nun, was sagst du dazu?«

Paige hatte einen ganz trockenen Mund. »Ich... ich weiß nicht, was ich sagen soll, Alfred.«

Er lachte laut auf. »Natürlich nicht. Eine halbe Million jährlich – da verschlägt es wohl jedem die Sprache.«

»Ich habe nicht an das Geld gedacht«, sagte Paige langsam.

»Nein?«

Sie musterte ihn so, als ob sie ihn zum erstenmal im Leben bewußt sähe. »Alfred – hast du denn in den Jahren deiner Tätigkeit für die WHO nicht das Gefühl gehabt, Menschen zu helfen?«

Er zuckte mit den Schultern. »Diesen Menschen kann man nicht helfen. Außerdem – was gehen einen diese Leute überhaupt an? Kannst du begreifen, daß Karen mich tatsächlich allen Ernstes gebeten hat, in Bangladesh zu bleiben? Unter keinen Umständen, hab' ich gesagt. Da ist sie allein zurückgegangen.« Er nahm Paiges Hand. »Da bin ich nun . . . Du bist ein bißchen still. Wahrscheinlich ist das alles ein bißchen viel für dich, wie?«

Paige mußte an ihren Vater denken. *Er hätte in der Park Avenue großen Erfolg haben können, aber Geld hat ihn nicht interessiert. Er war nur daran interessiert, Menschen zu helfen.*

»Von Karen bin ich inzwischen geschieden. Wir können also gleich heiraten.« Er tätschelte ihre Hand. »Was hältst du davon, in New York zu leben?«

Paige holte tief Luft. »Alfred . . .«

Auf seinem Gesicht zeigte sich ein erwartungsvolles Lächeln. »Ja?«

»Raus mit dir.«

Das Lächeln verblich. »Wie bitte?«

Paige stand auf. »Ich möchte, daß du hier verschwindest.«

Er war ganz verdattert. »Wohin soll ich denn gehen?«

»Das will ich dir lieber nicht sagen«, erklärte Paige. »Es wäre zu verletzend.«

Nachdem Alfred gegangen war, blieb Paige gedankenverloren in der Wohnung zurück. Kat hatte recht gehabt. Sie hatte sich an ein Gespenst geklammert. *Diesen dummen Wilden helfen, während ich hier in Amerika einen Haufen Geld hätte verdienen können . . . Eine halbe Million jährlich!*

Und an so was habe ich mich geklammert, sagte sich Paige verwundert. Sie hätte Niedergeschlagenheit empfinden müssen, aber statt dessen war sie in Hochstimmung. Sie fühlte sich frei. Und wußte auf einmal auch ganz genau, was sie wollte.

Sie ging zum Telefon und wählte Jasons Nummer.

»Hallo.«

»Jason, hier spricht Paige. Sie haben mir von Ihrem Haus in Noe Valley erzählt. Sie erinnern sich?«

»Ja . . .«

»Ich möchte es gern sehen. Haben Sie heute abend Zeit?«

Jason erwiderte leise: »Paige, würden Sie mir bitte erklären, was da vorgeht? Ich bin total durcheinander.«

»*Ich* bin diejenige, die durcheinander ist. Ich hatte geglaubt, einen Mann zu lieben, den ich vor langer Zeit gekannt habe, aber den Mann gibt es gar nicht mehr. Und inzwischen weiß ich auch, was ich gern möchte.«

»Ja?«

»Ich möchte gern Ihr Haus sehen.«

Noe Valley war aus einem anderen Jahrhundert – eine farbenprächtige Oase im Herzen einer der modernsten Großstädte der Welt.

Das Haus war wie Jason selbst – angenehm, klar und liebenswert. Er führte Paige durch die Räume, zeigte ihr das Wohnzimmer, die Küche, das Gästebadezimmer, das Arbeitszimmer ... Er schaute sie an. »Das Schlafzimmer befindet sich im ersten Stock. Möchten Sie es sehen?«

»Sehr gern«, antwortete Paige leise.

Sie gingen zum Schlafzimmer nach oben. Paige klopfte das Herz. Was da geschah, war unausweichlich. *Ich hätte es von Anfang an wissen müssen,* dachte sie.

Sie wußte nicht, wer den ersten Schritt tat, irgendwie lagen sie sich plötzlich einfach in den Armen, ihre Lippen berührten sich, und es schien die natürlichste Sache der Welt. Sie begannen, sich gegenseitig zu entkleiden; beide waren voll drängender Begierde. Und dann waren sie auch schon im Bett, und er liebte sie.

»O mein Gott«, flüsterte er, »ich liebe dich ja so sehr.«

»Ich weiß«, neckte sie. »Seit ich dir befahl, den weißen Kittel anzuziehen.«

Hinterher sagte Paige: »Ich würde gern die Nacht über bleiben.«

»Und du wirst mich morgen früh bestimmt nicht hassen?« fragte Jason lächelnd.

»Das versprech' ich dir.«

Paige und Jason verbrachten die Nacht miteinander – erzählten sich... liebten sich... erzählten. Am Morgen machte sie ihm Frühstück.

»Ich weiß gar nicht«, sagte Jason, der sie in der Küche beobachtete, »womit ich so viel Glück verdient habe, aber ich möchte dir danken.«

»Aber ich bin doch der Glückspilz«, sagte sie zu ihm.

»Weißt du was? Ich habe noch gar keine Antwort auf meinen Heiratsantrag bekommen.«

Am Nachmittag gab ein Kurier einen Umschlag in Jasons Büro ab. Darin befand sich die Karte, die Jason dem Modell des Hauses beigelegt hatte.

Mein Haus (   )
Unser Haus (x)
Zutreffendes bitte ankreuzen.

26. Kapitel

Lou Dinetto hatte sich soweit erholt, daß er aus dem Krankenhaus entlassen werden konnte. Kat ging sich von ihm verabschieden. Rhino und der Schatten waren bei ihm auf dem Zimmer.

Als Kat eintrat, drehte Dinetto sich zu ihnen um. »Verschwindet.«

Kat schaute ihnen nach, als sie das Zimmer verließen.

Dinetto sah ihr in die Augen und sagte: »Ich bin Ihnen etwas schuldig.«

»Sie schulden mir überhaupt nichts.«

»Scheint Ihnen mein Leben denn so wertlos? Sie wollen heiraten, wie ich höre.«

»Ja, das stimmt.«

»Einen Arzt.«

»Ja.«

»Also, dann bestellen Sie ihm, daß er gut auf Sie aufpassen soll, sonst bekommt er es mit mir zu tun.«

»Ich werde es ihm ausrichten.«

Kurzes Schweigen. »Das mit Mike tut mir leid.«

»Er wird's schaffen«, sagte Kat. »Ich habe mich lange mit ihm unterhalten. Er wird in Ordnung kommen.«

»Gut.« Dinetto hielt ihr einen dicken Umschlag hin. »Ein kleines Hochzeitsgeschenk für Sie.«

Kat schüttelte den Kopf. »Nein. Vielen Dank.«

»Aber . . .«

»Passen Sie auf sich auf!«

»Sie auch. Wissen Sie was? Sie sind ein richtig tapferes Weibsbild, und ich werde Ihnen jetzt etwas sagen, was Sie sich merken sollten. Wenn Sie mal Hilfe brauchen – *ganz egal, was* –, dann kommen Sie zu mir. Verstehen Sie mich?«

»Ich habe Sie verstanden.«

Sie wußte, daß er es ernst meinte; und sie wußte auch, daß sie *ihn*, selbst in der größten Not, *niemals* um Hilfe bitten würde.

Paige und Jason telefonierten in den folgenden Wochen drei- bis viermal täglich und waren, sofern Paige keinen Nachtdienst hatte, abends stets beisammen.

Im Krankenhaus gab es mehr denn je zu tun. Es geschah während einer Sechsunddreißigstundenschicht, in der ein Notfall auf den andern folgte – Paige war im Bereitschaftsraum gerade erst eingeschlafen, da wurde sie schon wieder durch das drängende Schrillen des Telefons geweckt.

Sie tastete nach dem Hörer. »H'lo?«

»Dr. Taylor, kommen Sie auf Zimmer 422. Stat.«

Paige mußte sich anstrengen, um wenigstens einigermaßen klar zu denken. *Zimmer 422 ... Ein Patient von Dr. Barker ... Lance Kelly.* Bei Lance Kelly war soeben eine Mitralklappe ersetzt worden. *Da muß etwas schiefgegangen sein.* Paige hievte sich von der Liege und trat auf den menschenleeren Flur. Sie beschloß, nicht auf den Fahrstuhl zu warten. Sie lief die Treppe hoch. *Möglicherweise ist da bloß eine Schwester nervös geworden. Falls es etwas Ernstes sein sollte, werd' ich Dr. Barker anrufen,* überlegte sie.

Sie betrat Zimmer 422 und blieb erschreckt im Türrahmen stehen. Der Patient rang stöhnend nach Luft. Die Krankenschwester war sichtlich erleichtert, Paige zu sehen. »Ich hab' nicht gewußt, was ich machen soll, Doktor. Ich ...«

Paige eilte ans Bett. »Es wird alles gut«, sagte sie aufmunternd. Sie nahm das Handgelenk des Patienten zwischen zwei Finger. Der Puls hüpfte wie verrückt. Die Mitralklappe versagte.

»Wir geben ihm ein Beruhigungsmittel«, wies Paige an.

Die Schwester reichte Paige eine Nadel, die Paige in eine Vene einführte. »Die Oberschwester soll ein Operationsteam zusammenstellen. Stat. Und Dr. Barker rufen lassen.«

Eine Viertelstunde später lag Kelly bereits auf dem Operationstisch. Das OP-Team bestand aus drei OP-Schwestern und zwei Assistenten. In einer Ecke des Raums, hoch oben, war ein Monitor angebracht, damit Herzfrequenz, EKG und Blutdruck überwacht werden konnten.

Als der Narkosearzt hereinkam, hätte Paige am liebsten laut geflucht. Die meisten Anästhesisten am Krankenhaus leisteten gute Arbeit. Aber Herman Koch, mit dem Paige schon ein paarmal zu tun gehabt hatte und den sie mied, wo sie nur konnte, war eine Ausnahme. Sie hatte überhaupt kein Vertrauen zu ihm. Nur blieb ihr jetzt keine andere Wahl.

Er befestigte ein Röhrchen an der Kehle des Patienten, während Paige eine Papierhülle mit Sichtfenster auffaltete und dem Patienten über den Brustkorb legte.

»Legen Sie eine Leitung in die Drosselvene«, wies Paige Koch an.

Koch nickte. »Gut.«

»Dr. Barker hat ihm gestern die Mitralklappe ersetzt. Sie ist vermutlich gerissen.« Paige blickte zu Koch hinüber. »Ist der Patient betäubt?«

Koch nickte. »Der schläft so tief, als ob er daheim im Bett läge.«

Wenn Sie doch auch daheim wären, dachte Paige. »Was verwenden Sie?«

»Propofil.«

Sie nickte. »In Ordnung.«

Sie beobachtete, wie Kelly an die Herz-Lungen-Maschine angeschlossen wurde, damit sie einen Bypass legen konnte. Paige beobachtete den Monitor an der Wand. Puls 140 ... Sauerstoffsättigung 92 Prozent ... Blutdruck 80 zu 60. »Fangen wir an«, sagte Paige.

Einer der Assistenten schaltete Musik ein.

Paige trat am Operationstisch unter elfhundert Watt heißen, weißen Lichtes und wandte sich zur OP-Schwester. »Das Skalpell bitte ...«

Die Operation begann.

Paige entfernte am Brustbein alle Drähte von der Operation des

Vortags. Anschließend führte sie einen Schnitt von der Nackenbasis zum unteren Ende des Brustbeins, während ein Assistent das Blut wegwischte.

Paige schnitt mit allergrößter Behutsamkeit durch die Fett- und Muskelschichten, bis sie das unregelmäßig schlagende Herz vor sich hatte. »Da hätten wir das Problem«, stellte Paige fest. »Der Vorhof ist perforiert. Um das Herz sammelt sich Blut und drückt es zusammen.« Paige schaute zum Monitor an der Wand. Der Pumpendruck war gefährlich gesunken.

»Die Zufuhr erhöhen!« befahl Paige.

In dem Moment öffnete sich die Tür des Operationssaals. Lawrence Barker trat ein. Er stellte sich neben den OP-Tisch und beobachtete den Vorgang.

»Dr. Barker«, sagte Paige. »Möchten Sie . . .«

»Das ist Ihre Operation.«

Paige warf einen raschen Blick auf Koch. »Vorsicht! Die Narkose ist zu stark, verdammt! Langsamer!«

»Aber ich . . .«

»Vorhofflimmern . . . der Blutdruck fällt!«

»Was soll ich denn machen?« fragte Koch hilflos.

Das müßte er doch selber wissen, dachte Paige wütend. »Geben Sie ihm Lidocain und Epinephrin! Sofort!« schrie Paige.

»Gut.«

Paige sah, wie Koch die Spritze nahm und in einen IV-Schlauch einführte.

Ein Assistenzarzt schaute auf den Monitor und rief warnend: »Der Druck wird immer niedriger.«

Paige arbeitete wie verrückt, um das Strömen des Blutes zu unterbinden. Sie blickte zu Koch hoch. »Zu starker Fluß! Ich hab' Ihnen doch gesagt . . .«

Die Laute des Herzschlags auf dem Monitor wurden auf einmal chaotisch.

»Mein Gott! Da ist was schiefgelaufen!«

»Den Defibrillator!« schrie Paige.

Die OP-Schwester griff nach dem Defibrillator auf dem Gerätewagen für Rettungsaktionen, nahm zwei sterilisierte Elektroden heraus und schloß sie an. Sie drückte den Hebel nach oben, um sie zu laden, und reichte sie zehn Sekunden später Paige.

Paige nahm die Elektroden und brachte sie unmittelbar über Kellys Herz an. Kellys Körper sprang hoch und fiel wieder zurück.

Paige versuchte es noch einmal, versuchte ihn mit ihrer Willenskraft zu zwingen, ins Leben zurückzukehren, ihm zu suggerieren, das Atmen wieder aufzunehmen. Nichts. Das Herz lag still und regungslos da, ein totes, unnützes Organ.

Paige war außer sich vor Zorn. Ihr Teil der Operation war erfolgreich verlaufen. Koch hatte den Patienten zu stark narkotisiert.

Als Paige den Defibrillator zum drittenmal vergeblich ansetzte, trat Dr. Barker an den Operationstisch heran und wandte sich an Paige. »Sie haben ihn getötet.«

27. Kapitel

Jason befand sich in einer Planungssitzung, als seine Sekretärin meldete: »Dr. Taylor für Sie am Telefon. Soll ich ihr sagen, daß sie später anrufen möchte?«

»Nein. Ich spreche mit ihr.« Er hob ab. »Paige?«

Sie schluchzte. »Jason ... Ich brauche dich.«

»Was ist geschehen?«

»Könntest du zu mir in die Wohnung kommen?«

»Selbstverständlich. Bin gleich da.« Er stand auf. »Die Sitzung ist beendet. Wir machen morgen früh weiter.«

Als Jason eine halbe Stunde später eintraf, stand Paige mit völlig verweinten Augen in der Tür und warf sich ihm in die Arme. »Aber was ist denn?« fragte Jason.

»Es ist furchtbar. Dr. Barker hat gesagt, daß ... ich einen Patienten getötet hätte, und es war, ehrlich, es war gar nicht meine Schuld, daß er gestorben ist!« Ihr versagte die Stimme. »Ich halte es einfach nicht länger aus, sein ...«

»Paige«, sagte Jason mitfühlend, »du hast mir doch erzählt, wie gemein er immer ist. Also, Dr. Barker kann doch gar nicht anders. Er hat einfach einen miesen Charakter.«

Paige schüttelte den Kopf.

»Es ist wirklich nicht nur das. Seit ich mit ihm zusammenarbeite, hat er systematisch versucht, mich aus dem Krankenhaus zu ekeln. Jason, wenn er ein schlechter Arzt wäre und nichts von meinen Fähigkeiten hielte, dann würde es mich ja auch nicht so belasten. Aber der Mann ist brillant. Ich kann sein Urteil über mich nicht ignorieren. Ich glaube, ich bin einfach nicht gut genug.«

»Unsinn!« sagte Jason verärgert. »Natürlich bist du gut genug. Jeder sagt, du seist eine hervorragende Ärztin.«

»Lawrence Barker nicht.«

»Vergiß ihn.«

»Das werde ich tatsächlich tun«, sagte Paige. »Ich werde nämlich kündigen.«

Jason nahm sie in seine Arme. »Paige – ich weiß doch, daß du deinen Beruf viel zu sehr liebst, um ihn aufzugeben.«

»Ich will doch nicht meinen Beruf aufgeben. Ich will bloß dieses Krankenhaus nie mehr wiedersehen.«

Jason zog ein Taschentuch hervor und trocknete ihre Tränen.

»Verzeih, daß ich dich mit solchen Sachen belästige«, bat Paige.

»Aber dafür sind zukünftige Ehemänner doch da, oder?«

Da gelang ihr, trotz allem, doch noch ein Lächeln. »Das klingt nett. Also gut.« Sie atmete einmal tief durch. »Jetzt fühl' ich mich schon wieder besser. Danke, daß du dir für mich Zeit genommen hast. Ich habe Dr. Wallace bereits angerufen und ihm mitgeteilt, daß ich kündigen werde. Ich fahre jetzt zum Krankenhaus, damit ich's hinter mir habe.«

»Also, dann sehen wir uns beim Abendessen.«

Als Paige über die Flure des Krankenhauses ging, kam es ihr auf einmal voll zu Bewußtsein, daß sie das alles nun zum letztenmal sah. Überall vertraute Geräusche; hin und her eilende Menschen – Paige merkte plötzlich, wie sehr sie hier zu Hause war. Sie mußte an Jimmy und an Tom denken; an all die ausgezeichneten Kollegen, mit denen sie hier zusammengearbeitet hatte; an den Tag, als Jason im weißen Kittel auf Visite mitgegangen war. Paige kam an der Cafeteria vorbei, wo sie hundertmal mit Honey und Kat gefrühstückt hatte; an der Lounge, wo sie mit ihnen das verunglückte Fest veranstaltet hatte.

Die Gänge und Räume waren voller Erinnerungen. *Es wird mir fehlen,* dachte Paige, *aber ich weigere mich trotzdem, mit diesem Ekel unter einem Dach zu arbeiten.*

Sie betrat das Büro von Dr. Wallace, der sie bereits erwartete.

»Also, ich muß schon sagen – Ihr Anruf hat mich überrascht, Paige! Ihre Entscheidung ist wirklich endgültig?«

»Jawohl.«

Benjamin Wallace seufzte laut. »Na schön. Übrigens – Dr. Barker möchte Sie gern sprechen, bevor Sie uns verlassen.«

»Mit dem hab' ich auch noch ein Wörtchen zu reden!« Bei Paige brach plötzlich der ganze aufgestaute Zorn durch.

»Er befindet sich im Labor. Also ... viel Glück.«

»Danke.« Und schon war Paige auf und davon.

Als Paige ins Labor eintrat, untersuchte Dr. Barker gerade einige Dias unter dem Mikroskop. Er hob den Kopf. »Ich habe gehört, daß Sie beschlossen haben, das Krankenhaus zu verlassen.«

»Das stimmt. Jetzt kriegen Sie Ihren Willen.«

»Und der wäre?« fragte Dr. Barker.

»Sie haben mich vom ersten Augenblick an aus dem Krankenhaus weghaben wollen. Jetzt haben Sie's geschafft. Ich halte es nicht mehr aus, ich habe nicht mehr die Kraft, gegen Sie anzukämpfen. Als Sie mich beschuldigten, Ihren Patienten getötet zu haben, da ist mir ...« Paige versagte die Stimme. »Sie sind ein Sadist, ein kaltherziges Ekel, und ich hasse Sie!«

»Setzen Sie sich«, sagte Dr. Barker.

»Nein. Ich habe Ihnen nichts mehr zu sagen.«

»Aber ich Ihnen. Für wen zum Teufel halten Sie sich eigentlich, Sie ...«

Er brach plötzlich ab und rang nach Luft.

Paige sah, wie er sich ans Herz griff und auf seinem Stuhl vornübersank. Die eine Seite des Gesichts war auf schreckliche Weise verzerrt. Paige war sofort an seiner Seite. »Dr. Barker!« Sie schnappte sich das Telefon und schrie in den Hörer: »Alarm Rot! Alarm Rot!«

»Ein schwerer Schlaganfall«, sagte Dr. Peterson. »Es ist noch zu früh, um zu wissen, ob er überleben wird.«

Es ist meine Schuld, dachte Paige. *Ich habe gewollt, daß er stirbt.* Ihr war ganz elend.

Sie suchte noch einmal Ben Wallace auf. »Ich bedaure, was geschehen ist«, erklärte sie ihm. »Er war ein guter Arzt.«

»Ja. Das ist bedauerlich. Sehr sogar . . .« Wallace musterte sie. »Paige . . . Würden Sie bleiben, falls Dr. Barker bei uns nicht mehr praktizieren kann?«

Paige zögerte kurz. »Ja«, sagte sie dann. »Selbstverständlich.«

28. Kapitel

»John Cronin, weiß, männlich, Alter: 70, Diagnose: Herztumor«. So stand es auf seinem Krankenblatt.

Persönlich hatte Paige diesen John Cronin, an dem sie eine Herzoperation vornehmen sollte, noch nicht kennengelernt. Sie trat in Begleitung einer Schwester und eines Krankenhausarztes in sein Zimmer und begrüßte ihn mit einem freundlichen Lächeln: »Guten Morgen, Mr. Cronin.«

Cronin blickte zu Paige hinüber. »Wer zum Teufel sind Sie?«

»Ich bin Dr. Taylor. Ich werde Sie untersuchen und . . .«

»Den Teufel werden Sie tun! Nehmen Sie Ihre Scheißhände von mir weg! Warum schickt man mir keinen *richtigen* Arzt?«

Das Lächeln auf Paiges Gesicht schwand. »Ich bin Herzchirurgin. Ich werde alles in meiner Macht Stehende tun, damit Sie wieder gesund werden.«

»*Sie* wollen an meinem Herzen herumoperieren?«

John Cronin fixierte den Assistenzarzt. »Himmel noch mal«, stieß er hervor, »ist das alles, was dieses Krankenhaus auf Lager hat?«

»Ich versichere Ihnen, Dr. Taylor ist voll qualifiziert«, wies ihn der Assistent zurecht.

»Das gilt auch für meinen Hintern.«

»Möchten Sie lieber von Ihrem eigenen Chirurgen operiert werden?« fragte Paige förmlich.

»Ich habe keinen eigenen Arzt. Ich kann mir solche überbezahlten Quacksalber nicht leisten. Ihr Ärzte seid doch alle gleich. Ihr seid immer bloß am Geld interessiert. Die Menschen scheren euch einen feuchten Dreck. Für euch sind wir einfach nur Fleischklumpen, an denen ihr rumschnipseln könnt.

Hab' ich nicht recht?«

Paige verlor beinahe die Selbstbeherrschung. »Ich kann verstehen, daß Sie momentan etwas verstört sind, aber . . .«

»Ich und verstört? Bloß weil Sie mir das Herz herausschneiden werden?« Inzwischen schrie er fast. »Ich weiß, daß ich auf dem Operationstisch sterben werde. *Sie* werden mich umbringen. Hoffentlich sind Sie dann wegen Mord dran.«

»Das reicht!« bemerkte Paige.

Er griente sie maliziös an. »Es würde sich aber in Ihren Personalunterlagen gar nicht gut machen, wenn ich abkratze, nicht wahr, Frau Doktor? Vielleicht werde ich mich also doch von Ihnen operieren lassen.«

Paige kämpfte gegen eine heftige innere Erregung an. Sie konzentrierte sich auf die Arbeit und gab der Schwester Anweisungen. »Ich brauche ein EKG und einen Laborbericht.« Bevor sie den Raum verließ, warf sie John Cronin noch einen langen Blick zu.

Als sie eine Stunde danach mit den Testberichten zurückkehrte, hob John Cronin den Kopf. »Oha, da ist das Miststück ja schon wieder.«

Paige operierte John Cronin am folgenden Tag um sechs Uhr morgens. Als sie ihn aufschnitt, war ihr sofort klar, daß es für ihn keine Hoffnung mehr gab. Das Herz war nicht das Problem; aber Cronins Organe zeigten sämtliche Krebssymptome.

»O mein Gott!« rief einer der Assistenten aus. »Was sollen wir machen?«

»Wir werden für ihn beten, daß er damit nicht allzu lange leben muß.«

Als Paige den OP-Saal verließ, sah sie im Flur eine Frau und zwei Männer. Die Frau war Ende Dreißig, hatte knallrotes Haar und trug viel zuviel Make-up und roch nach einem schweren, süßlichen Parfüm; das enge Kleid betonte ihre üppigen Formen. Die Männer, ebenfalls rothaarig, waren Ende Vierzig. Irgendwie fühlte Paige sich beim Anblick der drei an eine Zirkustruppe erinnert.

»Sie sind Dr. Taylor?« fragte die Frau.

»Ja.«

»Ich bin Mrs. Cronin. Das sind meine Brüder. Wie geht's meinem Mann?«

Paige zögerte einen Augenblick und sagte dann mit Bedacht: »Die Operation ist so gut verlaufen, wie man erwarten durfte.«

»Ach ja, Gott sei Dank!« rief Mrs. Cronin überschwenglich und betupfte sich die Augen mit einem Spitzentaschentuch. »Ich würd' ja vor Kummer sterben, wenn John etwas zustöße.«

Paige hatte den Eindruck, einer Schmierenkomödiantin gegenüberzustehen.

»Kann ich meinen Liebling jetzt sehen?«

»Noch nicht, Mrs. Cronin. Er liegt zur Zeit im Aufwachraum. Ich würde empfehlen, ihn morgen zu besuchen.«

»Wir kommen wieder.« Sie winkte den Männern. »Los, kommt, Jungs.«

Paige sah ihnen nach und dachte nur: *Der arme John Cronin.*

Der Bericht, den Paige am nächsten Morgen bekam, hielt fest, daß der Krebs in John Cronins Körper bereits überall Metastasen gebildet hatte. Für eine Strahlenbehandlung war es zu spät.

»Da laßt sich nichts mehr machen«, erklärte der Onkologe, »wir können nur noch versuchen, ihm seine Lage so angenehm wie möglich zu machen. Er wird verdammt starke Schmerzen haben.«

»Wieviel Zeit bleibt ihm noch?«

»Allerhöchstens ein bis zwei Wochen.«

Paige ging John Cronin in der Intensivstation besuchen. Er schlief. John Cronin war für sie nicht länger ein verbitterter, giftiger alter Mann, sondern ein Mensch, der verzweifelt um sein Leben kämpfte. Er war an ein Atemgerät angeschlossen und wurde intravenös ernährt. Paige ließ sich an seiner Seite nieder, um ihn zu beobachten. Er wirkte müde und erschlagen. *Er gehört zu den Pechvögeln,* dachte Paige, *die die Medizin trotz aller modernen Wunder nicht zu retten vermag.* Paige streichelte ihm behutsam über den Arm, bevor sie ihn wieder verließ.

Am Spätnachmittag schaute Paige noch einmal bei John Cronin vorbei. Er hing nicht mehr am Beatmungsgerät. Als er die Augen öffnete und Paige wahrnahm, sagte er benommen: »Die Operation ist zu Ende, wie?«

Paige schenkte ihm ein aufmunterndes Lächeln. »Ja. Ich bin nur rasch vorbeigekommen, um zu sehen, ob Sie es bei uns bequem haben.«

»Bequem?« Er schnaubte verächtlich. »Das ist Ihnen doch völlig schnurz.«

»Bitte«, sagte Paige, »wir wollen uns doch jetzt nicht streiten.«

Cronin lag schweigend da und beobachtete sie. »Der andere Arzt hat mir gesagt, daß Sie gute Arbeit geleistet haben.«

Paige äußerte sich nicht.

»Ich habe Krebs. Stimmt's?«

»Ja.«

»Wie schlimm steht es?«

Die Frage stellte Paige vor das Dilemma, mit dem alle Chirurgen früher oder später konfrontiert werden. Sie gab zu: »Es steht ziemlich schlimm.«

Langes Schweigen. »Was ist mit Bestrahlung oder Chemotherapie?«

»Es tut mir leid, aber dabei würden Sie sich nur noch schlechter fühlen, und es würde nichts bringen.«

»Ich verstehe. Also ... es war ein schönes Leben. Ich habe gut gelebt.«

»Davon bin ich überzeugt.«

»Sie werden's vielleicht nicht glauben, wenn Sie mich hier so sehen – aber ich habe viele Frauen gehabt.«

»Ich glaub's Ihnen.«

»Yeah. Frauen ... dicke Steaks ... gute Zigarren ... Sind Sie verheiratet?«

»Nein.«

»Sollten Sie aber sein. Alle Menschen sollten verheiratet sein. Ich bin verheiratet gewesen. Zweimal. Das erste Mal fünfunddreißig Jahre lang – mit einer wunderbaren Frau. Sie ist an einem Herzanfall gestorben.«

»Das tut mir leid.«

»Schon gut.« Er seufzte. »Dann hab' ich mich dazu hinreißen lassen, ein Flittchen zu heiraten. So ein Flittchen – und dann ihre zwei gierigen Brüder! Ist wohl meine eigene Schuld. Weil ich geil war. War ihr rotes Haar, das mich angemacht hat. Die ist vielleicht ein durchtriebenes Stück.«

»Ich bin sicher, daß sie . . .«

»Will Sie ja nicht beleidigen – aber wissen Sie, warum ich in diesem blöden Bezirkskrankenhaus liege? Meine Frau hat darauf bestanden. Wollte meinetwegen kein Geld für eine Privatklinik aus dem Fenster rausschmeißen. Auf die Weise bleibt nach meinem Tod mehr für sie und ihre beiden Brüder übrig.« Er sah Paige in die Augen. »Wie lange *hab'* ich denn noch?«

»Wollen Sie es wirklich wissen?«

»Nein . . . Ja.«

»Ein bis zwei Wochen.«

»Jesusmaria! Die Schmerzen werden weiter zunehmen, nicht wahr?«

»Ich werde tun, was ich kann, um es für Sie erträglich zu machen, Mr. Cronin.«

»Nennen Sie mich John.«

»John.«

»Das Leben ist gemein, nicht wahr?«

»Sie haben aber doch gesagt, daß Sie ein schönes Leben gehabt haben.«

»Hab' ich auch. Ist nur irgendwie komisch – zu wissen, daß es praktisch vorbei ist. Wo geht die Reise hin – was meinen Sie?«

»Ich weiß nicht.«

Er rang sich ein Lächeln ab. »Ich werd's Ihnen sagen, wenn ich angekommen bin.«

»Sie werden gleich ein paar Medikamente bekommen. Kann ich sonst noch etwas für Sie tun?«

»Yeah. Kommen Sie heut nacht und reden Sie mit mir.«

Eigentlich hatte Paige in dieser Nacht dienstfrei, außerdem war sie todmüde, doch sie versprach es ihm. »Ich komme wieder.«

John Cronin lag wach, als Paige ihn am Abend noch einmal in seinem Zimmer besuchte.

»Wie fühlen Sie sich?«

Er verzog das Gesicht. »Furchtbar. Mit Schmerzen bin ich nie besonders gut fertig geworden. Ich habe vermutlich eine niedrige Toleranzgrenze.«

»Ich verstehe.«

»Sie sind Hazel begegnet, oder?«

»Hazel?«

»Meiner Frau. Dem Flittchen. Sie ist mich mit ihren zwei Brüdern besuchen gekommen. Sie haben mir erzählt, daß sie mit Ihnen gesprochen hätten.«

»Ja.«

»Das ist mir eine, was? Da hab' ich mir echt einen Haufen Probleme aufgeladen. Die drei können's gar nicht erwarten, daß ich ins Gras beiße.«

»Das stimmt doch gar nicht.«

»Doch, das stimmt. Hazel hat mich nur aus einem Grund geheiratet – sie will mein Geld. Um Ihnen die Wahrheit zu sagen – mich hat das nicht sehr gekratzt. Ich hatte wirklich eine schöne Zeit mit ihr im Bett. Aber dann ist sie – zusammen mit ihren Brüdern – plötzlich habgierig geworden. Sie wollten immer noch mehr.«

Paige und Cronin verharrten in wohltuendem Schweigen.

»Hab' ich Ihnen erzählt, daß ich viel von der Welt gesehen habe?«

»Nein.«

»Yeah. Ich bin in Schweden gewesen... Dänemark... Deutschland. Waren Sie schon mal in Europa?«

Sie mußte an ihren Besuch im Reisebüro denken. *Reisen wir nach Venedig! – Nein, wir fahren nach Paris! – Wie wär's denn mit London?* »Nein, noch nie.«

»Sollten Sie aber.«

»Vielleicht später einmal.«

»In so einem Krankenhaus verdient man nicht gerade viel, hab' ich recht?«

»Ich verdiene genug.«

Er nickte, als ob er sich in irgend etwas bestätigt sah. »Yeah, Sie müssen Europa kennenlernen. Tun Sie mir einen Gefallen. Besuchen Sie Paris... wohnen Sie im Hotel Crillon, essen Sie bei Maxim's zu Abend, bestellen Sie sich ein großes, dickes Steak und eine Flasche Champagner, und wenn Sie das Steak essen und den Champagner trinken, dann denken Sie bitte an mich. Würden Sie das tun?«

»Eines Tages werde ich das tun.«

John Cronin sah sie mit einem prüfenden Blick an. »Gut. Ich bin jetzt müde. Kommen Sie morgen wieder, damit wir uns weiter unterhalten können?«

»Ich komme wieder«, versprach Paige.

John Cronin schlief.

29. Kapitel

Ken Mallory setzte großes Vertrauen in Frau Fortuna und war nach der Begegnung mit den Harrisons noch fester davon überzeugt, daß sie auf seiner Seite standen. Daß ein so wohlhabender Mensch wie Alex Harrison ins Embarcadero County Hospital eingeliefert wurde, war ein reiner Glücksfall. *Und dann bin ich derjenige gewesen, der ihm das Leben gerettet hat, und jetzt will er sich mir gegenüber dankbar erweisen.* Mallory rieb sich die Hände.

Er hatte sich bei einem Freund nach den Harrisons erkundigt.

»Reich ist überhaupt kein Ausdruck«, hatte der Freund ihm berichtet. »Der ist ein Multimultimillionär. Und außerdem hat er eine gutaussehende Tochter, die ist drei- oder viermal verheiratet gewesen. Das letzte Mal mit einem Grafen.«

»Kennst du die Harrisons persönlich?«

»Nein. Mit gewöhnlichen Menschen verkehren die nicht.«

Als Alex Harrison an einem Samstagmorgen aus dem Krankenhaus entlassen wurde, wollte er wissen: »Ken, glauben Sie, daß ich heute in einer Woche wieder fit genug sein werde, um eine Abendgesellschaft zu geben?«

Mallory nickte. »Ich wüßte nicht, was dagegen spräche. Wenn Sie's nicht übertreiben.«

Alex Harrison lächelte. »Ausgezeichnet. Sie werden unser Ehrengast sein.«

Mallory geriet in Hochstimmung. *Der alte Herr meint es tatsächlich ernst.* »Also ... vielen Dank.«

»Lauren und ich erwarten Sie heute in acht Tagen um halb acht abends.« Er gab Mallory eine Adresse auf dem Nob Hill.

»Ich werde da sein«, erklärte Mallory. *Und ob!*

Eigentlich hatte er Kat versprochen, an diesem Abend mit ihr ins Theater zu gehen; aber das würde sich problemlos verschieben lassen. Die Wette hatte er ja gewonnen, das Geld eingestrichen, und Sex mit ihr war nach wie vor ein Genuß. Sie fanden in jeder Woche mehrmals zueinander – in einem unbenutzten Bereitschaftsraum, einem leeren Krankenzimmer oder auch in ihrer oder seiner Wohnung. *Ihr Feuer ist lange Zeit unterdrückt gewesen,* dachte Mallory beglückt, *doch als es dann gefunkt hat – wow! Aber nun würde bald der Tag kommen, an dem er ihr ›Arrividerci‹ sagen mußte.*

Mallory rief Kat erst an dem Tag an, als er bei den Harrisons eingeladen war. »Schlechte Nachrichten, Baby.«

»Was gibt's denn, Liebling?«

»Ein Kollege ist erkrankt und hat mich gebeten, für ihn einzuspringen. Ich fürchte, ich muß unsere Verabredung heute abend platzen lassen.«

Sie wollte sich ihre Enttäuschung nicht anmerken lassen; wollte nicht, daß er merkte, *wie* wichtig er ihr war. Sie sagte daher leichthin: »So ist das nun mal bei uns Ärzten, nicht wahr?«

»Yeah. Ich werd's ein andermal gutmachen.«

»Da gibt es nichts gutzumachen«, meinte sie innig. »Ich liebe dich.«

»Ich liebe dich auch.«

»Ken – wann werden wir darüber sprechen ... ich meine, über uns beide?«

»Was meinst du damit?« Er wußte ganz genau, worauf sie hinauswollte. Auf eine feste Zusage. *Sie sind doch alle gleich. Sie benutzen ihre Muschis als Köder und hoffen, sich so einen Idioten zu angeln, der dann das ganze Leben mit ihnen verbringt.* Also, dafür war er zu clever. Dem würde er sich, wie schon ein dutzendmal geschehen, im richtigen Augenblick mit einem Ausdruck des Bedauerns zu entziehen wissen.

»Meinst du nicht«, fragte Kat, »daß wir ein Datum festsetzen sollten? Da gibt es doch viel im voraus zu planen, Ken.«

»Sicher. Machen wir.«

»Ich hatte eventuell an Juni gedacht. Was hältst du davon?«

Du wirst bestimmt nicht wissen wollen, was ich davon halte. Wenn ich meine Karten nur richtig ausspiele, wird es wirklich eine Hochzeit geben, aber nicht mit dir. »Wir werden das alles noch besprechen, Baby. Jetzt muß ich mich aber wirklich sputen.«

Das Heim der Harrisons, mitten in einem sorgfältig gepflegten Landschaftsgarten, sah aus wie ein Herrenhaus im Film; im Inneren schienen die Flure und Räume kein Ende zu nehmen. Zwei Dutzend Gäste waren versammelt, im riesigen Wohnraum spielte eine Kapelle. Lauren rannte Mallory entgegen. Sie trug ein enganliegendes, langes Seidenkleid. Sie drückte Mallory die Hand. »Unser Ehrengast – herzlich willkommen! Ich freu' mich, daß Sie da sind.«

»Ich mich auch. Wie geht's Ihrem Vater?«

»Dank Ihnen ist er sehr lebendig. In unserem Freundeskreis feiert man Sie als Helden.«

Mallory setzte ein bescheidenes Lächeln auf. »Ich habe nur meine Pflicht getan.«

»Das sagt Gott vermutlich jeden Tag.« Sie nahm ihn an der Hand und stellte ihn den übrigen Gästen vor.

Die Crème de la crème hatte sich eingefunden – der Gouverneur von Kalifornien, der französische Botschafter, ein Richter vom Supreme Court und ein Dutzend Politiker, Künstler und Tycoons. Mallory konnte die Macht, die von diesen Leuten ausging, fast körperlich wahrnehmen – ein Gefühl, das ihn richtig in Stimmung brachte. *Das ist meine Welt,* sagte er sich. *Bei diesen Menschen fühle ich mich zu Hause.*

Das Dinner war köstlich, und es wurde stilvoll serviert. Als die Gäste sich zum Schluß einer nach dem andern verabschiedeten, nahm Harrison Mallory beiseite: »Nun stürzen Sie nicht gleich davon, Ken. Ich würde mich gern noch mit Ihnen unterhalten.«

»Mit dem größten Vergnügen.«

Harrison, Lauren und Mallory nahmen in der Bibliothek Platz.

»Es war mir ernst damit, als ich Ihnen im Krankenhaus erklärte, daß Sie eine große Zukunft vor sich hätten.«

»Ihr Vertrauen ehrt mich, Sir.«

»Sie sollten Ihre eigene Praxis aufmachen.«

Mallory lächelte bescheiden. »Das ist gar nicht so einfach, Mr. Harrison. Es dauert ziemlich lange, eine Privatpraxis aufzubauen, und . . .«

»Für gewöhnlich schon, ja. Aber Sie sind kein gewöhnlicher Mensch.«

»Was meinen Sie damit?«

Lauren kam ihm zu Hilfe. »Vater möchte Ihnen gern eine Privatpraxis einrichten, wenn Sie Ihre Ausbildungszeit am Krankenhaus beendet haben.«

Mallory war zunächst einmal sprachlos. Das ging ihm zu schnell. Ihm war zumute wie in einem wunderbaren Traum. »Ich . . . ich weiß gar nicht, was ich dazu sagen soll.«

»Ich habe viele wohlhabende Freunde. Mit einigen habe ich bereits über Sie gesprochen, und eins kann ich Ihnen heute schon sagen – in dem Moment, wo Sie Ihren Laden aufmachen, werden Sie sich vor dem Ansturm nicht retten können.«

»Daddy, Ärzte machen doch keinen *Laden* auf.«

»Nenn es, wie du willst. Ich würde Sie jedenfalls gern finanzieren. Wären Sie daran interessiert?«

Es verschlug Mallory förmlich die Sprache. »Sehr sogar. Aber ich . . . ich weiß nicht, wann ich Ihnen das Geld zurückzahlen könnte.«

»Sie verstehen mich falsch. Ich zahle doch *Ihnen* etwas zurück. Sie werden mir gar nichts schulden.«

Lauren schaute Mallory mit einem herzlichen Blick an. »Sagen Sie ja. Bitte.«

»Ich wäre doch blöd, wenn ich nein sagen würde, oder?«

»Genau«, hauchte Lauren ihm zu. »Und ich weiß doch, daß Sie nicht dumm sind.«

Auf dem Heimweg befand Ken sich im Zustand reinster Euphorie. *Besser könnte es gar nicht kommen,* dachte er. Aber da irrte er sich gewaltig. Es kam noch viel besser.

Lauren rief bei ihm an. »Ich hoffe, Sie haben nichts dagegen, Geschäftliches mit Privatvergnügen zu verbinden.«

Er klopfte sich innerlich auf die Schulter. »Nicht im geringsten. Woran hatten Sie denn gedacht?«

»Nächsten Samstag findet ein Wohltätigkeitsball statt. Möchten Sie mich begleiten?«

Oh, Baby, und ob ich dich begleiten möchte. »Herzlich gern.« Er hatte am kommenden Samstag Dienst – er würde sich einfach krank melden, dann müßte das Krankenhaus Ersatz für ihn finden.

Mallory war jemand, der gern vorausdachte; was ihm nun widerfuhr, übertraf allerdings seine wildesten Zukunftsträume.

In den darauffolgenden Wochen wurde er in Laurens Gesellschaftskreise hineingezogen, so daß sein Leben zum atemberaubenden Wirbel wurde und er mit Lauren manchmal die halbe Nacht durchtanzte; tagsüber wankte er dann durchs Krankenhaus und überstand seinen Dienst nur mit Mühe. Die Beschwerden über seine Arbeit häuften sich; aber das war ihm egal. *Ich bin sowieso nicht mehr lange hier,* sagte er sich.

Der Gedanke, von diesem langweiligen Krankenhaus befreit zu werden und eine eigene Praxis zu führen, war schon aufregend genug; aber Frau Fortuna gab ihm noch einen zusätzlichen Bonus – Lauren.

Kat wurde allmählich lästig. Mallory mußte dauernd neue Ausreden erfinden, um sich ihr zu entziehen. Sie drängte; und dann sagte er etwa: »Liebling, ich bin verrückt nach dir ... natürlich möchte ich dich gern heiraten, aber im Moment, weißt du, ich ...« und dann folgte eine ganze Litanei von Entschuldigungen.

Es war Laurens Vorschlag, miteinander ein Wochenende im Landhaus der Familie in Big Sur zu verbringen. Mallory jubelte. *Die ganze verdammte Welt ist himmelblau,* dachte er. *Und mir liegt sie zu Füßen!*

Der Besitz zog sich über bewaldete Hügel hin, das Haus, ein

enormes Gebäude aus Holz, Schindeln und Stein, schaute auf den Pazifik hinaus. Es bestand aus einem riesigen Schlafzimmer, acht Gästezimmern, einem geräumigen Wohnraum mit gemauertem Kamin, einem überdachten Swimmingpool und einem großen Heißwasserbecken. Das Ganze stank nur so nach Geld.

Lauren sagte gleich nach der Ankunft: »Ich habe den Bediensteten für das Wochenende freigegeben.«

Mallory grinste. »Gute Idee.« Er legte die Arme um sie und flüsterte: »Ich bin ganz wild auf dich.«

»Dann zeig's mir doch.«

Sie blieben den ganzen Tag über im Bett. Lauren war fast so unersättlich wie Kat.

»Du erschöpfst mich ja total!« lachte Mallory.

»Gut. Ich will nicht, daß du auch nur in der Lage wärst, eine andere zu lieben!« Sie setzte sich auf. »Es gibt doch in deinem Leben keine andere, Ken?«

»Absolut nicht«, erwiderte Mallory in seinem aufrichtigsten Ton. »Außer dir gibt's für mich niemanden auf der Welt. Ich liebe dich, Lauren.« Der Moment war gekommen, in dem er alles wagen mußte; seine gesamte Zukunft mußte er jetzt fein säuberlich zu *einem* Paket schnüren. Ein erfolgreicher Arzt mit eigener Praxis – das war eine Sache. Alex Harrisons Schwiegersohn – das war noch etwas völlig anderes. »Ich möchte dich heiraten.«

Er hielt, in Erwartung ihrer Antwort, den Atem an.

»O ja, Liebling«, sagte Lauren. »Ja.«

Kat versuchte verzweifelt, Mallory zu erreichen. Sie rief beim Krankenhaus an. »Bedaure, Dr. Hunter, aber Dr. Mallory ist nicht im Dienst und meldet sich nicht.«

»Hat er denn keine Nachricht hinterlassen, wo man ihn erreichen könnte?«

»Bei uns ist nichts vermerkt.«

Kat legte den Hörer auf und wandte sich an Paige. »Ihm muß etwas zugestoßen sein. Ich weiß es. Sonst hätte er mich doch angerufen!«

»Aber Kat, es könnte tausend Gründe geben, warum du nichts von ihm gehört hast. Vielleicht hat er plötzlich verreisen müssen, oder ...«

»Du hast ja recht. Es gibt dafür bestimmt einen guten Grund.«

Kat fixierte das Telefon. Sie wollte es zwingen zu läuten.

Als Mallory nach San Francisco zurückkam, rief er sofort im Krankenhaus an und verlangte Kat.

»Dr. Hunter ist nicht im Dienst«, informierte ihn die Zentrale.

»Danke.« Mallory rief in der Wohnung an. Kat war daheim.

»Ken! Wo bist du gewesen? Ich habe mir Sorgen gemacht. Ich habe dich überall zu erreichen ...«

»Eine Familienkrise«, behauptete er glattzüngig. »Tut mir leid, aber ich konnte dich nicht mehr anrufen. Ich mußte plötzlich verreisen. Darf ich zu dir kommen?«

»Das weißt du doch. Ich bin ja so froh, daß es dir gutgeht. Ich ...«

»In einer halben Stunde.« Er legte auf. Er dachte: *Die Zeit ist gekommen, sagte das Walroß, da so mancherlei besprochen werden muß. Kat, Baby, es hat großen Spaß gemacht, aber damit hat sich's nun.*

Als Mallory die Wohnung betrat, warf Kat ihm die Arme um den Hals. »Du hast mir ja so gefehlt!« Sie durfte ihm gar nicht sagen, *wie* groß ihre Verzweiflung und Sorge gewesen waren – dergleichen können Männer auf den Tod nicht leiden. Sie trat einen Schritt zurück. »Aber Darling, du siehst ja völlig erschöpft aus!«

Mallory seufzte. »In den letzten vierundzwanzig Stunden hab' ich nicht *eine* Sekunde Schlaf bekommen.«

Kat umarmte ihn. »Armer Liebling. Kann ich dir etwas anbieten?«

»Nein, alles in Ordnung. Was ich jetzt brauche, ist Schlaf. Komm, setzen wir uns. Wir müssen etwas bereden.«

»Stimmt was nicht?« fragte Kat.

Mallory holte tief Luft. »Kat, ich hab' in letzter Zeit viel über uns nachgedacht.«

»Ich auch.« Sie lächelte. »Und ich hab' Nachrichten für dich. Ich . . .«

»Nein, warte. Laß mich ausreden. Kat, ich glaube, daß wir alles doch ein bißchen überstürzt haben. Ich . . . mein Heiratsantrag war vielleicht ein wenig unüberlegt.«

Sie erbleichte. »Was . . . was willst du damit sagen?«

»Ich will damit nur sagen, daß ich meine, wir sollten alles ein wenig verschieben.«

Ihr war, als würde die Welt um sie herum zusammenbrechen. Sie vermochte kaum mehr zu atmen. »Ken, wir können nichts mehr verschieben. Ich bekomme ein Baby von dir.«

30. Kapitel

Als Paige um Mitternacht nach Hause kam, war sie total erledigt. Der Tag war überaus anstrengend gewesen. Zum Mittagessen war überhaupt keine Zeit geblieben; und abends hatte sie sich zwischen zwei Operationen nur rasch ein Sandwich greifen können. Sie ließ sich ins Bett fallen und schlief auf der Stelle ein. Beim Läuten des Telefons wurde sie wieder wach. Paige griff nach dem Hörer. Sie warf automatisch einen Blick auf die Uhr neben dem Bett. Es war drei Uhr früh.

»Dr. Taylor? Tut mir leid, daß ich Sie störe, aber einer Ihrer Patienten gibt keine Ruhe und will Sie unbedingt sofort sprechen.«

Paige hatte einen so ausgetrockneten Hals, daß sie kaum sprechen konnte. »Ich bin doch außer Dienst«, murmelte sie. »Kann denn nicht jemand anders . . .«

»Er will mit niemand sonst reden. Er sagt, daß er sie braucht.«

»Wer ist es?«

»John Cronin.«

Paige setzte sich ein wenig auf. »Was fehlt ihm denn?«

»Das weiß ich nicht. Er will mit niemandem sprechen. Er will nur Sie.«

»Also gut«, sagte Paige seufzend. »Ich fahre gleich los.«

Als Paige eine halbe Stunde später das Krankenhaus erreichte, begab sie sich direkt zu John Cronin aufs Zimmer. Er lag wach im Bett. Aus den Nasenlöchern und von den Armen stachen Röhrchen hervor.

»Danke, daß Sie gekommen sind.« Die Stimme klang schwach und heiser.

Paige ließ sich auf dem Stuhl neben seinem Bett nieder. Sie setzte ein freundliches Lächeln auf. »Ist schon gut, John. Ich hatte sowie nichts zu tun, außer zu schlafen. Was kann ich für Sie tun – wie kommt's, daß es in diesem riesigen Krankenhaus außer mir niemanden gibt, der etwas für Sie tun kann?«

»Ich möchte mit Ihnen reden.«

Paige stöhnte laut auf. »Um diese Tageszeit? Ich hatte angenommen, daß es sich um irgendeine Art von Notfall handeln würde.«

»Tut es auch. Ich möchte gehen.«

Sie schüttelte den Kopf. »Unmöglich. Sie können jetzt nicht nach Hause. Dort könnten Sie diese besondere Behandlung nicht...«

Er unterbrach sie. »Ich will doch nicht nach Hause. Ich möchte gehen.«

Sie ließ den Blick auf ihm ruhen und fragte ganz langsam: »Was wollen Sie damit sagen?«

»Sie wissen ganz genau, was ich damit sagen will. Die Medikamente wirken nicht mehr. Ich kann diese Schmerzen nicht länger ertragen. Ich will da raus.«

Paige beugte sich vor und hielt ihm die Hand. »John, das darf ich nicht tun. Kommen Sie, ich gebe Ihnen...«

»Nein. Ich bin es leid, Paige. Ich möchte sterben, ganz gleich, wohin es dann geht, aber so will ich hier nicht länger herumhängen.«

»John...«

»Wie lang habe ich denn überhaupt noch? Noch ein paar Tage? Ich hab' Ihnen ja gesagt, daß ich mit Schmerzen nicht gut zurechtkomme. Ich bin hier wie ein Tier, das in der Falle sitzt, ich stecke voller gottverdammter Röhrchen. Mein Körper wird von innen zerfressen. Das ist kein Leben – das ist Sterben. Um Gottes willen, helfen Sie mir!«

Er wurde von einem plötzlichen Schmerzkrampf geschüttelt. Als er wieder sprach, war seine Stimme noch leiser, noch schwächer. »Helfen Sie mir doch... bitte...«

Paige wußte, was sie in so einer Situation zu tun hätte: Sie müßte John Cronins Bitte Dr. Benjamin Wallace melden, der sie weiterleiten würde an den Verwaltungsrat des Krankenhauses, der wiederum ein Ärztekomitee damit beauftragen würde, John Cronins Zustand zu begutachten, und danach eine Entscheidung träfe, welche anschließend gebilligt werden müßte durch...

»Paige... es ist *mein* Leben. Erlauben Sie, daß *ich* entscheide, was ich damit mache.«

Sie betrachtete die hilflose, vor Schmerz zuckende Gestalt.

»Ich flehe Sie an...«

Sie nahm seine Hand und hielt sie lange Zeit, schweigend, bis sie sagte: »In Ordnung, John. Ich werde es tun.«

Ihm gelang der Hauch eines Lächelns. »Ich habe gewußt, daß ich auf Sie zählen kann.«

Paige beugte sich über ihn und gab ihm einen Kuß auf die Stirn. »Schließen Sie die Augen, damit Sie schlafen.«

»Gute Nacht, Paige.«

»Gute Nacht, John.«

Paige blieb sitzen und betrachtete ihn nachdenklich. Was hatte sie sich da vorgenommen? Sie erinnerte sich daran, wie entsetzt sie am ersten Tag, auf ihrer ersten Visite mit Dr. Radnor, reagiert hatte. *Sie liegt bereits seit sechs Wochen im Koma. Ihre Lebenszeichen werden schwacher. Wir können nichts mehr für sie tun. Wir werden heute nachmittag den Stöpsel herausziehen.* War es falsch, einen Mitmenschen aus seinem Elend zu erlösen?

Ganz langsam, wie unter Wasser, stand Paige auf und ging zu einem Schrank in der Ecke, wo für Notfälle eine Flasche Insulin aufbewahrt wurde. Sie nahm die Flasche heraus. Sie blieb reglos stehen. Sie betrachtete die Flasche. Sie schraubte die Flasche auf. Sie füllte eine Spritze mit dem Insulin und trat wieder an John Cronins Bett. Noch konnte sie zurück. *Ich bin hier wie ein Tier, das in der Falle sitzt... Das ist kein Leben... Das ist Sterben. Um Gottes willen, helfen Sie mir.*

Paige lehnte sich vor und führte das Insulin langsam in die intravenöse Versorgung ein.

»Schlaf gut«, flüsterte Paige. Sie merkte nicht einmal, daß sie schluchzte.

Paige fuhr nach Hause und lag die ganze restliche Nacht über wach und dachte über ihre Tat nach.

Der Anruf kam um sechs Uhr morgens.

»Bedaure, Ihnen schlechte Nachrichten mitteilen zu müssen. Dr. Taylor. Ihr Patient John Cronin ist am frühen Morgen an Herzstillstand gestorben.«

Der diensttuende Oberarzt an diesem Morgen war Dr. Arthur Kane.

31. Kapitel

Ken Mallory war bisher nur ein einziges Mal in der Oper gewesen; damals war er eingeschlafen. An diesem Abend sah er im Opernhaus von San Francisco Verdis *Rigoletto* und genoß jede Minute. Er saß mit Lauren Harrison und ihrem Vater in einer Loge. Während der Pause hatte Alex Harrison ihn im Foyer des Opernhauses einer Reihe von Freunden vorgestellt.

»Mein zukünftiger Schwiegersohn, ein brillanter Arzt – Ken Mallory.« Es reichte, Alex Harrisons Schwiegersohn zu werden, um ein brillanter Arzt zu sein.

Nach der Vorstellung hatten die Harrisons mit Mallory im eleganten, großen Speisesaal des Fairmont Hotels zu Abend gegessen. Mallory genoß die ehrfürchtige Begrüßung des Maître d'hôtel, der sie zu ihrem Séparée geleitete. *Von nun an werde ich mir derartige Schuppen leisten können,* dachte Mallory. *Von nun an werde ich jemand sein.*

Nachdem sie bestellt hatten, sagte Lauren: »Liebling, ich finde, wir sollten ein Fest veranstalten, um unsere Verlobung bekanntzugeben.«

»Eine blendende Idee!« sagte ihr Vater. »Was sagen Sie dazu, Ken?«

In Mallorys Bewußtsein begann eine Alarmglocke zu klingeln. Eine Verlobungsparty würde öffentliche Aufmerksamkeit erregen. *Ich muß unbedingt zuerst die Angelegenheit mit Kat hinbiegen.* Das müßte sich, wie er meinte, mit einem kleinen Sümmchen regeln lassen. Mallory verfluchte die dumme Wette, auf die er sich eingelassen hatte. Wegen lächerlicher zehntausend Dollar stand nun seine gesamte glänzende Zukunft auf dem Spiel. Er konnte sich vorstellen, was passieren würde, wenn er den Harrisons von Kat erzählen würde.

Übrigens, ich habe ganz vergessen zu erwähnen, daß ich schon verlobt bin, mit einer Ärztin vom Krankenhaus. Sie ist eine Schwarze ...

Oder so: *Soll ich Ihnen mal was Lustiges erzählen? Ich habe gegen die Jungs vom Krankenhaus gewettet, daß ich's schaffen würde, diese schwarze Ärztin zu ficken ...*

Oder auch: *Ich hatte bereits eine andere Hochzeit geplant ...*

Nein, dachte er, *ich werde einen Weg finden müssen, um Kat loszuwerden.*

Die beiden sahen ihn ganz erwartungsvoll an.

Mallory lächelte. »Eine Party ... das klingt wundervoll.«

»Gut«, erklärte Lauren begeistert. »Dann werde ich die Sache in die Hand nehmen. Männer haben ja keine Idee, was zu einer Party alles dazugehört.«

Alex Harrison wandte sich an Mallory. »Ich habe den Ball für Sie bereits in Rollen gebracht.«

»Sir?«

»Ich habe da einen alten Golfkumpel, Gary Gitlin, Chef des North Shore Hospitals, mit dem habe ich über Sie gesprochen, und er meint, es sei überhaupt kein Problem, Sie in seinem Krankenhaus unterzubringen. So was ist ziemlich prestigeträchtig, wissen Sie. Und gleichzeitig würde ich Ihnen Ihre Privatpraxis einrichten.«

Mallory lauschte andächtig. »Das ist herrlich.«

»Es wird natürlich ein paar Jahre dauern, bis Sie eine wirklich lukrative Praxis aufgebaut haben, ich denke aber, daß Sie doch in der Lage sein müßten, in den ersten Jahren zwei- bis dreihunderttausend Dollar zu verdienen.«

Zwei- oder dreihunderttausend Dollar! Mein Gott! dachte Mallory. *Und das sagt er so dahin, als ob's ein paar Erbsen wären.* »Das ... das wäre sehr angenehm, Sir.«

Alex Harrison lächelte. »Ken, da ich nun einmal dein Schwiegervater sein werde, sollten wir mit diesem albernen ›Sir‹ Schluß machen. Nenn mich Alex.«

»Gut, Alex.«

»Ich habe bisher noch nie im Juni geheiratet«, bemerkte Lauren. »Ist dir Juni recht, Liebling?«

Ihm klang Kats Stimme im Ohr. *Meinst du nicht auch, daß wir ein Datum festsetzen sollten? Ich hatte eventuell an Juni gedacht.*

Mallory nahm Laurens Hand. »Hört sich gut an.« *Das läßt mir eine Menge Zeit, um mit Kat fertig zu werden,* überlegte Mallory. Beim nächsten Gedanken mußte er innerlich schmunzeln. *Ich werde ihr etwas von dem Geld anbieten, das ich gewonnen habe, weil ich sie ins Bett kriegte.*

»Wir haben eine Jacht in Südfrankreich«, erzählte Alex Harrison. »Was haltet ihr zwei davon, die Flitterwochen an der Französischen Riviera zu verbringen? Hinfliegen könnt ihr ja mit unserer Gulfstream-Maschine.«

Eine Jacht. Die Französische Riviera. Es war wie ein Traum, der in Erfüllung geht. Mallory schaute Lauren an. »Mit Lauren würde ich überall Flitterwochen machen.«

Alex Harrison nickte. »Na, da scheint ja alles geregelt.« Er warf seiner Tochter einen zufriedenen Blick zu. »Du wirst mir fehlen, Schatz.«

»Es ist ja nicht so, daß du mich verlierst, Vater. Du gewinnst einen Arzt dazu.«

»Und einen verdammt guten Arzt! Ich kann dir nie genug dafür danken, daß du mir das Leben gerettet hast, Ken.«

Lauren streichelte Mallorys Hand. »Ich werde ihm an deiner Stelle danken.«

»Hör zu, Ken – warum treffen wir uns nächste Woche nicht zum Lunch«, schlug Harrison vor. »Wir suchen anständige Praxisräume für dich, eventuell im Post Building, und ich bringe dich mit Gary Gitlin zusammen. Meine Freunde können's gar nicht abwarten, dich kennenzulernen.«

»Und ich habe meinen Freundinnen von dir erzählt. Die sind ebenfalls ziemlich scharf darauf, deine Bekanntschaft zu machen – nur werde ich *das* verhindern.«

»Ich habe an niemandem Interesse, außer an dir«, erklärte Mallory im Brustton der Überzeugung.

Als sie in den Rolls-Royce einstiegen, der von einem Chauffeur gefahren wurde, fragte Lauren: »Wo sollen wir dich absetzen?«

»Am Krankenhaus. Ich muß mich noch um ein paar Patienten kümmern.« Er hatte keineswegs die Absicht, sich um irgendwelche Patienten zu kümmern. Er ging nur hin, weil er wußte, daß Kat Dienst hatte.

Lauren streichelte ihm die Wange. »Armer Kleiner. Du arbeitest viel zuviel.«

Mallory seufzte. »Macht nichts. Solange ich nur Menschen helfen kann.«

Er fand Kat in der geriatrischen Abteilung.

»Hallo, Kat.«

Sie war übelgelaunt. »Wir hatten gestern abend eine Verabredung, Ken.«

»Ich weiß. Entschuldige, ich habe es einfach nicht geschafft, und ...«

»Das ist in dieser Woche bereits das dritte Mal. Was ist nur mit dir los?«

Sie entwickelte sich langsam zur Nervensäge. »Kat, ich muß mit dir reden. Gibt es hier irgendwo ein leeres Zimmer?«

Sie dachte einen Augenblick lang nach. »Der Patient von Zimmer 315 ist heute entlassen worden. Dort wären wir ungestört.«

Sie gingen den Flur hinunter. Eine Schwester kam auf sie zu. »Ach, Dr. Mallory! Dr. Peterson sucht sie. Er ...«

»Sagen Sie ihm, ich sei beschäftigt.« Er faßte Kat am Arm und führte sie zum Fahrstuhl.

Im dritten Stock schwiegen beide, bis Mallory auf Zimmer 315 die Tür hinter sich geschlossen hatte. Er war nervös. Von den nächsten paar Minuten hing seine ganze goldene Zukunft ab.

Er nahm Kats Hand. Es wurde Zeit, offen und ehrlich zu sein. »Kat, du weißt, daß ich nach dir verrückt bin. Was ich für dich empfinde, das habe ich in meinem ganzen Leben noch nicht für eine Frau empfunden. Andererseits, Schatz, die Vorstellung, jetzt sofort ein Kind in die Welt zu setzen ... also ... siehst du nicht auch, wie falsch das wäre? Ich meine ... wir sind beide Tag und Nacht beschäftigt, und wir verdienen doch nicht genug, um ...«

»Aber wir könnten damit auskommen«, widersprach Kat. »Ken, ich liebe dich, und ich ...«

»Warte. Ich verlange ja nur, daß wir das Ganze ein bißchen aufschieben. Wenn meine Zeit im Krankenhaus ausläuft und ich irgendwo eine Privatpraxis aufmachen kann. Vielleicht kehren wir in den Osten zurück. In ein paar Jahren werden wir's uns leisten können, zu heiraten und ein Kind zu kriegen.«

»*In ein paar Jahren?* Ich hab' dir doch gesagt, daß ich schwanger bin.«

»Ich weiß, Liebling, aber du bist jetzt, Moment ... im zweiten Monat? Da ist noch genug Zeit, um abzutreiben.«

Kat sah ihn mit einem Ausdruck des Entsetzens an. »Nein! Ich werde es nicht abtreiben lassen! Ich will, daß wir sofort heiraten. Jetzt!«

Wir haben eine Jacht in Südfrankreich. Was haltet ihr zwei davon, die Flitterwochen an der Französischen Riviera zu verbringen? Hinfliegen könnt ihr ja mit unserer Gulfstream-Maschine.

»Ich habe Paige und Honey schon gesagt, daß wir heiraten werden. Sie werden meine Brautjungfern sein. Und von dem Baby wissen die beiden auch.«

Mallory lief es kalt über den Rücken. Die Dinge gerieten außer Kontrolle. Falls die Harrisons Wind davon bekämen, wäre er erledigt. »Das hättest du nicht tun dürfen.«

»Warum nicht?«

Mallory zwang sich zu einem Lächeln. »Weil es mir lieber ist, wenn unser Privatleben *unser* Privatleben bleibt.« *Ich werde Ihnen eine Praxis einrichten ... in den ersten Jahren zwei- bis dreihunderttausend Dollar.* »Kat, ich frage dich jetzt zum letztenmal: Wirst du eine Abtreibung vornehmen lassen?« Er suggerierte ihr mit aller Willenskraft ein Ja und versuchte gleichzeitig, sich seine Verzweiflung nicht anmerken zu lassen.

»Nein.«

»Kat ...«

»Ich bring's nicht über mich, Ken. Ich hab' dir doch erzählt, wie ich mich wegen der Abtreibung gefühlt habe, die ich als junges Mädchen erlebt habe. Ein zweites Mal könnte ich das nicht ertragen. Frag mich bitte nicht noch mal.«

Es war in diesem Augenblick, daß Ken Mallory begriff: Er durfte nichts riskieren. Er sah keine andere Alternative. *Ich werde sie umbringen müssen.*

32. Kapitel

Honey freute sich jeden Tag schon im voraus darauf, den Patienten auf Zimmer 306 wiederzusehen. Er hieß Sean Reilly und war ein gutaussehender Ire mit schwarzem Haar und funkelnden dunklen Augen. Honey schätzte ihn auf Anfang Vierzig.

Als Honey ihn zum erstenmal auf ihrer Visite bemerkte, hatte sie auf sein Krankenblatt gesehen und gesagt: »Wie ich sehe, sind Sie wegen einer Cholezystektomie hier.«

»Ich dachte, sie wollten mir die Gallenblase entfernen.«

Honey lächelte. »Das ist doch dasselbe.«

Sean richtete seine schwarzen Augen auf sie. »Die Ärzte können mir herausschneiden, was sie wollen, nur nicht mein Herz. Das gehört Ihnen.«

Honey lachte. »Mit Schmeicheln erreichen Sie alles.«

»Hoffentlich, Feinsliebchen.«

Wann immer Honey einige Minuten erübrigen konnte, schaute sie bei Sean herein. Er war ebenso liebenswürdig wie amüsant.

»Lohnt sich, operiert zu werden, nur um Sie um sich zu haben, Feinsliebchen.«

»Sie sind gar nicht nervös wegen der Operation, nicht wahr?«

»Solang Sie operieren, bestimmt nicht, Liebes.«

»Ich bin kein Chirurg. Ich bin Internistin.«

»Dürfen Internistinnen mit ihren Patienten zu Abend essen?«

»Nein. Das ist gegen die Regeln.«

»Setzen Internistinnen sich denn nie über die Regeln hinweg?«

»Niemals.« Honey sagte es mit einem Lächeln.

»Ich finde Sie wunderschön«, erklärte Sean.

Das hatte Honey noch nie jemand gesagt. Sie spürte, wie sie rot wurde. »Danke sehr.«

»Sie sind wie Morgentau in den Tälern von Killarney.«

»Sind Sie überhaupt schon einmal in Irland gewesen?« fragte Honey vorsichtig.

Er lachte schallend. »Nein. Aber ich verspreche Ihnen – eines Tages werden wir gemeinsam nach Irland fahren. Sie werden schon sehen.«

Es war lächerlich. Typisch irisch, diese Übertreibungen, aber trotzdem . . .

»Wie fühlen Sie sich?« fragte sie, als sie ihn am Nachmittag besuchte.

»Besser. Weil ich Sie sehe. Haben Sie über unsere Verabredung nachgedacht?«

»Nein«, log Honey.

»Ich hatte gehofft, daß ich nach der Operation mit Ihnen ausgehen könnte. Sie sind doch nicht verlobt oder verheiratet oder was ähnlich Dummes, oder?«

Honey lächelte ihm zu. »So was Dummes nicht.«

»Prima! Ich auch nicht. Wer würde mich schon wollen?«

Viele Frauen würden dich sofort nehmen, dachte Honey.

»Falls Sie Hausmannskost mögen – ich koche fantastisch.«

»Mal sehen.«

Als Honey am Morgen darauf wiederkam, sagte er: »Ich habe ein kleines Geschenk für Sie.« Er überreichte ihr ein Blatt Zeichenpapier. Es zeigte eine zarte, idealisierte Skizze von Honey.

»Das gefällt mir!« rief Honey. »Sie sind ja ein richtiger Künstler.« Und da fielen ihr plötzlich wieder die Worte des Mediums ein: *Sie werden sich verlieben. Er ist Künstler.* Sie sah Sean mit einem merkwürdigen Blick an.

»Stimmt was nicht?«

»Nein«, sagte Honey ganz langsam. »Nein.«

Fünf Minuten später tauchte Honey bei Frances Gordon auf.

»Da kommt ja die Jungfrau!«

Honey fragte ohne Umschweife: »Können Sie sich erinnern, daß Sie mir vorausgesagt haben, ich würde mich verlieben – in einen Künstler?«

»Ja.«

»Also . . . ich glaube, ich bin ihm begegnet.«

Frances Gordon lächelte. »Sehen Sie? Die Sterne lügen nie.«

»Könnten . . . Könnten Sie mir ein bißchen was über ihn erzählen? Über uns beide?«

»In der Schublade drüben liegen ein paar Tarotkarten. Würden Sie mir die bitte bringen?«

Als Honey die Karten holte, dachte sie: *Das ist lächerlich! An so etwas glaube ich doch gar nicht!*

Frances Gordon legte die Karten aus. Sie nickte immer wieder vor sich hin, nickte, lächelte still in sich hinein, bis sie plötzlich innehielt. »O mein Gott!« Sie hob den Kopf und sah Honey lange an.

»Was ist denn?« fragte Honey erschrocken.

»Dieser Künstler – Sie sagen, daß Sie ihm bereits begegnet sind?«

»Ich glaube ja. Doch.«

In der Stimme Frances Gordons lag tiefe Trauer. »Der arme Mann!« Ihre Augen ruhten mitfühlend auf Honey. »Es tut mir leid – es tut mir ja so leid.«

Sean Reillys Operation war für den folgenden Morgen anberaumt.

8.15 Uhr: Dr. William Radner traf die Vorbereitungen für die Operation in OP-Saal 2.

8.25 Uhr: Vor dem Eingang zur Notfallstation des Embarcadero hielt ein Lkw mit dem Wochenbedarf an Blutkonserven. Der Fahrer trug die Konserven zur Blutbank im Keller. Der diensthabende Arzt Eric Foster genoß bei Kaffee und Plundergebäck gerade die Gesellschaft der hübschen jungen Schwester Andrea.

»Wo soll ich sie ablegen?« fragte der Fahrer.

»Legen Sie sie einfach dorthin.« Foster deutete in eine Ecke.

»Okay.« Der Fahrer legte die Konserven auf den Boden und zog ein Formular heraus. »Sie müssen sich hier noch verewigen.«

»In Ordnung.« Foster zeichnete das Formular ab. »Danke.«

»Kein Problem.« Der Fahrer verschwand.

Foster wandte sich wieder Andrea zu. »Wo waren wir stehengeblieben?«

»Sie haben mir gerade erzählt, wie bewundernswert ich sei.«

»Richtig. Und wenn Sie nicht verheiratet wären, wäre ich echt hinter Ihnen her«, erklärte der im Krankenhaus wohnende Medizinalassistent. »Lassen Sie sich manchmal auf was ein?«

»Nein. Mein Mann ist nämlich Boxer.«

»Ach so. Haben Sie noch eine Schwester?«

»Um ehrlich zu sein – ja.«

»Ist sie so hübsch wie Sie?«

»Noch hübscher.«

»Und wie heißt sie?«

»Marilyn.«

»Warum verabreden wir uns dann nicht für einen Abend zu viert?«

Während sie alberten, schaltete sich das Faxgerät ein. Foster beachtete es nicht.

8.45 Uhr: Dr. Radnor begann mit der Operation an Sean Reilly. Alles verlief reibungslos. Der OP-Saal funktionierte wie eine gutgeölte Maschine, die von Leuten bedient wird, die ihr Handwerk verstehen.

9.05 Uhr: Dr. Radnor erreichte den Gallenblasengang. Bis dahin war die Operation wie nach Lehrbuch verlaufen. Als er zum Herausschneiden der Gallenblase ansetzte, glitt seine Hand aus, und das Skalpell ritzte eine Arterie. Blut strömte aus.

»Herrje!« Er versuchte, den Blutfluß aufzuhalten.

Der Anästhesist meldete laut: »Der Blutdruck ist soeben unter 95 gesunken. Er kommt unter Schock!«

Radnor wandte sich an die OP-Schwester. »Beschaffen Sie uns Blut! Stat.«

»Bin unterwegs, Doktor.«

9.05 Uhr: In der Blutbank läutete das Telefon.

»Nicht fortgehen!« befahl Foster Schwester Andrea, ging zum Telefon und nahm ab. »Hier Blutversorgung.«

»Wir benötigen im OP-Saal 2 vier Einheiten Blutgruppe 0. Stat.«

»Okay.« Foster legte auf und ging in die Ecke, wo das neu eingetroffene Blut deponiert worden war. Er zog vier Beutel heraus und legte sie auf das oberste Regal des Metallwagens, der für solche Notfälle bereitstand. Er überprüfte die Blutkonserven zweimal. »Blutgruppe 0«, sagte er laut. Er telefonierte nach einem Krankenhauspfleger.

Das Faxgerät stand inzwischen still.

»Was ist los?« fragte Andrea.

Foster warf einen Blick auf den OP-Terminplan, der vor ihm lag. »Sieht so aus, als ob Dr. Radnor Schwierigkeiten mit einem Patienten bekommt.«

9.15 Uhr: Der Krankenpfleger meldete sich in der Blutbank. »Was steht an?«

»Bringen Sie die vier Beutel zum OP-Saal 2. Man wartet drauf.«

Er schaute dem Krankenpfleger nach, der den Wagen hinausschob, und setzte die Unterhaltung mit Andrea fort. »Erzählen Sie mir von Ihrer Schwester.«

»Sie ist ebenfalls verheiratet.«

»Wie schr . . .«

Andrea grinste. »Aber sie macht herum.«

»Ehrlich?«

»Ich mach' bloß Spaß. Ich muß wieder an die Arbeit, Eric. Danke für den Kaffee und das Gebäck.«

»Jederzeit.« Er sah ihr nach und dachte: *Was für ein herrlicher Hintern!*

9.25 Uhr: Der Krankenpfleger wartete auf den Fahrstuhl, der ihn in den zweiten Stock bringen sollte.

9.23 Uhr: Dr. Radnor tat alles in seiner Macht Stehende, um die Katastrophe einzugrenzen. »Wo bleibt das verflixte Blut?!«

9.25 Uhr: Der Krankenpfleger klopfte an die Tür zum OP-Saal 2. Eine OP-Schwester öffnete ihm.

Sie sagte: »Danke sehr.« Sie trug die Tüten in den Raum. »Hier ist das Blut, Doktor.«

»Pumpen Sie's in ihn hinein. Schnell!«

In der Blutbank trank Eric Foster seinen Kaffee aus und dachte an Andrea. *Warum nur müssen die Hübschen immer gleich verheiratet sein?*

Auf dem Weg zum Schreibtisch kam er am Faxgerät vorbei. Er zog das Fax heraus. Die Nachricht lautete:

> Rückruf Alarm #687, 25. Juni: Rote Blutkörperchen, frisches gefrorenes Plasma. Einheiten CB93711, CB800007. Öffentliche Blutbank von Kalifornien, Arizona, Washington, Oregon. Untersuchung der in Umlauf gebrachten Blutprodukte ergab mehrfach positive Reaktion auf HIV-Test, Typ I.

Foster musterte es kurz, ging zum Schreibtisch, nahm den Lieferschein zur Hand, den er für die soeben eingetroffenen Blutkonserven abgezeichnet hatte. Dann warf er einen Blick auf die Nummer des Lieferscheins. Es war dieselbe Nummer wie auf dem Fax.

»O mein Gott!« Er griff nach dem Telefonhörer. »Verbinden Sie mich mit OP 2, ganz schnell.«

Dort meldete sich eine Schwester.

»Hier die Blutbank. Ich habe soeben vier Einheiten der Gruppe 0 hochgeschickt. Nicht verwenden! Ich schicke sofort neues Blut herauf.«

Die Schwester erwiderte: »Bedaure. Zu spät.«

Es kam zu einer offiziellen Untersuchung, die nichts ergab.

»Es war nicht meine Schuld«, erklärte Eric Foster. »Als das Fax hier eintraf, war das Blut leider bereits nach oben geschickt worden.«

Dr. Radnor unterrichtete Sean Reilly.

»Es war ein Irrtum«, sagte Dr. Radnor. »Ein schrecklicher Irrtum. Ich würde alles tun, um ihn ungeschehen zu machen.«

Sean starrte ihn entsetzt an.

»Mein Gott! Ich werde sterben.«

»Es wird sechs bis acht Wochen dauern, bevor wir wissen, ob Sie HIV-positiv sind. Und selbst wenn, muß das noch nicht bedeuten, daß Sie an Aids erkranken. Wir werden alles Menschenmögliche für Sie tun.«

Honey war am Boden zerstört, als sie die Nachricht erfuhr. Ihr kamen die Worte von Frances Gordon in den Sinn. *Der arme Mann.*

Sean Reilly schlief, als Honey sein Zimmer betrat. Sie saß lange Zeit schweigend an seinem Bett und beobachtete ihn.

Er öffnete die Augen und erblickte Honey. »Ich hab' geträumt, daß ich träumte, daß ich nicht sterben würde.«

»Sean . . .«

»Sind Sie hergekommen, um die Leiche zu besuchen?«

»Bitte, so etwas dürfen Sie nicht sagen.«

»Wie konnte das nur geschehen?« Er weinte.

»Irgend jemand hat einen Fehler begangen, Sean.«

»Mein Gott, ich *will* nicht an Aids sterben.«

»Manche Leute sind HIV-positiv und kriegen nie Aids. Und die Iren haben doch Glück.«

»Wenn ich Ihnen nur glauben könnte!«

Sie nahm seine Hand. »Sie müssen mir glauben.«

»Ich habe bisher nicht zu den Menschen gehört, die zu Gott beten«, seufzte Sean. »Jetzt werde ich aber damit anfangen, darauf können Sie Gift nehmen!«

»Ich bete mit«, sagte Honey.

Er lächelte trübselig. »Das gemeinsame Abendessen werden wir jetzt wohl vergessen müssen, oder?«

»Aber nein. So leicht kommen Sie mir nicht davon. Ich freu' mich schon darauf.«

Er musterte sie. »Sie meinen das wirklich, nicht wahr?«

»Darauf können Sie wetten! Ganz gleich, was passiert – vergessen Sie nicht, daß Sie versprochen haben, mir Irland zu zeigen.«

33. Kapitel

»Fühlst du dich nicht wohl, Ken?« fragte Lauren. »Du bist ja richtig verspannt, Liebling.«

Die beiden waren in Harrisons riesiger Bibliothek allein.

Beim vorhergehenden sechsgängigen Diner, das ein Dienstmädchen und ein Butler serviert hatten, hatte Harrison – *Nenn mich Alex* – mit Mallory über dessen große Zukunft gesprochen.

»Gibt's einen Grund, daß du so verspannt bist?«

Weil diese schwangere schwarze Hexe von mir erwartet, daß ich sie heirate. Weil unsere Verlobung jeden Moment an die Öffentlichkeit dringen kann, und wenn sie es erfährt, bringt sie alles zum Platzen. Weil meine ganze schöne Zukunft zerstört werden könnte.

Er nahm Laurens Hand. »Ich muß wohl zuviel arbeiten. Patienten sind für mich mehr als nur Patienten, Lauren. Für mich sind sie Menschen, Menschen in Not. Ich sorge mich um sie.«

Sie streichelte sein Gesicht. »Das ist einer der Gründe, warum ich dich so schätze, Ken. Du nimmst soviel Anteil.«

»Das hat sicherlich mit meiner Erziehung zu tun.«

»Oh – ich hab' ganz vergessen, es dir zu sagen. Der Redakteur für die Gesellschaftsseite des *Chronicle* kommt am Montag mit einem Fotografen vorbei, für ein Interview.«

Das traf ihn wie ein Schlag in den Magen.

»Ob du es wohl einrichten könntest, daß du auch kommst, Liebling? Sie möchten ein Foto von dir.«

»Ich . . . ich würde ja gern. Aber ich habe den ganzen Tag über im Krankenhaus zu tun.« Seine Gedanken überschlugen sich fast. »Lauren, hältst du es wirklich für eine gute Idee, zu diesem Zeitpunkt ein Interview zu geben? Ich meine, sollten wir damit nicht warten, bis . . .«

Lauren lachte. »Du kennst die Presse nicht, Liebling. Die Journalisten sind wie Bluthunde. Nein, so was bringt man am besten gleich hinter sich.«

Montag!

Am folgenden Morgen spürte Mallory Kat nach langem Suchen endlich in einem Haushaltsraum auf. Sie wirkte müde und hager. Sie war ohne Make-up; das Haar unfrisiert. *Lauren würde sich niemals so gehenlassen,* dachte Mallory.

»Hallo, Schatz.«

Kat gab keine Antwort.

Mallory nahm sie in die Arme. »Ich habe viel über uns nachgedacht, Kat. Ich habe während der vergangenen Nacht kein Auge zugetan. Du bedeutest mir alles. Du hattest recht, ich habe mir die Sache nicht richtig überlegt. Ich glaube, es lag daran, daß mich die Nachricht im ersten Moment völlig überrascht hat, fast wie ein Schock. Ich möchte, daß du unser Baby zur Welt bringst.« Er sah, wie Kats Gesicht plötzlich aufleuchtete.

»Meinst du das wirklich, Ken?«

»Darauf kannst du wetten.«

Sie legte ihm die Arme um den Hals. »Gott sei Dank! Ach, Liebling, ich habe ja solche Angst gehabt. Ich weiß nicht, was ich ohne dich tun würde.«

»Darüber mußt du dir doch keine Gedanken machen. Von jetzt an wird alles wunderbar.« *Du ahnst ja nicht, wie wunderbar.* »Sieh mal, am Sonntagabend habe ich keinen Dienst. Hast du Zeit?«

Sie griff nach seiner Hand. »Ich werde sie mir nehmen.«

»Großartig! Dann werden wir zusammen irgendwo hübsch essen gehen und hinterher auf einen Schlummertrunk zu dir in die Wohnung. Könntest du es hinkriegen, daß Paige und Honey uns nicht im Weg sind – was meinst du? Ich möchte gern, daß wir beide ungestört sind.«

Kat lächelte. »Kein Problem. Du weißt ja gar nicht, wie glücklich mich das macht. Habe ich dir überhaupt schon gesagt, wie sehr ich dich liebe?«

»Ich liebe dich doch auch. Ich werd's dir am Sonntag beweisen.«

Mallory kam nach langen und gründlichen Überlegungen zu dem Schluß, daß sein Plan narrensicher war. Er hatte ihn bis ins letzte Detail ausgearbeitet. Es würde absolut unmöglich sein, ihn, Ken Mallory, für Kats Tod verantwortlich zu machen.

Sich das erforderliche Mittel aus der Krankenhausapotheke zu besorgen, wäre zu riskant; die Sicherheitsmaßnahmen waren dort nach der Bowman-Affäre verschärft worden. Mallory suchte deshalb am Sonntagmorgen nach einer Apotheke, die weit entfernt von seiner Wohngegend lag; da sonntags jedoch die meisten Apotheken geschlossen hatten, war erst die sechste oder siebte, die er ansteuerte, geöffnet.

»Guten Morgen«, grüßte der Apotheker hinter der Theke. »Kann ich Ihnen behilflich sein?«

»Ja. Ich mache einen Hausbesuch bei einem Patienten hier in der Gegend und möchte ihm gern ein Mittel verschreiben und mitbringen.« Er zog seinen Rezeptblock aus der Tasche und füllte ein Formular aus.

Der Apotheker zeigte sich angenehm überrascht.

»Es gibt heutzutage nicht mehr viele Ärzte, die noch Hausbesuche machen.«

»Ich weiß. Wirklich ein Jammer, daß sich die Leute nicht mehr um ihre Mitmenschen kümmern.« Er händigte dem Apotheker das Rezept aus.

Der Apotheker warf einen Blick darauf und meinte dann zuvorkommend:

»Es wird nur ein paar Minuten dauern.«

»Ich bin Ihnen sehr verbunden.«

Schritt Nummer eins.

Am Sonntag nachmittag schaute Mallory im Krankenhaus vorbei. Er blieb nicht länger als etwa zehn Minuten, und als er wieder herauskam, trug er ein kleines Paket.

Schritt Nummer zwei.

Mallory hatte sich mit Kat im Trader's Vic zum Abendessen verabredet. Er war schon vor ihr da, und als er sie dann auf seinen Tisch zukommen sah, dachte er sich im stillen: *Das ist dein letztes Abendmahl, du Miststück.*

Er erhob sich und begrüßte sie mit einem warmherzigen Lächeln. »Hallo, Puppe. Schön siehst du aus.« Sie sah wirklich sensationell aus. *Sie hätte ein Model sein können. Und im Bett ist sie auch eine Wucht. Ihr fehlt wirklich nur eins,* dachte Ken, *nämlich runde zwanzig Millionen Dollar.*

Kat wurde sich im Restaurant wieder einmal der Blicke der anderen Frauen bewußt, die neidisch auf ihr ruhten. Doch Ken hatte nur für sie, nur für Kat Augen. Er war wieder ganz der alte Ken, den sie liebte, aufmerksam und liebevoll.

»Wie ist dein Tag gewesen?« erkundigte sich Ken.

Sie seufzte. »Es gab viel zu tun. Drei Operationen am Morgen und drei am Nachmittag.« Sie beugte sich vor. »Ich weiß, daß es dafür eigentlich noch zu früh ist, aber ich schwör's dir – als ich mich für den Abend zurechtgemacht habe, da hab' ich das Baby spüren können.«

Mallory lächelte. »Vielleicht möchte es gern herauskommen.«

»Wir können einen Ultraschalltest machen lassen, damit wir wissen, ob's ein Junge oder ein Mädchen wird. Dann könnte ich schon die Babysachen kaufen.«

»Gute Idee.«

»Ken, können wir den Hochzeitstag festlegen? Ich würde gern so bald wie möglich heiraten.«

»Kein Problem«, meinte Ken. »Wir können die Heiratslizenz in der kommenden Woche beantragen.«

»Wunderbar!« Ihr kam plötzlich ein Gedanke. »Vielleicht könnten wir uns ja ein paar Tage freinehmen und Flitterwochen machen. Irgendwo, nur nicht zu weit weg – oben in Oregon oder Washington.«

Falsch, Baby. Ich mache im Juni auf meiner Jacht an der Französischen Riviera Flitterwochen.

»Das klingt himmlisch. Ich werde mit Wallace darüber sprechen.«

Kat drückte ihm die Hand. »Ich danke dir«, sagte sie mit rauher Stimme. »Ich werde dir die beste Frau in der ganzen Welt sein.«

»Davon bin ich überzeugt«, sagte Ken. »Und nun iß dein Gemüse. Wir wollen doch ein gesundes Baby, nicht wahr?«

Sie verließen das Restaurant um neun Uhr. Kurz vor Kats Wohnung erkundigte sich Ken: »Bist du auch ganz sicher, daß Paige und Honey nicht zu Hause sind?«

»Ich habe dafür gesorgt«, erwiderte Kat. »Paige arbeitet im Krankenhaus. Honey habe ich einfach erzählt, daß ich mit dir allein sein möchte.«

Scheiße!

Sie bemerkte den Ausdruck auf seinem Gesicht. »Ist etwas nicht in Ordnung?«

»Nein, Baby. Aber ich habe dir doch gesagt, daß es mir am liebsten ist, Privates auch wirklich ganz privat zu halten.« *Ich werde aufpassen müssen,* dachte er. *Ich werde sogar sehr vorsichtig sein müssen.* »Komm, schnell.«

Seine Ungeduld tat Kat wohl.

In der Wohnung sagte Mallory gleich: »Komm, gehen wir ins Schlafzimmer.«

Kat grinste. »Klingt irgendwie gut.«

Mallory sah Kat beim Entkleiden zu. *Sie hat eine herrliche Figur,* dachte er. *Ein Baby würde die Figur bloß ruinieren.*

»Willst du dich nicht ausziehen, Ken?«

»Selbstverständlich.« Er erinnerte sich an den Abend, als sie ihn dazu gebracht hatte, sich auszuziehen, und ihn dann hatte stehenlassen. Das würde er ihr heute heimzahlen.

Er zog sich langsam aus. *Werd' ich's überhaupt bringen können?* fragte er. Er zitterte fast vor Nervosität. *Sie ist selber schuld. Meine Schuld ist es nicht. Ich hab' ihr Gelegenheit gegeben, einen Rückzieher zu machen, und sie war zu dumm, die Gelegenheit zu nutzen.*

Er schlüpfte neben sie ins Bett und fühlte, wie sich ihr warmer Körper an seinen schmiegte. Sie streichelten einander. Er spürte, wie sie ihn erregte, und er drang in sie ein. Sie begann zu stöhnen.

»Oh, Liebling . . . das ist ja so wundervoll . . .« Sie bewegte sich immer schneller. »Ja . . . ja . . . o mein Gott! . . . nicht aufhören . . .« Und ihr Leib begann, krampfhaft zu zucken, und dann erschauerte sie und lag danach ganz still in seinen Armen.

Sie wandte sich ihm besorgt zu. »Und du . . . ?«

»Natürlich«, log Mallory. Er war viel zu verkrampft gewesen. »Möchtest du einen Drink?«

»Nein. Besser nicht. Das Baby . . .«

»Aber heut feiern wir doch, Schatz. Und ein kleiner Schluck kann sicher nicht schaden.«

Kat zögerte. »Na gut. Aber wirklich nur einen ganz kleinen Schluck.« Sie wollte das Bett verlassen.

Mallory hielt sie zurück. »Nein, nein. Mama bleibt im Bett. Von jetzt an mußt du dich verwöhnen lassen.«

Kat blickte Mallory nach, der ins Wohnzimmer ging, und sie dachte. *Ich bin die glücklichste Frau der Welt!*

Mallory begab sich zu der kleinen Bar und goß Scotch in zwei Gläser. Er vergewisserte sich, daß er vom Schlafzimmer aus nicht beobachtet werden konnte, ging dann zur Couch, auf der er sein Jackett abgelegt hatte, zog ein Fläschchen aus der Tasche und schuttelte den Inhalt in Kats Glas. Er kehrte zur Bar zurück, rührte Kats Drink um und roch daran – nichts zu merken. Er trug die Gläser ins Schlafzimmer und reichte Kat ihr Getränk.

»Laß uns auf unser Baby anstoßen!« sagte Kat.

»Gut. Auf unser Baby.«

Er sah genau zu, als Kat einen großen Schluck nahm.

»Wir werden uns irgendwo eine hübsche Wohnung suchen«, meinte Kat verträumt. »Ich werd' ein Kinderzimmer einrichten. Wir werden unser Kind schrecklich verwöhnen, nicht wahr?« Sie nahm einen zweiten Schluck.

Mallory nickte. »Total.« Er behielt sie im Auge. »Wie fühlst du dich?«

»Herrlich. Ich hatte mir um uns solche Sorgen gemacht, Ken. Aber jetzt nicht mehr.«

»Prima«, sagte Mallory. »Du hast auch gar keinen Grund, dir Sorgen zu machen.«

Kat konnte die Augen kaum mehr offenhalten. »Nein«, sagte sie. »Es gibt keinen Grund zur Sorge.« Sie begann plötzlich, undeutlich zu sprechen. »Ken, mir ist so komisch.« Alles begann, sich um sie zu drehen.

»Du hättest niemals schwanger werden dürfen.«

Sie sah ihn verständnislos an. »Was?«

»Du hast alles verdorben, Kat.«

»Verdorben ...?« Sie hatte allmählich Mühe, sich zu konzentrieren.

»Du bist mir in die Quere gekommen.«

»Was ...?«

»Niemand hat mir in die Quere zu kommen.«

»Ken, mir ist so schwindlig.«

Er stand neben dem Bett und blickte von oben auf sie herab.

»Ken ... hilf mir doch, Ken ...« Ihr Kopf fiel nach hinten aufs Kissen.

Mallory schaute auf die Uhr. Er hatte noch viel Zeit.

34. Kapitel

Es war Honey, die zuerst nach Hause kam und über Kats verstümmelten Körper stolperte, der in einer Blutlache auf den weißen Badezimmerfliesen lag; daneben eine blutbefleckte Kürette. Das Blut kam aus Kats Schoß.

Honey war vor Schreck wie versteinert. »O mein Gott!« flüsterte sie erstickt. Honey kniete sich neben den Körper und hielt zitternd einen Finger gegen Kats Halsschlagader. Kein Puls. Honey stürzte ins Wohnzimmer, nahm den Hörer ab und wählte.

Eine Männerstimme antwortete: »Neun-eins-neun Notfall.«

Honey war wie gelähmt und brachte kein Wort heraus.

»Neun-eins-neun Notfall ... Hallo?«

»H ... Hilfe! Ich ... Da liegt ...« Die Worte blieben ihr im Hals stecken. »S ... Sie ist tot.«

»Wer ist tot, Miss?«

»Kat.«

»Ihre Katze ist tot?«

»*Nein!*« kreischte Honey. »*Kat* ist tot. Schicken Sie sofort jemand her.«

»Meine Dame ...«

Honey knallte den Hörer auf die Gabel. Mit bebenden Fingern wählte sie das Krankenhaus an. »Dr. T ... Taylor, bitte.« Ihre Stimme erstarb.

»Augenblick.«

Honey umklammerte das Telefon. Sie mußte zwei Minuten warten, bis sie die Stimme von Paige hörte. »Hier Dr. Taylor.«

»Paige! Du ... du mußt sofort nach Haus kommen!«

»Honey? Was ist geschehen?«

»Kat ... sie ist tot.«

»*Was!?*« Sie schien es nicht glauben zu können. »Wie?«

»Es ... es sieht so aus, als ob sie versucht hätte abzutreiben.«

»O mein Gott! In Ordnung. Ich komm' so schnell ich kann.«

Als Paige in der Wohnung ankam, waren dort bereits zwei Polizisten, ein Kriminalbeamter und ein Leichenbeschauer eingetroffen. Honey, die unter starken Beruhigungsmitteln stand, befand sich in ihrem Zimmer. Der ärztliche Leichenbeschauer war über Kats nackte Leiche gebeugt. Bei Paiges Eintreten hob der Kriminalbeamte den Kopf.

»Wer sind Sie?«

Paige starrte auf den leblosen Körper am Boden. Sie war erblaßt. »Ich bin Dr. Taylor. Ich wohne hier.«

»Vielleicht können *Sie* mir weiterhelfen. Ich bin Inspector Burns. Ich habe versucht, mit der anderen Dame zu sprechen, die hier wohnt, sie war jedoch völlig hysterisch. Der Arzt hat ihr ein Beruhigungsmittel gegeben.«

Paige wandte den Blick von dem gräßlichen Anblick auf dem Boden ab. »Was ... was möchten Sie wissen?«

»Die Tote hat hier gewohnt?«

»Ja.« *Ich werde das Baby von Ken behalten!*

»Es sieht so aus, als hätte sie versucht, das Baby loszuwerden, und hat's vermasselt«, meinte der Kriminalbeamte.

Paige stand regungslos da. Um sie drehte sich alles. »Das glaube ich nicht«, sagte sie schließlich.

Inspector Burns musterte sie kurz. »Und warum glauben Sie das nicht, Frau Doktor?«

»Weil sie das Baby unbedingt bekommen wollte.« Sie konnte allmählich wieder klar denken. »Es war der Vater, der es nicht gewollt hat.«

»Der Vater?«

»Dr. Ken Mallory. Er arbeitet am Embarcadero County Hospital. Er wollte sie auch nicht heiraten. Hören Sie, Kat ist – *war* –«, dieses *war* auszusprechen, tat weh, »Ärztin. Falls sie abtreiben wollte, hätte sie es nie selber in einem Badezimmer versucht.« Paige schüttelte den Kopf. »Da stimmt etwas nicht.«

Der ärztliche Leichenbeschauer richtete sich auf. »Vielleicht hat sie's selber versucht, weil sie nicht wollte, daß jemand von dem Baby erfuhr.«

»Das ist nicht wahr. Sie hat es uns erzählt.«

Inspector Burns beobachtete Paige nachdenklich. »Ist sie an diesem Abend allein in der Wohnung gewesen?«

»Nein. Sie hatte eine Verabredung mit Dr. Mallory.«

Ken Mallory lag im Bett und ließ die Ereignisse des Abends noch einmal Revue passieren. Er ging jeden Schritt noch einmal in Gedanken durch, vergewisserte sich, daß er nichts vergessen hatte. *Perfekt,* sagte er sich zu guter Letzt. Er fragte sich, warum die Polizei wohl so lange brauchte; und während er noch darüber nachdachte, klingelte es an der Wohnungstür. Mallory ließ es dreimal läuten, bevor er aufstand, sich einen Morgenmantel überzog und ins Wohnzimmer ging.

Er kam an die Tür. »Wer ist da?« Er gab seiner Stimme einen verschlafenen Ton.

»Dr. Mallory?«

»Ja.«

»Inspector Burns. Kriminalpolizei.«

»Kriminalpolizei?« Die Überraschung in seiner Stimme war genau richtig dosiert. Mallory öffnete die Tür.

Der Mann auf dem Flur zeigte seine Dienstmarke. »Darf ich eintreten?«

»Ja. Worum geht's denn?«

»Ist Ihnen eine Frau Dr. Hunter bekannt?«

»Selbstverständlich.« Sein Gesicht zeigte Beunruhigung. »Ist Kat etwas passiert?«

»Sind Sie heute abend mit ihr zusammengewesen?«

»Ja. Mein Gott, nun sagen Sie schon, was geschehen ist! Ist ihr etwas zugestoßen?«

»Es tut mir leid, aber ich habe eine schlechte Nachricht. Frau Dr. Hunter ist tot.«

»*Tot?* Das glaube ich Ihnen nicht. *Wie* denn?«

»Sie hat anscheinend versucht, eine Abtreibung an sich vorzunehmen, die aber danebenging.«

»O mein Gott!« stöhnte Mallory und ließ sich auf einen Stuhl fallen. »Es ist meine Schuld.«

Der Kommissar behielt ihn genau im Auge. »Wieso Ihre Schuld?«

»Ja. Ich . . . Dr. Hunter und ich wollten heiraten. Ich habe ihr erklärt, daß ich es für keine gute Idee hielt, daß sie jetzt ein Kind bekommt. Ich wollte damit warten, und sie hat zugestimmt. Ich habe dann vorgeschlagen, daß sie die Sache im Krankenhaus erledigen läßt. Sie muß dann wohl beschlossen haben . . . Ich . . . ich kann es nicht glauben.«

»Zu welchem Zeitpunkt haben Sie Frau Dr. Hunter verlassen?«

»Es muß etwa zehn Uhr gewesen sein. Ich habe sie an ihrer Wohnung abgesetzt und bin weitergefahren.«

»Sie haben ihre Wohnung nicht betreten?«

»Nein.«

»Hat Dr. Hunter ihr Vorhaben erwähnt?«

»Sie meinen, wegen der . . .? Nein. Mit keinem Wort.«

Inspector Burns zog eine Visitenkarte hervor. »Falls Ihnen noch etwas in den Sinn kommt, was uns weiterhelfen könnte, wäre ich für Ihren Anruf dankbar.«

»Gewiß. Ich . . . Sie können sich gar nicht vorstellen, was das für ein Schock ist.«

Paige und Honey blieben die ganze Nacht auf. Sie sprachen über Kat und darüber, was ihr zugestoßen war. Sie begannen immer wieder von vorn, sie waren entsetzt, sie konnten es einfach nicht fassen.

Um neun Uhr kam Inspector Burns bei ihnen vorbei.

»Guten Morgen. Ich möchte Ihnen nur mitteilen, daß ich in der Nacht mit Dr. Mallory gesprochen habe.«

»Und?«

»Er behauptet, mit ihr gemeinsam in einem Restaurant gegessen zu haben und sie dann heimgefahren und vor der Wohnung abgesetzt zu haben.«

»Er lügt«, sagte Paige. Sie dachte kurz nach. »Warten Sie! Sind in Kats Körper Spuren von Sperma entdeckt worden?«

»Ja, sind sie.«

»Also dann«, meinte Paige ganz aufgeregt, »haben wir ja sogar den *Beweis,* daß er lügt. Er ist mit ihr ins Bett gegangen...«

»Eben deswegen bin ich heute morgen noch einmal bei ihm gewesen. Er behauptet, er hätte *vor* dem Abendessen mit ihr geschlafen.«

»Oh.« Aber sie gab nicht auf. »Es wird von ihm Fingerabdrücke geben – auf der Kürette, mit der er sie getötet hat.« Sie wurde ganz aufgeregt. »Haben Sie Fingerabdrücke gefunden?«

»Ja, Frau Doktor«, erklärte er ruhig, »ihre eigenen.«

»Das ist unmög... Warten Sie! Dann hat er Handschuhe getragen und nach der Tat *ihre* Finger um die Kürette gelegt. Wie klingt das?«

»Als ob hier jemand zu viele Fernsehkrimis ansehen würde.«

»Sie glauben nicht, daß Kat ermordet worden ist, nicht wahr?«

»Bedaure, nein.«

»Ist eine Autopsie durchgeführt worden?«

»Ja.«

»Und?«

»Der Gerichtsmediziner klassifiziert die Sache als einen Unfalltod. Wie Dr. Mallory mir berichtet, hat sie sich angeblich dafür entschieden, das Kind nicht zu bekommen, und ist dann offensichtlich...«

»... gleich ins Badezimmer gegangen und hat sich abgemurkst?« unterbrach Paige. »Aber Inspector! Herrgott noch mal! Sie war Ärztin – sie war *Chirurgin!* Es ist absolut ausgeschlossen, daß sie sich das angetan haben könnte!«

Inspector Burns meinte nachdenklich: »Sie glauben, Mallory hat sie zu einer Abtreibung überredet und versucht, ihr dabei zu helfen und ist weggelaufen, als die Sache danebenging?«

Paige schüttelte den Kopf. »Nein. So kann es auch nicht gewesen sein. Darauf hätte Kat sich nie eingelassen. Er hat sie ermordet.« Sie dachte laut. »Kat war eine kräftige Frau. Sie müßte bewußtlos gewesen sein, damit er überhaupt ... tun konnte, was er getan hat.«

»Bei der Autopsie ergaben sich keinerlei Anhaltspunkte dafür, daß sie geschlagen wurde, auch sonst nichts, was eine Bewußtlosigkeit verursacht haben könnte. Keinerlei blaue Flecken an der Kehle ...«

»Hat man vielleicht Spuren von einem Schlafmittel gefunden, oder ...«

»Nichts.« Er bemerkte den Ausdruck auf Paiges Gesicht. »Mir scheint das alles nicht sehr nach Mord auszusehen. Ich glaube vielmehr, daß Frau Dr. Hunter einen Fehler begangen hat und ... tut mir leid.«

Sie spürte, daß er gehen wollte. »Warten Sie!« rief Paige. »Es gibt aber doch ein Motiv.«

Er drehte sich noch einmal um. »Eigentlich nicht. Mallory erklärt, sie hätte in die Abtreibung eingewilligt. Da bleibt nicht viel übrig von Ihrem Motiv, oder?«

»Bleibt der Mord.« Paige blieb stur.

»Frau Doktor, dafür haben wir keine *Beweise*. Da steht sein Wort gegen das Wort des Opfers, und sie ist tot. Es tut mir aufrichtig leid.«

Er ging.

Ich werde nicht zulassen, daß Ken Mallory damit davonkommt, sagte sich Paige verzweifelt.

Jason kam vorbei, um Paige zu trösten. »Ich habe es gehört«, sagte er. »Das begreife ich nicht. Wie konnte sie sich nur so etwas antun?«

»Sie hat sich nichts angetan«, widersprach Paige. »Sie ist ermordet worden.« Sie berichtete Jason von ihrer Unterredung mit Inspector Burns. »Die Polizei wird in dieser Sache nichts unternehmen, die Polizei glaubt, daß es ein Unfall war. Aber, Jason – es ist meine Schuld, daß Kat nicht mehr lebt.«

»Wieso *deine* Schuld?«

»Weil *ich* ihr überhaupt erst eingeredet habe, mit Mallory auszugehen. Sie wollte gar nicht. Das Ganze hat als dummer Scherz angefangen, bis ... und dann hat sie sich in ihn verliebt. Ach, Jason!«

»Deswegen mußt du dir keine Vorwürfe machen«, wies er sie mit Bestimmtheit zurecht.

Paige schaute sich voller Verzweiflung um. »In dieser Wohnung kann ich nicht mehr leben. Ich muß hier raus.«

Jason nahm sie in seine Arme. »Dann laß uns auf der Stelle heiraten.«

»Das geht doch jetzt nicht. Ich meine, Kat ist ...«

»Ich weiß. Dann warten wir eben ein bis zwei Wochen ...«

»Gut.«

»Paige, ich liebe dich.«

»Ich liebe dich auch, Schatz. Ist das nicht dumm? Ich habe auch deshalb Schuldgefühle, weil wir beide, Kat und ich, uns verliebt haben, und jetzt ist sie tot, und ich bin noch am Leben.«

Das Foto erschien am Dienstag auf der Titelseite des *San Francisco Chronicle*. Es zeigte einen strahlenden Ken Mallory, der einen Arm um Lauren Harrison gelegt hatte. Die Bildunterschrift lautete: »Erbin heiratet Arzt«.

Paige war sprachlos. Zwei Tage nach Kats Tod gab Ken Mallory seine Verlobung mit einer anderen Frau bekannt! Das hieß aber doch, daß er zur selben Zeit, als er Kat die Ehe versprach, die Heirat mit einer anderen geplant hatte. *Das ist der Grund, warum er Kat umgebracht hat. Um sie aus dem Weg zu schaffen!*

Paige nahm den Hörer und wählte die Nummer des Polizeipräsidiums.

»Inspector Burns bitte.«

Sie wurde sofort durchgestellt.

»Hier Dr. Taylor.«

»Ja, Frau Doktor?«

»Haben Sie das Foto im heutigen *Chronicle* gesehn?«

»Ja.«

»Jetzt haben Sie Ihr Motiv!« rief Paige. »Ken Mallory mußte Kat zum Schweigen bringen, bevor Lauren Harrison von seiner Verbindung mit Kat erfuhr. Sie müssen Mallory verhaften.« Sie schrie die Worte fast in den Hörer hinein.

»Nun mal langsam. Beruhigen Sie sich, Frau Doktor. Vielleicht haben wir da tatsächlich ein Motiv, aber, wie ich Ihnen bereits erklärte, wir haben nicht einmal einen Fetzen eines Beweises. Sie haben selber gesagt, daß Frau Dr. Hunter bewußtlos gewesen sein müßte, bevor Mallory an ihr eine Abtreibung hätte vornehmen können. Ich habe nach unserem Gespräch noch einmal mit unserem Gerichtspathologen gesprochen. Es gab bei ihr wirklich kein Anzeichen von Gewaltanwendung, die die Bewußtlosigkeit verursacht haben könnte.«

»Dann muß er ihr ein Sedativum verabreicht haben«, sagte Paige stur. »Wahrscheinlich Chloralhydrat. Das wirkt äußerst rasch und . . .«

»Frau Doktor«, führte Inspector Burns geduldig aus, »im Körper von Frau Dr. Hunter ist auch nicht die kleinste Spur von Chloralhydrat gefunden worden. Ich bedaure außerordentlich, aber wir können einen Mann nicht verhaften, nur weil er heiratet. Haben Sie sonst noch etwas auf dem Herzen?«

Alles. »Nein«, antwortete Paige. Sie knallte den Hörer auf und überlegte. *Mallory mußte Kat irgendein Mittel gegeben haben. Das hatte er sich doch bestimmt ohne Probleme in der Krankenhausapotheke besorgen können.*

Eine Viertelstunde später war Paige zum Embarcadero unterwegs.

Der Chefpharmazeut Pete Samuels persönlich stand hinter der Theke. »Guten Morgen, Dr. Taylor. Was kann ich für Sie tun?«

»Wenn ich mich nicht irre, hat Dr. Mallory vor einigen Tagen irgendein Medikament abgeholt. Er hat mir gesagt, was es war, ich kann mich aber nicht an den Namen erinnern.«

Samuels legte die Stirn in Falten. »Ich kann mich nicht erinnern, daß Dr. Mallory während der letzten vier Wochen überhaupt hier gewesen wäre.«

»Sind Sie sich da sicher?«

Samuels nickte. »Absolut. Ich würde mich daran erinnern. Wir unterhalten uns nämlich immer über Football.«

Paige verlor den Mut. »Vielen Dank.«

Dann muß er das Rezept bei irgendeiner anderen Apotheke eingereicht haben. Es war eine gesetzliche Auflage, wie Paige wußte, daß alle Rezepte für Narkotika dreifach ausgestellt werden mußten – die eine Kopie bekam der Patient, die zweite mußte zum *Bureau of Controlled Substances* gesandt werden, die dritte war für die Akten der Apotheke bestimmt.

Bei irgendeiner Apotheke muß Ken Mallory ein Rezept eingereicht haben. Aber in San Francisco gibt es wahrscheinlich zwei- bis dreihundert Apotheken. Da wäre es unmöglich, einem einzelnen Rezept nachzuspüren. Es war anzunehmen, daß Mallory sich das Mittel unmittelbar vor dem Mord an Kat beschafft hatte. Das würde bedeuten: Samstag oder Sonntag. *Falls er es am Sonntag getan hat, hätte ich eventuell eine Chance,* überlegte Paige. *An Sonntagen haben immer nur einige wenige Apotheken geöffnet. Das engt den Kreis ein.*

Sie begab sich einen Stock höher, wo die Listen der ärztlichen Dienstzeiten aufbewahrt wurden, und überprüfte die Aufstellung für den vergangenen Samstag. Dr. Ken Mallory hatte den ganzen Samstag Bereitschaftsdienst gehabt; vermutlich hatte er das Rezept dann am Sonntag ausgestellt. Wie viele Apotheken hatten in San Francisco sonntags geöffnet?

Paige rief beim staatlichen Aufsichtsamt für Pharmazeutik an.

»Hier spricht Dr. Taylor«, sagte Paige. »Eine Freundin von mir hat am vergangenen Sonntag bei einer Apotheke ein Rezept für mich hinterlegt, ich soll ihr das Medikament mitbringen, leider habe ich aber den Namen der Apotheke vergessen. Ob Sie mir da helfen könnten?«

»Nun, ich wüßte nicht, wie, Frau Doktor. Wenn Sie den Namen nicht wissen . . .«

»Die meisten Apotheken haben sonntags geschlossen, nicht wahr?«

»Ja, aber ...«

»Ich wäre Ihnen sehr dankbar, wenn Sie mir die Apotheken nennen könnten, die geöffnet hatten.«

Schweigen.

»Also, falls es wichtig ist ...«

»Es ist sehr wichtig«, versicherte Paige.

»Warten Sie einen Augenblick.»

Die Liste enthielt die Namen von sechsunddreißig Apotheken, die über ganz San Francisco verstreut lagen. Wenn sie zur Polizei gehen und um Unterstützung bitten könnte, wäre das weiter kein Problem gewesen, doch Inspector Burns glaubte ihr nicht. *Das werden Honey und ich ganz allein erledigen müssen,* folgerte Paige. Sie legte Honey ihren Plan dar.

»Das ist wirklich ein Schuß ins Blaue, nicht wahr?« meinte Honey. »Du weißt ja nicht einmal, ob er das Rezept auch wirklich am Sonntag ausgestellt hat.«

»Es ist unsere einzige Chance«, erklärte Paige. *Kats einzige Chance,* korrigierte sie sich im stillen. »Hör zu: Ich werde die Apotheken in Richmond, Marina, North Beach, Upper Market, Mission und Potrero überprüfen. Übernimm du die Apotheken in den Bezirken Excelsior, Ingleside, Lake Merced, Western Addition und Sunset.«

»In Ordnung.«

In der ersten Apotheke zeigte Paige ihren Ausweis und erklärte: »Dr. Ken Mallory, ein Kollege von mir, hat bei Ihnen am Sonntag ein rezeptpflichtiges Medikament abgeholt. Er mußte verreisen und hat mich gebeten, eine neue Packung zu besorgen, den Namen des Medikaments hab' ich allerdings vergessen. Würden Sie bitte für mich nachschauen?«

»Dr. Ken Mallory? Einen Moment bitte.« Er kam nach ein paar Minuten zurück. »Bedaure, aber für einen Dr. Mallory haben wir am Sonntag kein Rezept eingelöst.«

»Danke.«

Bei den nächsten vier Apotheken erhielt Paige die gleiche Antwort. Honey erging es auch nicht besser.

»Wir haben es hier mit Tausenden von Rezepten zu tun, wissen Sie.«

»Ich weiß, aber es geht doch nur um vergangenen Sonntag.«

»Bedaure, wir haben aber kein Rezept von einem Dr. Mallory abgelegt.«

Die beiden verbrachten den ganzen Tag damit, von Apotheke zu Apotheke zu laufen. Allmählich verloren sie den Mut. Es war bereits spät am Nachmittag, als Paige in einer kleinen Apotheke im Potrerobezirk fündig wurde. »O ja, da hätten wir's ja«, sagte der Apotheker. »Dr. Ken Mallory. Genau. Ich erinnere mich an ihn. Er wollte bei einem Patienten einen Hausbesuch machen. Das hat mich beeindruckt – es gibt heute nicht mehr viele Ärzte, die Hausbesuche machen.«

Das gibt es überhaupt nicht, daß ein Assistenzarzt Hausbesuche macht. »Für welches Mittel war das Rezept ausgestellt?«

Paige hielt den Atem an.

»Chloralhydrat.«

Paige begann vor Aufregung fast zu zittern. »Sicher?«

»Hier steht's doch.«

»Und wie hieß der Patient?«

Der Apotheker blickte auf das Rezept. »Spyros Levathes.«

»Würde es Ihnen etwas ausmachen, mir von diesem Rezept eine Kopie zu machen?« bat Paige.

»Nicht im geringsten, Doktor.«

Eine Stunde später sprach Paige bei Inspector Burns vor und legte ihm das Rezept auf den Tisch.

»Da haben Sie Ihren Beweis«, sagte sie. »Dr. Mallory hat am vergangenen Sonntag eine Apotheke aufgesucht, die von seiner Wohnung weit entfernt liegt, und hat dieses Rezept für Chloralhydrat eingelöst. Er hat Kat das Chloralhydrat in den Drink gemixt, und als sie danach bewußtlos war, da hat er sie abgeschlachtet und die Sache dann wie einen Unfall aussehen lassen.«

»Sie behaupten also, daß er ihr das Chloralhydrat in den Drink geschüttet und sie anschließend umgebracht hat?«

»Jawohl.«

»Es gibt da nur ein Problem, Frau Dr. Taylor. Wir haben in Dr. Hunters Leiche nicht die geringste Spur von Chloralhydrat gefunden.«

»Es muß aber so sein. Ihr Pathologe hat einen Fehler gemacht. Bitten Sie ihn um eine Überprüfung.«

Er verlor die Geduld. »Frau Doktor . . .«

»Bitte! Ich *weiß*, daß ich recht habe.«

»Sie vergeuden nur unsere Zeit.«

Paige ließ sich ihm gegenüber nieder und fixierte ihn schweigend für eine lange Zeit.

Er seufzte. »Na schön. Ich werde mit ihm sprechen. Vielleicht *hat* er ja einen Fehler gemacht.«

Jason holte Paige ab. »Wir essen heute abend bei mir zu Hause«, sagte er. »Ich muß dir etwas zeigen.«

Unterwegs informierte Paige Jason über die jüngsten Entwicklungen.

»Man wird das Chloralhydrat in ihrem Körper entdecken«, erklärte Paige, »und dann wird Ken Mallory sich nicht mehr herausreden können.«

»Mir tut das alles ja so leid, Paige.«

»Ich weiß.« Sie streichelte seine Wange. »Gott sei Dank, daß ich dich habe.«

Der Wagen blieb vor Jasons Haus stehen.

Paige schaute aus dem Fenster. Ihr stockte der Atem. Um den Vorgarten verlief ein neuer weißer Lattenzaun.

Sie war in der dunklen Wohnung allein. Ken Mallory ließ sich mit dem Schlüssel ein, den Kat ihm gegeben hatte, und bewegte sich leise auf das Schlafzimmer zu. Paige hörte seine Schritte, doch bevor sie etwas tun konnte, hatte er sie schon angesprungen. Seine Hände umklammerten ihren Hals.

»Du Miststück! Du willst mich vernichten. Aber du wirst nicht länger herumschnüffeln.« Er drückte fester zu. »Ich hab' euch alle ausmanövriert.« Seine Finger preßten ihr die Kehle zu. »Keiner wird je beweisen können, daß ich Kat getötet habe.«

Sie wollte schreien. Sie bekam keine Luft mehr, konnte nicht atmen, riß sich los und wachte auf einmal auf. Sie war allein im Zimmer. Paige setzte sich zitternd im Bett auf.

Sie blieb den Rest der Nacht über wach und wartete auf den Anruf von Inspector Burns. Er kam um zehn Uhr.

»Frau Dr. Taylor.«

»Am Apparat.« Sie hielt den Atem an.

»Ich habe soeben das *dritte* Gutachten des Gerichtsmediziners erhalten.«

»Und?« Ihr klopfte das Herz wie wild.

»In Dr. Hunters Leiche war keine Spur von Chloralhydrat oder irgendeinem anderen Sedativum zu finden.«

Das war unmöglich! Da mußte es Spuren geben. Jegliche Anzeichen für Schläge oder sonstige Formen der Gewaltanwendung, die eine Bewußtlosigkeit verursacht haben könnten, fehlten. Keine Schwellungen oder blaue Flecken an der Kehle. Das ergab aber doch keinen Sinn. Kat mußte bewußtlos gewesen sein, als Mallory sie umbrachte. Der Gerichtsmediziner irrte sich.

Paige beschloß, persönlich mit ihm zu sprechen.

Dr. Dolan war äußerst gereizt. »Es paßt mir nicht, wenn man meine Arbeit in Zweifel zieht«, fuhr er sie an. »Ich habe es dreimal überprüft. Ich habe Inspector Burns informiert, daß in keinem der Organe Spuren von Chloralhydrat zu finden waren, und es gab auch keine.«

»Aber . . .«

»Sonst noch etwas, Frau Doktor?«

Paige sah ihn hilflos an. Damit war ihre letzte Hoffnung dahin. Ken Mallory würde davonkommen, der Mord ungestraft bleiben. »Ich . . . ich glaube nicht. Wenn Sie wirklich keine Chemikalien in ihrem Körper gefunden haben, dann kann ich ja nicht . . .«

»Ich habe nicht behauptet, gar keine Chemikalien entdeckt zu haben.«

Sie schaute ihn einen Augenblick lang nachdenklich an.

»Sie *haben* also etwas gefunden?«

»Nur eine Spur Trichloräthylen, ein Metabolit von Trichloräthylen.«

Sie runzelte die Stirn. »Was würde Trichloräthylen denn bewirken?«

Er zuckte mit den Schultern. »Nichts. Es ist ein Analgetikum, das niemanden einschläfern würde.«

»Ich verstehe.«

»Bedaure, Ihnen nicht weiterhelfen zu können.«

Paige nickte. »Vielen Dank.«

Auf dem Weg durch den langen sterilen Gang der Leichenhalle wurde Paige das Gefühl nicht los, daß sie irgend etwas übersah – sie war sich absolut sicher gewesen, daß Kat mit Chloralhydrat bewußtlos gemacht worden war.

Alles, was Dr. Dolan gefunden hat, war eine Spur Trichloräthylen. Kat mußte also kurz vor ihrem Tod Trichloräthylen inhaliert haben. Aber wie kam sie denn dazu? Kat hat doch überhaupt keine Medikamente genommen. Paige blieb mitten im Gang stehen. Ihr Verstand arbeitete auf Hochtouren.

Als Paige das Krankenhaus erreichte, begab sie sich sofort in die medizinische Fachbibliothek im fünften Stock. Sie würde jetzt unter »Chloralhydrat« nachsehen! Der Eintrag lautete: *Farblose, durchsichtige Kristalle, scharfer Geruch; sehr leicht löslich in Wasser, Äthanol, Chloroform und Ölen. Der Schmelzpunkt liegt bei etwa 55° C, der Siedepunkt bei 97,5° C.*

Und dann, in der letzten Zeile, fand Paige, wonach sie gesucht hatte. *Wenn Chloralhydrat in den Stoffwechsel gelangt, erzeugt es als Nebenprodukt Trichloräthanol.* Also gab es zwei Möglichkeiten: Kat konnte das harmlose Trichloräthylen genommen haben – oder aber Chloralhydrat

35. Kapitel

»Inspector, Frau Dr. Taylor möchte Sie sprechen.«

»Schon wieder?« Er war versucht, sie abzuweisen. Aber sie war wie besessen von ihrer unausgegorenen Theorie, und er fand, daß er ihren Umtrieben einen Riegel vorschieben müßte. »Schicken Sie sie herein.«

Als Paige eintrat, bemerkte Inspector Burns in schneidendem Ton: »Hören Sie, Frau Doktor, ich finde, jetzt reicht's. Dr. Dolan hat angerufen, um sich zu beschweren ...«

»Ich weiß, wie Ken Mallory es gemacht hat!« Sie klang erregt. »In Kats Körper hat sich Trichloräthanol gefunden.«

Er nickte. »Davon hat Dr. Dolan mich in Kenntnis gesetzt. Er hat mir auch erklärt, daß Trichloräthylen sich zu dieser Substanz reduziert. Und, daß sie dadurch nicht bewußtlos geworden sein kann. Er ...«

»Aber Chloralhydrat wird *auch* in Trichloräthanol umgesetzt!« rief Paige triumphierend. »Mallory hat gelogen, als er behauptete, Kat nicht mehr in die Wohnung begleitet zu haben. Er hat ihr Chloralhydrat in den Drink geschüttet. Chloralhydrat ist ohne Geschmack, wenn es mit Alkohol vermischt wird, und wirkt innerhalb von Minuten. Und als sie bewußtlos war, hat er sie getötet und es so aussehen lassen, als sei es eine verpfuschte Abtreibung gewesen.«

»Frau Doktor, wenn Sie mir bitte verzeihen mögen, aber das alles ist pure Spekulation.«

»Nein, keineswegs. Er hat das Rezept für einen Patienten namens Spyros Levathes ausgestellt und eingelöst. Er hat Levathes das Chloralhydrat jedoch nie gegeben.«

»Und woher wissen Sie das?«

»Weil es gar nicht für Levathes bestimmt sein *konnte*. Ich habe

Spyros Levathes überprüft. Er leidet an einer schweren Leberfunktionsstörung!«

»Ich verstehe nicht ganz.«

»Dr. Mallory hat diesem seinem Patienten *kein* Chloralhydrat verschrieben, weil ihn das nämlich getötet hätte! Chloralhydrat ist bei Leberfunktionsstörungen kontraindiziert. Es hätte bei Levathes sofort krampfartige Anfälle ausgelöst.«

Es war das erste Mal, daß Inspector Burns sich beeindruckt zeigte. »Sie haben Ihre Hausaufgaben wirklich gründlich gemacht, nicht wahr?«

Paige ließ nicht locker. »Warum sollte Ken Mallory eine weit abgelegene Apotheke aufsuchen und ein Rezept ausfüllen für einen Patienten, von dem er wußte, daß er *ihm* dieses Präparat nie verabreichen dürfte? Sie *müssen* ihn verhaften.«

Er trommelte mit den Fingern auf der Schreibtischplatte. »So einfach ist das nicht.«

»Sie müssen ...«

Inspector Burns hob eine Hand. »In Ordnung. Ich sag' Ihnen, was ich tun werde. Ich werde mit dem Amt des District Attorney reden und feststellen, ob man dort der Ansicht ist, daß wir damit einen triftigen Grund zu einer Verhaftung haben.«

Paige war sich der Tatsache bewußt, daß sie nicht weiter in ihn dringen durfte. »Ich danke Ihnen, Inspector.«

»Ich werde mich wieder bei Ihnen melden.«

Inspector Burns dachte lange Zeit über das Gespräch nach. Handfeste Beweise lagen gegen Dr. Mallory nicht vor; es gab nur die Verdächtigungen einer hartnäckigen Frau. Er analysierte die wenigen Fakten, über die er verfügte. Dr. Mallory war mit Kat Hunter verlobt gewesen. Zwei Tage nach ihrem Tod war Mallory mit Alex Harrisons Tochter verlobt. Das war durchaus interessant – aber gesetzeswidrig war es nicht. Mallory hatte behauptet, Kat Hunter vor der Haustür abgesetzt und nicht in die Wohnung hinaufbegleitet zu haben. In ihrer Leiche war Sperma gefunden worden; dafür hatte er jedoch eine plausible Erklärung.

Dann gab es da die Geschichte mit dem Chloralhydrat. Mallory hatte ein Rezept für ein Mittel ausgestellt, das seinen Patienten hätte töten können. War er des Mordes schuldig oder nicht schuldig?

Burns rief seine Sekretärin. »Barbara, besorgen Sie mir für diesen Nachmittag einen Termin beim District Attorney.«

Als Paige hereinkam, befanden sich in dem Büro vier Herren: der District Attorney, sein Assistent, ein Mensch namens Warren und Inspector Burns.

»Danke, daß Sie vorbeigekommen sind«, begann der District Attorney. »Inspector Burns hat mir von Ihrem Interesse an Dr. Hunters Tod berichtet. Ich weiß das zu schätzen. Dr. Hunter war Ihre Mitbewohnerin. Da ist es nur verständlich, daß Sie der Gerechtigkeit zum Sieg verhelfen möchten.«

Also werden sie Ken Mallory doch verhaften!

»Ja«, sagte Paige. »Es gibt überhaupt keinen Zweifel. Dr. Mallory hat sie umgebracht. Wenn Sie ihn verhaften ...«

»Ich bedaure, aber das ist unmöglich.«

Paige sah ihn entsetzt an. »Wie bitte?«

»Wir können Dr. Mallory nicht verhaften.«

»Aber warum denn nicht?«

»Wir haben keinen Grund.«

»Natürlich haben Sie einen Grund!« rief Paige aus. »Das Trichloräthylen beweist doch, daß ...«

»Frau Doktor, Unkenntnis des Gesetzes kann vor Gericht als Entschuldigung nicht geltend gemacht werden. Unkenntnis in medizinischen Dingen schon.«

»Das verstehe ich nicht.«

»Ganz einfach – das heißt, daß Dr. Mallory behaupten kann, einen *Fehler* begangen zu haben –, daß er nicht gewußt hätte, welche Auswirkung das Chloralhydrat auf seinen Patienten haben würde. Und dann könnte niemand *beweisen,* daß er lügt. Es würde zwar beweisen, daß er ein miserabler Arzt ist, aber nicht, daß er einen Mord begangen hat.«

Paige gab ihre Enttäuschung unverhohlen zu erkennen. »Sie wollen ihn einfach davonkommen lassen?«

Er musterte sie kurz. »Ich werde Ihnen sagen, wozu ich bereit wäre. Ich habe die Sache mit Inspector Burns durchgesprochen. Mit Ihrer Erlaubnis schicken wir jemanden zu Ihnen in die Wohnung, um die Gläser in der Bar abzuholen. Wenn wir an einem Spuren von Chloralhydrat entdecken, entscheiden wir über den nächsten Schritt.«

»Und was ist, wenn er sie abgespült hat?«

Inspector Burns bemerkte trocken: »Ich kann mir nicht vorstellen, daß er sich die Zeit genommen hat, sie mit einem Spülmittel zu reinigen. Und falls er sie bloß mit Wasser ausgespült hat, finden wir, was wir suchen.«

Zwei Stunden später rief Inspector Burns Paige an.

»Wir haben alle Gläser in der Bar einer chemischen Analyse unterzogen, Frau Doktor«, berichtete er.

Paige wappnete sich für eine Enttäuschung.

»Wir haben ein Glas mit Spuren von Chloralhydrat entdeckt.«

Paige schloß die Augen und sprach ein stilles Dankgebet.

»Außerdem haben sich an dem Glas Fingerabdrücke gefunden. Wir werden sie mit Dr. Mallorys Fingerabdrücken vergleichen.«

Paige wurde von einem Gefühl innerer Erregung erfaßt.

Der Inspector fuhr fort: »Als er sie tötete – sofern er sie getötet hat –, trug er Handschuhe, damit er auf der Kürette keine Fingerabdrücke hinterlassen würde. Andererseits wäre es wohl nicht gut möglich gewesen, daß er beim Mixen ihres Drinks Handschuhe trug, und möglicherweise hat er auch keine Handschuhe getragen, als er die Gläser ins Regal zurückstellte.«

»Nein«, meinte Paige. »Das ist kaum wahrscheinlich, nicht wahr?«

»Ich muß gestehen – anfangs war ich der ehrlichen Meinung, daß Ihre Theorie uns nirgendwohin führen würde. Heute meine ich, daß Dr. Mallory unser Mann sein könnte. Aber das auch zu beweisen – das ist eine andere Sache.« Er fuhr fort: »Der District

Attorney hat recht. Es wäre reine Zeitverschwendung, Mallory vor Gericht zu bringen. Mallory brauchte tatsächlich nur zu behaupten, sich der Wirkung des Medikaments nicht bewußt gewesen zu sein, und schon wäre er frei. Es gibt kein Gesetz gegen einen medizinischen Fehler. Ich sehe nicht, wie wir ...«

»Moment mal!« rief Paige aufgeregt. »Ich glaube, ich wüßte da einen Weg!«

Ken Mallory hörte Lauren Harrison am Telefon zu. »Vater und ich haben da Praxisräume gefunden, die dich begeistern werden, Liebling! Eine wunderschöne Suite im Post Building! Und ich werde eine Empfangsdame für dich einstellen, eine, die nicht allzu schön ist.«

Mallory lachte. »In dem Punkt mußt du dir wirklich keine Sorgen machen, Baby. Für mich gibt's in der Welt niemanden außer dir.«

»Ich kann's gar nicht abwarten, daß du dir die Räume ansiehst. Kannst du nicht gleich kommen?«

»Mein Dienst ist in etwa zwei Stunden zu Ende.«

»Ausgezeichnet! Warum holst du mich nicht von zu Hause ab?«

»Einverstanden.« Mallory legte auf. *Besser kann's nicht mehr kommen,* dachte er. *Es gibt doch einen Gott,* und: *Sie liebt mich.*

Er hörte, wie sein Name ausgerufen wurde. »Dr. Mallory ... Zimmer 430 ... Dr. Mallory ... Zimmer 430.« Er blieb sitzen; er war viel zu sehr in seinen Traum von der goldenen Zukunft vertieft. *Eine großartige Suite im Post Building als Praxis, in der sich reiche alte Damen die Klinke in die Hand geben, weil sie es gar nicht erwarten konnten, ihr Geld bei ihm zu lassen.* Da hörte er seinen Namen erneut über Lautsprecher. »Dr. Mallory ... Zimmer 430.« Seufzend erhob er sich. *Dieses Irrenhaus werde ich bald hinter mir haben,* dachte er und machte sich auf den Weg zu Zimmer 430.

Vor dem Zimmer wartete ein Assistenzarzt auf ihn. »Tut mir leid, aber wir haben hier ein Problem«, erklärte er. »Es betrifft einen Patienten Dr. Petersons, doch Dr. Peterson ist nirgends erreichbar. Ich habe mit einem anderen Arzt Streit bekommen.«

Sie traten ins Zimmer ein, in dem sich drei Menschen aufhielten – ein Mann im Bett, ein Pfleger und ein Arzt, dem Mallory noch nicht begegnet war.

»Das ist Dr. Edwards«, stellte der Assistent vor. »Wir brauchen Ihren Rat, Dr. Mallory.«

»Wo liegt das Problem?«

Der Assistent erläuterte. »Der Patient leidet unter einer schweren Leberfunktionsstörung, aber Dr. Edwards besteht darauf, ihm ein Sedativum zu geben.«

»Da sehe ich kein Problem.«

»Danke«, sagte Dr. Edwards. »Der Mann hier hat seit zwei Tagen nicht mehr geschlafen. Ich habe ihm Chloralhydrat verschrieben, damit er etwas Ruhe findet und . . .«

Mallory betrachtete ihn voller Erstaunen. »Sind Sie wahnsinnig geworden? Das könnte ihn umbringen! Er würde sofort einen krampfartigen Anfall und extremes Herzjagen bekommen und wahrscheinlich sterben. Wo zum Teufel haben Sie eigentlich Medizin studiert?«

Der Mann sah Mallory an und sagte mit leiser Stimme: »Ich habe nie Medizin studiert.« Er hielt Mallory eine Dienstmarke unter die Nase. »Ich gehöre zur Polizei von San Francisco. Morddezernat.« Er drehte sich zum Mann im Bett um. »Haben Sie's?«

Der Mann zog ein Aufnahmegerät unter dem Kissen hervor. »Ich hab's.«

Mallory blickte stirnrunzelnd in die Runde. »Ich verstehe Sie nicht. Was soll das? Was ist hier eigentlich los?«

Der Inspector sprach Mallory an. »Herr Dr. Mallory, Sie sind wegen Mordes an Dr. Kate Hunter verhaftet.«

36. Kapitel

Der *San Francisco Chronicle* brachte die Schlagzeile ARZT WEGEN MORD AN VERLOBTER VERHAFTET. Der dazugehörige Text schilderte die gräßlichen Fakten des Falles ausführlich und in allen Details.

Mallory knallte die Zeitung nach der Lektüre auf den Tisch.

»Sieht ganz so aus, als hättense dich am Schlafittchen, Kumpel.«

»Nie im Leben«, erwiderte Mallory zuversichtlich. »Ich habe Beziehungen. Meine Freunde werden mir den gottverdammt besten Anwalt der Welt besorgen. In vierundzwanzig Stunden bin ich hier wieder raus. Dazu braucht es sicher nur einen einzigen Anruf.«

Die Harrisons lasen die Zeitung beim Frühstück.

»Großer Gott!« rief Lauren. »Ken! Das kann doch nicht wahr sein.«

Der Butler näherte sich dem Frühstückstisch. »Verzeihung, Miss Harrison. Dr. Mallory ist für Sie am Telefon. Ich glaube, er ruft aus dem Gefängnis an.«

»Ich komme.« Lauren erhob sich.

»Du bleibst, wo du bist, und ißt dein Frühstück zu Ende«, befahl Alex Harrison mit fester Stimme. Er wandte sich an den Butler. »Wir kennen keinen Dr. Mallory.«

Paige las die Zeitung beim Ankleiden. Sie fand allerdings keinerlei Befriedigung angesichts der Tatsache, daß Mallory für seine schreckliche Tat nun doch bestraft werden würde. Ganz gleich, wie hoch die Strafe auch ausfiele – sie konnte Kat nicht zurückbringen.

Es läutete. Paige ging öffnen. Vor der Tür stand ein Unbekannter. Er trug einen schwarzen Anzug und hatte eine Aktentasche dabei.

»Dr. Taylor?«

»Ja, bitte...«

»Mein Name ist Roderick Pelham. Ich bin Anwalt der Kanzlei Rothman & Rothman. Darf ich hereinkommen?«

Paige musterte ihn ratlos. »Ja.«

Er betrat die Wohnung.

»Was verschafft mir die Ehre?«

Er öffnete die Aktentasche und zog einige Dokumente hervor.

»Ihnen ist natürlich bekannt, daß Sie die Hauptnutznießerin des Testaments von John Cronin sind?«

Paige starrte ihn verständnislos an. »Was reden Sie da? Da muß ein Irrtum vorliegen.«

»O nein, da liegt kein Irrtum vor. Mr. Cronin hat Ihnen die Summe von einer Million Dollar hinterlassen.«

Paige sank völlig überwältigt auf einen Stuhl, weil sie sich plötzlich erinnerte.

›Sie müssen Europa kennenlernen. Tun Sie mir einen Gefallen. Besuchen Sie Paris... wohnen Sie im Hotel Crillon, essen Sie bei Maxim's zu Abend, bestellen Sie sich ein großes, dickes Steak und eine Flasche Champagner, und wenn Sie das Steak dann essen und den Champagner trinken, dann denken Sie bitte an mich.‹

»Wenn Sie hier bitte unterschreiben möchten, werden wir uns um alle notwendigen Formalitäten kümmern.«

Paige hob den Kopf.

»Ich... Ich weiß nicht, was ich dazu sagen soll. Ich... er hatte doch Familie.«

»Die letztwillige Verfügung meines Mandanten sieht für dessen Familie den Rest der Hinterlassenschaft vor. Dabei handelt es sich um keine große Summe.«

»Das kann ich nicht annehmen«, erklärte Paige.

Pelham schaute sie verblüfft an. »Und warum nicht?«

Auf die Frage wußte sie keine Antwort. John Cronin hatte

schließlich gewollt, daß sie sein Geld bekam. »Ich weiß nicht. Es . . . es kommt mir unethisch vor, irgendwie. Er war doch mein Patient.«

»Also, ich lasse Ihnen den Scheck da. Es bleibt ganz Ihnen überlassen, wie Sie ihn verwenden. Sie müssen hier nur unterschreiben.«

Paige war ganz benommen, als sie ihre Unterschrift auf das Stück Papier setzte.

»Auf Wiedersehen, Doktor.«

Sie sah, wie er durch die Tür ging, und stand nicht einmal auf, um ihn hinauszubegleiten. Sie war in Gedanken bei John Cronin.

Die Nachricht von Paiges Erbschaft war im Krankenhaus *das* Gesprächsthema. Paige hatte gehofft, daß es nicht herauskommen würde. Sie hatte sich noch immer nicht entschlossen, was sie mit dem Geld anfangen würde. *Es gehört mir nicht,* dachte Paige. *Er hatte doch Familie.*

Eigentlich war Paige gefühlsmäßig noch nicht in der Lage, ihre Arbeit wiederaufzunehmen, doch ihre Patienten brauchten Betreuung. Für den Morgen war eine Operation geplant. Arthur Kane fing Paige im Flur ab. Seit dem Vorfall mit den seitenverkehrten Röntgenbildern hatte sie kein Wort mehr mit ihm gewechselt. Obwohl Paige keinen Beweis hatte, daß Kane der Täter war, hatten ihr die zerstochenen Autoreifen damals einen maßlosen Schreck eingejagt.

»Hallo, Paige. Wir sollten Vergangenes vergessen. Was meinen Sie?«

Paige zuckte mit den Schultern. »Okay.«

»Furchtbar, die Geschichte mit Ken Mallory, nicht wahr?«

»Ja«, erwiderte Paige.

Kane schaute sie listig von der Seite an. »Können Sie sich einen Arzt vorstellen, der mit Absicht einen Menschen tötet? Schrecklich, nicht wahr?«

»Ja.«

»Übrigens«, sagte er, »meinen Glückwunsch. Sie sind, wie ich höre, Millionärin geworden?«

»Ich verstehe nicht ...«

»Ich habe Theaterkarten für heute abend, Paige. Ich dachte, wir könnten zusammen hingehen.«

»Vielen Dank«, sagte Paige. »Aber ich bin verlobt.«

»Dann schlage ich vor, daß Sie sich wieder entloben.«

Paige warf ihm einen überraschten Blick zu. »Verzeihung?«

Kane rückte näher. »Ich habe eine Autopsie bei John Cronin angeordnet.«

Paiges Herz begann schneller zu schlagen. »Ja?«

»Er ist überhaupt nicht an Herzversagen gestorben. Irgend jemand hat ihm eine Überdosis Insulin gegeben. Ich vermute, diese Person hat wohl die Möglichkeit einer Autopsie übersehen.«

Paige hatte auf einmal einen ganz trockenen Mund.

»Sie sind doch bei ihm gewesen, als er starb, nicht wahr?«

»Ja«, erwiderte sie zögernd.

»Ich bin der einzige, der das weiß. Ich bin übrigens auch der einzige, der den Autopsiebericht besitzt.« Er tätschelte ihre Schulter. »Und meine Lippen sind versiegelt. Nun, wie steht's mit dem Theaterbesuch heute abend ...«

Paige entzog sich ihm. »Nein.«

»Wissen Sie, was Sie da tun?«

Sie holte tief Luft. »Ja. Und wenn Sie mich jetzt bitte entschuldigen möchten ...«

Und damit ließ sie ihn stehen. Kane schaute ihr nach. Seine Gesichtszüge verhärteten sich. Er drehte sich um und machte sich auf den Weg zu Dr. Benjamin Wallaces Büro.

Sie wurde um ein Uhr morgens in der Wohnung vom Schrillen des Telefons geweckt.

»Sie sind schon wieder ein unartiges Mädchen gewesen.«

Die gleiche heisere Stimme, zu einem rauchigen Flüstern verstellt – diesmal erkannte Paige die Stimme. *Mein Gott,* dachte Paige, *ich hatte recht, mich zu fürchten.*

Am nächsten Morgen warteten im Krankenhaus zwei Männer auf Paige.

»Dr. Paige Taylor?«

»Ja.«

»Sie müssen uns bitte begleiten. Sie sind wegen Mordes an John Cronin verhaftet.«

37. Kapitel

Es war der letzte Prozeßtag. Der Verteidiger Alan Penn hielt sein Schlußplädoyer.

»Meine Damen und Herren, Sie haben eine Menge Zeugenaussagen über Dr. Taylors Kompetenz oder Inkompetenz gehört. Nun, die Richterin wird Ihnen auseinandersetzen, daß es in diesem Prozeß nicht um diese Frage ging. Ich bin außerdem sicher, daß wir für jeden Arzt, der Dr. Taylors Arbeit nicht billigte, ein Dutzend anderer Ärzte finden können, die Dr. Taylors Arbeit guthießen. Aber darum geht es hier gar nicht.

Paige Taylor steht wegen John Cronins Tod vor Gericht. Sie hat zugegeben, bei seinem Tod nachgeholfen zu haben. Sie hat es getan, weil er unter großen Schmerzen litt und sie darum bat. Das ist Sterbehilfe, und sie wird in der ganzen Welt zunehmend akzeptiert und gebilligt. Im vergangenen Jahr hat der California Supreme Court jedem Menschen, der erwachsen und im Vollbesitz seiner geistigen Kräfte ist, das Recht zugestanden, das Absetzen medizinischer Behandlung jedweder Form zu verweigern oder zu verlangen. Es ist der einzelne Mensch, der mit der gewählten oder zurückgewiesenen Art der Behandlung leben oder sterben muß.«

Er schaute den Geschworenen ins Gesicht. »Sterbehilfe – oder Euthanasie – ist ein Verbrechen aus Mitleid und Barmherzigkeit, und ich wage zu behaupten, daß sie in der einen oder anderen Form in allen Krankenhäusern auf der ganzen Erde vorkommt. Der Ankläger fordert ein Todesurteil. Sie sollten sich von ihm in dieser Frage nicht verwirren lassen. Es hat für Sterbehilfe noch nie ein Todesurteil gegeben. Dreiundsechzig Prozent der amerikanischen Bevölkerung ist der Überzeugung, daß Sterbehilfe legal sein sollte, und in achtzehn Staaten unseres Landes *ist* sie legal. Die

Frage ist die: Haben wir das Recht, hilflose Patienten zu einem Leben voller Schmerzen zu zwingen, sie zu *zwingen*, am Leben zu bleiben und leiden zu müssen? Die Frage ist durch die großen medizinischen und technologischen Fortschritte kompliziert worden. Wir haben die Pflege von Patienten Maschinen überantwortet. Maschinen kennen keine Gnade. Wenn ein Pferd sich ein Bein bricht, dann erlösen wir es durch einen Gnadenschuß aus seinem Elend. Aber einen Menschen verdammen wir zu einem halben Leben, das für ihn die Hölle ist.

Es war nicht Dr. Taylor, die entschieden hat, wann John Cronin sterben sollte. Das hat John Cronin selbst entschieden. Lassen Sie sich in dem Punkt nicht täuschen – was Dr. Taylor getan hat, war ein Akt der Gnade. Dafür hat sie die volle Verantwortung übernommen. Sie dürfen aber gewiß sein, daß sie von dem Geld, das er ihr hinterlassen hat, nichts wußte. Was sie getan hat, tat sie aus einem Gefühl des Mit-Leidens heraus. John Cronin war ein Mensch mit einem versagenden Herzen und mit einem tödlichen Krebs, der nicht mehr behandelt werden konnte, ein Krebs, der sich in seinem ganzen Körper ausgebreitet hatte und ihm fürchterliche Schmerzen bereitete. Stellen Sie sich nur eine Frage: Würden Sie unter solchen Umständen weiterleben wollen? Ich danke Ihnen.« Er drehte sich um, begab sich wieder zu seinem Tisch und nahm neben Paige Platz.

Gus Venable erhob sich und pflanzte sich vor den Geschworenen auf. »*Mitleid? Barmherzigkeit?*« Er sah hinüber zu Paige, schüttelte den Kopf und wandte sich erneut den Geschworenen zu. »Meine Damen und Herren, ich bin nun seit über zwanzig Jahren als Anwalt tätig, und ich muß Ihnen gestehen, daß mir in all diesen Jahren noch nie – noch *nie* – ein eindeutigerer Fall von kaltblütigem, vorsätzlichem Mord untergekommen ist.«

Paige, verkrampft und blaß, hing an seinen Lippen.

»Die Verteidigung hat von Sterbehilfe gesprochen. Hat Frau Dr. Taylor das, was sie tat, aus Mitleid und Barmherzigkeit getan? Ich glaube nicht. Dr. Taylor und andere Zeugen haben ausgesagt, daß John Cronin nur noch wenige Tage zu leben hatte. Warum hat sie ihn diese wenigen Tage nicht noch erleben lassen? Vielleicht deswegen, weil sie Angst hatte, Mrs. Cronin könnte erfahren, daß ihr Mann sein Testament geändert hatte, und die Änderung wieder rückgängig machen.

Es ist ein bemerkenswertes Zusammentreffen, daß Frau Dr. Taylor ihm unmittelbar nach der Testamentsänderung, die ihr die Summe von einer Million Dollar einbrachte, die Überdosis Insulin gegeben und ihn damit getötet hat.

Die Angeklagte hat sich immer wieder von neuem durch ihre eigenen Worte überführt. Sie erklärte, daß sie mit John Cronin auf freundschaftlichem Fuß stand, daß er sie mochte und schätzte. Sie selbst haben jedoch Zeugenaussagen gehört, daß er Frau Dr. Taylor nicht ausstehen konnte, daß er sie als ›Miststück‹ bezeichnete und sie aufforderte, ihre ›Scheißhände‹ von ihm zu nehmen.«

Gus Venable streifte die Angeklagte neuerlich mit einem Blick. Auf ihrem Gesicht zeichnete sich ein Ausdruck von Verzweiflung ab. Er wandte sich wieder an die Geschworenen. »Ein Anwalt hat ausgesagt, daß Frau Dr. Taylor bezüglich der ihr hinterlassenen Million Dollar geäußert hat: ›Das kommt mir unethisch vor. Er war doch mein Patient.‹ Aber das Geld hat sie dann doch genommen. Sie hat es gebraucht. Sie hatte eine ganze Schublade voll mit Reiseprospekten – Paris, London, Venedig. Und bedenken Sie wohl, daß sie das Reisebüro keineswegs *nach* der Erbschaft aufgesucht hat. O nein. Diese Reisen hatte sie bereits vorher fest geplant. Was ihr fehlte, war nur das nötige Geld sowie eine Gelegenheit – und John Cronin hat ihr beides geliefert. Ein hilfloser, sterbender Mann, den sie zu manipulieren vermochte. Sie hatte einen Mann in ihrer Hand, der, wie sie selbst gestanden hat, unter furchtbaren Schmerzen litt – Todesschmerzen, wie sie selbst zugegeben hat. Sie können sich vorstellen, wie schwer es sein muß, klar zu denken, wenn man unter derartigen Schmerzen leidet. Wir wissen nicht, *wie* Frau Dr. Taylor John Cronin dazu gebracht hat, sein Testament so zu ändern, daß er die Familie, die er liebte, aus seinem letzten Willen ausschloß und sie selbst zur

Hauptnutznießerin machte. Wir *wissen* aber eins: Er hat sie in jener schicksalhaften Nacht an sein Bett gerufen. Worüber haben die beiden miteinander gesprochen? Könnte es sein, daß er ihr eine Million Dollar anbot, damit sie ihn von seinem Elend befreite? Das ist eine *Möglichkeit,* die wir in Erwägung ziehen müssen. Und doch war es, so oder so, kaltblütiger Mord.

Meine Damen und Herren, wissen Sie, welcher Zeuge im Verlauf dieses Prozesses die Angeklagte am meisten belastet hat?« Er zeigte in einer dramatischen Geste auf Paige. »Die Angeklagte selbst. Wir haben die Aussage eines Zeugen vernommen, daß sie eine illegale Bluttransfusion veranlaßt und hinterher die Unterlagen gefälscht hat. Sie selbst hat diese Tatsache nicht bestritten. Frau Dr. Taylor hat behauptet, außer John Cronin nie einen Patienten getötet zu haben, doch wir haben die Aussage eines anderen Zeugen gehört, daß Dr. Barker, ein allseits geachteter Arzt, sie beschuldigte, seinen Patienten getötet zu haben.

Dr. Barker, meine Damen und Herren, ist nach einem bedauerlichen Schlaganfall leider außerstande, heute hier vor Gericht zu erscheinen und gegen die Angeklagte auszusagen. Erlauben Sie mir aber, Ihnen Dr. Barkers Meinung von der Angeklagten in Erinnerung zu rufen. Hier haben Sie die Aussage von Dr. Peterson im Zusammenhang mit einer Operation, die Dr. Taylor durchführte.«

Er las aus dem Protokoll vor.

»›Ist Dr. Barker noch während der Operation im OP-Saal eingetroffen?‹

›Ja.‹

›Und hat sich Dr. Barker bei der Gelegenheit gegenüber Dr. Taylor in irgendeiner Weise geäußert?‹

Antwort: ›Dr. Barker hat gesagt: ‚*Sie* haben ihn getötet.'‹

Und die Aussage von Schwester Berry: ›Er sagte, sie sei inkompetent ... er hat gesagt, daß er sie nicht einmal seinen Hund operieren lassen würde.‹«

Gus Venable schaute vom Blatt auf. »Entweder liegt hier eine Art Verschwörung vor, an der all diese ehrbaren Ärzte und

Schwestern beteiligt sind, oder aber Dr. Taylor ist eine Lügnerin, und nicht bloß eine Lügnerin, sondern eine pathologische ...«

Die hintere Tür des Gerichtssaals hatte sich geöffnet. Ein Assistent trat herein, blieb im Türrahmen kurz stehen, unschlüssig, wie wenn er über den nächsten Schritt nachdenken müßte, und kam dann durch den mittleren Gang von hinten auf Gus Venable zu.

»Sir ...«

Gus Venable drehte sich verärgert um. »Sehen Sie denn nicht, daß ich ...«

Der Assistent flüsterte ihm etwas ins Ohr.

Gus Venable betrachtete ihn mit einem Ausdruck blanken Erstaunens. »*Was* sagen Sie da? Aber das ist ja wunderbar!«

Die Richterin beugte sich vor und erkundigte sich mit ominös leiser Stimme: »Sie zwei dort – verzeihen Sie, wenn ich störe, aber was erlauben Sie sich eigentlich?«

Gus Venable wandte sich erregt an die Richterin. »Euer Ehren, ich bin soeben davon in Kenntnis gesetzt worden, daß Dr. Barker vor dem Gerichtssaal wartet. Er sitzt im Rollstuhl, ist jedoch aussagefähig. Ich würde ihn gern in den Zeugenstand rufen.«

Stimmengewirr im Gerichtssaal.

Alan Penn war aufgesprungen. »Einspruch!« brüllte er. »Der Ankläger befindet sich inmitten seines Schlußplädoyers. Es gibt keinerlei Präzedenzfall, daß zu einem so späten Zeitpunkt ein neuer Zeuge aufgerufen würde. Ich ...«

Richterin Young ließ ihren Hammer niedersausen. »Würden die beiden Anwälte bitte zur Richterbank kommen?«

Penn und Venable traten nach vorn.

»Das ist höchst ungewöhnlich, Euer Ehren. Ich protestiere ...«

»Sie haben insofern recht, als es in der Tat ungewöhnlich ist, Mr. Penn«, klärte ihn die Richterin auf. »Sie irren aber, insofern Sie es als beispiellos bezeichnen. Ich könnte Ihnen ein ganzes Dutzend von Präzedenzfällen nennen, in denen maßgeblichen Zeugen unter besonderen Umständen die Aussage zu einem solch späten Zeitpunkt noch gestattet worden ist. Fürwahr, wenn Ihnen die Präzedenz wirklich so sehr am Herzen liegt, können Sie einen Fall nachschlagen, der vor fünf Jahren in ebendiesem Gerichtssaal verhandelt wurde. Den Vorsitz des Gerichts hatte zufällig ich.«

Alan Penn schluckte. »Soll das heißen, daß Sie ihm gestatten werden auszusagen?«

Richterin Young dachte kurz nach, bevor sie entschied: »Da Dr. Barker im vorliegenden Fall ein Hauptzeuge ist und aus gesundheitlichen Gründen außerstande war, zu einem früheren Zeitpunkt zu erscheinen, werde ich im Interesse von Recht und Gerechtigkeit entscheiden, daß ihm gestattet wird, als Zeuge aufzutreten.«

»Einspruch! Es gibt keinen Beweis dafür, daß der Zeuge aussagefähig ist. Ich verlange, daß eine ganze Reihe von Psychiatern...«

»Mr. Penn, in diesem Gerichtssaal *verlangen* wir gar nichts. Wir *ersuchen.*« Sie sprach Venable an. »Sie dürfen Ihren Zeugen hereinbringen.«

Alan Penn stand da wie ein begossener Pudel. *Jetzt ist alles aus,* dachte er. *Jetzt geht unser Fall den Bach runter.*

Gus Venable forderte seinen Assistenten auf: »Führen Sie Dr. Barker herein.«

Ganz langsam öffnete sich die Tür. Dr. Lawrence Barker wurde in seinem Rollstuhl in den Gerichtssaal gefahren. Er hielt den Kopf schräg; die eine Seite seines Gesichts war verzerrt.

Die Anwesenden beobachteten mit Spannung, wie die blasse, gebrechliche Gestalt nach vorn geschoben wurde. Als er an Paige vorbeikam, schaute er zu ihr herüber.

Sein Blick verriet keinerlei Freundlichkeit, und Paige mußte an seine letzten Worte denken: *Für wen zum Teufel halten Sie sich eigentlich...*

Als Lawrence Barker vor dem Podium ankam, lehnte sich die Richterin vor und fragte liebenswürdig: »Dr. Barker, sind Sie in der Lage, hier und heute als Zeuge auszusagen?«

Barker sagte, undeutlich, aber hörbar: »Das bin ich, Euer Ehren.«

»Sind Sie völlig über das im Bilde, was in diesem Gerichtssaal verhandelt wird?«

»Ja, Euer Ehren.« Er blickte in Paiges Richtung. »Die Frau da steht wegen Mordes an einem Patienten vor Gericht.«

Paige zuckte zusammen. *Die Frau da!*

Die Richterin traf ihre Entscheidung und wandte sich an den Gerichtsdiener. »Würden Sie bitte die Vereidigung dieses Zeugen vornehmen?«

Nach seiner Vereidigung erklärte die Richterin: »Sie dürfen sitzen bleiben, Dr. Barker. Der Ankläger macht den Anfang. Ich werde der Verteidigung danach gestatten, Sie ins Kreuzverhör zu nehmen.«

Gus Venable lächelte selbstzufrieden. »Vielen Dank, Euer Ehren.« Er begab sich leichtfüßig zum Rollstuhl. »Wir werden Sie nicht lange beanspruchen, Herr Doktor. Das Gericht ist Ihnen tief für Ihr Entgegenkommen verbunden, unter solch beschwerlichen Umständen als Zeuge zur Verfügung zu stehen. Sind Sie in etwa mit den Aussagen vertraut, die im Laufe des vergangenen Monats hier gemacht worden sind?«

Dr. Barker nickte. »Ich habe alles im Fernsehen und in der Presse verfolgt. Es hat mich angewidert.«

Paige vergrub ihr Gesicht in den Händen.

»Ich bin sicher, daß viele von uns genauso empfinden, Herr Doktor«, erklärte der Ankläger salbungsvoll, der ein Gefühl des Triumphes kaum verbergen konnte.

»Ich bin hergekommen, damit der Gerechtigkeit Genüge getan wird.«

Venable lächelte freundlich. »Genau wie wir.«

Lawrence Barker schöpfte tief Luft – dann ließ er seiner Empörung freien Lauf. »Wie konnten Sie Dr. Taylor dann überhaupt vor Gericht bringen?«

Venable glaubte, sich verhört zu haben. »Ich bitte um Verzeihung.«

»Dieser Prozeß ist eine Farce!«

Paige und Alan Penn wechselten einen verblüfften Blick.

Gus Venable wurde blaß. »Herr Dr. Barker...«

»Unterbrechen Sie mich nicht!« fuhr ihn Barker an. »Sie haben die Aussagen von einem Haufen engstirniger, neidischer Leute benutzt, um eine brillante Chirurgin fertigzumachen. Sie...«

»Augenblick!« Venable war nahe daran, die Fassung zu verlieren. »Stimmt es etwa nicht, daß Sie Dr. Taylors Fähigkeiten dermaßen scharf kritisiert haben, daß sie am Ende soweit war, das Embarcadero County Hospital zu verlassen?«

»Doch.«

Gus Venable fühlte sich gleich ein wenig wohler. »Na also«, meinte er herablassend. »Wie können Sie dann aber behaupten, sie sei eine brillante Ärztin?«

»Weil es zufällig die Wahrheit ist.« Barker drehte sich um, so daß er Paige anschauen konnte, und als er von neuem das Wort ergriff, da sprach er auf eine Weise, als befände er sich allein mit ihr im Gerichtssaal: »Es gibt Menschen, die dazu geboren sind, Arzt zu werden. Zu diesen seltenen Menschen gehören Sie. Ich habe Ihre Fähigkeiten von Anfang an erkannt. Ich war Ihnen gegenüber hart – zu hart vielleicht –, *weil* Sie so gut sind. Ich bin so hart mit Ihnen umgesprungen, weil ich erreichen wollte, daß Sie härter gegen sich selbst werden. Ich wollte alles tun, damit Sie vollkommen werden. In unserem Beruf ist für Irrtümer und Fehler kein Platz. Nicht der geringste.«

Paige starrte ihn wie hypnotisiert an; um sie drehte sich alles. Das kam viel zu schnell.

Im Gerichtssaal herrschte gebanntes Schweigen.

»Ich hätte Sie nie und nimmer gehen lassen.«

Gus Venable spürte, wie ihm der Sieg entglitt. Sein Traumzeuge war zum schlimmsten Alptraum seines Lebens geworden. »Dr. Barker – hier ist die Aussage gemacht worden, daß Sie Dr. Taylor beschuldigten, Ihren Patienten Lance Kelly getötet zu haben. Wie...«

»Das habe ich *ihr* gegenüber gesagt, weil sie für die Operation letztendlich verantwortlich war. Tatsächlich war der Narkosearzt schuld an Lance Kellys Tod.«

Paige war überwältigt.

Dr. Barker sprach langsam und mit sichtlicher Anstrengung. »Und was John Cronin betrifft und das Geld, das er ihr vermacht hat, so hat Dr. Taylor davon nichts gewußt. Ich persönlich habe mit Mr. Cronin gesprochen. Er hat mir erzählt, daß er Dr. Taylor das Geld hinterlassen wollte, weil er seine Familie haßte, und er hat mir auch mitgeteilt, daß er Taylor bitten wollte, ihn aus seinem Elend zu erlösen. Ich habe dem zugestimmt.«

Die Zuschauer tobten. Gus Venable stand völlig verloren da, mit einem Ausdruck totaler Fassungslosigkeit im Gesicht.

Alan Penn sprang auf. »Euer Ehren, ich beantrage, das Verfahren einzustellen.«

Die Richterin ließ ihren Hammer niedersausen und brüllte: »Ruhe!« Sie musterte die beiden Anwälte. »In meine Räume.«

Richterin Young, Alan Penn und Gus Venable hatten in den Amtsräumen der Richterin Platz genommen.

Gus Venable befand sich in einem Schockzustand. »Ich ... ich weiß nicht, was ich dazu sagen soll. Er ist ganz augenscheinlich ein kranker Mann, Euer Ehren. Er ist geistig verwirrt. Ich möchte ihn von einer Reihe von Psychiatern begutachten lassen und ...«

»Sie können es nicht mal so, mal so haben, je nachdem, wie es Ihnen persönlich gerade paßt, Gus. Sieht ganz so aus, als ob sich Ihr Plädoyer mitsamt all Ihren Argumenten soeben in Rauch aufgelöst hätte. Ich glaube, wir sollten Ihnen weitere Peinlichkeiten ersparen, ja? Ich werde dem Antrag auf Einstellung des Verfahrens stattgeben. Irgendwelche Einwände?«

Langes Schweigen.

»Wohl kaum«, sagte Venable schließlich.

»Eine gute Entscheidung«, kommentierte die Richterin. »Ich will Ihnen noch einen guten Rat geben. Rufen Sie niemals – ich wiederhole: *niemals* – einen Zeugen auf, es sei denn, Sie wissen vorher, was er aussagen wird.«

Das Gericht tagte erneut. Die Richterin gab eine Erklärung ab: »Meine Damen und Herren Geschworenen, ich danke Ihnen für Ihre Zeit und für Ihre Geduld. Das Gericht stellt das Verfahren in allen Punkten ein. Die Angeklagte ist frei.«

Paige drehte sich um und warf Jason eine Kußhand zu, dann eilte sie zu Dr. Barker, ließ sich auf die Knie nieder und umarmte ihn.

»Ich weiß gar nicht, wie ich Ihnen danken soll«, flüsterte sie.

»Sie hätten überhaupt nicht in diesen Schlamassel geraten dürfen«, brummte er. »Verdammt töricht von Ihnen. Machen wir, daß wir hier wegkommen, damit wir uns irgendwo in Ruhe unterhalten können.«

Die Richterin hatte es mitgehört. Sie erhob sich und sagte: »Sie dürfen, wenn Sie wollen, für Ihr Gespräch gern meine Amtsräume benutzen. Das ist das mindeste, was wir für Sie tun können.«

Paige, Jason und Dr Barker waren in den Räumen der Richterin allein.

Dr. Barker sagte: »Tut mir leid, daß man mir nicht früher gestattet hat, Ihnen zu helfen. Aber Sie wissen ja, wie die gottverdammten Ärzte so sind.«

Paige war den Tränen nahe. »Ich kann Ihnen gar nicht sagen, wie...«

»Dann lassen Sie's bleiben«, knurrte er.

Paige musterte ihn nachdenklich. Plötzlich kam ihr ein Gedanke. »Wann haben Sie mit John Cronin gesprochen?«

»Was?«

»Sie haben mich genau verstanden. Wann haben Sie mit John Cronin gesprochen?«

»*Wann?*«

Paige sagte ganz langsam: »Sie sind John Cronin überhaupt nie begegnet. Sie haben ihn gar nicht gekannt.«

Auf Dr. Barkers Lippen zeigte sich der Anflug eines Lächelns. »Nein. Aber ich kenne Sie.«

Paige beugte sich vor und warf ihm die Arme um den Hals.

»Werden Sie bloß nicht sentimental«, brummte er, mit einem Blick zu Jason. »Sie ist nämlich manchmal sentimental. Geben Sie bloß auf sie acht, sonst bekommen Sie's mit mir zu tun.«

»Keine Sorge, Sir«, sagte Jason. »Ich werde auf sie aufpassen.«

Paige und Jason wurden am folgenden Tag getraut. Trauzeuge war Dr. Barker.

Epilog

Paige Curtis eröffnete eine Privatpraxis und ist als Chirurgin am angesehenen North Shore Hospital tätig. Mit der Dollarmillion aus John Cronins Vermächtnis gründete sie in Südafrika eine medizinische Stiftung, die nach ihrem Vater benannt wurde.

Lawrence Barker teilt sich die Praxisräume mit Paige und fungiert als fachärztlicher Berater für Chirurgie.

Arthur Kane wurde von der medizinischen Aufsichtsbehörde Kaliforniens die Lizenz entzogen.

Jimmy Ford ist völlig wiederhergestellt und hat Betsy geheiratet. Ihre erste Tochter nannten sie Paige.

Honey Taft ist mit Sean Reilly nach Irland gezogen und arbeitet als Krankenschwester in Dublin.

Sean Reilly ist ein erfolgreicher Künstler und zeigt bis heute keine Symptome von Aids.

Mike Hunter wurde wegen bewaffneten Raubüberfalls zu Zuchthaus verurteilt und sitzt seine Strafe noch ab.

Alfred Turner trat als Partner in eine ärztliche Praxis an der Park Avenue ein und ist enorm erfolgreich.

Benjamin Wallace wurde als Verwaltungsdirektor des Embarcadero County Hospital gefeuert.

Lauren Harrison heiratete ihren Tennislehrer.

Lou Dinetto wurde wegen Steuerhinterziehung zu fünfzehn Jahren Gefängnis verurteilt.

Ken Mallory bekam »lebenslänglich«. Eine Woche nach Ankunft Lou Dinettos wurde er in seiner Zelle erstochen aufgefunden.

Das Embarcadero County Hospital steht noch immer und wartet auf das nächste Erdbeben.